贾平凹文选

中篇小说卷

美穴地

20

贾平凹／著 作家出版社

目　录

美穴地

柳子言给姚家踏坟地是苟百都的一顿烂酒后的多嘴惹下的。苟百都使威风，呼啦着漂白褂子，一进门鞋就踢脱了仰在躺椅上说，柳哥，你来钱主儿了，北宽坪的掌柜请你哩！柳子言说，他咋知道我？八十里的路我不去。苟百都一边拔根胸毛吹着一边嘿嘿地笑了："掌柜不晓得你，苟百都却知道你呢。我带了一头驴子一条绳，你先生是坐驴子还是背绳呀？"驴子在门前土场上烟遮雾罩地打滚，苟百都一扬手，腰间的一盘麻绳嗖地上了梁，再扯下来，陈年尘灰黑雪似的落了柳子言一头。

柳子言就这么跟着苟百都走了。

穿过房廊，金链锁梅的格窗内，四个长袍马褂在八仙桌上坐喝，他们斜睨着柳子言，便把一口浓痰从窗格中飞弹出来了。柳子言耸耸肩上的褡裢，将鞋壳儿里垫脚沙石倒掉，笑笑地，看鸡啄下浓痰微醉起来，趔趔趄趄绞着碎步。四月的太阳普照。苟百都已经进里屋去禀告了许多时间还不出来。空中飘落下一根羽毛，是鹰的羽毛，要飘到面前了却倏忽翻了墙去。廊头的一只狗随之大吠了。柳子言打也不是，不打也不是，里屋门里便有一声叫道："让我瞧瞧，来的又是哪一路先生？！"声音细脆尖锐。柳子言想，老树一样的财东还有这嫩骨朵儿女儿？遂一朵粉云飘至台阶，天陡然也粉亮了。眉目未待看清，锥锥之声又起："光脸犊子！你真能踏了风水？"酒桌上的长袍短褂立时噤了拳令，重又乜视了柳子言，说句"该是庙会上唱情歌的阿哥

1

吧！"哄然爆笑。柳子言脸涨红了。柳子言的脸不是为谑笑而红，倒是被这女人震住，女人的目光罩住他如突然从天而降在面前的太阳，乍长乍短的光芒蜇得难以睁眼，一时自惭形秽站不稳了。掌柜在内室喊："让先生进来！"狗还在咬，柳子言走不过去，苟百都再唬也唬不住，女人说："虎儿！"腿一叉已将恶物夹在腿缝，柳子言同时感觉到了后脖子有一点凉凉的东西，摸下来是一片嚼湿了的瓜子皮儿，女人很狐地丢过来了一个笑眼。

掌柜在烟灯下问候柳子言，说百都夸你大本事，姚某就把你请到了，姚家上下都是善人，踏出吉地有重谢，踏不出吉地也有小谢。话说得妥帖温暖，柳子言就谦虚着晚辈没本事，但会尽力而为，"有多大的虮子出多大的虱吧。"掌柜也笑了，要苟百都陪先生到后厅单独吃酒去，柳子言身不胜酒，摆手谢免，掌柜就欠起身把烟灯推过来，柳子言也是不抽。风吹动了门帘，琉璃脆儿的帘钩叮叮当当作响，帘下出现了一只穿着窄窄弓弓白鞋的小脚。柳子言知道掌柜的女人站在了那里，他准备着女人要来了，但那鞋尖蠕动了几下却始终没有走进。苟百都后来就领着柳子言从后门出来往坡根去。

柳子言转遍了后坡寻找龙居，几次觉得后脖子似乎还在发痒，痴一会儿呆，随之拿手拧脸，骂一句"荒唐"，小跑着上坎下涧把自己弄得气喘吁吁起来。苟百都一边提鞋跟一边骂："你是鬼抬轿了？！你不抽烟，你也该讨个泡儿给我呀！你算 × 男人，驴子都在后腿跟别个烟具，你倒不会抽烟？！"柳子言坐在了一个土峁下，说："太阳还没落，你去接掌柜来，吉穴就在这儿了！"西边山一片红霞，掌柜来了。柳子言放着罗盘定方位，遥指山峁远处河之对岸有一平梁为案，案左一峰如帽，案右一山若笔，案前相对两个石质圆峁一可做鼓一可做钗，此是喜庆出官之象。再观穴居靠后的坡峁，一起一伏大顷小跃活动摆折屈曲悠扬势如浪涌，好个真龙形势！且四围八方龙奴从之，后者有送有托有乐，前者有朝有应有对，环抱过前有缠，奔走相揖有迎，方圆数百里地还未见过此穴这等威风！淫浸到地理学问中的柳子言此一刻得意忘形，口若悬河，脚尖划出穴位四角让下木楔。北角第一楔却打不下去，刨开土看，土下竟有一楔，又下南角楔，南角土下又是木楔。四角如是。掌柜哈哈大笑了："柳先生真是好身手，不瞒你说，我已请四位高手七天踏出此穴，请你来就是再投合投合的，这里果然是吉穴了！"柳子言却一下子坐在地上，后怕得一身冷汗都湿漉漉了。

夜里，苟百都在厢房里给柳子言铺床展被，柳子言骂："苟百都，贼，你好赖认识我的，怎不透风是要我来投穴，你成心要捣我一碗饭吗？！"苟百都说："柳哥你可别没良心，这不是更显摆了你的本事吗？——好，算我瞒了你，我请你客！"便一掌推开后窗，推出了一个黑乎乎世界来，顿时有猫在叫春，有一盏灯幽幽地由小渐大了，幽幽着"回来哟，回来哟……"柳子言便听着苟百都对着那里问话："喂，谁个？""我。他苟叔呀！"

"西门家的！这般黑了你是来踏掌柜的溜子吗？""爷！话可不敢这么说，孩子烧得火炭样的烫，我来叫魂呀！""掌柜今日踏坟地，你家不送礼吗？""哎哟，真是不知道呀，我明日灌二升小米过来哩。""有心就是。我给掌柜圆场，小米就留给孩子吃吧，你过会儿捉只鸡来应付一下作罢。""实在谢你了，他苟叔！"

"不谢。我在这儿等着，来了敲窗子！"苟百都收回头往墙角架柴火了，火燃起来，窗子果然被敲响，苟百都扑啦啦丢回一只鸡来连嚷柳子言好口福是个母鸡哩！合窗时却又探头出去，问西门家的你手里还拿着什么？西门家的回说这鸡近日怪势，白天不下蛋偏在晚上下，刚才路上就把一颗屙下来了。苟百都便变了脸，说："鸡已经是掌柜家的了，你怎敢就拿掌柜的鸡蛋？递过来！"递过来就在窗台上磕了，一口吸干。

鸡并没有杀脖开膛，活活拔毛。屁眼儿上捅过铁条就架烤到火上了，苟百都一边说鸡还叫唤着什么呀，一边抓了盐往流油的鸡身上撒，嚷着"好香，好香"！后来就撕下一条腿给柳子言。突然门哐啷推开，风把墙窝子的灯扑灭："好呀，百都，又杀谁家的狗偷吃？！"柳子言立即听出是谁来了，吓得一口吐了鸡肉，退身到柴火黑影处。

苟百都嘿嘿笑着："四姨太，我知道你会闻香来的。一条腿正给你留着，牙签也给你预备了的！"

黑影里的柳子言终于看清了火光涂镀了的女人的俏样，但他吃惊的是这女人竟不是掌柜女儿！"四姨太？"有这么年轻的四姨太吗？

四姨太伸手去接苟百都递过来的鸡肉时，发现了柳子言，女人的眉尖一挑，遂平静了脸道："哟，先生也偷吃嘴儿！偷吃香吗？"柳子言好窘，女人偏死眼儿看他，"北宽坪的女人都是单眼皮，柳先生倒是双眼皮！先生吃肉，也不让让我吗？"

柳子言便说："四姨太你吃！"

"好，我吃你的肉！"女人把柳子言的鸡腿接过咬一口，嘴唇撮撮地翘开。柳子言说："太烫的。"女人说："我怕揩了口红哩。口红还在吗？"嘴更撮起来，红圆如樱桃。

这一宵，柳子言没有睡好。一贯沉静安稳的先生感觉到了浑身燥热，兀自地翻来覆去睡不着，唠唠叨叨的苟百都由鸡肉叙谈起他的食史，吃过了除弹灰掸子外的长毛的飞禽，也吃过了除凳子外的生腿的走兽。"你吃过吗？"他没有吃过，睁眼看着又点亮的一盏燃着独股灯芯的矮灯檠，柳子言的心如同墙壁上的灯影一样晃乱了迷离的图景。如果在往常的柳子言，白日在驴背上颠簸八十里，又在北宽坪的后坡跑动一个后响所构成的疲倦，一捱上枕头就睡着要如死去，不想现在却回想起了八岁的孤儿跟随师傅在玄武山上学艺的情形，想起了这么多年每日为人踏勘风水的生涯，不该走的路也走了，不应见的人也见了，人生真是说不来的奇妙。便是今日的事情，当初怎么被苟百都知道了自己，要挟而来，竟认识了北宽坪财名远播的掌柜和他的四姨太，一个怎样艳丽的美妇啊。

一提起美艳的四姨太，柳子言耳膜里，就消灭不了女人尖尖锥锥的调笑，只有小孩子才会有的放肆出现在大户人家少妇之口，别有了一种的大方，甚至是浪荡，以致使少年热情的柳子言就如在一块儿林中新垦的沃土上，蓦地撞着了一只可人的小兽。为了他，女人在台阶上把狗扼伏胯下，身子在那一刻向一旁倾去，支撑了重量的一条腿紧绷若弓，动作是多么的优美。为了保持身子的平衡，另一条腿款款从膝盖处向后微屈着；胳膊凌空下垂的姿势，把一领缀满了红的小朵梅花的白绸旗袍恰恰裹紧了臀部，隐隐约约窥得小腿以下一溜乳白的肌肤。且一侧着地将鞋半卸落了，露出了似乎无力而实则用劲的后脚。是的，这样素洁的肥而不胖的一只美脚，曾经又在门帘下露出一点鞋尖，柳子言能想象出那平绣了一朵桃花的几乎要鲜活起来的鞋壳儿里，一节节细嫩的五根指头和玉片一样的指甲了。

对于柳子言，这无疑是一种不可思议的奇迹，他从未见过一个鹤首鸡皮的老头娶得如此鲜嫩的年少妇人，且又是他第一回一见而心跳不已。后脖子又酥的一下痒了，一片被女人香唾嚼湿的瓜子皮永远使那一块儿皮肉知觉活跃，这时候的柳子言不免又想起了初黑天时一句"男人倒长双眼皮"的赞语。这样的话，柳子言可以在每一处地方差不多听到，皆觉无聊之风，过耳即消；唯这一次经这女人说过了，那一时手脚无措，鼻尖上都沁出汗来。现在回想，那是多么憨傻的一副村相哪！也是确确实实的事，以自己英俊的面孔，高出一般内行人的堪舆本事，蛮能得到一位人物整齐的妻子长相厮伴。但走南过北的柳子言至今一把锁封了家门，日日背着装罗盘的褡裢流浪了。如果从小就窝在家里种地牧牛什么也没见过，独身也就安心独身，历如今经见了万千世事，又偏偏目睹了一个枯老头的妙龄姨太，柳子言恨起这巧讨饭一般的风水家技艺，而苍苍茫茫地一声浩叹了。

噗地一口吹灭灯盏，柳子言不忍在若即若离的灯芯光焰中淫浸往事，坠入幽深的黑暗。但院中的狗还在咬，遂听见一声"虎儿"，接着有一串细微的金属丁零的音响，柳子言不觉屏息而静，双眉上的额心像要生出一只眼来也似透视了院中的一切。女人已经是换了一件圆领的晚服短衫吧，那短衫使女人别有了一种与白日不同的柔媚，情致婉转，将粉颈根两块突凸的锁骨微微暴露，女性的美艳皆如四姨太这一类，该肥的胸部和臀部浑圆，该瘦的后脊和两肋则包骨不枯。她牵着狗的铁绳走过，铁绳使她柔不胜力，牵住一头其余软软拖地，一径经过了公公病瘫卧床的窗下，经过了吃斋的婆婆诵着祷告之声的经房，然后就息睡到掌柜的床上去吗？真的，一双褪了脚去的红尖白鞋，在床下是怎样的一对停泊了的小小船舟，送去了一枝带露淋淋的花朵偎长于一根已朽腐的枯木边了。

这般想着的柳子言陡然睁圆了眼睛，脱口在黑暗中说："苟百都，你家的四姨太好风流！"

"世上的好女人都叫狗×了！"苟百都全然未睡，似乎正被一种事情所愤怒着，"你也想着四姨太呀？！"

一句话破坏了所有的美妙遐想，柳子言后悔着叫起这粗俗丑恶的下人。苟百都却连连砸着火镰，要点灯，火石爆溅着细碎的光花，在反复明灭的灿烂里，柳子言看见了掀被而坐的赤条条的苟百都，他把头别转了。苟百都说："把纸煤儿递我，纸煤儿在你床头墙窝里！"柳子言没有去摸纸煤儿，说声"给！"将一团火绳扔过去却故意失手把灯檠哐啷打翻了。苟百都骂了一句，摔了火镰，却说起掌柜怎样的不行，吃人参鹿茸也不行，四姨太就不止一次地在那松皮脸上抓下血印，养了"虎儿"对她亲热。"柳哥，你信不信？"柳子言不作声。"反正我是信的！"苟百都咽了一口唾沫，"咱行的，可咱不如一条狗么？！"

柳子言不愿再听下去，发出了悠长的鼾声。苟百都说："不说了不说了，柳哥，你是踏坟地的，坟地真能起了作用吗？"

柳子言说："不起作用，掌柜的能请这么多人来？"

苟百都说："四个先生踏的穴，你一来踏的还是那个，这么说姚家的坟地是最好的了？"

"最好。"

"还有好的吗？"

"有是有，北宽坪怕也没有再胜过的了。"

"妈的，那他姚家世世代代要做财东，要睡好女人了？！"

天明，柳子言起得早，站在院子里仰头看一棵枣树。四月里的叶芽长得好快，生着刺的，硬着折弯的枝柯，把天空毛茸茸地割裂开了。四姨太抱着两床绿被往廊前的绳上晾，轻轻就咳嗽一下，柳子言一转头，绿被与绿被之间恰恰地露一副白脸正笑着看他，这景象在柳子言的感觉中妙不可言，想到了荷塘里的出水芙蓉，兀自地发呆了。女人说："先生起早呀！"柳子言便说："四姨太也起得早！"女人从被子下钻过来，抱怨着掌柜微明送那些风水老先生，随路又要去前村的铺子里收取些银元，害得她没瞌睡了。"先生看枣树看了那么久，枣树上有花吗？"女人已经站在柳子言的身边了，并没有看枣树，却看柳子言的脸。柳子言慌了，竭力饰其中机，不敢苟笑，说："瞧，枣树上有一颗枣哩！"枣树梢是有一颗去年的陈枣，虽有些瘪，却经了一冬一春的霜露更深红可爱，女人也就瞧见了。

"我要那颗枣哩！"女人突然说。

柳子言摇了一下树，天乱了，枣没有落下来。

"我要哩！你给我摘下来嘛！"女人仍在说。

面对着同龄的已经噘了嘴撒娇的四姨太，柳子言也忘记了被雇请来的手艺人的身份，忽地鼓足了勇敢，一跃身抓住了树枝，一只手扯着一只手竭力去摘干枣，将一颗在满掌扎着硬刺手心中的枣儿伸到女人面前。女人却没有去取，喜欢地说："你真老实！"喘笑着竟往厅房去了。

一时间，柳子言窘起来，女人已上了台阶，回身向他招手："傻猫，你不来挑挑刺吗？"脖脸仍窘烧不退。遂走到厅房，却不见了女人，兀自用牙咬着拔掌上的刺，无法拔净，女人却又在东边的小房里轻唤："进来呀！"柳子言再走过去，一挑帘子，房内的窗布并没拉开，光线暗淡，幽香浮动，女人竟已侧卧于床上，靠的是一垒两个菱叶花边的丝绵枕头，身子细软起伏，拥上去的月白色旗袍下露着修长如锥的两条白腿。柳子言的胸中立时有一只小鹿在撞了，欲往出退。女人说："不挑刺了吗？""我已经拔出了。""是吗？"女人翻身下来，拉柳子言于床沿坐了，"先生不用我的针了，我可得求先生事哩。你识得阴阳，一定会医道的，你凭凭脉，这夜里总是睡不稳呀！"一只手就伸来平平停放在柳子言的膝上了。柳子言何尝识得病理，听了女人的话，不知怎么的，竟也伸出三枚指头扼按了女人的玉腕。是的，女人的脉在汩汩跳着；柳子言的三枚指头跳得更厉害，如此近地靠着女人且扼按了人家的手！柳子言如果真会凭脉，脉象里的强弱沉浮能告知女人夜里睡不稳，害的是和自己昨夜一样的心思吗？是一样的心思了，该要说出些什么样的话语，透出心迹呢？但是，但是，或许这女人真的有病，是诚恳在请教着一个医家郎中呢？柳子言后悔了不懂假懂，他的手现在是再也取不下来，一瞑目，深自痛恨起来了。为什么有了这样的对于四姨太不经的妄念呢？自己对医药常理一窍不通，却要将一夜的痴恋发展到这步举动来作伪行骗，这不是很可卑的吗？紧张得出了热汗又自悔的柳子言这么想，又为自己的检点发生了疑问。看见了一个美妇人而生爱恋，这爱恋又是他第一次萌发，这当然算不得什么可卑，如果见了美艳的女人冷若冰霜心如死灰，柳子言就不是今日的风水先生，而是一截木头一块儿石头了。既然女人的玉腕已在怀中扼按，不识凭脉也得像模像样地凭一次脉了。柳子言终于心静下来，感觉到了女人的脉正和自己的脉同一节奏地跳跃。为了庄重起见，他侧勾了脑袋，但控制住的思维在不久就又恍惚出游，头虽没有抬，却知道女人一眼一眼地瞧着他，而窗布关不住的一格细缝里透进了一道耀眼的阳光，使万千的微物一齐在其中活活飞动，同时衬映出了女人脸上的一层茸茸细毛所虚化的灵晕般的轮廓。这时候，一只小鼠从房角的什么地方溜出来，做了一个静伏欲扑的姿势，遂钻过门槛不见了。柳子言不知怎么说出了一句："有猫吗？""毛？"女人轻轻地惊了一下，明显地平放在那里凭脉的手在骤然间发胀了。柳子言抬起头来，看见女人一脸羞红地说："不多……稀稀几根。"

柳子言立即明白了女人的误会，暗暗叫苦了。怎么能提问这些无聊的话呢？凭着感觉，女人是喜欢了自己，起码可以说并不讨厌，方在没人干扰的空房里能让他凭脉，一旦认定了淫邪而反目，岂不同这可爱的女人连话也说不成了吗？柳子言赶忙解释："我，我……"女人却在羞红脸面的瞬间被另一种东西所刺激，被凭脉的手捏成了一个小小的软拳捶在他的肩上，喘笑道："你这是什么先生？你这是什么先生？"拢在头上还未完全梳理好的一堆乌发就扑撒而下，摩抚了柳子言的额角和一只眼，以至于在一副软体失却了平衡倒过来的时候，柳子言一揽胳膊，女人已在怀里了。

突如其来的变化，不期然而然，柳子言如梦中从高崖下纵身跳下，巨大的轰鸣使心脏倏忽停息了，他疑惑着这是不是现实，又一次注视了在怀中已微闭了眼皮而嘴唇颤动的女人，头脑里极快地闪过这女人怎么就委身于我的问题。是真的钟情了我还是个淫荡的雌儿或者更有什么阴谋而陷害我？如果在怀里的不是掌柜的女人，是普通人家的待嫁的姑娘，这一切顺理成章的事情就会有了。但自己一个被姚家雇请来的贫贱之人怎么能干这种越礼违常的事体呢？正如苟百都所说，这是个饿慌了的娘儿们，这一刻里淫情激荡。为了满足自身而要他充当一个工具，作用如同一条狗吗？坦白的仍是纯洁童子身的柳子言这一思索，笨拙得竟不知如何来处理这个女人。再一次看女人，女人眼睛睁开了，燃烧着火一样的光芒，樱红的口里皓齿微开，柳子言的血又重新涌脸，将刚刚闪现出的思索又都粉碎了。他把女人再次搂紧，潜意识里似乎明白面对着的将是一盏醇酒，但醇酒的泛着嫣红颜色的美艳，使他只感到心身大渴。柳子言把四姨太放倒在了床上，解开旗袍，看见女人白腴的肚皮上裹着一件艳红的裹兜。"不要看，你不要看！"柳子言手足慌乱满头大汗……终没有成功，他便很快一脸羞红地跑出门了。

出山的太阳已经灿灿地照着了半个房廊，院中枣树上落下一只翘尾的喜鹊在欢快地叫。小房里的四姨太在砸摔着茶碗，踢倒了凳子，随之一疙瘩东西从窗子里甩出，哭声就起了。柳子言看见了那是女人的红裹兜，兜带儿全然撕断。

贼一样回到厢房的柳子言，心仍跳个不住。他怨恨着自己的无能，原来是这样一个泪蜡头的男人吗？他想，虽然并没有从肉体上接触女人的经验，但自己并非无能呀，为什么那一时竟会心狂力弱呢？柳子言回想着刚才的场面，便听到了狗咬，去村前河里挑水的苟百都在房廊口喊："四姨太，你拦拦你的狗呀！"他就为刚才的事件怕起来，庆幸没有成功而避了被人撞见的危险。到了这时，柳子言又怀疑了女人大白天主动于他是不是故意让人家发觉而加害他，最起码要使他免去踏勘坟地的报酬吧。或许女人在淫心激荡后而未有满足，恼羞成怒，待掌柜回来又是怎样地指控着他强行奸淫的罪恶呢？

挨到了苟百都叫他说掌柜召见，柳子言站在掌柜的面前坐也不敢坐。

"坐呀。"掌柜说，"你给我踏了吉地，我说过要谢你的，这些银元够吗？"这时候，柳子言看见了八仙桌上齐齐摆了五个银元柱儿，森森放着毫光。

柳子言心放下来。他看着掌柜核桃一样的脸，脸上读不出什么阴谋和奸诈，便知道四姨太并没有告发他。他说："我不收你的钱，能帮掌柜出些力我就满意了。"掌柜说："那怎么行？总得补补我的心意呀，那么，你看着我家的东西，看上了什么你拿一件吧！"

柳子言的意识立即又到了四姨太的身上，连遗憾着自己的失败，却同时为自己被艳丽的女人钟情感到得意和幸福。那场面的每一个细节皆一齐在甜蜜的浸泡下重新浮现，将会变成一袋永远嚼不尽的干粮而让柳子言于一生的长途上享用了。这么想着不禁心里又隐隐地发痛，一个身缠万贯的财东的女人爱上了自己，一个家穷人微的风水先生，在背后是多么放纵着痴恋，却在她的赐予面前阴暗地审视着她的不是，这不是很耻辱的事吗，很下作的事吗？唉！讲究什么走州过县的经见了世面，讲究什么饱肚子的地理学问，屁！忧虑，怀疑，胆怯，恐惧，再也无法弥补地辜负掉怎样的一个清新早晨啊！柳子言歪头斜视了一下旁边的小房，门帘依然垂着，那女人并没有出来。"即使她出来送我，我还有什么脸面再见她呢？"柳子言盯起阳光流溢的厅外院子，院子里的捶布石下软着一疙瘩红，是女人发泄恼恨扔掉的裹兜，他终于说了："掌柜是大财东，能到你家，我也想沾沾姚门的福气，如果掌柜应允，院子里的那块红布能送我，我好包包罗盘呢。"

掌柜在吉地上拱好双合大墓的第七天，久病卧床的姚家老爷子归天了，灵柩下埋在了墓之左宅。三年里，姚家的光景果然红盛，铺子扩充了五处，生意兴隆，洛河上的商船从南阳贩什么赚什么，北宽坪的四条大沟田畦连庄，逃荒而来的下河人几乎全是姚家的佃户。逾过八年，姚母谢世，姚家又是一片孝白。双合大墓将要完全地隆顶了。

苟百都仍在姚家跑腿，仍是夜里不在房中放尿桶，数次起来去茅房要经过掌柜的窗下听动静，回来睡不着了，就上下翻饼似的胡折腾。姚母去世，依然要披麻戴孝的苟百都却不能守坐灵前草铺，也不可拿了烟茶躬身门首迎来送往各路来客，他是粗笨小工班头，恶声败气地着人垒灶生火，担水淘米，剥葱砸蒜。在龟兹乐人哀天怨地的唢呐声中，苟百都听出了别一种味道，为自己的命运悲伤了，他注意了站在厅台阶上看着出出进进接献祭品的四姨太，这娘儿们穿了孝愈发俏艳，他突然冒出一个念头：怎么死的不是姚掌柜呢？现在，苟百都被掌柜支派了去坟地开启寐口，苟百都实在是累得散了架，但他又不能不去。背了镢头出门，经过四姨太身边，故意将唾沫涂在眼上，却要说："四姨太，你别太伤心，身子骨要紧哩！"

四姨太说："呸！苟百都，你是嫌我不哭吗？"

苟百都说："我哪里敢说四姨太？其实老太太过世，这是白喜事。再说，老爷子住了吉穴使姚家这多年暴了富。老太太再去吉穴，将来姚家的子子孙孙都要做了官哩！"

四姨太说："你个屁眼儿嘴，尽是喷粪，又在取笑我养不出个儿吗？我养不出儿来，你不是也没儿吗？要不，你儿还得服侍我的儿哩！"

苟百都噎得说不出话来，在坟地启寐口越启越气，骂姚掌柜，骂四姨太，后来骂到柳子言把吉穴踏给了姚家，又骂自己喝了酒提荐了柳子言好心没落下好报。整整半个早晨和一个晌午，一个人将双合墓的宅右门的寐口启开了，苟百都索性发了狠：姚家发财，还不是靠这好穴位吗？你掌柜有吃有穿，老得咳嗽弹出屁来，却占个好娘儿们，还想世世代代床上都有好×！一镬头竟捣向了严封着的左宅门墙，喀啦啦一阵响声，门墙倒坍，一股透骨的森气当即将他推倒，且看见那气出墓化为白色，先是指头粗的一柱直蹿上去，再是于半空中起了蘑菇状，渐渐一切皆无。苟百都死胆大，站在那里将将头发又走进去，那一口棺木尚完好无缺，蜘蛛则在其上结满了网，若莲花状，也有官帽状，官帽只是少了一个帽翅罢了。苟百都听人讲过，棺木上有蜘蛛或蚂蚁结网绣堆便是居了好穴，网结成什么，蚂蚁堆成什么，此家后辈就出什么业绩人物。而苟百都此时骇怕了，他明白了他是在出散了姚家的脉气，坏了姚家世世代代作威作福的风水，禁不住手摸了一下脖子，恍惚间看见了有一日自己的头颅要被掌柜砍掉的场面。但苟百都随之却嘎嘎狂笑了："姚掌柜，姚老儿，苟百都不给你做奴了，我帮你家选的穴，我也可坏你家的风水的！"

姚家明显地开始衰败，先是东乡的染坊被土匪抢窃，再是西沟挂面店的账房被绑票，接着洛河上的商船竟停泊在回水湾不明不白起了火，一船的丝帛、大麻、土漆焚为灰烬。掌柜怨恨这是坟地散了脉气所致，一提起苟百都便黑血翻滚，提刀将八仙桌的每一个角都劈了。但逃得无踪无影的苟百都再没在北宽坪露面，掌柜只是高薪请了会"鬼八卦"的术士画符念咒，弄瞎了远在深山的苟百都的老娘一只眼睛。

约莫三年，正是稻子扬花时节，掌柜在为其母举办了最后一服孝忌日的当晚，与四姨太吵了嘴，闷在床上抽烟土，村人急急跑来说是在村前的稻菽地堰头见着苟百都了。苟百都一身黑柞蚕丝的软绸，金镶门牙，背着一杆乌亮的铁枪。问："苟百都，你回来了，这么多年你到哪儿去了？"苟百都把枪栓拉得咔啷响。问话人立即脸黄了："噢，老苟当逛山了？！"苟百都说："你应该叫我苟队长，唐司令封我队长了！"唐司令就是唐井，威了名的北山白石寨大土匪，问话人赶忙说："苟队长呀，怎不进村去？哪家拿不出酒也还有一碗鸡蛋煎水呀！"苟百都说："我等个人。"问："等谁呀？"苟百都躁了，骂："你多嘴多舌要尝子弹吗？没你的事，避！"掌柜听了来人的述说，跳起来把刀提在手里了，又兀自放下，一头的汗水就出来了，掌柜明白了铺子遭抢、商船被焚的原因，也明白了当了土匪的苟百都在村口要等的是谁了，立时脸色黑灰，拉了四姨太就走。四姨太说："我就不走，苟百都当年什么嘴脸，不信他要打我？！"掌柜翻后窗到后坡的涝池里，连身蹾在水里，露出的头上顶个葫芦瓢。直到苟百都在天黑下来骂句"让狗日的多活几天"，走了，来人方把掌柜水淋淋背回来。

又是一夜，人已经睡了，北宽坪一庄狗咬。村口瞭哨的回报着苟百都又来了，是四个人四杆枪。掌柜又要逃，大门外咚地就响了一枪，苟百都已经坐在门外场畔的石磙子碾盘上。不能再逃的掌柜心倒坦然起来，换了一身新衣做寿衣，提上灯笼出来说："哪一杆子兄弟啊？哎哟，是百都贤弟！多年了，让哥哥好想死你了，你怎的走时不告哥哥一声就走了？今日是来看哥哥了！"

苟百都说："听说北宽坪来了几个毛贼，唐司令要我们来拿剿，毛贼没害扰掌柜吧？"

掌柜说："有苟队长护着这一带，毛贼还不吓得钻到地缝去！来来来，把兄弟们都让进屋来，今日正好进了几板烟土好过瘾！"

苟百都领人进了屋，还是把鞋脱了仰在躺椅上，急去抽那烟土，一抬眼，却愣住了。四姨太从帘内出来正倚着门框，一腿斜立，一腿交叉过来脚尖着地，独自冷笑，噗地就吐出一片嚼碎的瓜子皮儿。苟百都说："四姨太还是没老样儿！我记得今日该是老太太的三年忌日，四姨太怎没穿了更显得俏样的孝服呀？"四姨太说："百都好记性，知道老太太今日过三年？！"掌柜忙责斥女人没礼节，应给苟队长烧颗烟泡才是。四姨太仍是嚼着瓜子，款款地走近烟灯旁，苟百都便伸手于灯影处拧女人的腿，女人一趔身子将点心盘子撞跌，油炸的面叶撒了一地。苟百都忙要去捡，四姨太说："沾土了，让狗吃吧！"一迭声地唤起狗来。苟百都在女人面前失了体面，脸色就黑了，说："这虎儿还听四姨太话么！"顺手抓过枪把狗打得脑门碎了。枪一响，满厅药烟，姚家上下人都失声慌叫，掌柜笑道："打得好，咱们口福都来了！今晚吃狗肉喝烧酒，这狗皮你百都贤弟就拿去做了褥子吧！"

苟百都却懒懒地说："今日不拿，你让人熟了，改日送到白石寨就是。"

　　熟好的狗皮送去，苟百都捎回的口信是：苟百都再不要掌柜的一分一文，只想和姚家认个亲哩，如果把四姨太嫁给他，掌柜也永远是苟百都的仁哥哥。

　　十天后，得了红帖的苟百都真的骑了一匹披着彩带的黑马去到姚家。苟百都就把四姨太抱上马背，自己也骑上去，回头对掌柜拱拳道："仁哥哥留步吧！"四姨太却说："老当家的，我要走了，夫妻一场，你不再来给我整整头吗？"掌柜突然老泪纵横，过来要抱了四姨太痛哭，女人却一口唾在他脸上骂道："呸！老龟头，你就这么让姚家的一个跑腿的抢了老婆吗？！"掌柜昏厥在台阶上。

　　一匹油光闪亮的乌马像黑色闪电一般地驶过了北宽坪，晨霭浮动，河蛙乱鸣，丑陋而剽悍的苟百都在这个美丽的早上并没有奔上白石寨，他为巨大的快乐所激荡，纵马在河川道的石板路上无目的地疾驰。直待到火红的太阳一跃跳出山巅，马已经通体淌汗，他才揽了缰绳，往五十里外的老家而去。身子发热，那一顶黑绒红顶的礼帽不知滚落在了哪一丛草中，敞开褂子，风摆旗般地啪啪直响，而锃亮的长枪斜背身上，枪带已紧勒进一疙瘩一疙瘩隆起的胸肌里。浑身被汗浸得热腾腾酸臭的汉子，一手牵着缰绳，一手死死地搂着面前的女人，女人像蛇缠住了一样无法动弹，先是不停地惊叫，再后便被颠簸和胳膊的缠裹所要窒息，迷迷晕晕，只剩下一丝幽幽喘吟。

　　"四姨太，"他说，"不！不不！你终于是归了我的娘儿们，你是我的老婆！你哭吧，闹吧，踢我的肚子，咬我的胳膊吧，我就喜欢你这个烈性子雌儿！你唾那老家伙一口实在解气！你这么闹着也实在解气！你知道吗？在我给姚家当使唤的年里，我每夜叫着你名字入睡，可你宁去抚摸狗不肯伸给我一个指头，现在你却是我的老婆了！"

　　女人从昏迷中知觉过来，她的后脖子被苟百都的嘴吻咬着，涎水湿漉漉顺脖流向后背，那一只蒲扇般粗糙的手扼着她的左乳，且有两个指头在掐着乳头。她知道她现在是一只小羊完全被噙在了一只恶狼的口中。在姚家十多年里，不能说没有吃好和穿好，但她厌恶着干瘦无力连胡子都不扎人的掌柜，她因此而使尽了执拗性子，摔碟打碗，耍泼叫喊，想象着她能在一种强有力的压迫下驯服和酥软。如今这土匪苟百都给了她这种强力，她却是这么

13

恐惧和悲伤！往昔受她戏弄的人，面孔丑陋，形体肮脏，那么再往后，也就在今日的晚上竟要爬上自己的身上吗？她后悔在掌柜极度痛苦的决定后她竟如释重负又怀有一种幸灾乐祸的心情所发出的笑声，也后悔今天早上没有悄然遁逃或撞柱而死反倒顺从地被苟百都抢上马背！女人在这时，感觉却回到了姚家，可怜起那个瘦弱的财东姚掌柜了，遂一口咬住了扼着她左乳的那只手，血从嘴角流下来。苟百都一松手，她迅疾地扭转身，啪，啪，啪，将耳光扇在了那一张毛孔里溢着油汗的丑脸上，骂："你是什么猪狗，你能娶我吗？你这洗不白的黑炭！你尿尿都是黑水！"

苟百都被这突兀的打击震住了，一时出现了在姚家跑腿时的下贱呆相。刹那间，这土匪丢开了马缰绳，一手按住了女人的下巴颏儿，一个勾拳向她的腹部打去。这一拳打得太重了，女人呀地在马背上平倒了上半身，呼叫着，喊骂着，四肢乱踢乱蹬，苟百都按着，看见勾拳打下去时指上的戒指同时划破了肚皮，一注奇艳无比的血，蚯蚓一般沿着玉洁的腹肌往下流，这景象更大刺激他的兴奋了，浑身肌肉颤抖着，嘿嘿大笑。像在案板上扼住一只美丽的野鹿，一刀刀割破脖子而欣赏四条细腿的挥舞；如逮住了老鼠浇上了油点着放开，看着在尖利的叫声中一朵焰火飘动。苟百都就这么慢动作地扯开了女人的裤带，剥开了女人的衣裤，将身子压下去。

马还在跑着，受惊似的几乎要掠地而飞。犬牙相错的山峰在跳跃中纷纷倒后，成群的蚂蚱于马蹄下飞溅在枪托上留一个绿印而瞬息不见。苟百都张大了嘴发出怪叫，在女人的身上终于结束了自己一段漫长的历史，女人肚皮上的血也同时沾上他的胸毛，干痂成一片，揩也揩不掉。受到了前所未有的震撼的女人，如风中的柳树曾经左倒右伏，但就在几乎一时要摧折了去之际，又从风中直立而起，无数的反复冲击中失去了知觉……她终于在马放慢了步伐悠悠而行的时候，一句话也说不出来，作为一个女人，毕竟是一个女人，再也没有了在姚家的掌柜面前的泼悍和任性，她说："你真是个土匪！让我到河边去，我要洗洗。"

苟百都停住了马，放她而下，苟百都俨然已成为一个伟丈夫，并不防备她逃走，懒懒地看着头上的太阳闪耀光刺，看着女人走到河边双手掬水再让水从指缝漏下，银亮亮如撒珍珠。水里落着女人的影子，她撩水洗起下身，像要把一切都洗掉去。

这时候，河对岸的一条小沟里，山路上正踽踽地走下来一个人。路细乱如绳。女人看了一眼，提了裤子又垂头洗脸，觉得那人是牵着绳从沟垴下来的，或是绳拉他而来的。但那人在河边站定了，惊疑地哦了一声，随之叫道："四姨太！"

从水面上传过来的叫声并不高，且颤颤的如水溅湿了发潮发沉，女人却倏忽间蜂蜇一般地冷丁了。多熟悉的声音，又多陌生的声音，多少多少年里只有在睡梦里听到了醒来却茫然四顾而慢慢麻木淡忘以至于重重遗失得没了踪迹的声音；如远山里吹来了一缕微风，如大海的深处泛上了一颗泡沫，她的一根神经骤然生痛了。她再一次看着那人时，马背上的苟百都已经认了出来，张狂喊道："柳先生！咋就这碰着柳子言你狗 × 的哥了！"

柳子言在喊声中看到了马背上背了长枪的苟百都，他要从河水面上跑过来的腿僵硬了木桩似的戳在沙里："是苟百都呀，听说你当粮子逛山了，是唐井的队长了，果然是！你这是往哪儿去呀？"

苟百都说："柳子言，我告知你，我今日娶了老婆了，你该是第一个恭贺我的人！"

"娶了老婆？"柳子言看着苟百都在太阳下咧着金牙的嘴，他想戏谑了，"娶的是哪一位，能压了寨吗？"

"你瞧瞧。你叫过她四姨太的！"苟百都说。

女人已经立直身，隔河望着柳子言。望着依旧是长袍短褂背着褡裢的柳子言，他虽没了往昔的年轻，但英俊依然！女人张开了嘴，感觉到的一颗心跳到喉咙了，噎了噎却并没有吐出来，她注视柳子言听到苟百都娶了她的话后表情，果然笑容陡然硬在脸上，喑哑了似的长久地没有说话，脚下的松沙在陷落，水汪上来湿了鞋面裤管，人明明显显地矮下去了一截。"柳先生！"她叫了一声。但她的耳朵并没有听到她的声音；柳子言也没听到，却怔怔地瞧她一眼，那是多么悲惨的一眼啊！

"娶了四姨太？"柳子言面对着苟百都，声音已变调了，"你是枪打了姚掌柜？！"

苟百都却说："娶亲是吉利事，怎么能杀人呢，好女人就不兴咱 × 吗？"

柳子言勾了头就走，却忍不住还看一下河这边的女人，踉跄而去。石头就无数次地将他绊倒，绊倒了爬起来还是走。

艳阳下女人身子摇晃着返回来，说："走吧。"牵着苟百都的手上了马背。苟百都笑骂一句"呆先生"，一松缰绳，撮嘴吹着口哨，马噔噔地跑起碎步，伴响起风前的鸟叫，流水的鸣溅，再一揽胳膊重新要箍了女人的腰，女人突然锐声说："我要柳先生！"

苟百都勒了马："你要柳子言？"

女人反转了身来再说一句："要柳子言！"更直直看着苟百都，随之噘了小嘴，将两道尖眉也翘挑了。粗悍的土匪在暂短的疑惑中为女人的变化无常的脾性开心了，这是真正成为自己老婆后的一种要强吧，在姚掌柜面前的那种四姨太式的泼劲重演，是女人终于从哭闹而转为顺悦的标志吧？苟百都喜欢女人像烈马般的暴躁而在降伏过程中得到快愉，同时也喜欢在降伏之看马时不时抖抖臀部，耸耸耳朵，或者毫无缘由地喷一个响鼻。"你要柳先生，看上他那小白脸吗？"他也来了调侃。

女人说："柳先生是咱见到的第一个熟人，他没有祝福咱们一句话，你就让他走了？"

苟百都觉得妇人言之有理，扭转马头，柳子言已经离他们很远了，便举枪在空中吧地放了一枪。枪声很脆，震动着河谷，踉踉跄跄的柳子言在突兀中惊跌在地。枪声震掉了崖头的松石哗哗啦啦掉下来的时候，也震掉了一时涌在心头的懵懂，顿时清醒于往事的追忆中。多多少少的岁月，他离开了姚家，再没有遇见过像四姨太美艳又钟情于他的女人，谁能在踏过了风水之后还器重一个贫贱的风水先生呢？没有的。愈是为自己的命运悲哀，愈是为失掉了四姨太的情爱而痛惜。一件记载着女人的懊恼和怨恨的红绸裹兜，便一直视为定情物贴身穿在自己的童子体上，他细细感受着红裹兜的柔软，体会着红裹兜穿在女人身上时的情景，就不免有一阵幸福的眩晕。他曾经数次徒步赶到北宽坪来，希望能见到一次四姨太，如果四姨太提着瓦罐在泉边汲水，他会将她从泉台上抱起而不管瓦罐摔成七片还是八片；如果在山坡上见到捡菌子的四姨太，他会将她放平于蒿草之中，并使蒿草千百次晃动不已。柳子言的暗恋放诞了奇异的光彩，一看见了北宽坪后的山崀上的那个古战场残留的石堡，就心身皆进入恍惚之境，觉得曾经是有一个夜晚，月色清丽，空气甜润，他们携手登上石堡，一任小小的窗洞里呜呜长鸣，也一任露水湿了他们的睫毛也打湿了鞋袜和裤腰，静静地躺过了千年百年……但是，每一次山下村庄的鸡犬之声破碎了他的幻想，远远看见了姚家炊烟直上的屋宅，他却不敢再走下去，落泪独坐，几次已疑心自己是风化成一块儿石头了。

这日葫芦峪有人家请去踏坟地，葫芦峪可以从另一条沟直达，脚仍是不自觉地拐进北宽坪的山路，他愿意多绕道数十里看看心爱的女人居住的地方，谁知现在女人竟一河之隔，活生生的，就站在他的面前！

令柳子言悲惨的是女人竟不再是姚家的四姨太，她成了逛山土匪的老婆！在柳子言的意识深层，他爱着这女人，但这女人真正要成为自己的老婆长年相厮那纯是远山头上的一朵云，登上山头云则又远，他们的缘分恐怕只是一种偶然的相遇相爱。因此，在痴恋转为暗恋的漫长日月中，柳子言不管怎样跋涉到北宽坪的山上希望去见到四姨太，到最后都将是一种单相思。唉，自己就是这般的薄命，只能在盐一样的生活中把她的身影腌咸了，风干了，在孤独寂寞中下酒吧。问题就在于，女人是姚财东的姨太也好，是另一个什么管家的娘子也好，他柳子言有什么办法呢？可现在女人成了黑皮臭肉的苟百都的老婆，却实在无法接受！粮子，逛山，土匪，就全凭那一杆能喝血吃肉的长枪吗？当苟百都向他炫耀，一脸的恶肉刷漆似的油亮，他恨不能一个石头砸过去，砸出五颜六色的脑浆来，但面对着高头大马和乌黑的枪管他惧怕了。柳子言的泪水倒流肚里，为女人伤心了，为孱弱的自己伤心了！他不愿多停留，在丑陋的苟百都面前的无能比那一次面对着女人的无能更使他羞辱，再不要让钟情过他的女人看见他了！

一声枪响，使他跌倒了，蓦然间他估摸这一枪是苟百都打向他的。女人现在既已做了苟百都的老婆，瞧着自己无能的样子是不是感到可怜可笑，不经意中会把过去发生的事情失口泄露于她的匪夫吧？土匪毕竟不是守财的姚掌柜，一定不允许一个风水先生曾对他的老婆做过的事体。

马蹄腾着沙石过来了，苟百都在喊：“你站住，站住！”柳子言猛然之间翻身而跑，苟百都愈发怒了，开始叫骂，马匹一个飞跃。几乎是掠过柳子言的头顶落在他的面前。柳子言准备死去。

"苟百都，你要打死我吗？"他说。

"你跑什么？"苟百都说，"我的老婆要给你说话！"

柳子言吃惊了，他看着女人，女人从马上跳下来向他走来。女人站在两丈外的一株细柳下，一头乱发飘拂，蓬蓬勃勃如燃烧的黑色火焰。

"你没给我说一句话，你就走了？"她说。

"恭喜你。"他说。

"你再说一遍！"

"你要做压寨夫人了，我恭喜你。"

女人嘎嘎地怪笑着，靠在了细柳上，细柳负重不了，剧烈地摇晃了。

柳子言调头又要离去。

"你就这么走吗？"女人突然地厉声嘶叫，手抓住了细柳上的一枝，竟将枝条扳下来，凶得像恶煞一样扭曲了五官，"你就会走吗？你一辈子就会乌龟王八一样地走吗？！"

当女人发疯地扑上来，柳子言不知所措地呆住了，倏忽间柳枝劈头盖脑抽下来，啪啪啪声响一片，柳叶碎纸似的满空皆是。柳子言没有动。他知道今日是丢命了，与其死在苟百都的枪下，还不如被心爱的女人活活打死！他感觉到的并不是疼痛，女人手中的也不是柳条，是锋利无比的刀，在一阵迅雷不及掩耳的砍杀下，他似乎还完完整整，瞬间则一条胳膊掉下去，另一条胳膊也掉下去，接着是头、颈、腰、腿。一截一截散乱了。女人喘着粗气无休无止地挥动枝条，留给了柳子言满脸的血痕，一截截柳枝随着一缕缕头发飞落在水面，终于只剩下一尺余长了，仍不解恨，哗啦一声撕裂了他的褂子，赤身上露出了那红绸裹兜，女人呆住了，软在地上，号啕起来。

遍身是伤的柳子言在女人倒在沙窝，泪水和鼻涕一齐迸出之际，蓦然明白了一个女人的心。女人竟还在爱着他！感激之情油然生出，珍视着从自己脸上流下来的血滴在河滩的石头上溅印出的奇丽的桃花。他要弯身扶起哭倒在面前的女人了。苟百都却以为柳子言欲反击自己的老婆，在马背上吼道："柳子言，你敢动我老婆一个指头，我一枪敲了你的脑壳儿！"柳子言高傲地抬起头，说："我哪能打了她？苟百都，我现在正式恭贺你了！"

苟百都笑了："你早这么说就好了！你现在可以走了。"但柳子言没有走。

女人说:"我不让他走!"苟百都说:"柳子言,你听见了吗?她不让你走,你就给她下跪再道个万福吧!"女人说:"我要让他和咱们一块儿走!"苟百都疑惑了,眉头随之绾上疙瘩。女人说:"柳先生能踏坟地,怎不让他同咱们一块儿回家去踏个坟地,你还指望我将来的儿子像你一样半辈子给姚家跑腿吗?"苟百都哈哈大笑起来:"说得好,说得好!柳先生,苟某人就请你为苟家踏吉地了。姚家有钱,能赏你一桌面银元,苟某人有的是枪,会抢一个女人给你的!"

三个人结伴而行了。

先是苟百都和女人同骑一匹马,马后步行的是柳子言。小桥流水,古木,巉岩,女人不停地遗落了手帕要柳子言捡了给她,或是瞧见一树桃花,硬要柳子言去折了她嗅。行过三里,马背上的女人便叫嚷马背上颠簸,一身的骨头都要散架了,苟百都便命令柳子言背着她:"你不悦意吗?不悦意也得背!"柳子言巴不得这一声唤,在女人双手搂了他的脖子,树叶一般飘上背来,立即感到了绵软的肉身热乎乎的如冬日穿了皮袄。哎呀,女人的香口吹动了一丝暖气悠悠在后脑勺了,女人耳后别的一撮柔发扑闪了前来摩抚着他的额角了,柳子言重新温习了久久之前的那一幕的情景。他不知觉自己载负了重量行走,而是被一朵彩云系着在空中浮飞。当半跪在背上后来又换了姿势的女人将两腿分叉地垂在了两边,柳子言紧紧反搂着一双胳膊。眼睛就看见了两只素洁的肥而不胖的红鞋小脚,呼吸紧促,噎咽唾沫。洋洋得意的苟百都在马背上又吹起口哨。柳子言终是腾出手来把那脚捏住了,捏了又捏,摭了又摭,乐得女人说一句:"生了胆了!"苟百都看时,女人用手指着山崖上一只在最陡峭处啃草的羊,而同时另一只手轻抠起柳子言的后心了。

到了过风岔,苟百都的家就在岔垴。三间石板和茅草搭就的屋里独住着瞎了一只眼的老娘。山婆子见儿子冷不防地带回一个美妇人,喜得没牙的嘴窝回去,脸全然是一颗大核桃了,举灯将女人从头照到脚,悄声对儿子说这婆娘是从哪儿拾掇来的,屁股好肥,是坐胎的坯子,只是奶太端爹,将来生了娃娃恐怕缺了奶水子吃。天一黑,柳子言被安置到屋旁的旧羊棚里歇息,女人才过来看他,苟百都便也过来扔给了一个缝了筒儿装塞着禾草的老羊皮,说:"你要孤单,搂了它睡吧。"一弯腰将女人横着抱到草房东间土炕去了。幸福了一路如今又被抛进冰窖和油锅受水火煎熬的柳子言，掩了柴扉，静听着山里的鸟叫。鸟叫使夜更空。石礅上插着的松油节焰不旺，直冒起一股黑烟，柳子言想，躺卧在深山破败寂冷的旧羊棚里，自己背了来的女人却在了一墙之隔的炕上，这是与那个女人算什么一种孽障啊。而苟百都呢，一个黑皮土匪，今夜里却搂了爱自己的恁个美艳的妇人在苟百都的身边，这真是天下最残酷不过的事情。这样想着的柳子言，随手咚的一声，抛过褡裢将那个松油节打灭去了。

石板房里，传来了苟百都熊一般的喘息声，间或有女人的一声"啊"叫，睡在房西边炕上的山婆子开始用旱烟锅子敲着柜盖了，问："百都，你怎么啦？你们打架了吗？"苟百都回话了："娘，睡你的！你老糊涂了？！"后来，一切安静，老鼠在拼命地咬噬什么，柳子言听见石板房门在吱扭拉响，女人嚷着拉肚子，经过了旧羊棚，就蹲在棚门外的不远处。隔着柴扉的缝儿，柳子言看不清她的眉脸，一个黑影站起又返回房中去了。一次如此，二次又如此，柳子言知道了女人的用意。她并没有闹什么肚子，她冒着寒冷为的是经过一次旧草棚来看看他！柳子言的眼泪潸然而下，他把柴扉打开，他要等待女人再一次来解手；但女人重新蹲在了旧羊棚门外，他才要小声轻唤，野兽一般的苟百都却赤条条地跑出来把她抱了回去。

翌日，同样是瘦削了许多的三个人在门前的涧溪里洗脸，柳子言在默默地看着女人，女人也在默默地看着他，飞鸟依人，情致婉转，两人眼睛皆潮红了。早饭是一堆柴火里煨了洋芋和在吊罐里煮了鸡蛋。苟百都只给柳子言一个鸡蛋吃，便爬上屋前槐树去割蜂箱中的蜜蘸着鸡蛋喂妇人。女人说："我是孩子吗？你把你鼻涕擦擦！"苟百都的一珠清涕挂在鼻尖，欲坠不坠，擦掉了却抹在了屋柱上。女人一推碗，说："柳先生，你吃我这些剩食吧，我恶心得要吐了！"柳子言端过碗，碗里卧着囫囵的五个荷包蛋，心里就千呼万唤起女人的贤惠。

柳子言有心给出土匪的苟家踏一个败穴，咒念他上山滚山下河溺河砍了刀的打了枪的染病死的没个好落脚，而苟百都毕竟在姚家时跟随诸多风水先生踏过坟，柳子言骗不过他。"你要好好踏！"苟百都警告说，"听说吉穴，夜里插一根竹竿，天明就能生出芽的，我就要生芽的穴！"柳子言踏勘了，苟百都真的就插了竹竿，明天也真的有芽生出。苟百都喜欢了，提出一定要亲自送他走二十里山路回去。柳子言又得和女人分别了。女人说："柳先生，你现在该记住我家的地方了，路过可要来坐呀！"

苟百都说："是的，苟某人爱朋友。"女人送着他们下山，突然流下泪来，说："山里风寒，小心肚子着凉呀！"柳子言按按肚子，感觉到了那肚皮上的裹兜。苟百都就笑了："瞧，一时也离不得我了！柳先生，你不知道，有娘儿们和没娘儿们真不一样哩！"

苟百都真的把柳子言送出了二十里，到了一座山弯处，正是前不着村后不靠庄，苟百都拱了手寒暄柳子言是苟家的恩人，永远不会忘了。柳子言喉咙里咕涌着一个谢，爬上山坡去。差不多是上了坡顶，苟百都掏了一颗子弹丸儿，鞋底上蹭了又蹭，还涂了唾沫，一枪把柳子言打得从坡的那边滚下去了，说："苟百都有了美穴，苟百都就不能让你再给谁家踏了好地来压我！"

已经是一年后的又一个初夏，苟百都便不再是昔日的苟百都，黄昏里蹴在前厅后院的新宅前，举枪瞄一棵山杏树上的青果子打，打下一个就让妇人吃一个，得意洋洋又说起柳子言踏的坟地好。可不是吗，自滚了坡的老娘白绫裹了葬在吉穴，他不是顺顺当当就逃离了白石寨，竖了杆子坐山头。他唐井是司令，咱也是司令嘛！做了司令就有人买司令的账儿，这不就一院子的青堂瓦舍么，不就有大块的肉，大碗的酒，苎麻土布，丝绸绫罗，连尿盆不也是青花细瓷么？妇人在姚家那么多年，生养出个猫儿来吗！？没有，现凸了肚皮，一心只想吃个酸杏。这狗×的柳子言真是好本事！

女人听厌了苟百都的夸，扭头起身回屋坐了。她不能提柳子言，柳子言就是一枚青杏果，一提起心里便要汪酸水。柳子言为苟家踏了好风水，柳子言却恁地再不照面过风岔！不爱着的人，狼一样地龇牙咧嘴敢下手，爱着的人却是羊羔似的软，红颜女人的命就是这等薄了？！

哀怨苦命的女人，只有独坐在后窗前凝视林中月下的青山，青山是那么照人的明艳却不飞扬妖冶，白杨林子是那么庄严又几多了超逸，但青山与杨林的静而美、美而幽、幽而哀的神意实在不容把握。这样的月夜里，是决不要听到枪声的，白石寨的土匪一来，枪支并不比唐井多的苟百都就要着人背

21

她先去山峰顶上的石洞里避藏了。石洞里凿有厅间卧间和粮食水房，洞外的光壁上石窝中装了木橛架了木板，人过板抽，唐井的子弹爆豆般地在洞口外的石崖上留一层麻点。这样的月夜里，也是不要狗吠的，一条狗吠起，数百条吠声若雷；苟百都的喽啰回山了，鼓囊囊的包袱摊在桌上，黄的铜钱，白的银元，叮叮当当抓着往筐里丢，同时在另一处的幽室中就有了一个呻吟的绑了票的人。这样的月夜里也是不要酒的，喝得每一个毛孔都散着酒气的苟百都就又要得意于他的艳福，想象着皇帝老儿该怎么淫乐。今夜的月下，就只让女人静静地临窗坐吧，恨一声柳子言你哄了我，骗了我。一架蓬蔓开了耀眼的葫芦花就是不见结葫芦！但终在一个月夜，女人看到了窗外不远的涧沟畔上的一株钻天的白杨，白杨通身生成的疤痕是多么活活的人眼哪。这眼是双眼皮的，这眼就是柳子言的眼，原来柳子言竟天天看着她！女人从此天天开了窗户，一掰眼就看着他的眼睛在看她。但是看着她的只是眼睛还是眼睛，柳子言，你到哪儿去了，真的再也不来了吗？婆娑的泪水溢满了女人的脸面，女人最终把双手抚在了突出的肚腹上，将一颗慈善的心开始渐渐移到了未出世的儿子身上，说："你将来要当官的，真的，娘信着柳先生的本事，你也要信哩！当了官你就要天南海北地寻了他回来！"

柳子言其实并没有死。

一颗子弹打了来，那涂了唾沫的炸子儿当即炸断了一条腿在坡顶，而柳子言血糊糊滚落到坡那边的一蓬刺梅架里了。一位砍樵的山民背回了他，他央求着说他可以禳治这一家祖坟使主人从此家境滋润而收留他养伤，便开始了整整半年的卧床未起的生涯。半年里，北瓜瓢子敷好了断腿的伤口，是单足独立，再也不能爬高下低地跑动了。被抬回到老家去拄了拐杖学行走，一次次摔倒在地，磕掉了两颗门牙，终于能蹒跚移步了，就常倚残缺的石砌院墙看远山如眉，听近水呜咽，想起那一个自己答应过要去见的女人。但他独足去不了过风岔，他没有枪，他对付不了土匪苟百都。

夏日正热，于堂前的蒲团上坐了燃香敬神，祈祷着思念中的女人能大吉大安的柳子言，听到了一阵异样的脚步声，回过头来，一副滑竿抬进门，下来的竟是仍没有老死的姚掌柜。掌柜一脸老年斑，给柳子言拱拳了，说找了先生数年，一会儿听说先生遭苟百都给害了，一会儿听说先生还活着，他无论如何要亲自来看看，果然先生还这么年轻这么英俊，竟好好的嘛！柳子言无声笑了笑就站起来，一条腿没有了，惊得掌柜忙扶住他，日娘捣老子地骂那土匪苟百都，"苟百都害了你害了我，他是咱俩不共戴天的贼啊！"柳子言又一次被掌柜请去北宽坪重新踏风水了。但他不是骑了驴子，而是坐在背篓里雇人背着去的。

旧地重游，柳子言坐在了女人曾经赐给他情爱的那个小房里失声痛哭，掌柜问他伤了什么心。他说想起了四姨太，还是这间房，还是这把椅子，却再见不到四姨太了！掌柜遂也老泪流出，劝慰柳先生不要为她难受，说四姨太好是好，再也寻不到她这般俏眉眼的娘儿们了，可毕竟现在是土匪的婆子，他掌柜也不为她哭坏身子了。柳子言说："你知道她的近况吗？"掌柜说："我只说她被抢了过去不是拿剪子捅那土匪，也得触柱死去，她竟旺旺活着！听人说她出门，后边有两个护兵跟随，真真正正是土匪婆了！"柳子言心里愤愤起来：一个家有万贯的财东，一个不该娶少妇偏娶了少妇的老头，你拱手把四姨太献给了土匪，却要怨怪四姨太没有在新婚的夜里触柱死亡，得一个贞节的名号！这也算一个与四姨太十余年的丈夫，算北宽坪地方的绅士么？对着并不慈善的掌柜，柳子言收回了对他遭到苟百都迫害的同情，也全然坦然了多少年里总有的一丝对他不起的心思。厌恶起掌柜的柳子言这么骂一个男人的歹毒，却也从掌柜身上看见自己的丑恶，骂起自己不也恰恰和这枯老头一样。

没有保护了那个女人吗？女人原本不爱掌柜。况且掌柜人也老了，而自己呢？柳子言扭头看窗外，窗外的枣树还在，他不禁戚戚感叹："今年枣树上没干枣了。"

"枣树上哪儿还有干枣呢？"掌柜干笑了一下，忽问起一个问题来，"柳先生，听说苟百都也占了一处吉地？"

柳子言说："那也算一块儿吉地吧。"

掌柜说："那他还有大气数吗？你知道吗，为了占那吉地，他是将他娘掀进沟里跌死，对外说是失了足……哼，一个瞎眼山婆子能守得住？！"

柳子言说："甭提土匪那一宗了，柳子言会给你再踏出一块儿好穴位，迁埋骨殖的。"

掌柜连声就呼着丫头，催问酒温好了没有，又说柳先生这次来不必着急踏勘，先喝三天的醉酒，姚家大院中的这些使唤丫头喜欢上哪一个了就只管招叫了去侍候你。

柳子言也真的这一顿酒吃醉了。

就在柳子言醉吐了一定要掌柜来打扫那秽物的时候，一个爆炸的消息传到了北宽坪，说是苟百都被龙抓了！掌柜一把搂住了也被惊得酒醒的柳子言长一声笑，短一声哭，夸讲着天神之公道，也夸讲土匪早不死迟不死偏在柳子言要重踏坟地迁葬父母骨殖的今日而死，这定是将要踏出美穴的预先兆应了。两个人已经听报信人说过一遍苟百都被龙抓的经过，却仍要再说一遍又说一遍，确确实实地核证了这一切皆是事实。威风着方圆百里的苟百都是在前三天下山到黑龙口坪坝里的一家财东炕上抽烟土，已经抽过三个时辰仍不过瘾，他眉飞色舞地给财东和另几个土匪讲他的英武。说唐井派人来杀他，此人枪法好，刀法也好，却不知他苟百都是怎么个人物竟使唐井也奈何不得！那人来了，他枪也不带刀也不挎，端了火盆在门口吸旱烟哩。来人问："谁是苟司令？"他说了："我就是苟百都，伙计，来吸一锅子吧！"来人说："嗬，原来是黑皮八斗瓮！"他说："是长得差些。"还是低头吸他的烟。烟灭了，用手在火盆里捏一颗红炭按在烟锅上，来人眼就看直了。点燃了烟叶取下火炭，火炭没放在盆里却放在了膝盖上，膝盖上的肉就嗞嗞地响，再说一句："这烟叶真香，你真不吸吗？"来人就跪倒在地了，说："苟司令你是条汉子！要么你砍了我的头，要么我跟你吃粮！"那一把短刀就撂在他面前了。在座的财东说司令就这么收了来人了？苟百都说："屁！当粮子逛山不敢杀人我要他干啥？"拾起来人的刀在眼前看锋刃，说句好刀口哩，忽的一下砍下来人的头。头因为掉得太快，那眉儿眼儿还是笑笑的，便差人直送白石寨去了！在座的皆土色了脸面，苟百都就哈哈大笑，笑未毕，屋外忽然天变，一朵云停在屋当顶，接着嘎啷啷一个炸雷一道电光打开窗子冲进来，众人全都震昏了。待眼目睁开，屋里一切完好，唯独不见了苟百都，急奔出门，空中咚地掉下个黑炭来，苟百都烧焦成二尺长。掌柜又是一串大笑，突然说："可惜了，可惜了！"报信人说："掌柜说土匪死得可惜了？"掌柜说：

"听说他有两颗金牙，花了大钱镶的那金牙就烧化了！"报信人说："哪里就烧化了，他的喽啰敲了金牙才用白布裹苟百都。正为了这事，他们不敢回去见那四姨太，不不，见那匪婆子，才一哄都散了，苟百都的尸首还是那家财东埋了的。"掌柜说："你说得对，是四姨太，今日晚上我就要去过风岔接回那娘儿们，回来了你还叫她四姨太！"

姚掌柜匆匆去张罗接四姨太的事宜了，留在了厢房里的柳子言却仍为突如其来的喜讯震得说不出话来。四姨太，那个心爱的美妇人竟然还能再次一见吗？他不能不感慨这是怎样的一种缘分啊！当掌柜领了一班人灯笼火把去了过风岔，柳子言的死而复生般的惊喜却遂被另一层为自己和那女人的悲哀代替了，一个逃离了老朽去当了三年的压寨夫人的四姨太，到头来又回到朽而又朽的老头的炕上，那女人就是因为长得太美么？每一次像猎物一样被狼叼来叼去，又每一次偏让柳子言遇着。暂短的相会，留下的竟是长长久久的悲伤和凄凉，这是对那可怜女人的残忍呢还是对为此而残废了的柳子言的残忍?！那么，自己对一个可望不可即的女人的爱恋是一种自寻的罪过了，就不要再把这种罪过同时带给那个女人吧。这么想着了一夜，发起了高烧的柳子言终于决定在四姨太被接回时绝不去见她，眼不见心则不乱，让她度过她后半世的清静岁月吧。

天稍稍发亮，柳子言收拾了褡裢，扶杖而走了，但门前的土场上一副滑竿急急抬了过来，他看见了坐在滑竿上面色黑灰眉眼扭曲的掌柜，却没见到四姨太。他拱手搭问："四姨太呢？"掌柜却并没有回答他，昨晚那飞扬的神气没有了一点痕迹。"四姨太没有接回来吗？"他又问了一句。掌柜哼了一声，显得那么地不耐烦，却恶狠狠对放下了滑竿要散出的随从说："把吃的东西送去，好好看管。今日大门关了，后门掩了，外边人一个不准进来，家里人一个不许出去！"便跟跄进了大厅去自个儿卧屋了。柳子言是不能私走了，看着立即有人抱了被褥提了饭盒出去，大门砰砰下了横杠，不知究竟出了什么事情。姚家的丫头和跑腿的在没人处交头接耳，一有人又噤声散开，柳子言不能询问任何人。他默默地回坐到厢房去，寻思四姨太一定没有接回来，或许四姨太已经死了，或许四姨太已逃离了过风岔。厢房的门口远远正对着院角的厕所茅房，短墙头上的一蓬豆荚蔓窸窸窣窣响后，一个人头冒出来，柳子言知道这是姚家大太太在那里解手用豆荚叶揩了屁股了。但大太太却在短墙头上向他招手。

"来呀，柳先生！"她又一次招他，"你不想听听稀罕吗？"

柳子言走近去，蠢笨得如捣米桶一般的肥婆子走出了茅房短墙，一边系裤带一边说："你知道小骚货的事吗？"

"四姨太？"柳子言忙问，"她到底怎么啦？"

婆子说："哼，老鬼总忘不了吃嫩苜蓿，只说小骚货的×叫土匪×了，心还在他身上，没想土匪死了骚货还不回来！"

"不回来了。"柳子言说，"她到底是不肯回来的了。"

"不回来老鬼行吗？她有一副嫩脸脸么！老鬼真不嫌她脏，她是给土匪怀了个仔儿，肚子都那么大了，喝苦楝籽水怕也坠不下来了！"

柳子言惊呆了："四姨太有了孩子？！"

婆子说："老鬼一看就上了气！要当场把土匪仔踢落下来，又怕丢了骚货的小命儿。可那匪婆子竟也往涧里跳，被人拉住，头上已破了一个洞。老鬼气得骂：你那时怎不就跳了崖，我还给你立个节妇牌呢！我现在来接你，你倒寻死觅活？！就把骚货用滑竿抬回来了，真该让她死去才好！"

柳子言忙问："怎不见抬了回来？"

婆子说："抬回姚家让生下那个土匪种吗？姚家是什么人，不要说招外人笑话，这邪祟气儿要坏姚家的宅舍呢！你瞧瞧，关在那个石堡里，让生下匪仔儿了，还要放三天的爆竹，艾水洗了身子，方能倒骑了驴子回姚家的门！"

肥婆子说着捂了嘴嘎嘎直笑，柳子言的脑子里已一片混乱，他望着院外山坡顶上的古堡，泪水拂面。那一座古战场残留的石堡，数年前他默默地从远处观望，想象着一个月夜他怎样地能和四姨太幽会其中，数年后的今日，四姨太竟真的被幽闭在那里了。石堡上到底是如何的败旧，荒草横长，野鸽遗矢，孤零零的一个美艳女人就在那里生养胎儿再将胎儿亲手处死吗？柳子言不知了肥婆子何时离去，他双手抠动着墙皮一步一跳地不能在厢房门口安静，指甲就全抠裂了，墙面上抹出了一条一条血道。突然单足跳跃竟走到厅房台阶下，他改变了主意要看看四姨太，甚至拿定主意请求在姚家长期住下，他要永远能见着那个女人，也要让那女人永远能见到他！他跳跃到台阶下再要跳上台阶，他摔倒了，碰掉了一颗门牙，对着听见响声出来的掌柜说："你怎么能将四姨太关在石堡呢？你不能这样待她！"

掌柜疑惑地看着他，说："柳先生，我是器重你的，你不要管我家私事。"

"不！"柳子言再一次从地上跳起，单脚竟如锥一样直立着，说，"掌柜，这是你家的事，我本是不能管的，可你是请我来为姚家踏吉地的，你是知道的，积德为求地之本，知积德善人未有不得吉地的。苟百都为何死于非命？他行恶多端，吉地也成了弃地啊！"

掌柜说："我何尝不正是这样做呢？那娘儿们怀的是土匪的种，我让她出血流污的在姚家生养，岂不辱没了姚氏祖宗？我要不是待她好，我早在过风岔一刀挑开她的肚皮了！柳先生是手艺人，怕是昨日的醉酒还没完全醒的吧？来人，扶柳先生回屋去，熬了莲子汤好好服侍先生吧！"

几个跑腿的男人几乎是抬着柳子言到厢房去了。

躺倒在厢房土炕上的柳子言，现在只能是无声地抽泣，为了将来还是掌柜的四姨太的女人，他的求情遭到了掌柜的拒绝和厌烦，他的那点勇敢可怜得毫无作用可起。漫长的一天里，他恨着自己不是个土匪，若是有土匪的蛮力和枪杆，他也不至于这般容忍了掌柜这老狗。到了这时，反倒那苟百都真是个汉子，可惜了苟百都的死去，女人宁愿跟着土匪也比来姚家要好了。这一天终于将尽，四山严合，逼出了黑暗下来，月亮也随之出现，多清丽的月夜呀，原本是浪漫的人儿飞身于山峁，依山上下曲折的石堡栈道，让月光浸着雪净的衾绸，让月光逼着玲珑的眉宇，有了如丝的幽梦，有了如水的思愁，有彻悟有祈祷有万千神话……而现在的女人于石堡中哭淌了多少泪水？柳子言担心着女人经受不了生下骨血让人活活弄死的折磨而要死去的。是的，她要死去的，任何一个最坚强的女人都会在灰了心的绝望中死去！一时间，柳子言紧张得一身汗都出来了，他似乎就看见了女人披头散发地在那里吼叫，风却灌住了她的口，谁也听不到她的呐喊。她开始痴痴地盯着石壁看那一群快活的蚂蚁了。她是那蚂蚁就好了。上苍啊，怎么让这女人来世时托生一只自由自在的蚂蚁呢？石堡的门洞外，女人能看到月下起伏的万山壑岭么，能看到浮云浸拥的栈道石廊么？不不，石壁如塔压着她，如笼囚着她，她从门洞看到的是一堆堆磷火。对了，柳子言想起了发生在这山头的一件古远的传说，说是一位英武的将军驰骋鏖战了一生却终在最后被敌军包围在了这座石堡中。同样是一个美丽的月夜，石堡的内外躺满了部下的尸体，只剩下了将军的妻子和一个忠诚的卫士，将军看着满山围拢上来的敌军，他血刃了自己心爱的年轻的妻子，他不忍心妻子落入敌军手中受辱，在血刃了妻子而抱着她还微笑的头颅而哈哈大笑，对着吓呆了的卫士说："好了，我英雄的一生要结束了，现在，我要成全你。他们以三百两白银悬赏我的头，你就提了我的头去见他们吧，我忠诚的卫士！"说完，风吹动着他的长发，星月照耀着他的铠甲，一只手抓着头发，一手扬刀就抹掉了自己的头，竟然那只手把抹掉的头颅捏着而身子不倒。这古远的传说这么清晰地在柳子言脑海中浮现，他想，四姨太一定在这个时候听见了一片鬼的嚎叫，看见了那英雄的将军和将军的妻子，她在哀叹了：谁是我的英雄呢？英雄将军保不了妻子的活着，却保护了妻子的死去，这妻子也是幸福的。我一个容貌美丽的女人，因美丽而为臭男人们活着，如今要死在一个可爱的人的刀下也不成啊！柳子言愈这么想，愈坠进了不可自拔的境界里去，过去的一幕幕的无能、软弱、忍耐全然激发了一个男人的所有勇敢，咬牙切齿道："我是你的英雄，是的，我是你的英雄！"

英雄了的柳子言在夜静人睡之时，拨开了姚家的大门，拄杖往山上去了。

崎岖的山路上，柳子言摔倒了一次又一次，他开始往山头爬。他的衣服全破了。一条唯一的腿和两条胳膊血肉模糊。他预想着爬到古堡怎样地打开石堡洞门的栅栏，怎样地呼叫着四姨太的名字而与她相见；他要告诉她不要哭，也不要叙说长长久久刻骨铭心的思恋。赶快逃离石堡吧，即使天黑不能远离，也要到另一处的什么地方躲起来。然后他们在某一处相会，然后他要和她，或许她愿意独自一人，他都可以帮她逃到很远很远的地方去的。但是，当柳子言刚刚爬到了古堡下的栈道长廊下，看守着四姨太的人发现了。这是一位年迈的在姚家跑腿的老头，他是认识柳子言的，询问着柳先生摸黑怎么能到山上来。柳子言瞒不了他，老老实实地把一切都告诉了，他明白有人看守着古堡他是不能去搭救女人的。他说尽了女人的苦愁来感化这看守，甚至应允，若看守人能放他上去救那女人，他保证付一笔数目巨大的银钱，也保证为看守踏勘出一处大吉大贵的坟地，永葆其家族后代安乐昌盛。看守同意了，却劝柳子言不要亲自去，一个残废的人怎么能爬上那古堡，就是这栈道长廊，健全身体的人也要小心才能过呀。"先生请相信我，我就去帮四姨太逃走吧。明日掌柜要问，我就说我去拉屎，回来不见人了，大不了掌柜勒我一绳，罚了我一年的工钱。"柳子言感动得直磕头，说他今生今世忘不了老伯大恩，又千吩咐万叮嘱了许多许多要小心的事，方又倒爬着下山。

柳子言返回了姚家，天已经麻麻泛亮了，他若无其事地招喊了一个下人要求背篓里背了他去后坡跟踏勘坟地。背篓背出了大门外，他却对着从河里挑水的姚家用人说："你就给掌柜说一声吧，我去后坡跟踏吉地了，让他随后也来看看。"可是，当柳子言踏勘到了晌午，掌柜却没有来，柳子言也不急着回去，就躺在暖和的地坎下打盹了。昨夜的奔波已经弄得他疲倦至极，现在该是好好地歇息了。蠢笨的掌柜这阵在干什么呢？他哪里知道石堡中的四姨太已经远走高飞，而这一切又都是一个残废的风水先生所为的呢！他作想不来在某一个山洞里还是松林中的四姨太，这阵儿是怎么地感激和思念着他啊。他得很快地踏勘完坟地去相见，而那个尊敬的看守老头能在他一回到姚家碰见，告诉他四姨太的去处吗？柳子言终于在松弛心身后迷糊起来，将隐隐的一种后怕和一种暗自涌上来的英雄气概的念头带到了梦境，但同时听见了声音："先生，你醒来，掌柜来了！"被用人推醒了的柳子言果然瞧见掌柜远远走来了，且笑眯眯地在几丈外就说："柳先生，你怎不多歇几天就踏坟地了！你这么为姚家费力，姚某人真是不知该怎样谢你了！"

柳子言说："掌柜不必客气。你来瞧瞧，这个穴可真不错哩！"

掌柜说："是吗，这么快的？！先生你怎么受伤了，满手是血呢？"

柳子言脸红了一下，忙说："刚才下坎时不小心跌了，没事的。我想你既然来了，咱就把方位定了好下楔哩。"

掌柜却说："先生急着是要走吗？这次来可不能让你很快就走的，我得好好款待你才是。过午了，回家吃饭吧，明日再来好了。"

柳子言被背了随掌柜回到姚家大院，掌柜却并没有让他去厢房用膳，而让人一直背他到厅房，掌柜则仰躺在睡椅抽起烟土来。一个泡抽完再抽一个泡，掌柜再不看他，也不说话，柳子言起身要往厢房去，掌柜突然说："柳先生也爱上了我的四姨太吗？"冷不丁一句，柳子言脸唰地黄了扶桌站了起来又坐下，说："掌柜，你怎么说这话？我姓柳的有什么冒犯了你吗？"掌柜说："昨晚出了一件怪事儿，有人想要再夺走我的女人，竟到了石堡去，先生是能人，你估摸这是苟百都吗？"柳子言心里作慌了，他想一定是女人逃走后，掌柜在追查了。一想到女人已经逃走，柳子言又暗暗得意，恢复了脸面，故意作惊道："四姨太真的接回来了？谁到石堡上去干什么？苟百都不是被龙抓了吗！"掌柜冷笑了："苟百都是死了，可惜学苟百都的人没他那身膘肉！德顺，你进来吧！"厅房里便有一人进来，竟是石堡那看守四姨太的老头。老头看了一眼柳子言将头就垂下了。掌柜说："姚家的下人出了一个苟百都咬人的狗，可再没第二个对姚某人二心的人，德顺告诉我了一切。我现在只想问柳先生一句，你爱上我的那个四姨太了吗？"柳子言在刹那间天旋地转了，他恨死了这个叫德顺的老头，龙该抓的不是苟百都而是这狗德顺了！自己英雄了一场，竟坏在一个卑贱的下人手里，柳子言知道他现在的结果了，却为女人将受到又一重的惩罚而叫苦不迭了。到了这步田地，柳子言还掩饰什么呢，胆怯什么呢？他虎虎地看着掌柜，突然说："是的，我是爱上四姨太了，我第一次到姚家来就爱上了四姨太！掌柜你杀了我吧！"掌柜一丢烟具，哈哈大笑不已，直笑得身子连同睡椅前后摇晃，说："柳先生真个坦白！我还可以告知你，你不但是爱上四姨太，四姨太也爱上了你！"柳子言叫道："不！这与四姨太无关，要杀要剐，我柳子言一人承担！"掌柜说："柳先生真是爱女人爱得深呀！我并不杀你，你是我请来的贵客，我还要谢酬你哩，你知道我要谢你什么吗？我就把四姨太送你！我虽然爱这娘儿们，我为她破过家，在她当了匪婆子还把她接回来，但我今早去到石堡里见了她，我决定就送你了！"柳子言直直看着掌柜，他估摸不出这老谋深算的掌柜说这话的真正含义。他站在那里不动，等待掌柜的突然变脸而吆喝了五大三粗的打手冲进来。掌柜却又在说："柳先生，难道你也不回谢我一句吗？"柳子言简直不能相信事情竟是这般变化，阴霾密布的天突然透亮，湍急凶猛的水突然拐弯平缓，狂旋的龙卷风突然消失了吗？他一低头颅答道："掌柜说话若真，那我多谢了！"掌柜却说了："但我却也要你保证，一定要踏勘个吉穴给我！你今日草草踏了一下就说要定方位，我姚某就不能依你了！好吧，四姨太我先让她在石堡上待几日，几时吉穴踏成，你就带她走吧！"

整整踏勘了六天，真心真意地选好一处吉美穴地的柳子言爬到了石堡，出现在他面前的四姨太已是于那一日的早上被掌柜抽打一通鞭子将儿子降生，儿子却活活地在她的面前摔死了；而她也同时于掌柜的面，用石片从左额直划出四条裂口到右腮，说："你不是总爱着我这么张脸吗？我现在一心一意是你的四姨太了！"柳子言看着毁了容的女人，他啊的一声惊跌在地了。几分得意的掌柜也觉得愧对了柳子言，几分歉疚地说："柳先生，我不该瞒着她毁容的事，望多谅解。娶女人就是娶一张脸，柳先生若不喜欢这个，姚某再送你个丫头好了，整头洁脸的乖巧人哩。"柳子言摇摇头，一下子跳起来，将面前的女人搂抱住了。

用鸡毛粘好了脸伤的女人，从此再也没有了往昔的俏丽，那四条从左眉斜斜下来到右腮的疤永远留下了红痕，但柳子言用驴子领回到他的家里，怜爱如初。他拥抱着这个千难万难方遂了心的女人，再不是旧日无能的男人，他是丈夫，尽着丈夫的职责。

他们在五年之后终于生下了一个儿子。

有了儿子，使这一对夫妇不再是为了过一种安静可心的日子了。他们幻想着在这个世界上，要活得顺心适意，有头有脸，就必须是要当官的。他们商定要为柳氏家族选一个最好的坟地；大半生为了他人的幸福，柳子言踏遍了山山水水，现在他们是在为自己而选穴了。一头瘦小的毛驴子，载着已经花白了头发的夫妇，终于在一个雨后天朗的正午寻觅到了一个山嘴下，柳子言激动不已，满口白沫论说勘踏美穴的妙处，什么风水以山名龙，故山之变态千形万状，走垄之体转移顿异，其潜现跃飞变幻莫测，唯龙为然。何以曰脉，是统人身之脉络，气血所由以运行而一身之禀赋，脉清者贵，浊者贱，吉者安，凶者兀，地脉亦然。什么龙要旺，脉要细，穴要藏，局要紧，砂要明，水要凝，化生开帐两耳插天，虾须蟹眼左右盘旋，明堂开睁砂脚宜转。他满口文言古辞，女人哪里听得明白，问这山嘴下该是什么穴，柳子言又得意指点，说那山嘴两边呈半环，环后有横峁，峁后又一山成大环抱，虽不是五耸秀四水归朝，青龙双拥官诰复钟，但却也是梧桐枝穴，此龙身枝脚均匀之格，梧桐枝双迎双送，两平势对节，分枝作穿心，该是祖宗儿孙相顾，至贵呢！女人乐道："好了，好了，我不懂你的这样穴那样穴，我只要我儿子当官的穴哩！"

柳子言自小没有了父母，被师傅收养学道，他不知道自己的父母葬在哪里，坟墓拱好了，便做了先考先妣的灵牌安放进去，又为自己和女人拱了双合大墓，便宣布再不为人察识风水了。在儿子长到了十二岁，男长十二接父志，在一个早晨，夫妇俩烧了锅菊花汤水沐浴，穿好了所有崭新的衣服，对儿子说："儿呀，我们不可能看着你长到三十四十，也不可能为你留下青堂瓦舍的一院房屋，百亩良田，万贯资产，可我们可以助你去当官。从今往后，你不要想着你的父母，也不要守在这个地方，你可以出外去干你的事了！这个世界这么大，你不会孤单，你会有许多大事要干的。"儿子是聪明俊秀的人物，听从了父母的话，磕下一个响头，下山而去了。

这父母骑上了毛驴。女人虽然老了，身架还俏，人依旧干净，头脚整洁不乱，却把一块儿印格手帕顶在头上，手帕太大了，四个角便遮了脸。柳子言说："今日暖和没风，遮得那么严干吗？"妇人说："不遮，难看呢。"柳子言端详着她，脸上皱纹是纵横了，五官却不多一分不少一分地端正，那四条伤痕虽是发红，却看到了往昔的美艳，说："你一点不难看。你是天人，你原本是在天上，但你到了人间，桃花恨你，春风恨你。所以你受尽磨难，只有了这四道疤你才活得安生了！太阳这么好，咱要出远门，为啥要遮呢？"

妇人听从了丈夫的话，要骑上毛驴了，柳子言就去扶她，趁机要捏捏那一双精精巧巧的脚，再将一根柳条给她，让她当驴鞭。女人就说："你再捏，我可要抽打你！"两人遂想起过去长长的一幕，相视在阳光下就全笑了。

他们一个在前一个在后，就这么骑着毛驴来到了他们的坟地，直走到地下拱好的坟墓穴里，便动手将墓坑中的砖石一块儿一块儿封了墓穴口。封得那么严。没有一丝风可漏，没有一点光可透。柳子言说，今晚会有一场雨的，坟顶上的土能塌下来埋了墓道，咱们可以安安静静睡了。

该怎么睡呢？漆黑的世界里，女人并没有立即感到呼吸的紧促，她询问着柳子言，并撒娇地一定要柳子言扶了她睡下，且要双手就紧紧搂住她，让她头枕在那宽宽的胸脯上。柳子言按她的要求去做了。他们在这个时候听到了坟外风扫过墓顶，那几丛枯草摇曳着冷冷的金属声，有蚂蚁在叫，蚯蚓在叫，墓壁上爬动的湿湿虫释放着姜葱一样的气味。两人同时想起了过去的岁月，想到了那一切一切细微得不能再细微的细节，倒后悔忘了带一壶酒来，这些记忆是用盐风干的肉丝，蛮能有滋有味地下酒呢。柳子言开始摸索着从身上解那件已经很旧很旧几乎稍稍一撕就破的红裹兜，妇人并没看见，却感觉到了，也伸过手来，拉平了，盖在他们的脸上。

"这是咱们的铭旌哩！"柳子言说。

"铭旌都是要写一生功德的。"妇人说。

"那上面不是有血斑吗？那就算咱自己写下的。"柳子言说。

两人无声笑了。

"咱们的儿子会当了官吗？"妇人悄声又说。

"会的。这是一个好穴哩！"

"能做了什么官呢？"

"很大的官，真的，大官哩！"

十年后，四十里外的洪家戏班有一个出了名的演员，善演黑头，人称"活包公"。他便是柳子言的儿子。柳子言踏了一辈坟地真穴，但一心为自己造穴却将假穴错认为真，儿子原本是要当大官，威风八面的官，现在却只能在戏台上扮演了。

五　魁

　　迎亲的队伍一上路，狗子就咬起来，这畜类有人的激动，撵了唢呐声从苟子坪到鸡公寨四十里长行中再不散去。有着力气，又健于奔跑的后生，以狗碍了腿脚为理由，总是放慢速度，直嚷道背负着的箱子、被褥、火盆架、独坐凳以及枕匣、灯檠、镜子、装了麦子的两个小瓷碗，使他们累坏了。"该歇歇吧！"就歇下来。做陪娘的麻脸王嫂说不得，多给五魁丢眼色，五魁便提醒世道混乱，山路上会有土匪哩。后生们偏放诞了勇敢说，土匪怕什么？不怕。拔了近旁秋季看护庄稼的庵棚上的木杆去吆喝打狗。狗子遂不再是一个两个，每一个沟岔里都有来加盟者，于亢昂的唢呐声中发生了疯狂。跃起细长黄瘦剪去了尾巴的身子在空中做弓状，或夯起腿来当众撒尿，甚或有一对尾与尾勾结了长长久久地受活在一处了。于是就喊："嗨，骚狗子！嗨，骚狗子！"喊狗子，眼睛却看着五魁背上的人。五魁脸也红了，脚步停住，却没有放下背上的人。

　　背上的人是不能在路上沾土的，五魁懂得规矩，愤愤地说："掌柜是不会放过你们的。"

　　"我们当然不像五魁，"后生们说，"我们背的是死物，越背越沉。五魁有能耐你一个人快活走吧。"

　　五魁脸已是火炭说"造孽哩，造孽哩"，但没办法，终是在前边的一块儿石头前将背褡靠着了。背褡一靠着，女人的身子明显地闪了一下，两只葱管似的手抓在他的肩上，五魁一身不自在，连脖子都一时僵硬了。

五魁明白，这些后生绝不是偷懒的痞子，往日的接亲，都是一路小跑着赶回去，恋那早备了的好烟吃、烈酒喝，今日如此全是为了他背着的这个女人。

当一串鞭炮响过，苟子坪的老姚捏着烟迎他们在厅屋里吃酒，瞥见了里屋土炕上正坐了一位哭天抹泪的女人，他们就全然没有嘻嘻哈哈的放浪了，因为那女人生就得十分美艳为他们见所未见。一个贫穷的茅草屋里生养出个观音人来，实在是一个奇迹，立时感到他们来此接亲并不是为柳家的富豪所逼使，而是一种赐予与恩赏了。世上的闺女在离开了父母的土炕将要去另一个做妇人的土炕时，都是要哭啼落泪，而这女人哭起来也是样子可爱。她的母亲和她的陪娘在劝说着，拉下她的手，将粉重新敷在她的脸上，梳子蘸了香油再一次梳光了头发，五魁就看见了她歪在炕沿上，一条腿屈压在臀下，一条腿款款地斜横在炕沿板上，绣花的小鞋欲脱未脱地露出了脚跟的姿态。那一刻里，他觉得这女人是应该嫁到富豪的柳家去享福的，而且应该用八抬花轿来抬，但可惜山高沟大，没有抬花轿的路可走，只得他五魁驮背了。

五魁在十六岁的时候，已经体格均匀，有大力气，被选作了驮背新娘的角色，以致从此成了专门职业。十年来，他几乎背驮了数十个新娘，他知道了鸡公寨的各家媳妇重与轻、胖与瘦，甚至俊丑及香臭，但他从来还未背过这么美妙的女人。他不明白在他走向炕边，背过身去，让那女人爬上背来，他竟是唰地出了一身微汗，以至于在女人已经双膝跪在了背褡上的毡垫还不知道，待到一声叫喝，姚家的人将朱砂红水抹在了他的脸上，他才清醒他是该出门走了。这一路都在后悔，也不能看见背上的人，背上的人却这么近地能看着他。该怎么在窃笑他那时的一副蠢相呢？

正是这女人被他背驮着了，挨在后边的抬着嫁妆的后生们，他们是可以一直不歇气地走到天边去，走到死去，也不觉劳累的。但是四十里山路轻易地到达实在不是他们的需要，后生们话才这么多，才这么兴奋，才这么故意寻借口拖延。在接亲的路上，做了新娘的虽是柳家的人了，但还不是真正的柳家人，他们的戏谑都不为过，若一经进了柳家，这女人就不是能轻易见得到的了。后生们如此，他五魁还能这么近地接触她吗？所以五魁也就把背褡靠在石头上歇起来。

八月的太阳十分明亮，山路上刮着悠悠的风，风前的鸟夯着乱毛地叫，五魁觉得一切很美，平生第一次喜欢起眼前起伏连绵的山和山顶上如绳纠缠的小路。如果有宽敞的官道，花轿抬了，或者彩马骑了，五魁最多也是抬嫁妆的一个。五魁几乎要唱一唱，但一张嘴，咧着白生生的牙笑了。麻脸陪娘走近来很焦急地看着他，又折身后去打开了陪箱的黄铜锁子，取出了里边的核桃和枣子分给后生们吃。这些吃物原本准备给接嫁人路上吃的，但通常是由接嫁人自己动手，现在则由陪娘来招待，大家就知道麻脸人的意思了。

"天是不早了呢！"陪娘说。

"误不了夜里入洞房的，"后生们耍花嘴，"瞧这天气多好！"

"好天气……"

"那还怕了土匪？"

"哪里怕了土匪！"陪娘不愿说不吉祥的话，"你们可以歇着，五魁才要累死了！"

"五魁才累不死的！"

五魁想的，真的累不死。他就觉得好笑了，这些后生是在嫉妒着他哩，当五魁一次一次做驮夫的差事，他们是使尽了嘲弄的，现在却羡慕不已了。他不知道背上的女人这阵在想着什么。一路上未听到说一句话，五魁没有真正实际地待过女人，揣猜不出昨日的中午，在娘家的院子里被人用丝线绞着额上的汗毛开脸，这女人是何等的心情，在这一步近于一步地去做妇人的路上又在想了什么呢？隔着薄薄的衣服，五魁能感觉到女人的心在跳着，知道这女人是有心计的人儿，多少女人在一路上要么偶尔地笑笑，要么一路地啼哭，她却全然没有。她一定也像陪娘一样着急吧？或者她是很会懂得自己的美丽，明白这些后生的心意，只是不言破罢了。

不言破这才是会做女人的女人。

好吧，五魁想，那不妨就急急她。她急着，陪娘急着，在鸡公寨外的山口上等待着新人的柳家少爷更让急着去吧。

老实坦诚的五魁这一时也有一种戏谑的得意，若这么慢慢腾腾地走下去，一个晌午女人是不能吃喝和解手，使她因水火无情的缘故而憋得难受，于他和他的同类将是又怎么开心的事呢？一个将要在柳家的土炕上生活的妇人，五魁对于她的美的爱怜而生出了自己的童身孤体的悲哀，就有了说不清的一种报复的念头了。

有了这一念头的五魁，立即又被自己的另一种思想消灭了：谁让自己是一个穷光蛋呢！不要说自己不能有这样的美人，连一个稍有人样的女人也不曾有，即使能得到这女人，有好吃的供她吗？有好穿的供她吗？什么马配什么鞍，什么树招什么鸟，这都是命运安定的。五魁驮背一回这女人，已经是福分了，是满足了！于是，五魁对于后生们没休没止的磨蹭有不满了。

"歇过了，快赶路吧！"他说。

后生们却在和陪娘耍嘴儿，他们虽然爱恋着那个可人的新娘，但新娘的丽质使他们只能喜悦和兴奋，而这种丽质又使他们逼退了那一份轻狂和妄胆，只是拿半老徐娘的陪娘作乐。他们说陪娘的漂亮，拔了坡上的野花让她插在鬓角。五魁扭头瞧着快活了的麻脸陪娘也乐了。

是的，陪娘在以往的冷遇里受到了后生们的夸耀忘记了自己的本色，如此标致的新人偏要这个麻脸做她的陪娘，分明是新人以丑衬美的心计所在了。或许，这并不是新人的用意，而她实在是美不可言，才使陪娘的脸如此的不光洁吗？五魁觉得自己太幸福了，他离开了石头，兀自背着新人立在那里，看太阳的光下他与背上的人影子叠合，盼望着她能说一句：这样你会累的。新人没说。但他知道她心里会说的，他的之所以自讨苦吃，是要新人在以后的长长的日月里更能记忆着一个背驮过她的人。

天确实是不早了，但后生们仍在拖延着时间，似乎要待到如铜盆的太阳哐嚓一声坠下山去才肯接嫁到家，戏弄了陪娘之后，又用木棒将勾连的狗子从中间抬过来，竟抬到五魁的面前，取笑着抹了朱砂红脸的五魁，来偷窥五魁背上的人面桃花了。

五魁无奈扭身，背了新人碎步急走。

这一幕背上的女人其实也看到了。一脸羞怯，假装盯眼在前面的五魁头顶的发旋上了。

五魁感觉到发旋部痒痒的。在一背起女人上路，他的发旋部就不正常，先是害怕虽然洗净了头，可会有虱子从衣领里爬上去吗？即使不会有虱子，而那个发旋并不是单旋，是双旋，男的双旋拆房卖砖，女人会怎样看待自己呢？到后来，发旋部有悠悠的风，不知是自己紧张的灵魂如烟一样从那里出了窍去，还是女人鼻息的微微热气，或者，是女人在轻轻为他吹拂了，她是会看见自己头上湿漉漉的汗水，不能贸然地动手来揩，便来为他送股凉风的吧？

这般想着的五魁，幻觉起自己真成了一匹良马，只被主人用手抚了一下鬃毛，便抖开四蹄翻碟般地奔驰。后边的后生果然再不磨蹭，背了嫁妆快步追上，唢呐吹奏得更是热烈。五魁还是走得飞快，脚步弹软若簧，在一起一跃中感受了女人也在背上起跃，两颗隐在衣服内的胖奶子正抵着他的后背，腾腾地将热量传递过来了。草丛里的蚂蚱纷纷从路边飞溅开去，却有一只蜜蜂紧追着他们。

"蜂，蜂！"女人突然地低声叫了。

蜜蜂正落在了五魁的发旋上。

听见女人的说话，五魁也放了大胆，并不腾出手来撵赶飞虫，喘着气说："它是为你的香气来的。"但蜜蜂狠狠蜇了他，发旋部火辣辣地立时暴起一个包来。

"五魁，蜇了包了！你疼吗？"

"不疼！"五魁说。

女人终于手指在口里蘸了唾沫涂在五魁的旋包上。

五魁永远要感激着那只蜜蜂了。蜜蜂是为女人的香气而来的，女人却把最好的香液涂抹在了自己的头上！对于一个下人，一个接嫁的驮夫，她竟会有这般疼爱之心，这就是对五魁的奖赏，也使五魁消失了活人的自卑，同时产生了一种可怕的邪念，倒希望在这路上突然地出现一群青面獠牙的土匪，他就再不必把这女人背到柳家去。就是背回柳家，也是为了逃避土匪而让他拐弯几条沟几面坡、走千山万水，直待他驮她驮够了，累得快要死去了。

是心之所想的结果，还是命中而定的缘分，荀子坪距鸡公寨仅剩下十五里的山道上，果然从乱草中跳出七八条白衣白裤的莽汉横在前面，麻脸陪娘尖锥锥叫起来："白风寨！"

白风寨远鸡公寨六十里，原是一个下河人云集的大镇落。不知哪一年，白风寨来了一个年轻的枭雄唐景，他打败了官家，以此安营扎寨，演动了许多英武的故事。外边的世界里都在传说着这个枭雄正是往昔的妇人的最小儿子，他在别的村庄别的山寨是提起来令人毛骨悚然的人物，但在白风寨却大受拥戴，他并不骚扰这个寨以及寨之四周十数里地的所辖区的任何人家，而任何官家任何别的匪家却不能动了这地区的一棵草或一块儿石头。就是这么一个奇怪的胚胎，虽然也娶下了一位美貌的夫人，但他的服饰从来都是白的，也强令着他的部下以至那个夫人也四季着白色的衣裤。为了满足寨主的欢喜，居住在这个寨中的山民都崇尚起白色。于是，遭受了骚扰的别的地方的人一见着一身着白的人就如撞见瘟神，最后连崇尚白色的白风寨的山民也被视为十恶不赦的匪类了。

麻脸的陪娘看得一点没错，拦道的正是白风寨的人，他们不是寨中的山民，实实在在是唐景的部下。原本在山的另一条路口要截袭县城官家运往州城的税粮，但消息不确，苦等了一日未见踪影，气急败坏地撤下来议论着白风寨近期的运气不佳全是殁了压寨夫人所致，痛惜着美貌的夫人什么都长得好，就是鼻梁上有一颗痣坏了她的声名。为什么平日荡秋千她能荡得与梁齐平而未失手，偏在七月十六日寨主的生日，那么多人聚集在大场上赛秋千，她竟要争那个第一呢？为什么在荡到与梁欲平的时候，众人一哇声叫好，她的宽大的丝绸裤子就断了系带脱溜下来，使在场的人都看见了不该看到的部位呢？寨主从不忌讳自己的杀人抢劫，当他把大批的粮食衣物分给寨中山民时告诉说这是我们应该有的，甚至会从褡裢中掏出一颗血淋淋的人头讲明这是官府×××和豪富×××，但他却是不能允许在他的辖地有什么违了人伦的事体。他扬起枪来一个脆响击中了秋千上的夫人，血在蓝天上洒开，几乎把白云都要染红，美貌的夫人就从秋千上掉下来。他第一个走近去，将她的裤子为她穿好，系紧了裤带，在脱下自己的外衣再一次覆盖了夫人的下体后，因惯性还在摆动的秋千踏板磕中了他的后脑勺。

现在，他们停下来，挡住了去路，或许是心情不好而听到欢乐的唢呐而觉愤怒，或许是看见了接亲的队伍抬背了花花绿绿的丰富的嫁妆而生出贪婪，他们决定要逞威风了。此一时的山峁，因地壳的变动岩石裸露把层次竖起，形成一块儿一块儿零乱的黑点，云雾弥漫在山之沟壑，只将细路经过的这个瘦硬峁梁衬得像射过的一道光线。接亲的队列自是乱了，但仍强装叫喊："大天白日抢劫吗？这可是鸡公寨的柳掌柜家的！"

拦道者听了，脸上露出笑容来，几乎是很潇洒地坐下来，脱下鞋倒其中的垫脚沙石了，有一个便以手做小动作向接亲人招呼，食指一勾一勾地，说："过来，过来呀，让我听听柳家的源头有多大的？"

接亲的人没有过去，却还在说："鸡公寨的八条沟都是柳家的，掌柜的小舅子在州城有官做的，今日柳家少爷成亲，大爷们是不是也去坐坐席面啊！"

那人说："柳家是大掌柜那就好了，我们没工夫去坐席，可想这一点嫁妆柳家是不稀罕的吧？！"

后生们彻底是慌了，他们拿眼睛睃视四周，峁梁之外，坡陡岩仄，下意识地摸摸脑袋，将背负的箱、柜、被褥、枕头都放下来，准备作鸟兽散了。麻脸的陪娘却是勇敢的女流，立即抓掉了头上的野花，一把土抹脏了脸，走过去跪下了："大爷，这枚戒指全是赤金，送给大爷，大爷抬开腿放我们过去吧！"

陪娘伸着右手的中指，中指上有闪光的金属。

那人就走过来欲卸下戒指，但一扭头，正是藏在五魁背后的新娘探出来瞧陪娘的戒指，四目对视，新娘自然是低眼缩伏在了五魁的背后，那人就笑了。

陪娘说："大爷，这可是一两重的真货，嫁妆并不值钱的，只求图个吉祥。"

那人说："可惜了，可惜了！"

陪娘说："只要大爷放过我们，这点小意思，权当让大爷们喝杯水酒了！"

那人却说："这么好的雌儿倒让柳家的消用，有钱就可以有好女人吗？你家少爷能，我们白风寨也是能的。"遂扭转头去对散坐的同伙说，"瞧见那雌儿了吗？好个人才，与其让做财东婆真不如做了咱们的压寨夫人哩！"

同伙在这一时里都兴奋得跳起来。

陪娘立即站起："这使不得，这使不得！"双手挥舞，似要抵挡了。那人抽刀来扫，一道白光在陪娘的面前闪过，便见一件东西飞起来，陪娘定睛看时，东西已被贼人接住，是半截指头和指头上的戒指，才发现自己中指已失，齐棱棱一个白碴，就昏死地上了。

那人叫道："都听着，这新娘还是新娘，但已是我们的压寨夫人！柳家是大掌柜，他少不得被我们抄家杀头，这女人与其做少奶奶短命倒不如做压寨夫人长长久久！"

五魁不待那人说完，拧身就往东路跑，跑到一块儿大石后，拐脚钻入一块儿茅草地，不顾一切地往峁沟蹿去，已经吓得木木呆呆的新娘此一刻里双脚双手只搂着五魁如缠树藤萝。慌不择路的五魁不住地要耸耸身子，将越背越下沉的女人在耸中向上挪送，每一耸就摔下一把汗豆子，再后就双手反搂在后，勒紧了女人的腰，说："我要滚了！"已是刺猬一般从一个斜坎滚下去，荆棘茅草就碾平了一道。滚到坎下，前面就是一条河了，河面上架一棵朽柳树的桥，深水旋着无数的涡儿，看去如一排排铆钉。五魁仰头往山上看，看不到峁梁，却想，若立即踏桥过河，山峁上必是能看得见的了，就用嘴努努左侧的一处鹰嘴窝岩，说："那里有一个洞，藏在那里鬼也寻不着了！"要站起来，却发现自己还倒在草窝里，女人的双手还勒着自己的脖子，女人的双脚也弯过来绞住了自己的腰，五魁就驮着女人拱身要站起来。但几次拱不起，女人终于说："让我下来！"一句话使惊魂失魄的五魁知道现在是安全地带了，便庆幸起自己的勇敢和机智，同时松弛了的脑袋里闪动了许多思绪，啊啊，一个菩萨般的女人现在与自己是很亲近的了！且不说她到了柳家做少奶奶是五魁不能正眼看的，即使她还在苟子坪做女儿，比五魁更魁伟的也更有钱的男人能挨着她一个指头吗？而如今她手脚纠缠地在自己身上合二为一，她是把一切的一切都依赖着他了！他看见了自己下巴下十指交叉着的白手有一处流着血，就后悔滚坡下来的时候没有保护得了被荆棘的划撕，那一只脚上，绣花的红鞋也快要掉了，如果真要被树枝挂走了，一个女人赤着一只脚，女人的难堪会使自己怎样的负疚呢？他腾出一只手来，将她的小鞋穿好，这一动作蛮有心劲，浑身的血管就汩汩跳，但表现得似乎毫无别的心思的样子：女人竟也如小孩一样并不配合，软软的，让他穿许久。

女人说："五魁，你救了我，你好行哩！"

这样的一句话，使五魁无限地激动，一拱身就站起来了。

"土匪我见得多了，跑得过我的他娘还没生下哩！"

五魁想，躲在鹰嘴窝岩下只要熬过一时，土匪就会寻不到他们而离去，那么，背驮着女人过了那个桥面，再顺沟下行二十里，再绕上鸡公寨，天擦黑是可以将新娘背驮到柳家的。对于这一场抢劫，于五魁实在不是灾祸，原本想多背驮女人的想法竟成现实，五魁对土匪是不恨的，倒觉得土匪与自己有一种默契似的。

"王嫂她不知怎么啦。"背上的女人突然说。

"不知怎么啦。"五魁也说，为女人的善良叹息了。土匪用刀削掉了陪娘的指头，他是看见了，他可惜这个陪娘，却又怨恨为什么要送给土匪金戒指呢？如果土匪发现走失了新娘，会不会就又抢走了这个麻脸断指的黄皮婆呢？"这都是那些崽子的罪！"五魁骂起抬嫁妆的后生们了，呔，口大气粗，遇事稀松，要不是他五魁及早逃走，这女人今日晚上不就沦为土匪的床上用品吗！

"只要你好，"五魁说，"我会把你囫囵囵接到柳家的。"

土匪是可能抢走了所有的嫁妆，也可能杀死一些人的，这消息会传到柳家，柳家一定在为新娘担心了，或许他们痛哭号叫，或许组织人马去白凤寨要人，或许绝望了，但偏偏在这个时候，他五魁背驮着新娘安全无恙地出现了，柳家于惊喜之余如何感念他啊！是的，五魁的举动并不是建立在柳家的是否感念，只要求得新娘对自己的记忆，再退一步，即使新娘此后再不记忆这事，他五魁完成了他对于一个美丽女人的保护，五魁就是很英雄很得意的人了！

已经到了鹰嘴窝岩下，五魁还是没有放下女人，他说他不累，有什么累呢？百五十斤的劈柴捆，他会从四十里外高山上一气背回来的，一搂粗的碌碡也能搬得起来，"我行的！"他说得很豪迈，甚至背驮着女人往上跳了一下。但是，他突然哐地跌在地上，女人也摔在一丈开外了。五魁顿时羞愧满面，抬头就看女人，却看到的是三个提刀的土匪，明白了刚才的跌倒并不是他的无能，是土匪的一块儿石头砸在他的腿内弯的。

五魁扑过去把女人罩在了身下。

土匪嘿嘿地笑了："小子你好腿功！"

五魁说："你们不要抢她，她怎么能嫁给一个土匪呢？！你们捆了我去吧！"

土匪一脚把五魁踢倒了，却用手拍拍他的脸："养活你个吃口货吗？"

五魁就势抓了匪手又扑过去，土匪再踢开去，五魁已血流满面，还是扑过去。土匪说："是个死缠头！"举刀就砍下去。女人叫道："不要杀他，我跟你们走就是了！"落下来的刀一翻，刀背砸在五魁的长颈上，五魁就死一般地昏过去了。

死里逃生的接嫁人抬背着完整无损的嫁妆到了柳家，但接亲没有接回新娘，拥在柳家门前鸣放着三千头的鞭炮的众人，便立即放下挑竿，用脚把炮捻踩灭。柳掌柜怀里的水烟袋惊落在地，肥胖的稀落着头发的柳太太一声不响地从八仙桌上软溜下去，被人折腾了半日方才缓醒。那个少爷，戴着红花的新郎，倒是哈哈大笑而使众人目瞪口呆，笑声就很凄惨，很恐怖，慌得旁人拿不出什么言语去劝慰，正要附和着他的笑也笑上一笑，少爷却把一位垂手伺立的接亲人一个耳刮接一个耳刮扇起来。柳家门里门外，顿时一片静寂，等少爷已返回东厢房里，众人还瓷着大气儿不敢出。

柳少爷的发凶理所当然，这位富豪家的孩子，并没有营养过剩的虚胖或贪食零嘴而羸屦不堪，魁伟的身体是鸡公寨最健壮的男人，有钱有力却新妻遭人抢夺，他没有失声痛哭，自然是进屋去抄了长杆猎枪，压上了砂弹和铁条，便又搭了高凳去取屋柱上吊着的竹笼。竹笼里存放着平日炸猎狐子和狼的用品，全是以鸡皮将炸药、铁砂和瓷片包裹成的炸弹。这炸弹放在狐狼出没之地，不知引诱了多少野物丧命，现在他脑子里构想着立即领人抄近道去截击土匪，将炸弹布置在他们需要经过的山路上，然后凭一杆猎枪打响，使土匪在爆炸声中丢下属于自己的新娘。但是，就在少爷双手卸下了竹笼从凳子上要下来的时候，凳子的一条腿却断了，少爷一趔趄，竹笼掉落，随之身子也跌下来，震耳欲聋的爆炸就发生了。

众人闻声冲进屋去，柳少爷躺在血泊里，拉他，拉起来一放手他又躺下去，才发现少爷没了两条腿，那腿一条在门后，一条搁在桌面上。

柳家的噩耗沉重地打击了鸡公寨，五魁的老父得知自己的小儿子没能回来，就蹴在太阳映照的山墙根足足抽完一把烟叶末，叫着两个儿子，说："揭了我炕上那页席吧，把五魁卷回来。"两个兄长没有说一句话，带了席和碾杆往遭劫的地方走了。

十五里外的山峁梁上，嗡嗡着一团苍蝇，走近看了，有一截胖胖的断指，却没有五魁的尸体，两兄长好生疑惑，顺着坡道上踩倒的茅草寻下去，五魁正坐在那里，迷迷瞪瞪茫然四顾。

"五魁，五魁，你没有死?!"兄长喜欢地说。

五魁突然呜呜地哭起来了。

"你没有死，五魁，真的没死!"兄长以为五魁惊吓呆了。

五魁说:"新娘被抢走了，是从我手里抢走了的!"

兄长就拉五魁快回家去，说土匪要抢人，你五魁有什么办法?原本是十个五魁也该丢命了，你五魁却没死，回去喝些姜汤，蒙了被子睡一觉，一场噩梦也就过去了。但五魁偏说:"我要去找新娘!"

话说得坚决。兄长越发以为他是惊吓呆了，拿耳光打他，要打掉他的迷瞪来。五魁却疯了一般向兄长还击，红着双眼，挥舞拳头，兄长不能近身。遂抽手就跑，狼一样从窝岩跑上崾梁，大声说:"新娘是我背的，我把新娘丢了，我要把她找回来!"兄长在坡下气得大骂:"五魁，五魁，你这个呆头，那是你女人吗?!"

五魁并没有停下脚，他知道白风寨的方向，没死没活地跑，兄长的话他是听见了，只是喘着气在嘟叨:不是我女人，当然不是我女人，可这是一般的女人吗?嫁给柳家她是有福享的，却怎么能去做了土匪的婆子呢?

况且况且，五魁心里想，女人在和他一起滚下坡坎的时候，是那样地用身子绞着他，是那样地信任他，作为一个穷而丑的五魁，这还不够吗?即使自己不能被她信任，给她保护，却偏偏是她保护了自己，在土匪的刀口下争得自己一条活命，现在活得旺旺的五魁要是心没让狗吃，就不能不管这女人了!

五魁后悔不迭的是，那一阵里自己如果不逞英雄，不在女人面前得意，急急过了桥去又掀了桥板，土匪还能追上吗?而自作聪明地要到窝岩下，又那么自信地在岩下歇息，才导致了土匪追来，岂不是女人让自己交给了土匪吗?

跑过了无数的沟沟崾崾，体力渐渐不支的五魁，为自己单枪匹马地去白风寨多少有些怀疑了。要夺回女人，毕竟艰难，况且十之八九自己的命也就搭上了。他顺着一条河流跑，落日在河面上渲染红团，末了，光芒稀少以至于消失，是一块儿橘橙色的圆。圆是排列于整个河水中的，愈走看着圆块愈小，五魁惊奇他是看到了日落之迹，思想又浸淫于一个境界中去：命搭上也就搭上了，只要再能见上女人一面，让她明白自己的真意，看到如这日落之迹一样的心迹，他就可以舒舒坦坦死在她的面前了。

五魁赶到了白风寨，已是这一日夜里的子时。白风寨并不是以一座山包而筑，围有青石长条的寨墙和高高的古堡，朦胧的月色下依然是极普通的村镇了。一座形如鸡冠状的巨大的峰峦面南横出，五魁看不到那鸡冠齿峰的最高处，只感到天到此便是终止。山根慢坡下来，黑黝黝地散乱着巨石和如千手佛一般的枝条排列十分对称的柿树，那石与树之间，矮屋幢幢，全亮有灯火，而沿着绕山曲流的河畔，密集了一片乱中有序的房院，于房院最集中的巷道过去，跨过了一条石拱旱桥，那一个土场的东边有了三间高基砖砌的戏楼，正演动着一曲戏文，锣鼓杂嘈，人头攒涌。五魁疑心这不是自己要来的地方，却清清楚楚看到了透过了戏楼上十二盏壮捻油灯辉映下的戏楼上额的三个白粉大字：白风寨。于往日的想象里，白风寨是个匪窝，人皆蓬首垢面，目透凶光，眼前却老少男女皆只是浸淫于狂欢之中，大呼小叫地冲着戏台上喊。戏台上正坐了一位戴着胡须却未画脸的人，半日半日念一句："清早起来烧炷香，"然后在身旁桌上燃一炷香插了，又枯坐半日，念，"坐在门前观天象。"台下就嚷："下去下去！我们要看《换花》！"五魁知道这是正戏还未开前的"戏引"，却纳闷白风寨好生奇怪，夜到这么深了，还没到开演时间。台上那人就狼狈下去，又上来一人说道："今日白风寨有喜开了台子，演过了《穆桂英招亲》，寨主也都走了，原本是收场了。大家不走，要看《换花》，总得换装呀！好了，好了，不要吵了，马上开始！"果真戏幕拉合了，又拉开来，粉墨就登场了。五魁心不在戏上，只打听寨主的营盘扎在哪儿，被问者或不耐烦，或虎虎地盯着他看，五魁担心被认出不是白风寨的人，急钻入人群，企望能在旁人闲谈中得知唐景的匪窝，也就有一下没一下假装看戏。戏是极风趣的，演的是一位贪图占小便宜的小媳妇如何在买一个货郎的棉花时偷拿了棉花，货郎说她偷花，她说没偷，后来搜身，从小媳妇的裤裆里抓出了棉花，那棉花竟被红的东西弄湿了，一握直滴红水儿。在一阵浪笑声中，五魁终于打问清了唐景的住处，钻出人窝就高高低低向山根高地上走去。

45

在满坡遍野的灯火中果然一处灯火最亮，走近去一院宅房，高大的砖木门楼挂了偌大的灯笼，又于门楼房的木桩上燃着熊熊的两盏灯盏，一定是盛了野猪油，灯芯粗大如绳，火光之上腾冲起两股黑烟，门口正有人出出进进。五魁想，大门是不好进去吧？却见有人影走过来，忙藏身一个地坎下，坎沿上有人就说话了："寨主得到的女人好俊哟！"一个说："我知道你走神了，死眼儿地看，可你却不看看你自己，你是寨主吗？你是卖烧饼的！"先头的便说："其实那女人像你哩！"问："你说哪儿像？"说："你近来，我给你说！"两人靠近了，一个很响的口吻声，一个就骂道："别让人瞧见了！"五魁知道这是一对少男少女，正是去看了抢来的女人，便想：白风寨真是土匪管的地方，唐景抢了女人，就有人唱大戏，还有人跑去相看，看了寨主的女人就贼胆包天，暗地里要来野合吗？却听那少女又说："你离远点，看着人，我要尿呀！"少男不远离，女的就训斥，后来蹲下去撒尿，尿水恰好浇在五魁的头上。五魁又气又恨，却不敢声张，遂又自慰：不是说被狗尿浇着吉利吗？待那少男少女走远了，不免又于黑暗里目送了他们，倒生出欣羡之心，唉唉，这嫩骨头小儿倒会受活。咱活的什么人呢？五魁这般思想，越发珍贵起了柳家的新娘待自己的好心诚意，也庆幸自己是应该来这一趟的。可是，门楼里外还是站了许多人，五魁就顺着宅院围墙往后走，企图有什么残缺处可以翻进去。围墙很高，亦完整，却有一间厕所在围墙右角，沿着拐坎修的，是两根砖柱，上边凌空架了木板，那便是蹲位了。五魁一阵惊喜，念叨着这间厕所实在是为他所修，就脱了外衫顶在头部，一跃身双手抓住了上边的木板，收肌提身爬了上去，木板空隙狭窄，卡住了臀但还是跳上来。五魁丢了外衫，双手在土墙上蹭了污秽，见正是后院的一角，院中的灯光隐隐约约照过来。

贼一样地转过了后院的墙根拐角，五魁终于闪身到了中院的一个大厅中，于一棵树后看见了那里五间厅堂，中间三间有柱无墙，一张八仙土漆方桌围坐了一堆人吃酒，厅之两头各有界墙分隔成套间，西头的门窗黑着，东头的一扇揭窗用竹棍撑了，亮出里边炕上的一个人来。五魁差不多要叫起来了，炕上歪着的正是新娘！五魁鼓了劲便往厅门走，走得很猛，脚步咯咯地响，厅里就有人问："谁个？"五魁端直进门，问道："哪位是唐寨主？"众人

46

就停了吃酒，一齐拿眼盯他，一个说："是给寨主贺喜吗？夜深了，寨主和夫人也要休息了，拿了什么礼物就交给前厅，那里有人收礼记单，赏吃一碗酒的！"五魁说："我不是来送礼的，我有话要给寨主说！"在座的偏有两个是亲自抢夺了女人的，五魁没有看清他们，他们却识得五魁，忽地扑过来各抓了他的胳膊按在地上了，回头说："寨主，这小子就是那个驮夫，竟寻到咱们白风寨来了！"中间坐着的那个白脸长身男子闻声站起，五魁知道这便是唐景了，四目对视半晌，唐景挥手让放了他，冷冷说道："你一个人来的？"

五魁说："就我一个。"

"好驮夫！"唐景说，"我就是唐景，唐景要谢谢你，来，给客人倒一碗酒来！"

五魁不喝酒。

唐景就哈哈笑了："不喝你就白不喝了！你是个汉子倒是汉子，可一人之勇却有些那个吧，要夺了女人回去，你应该领了百儿八十人才行啊。"

五魁说："我不是来夺女人的，我只是来给寨主说个话。"

唐景说："白风寨上唐景没有秘密的，你说吧！"

五魁说："寨主要不让我说，就着人拔了我的舌头，要让我说，我只给寨主一个人说。"

唐景又笑了："真是条好汉子！好吧，你们都回去歇着吧。"

众人散了开去，一个人已经走到厅院了，又进来将身上的一把腰刀摘下给了唐景。唐景说："用不着的。"倒将厅门哐啷关闭了。

五魁还站在那里不动，心里却吃惊面前的就是唐景吗？外边的世间纷纷扬扬地传说着有三头六臂的土匪头子，竟是这么一个朗目白面的英俊少年吗？且这般随和和客气！僵硬了半日的五魁一时却不知所措，突然腿软了，跪在地上说："寨主，五魁是一个下贱驮夫，莽撞到白风寨来，得罪寨主了！"

唐景说："来的都是客嘛！权当你是我派的驮夫，有话喝了这碗酒你再说吧。"

五魁便把酒接过喝了，一边喝一边拿眼看唐景的脸，看不出有什么奸诈和阴谋，心里倒犹豫该不该对他撒谎呢？这么一想，却立即否定了：唐景不像个凶煞，可土匪毕竟是土匪，柳家的新娘不是现在抢来要做压寨的夫人吗？我是来救女人的啊！就放下酒碗说："寨主，我只是驮夫，原本用不着为柳家的这个新娘来的。这女人若是被别的人抢了去，我也不会这么来的，一个女人嫁给谁都一样，反正不是我的女人。可寨主是什么人物？我五魁虽不是白风寨的人，寨主的英名却听得多了！为了寨主，五魁才有一句话来说的，寨主哪里寻不到一个好女人，怎么就会要这个女人呢？她虽然眉眼美一点，却是个白虎星。"

五魁的话十分啰唆，他始终在申明自己来的目的，唐景就一直看着他微笑，可说出最重要的一点了，却戛然而止，唐景就霍地站起来，问道："白虎星？"

五魁说："是白虎星。"

白虎星是指女人的下身没毛，而本地的风俗里，认定着白虎星的女人便是最大的邪恶，若嫁了丈夫，必克丈夫，不是家破业败，就是人病横死，即使这号女人貌美天仙，家财万贯，男人一经得知断是不肯讨要的。

五魁看着唐景脸面灰黑起来，却说："寨主如果是青龙这便好了！"

青龙者，为男人的胸毛茂密，一直下延到下身器官，再一溜上长到后背。若女为白虎，男为青龙，这便是天成佳偶，不但不能相克反倒相济相助，是世上最美满的婚嫁。

但唐景不是青龙，白脸唐景连胡子都不长。唐景直愣愣拿眼看着五魁，看得五魁几乎要防线崩溃，突然说："她是不是白虎，你怎么知道？"

这是五魁在准备说谎的时候就考虑到了，他说，这女人是苟子坪姚家的女儿，而他五魁的表姐正好也在那个村的，鸡公寨柳家少爷定了这门亲，一次他去表姐家提说起此事，表姐悄悄告知他的。五魁这么说着，尽量平静着心，说了上句，就严密谨慎下句，不要出现差错。猛然之间，想起了外边世界里传说着的唐景的身世一事，他是不能确定这个枭雄是不是二十年前那一个遭人吊死的妇人的儿子，但却想，或许要是，他一定最忌讳女人乱伦的事了。"表姐说，"五魁就又说了，"一次是表姐同这女人上山捡菌子，捡得热了，两人偷偷在林中的一个山泉里洗澡发现的。表姐发现了，心里就犯嘀咕，怪不得姚家族里的那个小伙上山砍柴就滚坡死了，以前都在说这女人与那个本门哥相好得怎样怎样，原来她是白虎星短了他的寿呀！这事表姐当然不敢对人言说，只是柳家一向欺负我五魁家，我五魁无可奈何，知道了柳家定了这门亲，表姐才喜欢地说恶人有恶报，瞧他柳家的霉事吧！"

"这也真是，"五魁说，"鸡公寨年年要娶多少女人？而每一个新人都是我当的驮夫，可从来没有遭人抢过，偏偏柳家就出了事，这不是白虎星女人一结婚起就克柳家了吗？"

唐景说："我要是不信你这话呢？"

这话却使五魁全然没有预料，五魁不知道怎么回答了。他低下头去，心里慌乱了：唐景是怎么个不信呢？是他要验证吗？今日夜里，那女人就成了他的女人，是白虎星不是白虎星一目就知的。可是，可是五魁又想，风俗里讲，若是白虎星，男人即使不与行房事，但亲眼见了那东西，也就有了克的作用，唐景是不会做这种险事的。那么，先让手下人检查吧，可一个寨主何等人物，自己的女人能先让手下人检查吗？唐景能一枪打了秋千上断了裤带的夫人，他绝不肯将这女人的隐私暴露给部下的。五魁心里有些安妥，却仍是一头汗；说谎原本心中发虚，唐景若再诈问一次，他就一定会露出破绽了。或许，他这阵已看出我的谎言，一个变脸就要杀了我了！杀就杀吧，既然已经说了谎被他识破，五魁来时也就不想活了回去了！五魁的汗水有颗滴在了地上，他现在遗憾的是还没有见上女人一面。

"信不信由你。"他无可奈何地说。

唐景却反身进了西边套间，很快又出来，端了一盅酒，说道："你是这女人的接亲驮夫？"

五魁茫然，不做回答。

唐景说："一个驮夫，新娘被人抢了，主人家是不会怪了你的吧？驮的新娘被抢，新娘做谁的新娘你也用不着太计较的吧？为一个富豪人家的新娘而来白风寨要人，你不会这么大劲头吧？可你却来了！或许你是来救这女人的，或许你真为了我好，但怎么让我相信呢？这里有一盅酒，说白了，酒里有药，你要是来救女人，念你一个驮夫有这般勇气，我放你囫囵回去，绝不伤你一根头发，唐景说话算话。你要是真心为了我，你就喝了这酒，这酒能毒聋你双耳，耳聋了我却有大事交给你干，你肯喝吗？"

酒盅放在了桌上，五魁的脸唰地变了，琢磨唐景的话，明白面前的这个白脸少年之所以能成枭雄果真有不同于一般的手段！承认是来救女人的就放走，承认说了真话却让喝毒，但不论怎样就是不说还要不要这女人，五魁是犯难了。想承认了来救女人，唐景真的会生放了他？就是生放，你五魁是来干什么的，就这么空手回去吗！证明一切为了唐景，却要喝下聋耳毒酒，土匪就这样恩将仇报吗？好吧，五魁是来救女人的，女人救不走，五魁也是不回去的，聋就聋了耳朵，先待在这里再寻机救那女人吧！五魁端了酒盅一仰头就喝了，立即倒在地上准备毒在腹内作凶。

但五魁没有难受，耳朵依然很聪。

唐景说："五魁是真心待我了！我现在告诉你，这酒里并没有毒，而抢这女人我事先也全不知道，压寨夫人才死了，我也没个心思这么快再娶一个，手下的兄弟一派好意，人既然到了白风寨，不应允也怕冷了兄弟们的心，可要立即圆房却是不肯，只准备养了她在这里，待亡人周年之后才能成亲。现在既然如此，我会让这女人回去的，唐景也不落个抢人家女人的名声，但却希望你能来白风寨吃粮，不知肯不肯？"

五魁一下子则浑身稀软，手脚发起抖来，他给唐景磕头，磕了一个又一个，说："五魁当不了粮子的，我只会种地。"

唐景说："那也可以来寨子里安家嘛！"

五魁说："我还有一个老爹，他离不开热土，寨主还是让我回去吧！"

唐景说："你这个硬憨头！那好吧，你老爹过世了，你想来白风寨住，你就来找我吧！"

依唐景的意思，五魁可以在白风寨歇一夜，天明领女人回去，五魁却要求连夜走，直待五魁进东套间背驮起了又惊又喜的女人出门了，唐景又倒了酒，一盅给女人喝下，一盅自己喝了，说："毕竟咱们还有这份缘！"伸手忍不住在女人的脸上捏了一把。

五魁驮背了女人千辛万苦地回到柳家，柳家却怀疑了，怀疑的不是五魁，是女人。无论五魁如何地解说他是怎样混进了白风寨乘唐景醉酒之后偷背了女人退出，柳掌柜只是赏了他三升黑豆，一筐萝卜，以及吃饱了一顿有酒的小米干饭外，并没有将女人安置到装修一新的洞房，也不让与少爷相见，而是歇在厢房，门窗就反锁了。夜里，柳太太于厢房放了一个蒲团，蒲团上铺了油布，油布上捏了一撮灯草灰，令女人脱得光光的分腿下蹲于蒲团之上。女人不明白这是要干什么，蹲上去丝纹不动，婆婆就拿一蓬鸡毛要求她捅鼻孔，遂一个巨声的喷嚏，女人的鼻涕、唾沫都喷溅了，那灯草灰仍未飞动。婆婆说："你穿好衣服吧。"穿好了，婆婆端过一个木盆，揭盖放出一个龟来，女人吓了一跳，旋即蹦到凳子上。婆婆说："没规矩！"女人又下来。婆婆再说："你踩到龟背上去！"惊惊恐恐踩上去，老是立不稳，好的是龟沉寂如一冷石，单是瞄准了猛踩上去，龟背一角响动，裂了一道小纹，也摔得女人在地上了。柳太太慢慢地笑了，说："五魁说的是实话，我儿的地里是不插别人的犁啊！"到了此时，女人方清楚做婆婆的在验证自己的童身，不觉满脸羞红，一腔恼怒了。死死活活逃出了土匪的手回到柳家，柳家原来要的并不是她和她的心，而是她的贞操！看来柳家在得知了她遭劫时就已失望了心，她的返回只是意料之外的收获。那么，土匪唐景真的糟蹋了她，在验证时因处女膜破裂打喷嚏而使下身冲飞了灯草灰，龟背未裂不是千斤，婆婆又会怎样待她呢？两行悲酸热泪就流了下来。

"回来了就不要哭哭啼啼，"婆婆说，"从今往后不要对人提说你是到过白风寨的，只道是五魁背了躲在一个山岩下的！记住了吗？记住！"

婆婆出去了，不一会儿有人送来姜汤催她服下，再有人进来拿了香火在她头顶、周身绕了三绕，再是有人抬了环盆，添了菊花汤水要她沐浴，就听见外边鞭炮大作，遂拥来七八人牵了红绸彩带的毛驴抱她上坐。坐上去她的面与驴头相左，正欲掉过身来，牵驴人说："要倒骑才能消灾灭罪！"拥着就走出厢房，和驴一起在院中转了三六一十八个圆圈，每一圈于东西南北的方向立栽的木桩上点燃一支香火，待到弄得她头晕目眩停下来的时候，她已是坐在洞房的炕上了。

炕上并不是新娘初入洞房时独坐的一张四六草席，而红毡绿被铺得软乎，被窝里正睡着她的夫君柳少爷。

五魁是蒙头睡了三天三夜，昏昏如死，第三日的黄昏起来，回想往事，惊恐已去，正得得意意做了一场传奇人物、英雄壮士，却得知柳家少爷已经断了双腿，今生今世残废得只能在炕上躺着了。

五魁捶胸顿足地后悔起来了，自己冒死抢回的女人，就是为着让她来陪伴一个不是人形的人吗？如果自己不去抢救，不在白风寨编造那一番一生唯有的一次弥天大谎，女人就是白风寨的压寨夫人了，嫁了土匪声名虽是不好，可土匪唐景却年轻英武，是个真真正正的男人啊！唉唉，到底是做了一场好事呢还是做了一次罪孽？五魁眼泪就淌下来。

这是为什么呢？一个菩萨般的女人，人见人爱，原本是有最好的郎君，是有最大的福享，命运却如此不乖，在真正要成为女人的第一天里就遭匪抢，到了婆家，丈夫又残，这是会使多少男人愤愤不平的事啊！五魁为自己痛恨，更为着女人而惋惜，也想到那个白风寨的唐景得知了这个消息后又不知怎样的一声浩叹呢？

当女人进入洞房，看见了等待自己的就是没了双腿的一块儿肉疙瘩，做女儿时多年来的蓬蓬勃勃情焰被一瓢冷水浇灭，一派鸳鸳鸯鸯的憧憬一时化为乌有的女人会想到些什么呢？能不能怀疑起自己一个贫贱的与柳家无亲无故的驮夫怎么能冒死去匪窝救她出来的动机呢？女人一定要认定柳家少爷的残废在前，娶她在后，被土匪抢去，他五魁必是拿了柳家重金赎她而回又得了柳家一笔可观的酬金的。啊啊，他五魁的一切英雄行为原却是一场阴谋的大骗局了，五魁在女人的眼里是个恶魔，是个小人，是个一生一世永远要诅咒的人了！

五魁想很快能到柳家去，他要把一切实情告知女人。

但五魁没有理由去柳家，除了红白喜丧事，一个穷鬼是不能随便就踏进柳家院门的。五魁便见天清早拾粪，三次经过柳家门前的大场，或是远远地站在大场前的河对面堤畔，看着柳家门前的动静，终一日，太阳还没有出来，村口、河岸一层薄雾闪动着蓝光，五魁瞧见女人提着篮子到河边洗衣服了。女人还是那么俊俏，脸却苍白了许多，挽了袖子将白藕般的胳膊伸进水里来回搓摆，那本来是盘着的发髻就松散了，蓬得像黑色的莲花。后来一撮掉下来，遂全然扑散脸前，发梢也浸在河面了。女人几次把乱发撩向脑后，常常手搭在脑后了，却静止着看起水面发呆。五魁想，那脑袋稍稍再抬高一些，就能看见蹲在河之对岸看着她的他了，但女人始终是那么个姿势。五魁看看四周，远处的沟峁上有牛的哞哞声，河下游的水磨坊里水轮在转着，一只风筝悠悠在田畔的上空荡，放风筝的是三个年幼的村童，五魁就生了胆儿，提了粪筐轻脚挪近河边，出山的日头正照了他的身影印过河面，人脸印在女人的手下了。

女人发了一阵呆，低头看见水里有了一个熟悉的人脸，以为还浸在长长的回忆之中而产生了幻影，脸分明红了一下，忙用手打乱了水面，加紧了搓洗衣服。可是，就在她又发呆之时，那人脸又映在水里，她这下是吃惊了，猛地抬起头来。五魁瞧见的是一脸的瀑布似的乌发，女人湿淋淋的手拨开乌发，嘴半张了，却没有叫出声来。

"柳少奶奶，"五魁说话了，"大清早洗呀？"

女人说："啊。"

五魁却再没了词。

女人说："是五魁呀，多时不见你了，你不住在寨子里吗？怎不见你来坐坐？"

五魁说："我就在寨里的三道巷住的，我怕柳家的那狗。"

女人笑了一下，但再不如接嫁路上的美妙了。五魁看见她的眼睛红红的，似乎是肿着，他明白她哭的原因，心便沉下来了。

"五魁，你过得还好？"女人倒问他。

"我，我……"五魁想起自己的罪过，"柳少奶奶，事情我都知道了……这事我真不知道是那样的……你还好吗？"

女人的眼睫一低，两颗泪水就掉了下去，同时也轻轻笑了一下，说："还好，他伤口已经不痛了。"

五魁这才注意到女人洗的并不是衣服，而是一堆沾满了血滴和药汤斑迹的布带子。有一条在说话间从石头上溜下去。要顺水冲去了，女人伸手去抓，没有抓住。

五魁就要从河面的列石上跳过来帮她去打捞，列石被水冲得七扭八弯，过了一次，没能跳过，女人说："过不来的，过不来的！"

女人越说过不来，五魁的秉性就犯了，他偏要证明能过来，后退几步猛地加力一个跃子跳过来。但他还是没能捞住那冲走的布带子，遗憾地在跺脚。

"算了，冲了就冲了。"女人说，"你住在三道巷，我几时去谢你，你和你哥哥分家了吗？"

五魁："我一个人过的。我那地方脏得没你好坐的。"

女人说："那你就常来我家喝杯茶呀！你对柳家是有恩的人……以后听到狗叫，会出来接你的。"

女人说完，拾掇了布条在篮子，扭身回去了。上大场的那斜坎，回头看五魁还站那里看着她走，半边乌发遮盖的脸上无声地闪一个笑，五魁记得了那个眼笑起来特别细，特别翘。女人似乎知道五魁还在看她，步子就不自然起来，手脚有些僵，却更有了一种味道。

再是五魁依旧过了河去对岸地畔捡粪，列石怎么也跳不过去，弄湿了鞋和裤管儿。

十天之后吧，做光棍的五魁又为寨子里一家人当驮夫接回来了一位新娘，照例是被朱砂水涂抹了花脸。还未洗去，请来坐了上席的柳掌柜对他说："五魁，你是我家的功臣哩，一直要说再酬谢你的，但事忙都搁下了。你要悦意，你来我家喂那些牛吧，吃了喝了，一年给你两担麦子。嘿嘿，权当柳家就把你养活了！"五魁毫无精神准备，一时愣了，心想柳家有八头牛，光垫圈、铡草、出粪就够累的了，虽说管吃管喝，可一年两担麦子，实质是一个长工，算什么"柳家把你养活了"？！正欲说声"不去"，立即想到长年住到柳家，不就能日日见着柳家少奶奶了吗？且柳家突然提出要他去，也一定是少奶奶的主意。便趴下给柳掌柜磕一个头，说多谢掌柜了。

去柳家虽是个牛倌的份儿，但毕竟要做了柳家大院中的人，接亲的一帮村人就起了哄，这个过来摸摸五魁剃得青光的脑袋，那个也过来摸摸脑袋，五魁说："摸你娘的奶头吗？男人头，女人脚，只准看，不准摸！"

村人说："瞧五魁爬了高枝，说话气也粗了，摸摸你的头沾沾你的贵气呀！"

五魁说："我有脚气！"

村人说："五魁脚气是有，那是当驮夫跑得来，往后还能让柳家的人当驮夫吗？你几时让人给你当驮夫呀？"

五魁说："我那媳妇，怕还在丈人腿上转筋哩！"

村人说："你哄人了，现在听说有八个找你的，可惜身骨架大了些，要是脾气不犟又不抵人，那倒真是有干活的好力气！"

说的是柳家的八头牛了，五魁受奚落，气得一口唾沫就喷出来，众人乐得欢天喜地。

翌日中午，五魁果真夹了一卷铺盖来到柳家大院内的牛棚来住了，他穿上油布缝制的长大围裙，牵了八头牛在太阳下用刷子刷牛毛。太阳很暖和，牛得了阳光也得了搔痒舒坦地卧在土窝里嗷叫，五魁也被太阳晒得身子发懒，靠了牛身坐下去，感觉到有小动物在衣服下跑动得酥酥，要脱衣捉虱子，柳少奶奶却看着他哧哧地笑。

女人来院中的晾绳上收取清晨照例洗过的布带儿，看见五魁和牛卧在一起，牛尾就一摇一摇赶走了趴在牛眼上的苍蝇，也赶了五魁身上的苍蝇，她觉得好笑就笑了。五魁立即站起来说："少奶奶好！"

女人说："中午来的？午饭在这儿吃过的吗？"

五魁说："吃过的。"

女人说："吃得饱？"

五魁说："饱。"

女人说："下苦人，饭好赖吃饱。"

五魁说："嗯。"

五魁回过话后，突然眼里酸酸的了，他长这么大，娘在世的时候对他说过这类话，除此就只有这女人了。他可以回说许多受了大感动的言语，可眼前的是柳家的少奶奶，他只得规矩着："多谢少奶奶了！喂这几头牛活不重的，少奶奶有什么事，你只管吩咐是了。"

女人在阳光下，眼睛似乎睁不开，说："五魁你生分了，不像是背我那阵的五魁了！"

五魁想起接亲的一幕，咽了口唾沫，给女人苦笑了。

自此以后，五魁每日在大院第一个起床，先烧好了温水给八头牛拌料，便拿拌料棍一边笃笃笃地敲着牛槽沿儿，一边拿眼睛看着院里的一切。这差不多成了习惯。这时候柳家的大小才开始起床，上茅房去的，对镜梳理的，打洗脸水，抱被褥晾晒的，开放了鸡窝的门公鸡扑着翅膀追撵一只黄帽疙瘩母鸡的，五魁就注意着少奶奶的行踪。少奶奶最多的是要提了布带儿去河里洗涤，或是抱着被单来晾晒。五魁看见了，有时能说上几句话，有时远远瞧着，只要这一个早上能见到女人，五魁一整天的情绪就很好，要对牛说许多莫名其妙的话，若是早上起来没能看到少奶奶，情绪就很烦躁，恍恍惚惚掉了魂似的。

到了冬天，西风头很硬，河的浅水处全结了冰，五魁就起得早，去河里挑了水，在为牛温水时温出许多，倒在柳家人洗澡的大木盆里，就瞅着少奶奶又要去洗布带子了过去说河水太冷，木盆里有温水哩。少奶奶看了半天他，没有固执，便在盆里洗起来。五魁这阵是返回牛棚去吃烟，吃得蛮香。等到一遍洗完要换水了，五魁准时又提了一桶温水过来，女人说："五魁，这样太费水哩！"

五魁说："没啥，水用河盛着的。"

女人说："你要会歇哩。"

五魁说："我有力气，真有力气呢，那个碌碡我也能立起来的。"

女人说："五魁喂牛也会吹牛！"

五魁就走过去，将一个拴牛的平卧的碌碡双手搂了扎一马步，一个嗨字就掀得立栽成功，女人尖声说："二杆子，可别闪了腰！"五魁偏还显能，再要去掀另一个碌碡，一扎马步，裤子的膝盖处嘣地裂开来，窘得五魁跑到牛棚半日没敢出来。

午饭后，柳家的人睡午觉，五魁穿了背袄，挽了破了膝盖的旧裤在牛棚出粪，正干得一头一脸的热汗，少奶奶趴在牛棚边的木杆上叫五魁，五魁忙不迭地就擦脸，女人说："你不要命了吗？一日干不完还有二日嘛。我收拾了少爷的一件旧裤子，他也是穿不成了，你就穿吧。可能你穿着长，我改短了一下，不知合适不合适，已放到你的床上了。"女人说完话要走，却又返回来说，"这事我给老掌柜已说过了，你穿吧，别人不会说你偷的。"同时笑了一下，左眼还那么一挤转身又走，却不想一头牛在槽里吃草，一甩头，将草料和汤水甩了她一脸。五魁急扑过去拉牛头，女人擦着脸已走开了，五魁一腔激情无法泄出，抄了一根木棍就打牛，牛因为缰绳系在柱子上，受了打跑不脱，就绕着柱子转，五魁还是撵着打，那柱子摇晃起来，尘土飞扬，吓得鸡叫狗也咬了。厅房里柳掌柜午休起来，提了裤带去茅房，看见了训道："这不是你家牛就不心疼吗?！"五魁说:"掌柜,这牛抵开仗了!"棍子一丢,脚下顺势踢到牛棚角里。

五魁试穿了柳少爷的裤子,裤子当然是旧的,但对五魁来说却是再新不过的了,他惊奇的是少奶奶并没有量过他的身材,却改短之后正好合体。五魁先是穿了脱下,再穿了再脱了,不好意思走出牛棚去。当少奶奶见着他问他为啥不穿那裤子呢,他终是鼓了勇气来穿,一出门,双手不知哪里放,腿也发硬走了八字步,女人说:"好,人是衣服马是鞍,五魁体面多了!"五魁就自然了。除了在院内忙活牛棚的事,又忙活院内杂事!他也穿了这裤子牵了牛出大院去碾子上碾米。掌柜无聊,也到碾子边来,在旁的人就羡慕五魁的裤子好,五魁说:"托掌柜的福哩!"掌柜说:"五魁是我们柳家人嘛!年终了,还要给五魁置一身新的哩!"回到大院,掌柜却说,"五魁,这衣服虽是你家少爷穿过的,但只穿了一水,原来是四个银元买的布料,就从二担麦子中扣除四升,让你拾个便宜,谁让五魁是柳家的人呢!"

这件事,五魁只字不给少奶奶说,凡是看见少奶奶在院中的太阳下做针线或在捶布石捶浆布,五魁就在牛棚脱了旧裤,穿上这件裤子走出来。他当然是牵了一头牛假装要给牛去院子里的土场上刷毛的,这样,他们互相有话可说,又有事干,五魁就不显得那样紧张和拘束。这时候,少奶奶常常取笑了五魁的一些很憨的行为后就自觉不自觉地看着五魁,五魁心里就猜摸,她一定是在为自己改做的裤子合适而得意吧。但是,女人那么看了一会儿,脸色就阴下来,眼里是很忧愁的神气了。五魁便又想:可怜的女人,是看见我穿了裤子便看见了少爷未残废前的样子吗?如今裤子穿在我的身上,跑出走进,而裤子的真正主人则永远没有穿裤子的需要了,她的心在流泪吗?五魁的情绪也就低落下来,他要走回牛棚脱了那裤子,却又不忍心在女人难受时自己走掉,他说:"少奶奶,你还好?"

女人说:"不好。"

五魁的话原本是一句安慰话,如果女人说一句"还好",五魁心也就能安妥一分,但女人却说出个"不好",五魁竟没词再说下去。

女人看着五魁,眼泪婆娑而下。

女人一落泪,五魁毫无任何经验来处理了,慌了手脚,口笨得如一木头，也勾下头去了。脚前是一只细小的蚂蚁在搬动了什么，看清了，是一只死亡了的蚂蚁。这死去的蚂蚁是那只小蚂蚁的丈夫吗？妻子吗？一个弱小的躯体搬运与自己同样大的尸体行动得够艰辛了，五魁猜想小蚂蚁的心灵一定更有比躯体大几倍十几倍的创伤吧？眼泪也吧嗒嗒掉下来。女人突然低声说："掌柜过来了！"双手举起来假装搓脸而擦了泪水，同时大声说，"五魁，这条牛是几个牙口了？"却不待五魁反应过来，已站起身，迎着公公问今日中午吃什么饭，她要去伙房通知厨娘呀，掌柜才没走过来，而五魁在那里独自落泪。

这一夜又一次失眠了的五魁，细细地回想了与少奶奶的初识和每一次相见的情景，女人对自己的关心这是无疑的了。菩萨一样美好的女人，同时有一颗慈母般的心肠，这使五魁已浸淫于一种说不出也说不清的欢悦之中。中午女人当着面说了她的"不好"，当他的面流了眼泪，五魁感受了这女人待他是敞开了心扉，完全是把他当作了亲人或知己了。但是，五魁一个下人，一个柳家的牛倌，能为她做些什么呢？如果能换了腿去，五魁会决不吝啬地把自己的双腿给了少爷，而只要这女人幸福。但这怎么可能呢？

使五魁稍稍心安的是，女人虽没有幸福的小日子好过，可柳家毕竟是鸡公寨最富有的大家，做了少奶奶的女人在这个家里地位也不能说低微，一切下人，甚至村寨里的男女老少没有不恭敬的，她是不会像一般人家的媳妇去田地耕犁翻种，也不会上山割草砍柴，一日三顿吃的虽不是山珍海味却也白米细面。这是鸡公寨多少女人所企羡不已的福分。正因为怀有这份心思，五魁在原先是同全村寨的人一起妒忌过和仇恨过柳家的富裕的，现在却希望柳家的日月不败。他作为一个长工式的牛倌，也不再学别人的样子消极怠工，当然盼望的是柳家牛马成群，五谷满仓，而这一切均为少奶奶所有，让掌柜，让掌柜婆，甚至包括那个无法再变成完整人形的柳少爷都快些蹬腿闭眼去吧！若到那时，少奶奶再招一个英俊的主人进门，他五魁就永世为她喂牛，甚至死后，也情愿变作一头牛就来到她家供她使唤。

所以，再当少奶奶和柳家的公婆在厅房里吃着有鸡鸭的干饭时，少奶奶总是在饭桌上说鸡没煮烂，公公要把鸡头、鸡爪倒给狗去吃时，她就主张让下人吃去，端出来，当着院中吃着苞谷糊汤的下人高声喊："来，来，我爹让把这些东西叫大伙尝尝！"却全部交给了他五魁，说，"你不要嫌弃，总比你碗里的强。"他五魁明白女人的心意，就要当着她的面可口无比地咬嚼剩肉，讨得她喜欢，甚至说："你不要顾着我，只要你吃好，我喝凉水也会长膘的！"

能说出讨女人喜欢的话来，五魁对自己也惊奇了。女人就在一次他说过话伸手点了他的额头，很撒娇地噘了嘴："你嘴还抹蜜哩！"

这撒娇使五魁去了许多怯，生了无数的胆，言语也渐轻狂起来，他希望这样的撒娇每日赐予他，但往后却再没有发生。

到了阳春三月，柳少爷能被人背了出来在院中晒太阳，看云中的鸟了。五魁很久很久没有见过少爷，猛地见了确实吓了一跳。少爷头发蓬乱，脸色浮肿寡白如发酵面团，一条被子裹着整个身子在躺椅上，俨然一颗冬瓜模样。而躺椅前的小桌子上，少奶奶端放了茶水、水烟袋，又正砸着一碗核桃，砸一个仁儿交给他嚼吃。五魁就走过去，弓腰问候："少爷，你晒太阳了！"

少爷看见了五魁，五魁高高大大站在自己面前，嘴要启开说话，没有说，眼睛就闭上了。五魁不知怎么啦，走也不是，不走也不是，女人说："五魁你蹲下来砸核桃吧！"五魁一时明白让他蹲下来，一定是少爷不愿看见一个下人端端直直站在他的面前，就蹲了下来。少爷果然眼又睁开，却立即看见了五魁穿的是自己曾穿过的裤子，乜眼就看女人，鼻子里发出"嗯？！"女人立即说："这是爹让给的。"少爷却对五魁吼了一声："你滚！我是你的牛吗，我让你来喂我吃吗？！"女人咬了咬嘴唇看着五魁，五魁起身走了。他听见身后的少爷脾气更焦躁了，连声骂女人把核桃全砸碎了，随即砰的一声。五魁回过头来，少爷推翻了小桌，正扬一把核桃打在女人的脸上。女人呜呜地哭起来，而从厅房走出的柳太太却在说："你哭什么呀？他是你男人，你不知道他心情不好吗？"五魁急步回跑到牛棚里自己的卧屋，扑在床上，头埋被窝里无声地流泪了。

从那以后，五魁每天可以看见女人抱了少爷到院中的躺椅上晒太阳，除了那一颗硕大的脑袋，纤弱的女人犹如抱了一个孩子，然后服侍他吃喝。这个时间，院子里不能有人走过，甚至后来不能有牛羊猪狗走动，凡是看见除了父母和自己女人外，任何有腿的东西都要引起他的烦躁，院子里以致后来只有碌碡、石头或蒲团。

不久掌柜放出风来，说自己的儿子伤彻底好了，又不久就购买了两个粗壮的丫环在少爷跟前伺候。五魁见到了女人，说："有了丫环你就轻省了。"女人却哇地哭出了声，说："你不要说，你不要说！"平生第一次对五魁发了脾气。五魁一脸灰气，只好回坐到牛棚发了半天的呆。

想不通女人是怎么了的五魁一连好多日在纳闷着，夜里更睡不着，起身坐在牛槽边，听吃了夜草的老牛又把胃里的草料泛上牛嘴里反嚼，还是琢磨不出女人发脾气的原因，倏忽什么地方就有了幽幽的哭声。五魁凝神听了听，声音是从厅房左边的套间里发出的，似乎就是少奶奶在哭，便挪脚往那里走，隐身于鸡圈的后墙处，看见了少爷的卧房窗口还亮着灯，果然是少奶奶的哽咽声，同时听见了少爷在大声骂："你是我的老婆！你是我的老婆！"接着有很响的耳光，旋即窗纸上人影晃动。少奶奶的哽咽声起起伏伏断断续续，静夜里十分凄凉。天明，五魁起得早，在院子里第一个就碰见了女人，女人的脸上有几道血痕，眼肿得如烂桃一样。五魁不敢相问，想起那日的训斥，扭身要走，女人却说："五魁，五魁你也不理我了吗？"五魁吃了一惊，站住说："少奶奶你怎么啦，跌在哪儿吗？"女人说："打的。"五魁一脸苦楚："昨夜我听见你哭了。"女人说："你是知道了？"

五魁并不知道他们为什么打架，只恨少爷的脾气古怪暴躁。可是一个晚上，又一个晚上，女人都是很晚很晚了在房中哭泣，哭泣中还夹杂了殴打声。终于在一个中午，五魁正在牛棚垫圈，远远看见女人又陪着少爷在晒太阳，少爷就反复要求着女人把头发梳好，还要抹上油，敷粉，施胭脂，女人都依了，少爷就笑着问身边的两个丫环："少奶奶美不美？"丫环说："美。"少爷再问："怎么个美？"丫环说："像画上走下来的。"少爷又问："你们见过谁家的媳妇比少奶奶还美？"丫环说："再没见过。"少爷就让女人前走几步，转过身来近走几步，嘿嘿地笑。女人始终没有笑，机械得像个木偶，忽见狗子从大门口走过来，说："它在门口，怎么进来了？我去拴好！"就走去了。少爷却说："抱我回去！"两个丫环抱着回去了，立即一个丫环在那里喊："少奶奶，少爷叫你了！"女人说："他要吃酒，你去给他倒呀！"丫环说："他不吃酒，他要干那个……事哩！"女人不言语，头也不回地还是走她的路。

另一个丫环又跑过来喊："少奶奶，少爷发脾气了！"果然卧房里就有了少爷狼一样的号叫。女人依旧往大门口走。大门口却站住了刚刚从外进来的柳太太，竖了眼，说："你男人叫不动你吗？回房去，回去！"女人站住了，却抱住了那里的一棵树说："我不回去！"柳太太一个耳光打过来，叫道："你是反了吗？柳家娶你为了啥？你那个×是要留给外人吗？！"便哗啦关了院门，喝令两个丫环把她拉回屋。两个丫环架了女人走，柳太太一边在后边骂，一边用手拧女人的屁股，到后，卧房里就传出凄厉的哭声。

五魁明白了女人在受着怎样的罪了。

于是，他不愿意再见到少奶奶，不忍心看见她而想到自己的过失所造就给她的不幸，也不忍心见了她而她看着他时的脸上的悲苦和难堪。五魁除了担水、运土和背驮草料，其余的时间就把自己困在牛棚里，或是架了铡刀，双脚站在分叉的铡刀架狠命地铡草。他想起了一首很古老的谜语："一个姑娘十七八，睡下腿分叉，小伙有劲只管压，老汉没劲压两下。"谜底说的是铡草，谜面的描写却是男女交合。遂想，少奶奶如果嫁的是一个老汉也还说得过去了，而少爷算什么呢？柳掌柜为儿子购置的两个粗笨丫环，就是抱了那一个肉疙瘩来发泄性欲吗？五魁不禁一个冷战，一身的鸡皮疙瘩都起来了。

夜里的哭声如幽灵一样压迫着五魁，白日的丫环的每一次呼喊："少奶奶，少爷叫你哩！"五魁更紧张得出一身汗，就跑进自己的睡屋拳击墙壁，墙壁泥皮便一片一片掉下来。一日，他把一大片泥皮击打下来，筋疲力尽地瘫坐在了地上，屋门哗啦地被推开了，几乎像倒柴捆一样，少奶奶披头散发地顺着门扇倒在地上，放开了声地哭。五魁惊叫着扑来把女人扶起，女人的头却压在他怀里哭声更大，眼泪鼻涕湿了他一胸口，五魁把女人抱住了，像远久出门的爹抱住了委屈的孩子。女人说："我受不了了，我实在受不了了，你把我带来的，你把我再带走吧！我去当尼姑，去要饭，我也不当柳家的少奶奶了！"

"少奶奶！"女人的一句话，使五魁惊恐了，他一个下人，又是在柳家的大院里，柳家的少奶奶却在自己怀里，五魁触电般地挣脱了身，站起来，但五魁无言以对。

门在开着，门道里射进着白光光的太阳，女人瞧见五魁的呆傻样，越发号啕了。

"你不要哭，你一哭，他们知道你到我这里来了。"五魁紧张地说。

"你把我带走，你把我带走！"女人不哭了，却死眼看着他。

这不是说小儿语吗？五魁是什么人怎么敢带走一个少奶奶？怎么带？往哪儿带？带出去干啥？五魁看看女人，又看看院外，五魁急得也掉眼泪了。

女人却突然双手攥了拳，狠劲捶打自己的一双缠过的小巧玲珑的脚，她没有翅膀，也没有一双能跑动的脚，只好双手开始抓自己的脸，已经抓破了一道血印，五魁就握住了她的双手，说："你不能这样，你不能这样！"

女人往回抽手："都怪我这张脸，我成丑八怪了，让他休了我去！"

五魁只是抓了她的手不放。

柳掌柜领着人横在门口。五魁忙丢开女人，静立一边，听掌柜在骂道："柳家世世代代还没这个门风哩！捆起来，给我往死里打这贱货！"

女人立即被一条绳索捆了，五魁跪下说："掌柜，这不怪少奶奶，要打就打五魁！"

掌柜说："你瞎了心，也是我瞎了眼，原本我也要打死你这个穷鬼在这里，念你还对柳家出过力，你滚吧，滚，永远不要到我柳家来！我也告诉你，你要在外胡说少奶奶来你这里的事，我会拧了你的嘴到屁股眼去的！滚！"

五魁把自己的铺盖一卷，夹在胳膊下走出门，走出门了，回头看了一下女人，说："掌柜，那我走了，五魁最后求求你，你把少奶奶放开吧，她还是柳家的人嘛！"掌柜一脚踢在他的屁股上，同时听到了噼里啪啦的鞋底扇打女人脸面的声音。

五魁回住到他的老屋，第三日就逮到风声，说柳家的少奶奶得了病，瘫痪了，整日安安静静地躺在床上。有人就说，柳家真是倒了霉了，少爷没了腿终日睡床，少奶奶有腿也在床上睡。有人也说，柳家爱收藏古玩，这少奶奶成了睡美人，如今可是柳家的一件会说话的赏玩品了吧。五魁知道少奶奶为什么就瘫了，这么一瘫，少爷就可以随时让两个丫环抱了他来享用女人了，不禁黑血翻涌。

到这个时候，五魁才是后悔，为什么女人求他带着出逃，他竟没有应允呢？这该是一种什么缘分，一个下人偏今生与这个女人有恁多的瓜葛，第一次没有听她的话过河逃亡，这一次还是没有听她的话逃出柳家，就眼睁睁地看着她一次次在苦难中沉下去，五魁仇恨起自己的孱弱和丑恶了！

夜里，他独自躺在床上，总听见有人在叫着"五魁"，叫得殷切，叫得怨恨，叫得凄惨不堪。五魁明白这是一种幻觉，幻觉却使他整夜不能安生。是的，完全变成了一个供人发泄性欲工具的女人那么睡在床上终日在想些什么呢？她清楚不过地知道大天白日在柳家大院内跑到五魁的卧屋痛哭是做少奶奶的危险，但还是跑去了，去了在他怀里放声大哭，她是忍无可忍了，她是勇敢的，是把五魁看作了一个男人，一个有能力保护的人，可是可是，窝囊的五魁……五魁为着自己伤透了一个女人的心的罪过把头颅在炕沿上咚咚地撞起来了。

五魁再也在屋里坐不住，黑明不分地在村巷中走，看什么也不顺眼，见鸡撵鸡，逢狗打狗，旁人说一句，就张口叫骂，甚至大打出手。鸡公寨的人都认定他是疯了，叫苦着这地方脉气不对头了，尽出了些不可思议的人。也就在村人这么疑惑恐惧之时，一个晚上竟又是柳家的在村口大场上的三座高大饲料谷草堆着火了。火光十分大，冲天的烟火笼罩了鸡公寨，照得半边天都红了。柳家老少、男女用人哭喊着招呼村人去灭火，鸡公寨所有人皆忙如乱蚁，却有一个人在忙乱中溜进了柳家大院，直奔少爷的卧房。

推开屋门，少爷首先发现了，张口欲喊，来人一拳打过去，肉疙瘩窝在那里昏过去了。转身过来，女人仰躺在另一床上，窗棂透进的月光照着她美如冷玉，他扶着床沿给她笑着，眼泪却流下来。

"五魁，是你放火了？"女人聪明，女人说。

五魁点点头。

"你就为着来看看我吗？你真是不要命了！"女人说，伸出手来摸上了五魁宽宽的额角和鼻梁，"你快回去吧，让他们发现你真会没了命的。"

五魁说："我是来要带你走的！"

女人说："迟了，都迟了，我成了这样子，我已经认作我是死了。五魁，我不能再害了你，你快走吧！"

五魁忽地挺直腰，说："我要带你走就要带你走！"双手将被的四角向起一裹，女人在被卷里，用力一拱，身子已钻在被卷下，双手趁势往后搂了顺门就走。

五魁将女人背到了很深很深的山林。

山高月小，他拐进一条沟慌不择路，直走到了两边的山梁越来越低，越来越窄，最后几乎合二为一在一座横亘的大岭峰下，已是第二日的中午了。感觉到鸟飞天外，鱼游海底，柳家是不会寻得着了，坐下来歇息，啃了块从家里出走时揣在怀里的玉米面饼子，两人皆觉得没有一丝力气可以再迈动一步了。这是什么地方？翻过这黑黢黢的岭峰之后那边又将是什么地方？女人询问着五魁，五魁也茫然无答。走到哪儿算哪儿，哪儿的黄土不养人呢？五魁放下了女人，要到看不见也闻不着的地方去解手，大出意外地发现了一座坍得几乎只有四堵墙的山神庙，墙头一株朽了半部靠一溜树皮还活着的老柏，庙后的涧上桥已断去，残留了涧沿一根腐木，卧一秃鹰呆如石头，偏很响地拉下了一股白色的稀粪。五魁一时四肢生力，跳蹦着过来如孩子：

"咱有住的了！"

女人眼睛也亮起来："在哪儿？"

五魁说："那边有个山神庙！既然有庙，必定先前住过了人，住过人就有活人处，咱们住在这儿不会死了！"

把女人背过来，钻过梢林和荒草，女人的身上、被子上、头发上沾满了一种小小的带刺的草果。五魁指着古庙在讲，屋顶虽然没有，砍些树木搭上去就是椽，苫上草编的小帘子就是瓦。

瞧，从庙后的那条小路下去不是可以汲到涧中水吗？那一大片埋脚的荒草必是以前开垦过的地，再开垦了不是就种麦子收麦粒种玉米收棒子吗？满树林子里的鸟儿会来给你唱歌再不寂寞，一坡一坡的野花采来别在你的头上，蝴蝶能飞来看你的美。这草地多软，太阳出来背你睡在这里，你会看着云一疙瘩一疙瘩怎样变个小猫小狗从山这头飞过山那头，咱们再可养鸡养羊养牛，你躺着看我怎么吆喝犁地，若有黄羊山鸡来了，看我又怎样将它们打倒，熬了肉汤给你喝……

五魁说得很兴奋，在他的脑子里，一时间浮现了往后清静日子的景象，离开了柳家，他那殷勤女人的秉性就又来了，说："你不信呀？你只管信着好了，我有力气的，我不会死去就绝不会让你死去，你信吗？"

女人说："我信你的，可我肚子饥了，你还有饼吗？"

五魁在怀里掏，掏出一块儿干饼末儿，把腰带解下来再寻，饼是没有了，却掉下了一把小小的斧子。斧子是五魁准备着进柳家时做防身用的，一路安全无恙，他几乎就忘了还带了斧子来。

五魁虽然在安慰着女人，说了那么多似乎已是一处安谧日月的住处，可他在说这些的时候何尝不知道这一切只是日后的事呢？现在，他把她背驮到了一个荒野僻地，自由是自由了，却拿什么吃呢？晚上怎么个睡呢？假若是他一个人还罢了，而有少奶奶这样个女人，这个女人又是他英雄一场搭救出来，能让她饿死冻死在山地吗？！

女人看着发急了的五魁，她笑了："我并不饿的，真的，不饿哩！"

五魁没有接她的话，不知怎么心里酸酸的，他有些羞愧，却不愿她看见他的难堪，将目光极力放远。他看到了白云伫在远处的山林上。五魁把斧子重新别了在腰带上，说："你好生坐着，我过会儿就来！"

他去了，他又回来了，带着好大一堆山桃。山桃个儿不大，颜色异常红嫩。五魁无法带得更多，是脱了外套的那件柳少爷穿旧的裤子，用藤条扎了裤管，桃就装在里边竖立了一个人字。五魁不识文墨，不知人字的好处，却看作如搭在驴背上的褡裢，架在脖子上回来了，他说："我是王母娘娘的毛驴给你送蟠桃来哩！"

有了吃的，五魁却不吃，他在女人很响的咬嚼声中去砍做椽的树木。选中了一种长得并不粗却端直无比的栲木，斧子在下面哐哐哐地砍，树顶上的稀疏的黄金之叶就落下来。叶子往下落如同蝴蝶，一旋一旋划着无数个半弧。女人就想起了小时在清水潭丢石片入水的情形，叫道："我要那叶子呢！"五魁抱了一堆叶子给她，她还要，叶子就把她埋起来，她睡在了一片灿烂的金霞上。

简直是不可思议的精力，五魁砍下了十多根栲树搭到墙头去，因为没绳，一切都是葛条在系，他手脚并用从墙头上、木椽上爬动，女人就在下面反复叮咛着小心，五魁偏不，竟要直了身来走，有几次腿一晃就掉下来，但

65

身子掉下来了手却最后抓住了橼，女人大呼小叫，甚或变了脸唬他，五魁说："我是逗你哩！"然后是把树枝和茅草编成帘子，一层一层苫上去，一个安身的小巢屋就造成了。女人要五魁背她到屋里去看看，五魁说不急，又砍了无数细树棍来，先一排排地在屋地栽了一圈，再竖一层横一层把软树枝编上去，再铺了茅草和树叶，五魁把女人抱过来往上一丢，女人竟被弹得跳了几跳，惊喜地叫："这是睡了棕条床嘛！"

五魁得意地唱起来，唱的是一种很好听的小曲子，就眨了眼说：你是应该有这么个床的。小时候爹说过故事，讲古时代一个皇后流落民间，后县官查寻时，竟有三个女人自称是皇后，县官就在床上放一个豌豆，再铺了四十九条被子让每一个女人去睡，有谁感觉到身子垫着疼，谁就是皇后。五魁也就捡一个石子放在茅草里边。

"我不是皇后！"女人笑着说。

"可你是少奶奶！"五魁说。

"我不是少奶奶！我不是！"女人坚决地说。

五魁愣了一下，立即也说："不是，不是柳家少奶奶，可你是菩萨！你能试出垫吗？"

女人说："我腿全瘫了，你放上刀子也试不来的。"

五魁的心受了刺激，低下的头好久没有抬上来，就走出去又狠劲砍了树枝抱回来，在屋之中间扎起一个界墙了。

女人说："五魁，你又要干什么？"

五魁说："那边是你的房间，这边该是我的卧屋了。"

女人的眉宇间骤然泛红了，意识到自己并不是五魁的老婆。五魁只是救自己的一个贫贱牛倌，一个光棍。在这荒天野地的世界里，五魁能自觉地将睡窝一分为二，女人为坦白憨诚的五魁而感动了。

红日坠山，乌鸦飞来，天很快就黑了。五魁安置了女人睡好，燃起了松节油，便坐于旁边说许多豪迈的话，叮嘱夜里放心安睡，狼来了有他哩，熊来了有他哩，有他持一把斧子守在同一屋中的界墙那边，狼和熊是不敢靠近的。女人担心不下的是他没有被褥，五魁说他不会冷的，他从小就钻过茅草堆睡，做的也是甜甜蜜蜜的梦来。并说他明日就再下山，要弄来被褥、锅碗、粮食。女人一双明亮的大眼看着跳跃不已的松节灯焰，又看着那松节灯焰的光亮在五魁的黑红脸上反射出的油光，她说了一句："你快歇去吧，五魁哥！"

五魁倏忽浑身骨节酥软了，瓷眼看着女人，女人也看着他，五魁的嘴唇翕动了，颤巍巍伸出双手，但手只把女人的被角掖了掖，忽地拨大了松节灯焰，再慢慢地压灭了，轻脚退出来到界墙的那边，躺在自己的草铺上了。

五魁并没有在自己的卧屋点燃松节，他感觉到黑暗里他的世界更大。人世间有一种叫诗的东西五魁不懂，五魁心里却涌动了一种情绪很兴奋，很受活。劳累了一夜一天的疲倦没有集中到他的眼皮上来，坐起来，实在觉得睡着是太浪费、太辜负这夜了。

这一种举动和想法于五魁是从未发生过的，他不明白今日是怎么啦，是完满了自己久久以来的内疚呢，是帮助了女人解除折磨，第一次体会到了保护了女人的男人的能力呢？

墙那边的女人窸窸窣窣了一阵之后一切归于安静。可怜的女人经历了一夜一天的惊恐和劳累是需要安眠了，她醒着的时候，温柔和气，睡着了也如猫一样安闲，发出轻轻的唑儿唑儿的呼吸。作为一个爱恋着女人的光棍汉五魁，在这么个晚上同一个美艳女人睡一庙内，仅一草墙之隔能听到她的呼吸，闻到她的气息，五魁的感觉十分异样和新奇。他轻轻扭转了脖子，将头贴近了草墙，只要用刀轻轻拨动，从那间隙就可以看到椽头缝里透进月光的朦胧了的夜中的睡美人。这种欲望一经产生，五魁浑身燥热烫灼，恍恍惚惚竟站了起来，挪脚往门口走，要走进墙的那边去了。

但是，睡窝前的那一块儿白光忽地消失了，这白光是屋顶草隙所透射的，五魁初睡下时幻觉是一块儿白石头，也是走入的白月亮，现在消失了，而自己却正动步将身子处于了这白光之中，猛然获得的是一种警觉，以为受到了一种惩罚，被光罩住要照出他的心中邪念，五魁责备起自己了：这是要干什么去？去了墙的那边一下子按住了她吗，还是跪在床边乞求赐舍，那又说些什么话呢？

五魁认定了这白光实在是天意，是在监视他的一只夜之眼。去了那边，女人会如何看待他呢？强迫是完全可以如愿的，这女人就是自己的了，可英

67

英雄雄救她出柳家，原来是为了自己，这岂不如同土匪唐景，唐景他们抢人且公开说是为了个压寨夫人，而自己却打着救人家的名分，做乘人危难的流氓无赖了！即使女人悦意地收纳自己，在五魁做人的规矩中这又是一场什么事体呢？

五魁回身坐到了草铺，那一块儿白光又出现了。白光的出现使他心情平静下来，感觉到从一种罪恶的深渊重新上岸，为自己毕竟是一个坚忍的男人而庆幸了。随之而来的是坦白磊磊的荒诞之想，其兴奋自比刚才愈发强烈。试想想，自己一个什么角色，竟现在有一个美艳女人就在自己的保护下安睡入梦，这是所有男人都不曾有的福分，就是那个家有万贯的柳少爷他也没有的了。女人睡得那么安妥和放心，她是建立在对自己绝对的信赖上，那么，做男人的还有什么比这更有意义呢？一只蟋蟀不知什么时候跳到了白光之中，嘬嘬地振翅鸣叫了。这旷野的小生命，山林精光灵气凝化物，又喝饱了甘露在为他五魁颂什么样的赞歌吗？

五魁平身躺下，在蟋蟀的美音妙乐中迷迷糊糊坠入梦境。

不知什么时候，他突然醒来，觉得胸膛上奇痒，本能地拍了手，手心黏腻腻一股腥味，同时听到嗡嗡之声不绝。他明白深山林子里蚊子很多，入睡时或许蚊子还不曾知道这里有了人，也不知人血的滋味，在月到中夜才成团涌来的吧。五魁用唾沫涂着被叮咬的地方，立即想到墙的那边的女人也一定被蚊子欺负了，薄嫩的皮肉，所叮咬的地方恐怕不是一个红点而是大若小栗的疙瘩了。五魁终于走出睡窝，蹑手蹑脚到墙的那边用火镰打着火，燃一小堆湿茅草，让浓烟为女人驱赶蚊虫。这一切做得特别小心，黑暗中女人却说："五魁哥！"

声音低却清脆，当然不是梦话。五魁忙解释："我，我不是……我是来用烟熏蚊子的……"

"我知道，"女人说，"我用被子盖了头，蚊子叮不到的。"

五魁说："你是早醒了？"

女人说："我一直没有睡得着哩！"

女人没有睡觉，这是五魁难以想象了，她睡不着在想些什么呢？那么，她听见了墙那边自己曾经站起又睡下的声响了吗？五魁的脸在黑暗中又红了一下。

"你……睡吧。"五魁说着，赶紧就退了出来。

一切又都安静了，五魁却没有再睡下，也没有燃湿茅草取烟，还在琢磨女人没有睡着在想些什么！是不是也同自己一样的想法呢？念头一闪，就又责备起自己的不恭。不想了，不再想下去。可是，身闲得又无睡意了的五魁越是不让自己想女人，脑子里总是摆脱不了女人。今晚里她没有说他们就住在一个床上，也没有说出两人要分住两个地方，其实这女人已是把他当作最亲近的人了。现在蚊子这么多，那边燃了烟火，他这边偏不燃，就让蚊子都过来叮咬他吧。在一只蚊子又于他脸上叮咬得火辣辣痒痛时，五魁再不拍打，倒生出一种奇异的想法：这只蚊子或许是刚才在墙那边叮咬过了女人的，现在又叮咬了自己，两个虽然分住了两处，血却在蚊子的肚里融合一体了吧。再幻想：如果自己能变成个蚊子就好了，那就飞过去，落在她的脸上叮她，这叮当然不要她疼的，那该多好哩。或许，她能变个蚊子又过来哩，那怎么叮怎么咬也都可以了，即使这叮咬会使他五魁中毒，发疟疾，他也是多么幸福的啊！

天亮起来，脸上布满了一层小红疙瘩的五魁来告诉女人，说他下山去，女人哭了。五魁安慰女人，保证很快就能回来，女人说："我哪里是为了我，我半死不活的人却要害你！"就从头上拔了头钗，从手腕卸了银镯，说是到山下什么地方换些吃的穿的，五魁这时倒哭了。女人便笑了，说："我不哭，你倒哭，男人家的羞死了！"五魁也就不哭了，把昨日采摘的山桃一颗颗擦净放在床上，出来用木棍拴了柴门，说："我走呀。"就走了。他一路小跑下山，却并没回到鸡公寨，抄近道去了苟子坪见女人的老爹。老爹正在家长吁短叹，因为柳家派人查看少奶奶是否被偷背回娘家了。听了五魁叙说，老爹倒生了气，说女儿嫁了柳家，嫁鸡就要随鸡，嫁狗就要随狗，何况柳家何等豪富，人一生有吃有喝还不是享福吗？五魁不等说完出门就走，老爹还拉住问："你把她藏到哪儿了？"五魁说："这我不能说。"老爹说："你不说也罢，既然我女儿是个薄命享不了大福的人，我也没办法了，你就带些吃食去吧。"翻锅里瓮里却没什么可吃的，从炕洞的夹缝中抠出几个银元给了五魁。五魁下午赶到一个镇上，将头钗、银镯兑换了银钱，买了一些粮食以及锅碗油盐，再就是一把镢头。

他们就这样在深山野沟住下来了，五魁每日于庙后开垦新地，播下种子，然后挖了竹根，采了山楂野果，拔了野菜蕨芽，回来做菜糊糊饭吃。三天四天了，砍一根木头或一捆竹子捎到山下的镇落去卖，再办置生计用品，日子一天比一天开始有了眉目。

女人肤色明显的是不如先前了，但精神挺好，每日五魁开垦地，就让背她出来，靠一棵树坐了，她不能帮五魁去劳动，却知道五魁喜欢她，喜欢来了就能解他的乏，她就不断地说许多话给他，还给他唱歌。她的手能动的，又懂得女人美在头上，就拿了新买来的梳子不停地梳各种各样的发型，让五魁瞧着好看不。五魁说："你怎么个梳都好看！"就折一朵花来让她插。女人偏要五魁给她插。五魁为难了，女人噘了嘴生气，不理五魁，五魁的憨相就暴露了，不知所措。女人抬头，五魁只是蹴在那里看她，说："你生气了也好看哩！"还是噘着嘴。五魁就说："你不高兴了，我给你翻个跟头你看吗？"就一连翻了五个跟头，女人倒忍不住扑扑哧哧笑了。

一日没风，暖暖和和的，五魁挖了一阵地，地头上的女人在叫他："五魁哥，你要歇着！"

五魁说："我不歇。"

女人说："我要你到这边来哩！"

五魁走过来，女人把头发解了，扑撒满头，又将衣领窝进去，露出长长的白细脖子，说："你给我分分头发畔儿。"五魁只好蹴在她身后分发畔。柔软光洁的头发揽在手里，五魁的心就跳起来，女人问："我头发好吗？"五魁说："好。"女人说："怎么个好？"五魁说不上来，拿眼睛看见了头发拢起了的后脖，甚至从脖的圆浑白腻的边沿看见了前边解了领口扣子的地方，那愈往下愈起伏的部位，在阳光下有细小的绒毛晕成了光的虚轮，能想见到再下去的东西会有怎样的弹性，散发着怎样的芬香。五魁禁不住浑身酥颤起来，越是要控制，越是酥颤得厉害，那手中的头发就将这酥颤传达到了另一个人的身上。女人问："你冷吗？"五魁说："不冷。"站起来，却一身的汗，说天气怪好的，坐在一边掏起了耳屎。

掏耳屎是五魁的一种发明，他往往在最骚动不安时，就要坐下来掏耳屎，将注意力转移到另一个地方去。

但是，女人却说："你笨手笨脚的，让我替你掏吧。"

他不肯过来，女人手一伸，牵了耳朵过来。掏了又掏，女人让他坐得更近，竟将他的头侧按在了自己怀里在掏了。头侧睡在女人怀里，五魁一切皆迷糊了，温馨馨的热气从女人身上涌入他的鼻中，看见了衣服内部有肉团在咕涌着，他很窘，却觉得到处的石头到处的树木都是人，都是用眼睛在瞧他，他的那只被掏着的耳朵就火炭一样地通红起来。

"好了。"他架开了女人的手，把头抽出来了。

女人明白他的意思，不禁绯红了脸面，要说什么了，却没有说，假装看见了远处林子里飞动了一只五彩的山鸡，一口气轻轻嘘出。

这嘘出长气，五魁是看见和听见了，他觉得时间突然很长起来，想岔开来说些别的话，一张口却说起往昔接嫁的一幕，女人突兀兀冒了一句："唐景倒不是个坏人哩。"

"不像个土匪。"五魁说，真心也这么认为了。

"可他怎么就当了土匪呢？"女人还在说。

也就是打这以后，他们常常便说到了土匪，而差不多话题都是由女人首先提到的，五魁想，女人说到唐景的好话，或许是与那个柳少爷做对比的。是的，唐景土匪真是个人物，他闹得天摇地动的事业，官家也惹他不起，却偏偏是那么一个俊俏的脸面，抢得女人又被他五魁三言两语谎话所骗，放人或许也是可能的，没想竟动也未动女人一下就放了。他们虽然这么论说着唐景，土匪唐景毕竟是遥远之事，五魁就又想到，女人这么提说唐景，莫非日子是太寂寞了吗？尤其是他下山去购买东西或上山去砍柴捡菌子，留下一个走不动的她在草房里，她是没有个可说话解闷的人了。因此，在又一次下山，花了钱买来一只狗子。

狗子非常地漂亮，一条大尾巴弯过来，可以搭到头上，黄毛若金，却在眼睛上部生出两个圆圆的白毛斑。女人叫狗子为四眼。

四眼初来，性子很野，总是乱跑，五魁怕它逃散，拿绳拴在一块儿石头上，而它一听见山林起风就狂吠不已，竟要拖了石头扑腾。女人解了石头，拉到身边拿手抚摸那软软的耳朵和长长的毛，不住地唤"四眼，四眼"。四眼不再狂躁，只要女人锐声叫着它，即使它已经跟着五魁到了山林，也闪电一般返来摇尾了。五魁常常劳作回来，总看见狗卧在女人身边如一孩子，女人正给它说着话，似乎一切话皆能听懂，女人竟咯咯笑起来。五魁就说："四眼是咱的一口人了！"

女人说："四眼好通人性的，它不仅听得懂我的话，连心思都猜得出来哩！"就拍了狗子头，"去呀，你爹回来了，快给他个蒲团歇着。"四眼果然把一个草编蒲团叼给了五魁。

五魁说："我怎么是狗的爹？"

女人说："你不是说四眼是一口人吗？"

五魁说："那你该是四眼的什么呢？"

女人说："我做四眼娘！"

五魁说："可不敢胡说！"

女人一吐舌头，羞得不言语起来，眼睛却还看着五魁，五魁也就看着她。四眼站在两人之间，也举了头这边看看，那边也看看，末了却对五魁汪汪吼叫。女人说了一句："四眼向着我哩。"把狗子招过来抱在怀里，那金黄黄的狗尾就如围巾一样缠了女人一脖颈。

女人是不寂寞了，而使五魁心愈来愈不安的是女人，一日不济一日地消瘦起来，虽然每次做饭，他总是要先给她捞些稠的，但她吃着的时候常说："这菜要炒一下就特别香了！"五魁就十分难受。女人在柳家的时候，她是从未吃过这种清汤寡水的饭食，五魁即使尽最大努力，自是与柳家不能伦比，他不禁怀疑了这样下去能是什么结果呢？原本是救了女人出来让她享福而反倒又在吃苦，尤其在他每每回来看见了她的泪眼，而一经看见他了又要对他笑，他就猜测女人一定是为往后的日月犯愁了。于是，就在女人时不时提到土匪唐景，五魁突然感到自己自认为英雄了一场救她出来，是不是又犯了大错呢？他倒希望在某一日那个唐景会蓦然出现，又一次发现了女人而把她抢走！土匪的名声是不好听，但自己一个驮夫出身、一个没钱财没声望没武功不能弄来一切的人，名声还真不如唐景。也正是有这一条原因，他五魁才自己说服了自己，压迫了自己的那方面欲望。而唐景呢，虽是个土匪，可是多英俊的男人，闹多大的事业，又有足够的吃的穿的戴的……

　　五魁的心里说：好吧，既然我爱着这女人，要对这女人好，那就再躲过一段时间，等山下柳家的寻找无望而风波平息，我就把女人背到白风寨去，我权当做了她的亲哥哥，哥哥把妹妹嫁给唐景。或许，唐景以为她仍是白虎星，不愿接娶，那就说明一切，甘愿受罚，要嫌她成了瘫子，他也会说服唐景的：她瘫了，她也是睡美人，世上哪儿还能找下这么美的人呢，且她菩萨般心肠，天下还能有第二个吗？

　　有了这种心思的五魁，却没有把心思说给女人，而是加紧劳作，接二连三捎了木头和竹子下山赶镇市，宁愿自己少吃少喝，为她弄来可口的食物，一面暗暗打听鸡公寨的动静以及白风寨的消息。

　　或许是努力的报应，或许感动了上苍，山神破庙中的东西丰富起来，女人脸上的气色红润起来，在太阳温和的中午女人被背到庙前的草地上，五魁也看见了女人起伏的身躯恢复到接嫁时的模样，那隆起的前胸愈加饱满起来了。五魁却黑瘦如烧焦的木柴，显得嘴大，鼻子大，眼白特多。但五魁，十分得意了，感觉里他现在是最磊磊坦白，无私心邪念，他所做的一切是伟大的，如给黑夜以月亮，如将一轮红日付给白天。他平生第一回出口叫女人是"妹妹"，无拘无束地为她分发畔。烧了水给她洗头洗脖还洗了脚，甚至下决心在他背她走下山去的时候，一定要把以前贱卖出去的头钗和银镯再给她买回来。

　　进入冬天，到处都住了雪，五魁在房中生了柴火，自己就往山上去捕杀岩鸡子。五魁没有枪也没有箭，但他摸清了岩鸡子的特性，仍可以赤手空拳弄到这种美味的东西。他翻过了一条沟，又爬一面坡，在一处树木稀少的地带，果然发现了就在一处低岩上站有十多只岩鸡。他就手脚并用爬至壑沟中间，捡了石头掷向左岩，大声叫喊，受惊的岩鸡扑啦啦向对面岩上飞，岩鸡是飞不高也飞不远的，落在了对面岩上。他就又掷石子向右岩，大声叫喊，岩鸡又飞向左岩。如此只会笨拙地向两边飞停的岩鸡，就在他永不休止的掷打叫喊中往复不已，终有三只四只累得气绝，飞动中突然在空中停止，如石子一样垂直跌死在壑底。五魁捡了岩鸡，一路高唱着往回走，直走到山神庙后突然捂了口，他想冷不防地出现在女人面前，然后一下子从身后亮出肥乎乎的岩鸡，那时候，女人会吃惊不小，要问是怎么猎得这么多？再喜悦地看着五魁烧水烫毛，动刀剖鸡，一边讲他的聪明与能干，当然要夸大其词，从她的眼里读出一篇英雄的颂词来啊。

但是，当五魁走近了房前，却无一点声息，连四眼也没有听到动静而来迎接，本来是要按捺下收获后的激动，仍禁不住轻狂的五魁还是先从柴门缝中要看看睡在里边的女人。

这一看，却使五魁长长久久地冻僵住了。

草房里的女人还是睡在被窝里，而那四眼竟也同女人一样睡在被窝，且前爪分叉在女人的头的两边撑着，身子却在动，五魁先是惊奇，待明白了一点什么，就弯身去捡被雪已埋了一半的台阶上的斧子，而斧子冻在地上一时捡不起，这一瞬间他停住了。然后悄声走到房后的雪地里，开始大声地咳嗽和跺脚，制造他刚刚返回的气氛。

这一个下午，五魁照样熬过岩鸡汤两人吃过后，他假说到后山去捡些柴火去，一个人离开了草房坐在雪地上痛哭了，中午眼见的事情，无疑对他的打击太残酷，他简直不能想象，女人怎么会干这种事呢？是看花了眼吗？他这么想，或许是看花了眼，女人不正是为了逃避柳少爷的糟践而痛不欲生吗，怎么会同一只狗？！五魁的脑子炸起来，要竭力地做这么一次一次的或许，却始终不能消除那噩梦般的场面：女人的眼睛是微闭了的，口半合半启，一双手就搂在四眼的背上……

那么，女人原本就是一个淫荡的雌儿吗？这怎么可能，若是那样，为什么死死活活要让他背她出逃？！

无法解释得清的五魁回想着他与女人先先后后的接触，尤其到了这里，女人是对自己有过多次的表示，他五魁何尝没有冲动？几乎数次要干出越轨的事体。但他明白自己的身份，更明白怕引起帮她而成了为自己的现实而从此活着的内疚。难道女人就是在自己的理智制约下而冷落了她才使她这样吗？可不管怎样，她怎么就能到这一步呀？！

这是怎么啦？怎么会这样？自以为是了解了女人的五魁不明白了女人到底是什么，女人到底怎样才是女人！

终于得出结论：一切罪恶源于狗子四眼！这狗子买下时就觉得与别的狗不同，偏偏在双眼上还有一对白毛斑。五魁认定了这狗子是精而托变的鬼魂，它出奇地通人性，出奇地喜欢在女人身边，必是以妖法迷惑了女人，然后在女人的迷糊中……

五魁想到这里举起双拳来揍自己了！狗子是自己买来的，自己又一次害了女人，害了女人的身子，害了女人的贞洁，害了女人做女人的德行！

他咬着牙起来，要回去立即用斧砍了恶狗。但走回草房了，五魁打消了念头，如果那么气势汹汹地当着女人的面杀了四眼，女人受得了吗？那么把狗子拉出来处死，女人问起来怎么回答？不点明狗子的罪恶，女人没有自省自己的过失，作为他这么一个哥哥又怎么起到保护她珍惜她的作用呢？

三天后，太阳把地上的雪差不多晒薄晒稀，世界再不是一片银白，而一块儿一块儿露出黑的土地和杂乱的草木。五魁说："妹妹，外边太阳好红的，我背你出去看看吧。"

女人说："雪下得人心好憋。"五魁就背了女人，却也牵了四眼一块儿出来，一直走到了深得不可久看的沟涧边，把女人放在地上一堆干草上。

五魁说："妹妹，这地方多好。"

涧上是早已搭好了的两根长竹。

女人说："这有什么好看的？"

五魁说："瞧涧那边的冰锥结得多大，我让四眼过去叼一根过来，对着太阳看里边有五颜六色的哩！"

就把一条长长的绳索系在四眼的脖子上，又将绳索一头缩个环儿套在竹竿上，给四眼指点了涧那边的冰锥，撺它从竹竿上过去。四眼走到竹竿上，却不愿过去，五魁推，推不动，五魁让女人给它发话，女人说："四眼不要怕，能过去的！"四眼就走了上去，摇摇晃晃走到了中间，那绳索环儿也随着套到竹竿中间，五魁突然在这边将竹竿使劲儿一分开，四眼掉了下去，绳索一头勒着脑袋，一头套在竹竿上，四眼就吊在空中四蹄乱动了。

女人锐叫道："快，快，快把竹竿拉过来！"

五魁没有看女人，没有动。

四眼先是汪地叫了一声，一双红眼直向女人看着。

女人说："五魁哥，五魁哥，四眼会死去的！"

五魁说："这狗子不吉利的，它也是该死的了！"

女人啊了一声沉默了。天地间一个特大特大的静，五魁感到自己呼吸也停止了，却同时听见女人在低低地说："五魁……你这是要让我看吗？"

五魁痛苦地说："不，不是，不是的，你瞧那面坡，树枝结了冻，太阳一晒多像是玉做的，啊，妹妹。"

五魁心慌口慌地说着，始终没有回过头来。他不愿看见女人一时的羞愧，但却在心里说："原谅我这样做吧，我的好妹妹，我不能不这样做呀！你是少奶奶，你是我的妹妹，不，你是菩萨一样圣洁的女人，我怎么能害了你呢？"但是他听到了一声不大也不小的响声，以为是涧那边的冰锥断裂了，看着涧的那边。太阳依旧光明，冰锥依旧银洁。回过头来，却见女人正爬到了涧边，双手在抓自己的脸面，抓出了深深的血印。五魁惊叫着扑过来，就在要抓住还未抓住的时候，女人双手一撑，反过身掉向涧下去了。

一年后，山神庙改造的草房扩建成了有十多间木屋的小寨子，小寨子里聚集了一伙土匪。这股土匪队伍虽比不得白风寨的唐景庞大，但他们匪性暴戾，常常冲下山林去四方抢劫，而抢在寨子中来的压寨夫人已经有十一位。官府在县城的大街上和县境的所有村口寨路口贴满了悬赏缉拿的布告，但布告上的首匪不是唐景，而赫然写着两个字：五魁。

白　朗

一

这一日天上的太阳毒得如一只滚动着的刺猬，光芒炙烧尖锐，满空的云朵就流出了血似的赤红，地上虚土浮腾，惨白得又像是大火后的灰烬，行走在赛虎岭官道上的一队散乱的人马，差不多只要在一个兵卒的后腿弯撞一下，这个兵卒就要倒下去，整个的队伍也便要倒下去，永远也不想爬起来了。原本是前排的乐队在高一声低一声热闹吹打，马也有精神，队形也整齐。现在，吹鼓手的眼睛已经白多黑少，呼吸着的空气火一样辣，蜇着鼻孔，那吹奏唢呐的凸腮和暴了青筋的粗脖就在一声软一声里陷了下去，最后，乐响变成一种呻吟，一种喘息，几乎在同一刻里熄灭了，唯有一个年幼的小卒还勉强"嘟"地吹动一下，成为沉寂中的一声余音。这是一队衣着不整老幼参差的乌合土匪。以往的变化无常的流浪生活和近日连续地奔跑，又进行了一场残酷地搏杀，他们的面孔全都变得丑恶狰狞，得胜之后的狂热使他们在返回营寨的路上欢声如雷，但狠毒的太阳使他们消耗了最后的活力，当听到最后一声滑稽的唢呐余音时，俱被逗乐，这乐却没有声从口中发出，笑容在脸上纵横了一下皱纹即便消失。而恰在这时，有了一声很爆的笑声，朗朗地震响，遂使每一个兵卒掉过头来，霎时间都张口不能合起地木呆了。

笑声是从那一匹银鬃马背上的做了战俘的白朗口中发出的。这位狼牙山寨的大王，一代巨匪枭雄，被护颈短枷铐了双手，身上又缚了绳索，他竟还有这么清朗的笑声！致使身子俯仰，将青光头顶上的一排受过戒的香火烫印的蓝痂闪动，无法看清那戒印是十二个还是二十个，哪些是戒印哪些是太阳烤炙而成的紫血水泡。汗水就从他的脸上摇散下来，滴在鞍鞯上又溅落地上，尘土里扑扑儿腾起几缕细烟了。

笑声自然使队伍骚乱了，甚至使每一个兵卒感到了骇怕，想起了这一位美若妇人的白朗大王，他的俊秀的眉目和清朗的笑声并不是可以让你联勾起一种色相的愉悦。黎明里他在酒的沉醉中被七条绳索捆住，因那缚腿的小卒动作稍不麻利，或许是看见了这一张白皙的面孔，光洁的有着戒印的头颅，错觉是尼姑庵的小尼，忍不住动手捏了一下他的脸蛋。白朗一脚踢出正中小卒腹下的恶根上，他就当即倒地死了。他们更听到过有关白朗的英武，每每与官兵作战总有一些人淫笑着向他扑来，他并不动的，只将那一柄短枪抛上抛下如羹匙似的玩，忽一扬手瞄也不瞄地喝一声："左眼！"百米外的对手们的左眼就老鸦啄过一样成一窟窿，他就笑笑地走过去，用短刀剖开死者的衣裤割掉尘根撬塞进各自的口里了。于是，这些兵卒都紧张起来，下意识地将手按在了腰间的挎刀上，甚至使抬着滑竿的土匪膝盖僵硬，一步在石头上踏空，险些将滑竿上的黑老七掀跌下来。

"怎么啦？"黑老七睁开了不满的睡眼。

"回禀寨主，他是在笑哩！"抬滑竿的小匪指着白朗。

黑老七在睡梦中似乎也听到了笑声，回转头来，看见白朗大笑之后笑容仍在脸上保留，而自己的部下全都惊慌失措的神色，不禁恼羞成怒了。吼道："和尚雏儿，你在笑什么！你以为你是坐在狼牙山寨子里吗，面对着是你的大小喽啰吗？！"

白朗看着黑老七，说："是吗？真要是你讲的那样，白某就该笑了。"果然又笑了一下。

黑老七几乎在咆哮了："可你现在是我的战俘，我押解的囚徒！"

白朗说："那你也就笑一笑吧，我还没见过黑寨主的笑脸呀！在七星镇的局子里你呼红叫绿地赌掷，输了筹片不付钱，债主向你讨要你不言语，一巴掌原本要扇出你的话来却扇出你口里的一枚铜板，你那时没有笑过的。你做了寨主，抬着虎皮鹿肉来狼牙山朝拜，我让你坐在那一块儿冷木墩上，你也是没有笑过的。散发纸烟偏又不散发给你，我记得你那时还是没有笑过的。今日你报了木墩纸烟之仇，你真是该笑一笑了吧？"

　　白朗说着的时候，声音还是那么的柔脆，美目飞动，和颜悦色，甚至说完了将头偏向一边，看着乐队中的那个吹奏了唢呐余音的年幼的吹手，为他头上戴的干枯了的柳条帽圈和额上贴的薄荷叶片所乐，便把一只好看的右眼那么一映。年幼的吹手静静地听了白朗的话，他已经不觉得这个枭雄白朗，不，都叫着是白狼的恐怖，反觉他和蔼可亲了。他是听得懂白朗的话的，知道赛虎岭十二个山大王最厉害的一个大王在攻克了官府管辖的盐池后于狼牙山摆酒宴的情景，那时候，他跟随着他们的寨主最早一个上的狼牙山，却等待着另外十个山主都到齐了坐在熊皮圈椅上，而他山主却只坐了一个木墩。那一阵的白朗武功是多么卓著，第一个在赛虎岭竖起王旗，又独自一家攻克了盐池，谁不在欢呼着他王中之王呢？可他出来接待众山之主，着的是一件白色的团龙长衣，蹬的是一双白色的深面起跟鞋，持的是一把白绫竹扇，他愈是把自己打扮成素雅的风流倜傥的秀才模样，愈使所有的人为上天偏把一身超群的武功和一副绝伦的容貌造就成一人而感叹了！白朗哈哈大笑，他并不一一回礼众王，亦不设了烟灯烟具让来宾过足一顿烟泡的瘾，而是朗声高叫说他得到了盐监官的香烟，要让各位开开眼界，尝个新鲜。众山主是听说过这种香烟，但未见过更未吸过，一齐睁开了双眼等待狼牙山寨主来发散了，白朗却没有走过去，依然站在高石台上，手一扬，空中数道白光，一根二根纸卷的两头一般粗细的烟支竟端端立栽在各人面前的桌子上。在座的十一个山主站起来十个拱拳致谢，唯独黑老七没有站起，因为黑老七面前的桌子上没有香烟，一张油汗的肥脸由红到白，由白到黑，末了将一口唾沫吐出来，唾沫里有了一颗咬碎了的牙齿。作想着这一幕的年幼的吹手此时万没想到这做了囚徒的白朗，现在仍高傲不驯，器宇不减，这才是大英雄的风范，做人就该做这样的人杰！遂也以右眼映眨来回报了马背上的那一位白面和尚了。

　　黑老七看见了两人的动作，他愤怒着喝令年幼的吹手到他的滑竿前来，一伸手啪地扇去个耳光，同时叫道："把绳拉紧！鼓乐齐鸣，让赛虎岭所有的山头都瞧瞧，谁个才是王中之王！"

银鬃大马左右的四个兵卒同时努力，那缚在身上的四条大绳即被扯紧，纵然马能被他双腿暗中加劲倏忽脱奔，绳索亦会扯石夯一样拉他下来。立时白朗像一截木桩被四方的力量固定在马上，一丝也不能动了。

队伍继续前行，僵着身子高坐在马背之上的白朗被夹在队伍的中间，他们经过了赛虎岭最高的一段山梁道上。队形就衬印在火红的天幕上形成巨大的剪影，使得散居于沟岔的山民，远处以石以木所修造的寨堡上远眺的土匪，都产生了这支队伍统帅并不是黑老七而是狼牙山寨主的感觉。最后，这种感觉连白朗自己也有了。多少年里，在百里方圆的山地上，他和他的一帮大小兄弟踏遍了每一条沟岔里的每一块儿石头，杀恶人，劫豪舍，突然地敲开某一家财东的双环大门，便将雪光锃亮的钢刀扎在桌面上，看着那主人从夹墙里地窖里搬出铜银细软，尤其是摘下了主人的茜红色的包巾，剥下姨太们绣花小鞋，出得门来连同那一半的银铜沿村街天女散花般地向穷人撒去，那是多么的痛快的事体！而又在某一个风高云低的黎明，大块地吃了肉，大碗地吃了酒，领人层层喝开寨栅，趱出围墙，下山岗，突袭到官府驻扎的众小校营房布幔，见人杀头，遇马砍腿，让污血噗噗地溅满一身，而刀挑了用铁丝穿起的二十个三十个耳朵在山坡上论功行赏，那场景是多么辉煌奇艳！可是，那时候竟疏忽了观赏这壮丽的赛虎岭的风光，甚至连这么想过也不曾有。现在于马背上看万山起伏，深若大海，赤日的腐蚀之下，红如炉铁，那沟沟岔岔滴流的溪水又如血道，白朗的脑子里就要浮现起魏家坪姚大掌柜脖子上的红蚯蚓了。是的，那也是这么一个晌午，家存万贯的姚大掌柜正纳一房小妾，一顶花轿才抬进门，他便领着人马踏进去，瞧见了花轿里坐着的是一位何等娇艳的少女，而姚大掌柜却是满口没齿的枯丑老头，不知出于一种什么原因，他白朗冲上去先一巴掌扇了老朽在地，再提起来逼要起财物，看见了吓得惊叫一声就昏过去的少女竟产生了无尽的同情，说："把她抬到后房吧！"奸诈的姚大掌柜一面捣米鸡似的伏地磕头，一面却暗示了家人偷溜出去通告镇上的防守官兵，财物还未到手，村口的众兄弟就与官兵血刃起来。他那时怒从胆生，令把姚家十二口男女杀得一个不留，再拿刀慢慢割姚大掌柜的脖子，那血就红蚯蚓一般往下流了。那景象好是刺激，以致多少年里在睡梦中看见，醒来也激动得浑身战抖。也就在杀了姚家，开仓放粮，洋洋得意欲回山寨，刘松林，他结拜的兄弟，狼牙山的二寨主，却从后房提出来了那被纳的小妾，说："大哥，这个就归你了！"他白朗又看了一眼少女，少女实在美不可言，但他把手挥了："她从哪儿来，让她回到哪儿去。"刘松林叫道："那你把她放到后房干什么？知道了。大哥是和尚，不要女人，兄弟就拾掇了！"他训道："我说过了，让回去就回去！"三寨主陆星火跳过来大叫："这么个好东西咱不要也不能让别人享受了去，我一刀劈了也痛快！"一把便撕开了少女的上衣，将半身雪白如凝的肤肌暴露出来，刀尖已要划开她的腹乳了。白朗是一茶壶击过去，打落了陆星火的刀，说道："咱虽是土匪，杀人也不能乱杀，她是姚家抢来的妾，可现在还不算姚家的人！"竟一手牵了陆星火就往外走。可是，就为了这一场事，刘松林和陆星火埋怨了他数年，甚至讥笑了他是和尚出身不娶女人，又面如美妇，对女人就下不了手了！可是，又有谁能想到在多少年后，又是为了女人的事坏了他们兄弟的大业，将一个好端端的威武不可一世的狼牙山毁掉呢！

由艳阳之下的赛虎岭的风光使思想沉浸于那一个少女而悲伤起来了的白朗，在摇摆了一下头颅，欲要把挂在眉上的汗珠同烦恼一起甩掉，却也为结拜兄弟的讥笑不以为然了。白朗是和尚出身，这他并不忌讳，且一直光洁着头颅，但要说面如美妇，对女人就下不了手吗？他想起了七岁的孤儿在安福寺里做一个小小的和尚，是经历了十年青灯黄卷的寂静，一心要于佛门修成正果，而在他发现了住持造了佛像前的暗坑翻板跌翻了前来烧香供佛的年轻女子藏于地洞行淫的事后，在一个晚课诵经之后住持将一根恶肉企图放在他的体内，他怎样地吼叫着跑出寺院告发了罪恶，又怎样在怒不可遏的村民捣毁了寺院之时，又是他亲自钻入地洞，扼死了那些匿藏得太久，已不能露面的女子，再将住持活埋于地上只露出个头来，驾了马拉的铁耙耙碎了淫贼的脑袋，而使安福寺从此人称耙头寺的。那时节，他白朗才十八岁！做和尚他是正经和尚，即使后来县署的知县与住持有私交，为了替住持报复，以他不能扼死那些无辜女子为罪而要捕杀他，他一气上山落草，落了草也正是从此开始了他的一生惊天动地的事业啊！可你刘松林，可你陆星火，却又是干了些什么呢？！白朗一怒气把眼睛闭上了。

正午的太阳现在已是滚到了头顶之上，它似乎缩短了与这支队伍的距

81

离，人的影子，马的影子，由大而小乃至全然没有，鼓乐的吹打也不知在什么时候又一次停息了。马背上的白朗感觉到，不停地有人将包袱什么的钩挂于鞍辔下的镫坠上，企图让马代驮。马却在不停地甩动着长尾，包袱什么的就脱落下去，而立即被只只杂乱的脚踢到了路旁，开始有了低声的叫骂。可怜的押解着白朗的兵卒，原本是各人的背上都带着抢劫来的包袱，或是一件拈绸袍袄，或是一双可以供其在家的老母穿的粽形小鞋，或是项链、巾帻、铜盆、火纸、茶壶，在吵闹叫骂中把被踢掉的东西又捡回来，捡回来了又负担过重，终于力不可支，自骂起自己"好贱"，再骂一声"破玩意儿"，遂又抛去。一时间人人都相互感染，把乱七八糟的东西一件一件都扔去，只将那些银钱袋子系在湿淋淋的裤腰带上，发出叮叮当当的繁响了。一把白铜的尖嘴细腰的酒壶还挂在一个小卒的背带上，有人就不允许他留着，催他扔掉，小卒不忍，但无法抗拒，摔在地上却用脚狠踩，说："我不能拿，谁也不能拿的！"一脚再踢飞到草丛中去了。白朗在喀嘟嘟的踢声中把眼睁开，看见了那一只踩扁了的酒壶，认得了这是他在盐池喝酒时用过的那只，见壶思酒，好杯的白朗五脏六腑就翻腾起来了，几乎同时间也闻到了酒香。是酒香，一点不错！白朗巡睨着马之前后的兵卒，兵卒并没有喝酒的，却皆在拿一种渴馋馋的目光望着前边滑竿里的黑老七而腭下陷下坑儿来了。黑老七是在喝酒了，他已脱了上衣，一胸的黑毛，仰头将一只葫芦里的酒往口里倒。但是，一看见黑老七的嘴的四周的短胡上沾满了酒里的红汁，白朗的脸第一回惨白了！在盐池的池神日神风神的三神殿里，正是他下令众兄弟一醉方休，才使反目为仇了的黑老七偷袭得逞，当他醉得玉山倾倒，一个小兄弟踉踉跄跄跑来报告黑老七的人马围了大殿杀了许多兄弟，他白朗还在说：你也喝醉了吧?！可黑老七就进了屋，几条绳索捆翻了他。待他清醒过来，黑老七正拿着一颗艳红红的人心刀划了往酒葫芦中滴，那个小兄弟开了膛倒在地上……

82　　　　思想到这里的白朗，顿时失却了喝酒的欲望而英雄气短了，强烈的阳光蒸发着万山丛岭，满世界里似乎有丝丝缕缕的白线在晃动，苍苍莽莽的浩叹中，他极力将目光向天边望去。那一片火红的山峦中突兀的峰柱是他的狼牙山吗？是的，隐隐约约的用青石条砌起的寨墙还在，粗木搭成的可以瞭望众山头又可以燃了狼烟招呼众山头的信号架还在，便是那一座天元寺的石塔还巍峨不倒啊！唉唉，怎样的一个英雄的白朗，叱咤风云了十年，官府没有拿下他，十个山头上各有绝技的山主没有伤害他，而是自己最看不起的地坑堡的黑老七在自己保卫了赛虎岭也同时保护了地坑堡的今日反算计了他，这最是白朗不可思量，尤感愤怒随之莫大悲哀的事了！这个时候，白朗真的后悔起不该在攻克了盐池又离开狼牙山寨去盐池的三神殿。他想起了离开耙头寺落草之后，他的声名是多么震响，远近都在播扬着一个叫白朗的和尚。但将白朗却转音为白狼，他先是讨厌了，找着一位算命的老妪推算八字，老妪却说叫白狼最好，要成大事就去占据赛虎岭的狼牙山，占狼牙山则吉，离狼牙山则凶。他上了狼牙山安营扎寨，果然事事顺利，且山上的天元寺虽寺毁而有塔存，也合于他这当过和尚的人的心意。此塔为五百年的古物，二百年前地震裂成两半截，就在他去后的又一次地震中塔竟裂而复合，这奇迹的出现也遂使他威名更远，谁一望见那塔也要不寒而栗。他在他的寨上插着大旗，旗面上就用白布绣着一个白色狼头，而他的大小数千名兄弟的衣襟上，也皆缀有狼头标志。但是，他为了把官兵更远地赶出赛虎岭，为了不让盐池被盐监官统治而使所有的贫民都能吃上盐，做盐的生意，他忘记了老妪的叮咛下住到了盐池来，才遭到了黑老七的暗袭。黑老七，算是什么东西！如果这次没有离开狼牙山寨，即便山寨上再没有别人，单凭他一柄短枪，黑老七的人马能攻上来一个吗？即使他去了三神殿如果不喝得酩酊大醉或是喝醉了不将短枪挂在柱子上，黑老七能近得身吗？在他被擒的昨晚，也就是在黑老七刀刀小兄弟的那一时间，三神殿剧烈地抖动了，门环摇响，窗纸崩裂，他估摸着这又是地震了，遂大笑着这是天意，也大笑着他将和黑老七一块儿在房舍的倒坍中死去，但随之一切又恢复了平稳。这阵做了囚徒的白朗，在马上遥眺着狼牙山上的天元塔，吃惊的竟是一塔为二，早年复合的塔身又几乎是从塔底裂开，犹如两柄刺天的刀剑！好呀，这全是兆应了，他是不该离开狼牙山的。可是，塔裂根而不倒，他白朗的气数并没有尽吧？长了志气的白朗精神为之一振了，在心里骂道："黑老七，狗贼！你能把我怎样呢？狼牙山寨的人死的死，散的散，但只要我白朗还在，你就瞧着吧！"

就在白朗耸了耸肩，愈发挺直身子的时候，山梁道的两旁陆续围观来了一些百姓，他们的长舌往日在传播着枭雄的武功，想象着他是一位凶神和恶煞，夜半狗咬就以为是他进了村，某人被杀也以为是他所为，以至于相互咒骂了，骂了绝死鬼的传死鬼的龙抓的熊挖的就也要骂出门碰上白狼的，连孩子们啼哭不止唬一声"白狼来了"，啼哭也顿时噤声。如今听说白狼被擒，骇惊之余就都来围观，全不顾兵卒的呵斥使劲儿往近挤，要清清楚楚看这位快要横尸的枭雄是怎样的一个狰狞面目，但他们差不多在瞬间里失望了疑惑了甚至多少有了一点愤慨。

"杀盐监官的难道就是他吗？白狼哪儿能是戏台上的小生呢？！"

"他还是个和尚呀！"

一个女人就尖声叫起来了："瞧呀，他那光亮的额头和高耸的鼻梁以及丰润的嘴唇，妇人也没这般俊俏呀！"

"是吗？"旁观的人群中有着闲汉，为着女人的轻狂而嫉妒了，"老板娘，你也是想着能和他睡觉吗？"

"睡觉又怎么着？！"女人低声咕嘟了一句，拨开人群撵着马的步伐看着白朗，便伸手将头上的一枝已经枯干了的野蔷薇拔下来，斜倾了身子企图在马匹稍偏过来时丢上白朗的腿上或马的银鬃里。但兵卒在她的屁股上踢了一脚，把她踢倒了。马背上的白朗似乎听到了围观者的议论，但他并没有注意到这个女人的媚眼和已经探出在口唇处的舌尖，当那朵丢过来的野蔷薇在他的眼前一晃落到地上去后，他听见了黑老七在粗声叫喊："把他的脸抹脏！用泥抹他个三花脸！"刹那间一片寂静，没人敢挖了泥来涂抹，但随之四面八方飞来了虚土，他眯着眼睛扫见了兵卒和那些围观的闲汉都抓了尘土向他掷来，落粘在他的汗脸上，只有女人在嘤嘤地哭了。

瞬间受到污辱的白朗将双目紧闭了，睁开眼来，一只几乎是涂上了炉火一样的光泽的苍鹰从空中掠过，原本要做一个勇猛的俯冲，却寂然地停伏在一块儿突兀的岩石上如一疙瘩树根了。这一景恰被白朗看得清楚，心中不免被尖锐之物所刺，以鹰而自比了。就是这鹰曾经驮着朝霞飞度过万重山吗？曾经呼啸着从高空冲下抓住了草丛中的蟒蛇，又从高空绳一样将蛇摔死在石板上吗？但它热浪下伏于崖头，非凡的勇猛与它不符，而如果它受伤坠入谷洼，兔子又会怎样地撕咬它，蚂蚁又会怎样地爬满全身？！而那些参与了抓土弄脏他的脸面的围观的人继续攘着队伍走动，且开始了大声欢叫着："白狼大王！白狼大王！"白朗在一阵痛楚之后心里又泛上了一层清傲之气。他想，这些人并不是要污辱了我，他们看到的这个汗水搅了尘土形如恶豹之脸的白朗才是心目中真正的白狼枭雄而心里满足了。可不是吗？在他往日威风下山，带领了大小兄弟冲向官兵阵营，刘松林和陆星火也常要他戴上一具凶丑奇异的面具的，白朗就在这此起彼伏的欢叫中把头颅仰得更高了。

黑老七终于喝令着兵卒将围观的人赶散了。没有了围观人的刺激的这支解押的队伍又完全沉于寂静，急促地喘息，叮当的钱袋繁响，同时在没死没活的矮树上长嘶的蝉叫声里，兵卒们感觉到被太阳晒瘪将要一个趔趄跌倒再也爬不起来了。在看着他们的山主又在喝着葫芦里的血酒，就有人喊了声："杏林！"皆口耳大睁，急应："在哪儿？""在前边。"杏之解渴使他们的脚步加速，但赛虎岭哪儿有杏林呢？就是有一片杏林，在七月的天气里树上哪儿还会有可口的杏果呢？被搞蒙了的兵卒在快速了半里之地后醒悟过来，开始咒骂起多嘴的某一位了，甚至动起手脚，结果就有三个和四个厮打起来，将枯了叶的柳条帽甩掉，将拳头擂到了腮上，血和断折的牙齿吐出来，而裤腰带上的钱袋就从力小的身上系到力大者身上了。他们如驴打滚一样在这样的厮打中恢复着活力，在流血和抢夺的刺激中消除了疲劳，连黑老七也不斥责，反倒偷目而视。山主的放纵使兵卒更加松懈起来，终于在走到一处叫二岔峁的地方，唯一的一处小小的细泉，而趴过去吵吵闹闹渴饮了。泉是在土穴中聚了一个浅潭，沿潭下注一道流渠去了山下，潭的四周连同流渠就苍蝇般地爬满兵卒。得到水的喝了一捧又一捧，有的干脆将头埋进去长饮不起，未喝到的就从身后往前扑，人垒人高，下边的爬不起来，抓泥往上扬，性急的便跳进潭去双脚乱踩，水成泥浆，一时谁也不能再喝了。在白朗的马的前后左右各拉持绳索的小卒腮根不断显出小坑，但重任在身，他们不能前去渴饮，白朗就说话了："放开绳，你们也喝去吧，我不会跑掉的。"

四个小徒疑惑地看着他，不相信这是真实，愈发用劲拉直了绳索。半路上被惩罚了的因挨山主的巴掌肿了腮帮不能吹唢呐的那一位吹手，恰已换作拉绳中的一个，听了他的话，终于说："白狼大王，我们知道你是不会为难我们的，我们把你缚在石头上，你可不能跑呀！"

白朗说："好的，把马的缰绳也缚在树上吧。"

四边的绳索和马的缰绳分别缚系在石和树上，小徒们喝水去了，待捧着滚圆的肚子过来，那年幼的曾是吹手的竟以一叶槲叶折成小斗盛了泉水来搭在他的嘴唇前，白朗的眼睛潮湿了，看着一边往下滴着，斗里愈来愈少几乎只剩下一小口的清水，他说不出话来。小徒说："快喝呀，要漏完了！"他把嘴凑上去，但斗中的水确实漏完了，但他对这个小徒无限地敬爱，说声谢谢，还挤眨了一下右眼。

"我曾经是要去吃你的粮的！"小徒突然低声说，"三年前我就在这儿看见你领着人从那条沟走下去的，我去撵没有撵上，后来黑山主的队伍过来了，我才跟了他……"

三年前？白朗搜索着记忆，觉得这一条小沟他似乎并没有走过。他说："从这里下去的小沟是什么名字呢？"

"是羊肠沟，大王你记不起来了吗？那是一个傍晚，才下过一场雨，西天上烧起一片红云。"小徒认真地说，遗憾得耸了几次肩。

"这条小沟可以通到盐池的西禁门吗？"

哦，白朗终于记起来了，是有一个傍晚，他率领部下企图去山下的盐池攻克西禁门的，但那次他们是失败了，西禁门外的巡马道上的巡夫发现了他们，十里长的护池墙上的烽火台节节引动了一柱狼烟，盐监的兵马严阵以待。但是，也就在又是三年后的一日，即前七天里，他白朗的人马摸黑赶到了盐池外，偷渡护池河，隐蔽于巡马道，将长长的绳圈套住了每一个巡逻而过的兵卒的脖颈拉下马来，直到兵力冲进西禁门和东禁门，刘松林和陆星火于兵营收拢所有的刀枪，一声呐喊将赤条条的官兵从床上拉下逼进一畦盐池水中时，他白朗也冲进了盐监的府中轻而易举地把盐监的头剃了。这一夜是何等地壮观，所有的盐工从睡梦中惊醒，也拿了铁锨、木铲、卤水斗子参加到他们的队列，到处是燃烧起来的火光，随处可见官兵滚落的头颅，守驻在北禁门和南禁门的官兵见大势已去纷纷逃散，十多里的盐池内顿时齐声呐喊，有锣鼓的敲锣鼓，有鞭炮的放鞭炮，甚至将所有的盆盆罐罐、簸箕、木板也敲打起来，直至天明。天明，四村八乡的百姓推开了十二处护墙蜂拥而进，他们在那一畦一畦盐水池之间的晒盐场上，扒开了盐堆上的一层泥盖，将盐块用驴子驮，用口袋装，用篮子提。连穿着开裆的小儿与没齿的老妪也以怀抱五块六块盐来往不绝。白朗那一时是骑了马在人群中巡走，为这种抢盐的场面所万千感慨了。守着这天然的宝池，盐池四周的百姓却终年没有盐吃，成百成千的盐工一旦被抓进这护池墙内就一辈子不能出去在这里造盐，整车整车的白花花的盐运到县城，又运到京城，而百姓吃盐反以高价购买又同时负担着沉重的盐课。现在忙乱抢盐的人们看见了天神一般的白朗骑马走过，他们齐压压跪下来给他磕头，不怕巨匪，枭雄万岁，许多青年壮年就要投他而去，吃粮上山。他记得一个老妪并没有抢盐，而和一个青年拿了小镢在一畦退了水的盐板层上认真挖掘，后来就以头巾包裹了来到他面前。老妪说，她七十了，她的儿子十年前被抓了盐工再没回家，攻克了盐池母子才相见，她万万没有想到在她活着还能再见到她的儿子！"菩萨大王，我寻着了我儿子，儿子要我们也去抢些盐，我没有去，我要他快挖些盐根子，我儿子是懂得盐根子的，这盐根子是药，有什么病病灾灾吃一点儿就会好的！我母子挖寻到这一点儿，菩萨大王你收下吧！"他接受了母子的礼品，纵马在池畔上奔跑起来，得意忘言的白朗啊啊叫着，他为着天水相接的一畦一畦因盐之浓淡度而池水红黄绿蓝白呈现的奇丽的色泽发狂，也为着自己的惊天动地的英雄业绩而发狂。他仰天大笑。从马背上竟摔到地上，在池水里也想看一看这英雄就是他吗？水面上一张俊俏之脸正对着他，想到了老妪的"菩萨大王"动听的称谓，不禁在心里说：历史上多少名留青史的英雄豪杰也莫过如此吧？而哪一个英雄豪杰又是有着如菩萨一样的花容月貌呢？！

但是，但是，想到了这一幕的白朗心中隐隐地作痛起来了。攻克了盐池，雄心勃勃的他预想着下一步怎样地蓄积力量再扩大地域，怎样去联合十一个山头共同发兵攻克县城，要使这皇天后土之下的县境完全是另一个天下，却一切都被女人牺牲去了！女人，女人，白朗在心中叫道，女人真是英雄的罪恶吗？就在他陶醉于盐池风光和自己的英武的时候，刘松林和陆星火策马来说他们在三神殿的盐监家府里将三十二口家眷全尽杀戮，只留下两个如花似玉的女儿，那女儿实在长得美妙无比，他们也要像大哥一样不忍杀掉，但要求大哥允许他们将那雌儿做了他们的夫人。白朗当然是不能答应的，他分析着攻克了盐池，官府肯定要从外地调集兵马来收复，官府丢了盐池如同丢了命根是不可能这么容忍失去敛财的盐课的，那么，一场恶斗还在后边，若有了家室，迷醉于女色，而上行下效起来狼牙山寨还会像现在这般战无不胜吗？狼牙山寨之所以能战无不胜，凭的并不是兵多将广，而是一人强似十人的剽悍。再说，咱们若杀了盐监官满门，又留下他的女儿，这女儿能俯首顺从地做了仇人的夫人而生儿育女吗？刘松林、陆星火却不以为然了，他们浸淫到女色之中，只强调那女儿的美丽人间少有，说他们上山落草难道就是当一辈子光棍不成？今生今世虽是没了好的声名，亦不能当官做宦，但大碗喝酒大块吃肉拥抱美人却也不枉做了一世的山之大王！他们甚至说大哥出家之人，十年的吃斋念佛青灯打坐当然没有了肉色之欲，可他们可是能吃生肉能喝生血的混世魔王怎么忍受另一种的饥渴？上一回杀进姚家要留下那美女子大哥不允，如今若再不允，当和尚的哥哥可以不要儿子孙子，但他们的种族的香火要续，不愿做一个绝户鬼的。两位兄弟的话使白朗异常生气，他白朗，当了和尚真就如阉割了的宦官再没有七情六欲吗？有眉清目秀就必是在那一方面无能无耐是一个伪男人吗？他说之以理而两个兄弟不能听进去，他就发了脾气，命令去将那两个女子提来当众砍了算了。刘松林和陆星火灰沓沓地走了，他们并没有把女子提来，却分别携着远走高飞了。正是于此，狼牙山的实力大减，也正是于此，好强的白朗偏要在狼牙山摆酒宴又在酒宴上戏弄了黑老七，又为着意气再次到盐池去观看盐工们在三神殿新塑的又一尊他的神像，而落到这步田地了。

"刘松林，陆星火，两个没出息的东西啊！"

白朗在心里千百万次地咒骂起他的结拜兄弟了。如果要论仇恨，白朗最感伤心也最不能饶恕的倒不是黑老七，而是刘陆二人！当年他们在狼牙山相见，跪拜于高山之顶，风送松涛，杜鹃啼血，说定了生不同时死则同穴，原来这一切皆小儿的信口雌黄？！从狼牙山起根发苗的三个人，千辛万苦才发展到数千人马，杀出了清平的赛虎岭，攻克了偌大的盐池，闹得石破天惊，到头来为一个女人就什么也不要了？一直不以土匪自视的白朗不禁在感叹着狼牙山寨还确确实实是些土匪了！啊啊，世界上原本是更多的人可以干一番大事业的，就这样常常被金钱、地位、女人和狭小的意气所毁于一旦的了！

心绪翻腾不已的玉面英雄，扭动着头颈再一次看了万山涌伏的天边，看了一眼在艳阳辉映下迷迷蒙蒙的狼牙山寨中的天元寺塔，和山下那一带闪亮的盐池水面，欲再呼出一口英雄浩气，却先有一颗大而热的泪珠落了下来。

二

第二天醒来，白朗已是在一间很净洁的房间。四面的一人多高的长形花棱窗上糊上了麻纸，经朝阳的照耀亮而发红，自己和衣躺倒着的则是在一面铺了张虎皮大毡上的一领竹皮凉席上，那有双耳的青花瓷罐歪在床首桌面，桌面上摊流一块儿并未晾干的酒渍。他约莫记起昨晚的子时被带到了这里，然后就有人抱了这酒罐进来，不说一句话地出去了。白朗猜想这是到了黑老七的巢窝地坑堡，却不知这是一个什么样的地方，又是怎样走进来的。这些，白朗全然不管了，他看见了酒，就只图吃个痛快，竟抱了瓷罐一大口一大口灌下去沉沉大醉了。他爬起身要坐起来，一阵哗啦啦响动，原来手脚上现已锁上了铁链，且链长异常，可以自由活动却不能腾跃飞奔了。酒醉之后给他戴这么长的脚手镣铐，看样子，赤手空拳的一个他被关在了地坑堡的巢窝里，黑老七仍是恐惧着他，白朗不觉得很得意了。

白朗再一次抱了酒罐，饮干了剩余的残酒，脑袋愈发清楚了，抖响着镣铐将花窗一扇扇打开朝外瞧看，才知道他是在一座三层高的诵经楼的顶间。地坑堡确实是在一个地坑里，赛虎岭至此特出层岗，复坡垒垒，下垂至山麓忽陡而洼，形成了下陷二十米三十米齐棱棱的东西长约四百米，南北千米有余的圆形坑状。在四周的土塄上，寸草没有生长，光溜溜连兔子也没法跳下来吧，且在外塄上修筑了约三米宽的高墙，每隔一米又一土堡，站立了一个持刀的兵卒，而在堡墙外的远远的东西南北四角恰恰自然形成了四个不高亦不算低的土峁，都驻守了瞭哨警卫的喽啰。白朗没有来过这里，却早听说黑老七占据的是一位曾在某朝某代的翰林晚年归隐的宅居，它虽不能像狼牙山那样遗世独立，登山口上一夫把守万夫莫开，但他现在看到的这种以深求高，于坑洼的南边斜着凿出一洞出入，用大青石修建的堡门楼一旦关闭，也可谓是一个固若金汤的好堡寨了。堡内的屋舍分为七进连环大院，有泉亭，

89

有家庙，有祠堂，这一座诵经楼破旧是破旧了，但顶端檐角齐整，风铃依存，那佛龛，那案桌，那香炉蒲团青灯檠盘佛珠磬碗还一揽堆集在墙角，白朗不觉想到不识一文的粗莽黑老七住在这里倒比更多的赛虎岭的山主们有几分斯文，也有几分滑稽了。但白朗疑惑的是，黑老七将他押解来，即使不让他很快死去也该下到地牢里，放入冷窟中，好好羞辱折磨他的，却使他住在了地坑堡最风光的楼上睡舒适的床铺且有酒吃，差一点是要让他回到往昔的和尚生涯了！他仔细地察看楼下每一进深宅大院，不知道黑老七是居住在哪个院里，而楼下的周围站了三排武装的兵卒，很明显，这是来看守着他的。哼哼，黑老七，白朗在狼牙山是王中之王，今日做了你的囚犯，你还得让老子住在高处，视老子如神哩！

白朗在暂时满足了一颗高傲心性后，到底临窗凄凉了。他白朗毕竟不是来做客的，毕竟已不是佛门的弟子，英雄一世的山大王可可怜怜被戴了铁镣囚在这孤楼上，即使不是囚徒，一个在血与火的搏杀中培养成的他也不能同闺女一样静处幽室啊！窝巢可以是雀燕栖身，而苍鹰在长空才能任性，白朗一时羞愧蒙面，豁啷啷将手脚上的长镣提起来，他要对着那砖砌的墙壁撞去，要结束一颗不屈的头颅。

就在他斜偏了身子一头撞击之时，他停止了，似乎听见了在他脑浆四流地倒在地上，黑老七进来了，踢着他的尸体狂笑：这就是王中之王？就这么死去了！知道要这么死去，何不让我在盐池用刀成全你的英雄之名呢！这话是那么响亮，声声震击着白朗的大脑和心脏，觉得这样死也真是一种屈辱了。且由此觉悟到，古时多少英雄豪杰在战败后引剑自刎，以为死得壮烈，其实这何尝不是一种自我的逃避呢？而后人的这么论说也是一种可怜的怜悯罢了。他们的自刎，生命在最后的一刻里肯定是有了我白朗的这种思想，只是一切都来不及了吧？何况，如果死在战败之后也还勉强说得过去，而自己败之于酒后，再没有寻死的机会，被解押来让成千上万的人目睹了最后再自杀掉，那就是更十分地窝囊了，人们会说白朗受不得折磨受不得羞辱而自杀的，那算什么能屈能伸的大丈夫英雄呢？！

白朗重新回到床上，将脑袋勾起坐了，伸手来搬动桌上的酒罐看里边还有酒没有时，门被突然很响地推开。白朗摸酒罐的手收不回来，索性僵直在桌上，而将目光硬盯在一个固定的地方，做出了凛然的傲慢的神情。来人在门口几乎是迟疑了一下，接着有软软的起落声，木板的地面发出吱吱咯咯的节奏，同时有一股浓烈的香气袭来，白朗的鼻子禁不住翕动了，心里叫道：来的是个女的？

如若进来的是黑老七，一身武人装束，挎了大刀，提了曾是他的那柄短枪，或者换了一身绅士的宽敞绸衫，端了青瓷弯嘴茶壶，白朗这一时是要霍然而起臭骂的，说不定要将偌长的铁镣摔打过去，勒了他的粗短肥脖看那眼珠迸出来舌头吐出来的死相，但进来的却是女的。和尚出身的白朗虽然没有垂头念了阿弥陀佛，却也一时不大自在，泥塑一般固定了身子，眼睫毛则在微微颤动了。

"大王昨夜睡得可好？"女人走到白朗的面前了，娇滴滴地说着，同时矮了截身子双手按在胯下道了个万福。

白朗没有回应，当然也没有去看这女人的眉眼，而眼前却是一团翡翠的绿影，猜想着这是黑老七的丫环。他被带到这楼顶来，黑老七是不敢来面对他的，那么，这房间是丫环的布置了，这昨夜的酒也是丫环所放了。她竟称我还是大王，还给我道万福?！女人却惊叫了："哎哟，早听说大王好酒，果然将一罐酒一夜间都喝了！既然大王海量，这一罐要是再喝完了你吆喝一声就是。这一碟牛肉不知够不够大王的早餐？"白朗还是没理睬，目光盯在墙壁的一角看起那一只系着细丝努力下坠的蜘蛛。女人却偏地站在他的眼与墙的中间了，香气更是强烈地刺激他鼻子了，白朗出着粗气，兀自将目光高移屋顶，更听见着女人异样的笑，声声颤软如莺。而她在取了没酒的罐子又换上盛了酒的罐子，宽大的软缎袖口甚至滑腻如脂的玉腕竟在骤然间触贴了他搭在桌沿上的手，说句"大王真是傲视一切，做了囚徒也不肯看看我们这些人的"。遂向门口走了，咯吱吱的软步一路渐渐消退。女人一走，僵硬了身子的白朗终于揉了揉鼻子。从女人的香气里，脚步里，白朗何尝不想看看这地坑堡里的丫环呢！当年在安福寺他是目不近女色的，到了狼牙山，寨子里也从不纳一个女流，黑老七这里却有伺候的丫环，丑陋的黑老七倒是好色，可凭他的模样，这里的丫环又能是些什么形状呢？回头来往门口那么一瞥，不想目光相遇的，竟是那女人并没有离去门口，恰恰正媚眼而视，立即给一个娇艳艳的微笑哩。

白朗一下子感到自己的下作了，目光一滑而过到了别处，心里差不多却震惊起来：这丫环头上梳了多高的发髻，插一支银打的凤头花钗将一串碎珠怎样地颤巍巍摇晃，一领墨绿隐花软缎长袍紧而不绷地裹了身子，突出的胸位和臀部之连接处，细软几欲一握，最是那粉脸一团，笑脸活活，酒窝浅浅呀，年轻的白朗虽不迷色却阅过的女人不少，还从未见过如此之美妙的！

"大王，你要给我说话吗？"女人趋势献着殷勤又说了。

白朗下了决心，再次塑造自己的孤傲，完全是一尊侧坐的石像。

"那我走了，大王。"女人终于走了。

这一个上午，白朗吃了一碟牛肉，喝了半罐酒，因为没事又接连吃完了那半罐酒后迷迷糊糊倒了床上睡去。但似睡又未彻底睡沉，想这阵的刘松林、陆星火在干什么呢？他们知道做大哥的现在在这儿，知道威风一世的狼牙山寨覆没了吗？由两个兄弟拜倒在女人石榴裙下想到了清晨送酒的丫环，蓦然之间，觉得那丫环似乎在什么地方见过。可在哪儿见过？又想不起来。就又责骂自己了：这不是很可耻吗？为什么见了一个美貌女人自己就没有勃然怒起，僵直了身子，反要自慰为孤傲清高！真是像丫环讲的"不肯瞧我们这些人"似的，那么，为什么在她走了以后又要看人家一眼呢？且喝了人家带的酒，又现在作想起人家觉得在哪儿见过？！过去在安福寺读禅书，书上讲一个老和尚和一个小和尚过河时看到河边一个女人望着河水发愁，老和尚就主动前去把女子抱过河去。两人重新上路已经走了许多时间了，小和尚却问老和尚："咱们出家人是不该接近女色的，你怎么刚才抱了女子过河呢？"老和尚说："你还想着她呀？我抱她过河，我早已把她忘了，你没有抱她过河，可你心里现在还在抱着呀！"唉唉，这小和尚又怎么不就是自己的现在呢？白朗气恼地拿拳砸自己头颅，觉得这实在有损于他的英雄气的，就什么也不愿再想下去。

下午里，又是那个丫环送了肉馅的包子和一盆小葱豆腐汤，且又换了一罐酒，白朗依然目不旁视，也终不回望她走去的后影。第二天，第三天，都是这丫环来送酒饭，来了就更一身鲜艳的服饰，梳一番新的花样的头髻，说许多甜润酥人的话语。因为是经常由这一个丫环到这里来，白朗慢慢就不将目光高视屋顶，那么冷眼看她一下，仍不肯回应一句话。而在每一次她放了酒饭坐在他的对面看他狼吞虎咽地吃喝，或是临走时要在他的床铺上用棕刷拂去席上浮尘，他不免也瞧见了她头上的花钗真是纯银铸打，玉腕上戴就的也仍是玛瑙手镯，为着自己的一句话而咯咯发笑时，掏出一块儿香帕掩口，那香帕竟也是小小的做工十分精致的苏绣品。这种香帕不是本地所产，白朗曾在攻克盐池后在盐监官太太的房里见过，他便疑心这女人不是黑老七的丫环了？可不是丫环又能是什么人？哪里又会是黑老七的姨太太或女儿什么的能每日两次殷勤送来酒饭吗？精明的白朗实在也有些疑惑了。

又一个晌午，天气闷热异常，白朗洞开四面窗子，外边没一丝凉风进来，浑身烧燥难受。他吃过了酒饭从门里走出来，沿着门外的一段回廊转到楼梯处，那里是数十级台阶，下边有铁栅拦着，且站了三个持刀的面目狰狞的喽啰。他复转回屋，掩了屋门，估摸着还不到吃饭的时候，就脱光衫子，褪掉长裤，只穿件短裤头仰八叉倒在床的凉席上，但就在这时，门偏被推开，那丫环笑吟吟走进来，一脸很狐很狐的媚态了。白朗针刺一般先夹了双腿，遂一个肉团跳坐起来，吼道："出去！出去！"

女人却靠在门上把门扇掩合了，眼里是那样的一层光气，说："大王终于说话了！可我不出去呢？"

白朗说："不出去我就把你从窗子甩出去！"

女人说："那你就抱起我甩吧。"

她竟一步步挪近来，挺了丰腴的胸膛，使两个大奶子在衣衫里活活地跃动。白朗差一点扑过去扇她个巴掌，再拦腰提起掼下窗去，但他看到女人微闭了双目等着他的赤身几乎要在那一触间软瘫下去的神色，他在狮子一般地跳下床来时，一个发怔，遂抓了长长的镣铐抛打过去。镣铐没能打着女人，反倒带动了自己往前踉跄了一下，女人到底是一声尖叫，变脸失色地夺门逃了。

但是，白朗在中午没有饭吃，太阳已经落山了酒饭还是没人送来，他骂了一句娘，听着肚子一阵咕咕地饥响，却庆幸自己终是没有赤身时让一个女人坐在房间。酒饭不来，一定是吓坏了那个女人，那么黑老七就该无论如何来见他了。待到晚上，他并不点燃那盏油灯，忍受着饥饿和衣睡去，脚步声却从楼梯口响起，且有光亮愈来愈大，末了，却仍是丫环端了一盏擦拭得洁净，灯芯拨得很大的灯檠走了进来。

"大王怎么不点了灯呀，我还以为灯盏里没了油了！"

声音平静柔和，全没有白日受惊的痕迹，白朗倒暗叹女人的非凡，灯檠放在桌上，灯光正映在她的脸上，容颜自比白日多几分艳丽，愈发觉得她的哪儿有些面熟，也愈发觉得她不是地坑堡的丫环使女了。女人说："大王肚子已经很饥了吧？大王是这么一副秀才面孔，凶起来却是恶神一般的了！我是丑陋女子，大王见了就动怒，可晌午你要敲碎了我的脑壳儿，恐怕今晚你是吃不上酒饭了。"说罢就直勾勾看白朗，将一罐酒和一碟牛肉同三个馒头从篮子取出来，推近了他的面前，还在说，"别那么恶狠狠瞪着我呀，还想打我吗？我想现在的大王怕没有一丝的气力哩！"

白朗确实是没了一丝气力，他第一个念头是不接受女人的酒饭，要硬就硬到底，为了自己的英雄意气，他是永远不吃不喝也能行的。这念头才一闪动，立即又被另一个念头代替，自己说定了不为女人所动，为什么竟和一个女人较劲呢？狼牙山覆没，众兄弟死的死，伤的伤，散的散，他白朗既然不死就要在某一日重整旗鼓，大丈夫有大丈夫的气象，若为一个女人而绝食岂不是小儿举动或是那些读了书的情种的秀才坏吗？他忽地张开双臂把酒罐和饭碟揽了过来，并不抬头的，风扫残云般地吃将起来。女人被他的突变之举震住，开始放浪地嘲笑，又调谑玉面秀才吃相的难看。而白朗，这一刻里则视面前的女人是木雕是泥塑是一块儿无觉无知的桌子凳子或别的物件，只是更紧地扒饭，更猛地饮酒，发出很大的嗝儿了。女人说："好呀，这才像个山上的大王的。可我说出一句话来，你就不会这么吃了！"

白朗还是抱起了酒罐往口里倒，发出挺响的咂舌声。

"昨日，也就是你大王攻克盐池的第七天，关在这里的第四天，"女人说，"官府调了五千兵马把盐池收复回去了。"

白朗一下子停止了饮酒，酒罐在半空举不起又未放得下，灌得满满的一口酒不及咽下，他噎着脖子瞪着女人，遂将酒喷吐了，说："这是真的？"

女人说："瞧，我说你不会再吃喝的，怎么样呢？"

白朗还在说："你要是再作弄我，这酒罐就砸在你头上了！"

女人说："你有这般能耐，就在楼上对付一个女人吗？今晌午我原本是要告知你的，可你差点毁了我的命；我现在是不走了，你把酒罐砸过来吧！"

白朗突然咆哮起来："黑老七，天杀的贼，你现在知道你的罪恶了吗？你有本事来灭狼牙山寨，你怎不去打杀官兵？你到哪儿去了？你龟儿子躲到哪儿去了？！"酒罐就脱手砸去，但并没有砸在女人的头上，高高掠过头顶直飞出窗口，沉重地在楼下爆碎了。楼下一片惊叫，有杂乱的跑步声和刀械的金属撞磕声，倏忽叭叭枪响，子弹在窗口的上沿将碎砖崩溅到了屋里。

枪声使白朗更加暴怒，在赛虎岭的十二个山头上，十一个寨主都是有一杆铁枪的，而唯一最好的短枪却是白朗的，他用这枪，杀掉了多少豪绅巨富，才使赛虎岭一带没了官府的税课粮赋，又是这柄枪在盐池震住了盐监，使那多少官兵被瓮中捉了鳖去，可如今枪到了黑老七的手里在瞄打着他白朗了！白朗扑到了窗口，对着楼下黑乎乎的屋舍和走动的人影，厉声骂道："黑老七，你狗娘养的打吧！你是还没学会放枪吧，怎么只打在窗沿上？把盐池丢了，我的打散了的兄弟不会饶了你的，赛虎岭的十个山主也是不会饶掉你的，黑老七！黑王八老七！"

黑暗里，黑老七在回骂了："白狼和尚，这枪我是还打不准的，我黑老七是没有你的本事大，可本事大的狼牙山寨主却是我的囚徒关在楼上了！擒了你，你也该明白众山主会懂得敢不敢再惹新的王中王了！"

白朗听了这话，牙齿咯嘣嘣咬着，却有什么办法呢？短志气了的英雄身子摇晃，从窗口软下来呜呜痛哭了。他为盐池的丢失伤心，也为自己的命运伤心，世界上的事情往往不是毁在明火执仗的对手上，而是毁于并不防备的所谓同盟者手里啊。他再哭出声来的时候，看见了一直看着他咆哮而木呆了的女人，便把气倾泻在她的身上，吼叫着女人为什么还不走。走！将牛肉碟子和馒头一股脑儿地摔打在门口了。

这一个夜晚风高月黑，白朗在楼屋里咒骂着黑老七，把一生从未骂出的粗野之词都骂了出来，后来就长啸不绝。楼下的黑老七在吆喝着所有兵卒看守好楼的四周，一律则用棉花塞了耳朵，不允许有一个人承接白朗的叫骂："让他在空洞之夜尽情骂吧。"没有对应，甚至连一个响动也没有，白朗的叫骂如同笼子里的凶狮，渐渐失却了勇猛和狂躁，骂声嘶哑起来，后变成了呢喃，再后只有拿自己的双手在抽打自己的耳光。黎明时分，白朗倒睡于窗口下的地板上，似死还活地喘着粗气。

白日里当女人又带了丰盛的酒饭进来，他正式和女人说话了："让黑老七上来！我要他黑老七！"

女人说："他是不会来见你的。"

"不见我？"白朗凶道，"他龟儿子，尿包，他是不敢来见我！"

女人说："你说得很好，黑老七怕你的，他把楼底用铁丝全网住了，日夜有人在巡看着。"

白朗说："那他为什么不杀了我，为什么你天天要来送酒饭？！"

女人没有立即回答，脑袋勾下去半晌，方说道："你是想死吗？要死会有好死的，可你偏这么凶着脸……"

白朗凶过之后却无可奈何地悲哀地叹气了，但女人的话说得含糊不清，且神色鬼诡，没了以往的和颜悦色，白朗觉察出了什么异样。"要死会有好死的"，这是什么意思呢？他看这个女人，认不清楚她的善恶，也不知道她的深浅。当女人再一次来送了酒饭，他依旧只是咒骂黑老七，要黑老七来见他，以此察看女人的反应，了解外面所发生的事情，果然女人说出了黑老七腿上受了伤，正用南瓜瓤敷治的消息。

"是官府的兵马剿过山吗？"白朗立即问。

"那倒还不至于，"女人说，"大王知道一个叫陆星火的贼吗？"

陆星火，结拜的兄弟，为了女人而外逃的家伙！白朗的气冲上来了，说："不要提他！你是用他来嘲笑我吗？！"

女人说："我要告知你的是他一个飞镖打伤了我家山主。但他的一条胳膊却也让我家山主一枪打断了！没了胳膊，他还当什么山大王？！听说他为了一个女人外逃的，他既然好色丢下了你这大哥，怎么就对我那么凶狠呢？"

白朗说道："他被黑老七废了？！"这么叫了一下，再不言语，遂哈哈大笑。这是怎么样的世事呢？正是陆星火和刘松林突然脱离，黑老七才趁机暗算了我，黑老七应该感谢姓陆的才是，却怎么还对他下毒手？也好，也好，一身好本领的陆星火废了，这岂不是一种报应呢！但他白朗不解的是女人说出的最后一句话，他说："你认识陆星火？他什么时候要杀了你？"

女人显然是被他的提问惊讶了，说："大王这是一直装糊涂还是真忘了？"

白朗莫名其妙。

"大王真是忘了！"女人叹了一口气，一时喃喃起来，似乎是怨恨了自己数句，"你真是和尚不记女人的事，你不认识我，我可认得你的。那一年在姚家，你总可以记起你的三弟陆星火要刀劈一个花轿里被新纳的小妾吧？"

一时刻里白朗明白眼前的这个女人是谁了。多少天来，他总觉得女人面熟，可谁能想到当年被他从陆星火的刀下救出的姚家小妾竟会与自己相见于楼上囚室？白朗现在细细致致地端详这个艳丽的女人了，她虽没了昔日的羞怯、惊恐，和满面的愁容，但那个幼小的可怜的小妾毕竟使他对眼前的地坑堡的女人有一份说不出的好感。

"哦，你这些天来给我送酒饭，是要报答我救你的恩呢。"白朗说，"可你要知道，陆星火虽然不是真英雄，他要砍你却并不是不爱你，也就是为了你，我限制过他的娶妻，他才后来又见到美色而背离了我。"

女人说："他背离了你，你还替他说好话呀？不管你怎么护着你过去的兄弟，但我是恨他的！黑老七实在玩不了枪，一枪打死了他我才解气！"

白朗虽然为陆星火开脱，但陆星火已经背离了他，他是从心里彻底抛弃了这一个兄弟的，也不再为其再作强辩，他关心的是外边发生了什么。女人告诉说，在盐池丢失之后，陆星火当天听到了消息，也同时得知黑老七囚俘了你，连夜带人直奔地坑堡来。那一夜，黑老七挨了你的骂，也害怕官府的兵马趁势杀上山来，就领人到地坑堡外二十里地的一个镇子布置防卫力量，恰与陆星火相遇，一场恶斗里，陆星火砍倒了地坑堡十二个喽啰，且一镖击伤黑老七的右腿。黑老七从马上掉下来，眼看着便遭擒拿了，倒在地上连连放枪，那枪放了十下，终有一颗子弹使陆星火的一条胳膊断了。听完叙讲，白朗伏在了窗台再没有说话，极目望着堡墙外远处的山岭，将双拳抱定，在对天为救自己而伤了胳膊的陆星火祈祷了。哎呀！结拜的兄弟到底是兄弟呀，他们到底是狼牙山寨的好汉，到底没有忘了做大哥的白朗呀！他们是爱着女人，但他们与官府绝是不共戴天，想那陆星火因生活所逼，一个无家无产的小镇闲汉，整整十二年里从事着为别人娶亲而从山道上背驮新娘，自己却终是光棍一条，他得了女人而逃也是能理解的了。即使刘松林，出身于戏班的戏子，抽烟土抽得形如饿鬼，在演出时已经戴了行头，站在了二幕后，还要吸一口烟才能在台上判若两人地将那三国时的周瑜演得活灵活现。他是在盐监官强奸了他的妻子，一怒将妻子杀了之后上的山，抢了盐监的女儿能说没有一份为先妻报仇的成分在里边吗？如今，来了一个陆星火救他，虽是断了一条胳膊，必更是不甘心就此罢休，而那个刘松林要是听到了消息岂能不也来救他吗？哈哈，有这两个兄弟重新打出狼牙山旗号，走散的更多的狼牙山的兄弟就会不断地寻到地坑堡来的啊！

又高涨了英雄气概的白朗从窗口回过头来，眉宇间神采飞扬，甚至有些戏弄起面前的女人了，说："我现在知道了，黑老七他之所以不杀我，他倒是真害怕着狼牙山寨！瞧着吧，一个陆星火打伤他的腿，把他千刀万剐还在后头哩！"

女人瞧着他的得意，没有恼，反而也笑了一下："大王还明白了什么呢？"

白朗说："还明白黑老七之所以让你一日两次送了酒饭，是要给我施美人计劝我降他，起码可以让我来镇住我的那些兄弟吧！"

女人嘎嘎笑起来，将身子仰在墙上，嘴唇却一撇一撇地，笑声变得很冷了。自白朗困在这里，他见到这女人从没有过这样的笑法，不禁问道："我说得不对吗？"

女人说："英雄果然是英雄！可你的分析对着别个人物合适，我家山主却万万不是你所估计的了！"

不管女人怎说，此日始后，白朗在楼室里异常地活跃了，他每日早早起床，戴着镣铐扬腿伸臂，锻炼着筋骨。要么，趴在窗口往四方眺望，希望有滚滚的尘烟腾起，看见有飘动着绣有白色狼头的旗帜。这样的眺望常使他脖颈发酸，然后就切切地盼待楼梯口响动脚步，盼女人送了饭来。女人一来，立即迎着询问外边的情况。而女人呢，却也是更换了更多更艳的衣饰，说更多更新的消息，殷勤得比以往愈加活泛。她告知了某日有狼牙山寨的一支二十人的兵卒曾攻打过地坑堡，告知了某日在地坑堡的下山收粮的喽啰被三个穿白色狼头标志服的人一尽杀戮，告知了断了胳膊的陆星火果然第二次第三次来突袭，害得黑老七放话，谁要能杀掉陆星火的人头可以赏三百两白花花的烂银。白朗在听着这些消息时，眼睛眨也不眨地看着女人，他觉得女人也可亲可爱了，得意之处，竟一伸手抓住她的肩头摇晃了，说："再说呀，再多说些呀！"

女人说："大王，我这是要做了奸细了？！"

白朗一愣，方意识到自己的手还搭在女人的肩上，他慌忙取下，脸色也绯红了。

女人却一派自然，偏乜斜了眼说："人常说树倒猴狲散，我不明白大王是囚徒了，却凭什么还有这么多人要来救你呢？"

白朗说："你说凭什么呢？"

女人说："我看凭的是你的脸蛋。"

白朗脸色陡然变了，但随之而笑："这话你可以去问问你家山主。他把我弄来，莫非也是看上我的脸蛋了吗？那么，他怎么却迟迟不肯来见我呢？"

女人说："他不来，可我不是来了吗？"

白朗说："一个小丫环，你哪里懂得男人家的事？"

女人说："男人家的事女人自然不懂，可女人家的事男人就懂吗？尤其你这和尚大王，竟把地坑堡的压寨夫人认作是一个丫环了！"

"压寨夫人？！"白朗兀然间惊住了。这女人坐在了他的近旁，动手去他的后脑捏下了从屋顶掉下的小小的灰土。白朗本能地站起来后退了一步，还在说："你是压寨夫人？"

白朗获知了送酒饭的女人不是丫环而是黑老七的压寨夫人，他惊觉着要与这女人疏远，思想却乱得一团麻，理也理不清了。他真不相信她是压寨夫人，这是雌儿在诓他吗？可女人明明白白告诉了他：那次被姚家纳妾不成，她就嫁给了一个经商的富户，而黑老七却看中了她，硬是绑票了那富户抢她到的地坑堡。看来，她是压寨夫人无疑了，而如此的身世，白朗是同情了，在这个世界上美貌是苦命和祸灾之根源吗？她一个弱女子才遭到像一件猎物一样被臭男人抢来夺去？自己一个男人，有了好的容貌，也被安福寺的住持企图污秽，上得山来还常遭一些江湖上的人嘲讽，而像她，不能安安稳稳做良家的妇女，几次转手竟来到山寨终日生活在刀枪死亡流血之中了！但令白朗奇怪的是从这女人的身上并看不出做了压寨夫人有什么愁苦，穿着华贵的服装，戴着珍奇的首饰，这一切又是为什么呢？是取悦于黑老七呢，还是为了一个孤独女人的苦中作乐的一点不满足？白朗只叹自己从小当和尚，于女人的事真是知之太少。嫁鸡随鸡，嫁狗随狗，女人或许当初一派软弱良善，可做了压寨夫人，身上有了黑老七的血气流动，也会变成另一个人吗？那么，黑老七怎能让自己的夫人专来送吃送喝百般伺候一个仇敌呢？是有了另一层的阴谋，这阴谋又不是为了降伏他那又是为什么呢？

难解的谜苦了白朗，他要为探出压寨夫人的真正用意和目的而平生第一次来琢磨起关于女人的事情了。在又一个炎热的中午，女人洗罢了澡来到楼室，头发蓬松地披了后肩，没有穿紧身的长袍而是短袖和裙子，露出了玉白的小腿和胳膊，甚至那没有扣起领而自自然然半遮半显的一截脖根。一朵才摘下的沾满了水珠的玫瑰别插在那丰满异常的胸位了。她坐在白朗的面前摇动着团扇，头发拂动袅袅，玫瑰花瓣也翩翩欲飞，白朗被她的奇艳压迫，平生第一次出现了烦躁，常常目光掠在她的脸上又极快地滑过去，汗就不停涌出来。

"大王是太热了吗？"女人说，"就把那褂子脱掉吧。"

白朗说不热的，脸却涨红了，忙中只问压寨的夫人，黑老七打算怎样处治他呢？

女人说："你除了问这些就没了话吗？你说不热，你那脸红得比女儿家的脸还要嫩红呢！"

说罢把扇子递过来，也把目光递过来。白朗只觉得她的眼里有了别一样的光彩，有了别一样的话语，他想起了在旱塬的井台上所望见井底的那一块儿发着幽光的神秘亮团，想起了小时候在一泓四围长满毛茸茸水草的清池牧羊常要跳进池里痛快地沐浴，想起了在九月天里逛山看见的柿树上的一枚红软了的蛋柿，就爬上树用牙嗑开柿尖吸吮糖汁再送一口气去吹它个鼓圆圆的空壳。女人还在说着什么，他已经不再知道，直到发觉到她递过来的扇子和一只绵软的手放在了他的手里，这一刻里，两人都身子抖颤了，竟谁也不再说话，眼睛很近地看着眼睛，不晓了窗外的阳光依然照耀，楼前的一株弯柳上的知了常常把中午叫得好个空静！女人首先是再也坚持不了了，她的脸出现了潮红，嘴唇隆起了如一枚圆润的红果，那有着酒窝的腮，嫩脖子和酥的凸胸在微微地汩跳轻动了。

白朗终于在怀里接待了女人香软软的身子，在盯着她的眼睛也将头俯下去，俯下去，那颤晃的舌头几乎接触到了那一枚红果，却从女人的眼里看见一个小小的他的人影儿来。刹那间，血气奔涌的年轻的大王迟钝了，这如同洪水即将崩溃河堤时水潮退了，如同在午夜熬眼，熬过了丑卯之后精神清醒没有了睡意，如同在山穷水尽之地则到了又一村的新的境界，他把女人轻轻放在床沿上了，动作全变了形，笨笨拙拙。

对于女人，在交往了这一个地坑堡的压寨夫人后，白朗于女人有了他的新知，他不像往昔总以一个和尚的身份而视女人为邪恶为淫秽为犯罪，但也不像一个做了落草居山的巨匪大盗将女人看成是一个发泄性欲的工具，寻欢享乐的小猫小狗。他克制着自己是为了自己的一番勃勃大业，而这么克制着但必须承认这女人曾给过他几多的慰藉几多的愉悦和力量！如果他是一位文人，他相信他的文章会汪洋华赡，色彩烂漫，但他是一介武夫，一个囚徒，他的情绪之所以并没有低落下去，身体并没有衰败下去，觉得精神勃发，这最根本的何尝不是有这女人的一份作用？

白朗在瞬间的清醒中，第一个闪过的念头当然是他的大事大业不能陷进男女的情渊之中，而隐隐地也有提问了一个压寨的夫人会委身于他的背景内容。但是，在他放下了她在床上，看着那微闭了双目坠入一种不能言传的微妙的境界中的神态，原本也要客气地说：夫人是该回去午休了吧！他仍也说不出口，因为他搜索不出这女人对他有过的任何恶意和可供怀疑的痕迹，即使一切是一种假象，有着别一种阴谋，而白朗感念着她最起码是今日里有一份情意于他的，就不能粗暴地骂她是淫婆，打她个半死。何况这一时的女人，在自己的双手承接之后放平在床上，如花苞开瓣等待雨露，他这么撒手而去，未免是太无情，太残忍，无情残忍难道就是真丈夫吗？

白朗没有离开床去，他伸开手，轻轻地充满了柔情地抚摸了她的头发，再滑下来，抚到了起伏的胸部，腹部。女人却忽地睁开了眼来，急促地将他的手拉住，翻身而起，说："别，别，不能的，不能的！"

这却使白朗大大地吃惊了！陡然之间，他脸色通红，羞愧得不敢看起女人了。当女人也垂头悄然离去时，他一下子倒在床上，拉了被单蒙了头也蒙

101

了全身，让汗水立时流湿，后来就似睡非睡欲醒又醒地躺了一个正午。

一觉醒来，白朗觉得身下有了凉滑滑的东西，方倏忽记得在梦中有过极幸福的故事发生。急起看视，裤衩上、床单上有了一些异味的斑点。他默默地看着，看了许久，并不后悔也不再追忆，而冷冷静静起来冲了一碗放在屋中的凉水，用手抠除着斑点在其中，则一仰脖喝了下去。在安福寺时，住持教训着他们年轻的和尚，其中最重要的一课就是每日早上检查被褥，发现斑点就让刮下来冲了水喝，这种惩罚可以使有着七情六欲的小和尚牢记着自己的职业和信仰。从那时起，白朗就知道了当和尚的根本是什么，修身就是与性欲做斗争，这种斗争不流血不死人，在青灯下打坐，在木鱼声中沉思，而比流血死人更惊心动魄！做完了这一切，白朗是那样地清心寡欲了，他完全觉得他是一个英雄了，是一个真正的和尚了。真正的英雄和和尚不是说没有性欲而是战胜性欲，不是要让人冷酷如石如木而是要把持自己掌握自己，他白朗正是以他的不屈的和不凡的气度镇服了黑老七，也以一个真正的男人的大情大义的风格赢得了一个女人的爱而又没有在女人面前沉沦啊！

此后的两天，女人再没有来，送酒饭的是一个小卒。但白朗一个人呆呆地立在窗口为女人的不来遗憾时，他却看到了狼牙山寨的人有三次在堡门外的土场上搏杀。他们虽然人很少，武艺皆平平，而且径直到地坑堡前叫杀是自不量力，却一个个在被杀死的时候大声叫喊，"还我寨主！还我寨主！"白朗目睹了这一幕壮烈的场面，热泪纵横，后来就跪在窗前，他叫不上他们的名字，只是拿双拳捶击楼板，发誓定要为这些小兄弟们报仇，祈祷着这些为他而死的人的灵魂在天之一方得到安息。

也就在这一日，他又听见楼下有了鼎沸之声，探窗看时，堡门洞的两边一溜两行的喽啰全副武装了直排到一所高大宅院去。他不知发生了什么事，便见堡门洞开，一个只穿了一件红色的短裤的人走进来，双手在胸前捧着一个木盘，木盘上放着一颗血淋淋的人头。这不看则已，一看使白朗大惊，那人竟是刘松林！这形如饿鬼的狼牙山二大王是来救我的吗？为什么单独一人，且赤身裸体不带了刀棍，为什么不事先吸了烟土而那样神色恍惚？端的又是谁的头呢？便听到那两行喽啰一声送一声吆喝道："刘松林来献陆星火的头喽——"白朗终于看清那头颅正是陆星火的，立时明白刘松林来的目的了！顿时双睛爆裂，黑血翻滚，巨声骂起来了："刘松林，好个没廉耻的逆贼，你是杀了陆星火来投降的吗？！"

骂声异常洪大，如雷炸响，楼下所有的人都听到了。端着头颅在喽啰的刀林中向大院走去的刘松林身子摇晃了一下，抬头看见了他，双足便跪下来，说："大哥，刘松林终算见你一面了！"

白朗道："我不要你这恶狗给我下跪！我不是你的大哥，你也不是我的兄弟！"

刘松林站了起来，突然哈哈大笑了："那好吧，和尚白狼，你已经是黑大王的囚徒了，你让我也同你一块儿送命吗？陆星火他不识时务与黑大王作对，且他的一颗头值三百两白银，我刘松林有了银子能抽烟土呀！"

白朗说："好吧，你去投靠黑老七吧，可你记着，终有一日我会剁你个肉泥的！"

刘松林说："这你就差了，黑大王赏了我的银子，说不定还封我个头目当，那我就要来先成全了你！白狼和尚，你好好在那楼上待着，我要去见黑大王了！"

白朗身子一软，差一点从窗口栽跌下来，头在窗沿上一磕，再后仰在地板，已经气怒昏死过去了。

实指望陆星火残废后有刘松林会振臂一呼部下云集来杀败黑老七救出他白朗，但刘松林却又一次地给了他白朗致命的打击。白朗苏醒过来，眼睛还没有睁，就骂出了声，骂刘松林的心是彻底地瞎了，骂他自己也是瞎了眼了，但蓦然听到一种声音在呼唤着他，张开眼皮，发现他已睡在床上，床边坐着那一个压寨夫人。白朗立即又闭了双目，将头扭向墙去。女人说："大王，你能再看看我吗？我们只能再见上这一回了，你也不肯看我一眼吗？"

听了这话，白朗忽地坐起来："是黑老七要杀了我吗？让他来吧！让刘松林也来杀了我吧！"

他冲着女人发凶，发了凶却吃惊了这女人全然不是了以往的艳丽，几日不见，竟鼻子炎红，眼睛枯涩，那乌黑的头发也似乎稀薄干黄了，他咽了一口唾沫，将头垂下了。

"大王看我是丑了吗？"女人说，眼泪却流了下来，"你终是看了我一眼

103

了！我知道我现在来不是时候，你是不愿意与我多说话的，可我不能不来，我先是给你说说你的兄弟刘松林吧。"

白朗说道："我永远也不想听到他的名字！"

"那我就给你说说我的事好吗？"未开口，却哽咽起来，"你告诉我，我是不是真的丑了？"

她确实是丑了，一个奇艳无比的人怎么就突然丑起来了呢？他说："你怎么了？"

女人说："我快要死了。"

"要死了？"白朗说，"你是唬我吗？黑老七现在并没有了强大的对手，陆星火死了，刘松林投降了，地坑堡正好红火，你压寨的夫人要死了？"

女人说："我知道你一直在对我有着防心，我也一直没对你说过，现在告诉你吧：一个压寨的夫人为什么专来为你送酒送饭如一个丫环，是因为这个夫人害了麻风病的。你不要插话，你让我说吧。害了这种病是不能救的，要救就只能与男人同床把病传给那人才能好的，而病在最严重的时候却能使病者的容颜十分艳丽，也是最容易招惹男人的。黑老七他得知我的病后，他当然是不会同我有房事的，却也舍不得我的容貌而让我死去，便要求我传给他的一个喽啰然后把那喽啰杀掉。可我看不上那些喽啰，黑老七抢了我来我已受了屈辱，再若去与那些我不钟爱的人干那种事，我不如死了的好。你被解来，黑老七原本要让赛虎岭的众王瞧瞧他的威风后就立即杀掉你，可在你一到地坑堡我就看中了你。黑老七他是同意了，说：'只许一次，一次成功了就告知我，我不允许动过我的女人的人多活一个时辰！'这就是我给你送酒送饭的原因，也就是我之所以美衣鲜服地取悦你的原因，你现在该是知道我的狠毒和邪恶吧？但是，在与你的接触中，你是一位真真正正的英雄，你不但有比一般人英俊的容貌和身架，你更有一般人没有的英雄气概，你并不是贪色之人，你不以你的英俊自恃，不以你是一个王中之王的人物把送上门的女人收拾了，便宜了。正因了这一点，我更加爱上了你，且后来也认出了你就是当年救我的恩人，我哪里再会去害了你呢？可我毕竟是个女人，心里又是那么爱着你，我真盼望我能得到你的爱，让你抱了我，抚摸我，让我使你在快乐中忘掉囚关的苦楚也让我幸福地死于你的怀中，但一想到如果那样了你就会染病死去，只好在那一时又拒绝了你。你知道吗？每一次送酒饭回去，黑老七都要查问，我瞒着说机会不成熟，他不相信你是个不吃腥的猫，又怀疑我是真心好了你。我的心情矛盾极了，彻夜彻夜不能安睡，所以这数天我没有来。谁知越是这样，病情就越加重，鼻子便开始红炎起来。我知道鼻子一烂，接着头发就要脱落殆尽，身上也会烂得一块块掉皮。我到了那时就丑得不堪入目，更不愿意我爱着的人看见我的样子。但我又是快要死去的人了，我怎能不来见见你呢？我无论如何要来最后看看你了！黑老七见我病到这步田地，知道你没有起作用，就叫嚣着要杀掉你。但他现在是病了，病得也不轻，终日惊恐着会有人要杀他，也就另眼待我，已将我扔到一间空房中让自个死去。我偷偷地跑来，一是要提醒你，黑老七明日会来杀你，或许就在今日，你万不可睡着，要防着他，二是我要求求你，让我就死在你的手里吧！"

女人不歇气地说着，她不让白朗有一句插话，似乎她要一停止下来就再也说不完了。现在她跪在了白朗的面前，眼巴巴地看着，向他企求了。泪水不知何时起已经满面了的白朗，双耳轰鸣，喉咙哽咽，他为面前的女人战栗了！天呀，原来是这样，事情原来竟是这样！他忘却了刘松林带给他的烦恼，满心地同情着这个可怜的女人了，更感动着这女人对他的一片挚心了！世界上的英烈并不是男人家才有，柔弱的女人竟也有石破天惊之豪举，他白朗一世来并不看重女人，谁能料到拯救他的不是月下结拜的武功超群的狼牙山寨的二大王刘松林而是这一个不胜风寒的女人啊！他把女人一揽手抱起来，抱得是那样的紧，说："你是不会死的，你是不会死的，等我哪一日出去了，我会请世上最好的郎中治好你的病的！"

女人在双臂之中颤晃着，如风中细柳，几欲要痉挛了，大颗大颗的泪就坠下来，说："啊，有你这样的话我真高兴，可这是不可能的，这是不可能的。"

悲哀到了极点的白朗一下子冰山似的崩溃了，他瘫坐在条凳上，抓过了酒罐来饮，却在酒罐里发现了一柄短刀。他极快地把刀拿在手里，回过头来，女人却已衣着整齐地平平地仰睡在他的床上了，在惨惨地笑："大王，你来杀了我吧！"

白朗握着刀走过来，他的手在抖动着，他杀过了不计其数的人从没有这样抖动过。"我怎么能杀了你呢？我怎么能杀了你呢？"

"你杀了我，我会死得幸福的！我求求你了，我的大王！"

白朗看着女人微笑着闭合了双眼，脑子里浮现出一刀下去切断了她的喉管或是一刀扎在她的左胸，血喷泉一样地溅上屋顶，溅上四壁，一个美丽善良的女人就再不复存了！他回头看着窗外，今天的太阳没有照耀，不知何时布满了阴云，有雨在下落了。他终于说："好吧，我满足你。"俯下身去，在她的额上、鼻尖上、嘴唇上亲吻了，"你把左手搭在床沿吧，我划破血管，血就会流干的。"

女人顺从地伸过左手在床沿了，她并不看，仍那么安详地闭了双目，白朗却拿刀背在她的手腕处划了一下，就坐在一边头软得再也抬不起了。

楼室里是那样安静，窗外的雨在淅淅下着，这雨声在女人的知觉里是血管里的血在往外流淌，她没有痛苦，她觉得生不能与英雄的白朗做妇做妻也不能与他纵情为乐，但经他手死去才使她这般自在幸福呢！现在，她要死了，血一流完她就死了，但愿在另一世里他们再相会吧。

白朗抬起头来，发现女人的胸部慢慢平息了起伏。他走过去，女人早已经死了！她在一种意识中死得果然安详，脸上还在微笑着，没有血，没有伤，真如睡熟了一般的一尊菩萨。白朗就这么一直看着她，看着她，将她神圣起来而不敢再去碰她，摸她，直到天黑，天黑又到黎明。

黎明里，白朗抱起酒罐大口大口往嘴里倒酒，已经喝得大醉了还在摇动酒罐。没了酒的空罐里有了一种金属的声音，掉下来的竟是一把钥匙。白朗立即醒悟了，拿钥匙去开镣铐上的锁。锁打开了，他的眼泪唰地又流了下来了。是呀，这女人在死前把什么都预备好了，她为他带来了钥匙，也为他带来了自卫的短刀！白朗跪倒在女人的尸体前，叫着："夫人！夫人！"泪水涌流却嘿嘿地大笑了。

这时候，楼下传来了杂乱的呐喊声，听得见有嘶哑的吼叫："一定要守住，守住！今日谁杀了那头领，我大王就将压寨夫人赏他了！"白朗听出这是黑老七了，黑老七接着又喊着夫人，大骂着："跑到哪儿去了？"一小卒在答："夫人昨日上楼没有下来。"黑老七就又骂道："娘的×，谁还让她到楼上去的？！"白朗隔窗一看，堡门外的土场上果然狼头旗帜数面，无数的狼牙山寨的旧部在那里攻打，他要探身窗外嘲笑那一个黑老七了，楼梯口却传来了急促的脚步声，白朗立即复坐床上，将镣铐缠在手脚，那一柄短刀就顺手压在凉席下。

门被一脚踢开，黑老七和四个提了柳叶刀的喽啰走进来。

"和尚白狼！"黑老七恶狠狠地说，"你不是总要见我吗？我黑老七来见你了，怎么样，地坑堡待你不薄吧，关在这里有吃有喝还有个娘儿们陪你？"突然一变脸吼叫，"小的们，把那臭娘儿们一刀砍了！"

白朗说："慢着，她在我这儿睡着了！"

四个喽啰皆一时满脸尴尬，觉得压寨夫人竟是睡在囚徒的床上，便拿眼看起自己的山主了。黑老七哈哈笑道："和尚白狼，你以为你占了我的便宜吗？我告诉你，这臭娘儿们害了麻风病，是我特意让她来找你的，我不用杀你，你也死到临头了！"

白朗傲慢地坐那里，冷眼看着黑老七，说："是吗？那你怎么还到楼上来？！是来请我出去吧？外边的我的兄弟越来越多，你是让我去领他们进来吗？"

黑老七说："是的，和尚，外边是打得厉害，自把你关在这里，我地坑堡再没安宁过。"

白朗说："这我当然知道，你是瘦多了，气色是坏多了，日日夜夜听风声就是雨，见草木也错认了兵，再要下去你不是吓死也得吓疯的吧？"

黑老七说："说得一点不错，我就为此来向你借一件东西的。"

白朗说："什么东西？"

黑老七说："要一颗人头！外边的人见了你的头，心就死了，就不会再来寻我的麻烦了！"

白朗笑了："是吗？你来取吧！"

黑老七叫着了一声，四个喽啰还未动手，白朗忽地从床上凌空跃来，那手在起跃时早从席下抽出了短刀，一下子扑到黑老七的身边，一手扼住了他的胳膊，一手将刀贴逼在他的脖子，大声说："实在对不起了，黑老七！你给你的部下说，让他们乖乖放下刀先行开路吧！"

突如其来的变化，惊呆了四个喽啰，黑老七也是面如土色，他只好命令

107

着喽啰放下刀前边走，白朗就将黑老七押着一步一步走下楼来。地坑堡的喽啰小卒见山主被押下来，蠢蠢欲抢，那刀就在黑老七的脖子上划出血了，黑老七叫道："谁也不要动，谁也不要动……"这一幕恰被堡门外搏杀的人瞧见，抵抗的兵卒稍一迟疑，狼牙山寨的旧部早一刀捅死一个，就蜂拥下来使劲儿砸撞堡门。白朗又逼着黑老七下令把堡门打开了。

地坑堡所有的喽啰兵卒被赤手集中在一块儿空地上，白朗说："黑老七，你说怎样处治你呢？"黑老七一脸哭相了："以牙还牙，你也押了我一路去狼牙山寨吧！"白朗从他的腰间拔过了曾经是自己的短枪，丢开了黑老七，低头将短枪的机头打开，又对着枪管吹了吹气，却将短枪插在自己腰里，仰天哈哈大笑了："黑老七，你算是什么角色，还用得着我押了一路去狼牙山寨？我杀了你也嫌损我的英名！"遂叫道，"谁来砍了他？"人群中走出一个人来，穿着狼头标志的服装，提着一面偌大的镲刀。白朗似乎不认识他。

"你是谁？"白朗说。

"大王不认识我，我是新入伙的。"那人说。

"你能砍了他吗？"白朗问道。

"我是盐池北边的人，黑老七暗袭了大王，官府就把盐池又夺走了，还杀了许多抢过盐的百姓，我爹我娘都被杀了，我岂能不砍了这条祸根？！"

阳光下，他一镲刀砍去，竟将黑老七一分两截。那上截的黑老七倒地还活着，说了句"我不该做那王中之王啊！"睁目绝气。

三

白朗收拾着残部回到了狼牙山寨，白朗又是一代枭雄，赛虎岭的王中之王了。到处在扬颂着一个英雄难而不死灭而不亡的传奇，已经演绎得神乎其神，说白朗在醉酒中被黑老七囚押在地坑堡的诵经楼上，如何是白日里的英俊潇洒的玉面和尚，夜里就显身一只白狼，望月嗥叫，引动着满山遍野的狼群了。诵经楼是那个翰林的老母居住过的，年久未修破败不堪了，但白朗去后，每个黎明里楼檐风铃叮响，悠悠似有诵经之声，只有在盐池上空才能见到的白鹤天鹅，却见天要飞来七只栖在楼顶引颈长鸣。这样的传奇先是在山民百姓中，至后赛虎岭的众山的喽啰小匪，县城的工商作坊里的掌柜相公，连官府军营中的兵勇士卒全都如此谈说。就有人刻印了他两种画像，一是狼头人身做护身镇邪的法品在市面出售；一是美如妇人的脸谱，称作是和尚菩萨的，高价买来不叫买叫请的，请供于高墙神龛上日夜焚香磕拜乞福求贵。

赛虎岭上没有了黑老七，十二个山头便剩下了十一个，那十个山主在白朗遭擒之时着实是晴天里听到了一个霹雳而震撼了，他们遗憾着白朗雄鹰折翅，骏马失蹄，受到了平生的奇耻大辱。但每一个山主之心中却也包藏了一份幸灾乐祸的暗喜：有白朗在，赛虎岭当然是安全的，官府收的税自己收，官府纳的粮自己纳，有大碗的酒大块的肉大福大乐享受；但有白朗在，赛虎岭的头把交椅永远也就是白朗的，所以，黑老七灭了狼牙寨，他们异口皆曰黑老七心毒胆大，却没有一个提出来剿灭地坑堡，黑老七在他们眼里原不算什么角色，只要提高警惕防备着些，愈加经营自己山头，谋图着某一日这赛虎岭真要成了自己的天下。但是，现在的白朗奇迹般地又回坐了狼牙山寨，自不量力的黑老七落了个寨毁人亡，便都一齐称颂起白朗的英雄盖世了。

狼牙山寨的印着白色狼头的旗帜又在已经开裂如刀剑的天元寺塔上飘扬，它就象征着这数百里方圆的赛虎岭上，依旧是大王们的天下，远在县城的千总老爷果然重新调整了各地的巡检司，城之东西南北四门的吊桥严加把守，天一黄昏便高高吊起，而正欲清剿赛虎岭的计划悄悄撤销，集中起来的小校兵卒以及成批的乡勇民团终于只固守在了盐池。赛虎岭，十一个山头若十一个部落，各自在其势力范围内经营各自营生，山头上，路口上，喽啰巡哨，见巨贾豪富的钱车粮担就扣，遇官府的游兵暗探便杀，山与山狼烟联络，寨与寨号角呼应。但是，谁也不能侵犯了谁的势力，唯狼牙山寨的人，只要是衣上有狼头标志的或是持一块儿刻有狼头的木牌的，却可以自由往来于各个山头的区域。这当然没有明文协定，但一时间却成了例行的规矩，于是，常常三更半夜有人影绰约，询问什么人，回答狼牙山的，查也不是不查也不是，更有这个山头与那个山头为一个动心的女人或一担财物发生了冲突，几乎开始都在吆喝：要眼睛出气吗？老子是狼牙山的！结果是假狼牙山的占了便宜去，真狼牙山的又被错为冒充，出现了不少的流血事件。白朗就要传话给十个山头，邀请十个山主前去聚一聚，亲议一些事宜了。

众山主得到邀请，莫不筹备了丰盛的礼品，他们知道如今的白朗自比往昔更一层威风，所谓邀请去狼牙山寨也就是让他们前去恭贺他的复出，也就是要暗暗警告狼牙山寨的名号是谁也不允许冒充的，皆在这一日纷沓来到天元寺塔下。

众山主的猜想一点不错，年轻的大王白朗虽然腰斩了黑老七，一把火灰飞烟灭地烧毁了地坑堡，但被一个最不起眼的山主护颈铁枷锁了，四条绳索绑了，行走数十日地解押到一座楼室里，这羞辱是太大了。他成心借此机会让众山之主们瞧瞧他一个王中之王是可以被人欺负的和欺负得了的吗？为了办好这次集会，他重新修整了寨堡的颓墙败栅，粉刷了所有楼亭舍院，到处收拢散落的旧部，招募新兵。但是，令白朗多少有些失望的是数天的时间里虽然张贴了布告喧腾了锣鼓传播了口信，上山来的人马仍是寥寥无几，更多的则是那些在地坑堡投降的喽啰，是山上百姓和从盐池偷跑来的盐工。这些新入伙的穿上了印有狼头标志的服装，包裹了黄的巾帻，操练刀棒，一见他就全伏地呼大王不已，他不认得这些陌生面孔，总觉得与他们没有以往旧部兄弟们的那份熟腻和亲切了。他派了一个当初功在陆星火之下的山寨头目，也就是在他杀死黑老七的那天攻打地坑堡的领头人，交代了再次下山，无论如何要寻到所有的旧部兵卒重新归来，甚至动了情道：狼牙山寨遭难，我白朗没能保护好大伙，今日天不灭我，狼牙山寨的兄弟就要有福共享啊！

当众山主到齐了狼牙山寨的山门，那马就不能再骑，因为缘一面突出山嘴随势砌筑了两千级石阶，他们气喘吁吁往上爬，且道道围墙，层层栅栏，头扎草黄包巾腰佩雪光铁刀的迎兵吚喝打开，又吚喝关闭，甚是一派森严。上得山嘴，并未到得正寨，又是一峰崖，开元寺塔就在上头，而崖的两侧有飞瀑直下望之若练，路曲之绕过瀑后，走过了珠玉喷跳之处石皆成穴之处，仰视着崖上苍苔匝生如羊胛状，酷夏之中人也莫不心身寒气所逼了。白朗自然立于崖头路口拱拳喝迎了，自然又是往昔的一身素白一颗光洁头颅的和尚了，他声声呐喊，立即应者雷轰，早有数十个将鬓发绾紧是一个角儿的小徒们安顿了八八六十四张生漆染就的八仙大桌，众山主和所有山寨的大小新旧兄弟一齐入座了。众山主们走到了桌前，却没有落身下坐，而是环目望见了那旧制的三楹大门楼三楹仪门五楹正堂东西各三楹厢房，那后堂的侧门，那兵库房，三楹花厅，大门外东西分别的大厅，那十二间的榜廊全都焕然一新，张灯结彩，而新造的二十个窝铺，四个角楼，六个敌楼，连同了那木架哨台、天元寺塔，全插上了新崭崭的狼头旗帜。这阵势便使众山主们少了志气，自惭形秽起来了，他们整衣理帽，尽量使脸上长久笑容，就在山鸣海啸般的乐鼓声中让随从抬上虎皮、熊肉、熏鸡、油鸭，和一坛坛美酒，成匹的丝布，以及火纸、食盐、豆油、木耳、香菇，言称薄礼小品不成敬意，然后弯腰向白朗恭贺，逐一地挑选着天下最美丽的词句，以悦耳高亢的声调称赞白朗的英勇了。一时间里，狼牙山寨就是赛虎岭的一面旗帜，白朗就是众山之主心悦诚服的领袖，从此赛虎岭将固若金汤，那盐池的恢复指日可待，县城的官兵是一群草芥，这方圆数百里地将永远是一个独立的王国，别一种清平的世界了！听着这么多的赞誉，早晨起来又兀自喝过了过多的烈酒，白朗满面红光，神采奕奕，想起了过去的一切，他也为自己的今日而惊讶了！是呀，天下哪有被囚押欲死之人又突然间报得深仇，重整了旗鼓，而又为此地振臂一呼就能应者云集呢？做了阶下之囚，黑老七仍是见他战战兢兢，这已经是别人不能做到的奇迹，何况在囚室之中又有一个艳丽若仙的女人钟爱于他，岂不又是奇迹中的奇迹吗？！这全是自己的英雄气概所征服的呀，赛虎岭上有第二个人吗？或许，这些众山主和众喽啰的称颂未免过分了点，但除了他白朗哪一个人又能如此敢有一点承当啊！

　　白朗毕竟是英雄的白朗，在这样的场合中他不会忘记了为他牺牲的人，他要在万众欢呼里追念那些亡灵，他首先想起的是他的结拜过的三兄弟陆星火。他给大家讲述着陆星火的英勇，从一块儿精致的木匣里取出颗血肉已化的头的骷髅，安放在高台桌上，为其奠酒，三跪六拜，声明他要修坟造碑，年年月月为他的可敬可亲的三兄弟荐祀。再下来，他就说出了一个女人来。当众说出一个女人，且这女人又是黑老七的压寨夫人，这于当过和尚的白朗是不宜的，于如今被传颂得神乎其神的白朗是不宜的，但他白朗还是要提到她。他讲述了这女人在楼室里怎样地照顾他，又是怎样地暗送了他的钥匙和短刀。此话一出，众山主和喽啰兵卒都议论哗然了。这一切的一切，是谁也不知道的，他们在白朗一说一个女人的时候甚至觉得有些好笑，怨怪白朗怎

111

么启这种口呢？可听罢了她的事迹，他们全都被这前所未见前所未听过的奇艳无比的人儿所感动，心想这女人一定是与白朗有缘的，是不是白朗已经和这女人有了那一层的关系了？这种想法当然一闪即过，遂感叹一个娇弱的女人能身为黑老七的压寨夫人而倾心白朗，这女人定受了英雄白朗的感染，更可以说身上流动了白朗的血气，越发证明白朗是一位大英雄了！

当白朗将一壶酒洒向地面时，大家把酒全洒在地面，他们同时在心中祈祷着在自己的一生中也能遇上这么个女人，做一个有着生生死死的奇艳风流的英雄多好！白朗接下来在追悼为救他而攻杀黑老七的兵卒，追悼完了，他站起来喝令着兵卒点燃了炮铳连放三十六个爆响，令四十八位喽啰抬出鸡鸭猪牛肉一盘盘端上，将一瓮瓮烧酒在大碗中筛满，宣布能吃的吃饱能喝的喝足，没了黑老七，不怕有偷袭，醉得昏天黑地三天不醒的是白朗的朋友。但是，人群中有人叫道："大王，你并没有追奠到一个更救过你而死去的人啊！"这一声很是响亮，似乎还带有童腔，已经坐下的白朗站起来问："哪一位说话，是我遗忘了谁吗？"

人群中站出一个小小年纪的小卒，一件有着狼头标志的服装宽大过膝，显得两腿短矮失例，但眉目清秀可爱，白朗认出他是那个曾经吹过唢呐，后来又守卫诵经楼的黑老七的旧部下。他站到了人群前的空地上，面对着白朗做了一个半跪的姿势，然后又眨了一下左眼，白朗被他的旧日动作所逗，不自觉地也冲他眨了一下左眼。小卒说："大王刚才说到的黑老七的压寨夫人，那她正是我的表姐。表姐的事大王已经当众讲了，其实这一切表姐都给我讲过，因为这是一个女人的事，大王刚才不说我现在也不会说的。但大王一定只知道我的表姐一个人，殊不知为了大王死的竟还有她的一位丫环！当陆星火、刘松林死了以后，可以说来地坑堡救大王的并没有几个武艺强过黑老七的，但来救大王的人实在很多，这已经使黑老七紧张起来。为了使黑老七精神崩溃，不得很快杀了大王，表姐就同丫环偷偷书写了许多字条，上面都是一句话：'取黑老七的头！'三更半夜让丫环贴得墙上有，树上有，茅房中有。这便使黑老七以为狼牙山寨的人混进了地坑堡，或是地坑堡的兵卒中有了狼牙山寨的奸细。他查了又查，搜了又搜，杀死了许多他的部下，但是，每日还是有字条发现，黑老七夜里再也不敢睡了，担心一睡下有人取了他的头去，白日再也不敢先吃饭，担心饭里放了毒，先要让别人吃第一口。人这么活着怎能不病呢？黑老七就病了，一听见风吹树叶就惊，一看见日影灯影也惊，常常惊起来就怀疑他身边的人，要不严刑拷打，要不就杀了。大王你想想，他得了你的短枪，原本可以在地坑堡的堡门楼上瞄准前来攻打的人放枪吧？虽不能一枪打中一个，也可以三枪打中一个的，他却从不到堡门楼去，怕啥呢，就怕那里一乱，有人暗中害了他呀！这不就是字条的作用吗？可以说，他完全是一个神经病人了，身子虚弱不堪了，他最后去楼上杀大王，大王一定能瞧出他和从前判若了两人，被大王用短刀逼了再没做反抗，他以前也曾是凶猛如恶豹的人呀！我表姐的病到了快死的时候，是反复叮咛过丫环不能对人说这事，丫环给表姐点头，却在背地里哭了，她以为表姐放心不下她。这也难怪，她原是七星镇杨掌柜的女儿，杨掌柜曾经藏过黑老七，黑老七后来常去杨掌柜家，看中了她，虽不能明着抢来，却使了鬼点头勾引。黑老七早年是个串巢窝闯勾栏的能手。那杨掌柜的女儿就这样被他迷惑了成的奸，却后来又玩腻了，才让她做了我表姐的丫环。这丫环有这段往事，就以为表姐怀疑她为人有不争气之处，也就在那个晚上，她吊死在一所空院子的门框上了。她吊死了还贴了最后一张字条，那字条贴在她的身上。黑老七当然没有想丫环做了什么，还以为丫环也被杀了，更是要杀了他的前兆。大王，她虽然是自杀的，但她是为了谁而自杀的？她的功绩并不低于地坑堡门外叫杀的兵卒，甚至她抵得住十个兵卒，二十个兵卒，但大王却只字未提到她！"

年幼的小卒说完，退回到他的位置去，白朗端起了酒，他深深地被那位并不知晓的丫环的作为所激动，他的嘴在颤抖着，一串一串掉下来的热泪滴溅在酒碗，正要双膝跪下去对着那上苍对着那冥冥之间游荡不知着落的一个亡灵呼叫，便有人在号啕大哭了。这哭声是那样的悲痛和凄厉，在炎日当顶如油锅开炸的正午，使每一个人五脏六腑都在震撼了，抽搐痉挛了，他们以为这哭声来自云空，是那一个几乎永远无人知道的丫环的阴魂在这彰昭的一刻恸哭了，以为是英雄的白朗率先在为自己的内疚而悲泣了。但是，当众山之主和兵卒们看见白朗也抬起了惊愕不已的眼时，才听清了哭声发自土石场的北角，那一堆拥拥挤挤来瞧热闹的山民群中，而且已有人跟跟跄跄走过来了！也就在这时候白朗却兀自大叫了："刘松林？！"听到"刘松林"三字，站在白朗身后的一队贴身喽啰忽地扑过来，如挟风的虎群，将还没有走到场中来的人掀翻在地了。血涌得一脸通红的白朗把手中的酒碗哗啦摔了，大声怒叫："刘松林，好个贼逆，你今日还有胆量来呀？来了正好，你那一颗贼头正用得上奠我狼牙山寨的英魂！"

那人突然脖子挺硬了："大王，你再看看是不是刘松林？！"

暴怒了的白朗一个愣怔，待看了一眼时，那人长得和刘松林十分相似，但毕竟比刘松林矮了些，也胖了些，脸上没有那抽烟土人的一层土灰色，不禁也疑惑了："你不是刘松林？"

那人说："我不是刘松林，刘松林却是我的一奶同胞。大王今日重整旗鼓东山再起，刘松林是你第一个要杀要剐的叛逆，可你大王哪里知道这奠祀的第一人却应该是他！"

众山之主和芦席上的残部兵卒几乎是愤怒了："这厮胡说八道了，刘松林叛主投贼，残杀陆星火，难道还成了功臣不成？！"

白朗却挥手让喽啰们放开了那人，冷峻地问道："刘松林他是死了？"

"是死了，大王，他死无尸首葬无坟茔。"那人说。

"他死了？"白朗重复了一句，却突然走近了一步说，"你说奠祀的第一人应该是他，他能比陆星火吗？他能比地坑堡的那位妇人和丫环女子吗？"

那人站了起来，又几乎是伤心了，但却在红日当空之下擦干了眼泪，说："陆星火是忠烈之汉，那妇人和丫环有节烈之举，刘松林在狼牙山寨时的功绩不用我说，大王心中清楚，在场众位心中也清楚，他的最大的过错不就是曾为了一个女人私自逃离过大王的吗？但是，当他得知大王被囚，盐池丢失，陆星火去救大王又断了胳膊，他大哭一场，血刃了他的那个女人就奔到地坑堡去了。他没有带多少人，他脱离了大王后只想和那女人寻一处僻静地过安静生活，他还忘不了唱戏，怀恋着舞台上的周瑜，所以，带在身边的只有二人，武艺又平平，但他还是去了。去了地坑堡，才知道那里防备森严，他无从下手，又退回来寻找陆星火。陆星火已经残废，还领人去攻杀过地坑堡，但也差不多把人伤亡完了。他二人那一夜就住在我家，从一更商议到二更，二更又到三更，想不出个好办法来，把一坛酒都吃完了，就又趴在桌上哭。到了五更，陆星火终于想出让刘松林砍了他的头去假降黑老七，然后进入地坑堡杀掉黑贼为大王报仇，学一场古书上讲的荆轲刺秦。这办法是好，刘松林却不忍心陆星火这么死去，陆星火说：你不要和我争了，你就是献了头让我去，黑老七一是信不过我，二是我一条胳膊也无力杀了黑老七。就借说他去上茅房解手，在那里用刀自割了头。刘松林那时没有哭，他把陆星火的头血滴在酒里面喝，他说：兄弟，刘松林现在不是刘松林一个了，刘松林是陆星火和刘松林两个人了！就带了头赶到地坑堡。黑老七果然相信了他，让他端了陆星火的头进了他住的厅院里，他首先要黑老七先拿出三百两银子放在一边，再要黑老七把烟土准备好，说他烟瘾犯了需要抽烟。黑老七一一照办了，要他端上陆星火的头来，却不让他近身。不让近身怎么能行呢？陆星火的头颅下是藏好一把短刀的，他便说：'我还有个请求，黑山主一定答应我！'黑老七说：'什么请求？'他说是陆星火的嘴里有一颗金牙的，请求能让他敲了那一颗金牙！黑老七嘿嘿笑了，让人把头递给了他，他一边往黑老七跟前走，一边掰弄头颅的嘴，忽地从头颅下抽出短刀，却一脚踩在了一块儿瓜皮上滑倒了。他再要爬起来，一切都来不及了。大王，你是知道的，刘松林抽烟土抽上了瘾，没烟是没劲的，他从我家走时是抽过三个顿时的烟的，但到了地坑堡，烟劲还是过去了。他没能爬起来，黑老七的左右兵卒就乱刀将他砍了，砍成一堆肉泥了。刘松林死后，黑老七是胆战心惊了，刚才那位小兄弟谈到丫环的字条使黑老七几乎要疯了，这根源也一定是有了刘松林的谋杀才产生了效果的。像这么英勇之人，大王不但不追奠他，反倒还骂他贼逆，我那兄弟在九泉之下也不安宁啊！"

那人说到这里又哭起来，白朗已经支持不了了，瘫坐在了条凳上，反复地说："是这样吗？是这样吗？"

"是这样的，大王！"刘松林的哥哥说，"我要是有一句假话，大王现在就刀劈了我，他们是可以作证的啊！"

拥集在观看热闹的山民中就有两人走来跪下了，自报他们曾是黑老七的左右随从，他们是亲眼看见了这壮烈的场面。黑老七杀了刘松林后，即关了厅院大门，封锁了消息，所以地坑堡的别的兵卒是不知道的。待到黑老七最后死了，他们不愿再上山吃粮才回家务了农的，今日原也不来瞧这种热闹，是刘松林的哥哥特意要他们来作证的。

白朗的脸色黑沉起来，他没有再将酒端起来奠祀，也没有落下一滴泪，而是离开了那个他一直站着的高台阶，向着众山之王和他的部下喽啰走来，喃喃地说："还有我白朗不知道的人吗？还有替我白朗死去的我不该忘了的人吗？"他的样子非常地虔诚又非常地令人恐怖，当目光落在十个山主身上时，有两个山主突然脸色煞白，扑通扑通差不多一起跌倒在地昏迷不醒了。

酷热的夏天使所有的人都在这沉重而窒息的气氛中支持不了了，两个大王的昏厥使人群骚乱，立即有喽啰去舀了绿豆汤来灌，想这汤水灌下必会败了火气，但两个山主紧闭了双目却在高声说话了，一个说："你说呀，你快说呀！今日不说哪儿还有说的地方呢？"一个说："我怕哩。"一个就说："大王是白朗大王。不是真个白狼吃了你吗？"一个还说："我还是不说。"一个就生气了说："跟你这不出息的男人我算倒八辈子霉了！你不说我说了吧！"两人这么你一句我一句，互相不看，接应自然，又全然是夫妇口吻，有人就骇声叫道："这是鬼附身了，这是通说了！快拿簸箕桃条来盖住抽打！"那一个说着妇人腔的大王就闭目发怒了："谁要打我？我是来向大王诉冤的！"有人就问："你是谁？你要向大王诉什么冤？有冤你到县衙公堂去！"那妇人腔就说："我是七星镇兴茂客店的娘子，他是我的丈夫，我们在客店是接待过你们狼牙山寨的人，是二十个人，他们说是要去打黑老七要去救白朗大王，我们夫妻白给他们酒喝白给他们肉吃，可他们天明一出店碰上地坑堡的人就打起来，他们是全被杀了，那地坑堡的人就又来到店里找我们。院子里一刀戮了我丈夫，进厨房又找我。我跳进水瓮里，头上顶着葫芦水瓢，但还是让找到了。他们说我是狼牙山寨人，我说老娘不是，但老娘看不起黑老七，他不去杀官兵却关了白朗大王，他是小牛牛！他们问我小牛牛是什么？我说是小娃的鸡巴！他们就一刀砍了我的右胳膊。我知道我不得活了，就骂黑老七，他们说你再骂砍了左胳膊！我还是骂，左胳膊就砍了。我倒地上还在骂，他们就割我的舌头，最后连奶也割了，下身也……"说到这里，另一个就说："你不要说了，我来给大王说。大王，我夫妻不是狼牙山寨的人，我夫妻是为狼牙山寨死的，为狼牙山寨死的能不能说给你大王呢？若大王不肯理我们，我们这不是死得太冤吗？如果大王能理我们，就把我们也当了狼牙山寨的人，大王奠酒那我们夫妻也能去享受一口了！"脸色更加难看了的白朗不知该怎么处置眼前的事故，他为着两个山主的突然昏厥而担心，也为着昏厥的山主怎么说出这一段全然是别人口吻的话而疑惊，他说："为我狼牙山寨死的人，当然是有一份美酒。"此话一落，倒在地上的那一个山主便说了："娘子，你听见了吗？你听见了吗？"遂夫妻两种声调同时说道："谢谢大王！"而也是两个大王在这一时睁眼坐起来，浑身冷汗淋漓，虚弱无力，犹如干罢了一场最苦最累的活计。众人忙问是怎么啦，他们只说刚才脑子嗡的一下就什么也不知道了。

众人面面相觑而毛骨一齐悚然了，这是一场鬼魂附身的通说无疑，那么，在得胜相庆的今日，在白朗大王酒奠亡灵的狼牙山寨上，召唤来的是多少的鬼魂！兴茂店的夫妻来了，而并不是狼牙山寨的人却为狼牙山寨死去的又何止这一对夫妻，会不会也要通通到来附体通说呢？众山之主和每一个兵卒喽啰都脸色蜡黄惊恐不已，便有年纪稍大的老兵急去将接收的火纸以铜钱拍打了当场焚烧，企图让到来的鬼魂得到一份阴钱而安息。偌大的纸火蓬蓬燃烧，纸灰如万千黑色的飞鸟在漫空飘浮，并不阻止的白朗也抬起头来，久久地盯着一叶纸灰在那里方向不定地游动，最后就静落在他的头上，他没有拂去。

这时候，从寨子下上来了一队人，形容憔悴衣衫破烂，领头的正是领了白朗的命令下山招收旧部的那个头目。他上得寨来被这纷乱而恐怖的场面所惊，也被白朗大王苦楚得僵硬了脸面的神色所惊，就跪下了，同来的旧部也跪下了，所有的狼牙山寨的兵卒喽啰全都跪下了，齐声叫："大王——！"

大王白朗木木地看着他们，终于趋前扶起了那个头目，问道：

"就召回这么些人吗？旧日的兄弟都不愿再来了吗？"

头目说："回禀大王，只要是旧日的兄弟，全都回来了！"

白朗说："那是三千人呀，三千呀？！"

头目说："是的，别的全都死了。"

白朗说："死了？"

头目说："我走遍了他们所有的家乡，他们是死了。有的是黑老七偷袭盐池时死的，死了三百七十人；有的是盐池战败后逃散出去，先后被官府捉住

117

杀掉的，死了七百二十一人；有的是为了救出大王，前前后后在地坑堡周围战死的，是六百三十九人。只有三十八人没有来，他们是在救你时没有救了却伤了双腿或瞎了双目或伤势过重被人背回去实在不能行走了。"

白朗没有言语，回转过头来说道："是我的旧部兄弟，都站过来吧。"

跪伏在地上的兵卒喽啰有一半站起来，集中到一起了。这是有千人之众，却三分之一的人不是残了手就是跛了腿，更多的则是在头上、肩上、腿上包扎了厚厚的血布。

白朗突然间头后仰向天，哈哈哈哈地狂笑了："我胜利了吗？我是王中之王的英雄吗？"

这笑声和叫喊异常怪异，使所有的人听见了都打了一个寒噤，一身的鸡皮疙瘩暴起了。赛虎岭的十个山头的大王和黑压压一片的兵卒皆惊骇得看见在火红的如毒刺猬一样滚动的太阳下，白朗的脸色再也不是那么神采奕奕，再也不是那么唇红齿白双目若星，他一下子衰老了，头皮松弛，脸色丑陋，骤然间一动不动，遂身子慢慢摇晃着，摇晃着，最后倒在了地上，远远的那座天元寺的分裂成两柄剑状的石塔同时在一声沉闷的轰隆中崩坍了。

第三日的一个早上，一群妇女在赛虎岭最高的山梁官道上，那一眼唯一的泉水边，看见了一个人挎了短枪过来，全吓了一跳，以为是遇上了一个行歹的土匪或是一个官兵，急忙匿身于草丛里。等那人走近了，却有一个胆大的又能认识此人的女人尖声锐叫："这不是白朗大王吗？"

女人的眼睛是好，他正是白朗。但已经苍老得如一个朽翁的白朗大王，再没有穿着那一件白色的团龙长衣，也没有那一双白色的深面起跟鞋，而是一身肮脏短服，一柄短枪并没有将皮带儿斜挎了肩头，也不别插在腰间，泥土把枪身糊了，也堵塞了枪管，在他上土坎时完全是用着一个短拐杖了。他听见呼他的名字，站住了，却疑惑地看着面前的女人。

"大王认不得我了吗？"那个女人说，"可我认识你的！你想想，当日你被黑老七铁枷绳索地押了路过前面那个山头时，有个说过你长得好，又为你献了一朵野蔷薇，遭到黑老七的喽啰踢过一脚的人吗？那人就是我！"

白朗想了想，想不起来，他摇开头了。

"你当然认不得我了，你是多么有名的王中之王，你又长得那么英俊，多少女子会围着你的，你是不会注意到我一个开店的半老徐娘的。"

女人说罢，放荡地笑起来。旁边的就有人说："你这是做女人的嘴吗？"女人说："我说的不是实话吗？你们谁不想着白朗大王？听说许多人家买了大王的像在家供奉，家里的女人夜里老想着，都想疯了的！"

又转向白朗说道："可是大王，我要说一句冒犯你的话，你不会拿枪打了我吧？你现在可老多了，要不是我见过你，谁还相信你就是英雄大王白朗呢？一定是大王将那么多的女人都收纳了做压寨夫人了吧！大王，你是英雄，又是英俊的男人，你真不该为了那几个狐狸精的娘儿们而将自己弄成这样，使我们从此见了你失望哩！"

白朗还是痴痴地看着这利嘴放荡的女人，却说："你提水罐吗？能给我喝一口吗？"

女人说："大王你是怎么啦？你已经走到这泉水边了，你还向我讨喝吗？"

白朗终于看见了那眼山泉，他走近去，放下了短枪，俯身趴下就喝起来。他喝得很急，连一颗有着戒印的头也没入了水里。喝毕了，站起身来，嘟嘟囔囔说着什么，又一步步兀自走远了。女人们都惊讶地看着白朗，发现白朗喝了水并没有再挎了那柄短枪，就叫道："大王，大王，你忘记你的枪了！"

白朗似乎没有听见，渐渐走远了，女人们回到泉边拾起了短枪，枪被太阳晒得焦热，烫得手没抓住溜进泉中了，但入水哧的一声冲出了一团白气，枪不见了，水底里静伏着一条黑脊梁的银鱼。原来这些女人见到了白朗，虽然白朗是老了，虽然白朗并不理睬她们，但她们想他毕竟是盖世的英雄，是英俊的男人，今生不能与他长生相伴，喝喝他喝过的泉水，就如同是和他嘴与嘴的接吻了，水喝下去也就化作他的血气了。可水里现在有了一条鱼，一摇尾将水搅浑了，且那柄短枪倏忽间又不见了。她们就疑惑了，觉得刚才是一场梦吗？那利嘴放荡的女人就说："这不是梦也是那个人作了祟的，他哪儿会是白朗呢？白朗做了囚徒时我是见过的，那一阵他还是多么英雄多么英俊，现在狼牙山寨得胜了，狼牙山寨的大王怎么会是他那个样呢？！"

好事的女人受到侮辱，又觉得那人窝囊可欺，就顺着白朗走去的路寻找那人出气，她们走过了很长一段山道，终在一个不起眼的崖根下的石洞，看见了那人盘脚闭目坐在里边。她们先是觉得奇怪，后明白了他果然不是白朗是一个居止无定、炼精服气、欲得道引吐纳之法的隐人。洞斜而下注，她们不能去拉出他教训，就于洞口再一次问："你还敢说你是白朗吗？"那人看着她们，说："是白朗呀。"

女人们的愤怒再也不能遏制了，一边将土块掷进洞去，一边大喊："你怎么是白朗？不准你是白朗！你不是白朗，不是白朗！！"

晚　雨

三月的太阳已经暖和，天鉴回过头来的时候，脸上是一片尴尬的笑："我这……能行吗？"一股风却无根生起，收拢了枯叶旋柱远去，汩汩的流沙便埋没了一双深面起跟的皂靴。天鉴的笑越发硬了，又说一句，"我能行吗？"

被风吹得趔趄倒地的同伙，一个俊脸的小匪，正靠了系着毛驴的那株野桃树。好劲的风呀，桃树骤然黑瘦，活活的流水里花瓣混合了已经浸润开来的血团，如霞云行天，小匪为从未见过的奇艳发呆，听了天鉴的问话，呸呸嘴里的飞沙，突然跪下来，一脸严肃庄重了："老爷，你行的！怎么不行呢，谁敢怀疑你不是知县呢？！"

天鉴看着跪倒在脚下的同伙，那一声"老爷"，陡然振作了人生的尊严，头一点动，像两把铁铲似的帽翅闪忽起来，顿时感到整个身子都要往上升，哎呀，天鉴几乎要长啸起来了，这官服在身真的从此就是老爷了吗？河的上游，那莽莽苍苍的山峦之中真的有一个竺阳县城，百姓引颈翘望的新一任的知县老爷就是我了吗？天鉴抓起一把沙子来，开始搓褪着手上凝滞的血斑，看着小匪，俊白的还带着稚气的脸面是布满了真诚，但头顶的太阳还红，河对岸的狼还在坐着，沉沉的河面上虽恢复了平静，没有了那主仆二人的尸体，唯有一截断残的芦苇很高地跌了一下，倏忽消失，而咬噬过了那崖根的水波又把吐出的沫泡一层一层涌到这边沙滩来了，直到脚下。天鉴用脚去踩踏，沫泡随即破灭，没有叭叭声响，却无声无息地空寂，不知怎么，那一层无法名状的疚痛又一次掠上心头了。这样的疚痛天鉴是从来没有过的，落草为寇，呼啸山林，杀过多少人，甚至砍滚脑袋了还撬开嘴巴要敲下一颗嵌了金的牙，天鉴吃饭睡觉依然心平气和，而现在却觉得自己实在对不起了这份冠履的主人。天鉴的目光渐渐地褪了色彩，还是摘下来箍得头皮发麻的硬壳帽子，把鬓发已缩得紧紧的那个角儿又解散了。

"大哥，"俊脸的小匪叹着气，"你真的不去了？"

天鉴摇着头，脱下官服，缠了原本的素常包巾，将散在地上的碎银一把一把往怀里装，说："兄弟，你搬那一块儿石板过来，蘸血写上'天鉴杀了竺阳令！'免得竺阳百姓苦等。"

小匪没有动，天鉴就去搬那石板，后襟恰挂在一桩毛柳根茬上，他搬了石板要走，走不动。"兄弟，是屈死鬼要作祟了！呸呸，天鉴是不该杀你的，可你为何要是县令呢？天鉴拿这些银子是要给你刻个木身造座坟的，你还不饶吗？兄弟，你也唾一口吧，朝天唾唾，这死鬼就不纠缠了！"一用劲，哧啦一声，半个后襟留在毛柳根茬上，天鉴连人带石板窝在浅水沙里。"大哥……"小匪又一次叹气了。

天鉴回过头来，已发现了挂着破布的毛柳根茬，却还是说："真是死鬼作祟哩，你瞧瞧那狼还在卧着，这恶物一定鬼魂附体了，它什么都看见了，什么都知道的。"

这是一条向西倒流的河，当他们得手的时候，一举头就发现了河的对岸有了一只狼的。狼毛纯白，一动不动地朝这边看着。天鉴担心狼会洇了水扑过来，提了板刀准备着，但狼没有过来。而他们大声呐喊，甩石头掷打过去，狼并未惧怕离去。隔着一条河，两相无碍，小匪已经忘却狼的存在了，听了天鉴的提起，他也懒得去看，只想要给天鉴说话。

小匪说："大哥，人骂咱是土匪强盗，你也觉得做那官人不配吗？"

天鉴说："不是。"

小匪说："大哥，你是觉得咱野惯了的人不会治理吗？"

天鉴说："不是。"

小匪说："大哥，你这也不是那也不是，官服已经穿上了，为什么就不去做呢？为匪为盗快活是快活，可哪里有人的光明正大？咱是杀了那一主一仆，杀了人为的是从此不再杀人，咱改邪归正也不行吗？！"

天鉴的后背明显地痉挛了，要拧过头来，却没有拧过来，还是盯着河对岸的那只狼。小匪终于垂下眼皮，目光落在了插在沙中的那柄板刀上，刀上的血并没有凝固，有一注正沿了刃口黏腻腻如蚯蚓往下蠕移，他的目中已有两颗泪珠出来了。

小匪说："我知道了，大哥！你是担心这件事有一日会败露吗？！"

天鉴回过身来，盯住了小匪。小匪说："兄弟比你年幼，知人阅世不多，可兄弟知道这个尘世上唯有当官才能活出你想活的人来！大哥有这个能耐，大哥就应该去，今天这宗事天地知道天地不言，鬼魂狰狞鬼魂说不了人语，说话的只有你我，你到了县衙只要不醉酒，没有可担心的，兄弟这一条命十五岁起被你捡起，虽然有口，也会给你守口如瓶，保你成功的！"说毕，一把抓了板刀，就那么跪着，猛地把颈抹了。

天鉴急扑过来，一颗头已骨碌碌滚在沙窝，那半截身子还在跪着。沙滩上，如木如石，一句话也说不出来了。今日的中午，当他们躲在草丛里眼看着太阳已经老高，还没有一个行人经过，两人就烦得大骂起来，发狠今日要是得手，一定要到山下的镇上啃它一个熟猪头，喝个烂醉，睡一大觉起来了再往州城的局子中去，这个兄弟，甚至还提到去烟花楼，要补偿这半日的难熬罪过。偏这时，猎物出现了，一看见毛驴后的人挑了沉甸甸的担子，兄弟就跳将出去，横刀断路。谁能想到来的竟是竺阳县令，且晃了官帽以势震吓，痛骂土匪强盗胆大妄为。

不晃那官帽还罢，晃了官帽两人心里都陡地闪动了。兄弟笑道："大哥，这县令好威风，咱抢他干甚？竺阳县是新设的边远小县，你何不充了他走马上任？！"原本是不杀人的，得些财物便了，既然如此，就立逼着县令的名姓年龄，籍贯身世，一刀杀戮了。而到了现在兄弟也死了，多么好的兄弟，十五岁与他天鉴同伙，逛野山，入荒林，风高月黑，打家劫舍，身手捷快的兄弟就从此再没有了吗？入局中呼红叫绿的赌掷的兄弟呢？串巢窝、闯勾栏、插科打诨的兄弟呢？天鉴要做官，才一要做就得死了那主仆二人还要死一个兄弟吗？

但天鉴，到了这步田地，不得不坚定着自己，去做官了。

天鉴站起来，再一次穿上了官服，宽大而沉重的绣着团龙的长衣，使他只能耸了肩，竭力把身子挺直，同时感觉到胳膊和腿僵硬麻木，脑子也疑疑惑惑：从此就是官人吗？从此踏上仕途这又会是怎样的一条路呢？天鉴突然膝盖发软，一下子坐在了沙滩上，坐下来，一切都安静了，他轻轻地捧起了只有个头颅的兄弟，兄弟的眼睛还在睁着看他。天鉴用手淋水，轻轻地洗起头颅上的血迹，一粒一粒掏净着头颅的口里鼻里耳里的沙子，当他把干干净净的头颅和那截身子放进河里的时候，他看见河的对岸，那只毛色纯白的狼站起来，慢慢地走了。

"兄弟，兄弟……"

天鉴抓起板刀，重重地抛进河中去了，他在沙滩上磕下了三个响头，一个响头给他的忠诚的兄弟，两个给了那一主一仆。随后，一步步走近野桃树，解下了毛驴的缰绳，同时也折下了一根桃枝，桃枝可以驱赶邪气，他挥舞着，也驱赶着心里的胆怯。

离开了白沙黑石的西流河滩，天鉴真正是新上任的竺阳县令了。翌日午时到了城南十里，早有县丞、观察、吏目、巡检及一帮地方绅豪在那里等候了三日，当下官轿接了，前面是"肃静""回避"两面宣牌，两边是数十人齐摇铃杵，日落云生，入了城门，进了衙内，接连是三天三夜宴席，揖拜和络绎不绝的送礼恭贺。天鉴想，这套官服在身，果然没人敢怀疑我的来路，一颗慌恐之心安妥，手也有地方放了，脚也有地方放了，便将塞满了一个小屋的老酒陈醋，丝绸布帛，古董字画以及山货土产一尽儿赏了衙内大小公干，赢得上下叫好，一片欢呼。

一日，天鉴起得特早。天鉴是没有贪睡的习惯的。知县的卧床是棕丝编织，天鉴睡得腰疼，尤其那团花枕头枕着太热，第三日就捡了一块儿砖来享用，眼里才褪了红丝。街上的巡更敲了第四遍木梆，他便醒了，醒来迷糊中以为还在山神庙的香案下，伸脚就蹬他的兄弟，蹬空了，方清白事体，无声地笑了。环顾着偌大房间，明白了那一块儿泛着白光的方块是纸糊的窗户，却又觉得那是卧着的白狼的模样，立即翻身坐起，点了灯檠，看着挂在胸前的桃木棒槌将心慢慢静定。这样的幻觉，天鉴已有几次了，总感到那只白狼在看着他，他只有将那根桃枝削成小小的棒槌戴在衣内的胸前，甚或在衙堂上也时不时按按胸衣。正是这种幻觉的产生，天鉴越发不敢贪睡，披衣起来看公文典章。弃邪归正，有心立身立德，做一番政绩，熟悉官场事务，掌握仕途行情成了他火急火燎之事，但天鉴字识得不多，看那些公文典章不到一个时辰就要分神，视满纸上蚂蚁爬动，骂一声娘的，便独自踅出后院，走到衙门外去了。

竺阳城实在不能算城，没有护城河沟，也没有城门箭楼，一圈灌了米浆板筑而起的土墙围了，便是城里城外之分，四面是山的一个瓮底所在，仅一条横着的瘦街，那日坐轿进来，街道恰恰通过轿子，欢迎的百姓全挤在了木板门面房的石条台阶上，或者门道窗口。最使天鉴不解的是城区竟在南山坡根，县衙大门端戳而出，两边砌了低矮土墙，一溜斜坡直到西流河边，使街道莫名其妙地拐一个"几"字。天下衙门朝南开，竺阳衙门却朝北开，怪不得第一任知县不到期限患一身癞疮走了，第二任竟是他天鉴轻而易举到来，天鉴一面感叹着奇异，一面也庆幸不已了。

天鉴站在衙门口，那门前的慢坡高出整个街面，就一眼远眺到街的东西尽头了。此时街上的雾已经弥漫，能看得见从东头的那座石拱的小桥上灰白色的东西如潮头一般卷过来，立时整个街房就下半截虚无缥缈，如天上仙阁。那雾还在涌，天鉴就在雾里了，他响响地打个喷嚏，看不见了前边三只两只游动走狗。这雾是哪儿来的呢？是西流河上生发的，还是城后鬼子谷生发了从小拱桥下的暗洞来的？反正天鉴上任了十天，十天里天天在黎明时起雾，雾要笼罩一个白天。天鉴问过那个跛腿的衙役，衙役说："这雾好么。"怎么个好法？衙役说："老爷您一上任，竺阳人丁要旺哩！"说完倒有些脸红。再问，才知道这一带百姓有一种惯有的见识，每有浓雾整日不散，或是雨水连绵，便认作是天地发生恋情交合了，这个时候，活人就效仿天地，性欲发作，房事频繁，要借了天地选择的吉日生孕传宗接代的儿女来。天鉴听罢就笑了，笑过之后却长长一声浩叹。在这大雾弥漫的天日里，竺阳县的人都淫浸于情爱之中，而一个堂堂的知事老爷，却光身一人在那偌大的房间冷清了。天鉴当然不能说他没有家小，他以盐希运的名分到了竺阳，在江南的那个水乡里，仍是有一个新婚不久的娇妻的，天鉴也就在那一日中午书了一封告诉已到任的家信，并亲手交给跛腿衙役让他送邮差捎回故里。那跛腿衙

125

役还说了一句："老爷也想妇人了！"

天鉴看了一阵，雾浓得扯不开，不禁百无聊赖，要待回转，忽隐隐听得有人说话，到后声音就在近旁，是一个男人在叫："王娘，你能走得快些吗？"有女人就说："走不快的，脚缠得这么小，你又不肯牵了驴子坐。"男的说："我哪里有驴子？有驴子就能换个老婆的，也不会求着你了。"女的说："那你背着我。"男的不言语了，有几步脚响，复又脚步响过去，说："这使不得的。"女的就咯咯笑："我知道你不敢的！"天鉴想，这是一对什么人？头明搭早地在这里说浪话，莫非天雾之日，不三不四的男女淫情泛滥，在夜外野合了趁天未亮偷回不成？拿眼就往街上看，看不见人影在哪里，一低头，恰三步之外，那东边颓败矮墙的残缺处，探着了一张明艳的粉脸。天鉴冷不丁一怔，身子不觉地摇晃了。在天鉴的感觉里，这女人是从低矮那边行走，稍不经意地在残缺处一探头，看见了他，也看见了他在看她，必是一脸羞赧忙缩了头去急跑的，但天鉴再一次看时，女人竟没有缩头，倒吟吟地冲他一个笑了。

天鉴生长这般大，没有接待过一个女人，落草为寇的岁月里，他最企盼着有一日在荒山野岭里遇见一个女人，但一次掀翻了一顶小轿，满以为可以掠得金银财宝，一提那一团丝绸，里边竟滚出一个粉黛来。那粉黛并没有吓得昏死，也没有破口大骂，只是两只杏眼光光地盯着天鉴，天鉴就无措了，他不知怎么受不了那眼光，抽身就跑，连到手的财物也全丢脱。俊脸的兄弟那时就戏谑过他："大哥究竟是要招安的！"

现在的天鉴不是招安，主动入了官场，是赫赫的一县知事了，见女人不免还是发窘，天鉴咳嗽了一下，稳了心，第一回盯住了女人了。

天鉴说："你……"

天鉴没说下去。该怎么说呢？说：那荒草地里的露水打湿了鞋吗，也打湿了裤带吗？光油油的头是在城外抹了唾沫重梳的吧？还插了一朵花儿，雾这么大还要给谁看呢？又是随手扯了哪家篱笆上的蔷薇呢？这些天鉴说不出口，但在天鉴的眼里，竺阳县的风俗当然不能说不对要禁止，而天雾天雨之日是夫妇做爱良日，难道也允许无序淫乱吗？知县的职权第一便是教化百姓，宣朝廷之德化以移风易俗，孝子节妇当以表彰，伤风败俗则要革面洗心啊！可女人却说："你是知县老爷吗？"

一句话倒将天鉴噎住了，傻眼看着女人双手攀了残缺处要让身子更高出些，土墙太糟，攀了几攀没攀上来。女人说："你就是知县老爷！那日进城我看见过你的，有一个火绳扔到你身上，吓了你一跳的，那就是我，我认识你了！"

是有这么回事。天鉴的轿才进城，正好是山的窄道，没有房舍，百姓一层一层挤坐在山坡的塄坎上看热闹，天鉴揭了轿帘往上一瞧，瞧着的全是脚，就觉得这城不像个城，而这里的百姓令他喜爱了。刚到了有门面房的街口，一个女的在人窝里挤，挤出来了，一手举了大红爆竹在半空，一手提了火绳往捻子上点，身子就前倾如弓，浑身颤颤地几次点不着，好容易点燃了，四旁人喊：往天上甩！女的甩出去的竟是火绳，火绳落在知县老爷的身上，爆竹在女的手里爆响了。如果这女人真是放爆竹的女的，天鉴心里生了可怜，但是，一个妇道人家，既然知道面前的是知县老爷，敢这么露脸儿直问，天鉴倒觉得深山野沟的竺阳女子不如山外女人有礼教的。

"你认不得我了？"女人见天鉴没有反应，似乎有些失望，"老爷怎么还能记得我呢？"又一阵脚步声，那男人的声音又在问了："王娘，你在和谁说话？"女人侧头招手道："快来，快来，是知县老爷！"残缺口果然冒出一个光脑袋，一瞧见天鉴，扑通一下便没有了。女人说"隔着墙，你给老爷磕头还是给墙磕头？！"就咯咯爆笑。

天鉴说："放肆！"

笑声噤了，男人和女人的头都瓷在残缺口。这是两个美丑分明的头脸，女人怎么就钟情于这样的男人呢？天鉴虎了脸问道："你们是什么人？一男一女夜不归宿干什么去了？"

"回禀老爷，"男人再跪下去，跪下去了看不见老爷复又站起，"我们不是强盗偷贼，雾这么大的，也不敢有苟且之事。小民叫疙瘩，这女子叫王娘，以前只是认识并未往来，今日是老娘过世三年忌日，我对不起老娘，一直穷得没能娶下老婆，为了让老娘在天之灵安妥，也为了过三年忌日像个祭奠的样子，我十个铜板请了王娘来装扮我的老婆去家哭灵，没想就遇着老爷了。"

天鉴问女人："真有这事？"

女人说："可不，我什么都干过，替人哭灵还是第一回的。"女人手举起来，果然拿着一套孝衣孝帽，再说，"不是人家老婆却装扮老婆，老爷要看我不是良家妇女了！"

天鉴在寒雾里几乎要叫起来了，他震惊在这么个地方竟会有这么个孝子，而这样的孝子却苦于贫穷娶不下个老婆，作为一县之长应该面无颜色，可他天鉴，倒想到的是苟且之事！天鉴检点自己，明白了如此能错怪了这男女，全是雾天雾地的天日里他内心深处的一种妒意的结果。于是脸上活泛开来，放柔了声音对女人说："你被请去哭灵，昨日晚上就应该去哭一场的。"女人说："我当然哭过了，可我总不是他的老婆，哭罢了就睡在他的炕上吗？"天鉴说："今早要去，既是哭灵，就不要嘻嘻哈哈，搽脂抹粉的像个哭灵的吗？"女人说："知县老爷还管这些？我哪里搽脂抹粉了！"男人说："回禀老爷，王娘天生的这好颜色。"天鉴叫道：活该的天生丽质！但这叫声没出口，长长地嘘气了："你能替人哭灵是好，可怎么就肯为人去做替身哭灵呢？"女人说："不瞒老爷，我卖笑也卖哭，只要谁肯出钱呀！"天鉴问道："你是谁家女子或是谁家妇人，为何干这些营生？"女人说："我谁家的也不是，不卖笑卖哭，竺阳城就不让我进了！说出来老爷和这位疙瘩相公不要骂我，我在灵堂上哭得伤心，一是同情疙瘩相公，也要对得起十个铜板；二便是借了他家的灵堂哭我的恓惶，谁让我是下河人呢？！"天鉴不解了："下河人？"男人说："回禀老爷，老爷才来乍到自然不知晓个中原因，情况是这样的。"男人粗粗讲了一遍，天鉴才知道下河人是指从湖南方向逃难来的客户，这些客户很多，与土著人闹不到一处，竺阳划为县后，双方矛盾尤为尖锐，闹出许多械斗伤亡事故，首任知县当然维护土著人利益，也视下河人野蛮粗横，非贼即盗，就说了：凡下河人不得在平川、城镇落籍居住。男人就劝女人道："王娘你不要记恨城里人，这是前老爷说过的。"天鉴听罢，骂了一句："胡说！"男人赶忙没了身子又跪下去，在墙根那边说："小人是胡说！"女人拿眼看着天鉴，手在下边拉男人："老爷不是说你胡说。"天鉴当然不是骂这男人胡说，可在这男女面前能说是在骂前任知县在胡说吗？天鉴也意识到了刚才自己是怎样的一脸凶恶，万不该在平民百姓面前粗声叫骂，但他无法控制久已养成的随意脾性，便看了看面前的女人，扭身要走了。

　　已经走回了三步，女人却又在说："老爷，你姓盐吗？"天鉴姓韩，冒替的是姓盐的知县，天鉴当然现在是盐知县了。女人又是一句："你真是盐老爷吗？"天鉴心里咯噔了，莫非这女人瞧着他刚才的凶恶，看出破绽来了？立定脚跟回视着。女人说："人人都在传说省巡抚大人夜里做梦，梦见皇帝驾到时大厅的西南角塌下来，正在发急，忽被一盐包抵住，醒来思想西南角正是竺阳方向，就四下寻找姓盐的人去任县令。老爷这可是真的？"天鉴第一次听说这事，原来自己来历不凡，既然民间如此传说，可真是要好好干一番政绩出来。但是，自己哪里就是姓盐的呢？天鉴没有回说是与不是，嘿嘿一个发笑，转身进了衙门，听见那女人还在说："老爷，老爷……"男人说："王娘尖舌利嘴，你还要说什么呀？"女人说："老爷了不得的，我以为老爷年纪多大的，今日看得清，老爷好年轻，还没个长胡子……"话突然没有，遂听见男人说："你咬我的手？！"

　　天鉴回坐在衙里，自然又是接受了几户富裕人家送来的米酒、麝香、蜂蜜，天鉴就吩咐门禁，任何人再来恭贺一律拒绝入内，到任十数天了，哪有没完没了的恭贺？"他真有钱，落下名来，我……"天鉴对着跛脚的衙役说了一半，挥挥手不说了，天鉴想，当年需要钱财的时候谁肯给我送过？今日这般轮番送礼，这么有钱的，哪一夜里我天鉴去显显手段，看你还来送不送？！天鉴想到得意处，身子一跃，双脚飘然落在高高的台阶之上，只惊得跛腿衙役直吐舌头。于是，一般公干小人都以为老爷进士出身，又是巡抚大人荐举擢用，堂堂正正的官人，哪里像前任老爷捐纳保官，来竺阳做官生意赚钱的。每每见天鉴与县丞、巡检、观察在衙内后花园的石桌上吃茶，便都垂手远远立着。第一遍茶有土味，通常就地泼了冲饮第二遍的，天鉴就招手衙役来喝，衙役没有不受宠若惊飞快跑来的。县丞、巡检、观察就训斥衙役，接老爷赏茶为什么走没走相？衣衫不整又成何体统？天鉴却说他见不得斯斯文文人，还要问问他们所知的竺阳各村社的事情，末了便对同僚说："你们听听！"

　　衙役不知道大人物在议论何事，喝了茶，回了话，就回避到一旁，天鉴又和县丞他们论说起来。天鉴已经好几次在提说关于下河人不得入川进城落户安居之事，便有意要加以废除，县丞、巡检都摇头了，认为土著人和下河人矛盾由来已久，竺阳县虽是新设小县，但与别的县情形不同，地方要冲，事务繁重，民情疲顽，若分县为简缺、中缺、要缺、最要缺四等，竺阳县则是最要缺，要不老爷养廉钱为一千六百两，比别的县多了五百两？竺阳县内的下河人多是逃犯和赤贫难民，又极结伙抱团，生性强悍，坏了许多世风。既然前任知县有了禁令，要更改不太好吧？天鉴似觉为难起来，脑子里却总闪现王娘的影子。下河人民性刁野，或许是这样，王娘不就比一般女子大胆吗？但之所以如此，也是环境所致。一个如花似玉的明艳女子，应该是足不出屋的富贵雌儿，金屋要藏的娇，而落到卖笑卖哭，天鉴岂能不同情？天鉴也是匪盗出身，是他天鉴天生就要杀人越货吗？他申述他的道理：如果竺阳县的深山老林里没有这些下河人也就罢了，既然有，硬是不让他们到川道城镇，与土著人的矛盾就消除了吗？深山老林环境险恶，他们要活下去，必然拦路抢劫或干别的事体，与土著人矛盾只能加深，社会就越发不得安宁。况且竺阳之境，土著人如此稀少，又都近亲结婚，随处可见痴傻侏儒，禁止与下河通婚，久而久之，土著人就别想开荒垦田了。竺阳县现在不是禁令所能治好的，而是要大量移民。这些下河人被赶到深山老林，他们能生活在那里，没有勤劳是难以活命的，可见并不都是游手好闲的痞子，譬如那个替人哭丧的……天鉴说到这里，瞧见县丞、巡检、观察的脸上都惊讶起来，就不说了。

巡检说："大人见到那王娘了？"

天鉴说："那日在衙门口听见哭声，感叹这般伤情的，问时，衙役说那不是真老婆，是雇来哭灵的。"

巡检说："我还以为老爷才到没几天，那没皮没脸的娘儿们倒来寻老爷了！"

话说得难听，县丞便扯巡检的衣襟。天鉴看见了，不做理会，依然笑着说："她怎个没皮没脸了？"

巡检说："不是人家的老婆倒以老婆的名分去哭灵，这合妇道吗？竺阳如果是州城，这娘儿们少不得是烟花楼上的。"

天鉴说："那家男子人穷娶不下老婆，雇人哭灵这是孝举，王娘能顾及孝子有什么错呢？"

县丞说："没错没错，那娘儿们长得体面，这么干只让人可惜的。"

天鉴说："那还不是禁令害的?!"

巡检只低了头玩口袋掏出的那枚铜钱，听了天鉴的话，又不能发作，拧脖子看天，说："连个鸟儿都没有!"花园左边的丁香树上一只野鸽子落下了，叫："咕咕!"巡检一扬手掷钱过去，没有打中，野鸽子也没惊着。

县丞遂看天鉴的脸色，天鉴站起来了，天鉴又坐下，开始笑。

县丞说："今日天气真热……要下雨了，'咕咕鸟'也飞来了。"

天鉴说："是吗? '咕咕鸟'叫得实在心烦!"一投手，茶盅飞向丁香树，野鸽子悄无声息就掉下来，然后叭的一声，茶盅在树后的院墙上碎了。

巡检惊得张大了嘴，随后面红如炭，鼻梁上已有汗珠沁出了。县丞说："今日天是热，巡检大人，咱都把袍子解开，知县大人不会怪咱们不懂规矩的。"天鉴说："哪里话!"自个儿先将袍子脱了，露出胸前挂着的桃木小棒槌。

县丞说："大人还佩戴这个，是夫人做的吗?"

天鉴说："是师父送的。我早年跟师父学武艺，未学成，师父说你去读书吧! 又怕我读书不上进，送了这桃木小棒槌，要让我记住习武不成的教训。"

县丞说："大人这般好手段还说习武不成? 活该竺阳县兴旺，逢着文武双全的知县了! 大人提到的要废禁令一事，目光看得远大，我是拥护的，巡检大人如何呢?"巡检说："那就废吧。"天鉴便说："你们都有这个意思，那我就颁布告了。"遂通知下人备一桌饭菜，招待一干人物在衙中吃喝，特别叮嘱炖一碗野鸽子肉来下酒。这顿酒，县丞、巡检没有喝醉，天鉴竟先玉山倾倒，被跛脚的衙役背回卧房烂醉如泥了。

这一醉，天鉴第二日才醒来。醒来见跛腿衙役正在床前打扫吐出的污秽，一把拉了衙役手，问酒醉之后他说了些什么。衙役回禀老爷是哭了几声，哭过了又是笑，并没有话说出来。天鉴一颗心放下来，大觉忘了兄弟的忠告，不该醉酒，就把恭贺送来的一件系着玉坠儿的竹扇赏了衙役，说："以后老爷再要喝酒只是三杯，第四杯了，你就在旁用眼睛瞪我。"衙役说："小人不敢。"天鉴说："让你瞪你就瞪，老爷是来治理竺阳的，不是来醉酒的。"

衙役说："那何必呢？前任老爷也常是醉的。"天鉴叹了一口气，说："我怎么能和别人比呢？我虽是老爷，可你比我年长，信得过你才对你说这话，你却不肯。"衙役当下跪了，感动得流下泪来，自此忠心不渝。

天鉴果然以后绝少饮酒，废止禁令之后，便骑了那头驴子，带三五衙役走村过寨，查勘县情。竺阳县六山一水三分田，但田地大半为旱，天鉴就思谋修建一条贯通平川道的大水渠。有此意向，征询各村寨地方，无不欢欣雀跃，担心的却是平川道地多人少，且一家一户分散，无法在一两年内修通，且县衙能拨出大批银款吗？天鉴回到衙内，着人盘点县衙库存，根本拿不出多少钱来，而没有钱哪里招募一批苦工？天鉴夜里心烦又拿酒喝，喝到第四杯，伺候在旁的跛腿衙役拿眼瞪他，他便不喝了。衙役说："老爷实在想喝，为何不喝喝茶呢？老爷若能喝王娘店的茶，老爷就不会再馋酒了！"天鉴说："王娘，是那个替人哭灵的王娘吗？"衙役说："可不就是那个下河人王娘！废了禁令，她买了东石桥左边的一间两层楼的门面开了茶店。我去招呼一声，让她拿了香茶来给老爷沏一壶尝尝。"天鉴脑子里便浮现那一日雾晨的一幕，想王娘果真能干，才多时的就开了茶店营生，且茶的声名也扬出来了！看着跛腿衙役就要出门，突然叫道："有了！有了！"衙役说："我还没有去的，老爷哪里就有香茶了？"天鉴说："王娘是下河人，可下河人不一定都像王娘那样就有营生干的，平川道地多人少，为何不按地亩多少抽丁，无劳力者可以割地做修渠资金，那就让下河人去修嘛！下河人有的是劳力，凡修渠的可得割出的地，有地便可安居，岂不一举两得？！"衙役说："老爷到底是老爷！我这就去唤了王娘，老爷好好喝一场。"天鉴说："老爷没了愁闷，还喝什么呀？！"一时得意起来，对衙役讲几年之内，竺阳百姓就各有其田，田又旱涝保收，便可男耕女织，太平盛世了。

"你说说，"天鉴说，"进士出身的老爷行吗？"

衙役说："老爷能做出惊天动地的事业！"

天鉴说："老爷要不是进士出身呢？"

衙役说："这……"

"这不行？"天鉴说，"不！能成大事业难道就只有科举出身的进士吗？落草为寇而弃邪归正了的人一样会建立功业！"

衙役莫名其妙地木呆了。

天鉴说："老爷我是进士吧，更应建功立业心才安然的。"

但是，天鉴没有想到，他在为下河人废除了禁令，下河人却给他制造了种种麻烦。从深山老林到西流河两岸的平川道里，下来早的积极开垦河滩石窝地和挂坡田，下来迟的无田可耕，就于城镇设摊摆点，贩毛竹、土漆、药材、寿板，更有大量人流浪县城，每日皆发生了蒙骗拐卖以及偷盗抢劫事件。这些事原本巡检负责，但巡检却每日只将所发生的案件呈报天鉴，天鉴知其故意推诿，给他废除禁令以难堪，气得在堂上骂道："这样的事做巡检的不管，竺阳县就用不着设巡检署！当年在……"天鉴要说的当然是当年在山林闯荡，合伙的人谁敢不齐心，一个巴掌便扇走了，但天鉴头晕脑涨，眼前又出现了白毛狼的团光，天鉴说不出来，只咻咻出气。县丞不知下文，忙喝退了左右下人，悄声说："大人可不敢这般说，你虽是知县，谁都可以提升免降，而巡检是不能得罪的。"天鉴说："我奈何不了，我可以上报州府罢黜他！"县丞说："大人不知，前任知事为甚任期不满就走了？明里是他有病，但与巡检合不来也是原因，巡检是知府夫人的表弟。"天鉴无言以对，县丞又说："大人正直实在不易，可大人为官多年你也是知道的，官场就是这样。"天鉴看着县丞，直使那一双小而漆黑的眼睛不敢与他对视了，天鉴突然冷笑起来："这就是官场？"一扭头，将一口浓痰呸地吐出，直穿过桌子上空，飞溅到大堂的红漆木柱上。县丞愣了一愣，忙过去脱了鞋，用鞋底擦了，说："大人，我知道你为了县事生气，你不拘小节在别的地方没事，在这小县，衙里一班公干都是热利嚣浮之徒，让他们看见了就在外胡言乱语，不服帖起来的。"天鉴说声"屁！"但脸却红了，不自觉伸在椅子上的一只光脚就放下去塞进鞋壳儿里了。

自此，天鉴就注意起自己的衣着行头，每日洗脸漱口，衣帽穿戴得整整齐齐，夫人没在，又无双亲，饭辰即使是糙米捞饭加一碗白菜豆腐汤，也要坐在那四方桌上用膳，尽量细嚼慢咽，不弄出些响声来。衙里衙外一班公干见知事庄重严肃，也不敢随便懈怠，天鉴便信服县丞老家伙是个油子，大凡一般出门应酬一事都要请教一番。但是，县丞几次暗示他去看看托病在家的巡检，天鉴不去，推不过了，骑驴子去走动一回，巡检家是县城的大户，后背街的一条巷子全是他家字号，看望完毕出来，天鉴只觉得自己瘦，毛驴也瘦。想，一顿饭，端菜上桌的就十个丫环，席间那老太太过目一份收租清单，说西王寨某家怎么少交两担谷子，发话让去清查，厅外侍立的家丁竟应声如雷，少则也是七个八个的。巡检家这等威风，倒胜过县衙了！哼，我要是不当这个官，你巡检家的金条今晚就没了！巡检在招待天鉴的时候，用的是客厅里的一面嵌包了玉石的八仙大桌，那玉石并不甚大，但挪动时两个粗笨的丫环竟未能抬起，天鉴立即知道这桌子里的机关了：玉石下边必凿了槽子，藏匿了金条的。走在街上，当然有人就认出知县老爷，胆小的赶忙要跑进门面里去，跑进去了又隔了门道和窗缝往出瞧着，胆壮的便立定，给老爷笑，笑很长时间，直候到他的驴子扑嗒扑嗒擦身而过，或是拦道跪倒在驴前头，呼声"给老爷请安了"！天鉴只是拂拂手往前踅行，便见一人箭一般从横巷蹿出，后边紧追的又是一女人，逃跑的人蓬头垢面，因被追得急了，一只鞋已经没有，双手却捂着一个馒头吞咬，险些撞在驴头，就站住了，转身面对追来的人，一口唾沫吐在馒头上。追赶的女人也就止步，骂道："你这强盗不得好死！上山砍柴你滚个血头羊，下河挑水你溺长江，挨砍刀的，得传症的，生娃娃没个屁眼儿！"天鉴在驴背上喝道："哪里泼妇，骂得这么难听？！"那男女这才发现驴背上坐的什么人，女人就跪下了，说："禀告老爷，他是强盗，我才买了一个馒头，还未吃上一口，就被他抢去了，这些下河人满城都是，东关化觉寺门口舍饭棚拥了几百号的，个个不是贼就是盗！"天鉴说："这些我知道了。好了，这个馒头老爷断定让他吃吧，一个铜子够价吗？"从怀里摸出一枚铜子丢过去，对那男的说："这馒头属于你的了，吃吧。"男的狼吞虎咽，直吃得梗脖儿，吃完了，睁着白多黑少的眼珠子看天鉴。天鉴说："饱了吗？"男的说："没饱。"天鉴说："跟我来吧。"骑了驴子就走，拿眼看街两旁的铺子，就于一家店门口下得驴来，先看了看门板上红亮亮一副对联没有写字，却只用碗按在纸上画得的十四个圆圈，笑笑，喊道："掌柜的，有馒头拿出五个来吃！"

　　这是一间门面并不大的店铺，四张桌上有五个人正在用饭，见知县进来，慌忙抹了嘴就出去了，街上的人却围在台阶下往里看稀罕，正厅间有个偏门到后院，后院有一等人横七竖八地在草铺上闷睡，瞧见街上人往店里探头，也好奇从偏门往厅间看，天鉴不理会这些，见掌柜还没踪影，又叫了一声："掌柜的，怎不快些拿出馒头来！"柜台里的帘子闪动，便有女人一边在头上绾头发出来，一边不耐烦地说："谁呀谁呀？紧天火爆的，馒头总得蒸得熟呀！要吃五个，什么样的大肚汉？"一举头，却呀地尖叫了，手一松，绾成团饼状的乌发瀑布一般泻在后背："天呀，河水往西流，太阳也从西边出，知县老爷要吃我的饭了！"

天鉴看时，女人竟是雾晨里见过的王娘，浑身有些不自在了，起身要走，又觉不妥，正在尴尬处，女人已侧身揖手问安了。咫尺之间，尤物一腿微屈，一腿提起，弓弓窄窄的一只小脚恰恰点地，将印花围裙系着的一件桃红旗袍裹弄得了美美妙妙地弯曲。王娘说："老爷能到小店来，王娘的脸有盆子大了！"

天鉴听跛腿的衙役说，王娘开的是香茶店，现在却卖起饭菜来了？就说："王娘在这店里打工了？"

王娘说："王娘现在还打什么工？！亏得老爷废了禁令，我买了这一间两层的门面，先是卖茶，茶又不赚钱的，便兼着又卖饭又洗浆衣服了。活路多是多，店里收拾不过来，地方肮脏辱没老爷哩！"

天鉴倒高兴起来，遂问这门面房买价多少，下河人能这样办饭店客栈的有多少。王娘一一作答，从街东头到西头，说了店的字号也说了店家名姓，连谁家有一只狗三只鸡，鸡公鸡母都清清楚楚。突然叫道："只图说话，馒头也忘取了，老爷在衙里吃人参燕窝，倒要尝尝百姓家的馒头，换个口味吗？"

天鉴说："不是我吃，给他吃。"

待吃者给王娘咏咏啦啦笑。

王娘疑惑了："这二流子给下河人好丢了脸面！前几日在这里白吃了一天，我让他没事干了，进山砍柴来卖，他砍是砍了，卖也是卖了，几个钱在身上就要喝酒，喝得半死不活趴在门外台阶上醉卧一晚一早，还是我用擀杖打醒来的。"说着就扯那人裤子，一扯露出一个透肉的破洞，"咝咝，有那一串钱置一条裤子也够了，可他只是灌黄汤，灌不死！这馒头还给他吃？"

天鉴说："让他吃吧，吃死了拉倒，吃不死我让他去砍柴，一天一趟，攒了钱买田置房安顿个家业，若我再在城里碰着喝酒抢人，我就把他下到牢里去死！"

待吃者浑身哆嗦起来，王娘按了他的头说："还不谢老爷！"头在地上响了三下，王娘将五个馒头全塞给他了。王娘说："老爷既然不吃饭，喝口淡茶吧。"便拿手巾拂桌面，反身进内双手捧一碗酽茶过来。天鉴接过茶碗，却看见窗外一只小小的飞虫落在了女人发髻的梳子上。女人刚才是乌云扑散，什么时候却又盘在头顶，插着了这一把镀绿的木梳呢？

天鉴品一口茶，味道自好，看女人时，那梳子上的飞虫翅已闭合，是小小的瓢虫，一个红色的上有七粒黑点的半圆硬壳。天鉴觉得这飞虫落的是地方，发上不落，衣上不落，偏在木梳上，装扮得似绿叶上的一朵妖妖的花了。

这么思想，一时心旌摇荡，似觉迷迷糊糊如在梦境。天鉴的经验里，他见过许多女人，有丑的也有美的，但这般明艳女人还是第一回。王娘是什么原因而有了这明艳的感觉呢？偏这时，瓢虫又起飞了，小翅闪得极快，在空中盘旋了三个圈子如一个幻影，竟最后站在天鉴的鼻尖上了。一时间天鉴通身酥麻，他想伸出舌头舔了它来，但没有动，王娘却咯咯咯地甜笑了。

这一笑，天鉴的感觉里，后偏门的人和前门口的人都无声地微笑了，猛然冷静，知道了自己的身份，就掩饰窘态地咳嗽一声，那瓢虫竟抖掉进了茶碗，忙用手去救，瓢虫已烫死了。

天鉴暗暗叹息了。王娘重换了茶碗，天鉴没有喝下去，看着已吃下三个馒头的那汉子，说这是哪里茶？

王娘说："下河人在芦子沟垧植的茶，并没什么名声的。"

天鉴说："喝起来好。"

王娘说："老爷不嫌弃，就常来喝喝。"

天鉴笑笑，说五个馒头的账你记在水牌子上吧，随后来衙里讨钱是了，起身要走。王娘说："五个馒头钱值得向老爷讨？说老爷常来，那是一句话，小店哪有福分老能承接老爷呢？你今日来了，只企望老爷能补补我门口的对联吗，王娘咬不了字，画碗圈替字了。"

天鉴虽识得一些字，提笔书写却是不行，说："画碗圈好呀，开饭店就是用碗的地方，只要来竺阳的下河人都有一碗饭吃，我这知县就不枉当了！"

王娘就朝偏门口喊道:"五升,高运,三柱子,听见老爷的话了吗?老爷会让你们有饭吃的,还不出来见见老爷!"偏门口探头探脑的人一听招呼,头却一下子缩了回去,但立即更多人挤在那里,有三四人前脚已踏出门槛,后边的一推,脚又收回去。

天鉴问:"这是住店的吗?"

王娘说:"我哪里有了客房?都是些没事干的下河人,没处去,腾了这后院让他们夜里存个身,白天就出去混口,这几个是要饭都要不来的,躲在这里发迷瞪哩!进来呀,进来,老爷是官又不是老虎,怕吃了你们?饿肚子不寻父母官,我可没多余一口饭再养你们了!"

还是没人敢出来,天鉴便走到偏门口,站在后檐根下的人就全跪下来磕头,天鉴没有说话,转身到柜台前卸下水牌,用笔写了"知县,四十个馒头",说:"王娘,七个人三十五个馒头够吗?四十个馒头钱你一定来衙里来取!这样的人别处还有吗?"王娘说:"多哩。"天鉴:"你要了解,你寻个人把这样的人名字、年龄列个单儿来县衙给我,总要得想法都活下去。"王娘锐声说:"行的行的,人都说老爷是支厅的盐包老爷,果然盐青天!"就送天鉴到街上,天鉴并不回头也不回应,一脸正经骑了驴子就走。

走了,还听见王娘在和人说话。

"这就是知县老爷?老爷到你店里了?"

"你是说这老爷是假的?"

"王娘你刀子嘴!老爷到你店里了,你怎不让我见见?"

"你要给老爷磕头吗?老爷刚才在这条椅子上坐的,你先给椅子磕个头吧!"

"我向老爷告状呀,我家的三只鸡都被偷了,还不是你们那些下河人干的!"

"别猪屌的狗屌的都是下河人屌的!哪面坡上没有弯弯树?昨日逢集,我从十字街口人窝里过,人挤人地迈不开脚,就觉得有只手在我心口处摅,我以为哪个骚小伙在拾我便宜,想,小伙家没见过,摅就摅去吧,寡妇家又不是黄花闺女!可挤出人窝去买熏肉的香料,一掏怀里钱袋,没有了,狗日的,人家不是在摅心口,贼,是偷了我的钱袋哩!"

天鉴统计了大约六百余名的流浪下河人，就正式发了修建平川道水渠的布告。不出所料，平川道的许多人家缺乏劳力愿意割地雇人，天鉴便亲自走村过寨，强令得到割地的下河人就地落籍，然后统一组织分段修渠。各段由各村社推举渠长，全渠总负责人为渠督。择了吉日，天鉴在衙门口摆了酒桌，亲自为渠督敬酒。渠督原是衙里的一名粮长，当下激奋，立了军令状：三个月渠修不通以脑袋抵押。天鉴说：要修通了，我赏银三百两，为你竖一块儿碑子。这粮长到了工地，人虽良善卖力，但乏于威严，刁野浪荡惯了的下河人因粮食不足，偷工减料，三个月后，渠是修通，而一通水则一半渠堤塌陷。天鉴得到消息，传令粮长来见，粮长是来了，却是一颗血淋淋的脑袋装在口袋里着人提来。天鉴见不得血脑袋，想起西流河畔的兄弟，于是放声大哭。巡检抱怨用人不当，下河人刁野，能镇住的只能是巡检署的人，便让县西峰镇的一名心腹头目出任渠督。又是三个月，水渠还是没有修通，且修渠民工三分之一的人拉痢疾。一调查，各村庄筹集起来的银款被渠督贪污十分之三，且将所拨的麦子全倒换了玉米，还有一部分已经霉变。天鉴勃然大怒，断了渠督死罪，仍不解恨，着令将皮剥了，蒙鼓挂在城门口示众。人鼓挂在那里，刮了七天七夜风，起风鼓就响，满城公干和百姓都害怕了，说知县平日文文斯斯，下手竟如此狠毒。渠还是要修的，谁来劝说，天鉴就骂，但没人敢再出任渠督，张榜招贤，也是无人来揭。

天鉴也就浮躁了，夜里睡在床上，似睡非睡，眼前总是出现白的光团，又看见白毛狼的眼睛了，燃灯坐起，四堵黑墙唯一扇窗口，用被单蒙了窗口又睡，还是在梦中见到静卧的白狼。天鉴想，是我做得太狠了，还是这渠本不该修？不修渠竺阳怎么富，下河人如何生活，知县的政绩还有什么？天鉴做得是狠了些，天鉴要不做县令，巡检也一刀砍了，荐举的什么货色，这不是成心坏我的事吗？天鉴如此想着，就每日夜半起来，可一穿上官服，浑身就发痒，这痒越来越厉害，脱了官服看时，褶缝里果然竟有许多虱子。天鉴就奇怪了，当年在山林吃的什么，睡的什么，一件不得换洗的蓝衫也不见生虱子，如今二十天在瓮里沐浴热汤，穿上了华美的官服倒生虱子？天鉴就着人常洗官服，但只要一穿在身上就奇痒起来了。这一日又喊跛腿的衙役拿了官服去洗，跛腿的衙役说："这才怪了，老爷的便服上怎不生虱子？莫非虱子也要沾老爷的官气？"天鉴笑了说："它是要吸老爷的血哩！"衙役说："老爷，王娘店里也承接洗衣的，她是用苦楝木子汤泡过，又用米汤浆的，那法子或许就灭了虱，怎不把官服交她洗一洗试试？"天鉴说："那好，我让她来衙里取四十个馒头的钱款，她倒一直没来，你捎了钱去，把这官服也让她洗了。"衙役去后，第二日送来官服，洗浆得十分整洁，天鉴十天里不觉发痒。但十天后虱子又生了出来，衙役就让王娘定期来自取官服。

又是一日，天已转冷，天鉴在堂上断了一桩讼案，又与县丞议了一阵无人揭榜的事，就闷闷不乐回到后院卧房，才点了灯，生了一盆旺炭来烤，跛腿衙役进来说王娘来送官服了。天鉴说人呢？衙役说在门外边。天鉴低头瞧见门帘下露了一点红的鞋尖，立即正襟危坐，对衙役说："让她进来。"王娘进来了，拿了一脸平静，给老爷请安，天鉴让坐，落座椅上，腿合交一起，眼就瞥了四壁，耳里逮住了一声嘤嘤清音，知道蛐蛐就在椅后墙角，没有跺脚，也口里不弄声响来。衙役说："王娘还会拘束呀？"王娘说："老伯去化觉寺烧香敢指手画脚吗？"衙役就笑笑，退出去了。衙役一走，天鉴和王娘都更不自在，王娘又听见嘤嘤声，说："衙里还有蛐蛐？"天鉴说："衙里有蛐蛐。"说罢觉得好笑，就笑了，王娘很窘的，起身到灯檠前拔了头钗把灯捻拨亮来，说："天晚了来，老爷不怪罪王娘吧？白日吃饭喝茶的人多，王娘抽不脱手脚，寻思明日送来，又担心明日老爷或许坐堂。"天鉴说："劳动王娘了！"便将王娘进来时提着的竹笼盖揭了，取了折叠整齐、浆得硬平的官衣，又看见了竹笼底放有一包茶叶。天鉴说："还带茶了吗？"王娘说："随便捎一包的。"天鉴说："那好，送了我就是我的，我也沏一壶茶待客王娘了！"天鉴取了壶喊衙役灌水，王娘说她去，天鉴说不，还是跑来的衙役接了壶，王娘就叮咛一定去井里取活水。取水在火盆上煮，王娘要招呼水壶，就移椅坐近火盆了。两人又没了话，王娘偶尔一举头，瞥见天鉴看她，脸上现一个无声的笑。天鉴以前见过王娘大笑、咯咯嘿嘿地摇荡人，但还没见过王娘这般无声地笑，她颧骨不高而大，脸丰满如盘，无声笑时，嘴角便有微微细痕显出颧部，略小点的眼睛搭配着，是一副佛样的慈眉善眼。天鉴说："王娘是用苦楝木子汤浆的官服吗，穿着十天不痒的？"说过了，脸红起来，想王娘洗涤时一定发现官服里的褶缝有虱子了。王娘说："是用苦楝木子汤，虱子一闻到那味就死了。"天鉴脸更烧灼，用手去揭壶盖看水开了没，水还在响，响水不开，王娘忙去调火，不想壶竟歪了，水倾在火炭上，噗地腾一片水汽和灰。天鉴说没事没事，身子一扬，一只脚褪了鞋屈踏在床沿上，脸上很硬地笑笑，说："官服上倒生虱子，王娘觉得知县不像个知县了吧？"王娘说："怎么不是个知县了呢？"天鉴嘲讽地说："坐在衙堂上的才是知县，而官服里却有虱，现在不穿官服了，这个样子坐在床沿，王娘眼里见着的就不是知县了。"王娘说："那知县眼里看见王娘不叩头下跪，又弄倒了水，眯了老爷一脸灰，也就不是百姓了吧？"天鉴就笑起，王娘看见天鉴笑，自己也笑起了。

这一笑，天鉴觉得自己到任后第一次这么自在了，他奇怪半年来克己复礼的那一套架势怎么今日一到王娘面前就放下了？天鉴突然萌生了一种什么缘分的怪念头，是和这女人有缘分吗？为什么几次与她很奇妙地相见，几十年的喝茶穿衣，偏偏真觉得她的茶对口味而华美的官服就要生虱子？但是，一个堂堂的知县与一个开小店的下河人寡妇的缘分？天鉴定眼看一看有白狼的影子没有，没有，仍怀疑自己早年山林的习性又犯了，做了冒名顶替的官人，要改变自己的命运，要建立自己的功业，旧日的习性万不得流露出一丝半毫，天鉴在西流河畔第一次穿上官服起就没有思想准备，半年来，做官是多么不习惯啊。他不知晓别人当官是怎么个当法，而他却也说不清见了王娘自己怎么就不一样起来。天鉴在刹那间提醒自己不能在每一个下民面前暴露了非官人的形象而坏大事，却无法抗拒他对面前这女人的好感。

天鉴终于抬起头来，大胆地盯着面前的女人，女人竟在他的目光里迟疑之后一脸的羞涩。这使天鉴吃不透了这个女人，在人稠广众之下口齿尖锐的王娘却是这么安稳柔顺，脸色绯红，一双耳朵也赤彤透亮了，如果王娘还如前几次一样尖舌利嘴，天鉴倒习惯了这性格，或许什么也没有了，而王娘这一副状态，倒使天鉴才自在了起来又不自在了。

水壶的水开了，王娘沏茶，热茶下肚，两人都热起来。王娘起身去推开了床边的那一叶窗扇，才坐下来，又去关闭了那叶窗扇，不让凉风直吹到天鉴身上，而将朝着她的那叶窗扇推开了。

　　这一细小的动作，天鉴又一次感受到了这女人的细心与体贴，默默享受了关切的幸福，默默感谢着她，而同时一股无名的忧愁袭上心头，长长地叹息了。

　　"老爷心情不好吗？"王娘说。

　　"还好。"天鉴说。

　　"老爷气色不好，一定是心情不好。"王娘说，"竺阳县大小的官人都是当地人，有家有眷的，唯老爷家在南方，怎不搬了家眷也来竺阳？是夫人看不中这边城小县，还是老爷在南方有个金屋特意藏娇？"

　　天鉴该怎么说呢？天鉴笑笑，却问："你是以为我太残忍了吗？"

　　王娘说："哪里？老爷不带家眷自有老爷的想法，怎么能是残忍呢？"

　　天鉴说："是残忍，好多人都说我残忍。"

　　王娘说："那是说你杀了渠督，还剥皮蒙鼓……"

　　天鉴说："是吗？所以现在张榜招贤好多天没人出头了。"

　　王娘说："我说老爷心情不好，果然老爷愁着竺阳县的事了！可话说回来，也犯不着愁，什么事都可能让人尴尬，就像这么好的官服生了虱子一样的。老爷不嫌，容我多说了，外边说老爷不该剥皮蒙鼓，杀人越货的匪盗也不这么干的，老爷怎么能与匪盗并提呢？这都是巡检大人的家人四处散布的。这等恶人甬说剥皮，让全县人熬得喝了人肉汤也是罪有应得的。现在不是没人出头督工，督工都是有身份的，这些有身份的害怕了，而不害怕的也有能力的却人物卑微，哪里又敢出头呢？"

　　天鉴说："怎么不能出头，什么官人还都不是平头百姓干出来的？！"

　　王娘说："老爷这么说，我倒荐举一个人来。"

　　天鉴说："谁？"

　　王娘说："要说这人老爷也是认得的。"

　　天鉴说："我还认得？"

　　王娘说："还记得那早晨我去哭灵吗？就是那个讨不起老婆的严疙瘩。自那以后他常来谢我，我知道他的根根底底，为人正直，又极能干，前日来店里送我一斤金针菜，说起这事，他说老爷就是不用他，老爷用的渠督第一个忠心却无能，第二个凶狠却不懂农事，他去渠上看了，之所以一通水渠就毁

141

了，是那十五里处渠修的不是地方，如果是别的地方，那红土层可以凿窟打墙，土的立身好，而竺阳县的红土层立身软，水一泡就糊了，要是他做渠督，渠道往北改半里，那里尽是白土层，土质硬得很哩。"

天鉴听罢，喜形于色，一抱拳说道："本县这得谢你了，你能明日一早去找那个严疙瘩来找我吗？"

王娘见天鉴为她抱拳行礼，慌忙就跪下了。

天鉴说："王娘，你这阵是个百姓了！"

王娘说："老爷，你这阵也是个老爷了！"

起用了严疙瘩为渠督，几乎有一半的渠址重新勘定，实行十人一班的互相监督，工程进展颇为顺利。天鉴查看过三次，严疙瘩身体力行，除了跑动督工外，自己也跪在乱石窝里搬动石头，以致膝盖上结了厚厚的茧。最后一次指挥用禾草烧崖、冷水激炸之法开采石料时摔过一跤，右腿伤转为连疮腿，还被人用滑竿抬着在工地督阵。天鉴极是感动，着人送一小坛深藏百年的老酒奖赏严疙瘩，严疙瘩不敢独喝，召集了全渠的下河人和土著人，将坛酒全部倒在一个清水小泉，每人用盅子舀喝一口，酒真正成了水酒，淡而无味，但人人感动得流下热泪。

终于选准了一个严渠督，虽然众多头面人物表示怀疑，要看最后的笑话，天鉴心是松下来的，一面派衙役去渠地上收集抬断了的木杠，穿烂了的草鞋，一日一堆展览在衙门口让城里人都知道修渠的辛苦，一面捐收粮食、肉类、菜蔬和衣物给修渠供养，天鉴忙里偷闲也要往王娘的小店去。天鉴进店从不吃饭，只是品茶，品得已上了瘾，平日带一班衙役去四乡查看农桑，也还要拿王娘店里的一包茶叶去夜里熬喝。

此一日住在山寨的木楼上，打开茶包，先捏了一瓣嚼在口里，却发现茶上有一根淡黄的头发。王娘的头发不是黑如漆色，愈长愈泛了淡黄。那头发如果长在黑脸的女人头上，样子并不甚好，但王娘皮肤白皙，这一头密而蓬的淡黄头发，显得有了另一番标致。天鉴猜想她之所以明艳，是在这胖而不肥的白净皮肤，飘逸的淡黄长发，星子般的眼和开口便笑露出的洁而齐的碎牙吗？这根头发很长，是盘绕了一团在茶叶上的，分明不是无意地掉落，天鉴就把头发放在手心看得如痴如醉，后又装入贴身处的口袋里，品了一夜的茶味。衙役在隔壁房间打鼾，楼下的主人一家三口灯熄了叽叽咕咕说了一阵话，后来小儿喃喃，女人在尿桶里空洞地撒尿，天鉴就想起了他这一生所知所遇，王娘是对他最好的了。县衙的事务繁多，王娘却使他魂缠梦绕，一静下来无时不在思念，感激上苍让他得手成功，若说是做了一回官人，不如说更使他结识了王娘，一生从未经验对待女人的天鉴，明白了世上的女人要么是菩萨要么是魔鬼，而王娘却是菩萨和魔鬼合作的杰作，她烈起来是一堆火，烤手炙肉，连县丞也说她"天生的歌舞妓坯子，可惜她不懂歌舞，要不她到京华地面也要名重一时的"。但县丞哪里知道她柔起来又是水一样的清纯可怜呢？

天鉴一时思绪飞动，浑身燥热，习惯了屏息闭目在眼前的图像中寻找王娘形象，相信他在思想着王娘的时候，王娘也会同时思念他的。记得上一次去小店，他假装无意地说出夜里做了一梦，他正在西流河的北岸，忽发现河面桥上走着王娘，王娘衣裙飘动，那印着浅白花纹的软裤风鼓得圆圆，裤管用白丝带子束了，下是一双小而精巧的鞋脚，样子美妙可人。他纳闷王娘一人怎么在这里，连喊三声，王娘却不理也不回头，醒来后竟迷惑是在做梦还是现实。就问王娘是不是去过西流河岸，王娘笑着说：这才怪了，我怎么也做梦是在西流河上的桥面上，明明看见你领了一班人在岸上走，喊你你不应，还以为老爷在外是知事老爷，要保持官家威严，哪里肯与一个贱民女子搭话呢？两人说罢，就都不言语了。而在今晚的山寨木楼上，天鉴终究没有在屏息闭目中看到王娘的形象，但却听到了楼柱上爬行的一溜蚂蚁步伐声，听到楼窗台那盆月季开花时的歌唱声……终于在三更或者四更，并未脱衣褪靴而偎坐在那里睡着了。

一阵吵闹惊醒了他，有嚣杂人语和咚咚脚步，一个声音就在楼下轻唤："老爷！老爷！"天鉴揉眼走到楼栏处，站在楼下的是自己的衙役，满头大汗，一脸喜悦，说："老爷，有稀罕景哩！"天鉴问："深山老林有什么稀罕景，又是见了双头蛇还是一棵九种不同叶子的老树？"衙役说："是豹子把牛抵死了，不，牛把豹子抵死了！"

衙役带了天鉴往山寨口去，那里拥了一堆人，有哭的有笑的，有主张杀肉剥皮有提议凿穴掩埋，有一声说："老爷来了，让老爷瞧瞧，竺阳县的牛都是为老爷忠心耿耿！"人们就让开道，天鉴近去一看，在一石堰前，满地的豹毛和牛毛，血迹斑斑，如零落红梅，一只白毛黄斑的金钱土豹靠着堰，后腿立起，前爪伸空，龇牙咧嘴僵死在那里，而直对着土豹腹部是一头黄牛抵着头颅，牛四蹄斜蹬，背拱若弓，双目圆睁也在那里死了。不用分说，这是昨晚里，土豹窜到了山寨，而寨里的牛与之搏斗，夜深人静无人知晓，两个巨物不知斗了多少回合，势均力敌，最后牛终于将豹抵到了堰根，直至把它抵死。但是，抵死了豹，牛却并不知道豹死，它不敢松一口劲，所以在整整的一个夜里一直那么不动姿势地用力而累死了。天鉴大受感动，没想到牛这么勇敢和忠诚！人们上去抬下了死牛，它还保持着搏斗的姿态，齐声叫嚷这牛不在前日夜里抵死土豹，也不在明日夜里抵死土豹，偏在知县大人夜宿山寨时献身而死，这是知县英明治县的精神感天撼地的结果，而知县能在牛死后亲眼看到，也是牛死得其所了。当下，人们抬了牛，在牛主人的长哭短泣中掘坑掩埋了，便动手宰杀了土豹要给天鉴享用，又坚持送豹皮给老爷。天鉴并不推辞，一一接收了，天鉴对于豹肉并无多大兴趣，熬煮一锅让衙役放开了肚皮，那豹皮他却第一个想到一个人。

熟好的豹皮铺在了王娘的四六土炕上，天鉴像干了一件最得意的大事一样心情舒畅。天鉴先是担心王娘不肯接纳，因为他每每喝茶和洗涤官服所付银款时，王娘怎么也不肯收，说老爷把王娘看扁了，王娘虽穷，又是生意人，王娘并不喜欢钱，她只干她乐意干的事，要不，能有几个钱就肯去当假老婆当众一把鼻涕一把泪叫人家娘长多短呢，就肯让那么多下河人住在自己窄小的后院？天鉴更怕送了豹皮，王娘要以为天鉴是王娘待他好而他才回送的，或是送些东西才要诱惑着与她再好，把一场感情全变成物价了。但是，王娘接住豹皮，没一句推辞，当下抱在怀里，连声说有这豹皮做褥夜里就不感到寒冷了。她并当着他的面数起豹皮上的黄金斑点，说："金钱豹，金钱豹，王娘夜夜要做金钱梦了！"自此后的每个夜晚，天鉴办理完了公事独自安眠，一躺下就想起这张金钱豹皮了，幻想一个怎样地脱得一丝不挂的女人在豹皮上，或者说，是这明艳的裸体的女人骑在了凶猛的金钱豹身上，那是一幅多么绮丽绝伦的图画呢？菩萨与魔鬼精心合作的女人，才能制服这凶猛之兽吧！于是，在万籁俱静并无一人的空床上，天鉴放诞了自己的旧日习性，一时竟觉得自己就是那一头金钱土豹了。

做着如此幻想的知县天鉴，他为他得到豹皮又顺利交纳于王娘的喜悦而增加在事业上的自信力，更膨胀了要干一番大事的雄心。也可以说，在他初见王娘就有了这种感觉，但那时并没有想到日后能与这个女人这般熟识，这件事后，他精神焕发，没有了来路不正和不懂官务的自卑和胆怯，好久好久也就未看见过白狼的光团了。毫无疑问，天鉴不止一次地对自己，也对着衙里人说，严疙瘩督渠一定不会如前两次一样没有结局，就通知手下，找最好的石匠开始凿碑，以等渠道通水便立碑修亭于县城最中心的十字路口。县丞劝他："老爷敢肯定渠就能修好吗？"他说："肯定的，我有预感！"

果然三个月后，水渠通水，大功告成。但竖有碑子的八角大亭还没有造好，天鉴亲自为严疙瘩披红戴花，他骑一头毛驴，严疙瘩也骑一头毛驴，一前一后走遍县城的长街短巷。而且放出了话，要在八角大亭修好之前，他要擢升严疙瘩，消息传开，满城风雨，人人都在议论着知县老爷要擢升严疙瘩个什么官份儿。

已经是一个深夜，县丞来找天鉴，悄声说："大人，有人私下议论你要免了巡检让严疙瘩补缺儿，咱衙里的下人都是长舌男，尽会无风就是雨，知道巡检大人与你不洽，就拨弄是非，这怎么可能呢？这不是要让巡检和大人置气吗？我狠狠训斥了一番，说谁再胡说八道，就抽谁的舌头！"

天鉴没有言语，却把舌头长长吐出来，说："你把我舌头先抽了吧！"

县丞说："大人，你……"

天鉴说："这话是我说的，我正要听听你的意思呢。"

县丞说："严疙瘩是有功当然擢升，他什么职儿都可以任，免巡检怎么行呢？听说巡检已经逮了风声，在家大骂大人，又上书给州里了。"

天鉴说："他不是有病吗？我去看过他几次，都病重得躺床呻吟。既然病成那样，巡检的职位总不能空缺着没人理呀！"

县丞说："巡检与大人有隙就故意称病不干，实在是太放肆了。可巡检家大业大，水深着的，何必得罪他呢？"

145

天鉴说："他水深怎不就当了知县？我既是一县之长，褒良除奸也是我的职责。你今日来是从巡检那儿才过来吗？"

县丞从座椅上站起来，满脸出了汗，说："一县之政，大人当然无所不管，管无不算的，我也是为了大人着想才这么说的。"

天鉴笑了："好吧，你的话我知道了。"

县丞的话并没有引起天鉴重视，天鉴知道县丞熟于官场，却为人性软，或许是巡检逮住风声托他来说情的，或许他只是这也怕那也怕来探他口气，心中有底了，以免不罢黜巡检而得罪了巡检，又以免真罢黜了巡检又得罪了他。但是，天鉴万万没有想到竟在三四天之内，吏目来为巡检说情，督学来为巡检说情，那些富户豪绅以及化觉寺的住持也来说情，虽没有县丞那样直言明说，而拐弯抹角先赞誉知县明镜高悬，爱民如子，所办几件大事功德无量，要青史长存，接着就说巡检大人多么熟悉公务，又耿直廉洁，虽然性情高傲一些，但要巡检治安也必须有一个威严之人才能镇住，他待一般人有些不恭，那也有情可原，因为整日从事的与盗贼打交道也就养成了那一副冷脸儿。紧接着，一面是各边镇的巡庭小头目接二连三捎来一些山货特产、狐貂皮革、瓷器、补药之类，说是他们在下边收集或猎取的，原自个儿享用，巡检大人去见了大发雷霆：竺阳是小县，这么些好东西知县大人都没有你们倒享受了？！他们想想，也是，就不敢私用，贡献于父母官了。一方面，州里师爷，州巡检以及邻县的同僚，纷纷来函向他致安，末了总附上一句：竺阳巡检是我旧知，转致问候。

天鉴为难了，事情还没有个头绪，擢升严疙瘩仅仅只是透了个口风，竟惹得满州满县不安生了，想，愈是这样我天鉴愈是要干，知县是干什么的？知县就是掌教化百姓、听讼断狱、劝民农桑、征税纳粮、户口编籍、修桥铺路、教育祭祀的，上任以来，干哪一宗事巡检配合了知县而尽职尽责？！天鉴咬紧了牙，通知衙役门卒，凡是再有人来说情一律杜绝，任何人所送东西一概不收，且落下来人来物的清单、追查深究。通知下去，天鉴却瘫在大堂椅上立不起身，他觉得衙堂的柱子旋转起来，衙堂门口的石阶也立了起来，就有一团白光出现，又是那白毛狼的形象了。天鉴用手去抓桃木小棒槌，渐渐消了浮躁，想自己是不是看错了巡检呢？难道上任以来，巡检与自己不合，自己真有了成见而埋没了他的功绩？如果真是巡检有关系在州里，那自己的仕途能顺当吗？以杀了两个无辜而换得的这个身份，未完成自己的夙愿就夭折了吗？那西流河岸上为了大事大业自杀身亡的小兄弟就那么白白死了吗？天鉴又着人收回通知。收回了通知，天鉴心又不甘，如此放过了巡检，让这样的人继续在任上，往后又怎么与他一心一意治理竺阳啊?！冒名顶替的心底并不实在的知县天鉴，他不敢除了竺阳到处走动，他没有州里和邻县甚至竺阳县的根根葛葛的网络，可怜得只是独坐犯愁，将一脑袋的头发搓得一落一层。

天鉴终于病倒了。

第一个得知天鉴病倒的是衙中厨子。中午做好的饭菜端上来又原封不动地端下去，老爷躺在床上，双目失神，面如土色，只说想喝莲子汤。莲子汤煎好了，勉强喝下，厨子说："老爷要不要看郎中？"老爷摇摇头。厨子又说："老爷还想吃些什么？"老爷再摇摇头。厨子又说："那老爷好好睡一觉。"就替老爷拉展了被子，把枕头塞在脖下时，老爷示意把床下纸包的东西拿上来，纸包挺沉，厨子以为是装金银的匣子，不敢多嘴，看着老爷枕上了就退出门。天鉴也想，我实在是筋疲力尽了，好好睡一觉吧。才觉迷迷糊糊，听见有人叩门，问谁，进来的是县丞。县丞说："大人病了？"天鉴说："有些不舒服。"县丞说："没看郎中吗？"天鉴说："不用的，喝了一碗莲子汤睡一觉就好了。"县丞说："你是太累了，要好好睡一觉。若想吃什么喝什么，你说一声，我给你办就是了。"天鉴说："多谢你了。"县丞走后，吏目就来了，说："听说大人病了？"天鉴说："浑身没一丝力气。"吏目说："那我请郎中去！"天鉴说："用不着郎中的。"吏目说："那你想吃些什么吗？"天鉴说："不想的，只想睡的。"吏目说："好好休息才是。"无限同情地长叹一声退出去了。天鉴闭上眼睛，全身开始放松，一时就觉得双腿消失了，接着双手也消失了，正似睡非睡，又听见门口有窸窣之声，遂听着又轻声问："老爷，老爷。"天鉴睁开眼来，看见是跛腿的衙役，衙役说："老爷你真的病了？"眼睛就红红的。天鉴说："吃五谷得六病，也没大问题。"衙役说："你想吃什么吗？我那老婆能做胡辣汤的，我回家去做一碗吧。"天鉴说："啥也没胃口的，我只困得厉害。"衙役说："你睡吧，睡吧，百病多歇着就会好的，那我走啦。"就走了。衙役一走，接连不断地来的是衙里上上下下官人公干，直到傍晚，来的人更多，是观察，是都头，是学督，是富户张廉、韩涛、李其明，是十几里外的村长，也有巡检署的各等人物。来了都不一起来，一起来留给知县的印象不深，每次单个来以示关心，照常是病得怎样，还想吃什么？天鉴照常是没什么，不想吃什么。来人就说你要好好休息，有病不敢累的，就走了。直折腾到了多半夜，天鉴想睡睡不成，病越发重了。待到听说老爷病了，急急赶来探视的严疙瘩刚一进门，天鉴从床上坐起来破口大骂："这都是来索我的命吗？谁来了都说让我好好歇着，可一个接一个地来，我怎么歇着？出去！出去！"严疙瘩也吓慌了，低了头就往外走。天鉴说："你是谁？"他一定睛觉得似乎是严疙瘩，严疙瘩转身给老爷下跪，天鉴不言语了，用手撑了身子说："你来了怎么就走？"严疙瘩说："我只听说老爷病了，但我实在不知道老爷没能休息。天很晚了，你睡吧，老爷没什么大事我也放心了。"天鉴说："我算什么老爷，我这老爷当得窝囊哩。那日披红戴花后，你怎么不来见我？"严疙瘩说："我时时刻刻都在感念着老爷的恩德，可听到一些风声，说老爷要擢升我，我就不敢来了。严疙瘩是什么人，能得到老爷重用督渠，也是我的造化，哪里还敢有妄想呢？外面议论纷纷，有人深更半夜在我家门上倒了一筐癞蛤蟆，意思骂我想吃天鹅肉，还有人将我娘的坟掘了一个窟窿，是要放我家坟地的脉气。今日晚上我出门，门口树干上有个纸人，纸人浑身都插了针，这也是咒我的。这些我都认了，可听说有人上告老爷，我真怕老爷为了我有个闪失，心中就不安，得知老爷病了，想八成为了我的事，虽是夜深了，我却不能不来看看呀，老爷。"严疙瘩说下去，已经趴在床沿泪流满面。天鉴就扶他坐在床沿，好久好久一言未发，末了说："好了，你回去吧。谁再威吓侮辱你，你就来告知我，老爷毕竟还是老爷的。"

严疙瘩一走，鸡已经叫过三遍了，天鉴越想越是气恼，心里骂知县不是人当的，事情杂乱得让你害了病，事情杂乱得也让你连病也害不成！"老爷毕竟是老爷。"他天鉴说过这样的话，难道一县的父母官说了话就像天雨下到河里吗？该奖的不能奖，该罚的不能罚，那以后说话还有什么威力？这么好的一个严疙瘩，就因为地位低贱，纵有天大的本事，我知县也不能保护了他吗？这么想来思去，脑袋又涨得生疼，说，不想了，不想了！不想了又一时睡不着，脑子里就冒出个王娘来。今日半天和这半夜，来了这么多人，王娘怎么不来看我呢？王娘是不知，还是王娘又因一个下贱的店主，一个年轻的寡妇不好来呢？竺阳城里，天鉴虽然是一县之长，可天鉴有话能对谁去说呢？这么一病，又有几个真心来照应呢？这么多人来探视有真心的也有假意的，既是真心的，也全是下人对知县的出自道德和同情，而哪里又是发自另一番的知己知心的情感呢？

鸡啼四更，天鉴终于睡着了，这一觉睡得死沉，不知是什么时候，他听见了嘤嘤的哭声，睁开眼来，床前的墩椅上面坐着王娘，头上虽是抹了油，梳得一丝不乱，但一脸憔悴，眼红肿如烂桃儿。"王娘！"天鉴以为在梦中，身子不自觉往起爬，额上掉下一个热湿毛巾，王娘惊喜地叫："老爷醒了！"天鉴才明白不是梦，脸红了许多。王娘重新让他睡好，重新拿两把水壶在水盆添水，添了热水，用手试试，烫，再添凉水，再试，又凉，复又添热水，湿了毛巾再次敷在他的额上。天鉴的病是烦闷所致，睡了一大觉，原本也好多了，见是王娘来看他，精神登时清爽了许多，便取了毛巾，硬是坐起来说："你怎么来的，什么时候来的？什么人都来看过了，你偏就不来看我？"王娘听了，脸也绯红，却又掉了一颗泪来，说："你真的好些了吗？你是老爷，关心你的人多，哪里用得着我来看呢？今早严疙瘩来店里说你病了，吓得我脚慌手慌，赶走了顾客，门一挂锁就跑来了，天又哗哗地下着瓢泼大雨，衙门也关了，我敲门，正好是跛腿大叔，我说给老爷送些茶的，就放我进来了。"天鉴说："别人不得进来，王娘还不能进来吗？天下雨，没有淋湿吧？"王娘说："湿衣服都干了，你一直睡得不醒，我又不敢唤你，不知病得怎样。想这个时候需要着夫人了，夫人不在，忍不住就哭了。"天鉴说："这点小病还值得你哭的？瞧我起来给你看看，现在什么病也没有了。"就一蹬被子下了床，衣服还是昨日躺下并没脱，只是头发零乱。王娘让快戴了帽子，一时又找不见便帽，便将柱头上的官帽戴在天鉴头上。天鉴说不用，在内室里戴这硬壳帽子不舒服的，王娘说："男人家凭的是帽，这又是官帽。"天鉴说："什么官帽不官帽，今日你在这里，我把官帽撂了，咱说咱们的话！"

天鉴兴奋地坐在那里，也为自己精神突然这般好而吃惊，就极力要冷静，看见王娘抿嘴儿笑笑，一时间里眼里又红红的，说王娘你怎么又哭了？王娘说："我哭的是老爷这么待承我……我不哭，不哭的。"眼睛却更红起来，骨骨碌碌滚下几颗泪子。天鉴心又热起来，说："王娘哭起来也好看哩。人人都说王娘泼辣厉害，但你脾性全变了，变得这般好哭！"王娘深深地看了他一下，嘴噘起来，脸倒赤红："还不是老爷你把野王娘给改变了！"

这当儿，门外有禀老爷之声，进来的是跛腿的衙役，说："王娘还在呀？"王娘说："老爷刚刚起身。"衙役说："老爷睡一觉气色好多了，现在要吃点什么吗？"天鉴说："现在是什么时候？"衙役说："快午时了。"天鉴说："给厨房说，送两碗清汤面来，王娘也该吃饭了，淋了雨，多放些姜末和胡椒。"王娘说："我可不敢吃。"衙役说："老爷让你吃，你还不吃吗？现在雨下得越发大了，你怎么回去？"衙役退出去，王娘说："我还是不在这里吃吧。"天鉴说："你说你什么都不怕，就怕吃一顿饭吗？"王娘说："你要不怕，我也不怕的。王娘整日为人端饭，今日就吃一回别人端的吧！"天鉴说："这又是另一个王娘了，我出门在外要带了你，你敢不敢？"王娘说："我敢！"同时红从腮起，眼睛眯着闪动了一下，害羞至极，垂眼只盯着脚尖了。天鉴心里怦怦地一阵跳动，涌动的话头很多，多得又不知说什么，眼睛也盯在王娘的脚上，女人的脚裹缠得精巧美妙，如一对糯米的粽子，恰恰地塞在一双黑面绣着红花的深帮鞋壳儿里，鞋底是沾了泥水的，已经用棍儿刮了泥点。天鉴实在忍不住要动一下，但他不能，说："鞋底湿透了吗？"王娘说："不打紧的。"把脚跷起来还看了一下。天鉴迷迷瞪瞪起来了，说："你脚缠得真好！"王娘说："不好，小时候我娘给我缠脚，说我脚面高，难缠的。"天鉴说："你娘说差了，女人讲究脚蹼高哩，凡是美妇人那地方都高的。"手伸向那个部位，王娘的手也到了那个部位，但天鉴的手没有触到皮肤，在距二寸距离的时候指了一下，王娘的脚动了一下就抽回了。天鉴抬了头，看见窗外檐头雨已挂帘，兀自说："脚面真的高了好哩！"王娘再一次伸出脚来，用手摸那个部位，天鉴目光落过去，看她摸了一下，脚尖画了一个圆，又摸摸。跛脚的衙役就把汤面条端进来了。

衙役在一旁守着两人用罢饭，撤了碗碟，又提了开水冲泡了王娘带来的茶叶，就出去了。两人喝了一壶茶，王娘说："你让我走吧。"天鉴说："雨天没人去店里吃饭，急什么呢？"王娘说："你是病人，累着不好，改日再来，我还要给你洗涤官服了。"天鉴说："硬要走，我送送你。"王娘笑了："哪有县官送一个民妇的！"天鉴说："我送到门口。"出了卧室，外边是一个客厅，客厅的门口悬挂竹帘，隔帘看见县衙后院中的这个小院里，那一片细竹湿淋淋，雨还在下个不歇，从厅门口去小院外的一道石子花径，冲洗得十分清净，两边土地面上汪了水，无数水泡明灭。天鉴说："瞧多大的雨！"王娘也说："天地都灰蒙蒙一片了。"天鉴说："那你还走吗？"王娘说："还是走吧。"天鉴就去取了一块儿油布来，王娘要自己披，天鉴却要给她披，面对面地一展手将油布扬起来，像一片云飞过两人头顶，又落在王娘的头上背上，王娘的口鼻香幽幽，一团暖热喷在天鉴的脸上，那一绺刘海在系油布的结绳时掉下来，搭在了天鉴的鼻梁上，天鉴最近地看清了白嫩的前额和扯得一根一根的舒展异常的细眉，他把油布紧紧裹在王娘的身上，也刹那间裹住了有油布的王娘。一切用不着乞求和强迫，水到渠成，自然而然两只口烫炙一般地，你揉搓我，我揉搓你，系好的油布就掉下去，两个人的口分开了，大喘着气，分别在对方的眼瞳里瞧见了一个小小的自己。

"王娘，王娘，"天鉴搂着王娘说，"我太喜欢你了，我太爱你了，你让我亲亲，让我抱抱。"

王娘挣扎着身子，挣扎如软虫，越挣扎越紧："我也是，老爷，我也是哩……这大天白日的，衙里尽是人。"

天鉴说："那你怎不表示呢？我有心又怕你没那个意思而伤了你。你不用怕，而且这时我要午睡，没人来的。我太爱你，可我总不知你的想法，要太莽撞了你就该骂这知县以势欺负你了，刚才实在想摸摸你的小脚的。"

王娘说："我看得出来的，我也想你来摸摸，可你太谨慎了。"

天鉴说："你也有那个意思，为什么又把脚收回去呢？"

王娘说："我不敢。"

天鉴又一下噙住了王娘的口，他感到一个肉肉的东西出来，就狠劲地吸吮，恨不得连舌根从女人的腔子里吸吮进他的肚里。从未经受过女人身的天鉴这一刻里是多么激动，他感到天大的幸福，使出了当年杀人越货的凶劲，顿时全身都鼓足了干劲，感觉一切都膨胀了，高大了。女人却一下子软

151

如一叶面条，站立不稳。天鉴轻轻一抱，一手担在女人的脖子下，一手揽住了那一双肉绵绵的修长的腿向卧室里走去。

窗外雨哗哗地下着，天地在雨里全暗下来。

"这雨真好。"天鉴说。

"好，"女人说，"好，好……"

"但雨来得是晚了。"天鉴说。

"是晚了……可总是下来了。"女人说，双目迷离，全困得一丝力气也没有了。

这一场雨足足下过了十天，十天里竺阳县激动了许多故事，多少人家鸣放鞭炮，喜请宴席，庆幸家妇怀胎或是儿女订婚，多少人家却也怄气犯愁，化觉寺的大殿里就有了少男少女在那里默默祷告。天鉴在衙堂上，每日收许多文告，说××村一妇人上吊自杀，这妇人在下雨第六日去运神庙进香，说："给我来个孩子吧，菩萨娘娘！要说是我不行，我在娘家做女儿时也是生养过的，要说我那男人不行，我并不只靠他一个人啊！"妇人以为庙里没人，没想一画家恰骑在庙梁上涂绘梁画，就把一碗颜料倒下来，泼了妇人一头一脸，这妇人回家的路上就吊死在树林子了。说××寨某户人家为儿子结亲，夜里闹过洞房，小夫妻喝了枣汤去睡的，半夜里儿子却突然死了，儿子是在新娘的身上死的，死了命根子还直挺，吓得新娘夺门而逃，家人去房中看了，就把新娘又拉回来，让死儿还依旧爬趴新娘身上，以气养气，果然儿子又活醒过来。说××庄更出了怪事，两天里发现一户人家的磨房里有一男一女野合，来了人竟不避，只泪流满面求饶，原是两人接连一体无法分开了，村人大怒，以为邪恶，便用刀子割开，割开了双双缚于竹笼沉了深潭。说全县淋塌了十三座草房，县城有四堵墙被雨泡倒，砸死了一只叫喜的猫，一条母狗，还有两条菜花蛇，两条蛇是绳一般扭在一起的。天鉴看了这些文告，只是笑了笑，并没说出个什么，拿眼看县丞，县丞也拿眼看天鉴，天鉴说："雨天嘛。"县丞说："这雨……"天鉴说："这雨是来得晚了些。"终是没什么新规所颁，不了了之。

但是，县衙后院中的小院圆门顶上，天鉴更换了原来的题字，改为"晚雨"。天鉴每每从公堂下来，一看见这两个字，就不免回味起了那一幕的细

枝末……在他最愁闷的时刻，获得了王娘的心身，那一时里天鉴感受了世界
是那么……同时又是那么小，他坠入难以言表的乐境，什么也都忘却了，而
这种……又使他放开了一切手脚，便决意排除所有干扰擢升严疙瘩。一闻名
乡里的……子，修渠有功的督工，让他替代巡检，即就是众人反对天鉴是不怕
的，……巡检告到上边，天鉴相信州府大人只要来做调查，明了事由，也会
支持他……得正确果断，即便是他天鉴败了，天鉴脱了紫袍换蓝衫，携王娘到
一僻静……，栽几丛竹，种一畦菜，生儿育女一家人也是惬意，虽然这么决定
着眼前……增出现几次白狼的光团，天鉴就拿眼盯那"晚雨"二字，喃喃道：
"这也够……了，这也够了！"

……传令加紧修造街心口的八角大亭，八角大亭总算完成了，天鉴骑了
毛驴……门去查看，一个噩耗把天鉴惊得从毛驴背上跌下来：严疙瘩上吊自
杀了！

……瘩怎么会自杀呢？天鉴不相信是自杀，回想那日严疙瘩说到的外人
如何……，掘了他的家坟一事，疑心又是巡检的手下人所为，就派人速去查
看现场……去人回报道：严疙瘩是上吊在屋梁上的，颈有绳痕，舌头吐出，不
是死后……的绳索。身上从里到外都是新衣，桌上残剩半坛老酒，可见死时心
绪烦乱……又做了准备的。剥了衣服，身上没有任何伤，头顶没有钉子，脚心
也没……子，可以断定不是他杀而是自杀。但奇怪的是，严疙瘩的柜台上安
放着菩萨……萨神像和先考先妣牌位，竟也有一个木板，上写了老爷的名字，
柜台……堆香灰，分明是临死前烧了香的。"他这真是胡来，"捕头说，"或
是死……脑子就坏了，老爷你是活人，怎么能写了名姓放在那里像个祭祀的
牌位……"

……说声："是我害了严疙瘩了！"眼里流下泪来。
……捕头哪里听得懂天鉴的话，一齐说："怎么是老爷害了他？也是他命
浅，……起老爷要擢升他的那福分！"天鉴没有解释，明白严疙瘩之死全是
听了……擢升他罢黜巡检招惹了四方八面的威胁，是为了不让他知县受到伤害
和为……便自动地一死了之了。天鉴悲愤至极，痛恨自己无能，一个普通的
百姓……了自己而自杀身亡，而自己身为知县却不能保全这个百姓，天鉴觉得
自己……在也对严疙瘩有一份还不清也不能还的债了。就下令县衙为严疙瘩购

153

买一具上好寿棺，于四日后初九的吉日就在八角亭旁安葬。

天鉴想，这一决定，一定会有人反对，最起劲的就又该是那个巡检了，他做好准备，不管谁出面反对，他都要坚持这么办，水渠纪念碑上大大刻上严疙瘩的名字，让这亭子和坟墓永久长存于竺阳县城的中心。揭碑埋葬那天，天鉴亲临现场，命令十二杆火铳一齐鸣放，他放眼看了一下黑压压的人群里，县上大大小小官人富豪都来了，果然不见巡检，便冷笑两声。故意在大声问：巡检大人呢？他怎么没有来呢？忽听得东头小巷一阵哀乐，一队龟兹响器班一身孝白地列队出来，再后是八人抬动的一副精致绝伦的棺罩，接着有两个穿白衣的人挽了头缠孝巾的人，那人哭声震动，十分悲切。坟地四周的人都扭头去看，天鉴也纳闷：严疙瘩孤身一人，哪里有这等威风的亲戚送葬？定睛看时，哭丧者竟是巡检。但见巡检一步一哭，悲不可支地被人扶到坟边，就趴在寿棺上捶胸顿足叫道："严疙瘩，我的好兄弟！你是竺阳县的功臣，你是竺阳县的荣光，你怎么就死去了呢？！我姚某身子有病，在你生前未能同你一块儿去修渠督工，你死了，盐老爷为你购买上好寿棺，姚某就要为你购一副棺罩吧！"哭罢，痛哭流涕，几欲晕倒，使在场的人都深受感动。便有人前去拉起巡检，说："巡检大人这般惜才，哭得我们也泪流不止，竺阳有盐老爷和巡检大人牧县，才出了严疙瘩这样的贤才！大人是什么人物，能来安葬也算严疙瘩的福气，可他虽是贤才，毕竟还不是官人。况且人已过世，生不能还，大人还是节哀保重！"巡检听了，擦了眼泪，转身揖拜了天鉴说："知县大人，这八角亭起了什么名称？"

天鉴说："起了'渠亭'二字，为的是纪念水渠修通。"

巡检说："'渠亭'也是好的，但渠是严疙瘩督工修通的，大人既能把严疙瘩埋在亭旁，何不就叫'严亭'，大人意下如何？"

天鉴看着巡检，暗暗吃惊：巡检果是大奸之人，自己干了多少龌龊事，却偏能在全城人面前来了这一手，但当着众人面前，他已落得一片好名，连往日对他仇恨的人也以为他良心发现，能如此哭丧已是不易，天鉴又能怎样对他呢？

天鉴说："好，这名改得好，就叫'严亭'！"

掩埋了严疙瘩，天鉴再没提罢黜巡检的事，巡检突然宣称病好了，开始

去各地 检查。天鉴却心灰意冷，数日里不去坐堂，一任诸事推给县丞办
理。天 感到自己无能，终究未玩得过巡检，便生了不干知县的念头。这
念头萌 夜夜就被白狼的光团惊醒，睡不好觉，白日就神情恍惚，再去王
娘小店 不能直言以告，但去的次数比先前增多，说说话，吃吃茶，暂时
愁苦都 了。自上次一张薄纸捅破，两人自然是没人时偷情做爱，那一刻
里老爷 风旗浪鱼，事干完毕，常常无故发呆，苦皱脸面。王娘以为他为
县上公 心太多，为了使他心绪好起来，百般应承，博他高兴说："老爷要
真的喜 ，我能陪老爷好好玩，就是没个环境……"天鉴说："王娘刚时如
铁，柔 水，足以移人。我恨不得日日夜夜和你在一处。"王娘说："我是
半老 的寡妇，色已衰了，就是还有颜色，甭说大千世界，单是竺阳城里
比我 丽的人多的是，老爷越来越会说话，什么足以移人？"天鉴说：
"仅是 色并不能移人，城西头绢丝店里有绢做的美女，颜色较王娘胜十
倍，我 看了怎不害相思？美女能不能移人，在媚态二字，媚态在人身上，
犹火之 焰，灯之有光，珠贝金银之有宝色。王娘正是这般女子，一见即令
人思之 解自己，才舍命以图你哩！"王娘说："老爷这么懂得女人，以前怎
未听你 过？"天鉴说："以前我只觉得你明艳，却不知怎么就明艳了，前日
东河县 托人捎给我一部书，是一个叫李渔写的，上面这么说的，看过之后
我才知 你是有媚态之人，所以明艳异常。"王娘不知道李渔为何人，听了
天鉴的 ，更加撒娇，滚在天鉴怀里说："前些年我去过州城，看过一出戏，
戏里 过两句话，当时好生不解，现在是解了。"天鉴说："我听听，什么
戏文？ 王娘说："一句是'不会相思，学会相思，就害相思'。一句是'待
思量， 思量，怎不思量'。"天鉴一下子就把王娘抱举在空中了。

天 常来王娘小店，风声也慢慢传将出去，每次来的时间一长，衙里有
了紧事 县丞就打发衙役来店中找天鉴，立于街前喊："老爷！老爷！"天鉴
不理， 王娘回复老爷不在店里。衙役回衙，县丞寻遍后院并不见知县，又
打发 来店中寻，天鉴就对着衙役大发凶狠，王娘说："老爷，衙役一次又
一次 ，必是衙里有什么紧急公务，你毕竟是县令嘛！"天鉴说："别人催
我， 也催我？什么县令，狗屁县令！"王娘赶紧关了门窗，低声劝道：
"这 别让外人听见，你这县令也不是容易当的。"天鉴说："有什么不容

易？当不成了，我还不是我，我活得更快活哩！"一句话又险些说走了嘴，自己就愣在那里，愣在那里，眼前便出现狼的影子，还是一步一步回那衙去。

王娘瞧着天鉴的模样，心里忐忑了几个天日，她庆幸一生得遇了县令，县令又爱她如痴如醉，做个女人还有什么企求的呢？平日在外，有人开始指点议论，有羡慕不已的，也有面带鄙夷之色的，王娘不轻佻也不记恨，只是还忙碌开店，只是开着店仍涂脂抹粉，穿戴从头到脚整洁光亮，闲下来倒检点：老爷来的小店次数多，常让衙役来找，会不会为了自己老爷疏了政事呢？但一想老爷常常长吁短叹，是县里麻烦事苦愁了老爷，老爷能在小店心情愉快，王娘甫说有功也是无罪啊！街上有人见了问："王娘，你越活越年轻了！"王娘说："你比我小八岁，你是戏谑我吗？"那人说："我是比你小，可我那男人是什么猪狗，害得我窝囊成什么样儿！人常说女人像是把琵琶，看遇个什么男人来弹哩，会弹的是一首韶乐，不会弹的是一团噪音。"王娘心里一怔：这话好有理儿。心下暗自喜欢，却说："你男人是牛粪上插了你这朵花儿，可好歹还有个牛粪男人，我呢，我有什么，一把琵琶让灰尘封了！"那人就撇嘴："呀呀，王娘，瞧你说这话的得意劲儿！不说贫嘴了。我只问你，东桥口李家的俩兄弟地畔官司，是老大能赢还是老二不输？"王娘说："这是县衙公堂上的事，王娘怎么晓得？"那人不悦了，说："王娘怎么能不晓得呢？"王娘心想，外边的风声已经很大了，就又反省自己：知县每次来都不想回去，怠懈了县上公事王娘可是有责任的，知县讨厌起了衙里公事，是不是贪迷了自己呢？如果事情是这样，王娘就不是好女人了，好女人应该使男人更精神更务正事，而自己是不是贪婪了呢？

于是，天鉴再来，将这心事说与他，天鉴突然放声大哭，说了一句："王娘，你等着我，我要娶你！"

天鉴回到县衙，好多时间再没有光顾小店，带了跛腿的衙役走了趟西流河的下游口岸，于那一棵分明见粗的山桃树下，焚化了十刀麻纸。衙役不解为何焚纸，天鉴说，他来到竺阳已经一年多了，并未回家祭奠过先考先妣，昨日夜梦见他们，所以才在竺阳的边境上给父母亡灵送些阴钱的，说罢，又一次放声大哭。纸钱焚起，黑烟冲上，如一群黑色蝴蝶挂满了桃树枝上，天鉴在心里念叨着他那忠诚的同伙兄弟，他悔恨着自己险些辜负了兄弟的期望，他愿□□那女人王娘清醒了自己，也祈求着兄弟的在天之灵能护佑着他和这位知□□女人。时当一阵风扫过，竟围着他们旋卷扶摇，浓烟和纸灰就上冲如柱，□□他和衙役以及那棵桃树在风卷中纹丝未动，跛腿的衙役吓得面如土色，□□笑道："他答应了，他答应了！"

天□□开河岸的时候，再一次留神了河的对岸，甚至对岸的东西尽头，庆幸没□□到那一只默不作声的白色皮毛的狼。

从□□河岸逆行一天，又绕了天竺山根经历四天，走过了二十三个村寨，查□□水渠灌溉，查看了农桑种植。天鉴回到县衙翌日，王娘来过一次，并□□携了香茶，也不是洗涤官服，却于袖口里掏出一个纸折，说："老爷这一□□已是许多天日未去小店，来打问过一次，说是你去乡间了，老爷公务繁□□我以后也不便多来打扰，夜里请了南门口算卦的刘铁嘴，我说他写，是□□嘱老爷的一些话，老爷家眷不在，我或许做事唐突，拟家眷之口书了此折□□里你耻笑了。"天鉴开折一看，上边密密麻麻写了几页，念下去，竟是：

□□在官，不宜数问家事，道远鸿稀，徒乱人意，正以无家信为

平□□□，山僻知县，事简责轻，最足钝人志气，须时时将此心提醒

激□□无事寻出有事，有事终归无事。今服官年余，民情熟悉，正

好□□□除害。若因地方偏小，上司或存宽恕，偷安藏拙，日成痿

痹□□是为世界木偶人。无论将来，不克大有所为，即何以对此山谷

愚□□且何以无负师门指授？居官者，宜晚眠早起，头梆醵嗽，二

梆□□事，虽无事亦然。庶几习惯成性，后来猝任繁剧，不觉其劳，

翻□□受用，山路崎岖，历多兽患，涉水尤险，因公出门须多带壮

役□□待鸟枪夹护，不可省钱减从，自轻民社之身。又，不可于途中

旅□□过行琐责。此辈跟随，亦有可悯。御之以礼，抚之以恩，二者

相□□偏倚则害。流民在衙供役者亦然。此辈犹痰乘虚火生，火降

水□□乃化为精。痰与精，岂二物而顷刻变化如此，天下无德精而

化□□者，皆自吾身生在反身而已。凡遇上司公文，关系地方兴除

须□□法行之，至万不能为而后已。大抵自己节省，正图为民间兴

157

事，非以节省为身家计。同一节省，其中殊有"义""利"之分。如此，俸薪须寄回，为岁时祭祖用，倘有参罚，即不必如数寄，毋致上欺祖宗，且可为办事疏忽戒。往省见上司，又必须衣服须如式制就，矫情示俭实非中道。知州去知府尚远，然即属直隶州，即当以知府相待，须小心敬奉，又不可违道干求，尽所当为而已。凡人见得"尽所当为"四字，则无处不可行。官厅聚会，更属是非之场，大县遇小县，未免骄气，彼自器小，与我何预。然切不可以小县傲之，又不可有鄙薄心，须如弟之待兄，如庶子待嫡子，如乡里人上街，事事请教街上人，可否在我斟酌。诚能感人，谦则受益，古今不易之理也。官厅之内，不可自立崖岸与人不和，又不可随人嬉笑。须澄心静坐，思着地方事务。若有要件，更须记清原委，以便传呼对答。山城不得良幕，自办未为不可。但须事事留心，功过有所考验，更须将做错处触类旁通，渐觉过少，乃有进步。偶有微功，益须加勉，不可怀欢喜心，阻人志气。竺阳向来囹圄空虚。尔到任后颇多禁犯，但须如法处治，不可怀怒恨心。寒暑病痛，亦宜加恤。山中地广人稀，责令垦荒，原属要着，但须不时奖励，切不可差役巡查。如属己为，不可强唤，遽行报官，有愿领执照者，即时给付，不可使书吏掯索银钱。日积月累，以图功效。秀才文理晦塞耐烦开导，略有可取，即加奖励，又当出以诚心庄语，不可杂一毫戏慢。此二事，皆难一时见功，须从容为之，不可始勤终倦。种子播地，自有发生。尔在竺阳，正播种子时，但须播一嘉种，俟将来发生耳。知县是亲民官，小邑知县更好亲民。做得一事，民间就沾一事之惠，尤易感恩。古有小邑知县实心为民，造福一两件事，竟血食千百年，土人或呼某郎、某官人、某相公，视彼高位显秩，去来若途人者，何如哉？……

　　天鉴未等念完，已是热泪满面，激动得说不出一句话来，王娘说："老爷总笑我哭，老爷竟也是爱哭的老爷！"

　　天鉴没有接她的话，只是久久地看着她，突然发觉王娘在什么地方像他那忠诚□□同伙兄弟的，是的，他的兄弟额头不宽，王娘额也不宽，他的兄弟鼻的左□有浅浅的一颗小痣，王娘也是有的。王娘就是我的兄弟吗？王娘和我那兄□□都是上天派下来监督着我的吗？

□□决意要娶王娘。

□切按天鉴的谋望而顺利进行，先是在衙里散布多次去函要远在南方的□□随他到竺阳来，而娇生惯养的夫人却百般作践一个深山小县有什么待头□□□大戏园子吗，有蒸氽炖烩的鱿鱼海参龙虾湖蟹吗，有湘绣苏绣和做工精□□□服饰店吗？没米吃怎么办，冬天冷了又不想穿得臃臃肿肿怎么办？□□良儿们一辈子离不得宠惯着她的那巨豪爹！"天鉴当着县丞、典吏、训□主簿诸人的面，说，"在她的眼里，一个县令不如一个南方镇上开生药□！"县丞诸人也为知县的处境而同情了："夫人是豪门的金枝玉叶，在□来竺阳山高水恶、瘴气弥漫，不是人能住的地方，若真能来一趟亲自看□或许就爱上的。"天鉴说："金枝玉叶真不如个贫女孟姜女，人家还千里□□哭倒长城的！"随后，天鉴宣布一封信把夫人休了，与其两人分居千里□且虚名，不如解了婚约清静。衙里人知道了这件事，也传到衙外，有人怨□南方夫人眼光短浅，虽金枝玉叶也脱不了妇道人家之见识，有人替当今县□遗憾，南方女人白净如玉婀娜若仙，县令为了竺阳而失却艳福，有人就高□起来，既然知县已孤单一人，又不知竺阳哪家小姐有一份知县夫人之命了。□有人说："老爷常到小店品茶，那王娘倒生得花容月貌……"立即有人哧笑□："王娘那小狐精儿，活该是妓院的姐儿，老爷狎妓喝酒品茶倒可，哪里就□做了夫人？做夫人的讲究雍容端庄，行不露足，笑不出齿……"但是，当□这些长舌妇和长舌男嘲笑着王娘的时候，却发现了王娘于阳光普照日，开了□竹窗，临街坐在里边在绣一件披肩了。那竹窗上新换了绿纱，王娘油抹了头发，坐在那里露半个身子，白嫩的脸非笑含笑，鬓边的花乍停还颤，就令街上的妇女好仰首上望，生出几分热羡几分嫉妒，几分疑疑惑惑不敢相信。

城里的百姓，眼里整日盯着哪家突然刷了门石、挂起红灯，听着有一片鞭炮轰天爆地地作响。县衙里的人时时偷读知县的脸面，想逮住个什么风头。但是，半月过去，一月又近，却仍是雾一般的一个谜。

159

一夜，月明风静，几株梅花幽香暗浮，正是"晚雨"院里好的时光，县丞提了一瓶瑞玉甜酒来与天鉴煨火闲聊，问道："大人，你是一县之君，总不能没个夫人的，这么大个院落，白日热热闹闹，到了晚上就只你一个也是太清寂了。"天鉴说："是没个夫人的。"县丞说："那是在竺阳物色，还是找原籍人氏？"天鉴说："当然是竺阳县的了。"县丞说："大人来竺阳时间已不短了，你有过眼的吗？若有，这事就交付我去办。"天鉴说："不用了。"县丞说："那么说，大人是已有中意的了！"几杯甜酒下肚，天鉴也晕晕起来，说："可以这么说吧。"县丞眼眨了眨，从城的东街到了西街，又从四条小巷的北头到南头，那些富裕的，有头有脸的人家都一一估摸了，猜不出是哪一家的小姐。便问："是谁呢？"天鉴狡黠地笑笑："这我不说给你，到时候你就知道了！"

转眼过了腊月，又过了大年，天鉴的生日在二月，王娘小他半轮，生日也在二月，天鉴便选定二月杏花开的日子里将迎亲办事，便让人翻修粉刷起"晚雨"院的房子。一个春节里心情很好，加上水渠通后，稼禾大丰，全县各村社都组织了社火竹马队每日演出，衙里人要与民同乐，天鉴人正月初一祭拜了天地神君，初二起天天带了衙役去城里城外瞧看热闹。巡检也挺卖力，年节安排了各巡检廨有人留守，他又率巡兵各处查询防火防盗。天鉴始觉他还可以，也托人送去一份年礼。正月初十中午，衙里举行一年一度的赏捐社本，去岁丰收，捐输社本的二百三十七户，但山僻地方，富户绝少，故所捐每名不过七八石，而查社仓规条，捐谷奖赏各有定数，十石以上，地方官给以花红。天鉴奏报上司，申辩原委，上宪垂念瘠邑，鼓励好义，俱准照十石给花红之例。正月初七批详到日，天鉴就无吝小费，失信于民，此日于大堂结彩置酒，人酌酒三行，叩谢，讫，鼓乐送出。赏捐社本后，又嘉奖善良，全年由乡村推尊者，由巡检查出者，感士庶公举，天鉴召之在堂，一一询问，愿乞匾者，给以字样，不愿者便给礼。热热闹闹忙过半日，天鉴方在"晚雨"院坐定品饮王娘送来的香茶。巡检风风火火赶来，说是牛风寨出了一桩恶案，做儿子的打伤其父，震动乡里，民声鼎沸，他去查看现场，凶犯已缉拿在牢里押着，值新年伊始，又恰是县上嘉奖了善良，此案需速办，以教化民风，否则影响太大。天鉴听之在理，立即升堂，提审凶犯，堂下就跪着了一个蛮横汉子和一个用门板抬着的将死老头。天鉴骂那汉子："身为人子，不孝敬老子，正月天欢庆春节，倒将尔父打成这样，如此忤子，猪狗不如！"汉子说："老爷只知儿子打了老子，怎不问老子干了什么？"天鉴说："干了什么？"汉子说："他吃了我老婆的奶。"天鉴道："天下哪有这等说老子的儿子？再要胡说，先掌了嘴！"衙役就扑上来要用木板掌嘴，老头说："禀告老爷，你瞧瞧，我只吃了他老婆一口奶，他就这般凶的，他吃了我老婆三年的奶，我骂过他一句吗？"天鉴不听则罢，听了勃然大怒，一拍惊堂木叫道："你这吃草料的老畜生竟有脸说出，真的是越规乱伦，伤风败俗了！"汉子说："老爷，事情既到这一步，我也不顾丑了，你再问他还干过什么。"天鉴说："干过什么？"汉子说："我这老婆，是我的第二个老婆，先头的那个娶到家，我去川里做雇工，走了一年，回去老婆肚子却大了！那时我们下河人不得进川，独家独户住在深山，你问他，我老婆的肚子怎么大的？"天鉴问老汉："从实招来！"老头说："我没干的，我只偷看过。"汉子说："莫非是鬼干的？"老头说："你那老婆好凶，老虎也近不得身，我给你说过，中堂屋夜里放了尿桶，我睡东厢，起来去尿，忍不住把那东西弄出来或许洒在尿桶沿上了，你老婆睡西厢起来尿，或许是坐在桶沿上沾过去的，她要沾是她的事，与我屁相干，你给老爷说这些赖我不成？！"汉子说："老爷，他说这些谁信哩？"天鉴在堂上听这父子一来一往争辩，只气得浑身战抖，这一对无耻父子还有脸在公堂咆哮不已，而他这个知县为自己的县内竟出了这等伤风败俗的事脸上毫无光彩。就喝道："老畜生，如实招来！"老头只是说没有，天鉴就令衙役上刑，一阵水火杖打过一百二十下，老头竟双腿一蹬死了。衙役说："老爷，他死了！"天鉴说："死了？"衙役说："死了。"天鉴后悔打得太重，却也说："死得早了些，他要不死，我押他去街上示众了再砍他的头！"也便将汉子押下回牢里去了。

只说这事这么草草了结，不想，那汉子押在牢里，却花言巧语以事成之后相送三百两银子求狱卒给王娘捎个口信让他向知县老爷说情。狱卒说："王娘倒是热心为人办事的，可她一个平民寡妇怎么能去给知县求情？"汉子说："听说王娘与知县熟好，她说话会起作用的。"狱卒说："呸，就是王娘与知县熟好，你这等行为，谁肯替你说话？"汉子说："我与王娘关系不一般的。"狱卒问："她是你亲戚？"汉子说："哪是亲戚，王娘就是我第一个老婆！我虽然打了她一顿，打得流产出那个孽种赶出了她，但今日我下在牢里受罪，她总不能不念前情吧？"狱卒听了，不敢隐瞒，告知了巡检，巡检复来说给天鉴，天鉴当下身子发软，哎哟一声就昏了。

王娘自然没有为一个罪犯而找天鉴求情，甚至前夫的话狱卒传也没有传给她，但沸沸扬扬的街谈巷议使她羞愧了。人们已经知道了她的身世，而又不明不白地落了个与先前老公公乱伦丑事，王娘纵然尖锐厉害，有一身口舌，又能给谁说得清呢？不堪忍受的那两个年岁，王娘自到了竺阳县城，差不多已经将它忘却了，而现在事又重提，且一堆屎越搅越臭，王娘遂沉沦入没底的深渊中了。她怨恨这是命，命是太苦了，一棵鲜活活的白菜让猪拱了，拱得枝叶败烂又肮脏不清！如今恨谁呢？恨那个没廉少耻的公公，恨那个蛮横蠢笨的丈夫，她王娘恨过了，恨到已恨不起来的地步，她恨她自己了。走出了牢笼，无拘无束地过平民寡妇的日子，或许别人的眼里是自己贱，野，不是好女人，但那里偶然说说也就罢了，王娘活得也能自在，而偏偏自己遇到了知县老爷，老爷又偏偏钟情于她，是知县老爷使她改变了自己，认识到了自身的价值，新生了新的生活的憧憬，可现在即将要成为知县夫人的王娘将身世弄到了这一份的龌龊肮脏，自己在知县心中的形象变成了什么样呢？而竺阳一县的百姓又会怎样看待这个有着如此夫人的知县呢？

可怜的王娘在家里睡下了三天三夜，又存一点侥幸：那打伤老子的罪犯或许不是前夫，或许就是前夫他哪里还有脸面来求我呢？这一切风言风语却是乌有，是恶人的谣言吧？而见到街上张贴的判处罪犯的布告上明明写着前夫的名字，紧接着巡检大人派人宣布了不准她再开张饭店，以不公开张扬为由，封条贴在临街正门上的时候，王娘彻底地绝望了。

王娘没了脸面再去衙里找天鉴申诉原委，也自动地从心底勾销了知县老爷二月里来大轿接娶她的奢望，一件已经绣好的披肩抱在怀里，终日关门掩窗在楼上嘤嘤啼哭了。

天鉴判处了罪犯死刑，这死刑或许是太重了，天鉴却不知什么缘故，那一刻里觉得忤子罪大恶极，不杀不足解气愤的。回到"晚雨"院，喝了一壶酒又一壶酒，已不顾了不能酗酒的戒条，身子就瘫得动也不能动，脑袋却十分清晰。王娘是罪犯的前妇是无疑了，以前只道她是寡妇，却从未问过为何致寡，没想到她以前是那么苦的日月！但王娘真的是如前夫所言，是同公公乱伦过吗？那老畜生什么都承认了，就是此事否认，天鉴相信供词是老实的。天鉴这么想着又叹气了，老畜生早不死晚不死，偏偏事情未搞清白人死口灭，留下是一团王娘说不清谁也说不清的雾团！而王娘，出了这么大的事，王娘怎不来申说原委呢？难道王娘心虚，这全是真的吗？

天鉴一想到若是真的，脑子里就是可怕的场景，一个深山老林中的独户，夜深人静，奇丑无比的公公摸到西厢房……天鉴心里发呕，禁不住要吐。但是，但是，天鉴又自省起来了，王娘怀了不是丈夫的孩子，他天鉴当堂打死了伤得奄奄一息的公公，而自己不是也与王娘那个了吗？对于王娘，如果不从情意上讲，他天鉴和那个公公又有什么区别呢？那么，出了这事，是王娘可耻吗，就要责骂唾弃王娘吗？不，不，卑鄙的是那公公，而自己这么颠来倒去地怀疑和审视王娘，天鉴何尝不也卑鄙啊！

天鉴谅解了王娘，就竭力为王娘现时的处境设想，便往小店去找王娘。街上的人稀稀落落，但远远的王娘小店的楼前却拥了许多人，贴了封条的门板上又贴了判处罪犯的布告，有人拿着什么在门前台阶上撒动。天鉴问旁边一人：这些人在那干什么？回答是，王娘原来是不干不净的人，四邻街坊为避霉气，用干草干灰在那店周撒线哩。天鉴发了狠声，却不能发作，望了望那小楼回转衙里，却嘱咐跛腿的衙役在没人时去店里找王娘，让她来衙里见他。衙役去了，又一人回来，手里拿着一大包苦楝木子和三袋香茶，说店前门封了，他转到后门，叫了数声，听见王娘在楼上哭，却就是不回应也不开后门。他还是叫，后窗里就抛下这些东西，还是没露脸儿。

"她不会来见我了。"天鉴看着苦楝木子和香茶，双眼潮红，王娘那事一定是真的了，她没脸来见我，可她不来见我，还记着我要洗涤官服，要喝香茶的呀！王娘，王娘，你都没脸面来见我，我又怎么好去找你呢？！

过了正月，进入二月，原本是欢天喜地的时光，却成了凄凄惨惨的日子，天鉴明显地消瘦起来，胡子零乱，也不修整，巡检提了一包人参，询问大人年来脸色蜡黄，是不是太劳累了，天鉴几次想责问为什么就封了王娘小店，话到口边，又不好提出，推说伤风了几次，身子觉得是不如先前了。巡

163

检说："大人身子不好，也是身边没有日夜照料的人，如果大人不弃，有句话不知当讲不当讲？"天鉴说："有什么不当讲的？"巡检说："大人来县之后，为政英明，众口皆碑，家母在家常常教训我，说大人是我效法的楷模，只是可怜大人单身孤影，念叨我那小妹若能照料大人，也是姚家的一份荣耀。"天鉴听了，笑笑说："尊母如此爱戴，我盐某实在感激，你可代我回复她老人家，说我永不会忘她的美意，只是盐某才休了家妻，立即再娶，显得不妥，容再过半年一载，盐某方敢考虑此事的。"虽然推托了巡检，天鉴心里却又平添了一份内疚，想自己与王娘交好了那么多时间，私下讲好的二月娶她，如今就这么说出的话无声无息？王娘就是身世肮脏，那也是以前的事情，虽说与她交好时身世无人知道，但与她交往，分明是清纯可怜之人才到了要娶她的地步，使她一盆火勃勃燃起，而如今她不来见，我也不去见她，那她往后光景怎过？别人怎么说她或许可以顶得住，我不去娶她，她必是再也没有自信力量的，况且我天鉴是什么身世，若这次暴露的不是她而是我，王娘如此对待我，我会怎样呢？

天鉴终于衣帽整齐地骑了驴子往街上走，直奔到小店楼下，顶着刺眼的阳光往上望。楼窗紧严，绿纱下垂。天鉴不能放声呐喊，便咳嗽起来，王娘是听得出他的咳嗽的，果然楼窗开了一个缝儿。天鉴知道他从窗缝儿看不见王娘，王娘却能从窗缝儿看见他，就竭力冲上作笑，使眼神儿。但窗子又轻轻合闭了。

天鉴又勒定毛驴站了一会儿，看阳光下人与驴的投影，泪水差不多要涌下来，突然有人在叫大人。

"大人，"巡检笑嘻嘻地迎面走过来，牵着一匹披了红毡鞍鞯的白马，"今日有什么事吗？"

天鉴说："在衙里闷得久了，今日太阳好，出来走走。"

巡检说："走走好。正要去衙里见你，没想就碰着了，你瞧瞧这匹马怎样？竺阳县不产马，尽是毛驴，州城我那亲戚得了这匹马送我，我怎么能用呢？家母要我献给大人，还让小妹赶制了这副鞍鞯，求大人一定笑纳。竺阳的知县骑毛驴，别的县就小看咱了！"

天鉴不好推辞，也觉得你知县骑驴，巡检坐马，那也不成体统，就说了许多感谢姚母的话，当下以驴易马，溜达几圈，打道回衙。已经走过几步，突然高声说："你要来见我呀！一定要来见我！"天鉴说这话一语双关，旨在说给王娘听的，巡检回揖道："遵命了，大人！"

王娘却一连三日并没有来。

王娘不来，天鉴去王娘又不见，天鉴在衙里坐不稳，一个深夜前去撕了小店前门上的封条，脚踢了草木灰撒的线圈，才要打门，街那头有人过来，慌得溜走。第二日巡检来报，说县城治安不好，有人夜里滋扰，竟敢将王娘小店的封条撕了。撕封条谅王娘不敢，但肯定是那些下河人中的痞子所为。天鉴说：那么个小店值得封吗？既然撕了也让那王娘开她的店吧。巡检却说他又重新封上了，自大人上任以来，民风大好，偏出了这个王娘，没扫地出城就够便宜了她，若让她再在城中开店，百姓就会说县衙庇护恶人淫妇。天鉴要辩的话拿不到桌面来，回到"晚雨"院越想越气，什么恶人淫妇，老爷我就是盗匪出身，你瞧瞧老爷的手段吧！于是，这一夜，天鉴本性复发，着了外衣，蒙了面罩，飞檐走壁，翻墙溜门，盗走了巡检家玉石八仙桌内的十根金条，张富户的玉器香炉，教谕家二老双亲备制的寿衣。第二夜，又盗走了训导家娘子的一盒首饰，绢丝店一件锦衣。第三夜，又盗走了典史家二百两纹银，抢去了街北巷王家当铺五十两银钱，抢走了三个夜行人的货担，货是山货，将核桃木耳香菇踢得一地。接连三夜，天鉴获得了刺激，痛快至极，想自己久时不干，手脚虽是生硬，但一切如愿，暗笑竺阳城真是边邑小城，天鉴操起旧业，天马行空，独来独往，心性自在真比当知县强了十倍百倍！但也就在这三日里，满城惊慌，被盗之家哭天喊地来衙堂报案，天鉴一边询问失盗情况，一边害起头痛，眼前尽出现白色狼的光团，就晕在堂案上了。众人见知县晕倒，皆说是气怒伤心所致，抚胸灌汤多时，天鉴苏醒，就传巡检来见。巡检一到就跪下了，自责自己失职，怀疑说是有了大盗进了竺阳。天鉴说："竺阳小邑，哪里有大盗在此作案？你查一查，都失了什么东西？"巡检早有清单呈上，天鉴看了，唯独没有他家失盗的十根金条。就问："就这些吗？"巡检说："就这些。"天鉴说："又不是失了什么金条金砖，这么一些小宗财物，哪里就是大盗？你巡检大人在竺阳这么多年，这般小蠢贼子还没镇住吗？"巡检只是诺诺，口里支吾不清。

　　第四夜里，天鉴在"晚雨"院坐喝了一壶茶，心又烦闷起来，白天里眼前数次出现白光，使他冷静了狂躁的脾性，又借机训斥了巡检，瞧着巡检满面汗流的狼狈相，天鉴是长声浩叹，觉得自己是不该再做那昔日举动了，也不禁觉得自己可笑，弃邪归正了的堂堂知县怎么又去干了那些事体呢？但天鉴恢复了知县的天鉴，天鉴就愁闷见不上王娘，便又出了衙门，这回是骑了马了。骑了马到街上，王娘小店门仍是未开，街上依旧未碰上王娘，就快快归来。这么每到晚上，就骑马往街上去，县丞就说："大人真是清贤之官，竺阳划县以来，前任老爷还从没有夜夜去城里巡逻的。"天鉴暗笑了一声，就势说："山野小县，又是三省交会地带，人口复杂，常有盗贼呀，前几日一连数夜失盗，我这知县颜面无光哩！有了这匹马，也不费事，夜夜走走，也可镇镇那些毛毛盗匪的。"于是，老爷夜巡成了美德，也成了规矩、习惯。而几天后天鉴夜里将所盗之物，连同巡检家的十根金条，一起丢放在东街小拱桥下，天明被人发现交送衙来，天鉴按失盗清单一一发还，那十根金条清单上没主儿，天鉴就收归县上银库。全城又是一片议论，赞誉知县夜巡，真把盗匪镇住了，不但退还所盗的财物，竟还相送了十根金条。有好事人就制了"正大光明"匾牌，鼓乐喧天地送到衙来。

　　竺阳县愈是热热闹闹欢呼知县，天鉴愈是心情愁苦，每夜骑马从街上巡走，常在街的东头看见了店楼上有了光亮，怀抱了强烈的希望，就将马缰放开，嗒嗒而去，到了楼下，那灯就突然灭了。他在那里勒住马头，马总是一个突兀止步，前蹄跃起要嘶叫一声，就缓缓地走了过去。而回转过来的时候，天鉴又远远看见了亮窗的店楼，再是急速趋前，灯又熄灭。天鉴站在那里，兀自落泪，想王娘是听着马蹄分辨他的来去，但这么灯亮灯灭，是在告诉他不要来见她吗？

　　若是那一夜王娘在街上等他，或是开了楼窗给他招手，天鉴或许又会想到她那些让他不快的事体来的，而王娘偏不见他，天鉴愈是内疚：是我来见她迟了吗？是我没有及时来见她吗？愈是怀恋王娘，愈需要见她一面了。

　　又是一个梅雨季节，天地混沌，泥水汪汪，天鉴不死心，还是照例骑马巡夜，披就的就是当日他要披给王娘的油布。但每次满怀希望而出，失望而归，天鉴在静悄悄的城街上，看见了家家户户门窗早掩、灯火早熄，那些甜甜戏笑和床的吱呀之声飘出，他知道这是又到了竺阳县人效法天地而淫浸情意之时，便想到这么个雨夜，王娘是多么冷清和孤寂！返回衙里，垂头丧气到了"晚雨"院，捧了油布想起了那长长的一幕，浑身是一番灼热，一番激昂，遂是一身冷汗，一声长叹。唉唉，王娘呀，王娘，既有今日，为何要有当初呢？王娘这么长时期不见他，王娘是死了心了，王娘死心了，而天鉴该怎么办呢？雨淅淅沥沥下着，这下的是什么雨呢？如果那一次的雨季没有发生那场事，天鉴没有尝过女人的温情柔意，天鉴现在哪有这般愁苦？这是为什么呢，为什么呢？

想天想地也想不出个究竟的天鉴，他终了只能悔恨起自己是个男人，是长有尘根而就有了那种欲望的男人！男人为什么要生这柄尘根？生尘根是为了传宗接代，天鉴并不想有子女传递其脉，天鉴想不透的是上苍造人既有尘根又有了性欲，因此就对女人好感吗？梦魂牵绕演出这一场悲哀吗？天鉴对王娘是太爱了，爱到了世上所有女人皆无颜色，但他却无法与她相见，天鉴现在只有了结这份苦爱，便只有来断这份生之俱来的欲望了！天鉴越想越不可自拔，疯了一般褪下裤子，就用了那块油布包了尘根，一刀砍下去。他疼昏过去，醒来的时候，看见了那东西血淋淋在地上，天鉴冷笑了："王娘，王娘，咱们就这样完了吗？！"

天鉴托病，睡倒了许多天日养伤。在他自残后为了遮人耳目故意又弄破了手腕，郎中为他敷伤药时他又索要了许多更换的，偷偷自个敷了下体。没了那柄尘根，天鉴再作想到王娘的时候，深自没有了那种异样的不可遏制的感觉，一旦失去这样的感觉，便冷静地只为王娘的命运而可怜同情，想着想着，也就想到王娘也就是一个女人罢了。天下的女人实在是多，那还不是一样吗？站在了旁观的立场，考察这个王娘，她也实在是不大符合做女人的规范，尖舌俐齿，风风火火，抛头露面，且不说她有那么多使人不能容忍的劣点，单那一举一动也不大是一个官宦人家妇女的模样。自己为什么那一阵里喜欢她喜欢得神魂颠倒呢？天鉴静下来想这件事，是自己看错了眼吗？是他和她都中魔了吗？那么，这男人和女人到底是怎么回事呢？最后的结论使天鉴坚定了他曾想过的认识：这都是上苍造人时所戏弄人的诡计，就是那个

167

欲了。这如同人吃饭一样，如果没有口味之欲，吃饭纯是一种维系生命的工作，这工作何等辛苦？要种要收，要磨要做，吃时牙咬舌搅喉咽，过胃穿肠还要拉屙，而有了味欲，人就是贪图着味而甘心情愿地去从事吃的一系列劳作了。性欲不也是这样吗？不说繁殖的工作如何繁重，单让你干男女交合之事，那是多么痛苦的单调的事呀，偏偏上苍一个诡计，人就在暂短的欢悦中去出那一份苦力了。看穿了上苍的诡计，世事原来这般简单，天鉴为自己醒悟得意了，天鉴为自己苦苦去见王娘的事而好笑了，也为他自残后的清心而欣欣自慰。

身为官宦的天鉴看穿了性欲的本相，又没有了性欲，但他并不要进化觉寺去当和尚，他还有许多事要干，他是县令，这县令是他从盗匪归正后的结果，多么苦难的岁月终于走到这一步，如今没了那一份性欲，就更不分心思地从事他的政道了。

伤一愈合，天鉴明显地白胖起来，每日都去公堂，有事处事，无事读书，直累得浑身散了架似的歇回到"晚雨"院，躺在床上望着王娘送他的而又书写悬挂的关于为官之道四张条幅，——自省当日哪一件以此做对了，哪一件还做得不够，就念叨一句"王娘是好人"，然后呼呼睡去。

忽一日发觉，自断了尘根后到现在，竟再没有出现过白狼的光团，没了王娘用苦楝木子汤洗涤官服，官服也从未有虱子出生。那么，当初认识了王娘，是王娘化解了那时的愁闷呢，还是有了王娘而产生了那一系列的烦恼呢？

这时的天鉴就不禁为女人为到这个世间而战栗了，男人如果是要征服世界，女人则是要征服男人的，狐精化变，愈是移人愈害人，如鸩酒之美艳，如渊潭之静柔。这么想着的天鉴还是要感谢王娘了，是王娘使他终于认识了女人。

于是，天鉴对于所有女人都感到鄙视和厌烦，看什么美丑都是一架骸髅，尤其憎恨那些不顾妇道做出了淫乱之事的女人，但凡断狱，必斩无疑。随后就颁发策令禁止雨雾之天说媒、娶亲、约会，甚至正经夫妇的房事，规定此日为祀天地之时，可以饮乡酒，可以逛庙会，民户在乡村的，百户为里，十户为甲，百长甲长巡查监督，民户在城镇的，巡检巡逻，有违犯者，收监勿论。如此整肃风俗，竺阳为之安静，天鉴就十分得意。天鉴已取消了夜里巡逻的习惯，却喜欢白天骑马上街，他讲究起来，走有走势，坐有坐相，要反复在镜前照耀帽端与衣整，叮嘱众衙役前后等距离地不远不近地相随，他端坐马背之上，扬头挺胸，目光远眺，一只手轻轻叩着鞍鞒，正合了马蹄的节奏，阳光下他瞧着自己的影子也踌躇满怀了。

麦收之后，各村社百姓有闲，开始互走亲戚问候送礼，县衙里自然接收了许多贡献。先是零星私人送知县物品，一日三岔里敲锣打鼓为天鉴抬来一页匾牌，遂是龙生桥里、过风楼里、竹林铺里一个地方一个地方都抬来匾牌。待到收了二十三页匾牌挂在了县衙议政厅里，天鉴笑着对一班公干说："百姓真是好百姓，你做了一点亲民之事，他们就不会忘的。可惜还有十个里，我未尽职哩！"这话传到未送匾牌的十个里，里长就慌了，连夜又制匾抬来。

这一夜里，天鉴叫来县丞欲拨一些银款奖励乡里地方，县丞却为难银款难筹，天鉴便让仓吏拿来账簿看额外课程，查了畜税、牙税、地税，乡典吏的俸银和养廉银，再查县衙门子、皂隶、轿伞夫、库子、马快、禁卒、膳夫、马夫工食银，就让扣解各项一两一钱银子也就够了。这时巡检进来，说："大人为乡里地方筹赏银大不必这般费心，知县治理英明，地方感恩感德天经地义，而大人是否考虑了把竺阳的丰年盛景禀知给州里呢？"天鉴"哦哦"醒悟，遂取消给乡里地方的赏银，再从知县公费银中、捕司兵银中、孤贫口粮银中、文庙春秋祭银中、武庙春秋祭银中，以及四月内零祭银、乡饮银、五月十三日武庙祭品银、儒学俸工银，禀生二十名的月粮银中各扣解出一两五钱，就交由巡检开出要送的人单、社单，一并办理。

五天后，十二匹驴驮由巡检押着运去州里，天鉴亲自在衙门口，看着一包包丝绸、兽皮、生漆、药材、酒肉负上驴背，双手执酒为巡检送行了。驴驮还未走出城门，跛腿的衙役来对天鉴悄声耳语，天鉴好生一愣。

天鉴说："死了？"

衙役说："是死了。"

天鉴说："什么时候死的？"

衙役说："今早发现的，却不知是什么时候死的。"

天鉴喃喃起来："死了，她为什么要死呢？"

衙役说："老爷，现在人已入殓，下午要浮丘到城河那边的山根下的，她不知是何时死的，街坊说死的日子不好，不能入土，要浮丘半年下葬，要么就会犯煞的，你要去见她，她是不会拒绝的了。"

天鉴说："行的，见见她。"

月明星稀的晚上，天鉴没有骑他的白色大马，只带了跛脚衙役出城门过了西流河，静悄悄地来到了山根下。在一片黑松树林子，一个简易的土墙草棚里，一具棺木就封在那里。两人走近去，天鉴立在棚外，衙役挪开了干垒的门洞石头，棺木并没有钉，只是用绳索捆着，解开了，轻声唤道："老爷，你要进来吗？"天鉴没有回声走进去，王娘躺在揭开的棺具里。棺具并不长的，王娘却只有棺木的一半，酷似一个干枯的小孩。天鉴见过许多死亡的人，但还未见过这种模样的，她一定是死了十多天或者二十天，骨肉干缩成这样，但是在耗干了所有能量死亡这么久没有腐烂发臭，所以街坊四邻并没有引起注意吧？衙役说，直到今日早上一个老太太突然说：王娘的后门许多日不见开了，她不打水吃饭吗？人们才想起确实是那门很久未打开了，就去敲门，又敲不开，知道要出事了，搭了梯子翻过后院，王娘已经在床上干死了。

"听人说，王娘是躺在床上死的，床头有一面镜子，窗帘开了一条缝儿，镜子正好能反映出窗帘缝外的街面。"衙役说，"老爷，街坊都说王娘临死还爱美，整日要照镜子哩。我猜她是在等着照见巡逻的你哩！"

"等我？"天鉴说，口里支吾不清。他在自残之后就再没有巡逻过呀，这王娘真是，我见她时她不见我，我不去了，她又在日日夜夜要听那马蹄和等见我的身影吗？

天鉴一双手伸进去，捧起王娘的脸来，脸松皮枯皱，口眼塌陷，他看了看，又放下去，发现了王娘的身下正是那一件土豹皮。王娘在床上死的，街邻将她入殓时就势以她床上的被褥包裹了移置棺内吧？天鉴禁不住想起了过去的一切，侧了身在自己怀里掏，掏出一个用一片油布包着的什么，塞在王娘的身下。衙役说："老爷，你带给王娘一包香粉吗？"

天鉴说："多嘴！"

170

衙役没趣，对王娘却说起来："王娘你也算造化，能得到老爷来看看你。"

天鉴说："半年之中，你暗中要多来看看，不要让野狼野狗毁了棺木。半年后，我掏钱，你雇人让她入土为安，修一个墓堆吧。"

衙役就哽咽起来了："老爷，你是县令，不该为一个平民女子下跪的，就让我给王娘跪了磕个头吧？"

天鉴沉沉地往树林子外走，说："今日这事，不要对外人说起。"一边走一边用手在空中接，发现天有了落雨，却不知什么时候月和星皆已消失，远处有闷闷的雷。

已到了梅雨季节，但雨终没有下来，零星了几点就住了。十天后，天鉴下令在城十字街心扩建严亭，移植各村社采集的最好的花木，显得十分可观。一年后夏天，天鉴于西流河畔迎接了知州来竺阳避暑，知州十分欣赏严亭四周的花木，天鉴就征集税课，再次扩建，拆除了周围民房，将严亭广场扩大到方圆十八亩地，还运了洛西县虎头山的怪石造假山，又挖了天竺山的各种奇竹、花卉，俨然是一个大的花园。又一年，天鉴娶了巡检的小妹。但常陪州里来客、邻县同僚来园内赏玩，却未携过夫人。忽一日感觉这么一个如江南园林一般的地方，而当初严亭修造得太小，又粗糙土气，便重新翻修一次，修成十二柱的花亭。十二柱花亭修好后，天鉴来看，十分喜欢，却说了一句话：那个坟堆在这里有些不搭配了呢。巡检遂让人平了坟堆，砌了一个大花坛。自此，十字街心真正成为一座赏心悦目胜地，人们再不呼"严亭"而唤竺阳花园了。再一年，知府表彰天鉴治理竺阳"政绩显赫"，呈报省巡抚欲擢升为州里十二个县的总巡检。天鉴得知，在县等候消息，无奈竺阳县境却淫雨绵绵，直下了三月，家家的衣物鞋帽皆生白毛，所有屋顶、墙头都长了绿苔，天鉴下体旧伤复发，痒胀疼痛而死。

一九九一年十二月二十一日下午草完

一九九二年一月十二日午改抄完

佛　关

一

　　兑子最后一次从这里走开是夜的子时，镇子里人睡灯熄，孕璜寺没有钟声。我前半夜无论如何睡不着，先是听屋梁上的老鼠磨牙，后来觉得身下发凉，凉气直往骨头里透，揭起席子，果然摸到了冰滑滑的一盘，抓起就从窗子扔出去。这是条双尾蛇，后来在院子的捶布石旁发现的。见到双尾蛇是要砸死的，但我没有砸死（我以为它已让我摔死了），以致倒霉的事一个接一个，这当然是后话了。当时该是公鸡要打啼的，公鸡未啼，狗也不叫，母鸡却鸣得很厉害，我按约就去了山根的黑松林里。兑子并没有先到，我等待她，奇异的事情就发生了：听见了蚯蚓在泥土中的呼吸，缓慢悠长，如表叔独坐时的叹息。有一颗露珠从松针上往下滑，哧啦哧啦的似乎很涩，终于极脆地跌下来，遂声大到五音齐发的轰动。一朵两朵，相继是彼此起伏的狼牙刺花开放，唱着一种很美妙的歌。我惊奇在这个夜晚里我竟有这么好的听觉，以至于她还在蹚着那一片黄麦秸草丛，我便知道她来了，那理头发的声音，提衣领的声音，手在胳膊弯抓着衣服搔痒的声音，以及脚下松果压扁声，头发甩起来又扑撒开的声，音响惊心动魄。而当我们面对面站着的时候，这声音却全消失了。我问兑子，我这耳朵怎么啦？兑子没有回答，只看着我，说："你喝酒了！"她看着我，其实她什么也看不见，刹那间我明白她决定离开的时间在子夜压根儿是没有考虑到白天与黑夜。我喃喃着我是喝了酒，从下午一直喝到天黑，原企图麻醉一场，但酒淡如水，这恐怕是我人生最后一次对酒的信赖了。我们沿着黑松林边的一个阴沟往山上走，山崖把月光割裂成一个大的三角，一靠近三角的边缘，似乎身子被割得疼痛。好容易到了那条小路，路很白，也瘦得可怜，且纠缠不清如绳子。绳子牵扯着我们上了山梁，孩子就哭了，静夜里声传得很远，越上得高越听着显。我在那里站住，她也停住，但立即又在前面走，不像一个瞎子，衣袂飘然宛若是鬼。我说兑子，她说嗯，你真的要走了？她默不作声，步子加快，几乎要飞起来。人都说她是花蝴蝶变的，我疑心她真是非人了。山梁下逆着河水是有一条官路的，她却选定山梁上的小路，亏这夜月亮也好，一直伴随着我们，我看着面前深幽如海的山峦，我不知道她怎么能走回家去，鼻子就发酸，眼泪扑扑簌簌落下来。当我坐在一个石板上，倒掉鞋壳儿里一粒磨破了脚心的石子，我说兑子呀我跟你一块儿走吧。她对着我，脸面极凶，骂了一句，我没有听清。

"你混蛋！"她又骂了一声。

"我混蛋？"我说。

"我是妇道人家，你也是雌的吗？"

"雌的？"

"最没出息的是走。"她说，"我看你是男子汉，我才把孩子托付了你。你连孩子都保护不了，还能保护我吗？"

我说："孩子我能保护了的！"

她说："那你还跟我往哪儿走？！"

我无话以对，我们就站起来告辞了。

兑子说："你记住，孩子是佛关的孩子！"

她说了，就走近我，伸出手来，亲切地在我头上脸上摸一把。她这是第一次摸我，多少年里，我放诞着暗恋，希望有一日我能触摸了她的肌肤，她这时是摸我了，我立即抓住了她的手。手是棉花一样柔软，越握越小。我说兑子兑子，浑身就战栗起来，直到她为我拭擦眼泪的时候，我才清醒她已经在我怀里温热如个婴儿。

她说："我们要分手了吗？"

我说:"是要分手了吗?"眼泪又流下来。

她说:"不要这样,魁。我知道你爱我,但我把最好的时光给了别人,现在我眼瞎了,我变成一个丑脸婆了。"

我说:"不,你不丑,你还是最美的人。"

她说:"这你骗我,我不美了,我是丑镇上最丑的人。"

我说:"就是丑,丑能辟邪呀!"

兑子咯咯地笑起来,柔软的身子在我的怀里起伏,我那时完全处于迷糊状态,至今想不起事情是如何起承转合地发展着,反正她什么也没反抗,当我进一寸时,她竟能退一丈,月光下她把衣服都剥了,我听见她说你来吧,魁,你愿意怎样就怎样吧。在那个时刻,奇异的听觉又产生了,我听见了嚯嚯的风声,听见了风压倒蒿草而又在草窝里回旋揉搓声,听见了土壕里有石槌打胡墼声,听见了猫舔糨糊声,听见了老牛犁水田声,听见了似乎是狼虫虎豹牛鬼蛇神一起的狰狞声。上帝啊,无言的上帝!我激动地感念着,同时也怨恨这一天来得太晚,为什么竟在最后分离时幸运到来?毫不掩饰地说,在我兴奋之余,不止一次涌上一种犯罪的感觉,觉得对不住了表哥,但冥冥之中,又觉得我已不是我,或许我那时是表哥的替身。我祈祷上苍,我是表哥的替身,□□□□□(此处删去二十三字)后来我倒在那里没有一丝力气,瞧见兑子站起来,身子在月亮下美妙绝伦,而双腿上有了红的血迹,如花如霞,如染的太阳光辉。我吓得问怎么啦,她说我来那个了,用手去涂,亮在我面前的一个血手。

她说:"魁,我现在完全了结与佛关缘分!"

我说:"兑子,我永远会记着你的,我一定还要找你回佛关的!"

她说:"今世再不会回来了。魁,我托你给孩子一个作念吧,你有纸吗?"

我有纸,纸是垫在帽子壳里防头油的。我取下来,她将手按在上边,纸上是一个血手印。手印的精细纵横纹线全印着,了了清晰。

她说:"孩子长大了,你告诉她,这是她母亲的手印。我画了多少人的手印,我只留下这一个手印。你躺着,我走了。"

她不让我起来,穿好衣服,系好鞋带,硬要我静静地看着她走远,走得无影无踪。

于是我看着她一身素白，衣袂袅袅而逝。至今回忆起来，她在欲逝未逝之际，是回过一次头来的，倏忽一片白光，只剩下那个白而空的月亮。我是一直在那里呆坐到天明，呆坐到太阳一竿子高起来，当我要站起，才发现我是坐在山顶上的一块儿五月的将熟的麦田里。我们的分离使麦子倒伏了好大一片。我抓过一把麦来，看着已灌了浆的麦粒，突然觉悟每颗麦粒都是一个女性的生殖器！我发疯般地扑向路面，朝着深幽如海的山峦，叫着兑子兑子，一边用手在地上写她的名字。孕璜寺的住持说，叫名如念咒，书名如画符。对着太阳看着她的血手印，这一张兑子的人生命运图。我默默地祈祷着永远离开佛关的兑子，能安全行走。

二

从山林里返回，我不舒服极了，膝腿发软，虚汗淋淋，路也似乎在地震摇晃，或者是海绵，一脚踏下去陷一个坑儿，脚抬起来路又随脚而上，我感觉我要虚脱了，谁只要轻轻撞我一下就倒下去再也不会起来。脑子里便有了幻景：我这么倒下去二百年三百年，一切都腐化了，骨头一节一节散在那里，只有身子中间部位的那团毛还在，考古的人会捡起毛来，突然说，×毛！唾一口扔掉的。是的，我的那毛不干净，我也不干净。那一刻里，我安慰着自己是表哥的替身，但这种自欺欺人的心理越发使我有乱伦的犯罪感，更觉卑鄙。一步步走近佛关，一步比一步更艰难，更不舒服。有几次人走前去，又往后退，像是谁在后边拉，用手在屁股后摸摸，衣服完整，也没有长出尾巴，那身影正在一个树桩上，就知道影子挂在那里了。我终于明白我的不舒服是影子被树丫子牵扯得疼痛所致，慌忙紧跑，尽量躲开树丛地方，又恨天上的太阳太红。今日的事情奇怪得厉害，那一阵是惊心动魄的音响，现在又是影子生了感觉的困扰，这一定是表哥在作祟。商州的山里，鬼可以作祟，神可以作祟，狼虫虎豹成了精作祟，人也作祟。表哥是不是已经死在大狱了呢，他的亡魂在一直监视我？还是表哥并没有死，而他的意念在千里之外发注于兑子，而产生了无比的能量来惩罚我？活人的作祟是最厉害的。我回到佛关，并没有去镇街，急急地就到河畔崖头的那座石塔下。塔在三年前一场雷雨中劈残了，黑黝黝的只剩一半如插立的剑，失去了往昔的庄严，却有骇人的威武。我数着第八层脱落了浮雕小佛的佛龛，爬上去，撕破了一张很完整的蛛网，取下了半截砖压着的小纸包。天哪，老鸦并没有叼了它去，也没有腐烂发臭，而完全风干了！这是表哥的尘根，当人们把他和兑子抓住的时候，巨大的仇恨，拳脚如雨地倾注在他的身上，后来就踢这尘根，表哥偏要双手去护，他越是护，人们越是恨，双手就被人抓起来，露出那垂头丧气的一条肉来，有人就用手指去那里一蘸，拉出一道白色的有着胶质的细线，骂道：你干了！你真是干了啊！人们又扑上去打，慌乱中尘根便被割断了，日的一声，掠过人们的头顶，又飞过了一个颓废的矮墙。我那时正站在人群的后边，我祝贺着表哥的又一次勇敢，内心深处也生了不少的嫉妒，我明白他掏出那么多钱在佛关改造校舍，目的全是为了讨好镇人，而一等将来与兑子成亲能堵了镇人的口。但表哥错了，镇人乐意接受他的办学和享受他请的那一顿丰盛异常的饭菜，却不肯他把兑子占为己有。镇人打他一顿，我是可以理解的，并不想去劝解，但镇人打他打到疯狂，我要前去阻止也是不可能了，当那尘根飞过墙头，我第一眼看清那不是一只鞋子，也不是兑子留给他的乳罩，我以为表哥这下是要死去了，就跑过矮墙去捡尘根。矮墙外正好是一个胡墼壕，在掘土掘得乱七八糟的土坷垃窝里，我偷偷地把它捡起来。表哥并没有死，流了好多血。我说：要出人命了，快往医院送！但偏在送医院的路上，警车就把表哥带走了。尘根要接续是没指望了，我是在夜里爬上石塔存放起来的。

　　这尘根儿风干得很小，像指头粗的一根牛肉干。它是死了，它曾经英雄一世，标志了一个男人的威风，它给了表哥人生最幸福的享受，也给了表哥最痛苦的折磨。表哥是死是活无法预料，即使活着也活得非男非女，非人非兽，表哥是彻底完蛋了。属于表哥的世界，也就是说表哥的这个世界是那么大，其实只是这么小。

　　我孤独地回到铁匠铺里。起火的炉台还在，但泥皮早已斑驳，一只硕大的母鼠正衔了一撮茅草钻进了炉膛，我知道鼠的家族里又将要添丁进口了。环视着这曾经住过表叔和表哥的地方，我不知道该说些什么。揭开炕角那个瓮瓮，舀了一葫芦瓢苞谷酒要喝，猛地记起来昨日下午再不喝酒的誓言，就把葫芦打翻，想往酒瓮里尿一泡永远断绝酒对我的诱惑，但我顺手却将牛肉干一样的尘根丢了进去。做这一突然举动连我也莫名其妙，立在那里笑了一下，脑子里却闪过数年前的一场事来。表哥在崖壁上跌下来，他浑身的关节疼得立不起身来，他就在一个月里喝完了这一瓮酒而好的，他的好是我和表叔都视为奇迹，直到他出走之后，我重新做酒，才发现瓮底里有一盘蛇的骨架。表哥是喝了钻进毒蛇而腐化的酒恢复了身子，这尘根丢在酒里还能显出早昔的英武，表哥若是活着真有意念，又能使尘根重新恢复在身吗？然后我就又想起现在不知还在路上如何行走的兑子，那山野的恶狼吃没吃她，那路上的石子绊倒没绊倒她？我一遍又一遍念诵着惠心住持教我的"嗡哒吚嘟哒吚嘟吚娑哈"的十字真言，召唤着佛关镇上那所有的佛窟里的佛尊能保佑这两个人。当我长长地念诵之后，我无意中往酒瓮中瞧了一眼，我竟发现酒瓮中的尘根膨胀粗肿，似乎比在表哥身上精神勃发时还巨大！它原本是平沉于酒瓮底的，现在直立而起跃在瓮口，像一个竖起的萝卜，更准确地说像酒瓮里长出了一棵硕大异常的平头蘑菇！我放声大哭了。

三

七年前，我还是地道的西安城里人，我只知道我的表叔住在商州的山里，但并不知道商州的山地是个什么样子。表叔领着表哥曾经来过我家，带了许多洋芋和一篓苞谷酒，我就是那时喝苞谷酒喝上了瘾。我问过母亲：表哥的眼睛为什么那样大？母亲说，山里洋芋多，稀饭里都煮囫囵洋芋，吃的时候眼睛就得睁，久而久之睁大了。但表叔带来的洋芋，母亲总是切了丝儿炒菜吃，我恨我没有生在商州，眼睛才这么小，爹就不止一次地骂过我贱命。当我后来真正成了商州佛关人，回想起爹的骂，认了我来商州是一份机缘，是我的命运。在我十六岁的那年，高中并没有上完，我与爹的矛盾日益加剧。爹是一个挣钱的能手，常常出去一月半月，回来就提那么一提兜钱票，然后当着母亲和我的面，捏了一沓啪啪地在桌沿上拍，乜斜的眼神里全是在说：老子怎么样，老子在养活你们哩！他于是在家的日子就是酗酒，或是红着眼睛数落母亲的脸黑，头发干涩不蓬松，小腹突出，臀部下垂，尤其是脚，大拇指凸一个难看的鼓包。母亲开始在脸上搽许多粉，烫头发，趔趔趄趄穿尖头皮鞋走路。但爹越发厌烦母亲，竟长期不回来。我知道爹是在旅馆里包了一间房子，供养了一个很漂亮的女人。母亲常让我去找爹要钱，我就去敲他的那些朋友的家，那里总是烟雾腾腾的麻将场，爹或许在，或许不在，我就又往那个旅馆跑，门卫每每一看见我就用身子挡在门口，大声喊我爹说："警察来了！"我讨厌父亲，讨厌不敢与父亲离婚的母亲，讨厌西安。我在某一个夜里下定决心要离开，因为我已经长大了，我可以独立了，虽然我不知道离开后能不能挣钱养活自己，可我毅然搭车长行了半个关中平原，长途汽车到达秦岭的山口，我打问着佛关镇的地方，终于找到了表叔。

这是关中平原和商州的交接点，原是一条古栈道上的驿站，车路沿着秦岭北坡向东绕去，而逆了那条满是大的且白得生硬的石头的河向里漫行，越过了韩家坪、张家界、蓝桥关、宋家洼，到达西峪山顶，下行七个盘道，就是佛关镇。说是镇子，其实还是一个小小山寨，四周都是连匝的山，有三个崖突出过来，像一个平面的三个齿的轮，屋舍就在每一个齿的两边繁衍。三个齿崖下流三道水，于镇前汇一个清幽幽的潭然后往东流去，三片房舍皆以九道木板桥、铁索桥、石拱桥连接。我站在东边三桥头上打问表叔，有人指桥头下街石铺的土场上坐着的一个老头，他果然是表叔。我叫：表叔！表叔看看我，又扭过头去看脚前卧着的一个母猪。母猪有十八个奶，阳光下卧着如死着。我知道表叔没有注意到我，又叫一声表叔，他这下定睛地看我了，没牙的嘴皱如婴儿屁眼儿，立即就走过来。"这不是魁吗？"他喜欢地说，"你怎么寻得着这地方？！"表叔拔下后腰带上的旱烟锅擦了擦烟嘴儿递过来，又意识到我不会吃烟，再别回后腰带上说快到家去，说罢就前边走。表叔还是那急性子，步如雀跃。我母亲常叹息，表叔一生困苦，全是他的走相不好所致。我追不上表叔，他走得远了，立下就等我，等我走近了，他又小跑前去。后来指了指街铺南头那家门前搭有油毛毡棚的房子，随手抽下近旁一圈篱笆上的木棍给我，说："你消停来！"他就先回去了。我不晓给我木棍作甚，立即有狗来吠，一扬棍它住了声，才扭身走，它又扑前来吠，而且很快来了三只，我便拿棍左右扫荡。远处的石阶上有人在笑，却不肯来帮我。好不容易赶到油毛毡棚，钻过一道铁丝悬挂着的链条、火剪、镢头、铲子、板锄等各式铁器，木板门里，表叔正急急收拾乱如猪窝的家室：用笤帚扫地，提走了夜里用的尿桶，说："表叔这地方肮脏，你将就坐吧。"我是来投靠表叔的，哪里还能嫌弃他的不卫生？问表哥，他就骂起来，说表哥高不成低不就，铁匠手艺不愿学，又不能做学问、生意，家里待不住，也不收拾，生儿子生了个冤家。然后就舀了酒给我喝，又喊住门口路过的一个人，叮咛去寻表哥，让把母猪从街面铺的土场上拉回来。"你喝口酒呀！"他端着葫芦瓢追到棚前，酒却倒在自己的嘴里。

表叔在佛关是出了名的铁匠，有祖传绝技，所打造的链条是不会断的，除非铁质生锈腐蚀。佛关是古栈道上的山寨，公路没有通前，路都是在山崖石嘴上掏石窝子，栽石橛子，上边架了石条而行，最危险处就挂链条做栏，那时表叔的生意既不红火也不困顿。公路现在虽没完全开通，但开辟了新的毛路，做栏的链条没了用场，表叔就承接了开路用的铁钎打制的活路，再是山上垦田用的镢头，砍柴用的斧子，以及生活日用器具。表婶过世得早，表叔拉扯着表哥过了有十年，他到西安我们家总是哭穷说恓惶，可在佛关，他却是个人物。那天我刚到，吃着表叔做的浆水面，就有四个人来定货，表叔待理不理的，和人说话时一直用竹篾儿掏耳屎，掏一点，放在桌面上，又掏，然后就积聚起来吹落在地，不改口地说是多少价就是多少价，一个子儿也不让的。

天擦黑，表哥回来了，他并不知道我来，用脚砰砰地踢开门，一个难看的猪头就先进来。表叔就说："你没长手吗？门板耐得住你这么踢吗？"门是走扇门，踢开了又往一起合，进来一半的猪就卡在那里，后边的表哥一脸不高兴，偏用脚又踢猪屁股，猪像杀它似的叫。原来这一个早上表叔起猪圈的粪土，放了猪在屋后拱食，就拱出一个死老鼠，表叔大呼小叫去抢那老鼠，猪却一口将老鼠吃进肚去。这是一只吃了毒药而死的老鼠，果然中午猪就不进食，卧在地上直吐白沫。表叔让表哥去请兽医，表哥懒得去，表叔只好拉了猪上兽医站去，我见到他的时候是兽医在猪屁股里放了体温表而回屋洗手去了。表哥脸还恼着，抬了脚还要踢猪，突然看见了我，那踢出的脚一时收不住，扑过来抱我，我们两个都倒在炕前的火塘里，火塘里没有火，灰腾起一团雾。我喜欢我的表哥，表哥有一副很美的体形，五官俊气，头发密而乌黑，他虽在佛关，但样子极像是城里人。他看见我穿的夹克，连声说好漂亮。我脱下让他试，他就穿上了，对着镜子照前照后。表叔就说：你安分些好了。表哥就瞪表叔，拉我到他的卧房去说话。表叔却问："猪病怎么样了？"

"死不了的！"表哥说，"人家让给喝绿豆汤的。你怎么寻着来的？"

我说："坐车到山口就下来，问了差不多十个人哩。"

"山里不比你们西安省城，"表哥说，"满地石头，走路可得抬高脚的。可山里空气好，厕所多，哪里都是厕所，没人你哪里都可以尿了！爹，爹！"

表哥突然叫表叔。

表叔在后院关猪进圈，应了声："是熟绿豆汤还是生绿豆汤？"

表哥说："随便吧。猪的屁眼儿里还有半截体温表的，人家让你看着，你走了，猪拿屁股在石头上蹭，体温表就断了。"

表叔在后院惊叫了："这你怎不早说，这猪还能活吗？"

表哥说："没事的，等拉屎就出来了。你累了吧？"

表哥就给我扫炕，说我们合一个铺睡，说他没有虱子，摊了被子让我检查，又怕我不相信，最后还是反盖了被子。我说我不乏的，这么早睡不着的。表哥就说看佛关夜景去，拉我下炕就走。表叔在后院又嚷什么，他一拉门，声音全关在里面。山里的月亮小，但很清丽。我们走过狗咬我的那条不成街的街路，三四条狗依然在那里游走，但出声儿也没出声。表哥依然穿了我的那件夹克，赢得了许多街上的人说好，他也不说穿了我的，样子很得意。我们走了旧关台，那已经废了，只有一座石条子垒成的古墙垛。他说，陇海线未通前，这里是关中通往河南、湖北、广东、广西的唯一要道，要是朝代不变，可是繁华地面的。他这么说着，英俊的脸上洋溢着激动，随之就默然下来，但他仍站在旧关台上指着半山腰新开辟的路面讲：不要几年吧，这里公路就通了，或许这地方还有出息的。他一心向往西安，羡慕着我。我告诉他我来这里就不走了，讨厌起西安城了。他大惑不解，以为我说谎言，我坚定起来，他大叫我要后悔的。后来，我们下旧关台的时候，我发现了台壁上嵌着的一面石碑，顺便看一下，上边竟有一首诗的：来时一布衣，去时一布衣。夜黑投宿店，羞于见关吏。表哥说这是唐朝的××写的，他是商州人，两次赴长安赶考落第，此诗是第二次空手而回所作。我脑子乱起来，××我是在学校读书时就知道的，他失败而归后，三年奋发苦读，又一次出关，终于在长安城里做了大官。而我，生下来已是那个古城的人，却偏偏又来到山里来了。

表哥说："哪儿去不得，为什么要来这儿呢？"

我说："我也不知道。"

表哥说："明日领你去抽个签吧。"

我们从外边返回铁匠铺，夜已经很深了，但表叔还没有睡，他在堂屋用脚踩木橛子捣一个石窝子里蒸熟的洋芋，说是给我做糍粑吃。表哥说猪要能死就好了，有肉吃，吃什么糍粑！表叔就发恨声，骂你小子就盼不得猪死，死不了的，刚才喝了绿豆汤，猪屙了，屎里有半截体温表的。魁什么肉没吃过，糍粑是山里特产，他吃个稀罕哩。我和表哥已经在炕上睡下了，那哐啷哐啷的木橛声还在响着。

四

我恍恍惚惚地来到孕璜寺。推开山门，偌大的寺院里，端端地站着一帮小和尚，惠心住持正在教训哩。惠心这老和尚有一颗干瘪的头，平日与人少语，脸面严肃，只有和我说话时偶尔笑笑，笑也无声。他见我进来，看了一眼，并不做理会，我知道他在小和尚面前更要拿出庄严相的，就坐在石凳上看一只黄色细腿的蚂蚁爬动。寺院香火一年复一年旺盛后，扩建了一座大殿，又新辟了两排僧房，接二连三从外地寺院转来的和弃俗修行新来的和尚增多，这些和尚道行不深，定力不够，又出了表哥和兑子的艳事，小和尚们的衣着日渐新鲜，目光灵动，惠心住持就每日清晨于院中检查被褥了。现在的阳光灿烂，一道铁丝上晾晒了十二条被褥，惠心一一凑近查看，终于发现了一条被褥上有了斑痕，叫出那个白脸长身的小和尚，令他用小刀刮了，搅在一碗水里喝下。小和尚好俊气，端了碗看惠心。惠心说："喝！"喝了，却不咽，作呕要吐。惠心说："说话！"小和尚说了话，说了话就咽下去了。我不免替小和尚难过，不明白佛是什么，信佛难道就一定要来寺院修行吗？修行就是将一个活人硬要变成木人石人吗？人哪个是没贼心的？做好人是有贼心没个贼胆的，在自己的被褥上遗自己的精任何年轻的男人是正常的而做了和尚就不行吗？这和尚我是死也不肯做的，我宁愿上战场面对着千军万马去作战，我也不肯去与自己的性欲做斗争！

这个时候，我突然对惠心住持产生了恶感，但我必须见他，因为兑子毕竟是与他有着关联的人，兑子的出走，不能不告诉他。

小和尚们各自抱了被褥去殿里做功课了，惠心就走过来，他对我拱手作礼，口诵阿弥陀佛，问大清早有什么事吗？

"兑子走了。"我说，眼泪就掉下来。

他看着我，满脸麻木，好像我站在他的面前是那棵丁香树。我想起在佛关流传的一个故事，说是孕璜寺的老住持在寺里的时候，手下有两个小和尚，他年老将逝欲选一个传钵者，这一夜就安排了一个年轻的妇人去诵经房里。妇人美貌，鲜衣艳服，先去一个小和尚那里，哭哭啼啼诉说自己的苦情，那个小和尚只闭目诵经，妇人伸手在他的光头上摸了一下，小和尚一侧身又诵起经来。妇人起身又到另一个房间去见另一个小和尚，同样苦诉了一番，央求能送其回家。这位小和尚就站起来，将她送到寺外的吊桥上，吊桥晃荡难行，妇人不得过去，就又将妇人抱着过了吊桥。结果，住持的衣钵传给了送妇人回家的小和尚。这小和尚就是现在的惠心住持，而妇人就是我的表婶。表婶那时老犯心口疼，在寺里还愿，替老住持办过了这件事，心口病并未彻底好，五年后又犯时过世了。这当然是后话。但老住持在传衣钵时说，惠心有同情心，惠心才能修正果。可现在，惠心听了兑子的消息，竟久久地旁若无事。"老秃……"我几乎要愤怒了，转身要走的时候，他却说："那孩子呢？"

182

"孩子，你还能想到孩子？"我说，"我养着，她是丑镇佛关的孩子。"

我是称佛关为丑镇的，这称谓佛关的人没有异议，并且大家都沿用了这个词。在佛关，不论孕璜寺的佛塑还是洞窟里的佛画，每一个佛都是异常的庄严美丽，但居住在这里的人却是十分丑陋。土著的人世世代代身不高五尺，且皆头大腿短，或是臀肥头小，即使后来新迁的客户，久而久之也相貌失起比例来。我初来时不明白这是为什么，后见到这里的山桃野枣，以及苹果柿子梨，也都歪嘴裂肚的，就认定是水土所致，称这里是丑镇了。出奇的是兑子和表哥却英俊了得，我夸赞他们，表哥却说：这里是以丑辟邪的，美只能是佛，但人怎么会是佛呢？人美了只能是妖，是邪，我和兑子不丑反倒是丑哩！当时我不以为然，而今看来是有道理了。

兑子终于生就的那个孩子是不美的，我可以这样说，她完全没有其母的一点优点，反倒将母亲不易察觉的缺点成十倍地扩大发展，她的鼻子就很塌，眼睛太小，稀薄的一头黄毛。但是，孩子生下来后，兑子抱着她在镇上，大家并没有作践这个世上没有公开父亲的孩子，反倒都来抢着抱，当了她的母亲说："叫爹，叫爹！"兑子立即将孩子抱过去走掉，却不变脸唾骂。

我是相信这孩子是表哥的，但孩子的奇丑又使我怀疑是表哥播种的，而镇上每一个年轻男人的丑都能在孩子身上现出一部分来，却也令我无法判定孩子到底谁是她的父亲。

兑子走了，无法再论证孩子的父亲，在我的眼里，兑子在某种程度上讲，是寺里的人。惠心住持修行到了成精，兑子一定会把孩子的来历告诉他的，或许住持的天眼洞开，早知道了孩子的父亲是谁的，我和住持就坐在寺院里莲花池沿上，故意反复提说孩子的可怜。住持说："她是佛的弟子吧。你带着也好，你要在洞窟里画佛的时候，孩子就放到寺院来，这里人多好照看。"

冲这一点，住持虽没绝对信任我，肯说出兑子的所有秘密，但我感念住持了。从此我去画佛或出门一天半晌，孩子就在寺院里同小和尚、同香客逗玩，心眼生多，只是头发越来越稀，个子不长。

在我以保护人的身份去兑子的土坯房里接孩子的时候，我忍不住地又一次放声大哭了。这是我今生哭得最伤心的一次。

土坯房很小，是土胡墼一层平压一层立栽而干打垒起来的。立栽的土坯上都有着手印：大的，小的，深的，浅的。这些手印是丑镇上人的手印。他们其中，有人或许已经死了，有人或许已成婚立家，但更多的现在还是单身汉住在佛关，可是他们谁都不知道在这手印房里的兑子离开了，永远永远不会回来了。

土坯手印房后就是兑子早年居住的窑洞，她在临走已用石头砌垒了洞口。多少年里她在那里所画的什么，她不让任何人进去，现在也不让任何人看到，这就是我之所以伤心落泪的原因。

孩子使劲儿在房子里哭，声音嘶哑。当我和兑子前天晚上爬上山梁，听到孩子在哭，这两天里孩子是哭了几场呢？我打开房门，她已经成了泥人，一筐的鸡蛋一个一个全部捏碎，黄水白水同屎尿和在一起，肮脏的手又在四面墙上抓着无数的手印。她的肚子是饿极了，兑子将一张烙好的面饼中间掏了洞挂在她的脖子上，是让孩子饿时一低头就能吃到，但她只吃了面前的饼，饿得吃泥吃屎，脖后的一半饼却不晓得转过来。

我把孩子抱起来，孩子立即抓起我的衣服，头就偎在怀里吮我的奶。我痒痛难受，但还是让她吮，一面蛮有兴趣地看孩子的屎尿手印，并拿出兑子的血手印对着满墙土坯上的手印对照起来。兑子的血手印是兑子的人生图，土坯上的手印是追慕兑子的男人们的人生图，而哪个与兑子组合，完成了孩子的人生图呢？

我可恨我的无能，无法得出结论，这也是我伤心落泪的又一个原因。

我终于大胆认定，我就是孩子的父亲。"孩子，叫爹！叫爹！"我说，这是天命，我在兑子离开丑镇时得到了她，而在她离开丑镇后又得到了孩子，命运使我懂得了，今生今世我为什么厌烦西安而来到佛关的原因。如果表哥还在，还要像来时那个月夜说的话，我就要回答：我就为这点来的！

五

七年前，表哥为了我来佛关的祸福于第二天一早领我去孕璜寺抽签，一进寺院，到处都是香客，他们头上戴着黄表纸叠的小帽，背着五彩碎布缀纳的香袋，于大殿的长案桌上献贡添油，跪下磕头烧香，然后在和尚敲响的磬声里抱了签筒摇晃，捡了最先跃出的竹签给和尚，又持了和尚发的签号，布施了十元八元后到后院去领签语。我一走进上殿的石子甬道上，一个小和尚就喊：又一个生意来了！这是什么话？佛家之地，香客布施是对佛的敬仰，怎好是将抽签看作做生意，我对孕璜寺的签之灵验发生质疑。表哥说，这是和尚与他太熟了，开玩笑的，但我终不愿再去抽签。那小和尚有一双狡黠的小眼，见我生气并不着恼，只对表哥笑。

"我知道你不会来布施的，"小和尚戳戳表哥的脸，"是来看发签语的吧！"

表哥也笑，甚或在小和尚的光头上敲了一下，就领我往后院去。

我那时并听不懂他们的对语，只好笑表哥路过莲花池时朝水里望望，拂了一下头发，好臭美的。后院发签语的那儿集了好多人，好容易人散开，令我大吃一惊的是发签语的并不是个鸡皮秃头的和尚，而是一个女孩，那么漂亮，一条腿跪在凳子上，一条腿向后伸直脚尖点地，上半身子前倾在桌上，一只手托住左腮，小拇指却在嘴里被咬着。佛关的人都丑，这女孩的出现无疑是黑石崖上开了一树山桃花，妖妖地烂漫，我那时眼睛都直了。

"这女的也是寺里的吗？"我问。

"这里不是尼姑庵。"表哥说，眼角却闪动了一下，有万般言语。

我顺目看去，那女孩也对着表哥挤了一下眼。

"哟，几时买的这夹克，好合身哟！"

表哥当然是穿了我的夹克的，他走过去，有些不好意思，回头看看我。我那时很傻，竟以为他在暗示我前去，就也走近了。女孩看我一下，目光就避开了。

"这是我的表弟。"他对女孩说，又给我介绍，"她叫兑子，画师的女儿，跟她爹也画佛哩。"

兑子有些羞，对一个拿到签语的香客说："好了，这高中生有文墨，让他给你解释吧。"

表哥接过签语纸片，手一翻，却将纸片凑到兑子面前。兑子极快地从纸片中取了一个什么东西塞在了口里，笑了笑，那两边的腮里就不停出现一个小包儿。这一切我全看在眼里，兑子吃到的是一颗红酸枣儿，吃得我腭下也沁了一股酸水。

从寺院回来，我戏谑表哥什么时候摘的红酸枣儿，一颗酸枣儿也忘不了送兑子！表哥说，你都看见了，你这鬼眼睛！我是路过西边桥头，看见崖畔有颗酸枣,摘了舍不得吃的。

我说:"兑子好漂亮!"

表哥说:"是漂亮吗?!"

也就在这一次,我从表哥口里知道了兑子的身世。兑子并不是佛关人,家在七百里外的卧风岭,是和娘来迎接出山三年的爹到佛关的。因为爹出山时,于孕璜寺里许了愿:如果出山能发财回来,就要在寺后的山壁凿一个洞窟,让人画一窟佛像的。他果然发了财,要返回时,电报告知了在家的妻女,妻女赶到这里,他却因最后一笔生意耽误了时间,妻子长途跋涉染了重病,竟等不及丈夫归来就死去了。在背心里,汗水捂湿了一大捆钱票子的兑子爹来到佛关,知道妻子已死,悲痛至极,就信服这是天命,再也没有返回老家,拜师于一位画佛师,父女两人就长居此地,虔诚地以为前世一定是冒犯了佛的,今生后半世里便要替人画佛了。

"画佛,画佛是什么样子?"我说,"你领我去看兑子和她爹画佛吗?"

表哥却说:"我怕她爹哩!"

我说:"她爹很凶?"

表哥说:"我心里有鬼。"

但表哥还是有一日领我去看画佛了。遗憾的是兑子爹这天并没有在洞窟画佛,表哥很高兴,就拉我从孕璜寺后的小路往山上去。路的两旁长满了翠竹,竹林里十分幽静,落下的竹叶全都发白如纸,拾起来却腐了。太阳就在竹林上空,仰头看去是一团淡绿。林子边有一道小溪,也是很绿的颜色,我一时弄不清是这绿水染绿了竹子,还是竹子染绿了这水,后来发觉表哥的脸和脖子也是绿的了。出了竹林,到了山根,一面很陡的红石崖上,洞窟如蜂巢一般,每一个窟前都有凿开的小路,拐折如"之"字,有的可以直通窟里,有的只有一丈间隔的石碓,这些石碓全是长条石插嵌在凿就的石窝里,而沿着石碓的崖上挂有垂垂的链条,如蛇在那里爬伏。表哥说,这些洞窟要上去就得搭木板,搭一页走过去,再搭一页,到了洞窟要返回,就退着走,走过一页抽掉一页的。不用说,那供人手攀的链条就是表叔的产品了。

"这好危险的,"我说,"佛爱在险处住?"

表哥说:"险的还在东边崖那里哩,山顶上有石柱,挂了链条垂在崖上,攀着链条才能下到半崖的洞窟去的。"

我和表哥跑遍了容易上去的洞窟，我敢说世上最灿烂的色彩全集中在这儿了，这些大大小小的洞窟，全用石灰搪了，彩绘了各种各样的佛画。我那时并不懂得佛界，不知道佛的大千世界里有那么严格的秩序，有那么多尊位！表哥用手电一一照着给我讲，我当时最感兴趣的是那些菩萨，记住了普贤菩萨、胁侍菩萨、圆觉菩萨、水目观音菩萨、千臂千钵文殊菩萨。

表哥说："佛关现有五个画佛人。除了兑子父女，还有三个，但画得最好的还是兑子爹。"

我看着每一个菩萨，总觉得眉目在哪儿见过，说给表哥，表哥就笑了，说："你还行，与佛也有缘的，你没看出像不像兑子？"

经他一说，这佛像还真有几分像兑子。

从洞窟里出来，表哥就四处张望。我知道他在张望什么，说："兑子今日没有在洞窟，还是在寺里替和尚发签语吗？"

表哥说："寺里我一早去看过了，她不在那儿。"

他想了想，又说："魁，你想见兑子吗？"

我说："你想见就说你想见，别架我的桥。"

表哥脸就红了："你去她家叫她吧，就说是寺里住持唤她说个话的。"

我同意了。虽然叫兑子是为表哥服务，但我也希望能见到她。依表哥的指点，我到了山根的一个洞窟前，洞门安得很低，洞前有一棵分着双杈的药树，这药树给我的印象是：风水不好。对于地理风水我有天生的感悟，一次在孕璜寺听一位会风水的香客聊天，从此爱琢磨，久而久之倒有了我的一套经验。譬如一场淫雨淋塌了表叔家后院墙头，我曾担心表叔走路要摔跤的，但表叔没事，表哥却断了一次筋骨。铁匠铺左邻的那家大门正对了河对岸突伸出来的齿崖，我就说过此家人不兴旺，果然后来兄弟二人同时患了胃癌；而患了胃癌，门前的两棵榆树上也相应长了两个包，老二的媳妇嫌难看，用斧子劈了。我给表叔说：坏了，这老二要死了！老二真的死了，老大却活下来。我的经验是，地理环境在平常是毫无意义的，这如打仗一样，不打仗一切的山是山，水是水，土堆是土堆，石头是石头，但突然要察看凶吉，就如突然一声枪响战争打起，山、水、土堆、石头就全然变成符号，哪里可做某

187

高地哪里可做掩护体而发生作用了。兑子家洞前的树的形状给我的印象不好，但当时我的风水知识才有萌动，并未意识到他们家将要发生什么变故。

兑子是和她爹跪在树下的小方桌前烧着香，桌上的灵牌上写着先妣的字样。我躲在三丈远的一座茅房墙后不敢前去打扰，听见他们在召唤兑子娘前来享馔，于冥冥之中关照他们。祭祀毕，兑子爹却粗声叫道："谁在那里鬼鬼祟祟？"

我吓了一跳。兑子爹在祭祀时头始终没抬，怎么就知道我躲在墙后呢？这一定是在空中的兑子娘传导了信息。我蠕蠕地站出来，说是我。

"你是谁？"兑子爹站起来，拿很凶的眼光审我。这是个精干的、腰有些驼的丑老头。

兑子分明看见我了，但她没有替我解围，却扭过身去，拿一块儿浆过米汤的衣服在捶布石上捶打。咚的一声，棒槌打空在地上。

"我是捎话来的，"我说，"寺里住持唤兑子去说话的。你是兑子爹吗？阿伯！"

兑子爹就说："兑子，去了快回来，不要疯跑。经过 ×× 家门口，问托他从西安买的颜料买回来了没？"

兑子丢了棒槌，一边向我走来，一边说："有什么话呢？"我们一转过茅房墙，她竟在前面小跑起来。

我说："兑子，兑子，不是住持唤你的。"

兑子回过头来，那么一笑，说："我知道的，你表哥在哪儿？"

约好表哥在镇的西沟桥头的小酒馆里等着，我们走了去，所有的人都与兑子打招呼，给兑子笑，没话寻话地搭讪。几乎所到之处，花也开了，鸟也叫了，一切都鲜明光亮，以至于人们又拿很异样的眼光看我，就有一黑胖汉子横过来，很凶地问我从哪里来，怎么认识了兑子，和兑子是什么关系，简直要吃了我似的！我不怕，我倒希望有人敢动手脚，我就使一套拳脚让他瞧瞧，也可在兑子面前逞一场英雄。但一想到，我这一切全是为了表哥呀，我如实地说我只是认识兑子，别无他求，心里就对表哥也有几分嫉妒起来了。

表哥在酒馆已买了酒，我们三个都喝了一杯。表哥说："兑子，我表弟想让你领他见见佛关的世面。"兑子说："佛关的哪一个石头不认识你，用得着我外来户？"表哥说："有你一块儿说说话行吗？"兑子说："现在不行的，我爹让我去取颜料的。"表哥说："那晚上吧，咱们一块儿去东山坪听吵架去。"兑子说："好的。"他们就拿眼睛说话，我装着不理会，低下头来，又故意弯下腰要捡掉下去的筷子。但就在我弯腰下看时，表哥的一只脚从鞋壳儿抽出，慢慢地向兑子脚靠近，脚的五指很激动，蠕动着又十分地温柔，像一只可怜的蟹。我忙抬起头，却见表哥的手同时伸在兑子面前，几乎要触到兑子额前的刘海儿了。表哥见我看着，手在空中停住，却收不回来，尴尬地掰着指头说："昨日是初一，今日是初二，明日是初三吧？天气真好的。"

天擦黑，兑子果然到了东山坪。这是一个小平台，全耕作了农田，田的中间有一条发白的小路，路的两边相对是两座很大的土坟，我们就席地坐在路上。我说："这是谁要吵架了？"兑子说："不要说话，一会儿你就知道了。"天很快黑严下来，满荒野的蛐蛐叫，坟头上就出现了磷火。我是第一次看见磷火，非常害怕。表哥让我摸摸头发，头发能放阳气的，果然一摸头发，头发都在头上竖着，噼噼啪啪响。兑子说，魁要是胆大的，可以去坟上捉蛐蛐，这里的蛐蛐瘦小却好斗，即使让对方咬得满头流血还是往前扑。表哥一个嘘声，我们就噤了说话，听到了有咳嗽声。这咳嗽声很长，好像一口痰老咳不出来，声响完了，完了又续起来，接着有了说话，一片嗡音听不清内容，一会儿急一会儿缓，一会儿哈成一片，一会儿又呃呃如叹息。我说这是怎么啦？表哥说：是大队长和贫协主席吵架哩。那两座坟一个埋的是大队长，一个埋的是贫协主席，他们生前组合佛关这地方的领导班子，但一直配合不好，矛盾重重，认为是路线斗争。但他们都没有后代，死后没有祭祀的，成了饿鬼，在佛关镇夜夜闹事，镇上就用桃木楔插在坟头，他们不到镇上去了，便却相互在这里争吵不休。"你说，"表哥说，"好玩吧？"

我毛骨悚然，嚷道要回。我一嚷，那吵声就停了。兑子说："你真胆小，城里人胆小。咱到月亮垭去，那里有好听的呢！"我问那里是什么，表哥说那里早先是一条官道，李自成起义时来商州屯兵，与官兵在其处打了一仗，山就把一场厮杀声录了下来，现在只要对着山垭一百五十步的地方敲打一阵石头，音响就释放出来，金戈铁马，雄壮了得，听了人能添勇，刀山火海都敢去闯的。

189

我不愿意去，说那山垭会录了战争的厮杀声，说不定也会把我们的说话声也录了进去。三人就往回走，表哥兴致高，总是走得慢，看见月光下路边秋日护田的庵棚，提议到庵棚里聊聊天："这么好的月光，不多玩玩，太辜负了！"我只好依他去。走到半路，兑子说她要解手，让我们不要动，也不要扭头，她就到一个地坎下去。我们分明听见了很动听的撒尿声。一时间，我有很美妙的感觉，我却不好意思被表哥看出我的神情，抬头看表哥，他脸上也闪着光彩，轻轻地吟诵"清泉石上流"，看见我看他，吟诵含糊起来，也就把头仰起说天上月亮好亮，我也说月亮好亮。这么等了许久，不见兑子过来，我们轻声唤兑子兑子，兑子没有回声。表哥说她怎么啦，这儿可有狼的，一说到狼我就紧张，兑子在土坎下，怎么听不到我们叫唤呢？两个便往土坎下跑，月光下真的没了兑子，而松软的地上有一摊尿湿，且还有一个很深的涡儿。对着涡儿看了许久，我们差不多要哭了，兑子却在远处的庵棚里喊："要我在这里等你们天亮吗？"

她原来早已去了庵棚。表哥问她怎么不说一声就先走了。兑子说："我已经不好意思了，再去给你们说：我尿过了，走吧！你这坏小子，还是让我说了！"

这一个晚上，我们谈得非常有意思，但谈得最多的是他们，他们互相询问回答，我插不上言，我只有耳朵。我现在是佛关通，基础就是那时打下的。佛关是苍茫山海的商州去关中大平原和西安省城的最后关口，原本这里很少有人家，孕璜寺虽然还有和尚，但残壁断墙，香火冷清。自打政府颁发了政策，农民可以流通出外经商，这地方人来往多起来，先有人出山去大平原做生意，出山时在孕璜寺里磕头烧香，许了愿：若在外发了财，回来时就一定凿个洞窟画佛，结果那人真的发财回来，真的凿洞画佛还愿。兑子爹的师傅就是第一个画像的人。一个人如此，消息飞传，效仿的日渐增多，画佛的事开始红盛，以至于远近，甚至于整个商州地面都知道了这里的神灵，出山做生意便不再走别的山口，绕几百里来这里给神许愿，发财了还愿。这条山口成了商道，佛关镇成了佛界，兑子父女也以此为职业长期居住下来了。

"那就是我爹的师傅的坟。"兑子指着山崂上的一个塔说。

月光下，塔并不十分清晰，但我想塔一定修得伟大，因为老画师为多少人画了佛，他死了，得到过他好处的人一定会为他的坟塔修造舍得出钱出物的。

"你死了，我给你也修一个塔，让佛关永远记着你。"表哥说，可惜他没有金子。

"土堆我也不要。"兑子说，"我现在只给爹做帮手，等我能独立画佛了，我会凿一个大手印在佛关崖壁上，就像我盖的名章一样。"

六

人的一生，有时会说出后来完全按着来的话，兑子这一晚的话以后发生的事情全实现了。在她独立能画佛了时，虽没有在崖壁上凿一个大的手印，但她毕竟留下个手印，一个血染的手印。

每个深夜，我搂着孩子睡觉，总要掏出血手印的纸让孩子看，讲关于她母亲的故事，这孩子什么也不懂，一看到血手印就哭，甚至一看到红的颜色也哭，在哭叫中就把褥子尿湿。我把她放在干处，我睡在湿处，她又尿湿了那边，还是哭个不停，我一个没有结婚的男人束手无策，突然意识到我是犯忌讳了，忘记了给兑子母亲祭祀。兑子的母亲原本是极善极软弱的女人，她客死在佛关，从此魂灵迷失了回归故里的方向，就在佛关游荡，兑子和爹在的时候，他们每月初一和十五就祭祀一次。兑子的爹早走了，兑子也走了，我没有再祭祀她，她变成饿鬼，才使孩子日夜不得安生吧？

在佛关的七年里，我已经地地道道成了山里人，我完全相信了人是有灵魂存在。惠心住持告诉我，他是能看见每个人头上的光焰的，焰的大小明暗决定了此人的寿夭福祸。我没有惠心师父的修行，但我不怀疑灵魂之说，生前有个功德的，可以很快托变成人、树、花草和动物，开始着它的轮回，生前做过恶事的或突然暴死的或还未完成托变的这便只能看作游鬼，游鬼都在冥冥之中注视着他们的后代，他们永远与后代同在，只是后代不要忘记他们，能按时祭祀，他们有保佑之功力，贫困时给你富有，胆怯时给你勇气，若不祭祀就成饿鬼，饿鬼则为凶鬼，反过来又得惩罚后代了。我蒸好了三个献祭大馍，还有一碗素饺，子夜时对天祈祷，祈求兑子的娘能保佑这可怜的孩子。这一夜的月亮没有出来，黑如泼墨，无风无雨，寂静使我屏住了呼吸，突然浑身战栗起来，我知道鬼魂来了，跪在那里不敢抬头，只一眼一眼盯着香炉里燃有快尽的香炷。约莫一个小时，估计饿鬼是享用了献祭，就撤下大馍和饺子。这东西不能给孩子吃。孩子吃了要糊涂心的，倒了又可惜，我吃了下去，果然一点味道也没有了。而孩子就一夜安静。

我并没有去睡，默默地坐在那里，听着鸡啼，听着狗咬，听着山墙的"吉"字孔里的老鼠惊慌吱叫。这一定是一条蛇钻进了鼠窝。就在这时，我抬头看见了天幕已经灰白，而灯影似的有一个人的仰卧状的黑云就在当空，这黑云色并不均，呈现了一道深一道浅的区别，简直如一个跌损或大面积烧伤而被绷带严裹的人，人形酷似兑子，更奇妙的是裹了绷带的头顶之前，有一个彩色的圆影，犹如佛的光环。"兑子！"我叫了一声，不明白这是什么启示，难道为兑子的母亲祭祀，兑子的灵魂出窍也来照看她的孩子和我了吗？兑子来了，怎么是这个模样？莫非她在离走的路上跌了大跤或点火取暖而引起大火烧伤？或者或者……我说："兑子，兑子，我明白了你的意思，我理解你，佛关的人都理解了你的！"是的，这是兑子最后离走一直耿耿于怀的心事，她以天幕上的图影告诉佛关的人们，她生不是恶人，死不是凶鬼，她是有一身不是，即便世人骂得她体无完肤，但她的头顶还是有佛的光环的。

第二天我把这天幕上的图影告诉了许多丑镇的人，他们没有否定我的认为，只是长长叹息，就又骂了表哥，骂得难听。我没有与他们争辩，又怎么去争辩呢？一颗牙就咬下来，咯嘣咯嘣全嚼碎了。

东山坪庵棚里长谈的翌日，表哥又给我说起兑子，他告诉我：三个人从庵棚返回时，月亮已经下沉了，他走在中间，左边是我，右边是兑子，无意中右手甩动中碰着了兑子的手，她是戴了手套的，他有些不好意思，害怕引起兑子认为他是故意，他虽不敢再去碰她，却希望在自然摆动中手能再碰着她，后来真就碰着了，但兑子已经褪了手套，他勇敢地就抓住了。表哥说这事的时候，满怀激情，他一再征求我的意见，希望帮他分析他与兑子的关系到了什么程度，有没有最后成功的可能，但我知道他是在宣泄，在炫耀。他把别人的痛苦说给我，痛苦便一分为二；他把这事的欢乐告诉我，欢乐却不是一分为二，倒让我仰天长叹，临风悲凄。

"她狐狸一样的聪明哩！"表哥说，她也希望能碰着他的手，早早就将手套褪了，"过几天咱们再去夜游，你去吗？"

我当然要去的，我警告表哥：我可以避开时间让你们好，却不允许你们当着我的面好。但是，我们再也没有创造出那样的机会来，因为兑子一天天长大起来，出落得更加标致，丑镇上的男人就像苍蝇一样勇敢地去包围她，他们都在计算着兑子的年龄，做着兑子会成为自己老婆的梦想，而几乎同时，表哥的形象一日不如一日在丑镇败坏起来。他们到处散布表哥的坏话，说他不是佛关的土著人，脾性儿不像佛关人，相貌也不像佛关人，油头粉面，游手好闲。这些话当然传到表叔的耳里，表叔在每一顿吃饭桌上都骂表哥，父子俩关系愈发紧张，表叔越是要让表哥在家打铁，表哥越是反感这个家。我知道这全不怪表哥，而我就只有在家帮表叔拉风箱，抡大锤。我那时就替了表哥，尽了我不该尽的责任，表哥却不领情，说我"活该"。

正是所有的男人都在企图着兑子，兑子在佛关反倒很安全，没人骂她，没人打她，说一般好话做一般的殷勤，她都接受，说出格的言语或眼里有火辣辣的光芒，她立即借口就走掉了。只有几分痴傻的保贵见了她，嘿嘿地对她笑，身子一晃一晃还做着不雅的挑逗的动作。兑子倒不介意，反招手让他近来，说他的西式裤子又穿反了。保贵就正经地给她说，不是穿反了，是故意反穿的，只固定一个方向穿容易破的。兑子就动手去扯他的后边裤子，一扯露出了红裤衩，就说反穿了可别忘了拉上开口的链锁。

我和表哥再不能主动去约她，想见她就到洞窟去看画佛。看画佛的人很多，这样不显眼。我们尽量讨好兑子爹，给他递菜油灯，给他搭梯子，送颜料，在水盆里洗笔。佛关一直没有通电，洞窟里光线十分暗，老头的视力明显地不行了，就在他戴了硬腿的眼镜爬在梯子上精心绘制的时候，表哥才有空去和兑子说一些话。有一次，这样的事也让老头发觉，生气地把一碗颜料掷过来，溅了表哥一身，从此我们也不敢去看画佛。

见不到兑子的日子是非常难过的，那一个秋天我永远也忘不了，天下雨下了整整二十八天，下得天发白，地发绿，许多屋舍在漏，墙垣倒塌。在佛关，人们一直认为，天雨时节是天与地的交合之期，看着天地汪汪汤汤地交合做爱，表哥就扑出扑进在家待不住。这当儿，公路是畅通了，汽车开始经过佛关，绕过关前的山梁就可以开往省城去，在冬季天下大雪或秋雨连绵，通了而未铺柏油的路面泥泞不堪，汽车常常在山梁上打滑翻滚，造成许多伤亡。过往的车辆有的备有防滑链，有的未曾备有，于是就有一些人有了新的赚钱的门路，就是自己背了一套防滑链守在山梁下，去高价借给未备防滑链的司机。这新造防滑链的就是我的表叔，在雨季中，他加紧自己的工作，而表哥却无心帮他，父子俩吵闹得更厉害了。表哥的酒量和麻将瘾也是那时培养的，我在陪表叔打过铁后也同表哥一起喝过酒打过麻将，他说只有这样他才能忘掉一时的苦闷。我理解他，却不同意他玩起来没个长短。有一次他打了一天麻将，晚上还没回来，半夜去找他，他乏困得眼睛都睁不开，但仍是不走，用火柴棍儿撑住左眼。他已经五圈未开和了，这一次牌停在夹五条上，揭起一看，大叫"自抠！"其他三个丧气得推了牌，他还舍不得推，大讲"自抠"的感觉和故意留夹张的经验。牌友也来审视他的牌，突然说："你夹张的是什么？"表哥说："五条啊！""你再看看！"看看还是五条。牌友过来把他左眼撑眼皮的火柴棍儿一取，表哥看清了是个四条！

从牌场出来，表哥说："我这手臭呀，场场是输！人都说牌场上得意情场上失意，牌场上失意情场上得意，可我样样失意！"

我劝他："像你牌场上这么输，说不定情场上有大得意的，好事要多磨！"

我们磨来的是从佛关出入的人愈多起来，许多人给神灵许愿，还愿时就只找兑子画像，忙得兑子终日待在洞窟里。画完了佛，那些人仍不回老家去，以一切借口在佛关滞留。而也有从山里出关去做生意，来许愿时见到了兑子，也就突然决定不出山留下来，为了糊口，简陋地在佛关办起饭店、客栈，或为人修伞、钉锅、掌破鞋、织网套，甚或办起修胎补带的铺子，每晚带了酒瓶子到山梁上的公路上去摔，故意要过往车辆扎了玻璃碴放炮。佛关的人多而杂，衣着打扮日益时兴，日夜鸡飞狗咬，乱哄哄没个宁静。接着，就有好多人的家妻远路寻来，大骂丈夫瞎了心，有钱不回家；男的就骂妻子个子是墩墩，脸是黑黑，说明叫响要离婚，要娶兑子呀！这些女人就寻死觅活，末了寻着兑子，一面惊叹兑子果然长得美，一面又骂兑子长得艳乍、妖气，拿很长很脏的指甲朝兑子的脸上抓。

一日，雨住初晴，有消息说兑子被一帮妇女打了，表哥就往出跑，我也丢了大锤跟了跑。我们在兑子家的门前，看见了那几个泼妇，但唾骂和殴打的并不是兑子，而是几十个男人在围攻这帮泼妇，连泼妇的丈夫也在用脚踢自己的婆娘。我先到兑子家去看兑子，兑子的脸被抓伤了三道，我安慰她，她一句话也不说，表哥一来，她却呜呜地哭了。

这场事好是轰动。表叔就说这是兑子长得贱相所致。表哥正在炉台上帮爹抢大锤，吭的一声，砸得铁花乱溅。表叔用小火钳忙夹了红铁翻过来，小锤子叮叮叮在旁边敲节奏，等着大锤再砸下去。表哥却不动了，说："什么贱相？她长得菩萨一样，佛也是贱相吗？"表叔说："贱就贱在她长得好看，佛关上人丑，丑能辟邪。"表哥说："丑了就好，怎么那样多的人去谋算兑子？"表叔说："丑是福，人就少谋算了。"表叔不指望表哥帮忙了，铁块在炉台上又烧红，自个儿用小锤精敲细打起来，表哥却连珠炮似的落下一阵大锤，将已制成的一把斧子砸成一个薄片了。

表叔的话或许是对的，这个下午我陪他喝茶，茶是从山上采的一种什么叶子，于自制的小铁皮罐里放在火上熬出稠汁。我吮了一口，呕得直吐。表叔说："这茶作用大哩，喝了蚊子不叮，蛇见了不咬。"夏天里，佛关的蚊子和蛇都是多得可怕，仅我知道，表叔家的屋里就有蛇，一次我看见蛇在屋梁盘着，一只老鼠正从一条横绳上往梁上跑，突然看见就吓得跌下来死了。我给表叔说是条白蛇，表叔说：白蛇？就捂了我的嘴不让我多说，后来在屋外叮咛：白蛇在家，家里一个夏天不会热的，这是福蛇，不会伤人。可不要说破，一说破就走了。我始终难以置信，单独睡在家里，心里总慌慌地不踏实。对于喝这种茶的功用也怀疑，只觉得佛关的人喜欢喝这种茶，这茶才使佛关人越喝越丑的。

到了夜里，寺前吊桥对面的山梁上有两个光团在游走，我以为是磷火，嚷得表叔出来看，却听到一人苍老的声音在喊：回来哟——回来——哟！一个细弱的声音应着：回来了，回来了。是兑子和她爹。表叔说："画师给兑子招魂了。这画师，兑子遭人打骂了，哪里会丢了魂呢？他家出事，多半是得罪了佛关的鬼魂，应该请戏班给这些鬼魂唱戏祭祀的。"

我说他们已经祭祀了兑子的母亲，为什么还要祭祀全镇的饿鬼？

表叔说:"生这么个兑子,又住在佛关不走,搅得一帮人神神经经起来,你见过谁还在祭祀他的先人,全都忘了!"

果然后半夜,我听见了饿鬼在哭,哭声有如狼嗥,有如蝙蝠咻咻飞动,有如猫头鹰在笑。狗不住地狂咬,猪也在圈里哼哼。我睡在被窝里浑身筛糠,想象屋外的黑暗里鬼一定拥挤在空中。这些鬼做人时计较了一生,做了鬼还要关注世情,佛关的人和鬼一样狰狞,不言的只有那孕璜寺的和洞窟的佛吧?突然我又听到了异样的响动,呼叫表叔,说鬼在油毛毡棚子里,摇得绳上挂的链条叮叮响,又拿土往门上撒。表叔说甬怕甬怕,侧耳听听,忽地披了衣下炕就往后院跑,接着喊道:"魁,魁!不是鬼在油毛毡棚里,是猪下起猪崽了!你快来吧,我点了马灯,鬼见了灯火不敢来的。哎呀魁,一个二个三个四个……下了七个。这崽子怎么都这么丑,从没见过这么丑的崽!"

我没有下炕去看,觉得猪在这时候下崽,下得那么多那么丑,一定是鬼魂投胎要转世了。

第二天,全镇的人都说昨夜听到鬼哭,又都来看表叔家多而丑的猪崽,有几个人久久端详着,甚至还掰开了一个猪崽的嘴,翻看了一个猪崽的肚脐。他们没有说话,面有惊恐之色就走了,他们也认定这些猪崽是鬼转世了,一定是他们的一个什么先人在世时口里有枚龋齿或嵌镶了一颗金牙,是肚脐处有一个肉瘊或一个红痣,而要在猪崽上验证的。

中午,就传出消息,兑子爹的一只眼睛失明了。

七

失了一只眼的画师,终于传出话来:他要出嫁自己的女儿了。他是外地人,能在佛关画佛是他的缘分,他要报答这里的天地山川,他就把女儿嫁给佛关。

我猜想,兑子爹的决定,是痛苦的决定,他是被佛关的灾异恐惧了。但不管怎样,这决定让表哥激动,我也激动,整个丑镇都激动了。当傍晚红云烧起,成群的鹳鹤在河的浅水里散步,他提了一把画笔走过独木桥去洗涤的样子是那样的温厚和慈祥，有人挑着水桶与他说话，长时间挑担不换肩，吃饭的人老远用筷子敲碗沿，"老伯吃饭吗？"招呼热情亲切。画师总是笑着，一只眼却审视了每一个表示殷勤的人，他觉得这些年轻人任何一个都可以做他的女婿，而任何一个做了他的女婿，这女婿和他及兑子立即将被孤立于佛关，回家里就警告兑子，万不敢草率行事，不嫁给佛关有灾，嫁错了更是有灾。丑镇的年轻男人，喧哗与骚动中眼睛都绿了，他们各自在估量自己，充满了自信又自惭形秽，反复地以己之长比他人之短，又以己之短比他人之长，每个人都成了每个人的敌人。孕璜寺里抽签祈祷的多起来，言语不和拳脚相动得频繁。月余的时间过去，一个强大的阴谋联合了所有的年轻人，抗拒着谁也不能独自得到兑子，但兑子既要留在佛关，又要她成为佛关所有人的所有，他们经过周密考虑，一致鼓动画师把兑子嫁给了孤儿保贵。

保贵痴傻，我曾经说他脑子进了水，表哥干脆作践他长有二两猪脑子。若是痴傻有时倒可爱，恶心的是他从小患有哮喘病，治好留有后遗症：口里流一种涎水，早晚端了小缸要接住。兑子死活不肯。不肯不行，爹是这么认定的。表哥就夜里提了一页砖去黑暗里砸在画师的背上。表哥是发疯了，他要一砖头砸死老头，但他没有砸死，画师腰疼得躺在炕上七天七夜。兑子哭着照料他，他也搂了女儿哭，说兑子你投错了胎，这是爹害了你，说兑子你天高的心，纸薄的命，前世一定欠了佛关的什么，就认了这命吧！为什么娘一来到佛关就死了？为什么爹在佛关一个心思想画佛，以前从未握过画笔，一画就画得入了门道？为什么一个吃五谷杂粮的深山人着了女儿美颜丽色，惹得这地方形成一个偌大镇子？为什么爹黑夜里挨了一砖？他说兑子要答应嫁给保贵，他的伤病就会好，要不同意，"我什么也不吃不喝脚一蹬过世了，你愿意怎么过便怎么过吧！"

兑子就这样答应了。

兑子出嫁的那天，全镇的人都去了，唯有表哥没去，我也没去。我们在家里喝酒，喝醉了就唱起来。这是个夏天，水田里的稻子正扬花，我们唱的不知道是什么，只觉得要唱，唱得如狼嗥。后来水田里的蝴蝶就飞动了，一大片一大片的，天地都变颜色了。先是窗棂上一阵响，一只拳大的蝴蝶飞进来。这蝴蝶漂亮极了，我们从来没有见过的。我抓住后就要放进一本书里夹死做标本，表哥却拿过去要放掉，说这么美的生命弄死了太残酷了，但蝴蝶又落在他的手上，表哥说了一句"蝴蝶是来陪我的"，眼泪就大颗大颗掉下来。我们决定把蝴蝶放生田野，走出屋来便看见门前水田里到处飞有蝴蝶，再后是整个佛关镇上，孕璜寺后的坡根山崖上，蝴蝶如一条彩色云带游走。我们并不知道这是为什么，蝴蝶从哪儿来，又要往哪儿去，何种原因竟花花绿绿飞临佛关？一个中午一个下午是彩色的世界，晚上打了灯笼出来，蝴蝶还未散，灯笼的前前后后又是成片成团，光影搅乱，如梦如幻。直到后半夜，表叔踉踉跄跄跑回来，说是保贵死了。

"他早该死了！"表哥说，"他上山砍柴该坠坡死，他下河挑水该滚江里！"

啪的一声，表叔扇了表哥一个耳光。

表哥愣住了，他没有还手，说："他真的死了？！"

保贵是真的死了，保贵却死得奇怪。那夜里闹洞房，人们只逗乐着兑子，上百只手你掀过来，他又掀过去，兑子在人窝里东摇西晃，被冷落坐在大炕四六席上的保贵一边用小缸接着涎水，一边说："你们把兑子摇糊涂了！"并没人做理会，又编出一套酸话让兑子来说。兑子满头满脸是汗，只是羞于启口。有人提议，咱把保贵捆到门外树上，她不说咱不解！应声轰然，一群人就把小缸夺过丢了，拉保贵在房后坡根捆在一棵松树上，返回又闹着兑子。他们简直闹不够，喜欢看光头净脸的兑子，也喜欢看散发亮脖的兑子，喜欢看兑子笑，也喜欢看兑子被摇得满眼泪水地哭，直闹到人人都没力气了，才突然记起新郎还在门外捆着哩，出去看时，豺狗子将保贵的屁股抓破，掏了肠子吃空了。

佛关是有狼的，但很少有豺狗子，且豺狗子向来只掏吃驴和牛的肠子，偏偏掏吃了保贵的。人们后来总是说保贵是驴托生的，甚至论证保贵的耳朵长。我知道这样说是为了推卸责任，因为捆保贵几乎是人人有份的，为了进一步清白自己，也是消除对一个无辜人的死的内疚，他们就寻找保贵死前所有征兆，说突然有那么多的蝴蝶飞来，兑子可能是蝴蝶精变的，既是精变，兑子命硬，可怜保贵阳气弱享不了艳福，也是无可奈何。

保贵一死，兑子痛哭了一场，请来镇人用针补缝了保贵的屁股眼，装棺土埋，也算尽了一场做夫妻的情分。她没有怨恨佛关的人，不出门了十天，第十一天里就进洞窟又画佛了。

表哥是坚信兑子为蝴蝶精变的，保贵结婚日蝴蝶飞来那么多，尤其最大最艳的那只能飞进他的家，表哥更是坚定了他与兑子的爱情。从此，表哥对于蝴蝶一类的飞物再不伤害，直至在他被警车押走的时候，他是昏迷的，但听押解他的一个人后来说，车在翻越秦岭时路过了一片菜地，几只蝴蝶翻飞着往车玻璃上碰，虽然那是很小很快的响声，表哥就醒了，说："求求你们了，让我带一只蝴蝶吧！"押解人没有让他带，踢了他一脚。

兑子没有和保贵成为实质性的夫妻，兑子不可能为保贵戴孝守寡，但兑子不愿意待在新凿的做洞房的那间窑里。她爹让她再住回旧窑，她也不去，筹划着要在窑洞前盖一间小土屋，入冬里就打胡墼。

胡墼是雇了一个人打的，每日最多打一百页。可每每过一个晚上，第二天胡墼垒子却就高起来许多。那雇来的人就惊奇：馍不吃是有人吃的，胡墼不打也有人打的？我打了一辈子胡墼还没碰上这么好的事！这是表哥干的。表哥在夜里于别处用很湿的土打胡墼，打出一个，就用手按一个手印在上边，然后约我连夜挑到兑子窑洞前的胡墼垒里。表哥很聪明，他知道兑子能看出是他的手印，他要以有自己手印的胡墼砌在兑子的房子，让兑子日日夜夜能看到想到他。但是，当兑子在读这些手印的时候，她是怎么也读不懂其中的两个手印的，因为那是我偷偷按下的我的左手和右手。我知道兑子并不爱我，如果表哥还在这个世上，我也不希望兑子能看出是我的手印，但我觉得被人爱是一种幸福，爱人也是一种幸福。我那时幻想着有我手印的胡墼或许在兑子住进去小屋多少年月，它寂寞得会生满苔藓，那一定是记录了我对兑子的一份暗恋，只要兑子有一日突然发现了它，且能对它一个微笑，这苔藓会立即生活，开出一朵朵美丽的小花束。

遗憾的是直至兑子最后离开佛关，她也没有注意到有我的手印的胡墼。而我比任何人，甚至比表哥还要幸福的是，我得到了兑子的血手印的纸。如果历史还得继续，过二百年、三百年，兑子的那间小屋不倒，我的手印胡墼也就会成为一件珍贵的文物，永远有着值得研究一个男人内心隐秘的激情的价值的。

就在我们偷偷将有手印的胡墼送到兑子窑洞前，使我们吃惊而随之懊丧的是那里的胡墼越来越多，全都按有手印。这一定是佛关的所有男人干的，都希望把自己的一份爱恋呈送兑子。蛮以为聪明的我们在黑夜里无声地苦笑了——这个世界上，凡是你能想到的，别人也能想到，你甚至没有想到的，别人也可能早已想到和早已做到了。

兑子再没有雇请人打胡墼，她就用这些手印胡墼盖起一间小土屋，里外不涂墙皮，全然裸露手印，也不在胡墼上钉什么木橛挂衣服、辣串和谷穗儿。

自从住进了手印屋，兑子的窑洞就长年锁起来，只到了晚上她独自进去在洞壁上作画。佛关的人都知道兑子白日在山崖的洞窟里画佛，晚上在自家的窑洞里也作画，却不知道她在画了些什么。我曾经与表哥商讨过，我说是在画佛，表哥说是在画她自己。我们在一次过河时，正好于木板桥上与兑子相遇，在这种情况下谁见了也没有非议的，我们就立在那里说话，问过她，她没有说。也就在这次表哥最后约好了兑子四天后再来桥上相遇，四天后那日表哥却掉进了河里，落下了腿疼的毛病。"她要走了。"表哥说。他们在桥面上说话，各自在对方的眼里看着小小的自己，一个说你是水，一个说你是乳，水乳交融，谁都是谁的俘虏，什么力量也不能把他们分离开来。兑子就有了几分伤感，眼睛眨了眨，睫毛上挂上了一串晶亮的泪珠，紧促地吸动了鼻子。表哥在这个时候，极力想去拥抱她，给她保护给她力量，一连三遍地说了你等着我，你要等我，你一定要等着我，直到兑子给他点了点头。"我提出让我摸摸你吧。但我怎么去摸呢？我蹲下来，假装在收拾一截木板的平稳，她就走近了，我一下子捏住了她的脚。她的脚肉腻腻的却不肥，脚背很高，五根指头上指甲修得十分洁净。她说好了，我该走了，就走了。我看着她一步步走下桥面，走进镇街，只觉得水在往下流桥在往上走，头一晕就掉下去了。我从河水里跃出头来的时候，恰看见的是岸上有两只交媾的狗，我恨我不如个狗，又沉下水里想把自己溺死，但我想起我让她等我，我死了还算个男人吗？才又一次跃出水面，爬上了沙滩。"

表哥复述着这件事，十分伤感，我听起来却美丽得像一首诗。我不止一次地宣传表哥是一个诗人或是一个歌词大家，他常常哼商州山里的花鼓小调，词儿都是他自填的，他当着我唱时故意将词意含糊，直到他被警车带走后我整理他的东西，一个日记本上写满了各种各样的诗。我读到一首《拉手手》是这么写的："我要拉你的手，我要亲你的口，拉手手，亲口口，咱们俩山旮旯里走。"我猜想这诗产生于那次桥上相会，一定是表哥用花鼓小曲唱了给兑子听过。如果这诗词不是以花鼓小曲配唱，哪一个音乐家配上了通俗音乐，必将会流行全国。

第二年春上，商州山里山外做生意的人更多，这条以古栈道为基础开辟出的公路，实际上成了繁忙的经商之路，同样，滞留在佛关的人也更多。兑子爹的另一只眼睛也开始模糊起来，已经不能继续画佛了。而另外的三人，也有两个彻底失明，失明的二人都家在千里之外，他们画成了十数个洞窟，佛留在佛关光芒万丈，而自己瞎了眼，很悲怆地离关而去。年迈的表叔身板还硬朗，仍在继续他的铁业，保持着四十三年来所打造的链条还不曾有过断裂的纪录。他所操心的是表哥已经老大而不成婚，变得碎嘴，见了谁家的孩子都喜欢去摸摸那一根小牛牛，然后哀叹他要成绝死鬼了。表哥的性格也变了，忧郁寡言，不大喜欢出门与我同行，他一直是在寻找机会接近兑子，但十有八九希望落空，且越来越成了佛关有名的闲汉。

一日早上，我在那家汽车轮胎修补站里同小个子老板下棋，老板黎明才去了山梁公路上摔了玻璃瓶，估计着今日有生意可做，情绪很好，一边下棋一边问起表哥的身体，嘲笑表哥神神经经。那一天表哥在这里看他补轮胎，天上落下一根羽毛来，那明明是一根斑鸠的羽毛，表哥硬说是鹰的羽毛，便去逮捉，未逮捉住，羽毛飘过前面那堵墙，竟翻过墙去捡回来，硬说是鹰的羽毛！鹰的羽毛是在搏击云空的，可惜落下来，你看它就成斑鸠的羽毛了！

"还有一次，"老板说，"风把那棵榆树上的一个鸟巢吹落下来，我捡了要去生火，他偏夺了去，爬那么高把巢又架到树上。我说你闲得无事了，帮我去山梁路上摔几个瓶子，我让你挣一份钱。他骂我头上长了二两猪脑子。他才是长了二两猪脑子！"小老板还要说下去，偏巧表哥使劲儿喊我，他正在第五道桥头上。我去了，他交给我一个纸包，不允许我拆开看，拿回家就放在柜子里，说他要去孕璜寺给住持说句话。我遵守他的叮咛，没有拆了纸包，回家来表叔正烧红炉子让我打铁抢锤，纸包就放在柜台上，后来给人送几把打制的镢头，返回已是下午，表叔却在后院石磨上套牛磨苞谷，说："魁，这

201

牛暗眼是你买回来的吗？"

我说："什么牛暗眼？表哥让我拿回了个纸包，我也不知道是什么。"

表叔说："一个暗眼，用得着买那么好吗？又这么小，牛还是偷吃磨盘上的粮食！"

我一看，戴在牛眼睛上的是一副女人用的乳罩，赶忙就取下来，谎说这是表哥代别人买的，你怎么给牛当了暗眼。我知道这东西是表哥从西安来的小贩手里买给谁的，可戴在牛眼上弄脏了，表哥回来怎么对他说呢？我也不知哪来的勇气，决定立即去寻兑子。往日里我见兑子，心里总发虚，今日却理直气壮地往兑子手印房去，兑子说："你怎么敢来了？"

我说："我就敢来！"

兑子说："是你表哥让来的？"

我说："是的，他给你买了件礼物，掉在地上弄脏了，不知你肯不肯收。"

兑子说："什么好礼物？"

我说："就是那个……"

我赶忙就走了。

过了三天，表哥很高兴地夸我，说我是他的知己。我明白他见过了兑子，兑子一定在感谢他买的好东西。又是一日，我路过兑子的手印房，门前的竹竿上晾着洗后的乳罩，简直是一面幸福的旗子。我悄悄地走过去，趁没人看见，近前闻闻，用手就捏一下。这一天里我的感觉十分奇特，我的鼻子能闻见各种各样从未闻见过的气味，满空气里有一股糖味、奶味，我甚至闻见了孕璜寺飘来的焚香味，闻见了一只蜜蜂飞过面前散发的薄荷味，还有那只趴在树上的七星瓢虫，有淡淡的苏打味。世界上所有的东西都有了各自的气味，我怀疑我是长了一个狗鼻子了。整整一天，我浸淫在这令我陶醉的气味里，我不给任何人说，也不告诉表哥，总是借各种理由从兑子的手印房前过，体会一种微热的酥香的似乎是佛关镇年三十晚上有人用大锅煮肉的气味。但我再一次注视那个晾着的乳罩时，乳罩的中间已经发黑，是无数的指印。我当时冷不丁怔住，鼻子的嗅觉消失了，我感到莫大的气愤。兑子的乳罩从此以后，直到她最后离走，再没有在门前晾过。我已经说过，世上的事情往往是你能想到什么地方，别人也能想到什么地方的，于是，我害怕起来，也是自那以后胆怯起来，不敢靠近兑子一步，担心佛关的人看出我的图谋不轨，或让表哥也将我列为情敌之列。以至夏天还愿的人多，兑子来寻到我，让我和表哥承接一个洞窟的开凿，她正吃一颗糖，问我吃不吃，我说不吃，其实心里很想吃，已经没有那份胆了。

这个洞窟是一个发了大财的人自个儿选择的方位，要求洞窟要开凿特别大，在崖的最高部，又不要凿上洞的石阶，只能掏石窝栽石条搭了木板上下。我们雇了一帮小工苦苦干了一月，洞凿成了，还愿人出了大价，一定要兑子一口气把佛画成才出洞窟，以免泄了佛的真气。这要求实在有些过分，但兑子却同意了。三个月里，兑子就住在洞窟，每日还愿人负责买好食品在洞下，让兑子从洞口垂下一条链条吊上去。

三个月里，表哥哼的歌特别多，一静下来就扳了指头计算日子。他甚至不停地去撕那本日历，只过了十天，一本日历就撕完了。后来每日很晚回来，衣服有好几处破烂，双手和胳膊也鲜血淋淋的。我问他干什么去了，他不告诉我。有一晚我尾随他出去，他贼一样在镇后的一处崖壁上练习爬壁，月光下，他像一个爬壁虎，手脚并用，已经爬了三丈五丈了才掉下来，掉下来他又爬，这一次爬得最高，我为他激动起来，给他鼓掌，没想他一受惊又掉下来。我跑过去就拉起他，拉起来了他又坐下去，说腿疼得厉害。我知道他是骨折了，说："表哥，这都是我不好！"表哥说："没你的事。我给你说了吧，我想见到兑子，她虽然能把链条垂下来，可我手脚功夫不行，爬不上去，我只有这么加紧练习。她在洞窟还有两个月，这是绝好的机会，我一定要去见她！"我抱着表哥哭了，我说你一定能去，天老爷都会保佑你的！把表哥背回家，表叔问是怎么啦，我们不敢说实话，只谎报走路失了脚，表叔就连夜去二十里外的漆树沟请来了接骨先生。先生捏了捏腿，敷了一剂膏药，又熬了一碗药汤让表哥喝，再留下十剂膏药和五服草药，说："会好的，但要卧床两个月。"表哥一听泪就下来了。先生好像生了气，说了句嫌卧床长吗，那你到西安大医院去，截了脚只要二十天就出院了。我和表叔忙赔笑脸，打鸡蛋下挂面伺候人家，先生才对我说，两个月能不能好彻底，还看膏药和汤药里有没有簸箕虫做引子。送走先生，我就整日在佛关的残墙败垣中翻寻簸箕虫，这种虫有分币大小，极丑的一个硬壳爬物。我虽然一直安慰表哥，一定找到这药引子把腿伤治好，心下却不相信这虫有什么功能。表叔说，这种虫能愈合，晚上用刀劈开了，用碗盖上，第二天会自动长合完好。我做了试验，果然是这样。为了寻到足够的簸箕虫，我在地窖里曾经待过整整一天一夜。簸箕虫很臭，一沾手上就臭，以至于好多年里，一见到簸箕虫，我就躲得远远的。但我那时就想，表哥是不是个簸箕虫托变的呢？他对兑子那么死心，即使身裂几块，他还是能愈合着忠心不渝。我回想起来了，那天夜里他练爬崖，样子是像爬壁虎，但更像是个簸箕虫哩。

虽然我找到了一大包簸箕虫，表哥并没有振作起来，因为腿好了也是兑子画好佛要出洞窟了，他就不按时换膏药，甚至汤药喝半碗倒半碗，而只舀炕前墙角的瓷瓮中的苞谷酒来独饮。我已经讲了，这酒瓮里钻进了一条毒蛇，表哥喝了这瓮酒，直到舀最后一碗时舀不上，让我把酒瓮扳倒来舀，才发现了瓮底盘作一团的蛇骨架。表哥一听喝的是蛇酒，恶心得就吐，吐得炕沿下满地都是秽物，又赶忙从火塘里掏灰来垫来扫。我突然大叫："表哥，你能走了？"他一怔，才意识到自己真的在来回走动，没有感到腿的疼痛。这是个奇迹，是接骨先生的膏药汤药的功能还是喝了毒蛇酒的作用，我们无法判定，或许这是天意，成心要在兑子下洞窟的前十天让表哥去上洞窟的。

于是，我们准备着这个夜里去爬崖，我向他发誓当好一个忠诚的警卫，而且这事对谁也不说。为了一切顺利，白天里我们同去孕璜寺抽签，签是上上签，签语非常地好。当我们兴高采烈离开寺院时却碰着了独眼的兑子爹。兑子爹怀抱了一只兔子，眼泪汪汪地来找住持，说是兑子上了洞窟，兑子的兔子就交他来养，这兔子却近来不吃不喝，两颗下牙竟出奇地往上长，长到一直顶住了鼻子。老头说："师父，你瞧瞧，这犯了哪门邪了？兔子的下牙这么长，什么东西也吃不了，它要饿死了！"

我那时冒出个怪念头，兔子是兑子的，兔子一定通了兑子灵性，是兑子在洞窟里也想表哥想得不思饮食，快要死去吗？

住持掰开了兔嘴，说兔子上下牙床不对位了，下牙不磨动当然疯长，就取了锯子来锯牙齿。但怎么也锯不下。

我说："表哥，你来锯吧，你肯定能锯下的！"

我说这话充满信心，果然表哥一抱了兔子，兔子就安静下来，搭锯几下牙就断了，一断立即就吃起了草。

住持说："这牙床不对位，下牙还会长上来的。"

兑子爹说："都怪我照看不好，让兔子跌过一次，可能牙床就跌错位了，那怎么办呢？"

我说："有我表哥呢，它能长，我表哥就能锯的！"

老头长吁短叹地抱着兔子走了。

我悄声说："表哥！"

表哥说："嗯。"

我说："我现在明白了，这兔子倒像你哩，牙长到鼻子上，看见草但吃不上，会饿死的。"

表哥说："饿死的不是我，是你！"

我脸唰地红了。

八

月亮出来的时候，我和表哥已经趴在山根的荒草里打口哨。我的感觉如在战场，一切充满了神秘和新奇，仰头望去，黑黝黝的石崖上端，那洞窟口亮着灯，灯光浑圆，四周是毛毛的芒刺，似乎是一轮太阳，更确切是一个月亮，倏忽脑子里就坠入了月宫的虚幻中：兑子正好养有玉兔，兑子真的就是嫦娥吗？若兑子是嫦娥，表哥是谁呢？我又是谁呢？就听到表哥说："兑子听见了，兑子听见了！"我定睛看去，灯光中站着的果然是兑子。表哥就脱了白衬衣摇了摇，洞窟口的灯忽地灭了，遂听到唰唰的响声，一根链条便垂下来，表哥立即往崖根跑。我悄声叮咛："慢些，慢些，如果听见我打口哨，就是有人从山根经过，一定要身子附在崖壁不要出声，也不要蹬落石头。"表哥没有回答我，已经抓了链条往上爬。我伏在荒草里，浑身紧张极了，害怕他又是爬不上去再跌下来，害怕突然有人经过发现这一切。我不停地四周张望，又要注视崖壁上的表哥，眼睛不够用，耳朵也不够用，我想尿，脱了裤子又不能站起来尿，就蹲下，结果尿了一裤裆。当我再一次注视崖畔，表哥差不多离洞窟口只有三丈远了，他完全是一只簸箕虫！但这时他停止了，我几乎听到了他的喘息，我双拳都握起来给他使劲儿，如果这次不成功，那想爬上洞窟去的信心就全失掉了，机会也全失去了。我在心里叫：要稳住，稳住，不要往下看！表哥停止了几乎有一分钟，他又开始往上爬了，且蹬落了几块石子，石子沉沉地落下来，又很响地粉碎在崖下。我的心都提到嗓子眼了，担心有人经过。我想好了对策，如果真有人来，我就迎上去，说我路过这里觉得害怕，故意拿石头在崖根掷打而壮胆的。当我这样思想的时候，一抬头，崖壁上已经没有了表哥，那一条链条蛇一样地收了上去。表哥是成功了，洞窟口重新亮了灯光。

但是，成功了的表哥没有在洞口向我致意，连回头望一下也没望，他现在是忘记了我这个表弟！

我松下心来，浑身没有了一丝力气，却同时深深地为自己悲哀了。我这是干什么呢？我也是爱着兑子的，却在帮着别人去约会兑子，而自己则可怜地一人在这空旷苍凉的山根荒草中了。

我快快地往家走去，蒿草的叶上茎上都潮上了露水，脚腿一撞，全滚落下来，湿了鞋子、袜子，连裤管也湿了。走过一棵柿树下，我想靠着歇歇，身子才摇动了一下树干，就有三个柿子掉下来。柿子是红透了也熟透了的，是撞不得的，我蹾下来捡摔破的柿子想吃，但柿泥涂地，我是无论如何吃不下的。走过了佛关镇中的街巷，一种很异样的声音震响起来，这声音很美妙，又很丑恶，很让人发疯发狂，又让人难过，想流泪。但这声音绝不是我用耳朵听出来的，也不是我的嗅觉和视觉，我只有这样的感觉，好像是由我的头发、我的皮肤，甚至是我的五脏六腑的一切一切传导给我的。我那时一会儿很舒服，就像后来一位吸大烟的人告诉我吸烟后的情景：想什么眼前就出现什么。一会儿又很急躁，如梦中的逃跑，怎么急也跑不动。一会儿又觉得轰的一下，像一枚炸弹把我炸碎在半空，什么也没有了，又像是狂风之中一只猫倏忽被刮到了屋檐上，屋檐上又跌落了一页瓦，瓦无声无息地在地上碎裂。

第二天，佛关的人都在议论，说是夜里听见了一种声音，又说不清是什么声音，好像不是听到的，总觉得怪怪的。当我端了米筛去河里要淘米，走过街道，听到了两个妇人的对话，我着实吃了一惊。这两个妇人是南北对门的街坊，一个在门道安了织布机子织布，一个在自家门槛上坐着刮洋芋皮，她们好像有许多憋得心慌的事要对人说，就说开了。

这个说："哎，你昨晚睡得好吗？"

那个说："哪有你睡得好，颤声软语的，我还以为发高烧呻吟哩！"

这个说："你们倒没高烧呻吟，窗棂纸上印着跷得高高的两条腿影……"

两个妇人就哧哧笑，似乎都在害羞了。

那个说："今早听我那口回来说，那一伙结了婚的昨晚都没空过，那些光棍的也不要脸，说他们也都手淫了。天神，干这事好像是商量了似的，昨儿晚上这是怎么啦？"

这个说："就是呀，这佛关越来越出怪事了！"

我不忍心打断她们的谈话，也不好意思突然出现在当街而使她们害羞，我折身从街的另一头下河去淘米，想昨儿晚上全镇发生了的怪事，我应该是知道为什么，又说不清是为什么，但是无论如何，丑镇上的男男女女都很受活，唯有我一夜难受。

一连五天，天降了雨，雨下得十分大，天地都分辨不了层次。表叔一边和我打铁，一边抱怨这雨下得太多，又抱怨表哥去同学家竟这么多日子不返回。我哄了表叔，抡起的大锤就常常打空，表叔第一次骂我"猪笨"。

表哥第七天还没有回来，天雨是停了，但未炸晴，阴雾还退不开，河里的水涨得满河满沿，终日沉沉地咬噬着岸崖。我帮表叔打过铁后，无聊至极，曾提了篮子去山根捡地软，目的是要看看洞窟里的兑子和表哥，但那里静悄悄的，只有野斑鸠在崖头扑棱扑棱飞。我又返回来，瞧见这个洞窟的还愿人在街头的商店里购买黄表纸、香药和整整一竹筐的鞭炮，嚷着再过两天佛就画成，要大张旗鼓地举行开佛窟典礼呀。我为表哥着急了，他怎么还不下洞呢？是忘记了日期吗？遂又想，我为人家着什么急呢？表哥上了洞窟，他何尝在他幸福之时还能想到孤独凄凄的表弟呢？！

我回到家胡乱吃了饭，上炕睡了觉，一直睡了一个下午天，黑了接着又睡，梦到了在宾馆养着一个白脸修身的女人的爹，梦到了簸箕虫一样爬崖的表哥，梦到了洞窟里形形色色的佛尊。这些梦使我兴奋又难受，意识里说这是梦，快快醒吧，梦偏是不醒，竟又做了一个很卑劣的梦，梦见我是坐在一片荒草地里，觉得下身很酸很憋很慌，就在那里手淫，□□□□□（删去十三字）一抬头，身后的土坝上正走过一个人来，我躲避不及，便说：你也来吧。那人似乎已看见了我，但目光又立即放远，很斯文镇静的样子，说：不啦，我才干过。我惊醒过来，琢磨这是什么征兆，那个在土坎上的人是谁呢？这时候，表叔就在喊我了。

表叔的声音从没有这么可怕过，我立即穿上衣服下了炕。天还没有亮，屋里一片灯火。

表叔说："魁，魁，你老实说，你表哥这几天去哪儿了？"

我说："去他同学家了呀！"

表叔吼道："屁！他被人捆在山根石嘴上了！我怎么生下这种劣种，我把人都丢尽了！"

我撒腿就往外跑。

表叔把我抱住，说："你真的睡得那么死哟，你没听见刚才来人在辱没我吗？他们把你表哥用链条捆在崖嘴，又在链条上上了锁，说谁也断不了链条，只有我去断，这不是故意丧我脸皮吗？你去吧，你把这个拿上，开了链条，你让他一头就撞死在崖上得了！"

表叔给我的是一把大锤和一根錾子。

我跑过佛关镇的时候，天已微亮，人们看见了我，他们问我干什么去，然后就哈哈大笑，给我吐唾沫，咬了牙骂我，还问我拿没拿了手巾和纸，也可给表哥的××上擦擦。我没有回一句骂。一句回骂，我将会被他们打翻在地，他们的愤怒太大了，如果不是犯法偿命，表哥不会仅仅被捆在崖嘴。

我赶到山根，表哥果然衣裤褴褛，被链条重重捆缚在一个岩嘴的石头上。我用大锤和錾子开始砸链条，表叔打制的链条太坚固了，我是真真正正领教了他的手艺的高明。可怜的表哥侧了身子躺在石头上，我大锤砸下去，链条未断，却震得他胳膊上出了血，我不敢再砸了。表哥说："砸吧，使劲儿砸吧！"我再砸了二十下，二十下的铁石之响，肯定是全丑镇的人都听见了。

过后我才知道，那个夜里表哥准备离开洞窟，原本侦察了动静，兑子在洞窟拉扯了链条，表哥就攀着往下吊着滑动，差不多就要着地了，恰一伙人从大山后的丛林打猎回来经过这里，他们都在仰头看洞窟，议论兑子快要下洞了，就发现了登在崖壁上的表哥，立即朝空放了一火枪。表哥以为是瞄准了自己，慌乱中就掉下来了。这伙人审问表哥是从洞窟下来的吗？表哥不敢牵连兑子，大声说他是要往洞窟上爬的。他的意思是大声这么说了，好让兑子不要出现在洞窟。这伙人当然不信，追问这链条怎么就垂下来？表哥说链条是兑子一日三次吊饭食的，可能吊了饭后，忘了收拾，他看见了就想爬上去的。再问爬上洞窟干什么，想独占兑子？表哥说：是的，我爱兑子，兑子应该是我的！表哥的脸上当即就是一拳。表哥的嘴还硬，又还了手，他们就放翻了他，搜他的身，竟发现了他的腰里缠了一截花布，展开来是一个丝头巾。这是兑子的头巾，他们是认得的，他们就怀疑表哥是从洞窟下来的，气得嗷嗷大叫，把表哥的衣裤撕烂。表哥为兑子就是不承认到过洞窟。他们就把他捆在崖嘴石头上，又进镇吵吵嚷嚷，惹了更多人前来唾表哥，打表哥，解了裤子往表哥的伤口上撒尿，最后把链条从洞窟口扯下来，紧紧捆缚了七道，又将链条两头锁了四把大锁，说：他爹的链条谁也断不开，让他爹来断，他爹要是有脸不来，让他永远就在这里吧！

表叔真是要脸面的人，他不来，我来了，我来佛关是我的命，在佛关尽干些别人偷牛我拔桩的事，这也是我的命。

当链条断开的时候，我说："表叔以后再不要打制链条了，我再不会跟他学打铁了，让他的手艺失传得了！"

表哥哗啦啦卸下了链条，却呆呆地立在那里。

"表哥，"我突然可怜起表哥了，"咱们回吧！"

表哥说："回，能回去了吗？"

我把链条抓起来，扬手要远远甩到荒野中去，他挡住了，说："我还得用这链条。你回去吧，我拜托你，我爹年纪大了，需要照顾，还有兑子……我得走了。"

表哥要往哪里去，我没有问他。他走是对的，他应该早走。我再没有说话，只把我的衣裤脱下来让他穿了，我剩下的只是一条花短裤。

九

表哥逃离佛关是二十五岁，他一逃三年没有踪影，也没有消息，当后来他回来的时候，并没有说这三年里经历了什么，干了什么生意。他只是有钱，很能挥霍，而临走带的链条是拿回来了。

这链条现在已埋在了表叔的坟前。我的表哥与表叔天生不是父子，是冤家对头。表叔去世的时候，摔孝子盆的只有我，一代名匠就那么被儿子忧愁死了；他死了，带走了绝好的链条手艺，而表哥回来还带着的那链条，我说了，这是表叔最好的纪念物，我们应该将其放在老人的灵牌前供着才是，可表哥却在上坟时埋在了他父亲的坟头。我不知道他是怎么想的，他或许是永远也不愿思念自己的父亲，或许怕看见了链条而触痛他那可怕的一幕。链条是不怕石头砸的，也不怕什么拉力拉的，怕埋在土里，埋在土里就会生锈腐蚀；那链条或许已经锈腐不堪了。

说真实的话，三年里我并不想表哥。表叔曾经托人四处寻找，听了惠心住持的话，把表哥的鞋和袜子、裤子用绳子捆了吊在地窖里，表哥仍是未回，他就病倒了，从此不再提儿子，把家私秘密全告诉了我：后院梨树底下埋有一个瓷罐，装有六十五个袁大头的银元；表婶死时手上戴有嵌着一颗绿宝石的金戒指，一定要防备着盗墓贼。我成了表叔真正认可的儿子，这还罢了，而佛关镇上，可以放诞暗恋兑子的就是我了，兑子唯一愿意接近愿意说话的就是我了。我的那件夹克，虽然洗得灰白，但毕竟穿在我的身上，我去见兑子和兑子来见我，那我真正是代表了我，而不是表哥的我。

我曾经担心过兑子要出事，出走或觅死？谢天谢地，兑子还继续在佛关，继续活着。活着就画佛。兑子爹先是说什么也不让兑子画佛，认为她已不配画佛，兑子也有一段时间闭门不出，但是，还愿的人都坚持还让她画佛，兑子又开始上洞窟，兑子爹的眼睛就是那时彻底失明了。同兑子爹失明的日子相差不过几天，兑子养的那只兔子也死了。兔牙发疯似的往上长，我去用锯子锯一次，过数天就又长上来，最后竟长得顶住了鼻子又钻进了鼻孔，便饿死了。我那天黄昏在孕璜寺后的山坡上捡地软，兊子荷了锄在那里埋兔子，我回来浑身不舒服了多日。我想起表哥的话，说我也像这兔子，现在兔子是饿死了，象征了什么呢？在佛关的七年，我完全信一种神秘的力量，我暗中留意过兊子，她肯定不是凡人，一定是什么精变的，是不是蝴蝶一类呢？我也仔细观察过佛关所有的人，我敢说，惠心住持那是一株老树变的，表叔是一头山羊变的，轮胎修补站的小老板是野鼠变的，还有许多人是狼虫虎豹猪马牛狗变的，甚或那山上的每一棵树，河里的每一块儿石头，它们都是人死后的托变，或将来要变成个什么人的。

这种玄思日日夜夜困扰了我，有意思，也恐怖。家里的老鼠也明显多起来，我没有捕，也没有放鼠药，纵然我的一双皮鞋晚上放在炕下，白天起来被咬成凉鞋。供我夜夜入梦的是老鼠磨牙，那声响大极了。我知道那只兔子之所以死去就是牙床错位不能磨动了。每当白天发现箱子、木柜被鼠咬了，我就高兴它们不会再饿死了。

九月天里，有人在集市上出售兔子，我买下抱给兊子。我恍恍惚惚觉得饿死掉的那只兔子不应该是我，应是倒霉的表哥。遗憾得很，也是天命注定，兊子竟谢绝收养。这预兆果然使我吃尽了精神煎熬之苦，以心比心，才后悔诅咒着表哥永远不回来是多么地残酷和狠毒。

丑镇的许多结了婚的年轻人在这时期纷纷生下孩子，但没有例外的一尽发癫。家有发癫的孩子，夫妻关系愈是不和，就又有离婚或长年分床另枕的事件多起发生。有人梦见东山坪长了一棵石榴树，树上累累的石榴在风里摇落，皮裂籽散，满地旋转。全佛关就议论石榴结籽，籽为子也，发癫的孩子便是摇落破烂的石榴变的，遂以石榴树在东山坪，就怨恨了做鬼也吵闹不休的贫协主席和大队长，再一次将桃木楔钉在那里。轮胎修补站的小老板正值妻子坐胎，更是虔诚，托人四处查访，找着了一株被雷火击轰过的老枣木，雕刻成符印，在黄表纸上按了，一张贴于门首，一张压炕席下，一张焚化和水让婆娘喝下。但是，孩子落草后，仍是患有癫狂症。这件事我一直闹不清楚，后是离开佛关又回到了西安省城，见着一个老中医教授谈起来，谜底才彻底解开。教授说，凡是夫妻性交，男的于射精时脑子里想到的不是身下的妻子，而是迷恋以至于产生幻觉，以身下的妻子为暗恋的别人，那么怀孕得

211

子就易患癫狂。

事情原来是这样，这实在是一种报应了。

佛关的人依旧追慕着兑子，他们对于兑子总是开怀大量，只把一切仇恨集中在表哥身上，表哥一走，除了眼中钉肉中刺每个人又激发了自信。他们每时每刻都在注视着兑子，兑子某一日穿了什么衣服，梳了什么发型，吃的什么饭，上了几次厕所，他们都有记录，恨不得把兑子画在眼窝里，一睁眼就能看见。兑子的世界成了眼睛的世界。我想兑子一定认为人的眼睛是绿的，是火辣辣有着火焰的，甚至每天晚上回家脱下衣服，抖一抖，就会落下一层的眼睛。当兑子谢绝了我送她的兔子使我尴尬和沮丧，她成心要使我牙床错位成为饿兔，我是怨恨过她的，不理解甚至讨厌她对那么多眼睛不进行反抗的表示，她是恐怖这些眼睛，还是窃喜这些眼睛？我之所以吃不透女人的原因就在这里。以致我和兑子在麦地里的事情后有些反省：她既然那么爱着表哥，为什么会赐予我一切，她当时的心理如何，这种心理如何构成？这或许就是女人的弱点，或许又正是伟大如兑子一样的女人的高明处：喜欢所有的男人爱她，利用男人，调动男人，却又不愿意除了表哥而有具体的男人爱她？我吃不准。

偏偏这时候，兑子怀孕了。兑子怀的是表哥的孩子，这是无疑的。她来找过我，正是一个下雪的日子，天地一片白，我在孕璜寺翻阅了《华严经》出来，她就站在寺院山门外的雪地里，雪衬得她脖脸通红，绕着那株柏树，脚印杂乱。她说她远远看见我进了寺里，她就在这里等我。我说："有什么事吗？"她直愣愣看着我，突然说："我要堕胎呀！"

我简直吓了一跳。表哥走了这么长日子，我只说什么事也没有了，怎么她就怀孕了呢？怀了孕是多么大的事情，要堕胎又是多么大的事情！兑子以前见我闭口不谈与表哥相好的事，现在直截了当说给我，我知道这是她万不得已，也知道我如今在她心上的位置，我顿时增加了一个男子汉的气派，承担了要保护她的重大责任！但我随之又怀疑起事情的真伪，看她的样子，压根儿不像怀了孕。

她说："已经七个月了，我不显身。"

七个月了，七个月在一般女人已经笨得走形，她却依然苗条，步有弹性。仔细看了看，才发觉腰身确是不比先前灵活了。

她说："我一发觉有，就想堕了下来，爬高上低，翻滚捶打，可就是不出来。听说七个月里堕不了了，我想让他（她）小产。"

我说："这使不得的。"

说过了，我就明白兑子是来听我的主意的，在一有发觉就要堕胎这或许是真心的，可现在要小产，她一定是犹豫不决，听听我的意见而坚定自己吗？

她犹豫地说："我知道孩子是没有罪的，可我能够生下他（她）吗？"

我说："就生下他（她）！生下了，就证明你是我表哥的人，表哥不在，别人也便不会骚扰你了。"

她点着头，温柔如一小猫。我那时一下子觉得这雪天雪地怎么让她一个人走呢，要是滑一跤怎么办？就挽扶她下了寺前石阶。她笑了，说："你敢？"我说敢。她倒甩了我说没事："我怎么这阵就娇贵了？孩子是你表哥的，你表哥的孩子不怕摔打。"

孩子是超期了十五天生下来的。孩子生的时候野狼在河对面嚎哭，满镇的狗大咬，血水和胎液噗的一声，如将木盆里的鱼和水一齐泼出一样，孩子在炕面上冲滑而过，远远掉落在炕下的一堆麦草里，啼哭了。而我的表叔，在铁匠铺的炕上蹬脚咽气了。老人痛苦地挣扎了半天，最后突然一个微笑安静下来。我以为表叔病有了回转，用手在他眼前晃晃，没有反应，一按鼻孔，才知道他已经就这么过去了。我不清楚这孩子是不是表叔投的胎，但孩子极端丑陋。

十

兑子有了孩子，兑子一下子没有了往日的羞涩。女人就是这么怪。她抱了孩子时常在镇子里转悠，请教别人：孩子屙屎呈黑色是什么原因，发烧能不能用艾香熏脚心，治夜哭的符是怎么画？她买猪蹄说要给孩子下奶，甚至再没有戴乳罩，嘟噜着两个大奶，竟也能在任何地方一侧身撩了衣服按着孩子的头让吮。有人推算，说孩子不是表哥的，即就是否定了表哥说他不是从

213

洞窟下来的话，哪有一遍卤水就点成的豆腐，且孩子这般模样，哪里有表哥的影子呢？而这孩子的身上，倒蛮可以看出镇上每一个丑陋男人的影子。对此，我也犯过疑惑，可后来我坚信这是表哥的。因为佛关犯癫狂病的孩子都并不丑，眉里眼里都有着兑子的俏样，而兑子的孩子却这么丑，一定是意淫的结果了。这些丑男人，他们夫妻性交时想的是兑子，孩子当然有兑子的样子，而他们每时每刻都思想兑子，他们的意念也必会使兑子的孩子变丑了。

我想，这些人在兑子抱孩子出来时厚颜无耻地让孩子叫他们是爹，但他们心里明白，这毕竟是表哥的种子，表哥虽远在山外，但总有一日会回来。而兑子呢，她的心还在爱表哥，要不她能在表哥不在还敢把孩子生下来吗？

其实这种思想已经是镇上的男人们思考了无数遍，他们最后差不多是信心失落了，于是，有从山外归来的人陆续返回老家去了，去山外做生意的人许完愿又将钞票缝入裤衩很快出山了。而曾经痴心太重，又在此地花销了挣来钱物的，就发疯了，说孕璜寺的神明不明，是假佛、伪佛、坏佛和罪佛。大多数的就没有了生活的追求，但都有钱，便做美食家，做赌圣，做浪子班头。佛关的人早年是不吃鱼的，嫌有腥味，不准上锅，只有顽童用泥和了，在火塘里烤，且少半是吃，多半为玩，现在黄鳝也吃，山泉里的瞎眼蛤蟆也吃，还吃蛇和青蛙，水田里整夜有捕青蛙的灯笼。酒馆里常有醉倒的人，举了刀嚷着要杀人，赤了下身街上跑，对你说天上的星星并不高，站在山顶上能摘到的，问信不信？你不敢说不信，信，他就抱了你说你是知己，是朋友，就吻你，结果倒在你怀里吐出一堆污秽。麻将场上，吆三喝五，白日不下场，晚上不下场，直打得分文没有了，出来举了手发疑问：这鸡爪子是我的手吗？肉都跑到哪儿去了？更有甚者，是有了吸大烟土的，卖大烟土的，吸了烟是武松打虎，烟瘾发了像张良过街，蓬首垢面，清涕长流，让叫爹也叫，让呼娘也呼，趴下钻入胯下也行，只要答应给个泡儿。打扮得脂粉往下掉的女人出现了，就有了梅毒，有了淋病，太阳暖和之日，僻背的山坡上几个男人如晒麋一样晒那坏烂了的东西，一边叹命运不济，黑弯榆树招不来兑子那样的凤凰，栖落的乌鸦又害苦了榆树，哽咽不已。佛关的繁荣度过了鼎盛时期，佛关的风气每况愈下，这一切都是兑子惹起的。

失明的兑子爹终于强迫着兑子离开佛关。

如果兑子在那次跟着父亲离开了佛关，佛关在那时就会彻底衰败的，镇上的人口会十天之内顿减一半，店铺摊点倒闭，孕璜寺香火萧条，山崖将不会再有佛窟。但是，兑子却又返回来。她是在半路上摆脱了父亲，携子返回的。这可能是佛的旨意，是兑子与佛的缘故未尽，也是兑子与我的那一场麦地的缘分未了吧。

她回来后，我说兑子你真好，你回来了，你知道佛关人差不多要欢呼万岁了。

兑子说："万岁的是吃喝嫖赌吗？"

我说："佛关的风气现在是不好了，可你知道原因吗？"

她不知道。

我不能说是她为表哥生了孩子，我说你爹不让你画佛，虽然画着，但没有以前画的那么多，自生了孩子又是差不多半年里未画了，人们就认为画的佛少，佛不保佑了佛关，佛关的风气才一日不济一日。

兑子说："是吗？"

她从此真的凡有还愿的就起早贪黑地画佛，她画佛的技艺已经十分高超。也就在那时，我正式跟了她学画佛，她是我的师傅，我是她的徒弟。洞窟里光线阴暗，她擎着小油灯却画得线条并不走样，上的颜色均匀悦目。我那时才了解佛的大千世界的内容，她在梯子上精心作画的时候，我就一眼一眼看着她，我觉得她就是佛。到了晚上，我回到铁匠铺来睡，做一夜她和佛的梦，她则哄睡了孩子便去属于她的那个洞窟里画，她画的什么我仍然不知道，她老是画不完。

日子就这么过下来，表哥回来了。

我永远要说，我的表哥不是平庸的人，他的鼻梁很高，相书上讲这种鼻梁的人不成就英雄就沦为奸恶。而用我读高中时手抄的一本日本将人分为九类以测命运的卦法，表哥的生辰年月算起来属于第一类。上面写清：此类人聪明异常，感情用事，易招异性喜欢，常有实质性的和不实质性的桃色事件发生，一生总觉得能量没有发挥，这山望见那山高，样样事都干，要干就干得还出色，但都不彻底。这完全符合表哥。表哥在佛关的乖觉行为，虽然做的事情令人头痛，但有一点，对兑子的爱的执着，起码让我敬佩不已。我早就说过，没有嗜好，而嗜好不投入到身心的如痴如醉，这人是不可能有大的出息，表哥对兑子是刻骨铭心的，表哥才赢得了兑子。

逃走了三年的表哥重新回到佛关，他再也不是个闲汉的形象，西装革履，佩结领带，烫卷头发，是个腰缠万贯的暴发户。来佛关还愿画佛的发财人，以前都是商州别处人，还从来没有过一个佛关的土著，表哥回来，财富和气势绝对压倒了所有的画佛窟还愿者，光这一点，佛关的人就刮目相看，倒暗自后悔当初链条相捆，使这竖子发财成名。他们没脸面询问这三年里表哥去过什么地方，做了什么生意，发了究竟多少财。表哥似乎也忘记了先前的大辱，不记仇，反倒在尽孝子之责，重新祭奠父亲的时候趁机大摆宴席，邀请全镇所有人来吃喝。就在那次宴席上，表哥掏出了三万元，当众交给了佛关镇的镇长，让改造佛关镇的村办小学。

说老实话，看到表哥出手这么大方，我怀疑他怎么会有这样多的钱？以致公安局的警车把他押走，当时闪过我脑海的第一个想法，就是表哥一定因经济问题犯案了。等到我回到西安，托熟人去翻看了表哥在公安局的案卷，知道他并不是钱的问题。他只是与"六四"风波有关。当西安城里大学生游行的时候，他是资助了五万元，当时许多摄像机对准了他，他很得意，以为要上电视，就跳上一辆三轮车上大肆讲演。结果，风波过后，那些摄像胶带收缴到公安局，在镜头上发现了他，到处寻他。更糟糕的是他所在的那个公司，头头恰是工联的负责者，逃亡到了国外，目标显著，在清查这个公司时发现了他的踪迹，才警车开到佛关来了。

在厚厚的案卷里，当然涉及经济，但经济上的问题审查结果给他没定任何罪名。他交代了他之所以有钱的原因。我看了他的交代书，字迹清秀，整整十六页，每一页都有手印。一般交代书上按指印，他按的是手印，如他送给兑子的土胡墼上按的手印一样大，一样清晰。我知道了他逃离佛关，背了那根链条到了秦岭的另一个山口为过往车挂防滑链为生，日子恓惶，才偷扒了车来到西安。他小时候去过我家，但对西安几乎一概不知，光是在大街上小便寻不着厕所就让他大吃了苦头。他实在憋不住了，在无人时解了裤带要在墙根尿，刚要掏，一个警察过来了。警察问他干什么，他说没干什么，警察明明知道他是要尿，不是尿，掏那东西干什么。他说，看看。警察说不许看。他说我看自己的也不行吗？"我一掏一个警察，一掏一个警察！"他就这么写着的。最后，一个警察可怜了他，领他到一个宾馆厕所去尿，他却不尿了，因为已尿在了裤子上。也是以祸得福，他竟在这家宾馆的餐厅做了小工，原本有吃有住的好事，但他太逞能，事情就坏了。这一日餐厅已下班，还留了他打扫卫生，偏来了一个蓝眼的白人，白人要吃荷包鸡蛋，白人不懂汉语，表哥又听不懂英语，白人就领他到厕所，脱了裤子指着自己的生殖器，又指指口。表哥明白了，说这饭我是可以的，打了两个荷包蛋，又取了一根香肠。客人十分满意。不料在旁的一个黑人也要这样吃，叽里哇啦表哥更是听不懂，黑人也拉他去厕所做同样的比画，他哦哦点头了，端上来却是两颗变蛋和一根熏肠。黑人大发肝火，叫喊表哥种族歧视，告状到经理那里，经理就将表哥开销了。开销了的表哥流浪在街头，三天里没有吃饭，晚上蜷缩在一个巷口的檐下。半夜醒来，却发现身边有一个提包，提包里全是钱！表哥从来没见过这么多钱，他害怕了，他绝不是见财忘义之人，他首先考虑到丢钱人的痛苦，就抱了提包坐在那里，等待失包人找回来。果然天明时跑来三个人寻包，他们查对了钱一文不少，当下感谢后又疑惑：为什么不带了钱跑掉？表哥说，我跑掉了，你们上吊呀？这三人就看中了表哥的实诚，决定留了他跟着做生意。这些人做什么生意，表哥绝不过问，他的任务是在宾馆、在街上看守他们的财物，帮他们买车票飞机票，出门提皮箱，住下洗衣裳，遇了小痞子去打架，有女人进房子了就立走廊放哨。"他们玩女人我没有，"表哥写着，"我只想我的兑子，我的兑子比她们长得好！"如此两年多里，三个人给他提成分红，表哥得到十万元，表哥梦里都在念佛了。

看到这里，我笑了。心想表哥回到佛关那么精明，有气派，他在西安城里其实还是一个傻子，他之所以发了财是他的运气，或许是他一个山里人不懂得大城市的憨人憨福罢了。

请了客，又掏了三万元改造了学校校舍，佛关的人见了表哥都是笑笑的。但我看出，他们心里更恨起了表哥，往往当笑笑嘻嘻地与表哥打过招呼，接过了表哥递过的香烟在嘴上点燃了，就三个一堆五个一伙喊喊啾啾批点表哥。我担心，如果这样的时间一长，如果表哥手中的钱一旦花完，表哥的倒霉事就该来了，可谁也没有料到，这一切还等不及，表哥就残废了。

这又是因兑子引起的。

我曾对表哥说过:"表哥,快与兑子举行婚礼吧,孩子都那么大了,现在正是时候,不要错过机会。"

表哥却说:"我要等着学校改造好的那天。"

我说:"你拿钱可以买来政治上的保险,可你能买来人心吗?"

表哥说:"那你瞧着吧。"

他说过了,又附过耳来,说:"你知道什么,你只在佛关井大的山窝里。我在西安五万元,买得一条街的人欢呼哩!"

我那时从报纸上知道了"六四"的情况,他说得也含糊,但我劝他别这么说,他那时是听从了,再没向人吹嘘过,最后他还是栽在那五万元上。钱多了就不属于自己,钱多了就要害人,这话是对的。

他没与兑子极快结婚,但他常常去找兑子,可惜的是兑子那阵没有在洞窟画佛,却在孕璜寺翻修大殿。惠心住持请她去彩绘佛殿大梁上的图案,表哥也去殿里帮忙,事情就在那里发生了。

那是一个中午饭辰,所有翻修的人都去厢房吃饭,兑子想把碗里的颜料用完,还一个人骑在大梁上。表哥就去看兑子,兑子让他取眼镜。兑子那时的眼睛已经不好了,眼镜放在窗台上,表哥拿了眼镜也爬上大梁。他们竟在大梁上做起爱来了,□□□□□(此处删去一百零八字)偏让一个小和尚看见,大呼小叫嚷动开了。

表哥与兑子做爱,或许人人都能理解,心里也觉得人家既然是那样了,迟早要结婚为夫妻,也不怎么稀奇吧。可人人毕竟是强忍了妒火的,你要做爱,你结了婚到洞房去,或许结婚前到一个僻背的地方去,你龙翻凤吟也好,你颠鸾倒凤也好,你大天白日,佛殿之上,广众之前干这事体,这不是让大家更丧了志气吗?事后的第四天里,我又去佛殿帮忙,爬上那大梁,我还在琢磨这件事,那时正好一束阳光从瓦棱缝透下来,于是我想,表哥爬上了大梁,这样的光束那时一定是照在兑子的脸上,兑子的白嫩粉脸一定出现了佛光一样的茸毛晕圈,表哥一定是看迷了,看醉了,情绪亢奋,不能自持的。胆大的表哥,却偏偏忘乎了这是佛殿,这又是佛殿的大梁上。而兑子,也是糊涂了,太爱表哥,心就是再软,也不能就俯就了表哥啊!也活该要出事的，小和尚已是端了饭碗在殿外台阶上用膳，忽觉菜汤碗里映有图影，抬头一望，就嚷了起来。表哥和兑子竟不知觉，直到殿门口拥了那么多人，他们还是坚持把动作做完。

众和尚与帮工把表哥与兑子拉下来，他们是发怒了，佛关的人闻讯更是怒不可遏，直闹得惠心住持从禅房出来也气得嘴脸乌青，让表哥和兑子身披了红布跪倒在佛像前求饶，又燃了大火，让他们跳来跳去三十六次，消除阴邪，宣布他们永远不准进孕璜寺来，就轰出山门，开始了三天三夜的诵经念佛，以净寺院。

表哥和兑子被轰出了山门，兑子就昏倒了，是我脱下外衣包了她的头，立即抱回她的家去，用指甲掐她人中救醒了她。我叮咛千遍万遍不要怕，又将房里的刀剪收拾了，绳索收拾了，反锁了房门，就往镇中跑，因为表哥还在那伙已经发了疯的佛关人手中。

结果，表哥就在一片打骂声中头破血流，他的尘根儿被割了扔到了胡墼壕里。没了尘根儿，表哥或许不会死，但他就废了，从此不是男子汉了。如果在大城市，必须送医院缝合，还是可以的，但佛关没有大医院，小医院也要到远离二十里外的另一个镇上，这里的医疗站的医生只会抹红汞水，包感冒片，连计划生育的结扎术也干不了。尘根儿在我手里是那么难看，先还一抽一抽地动，似乎是疼，但还活着，后来就死了，发黑了，开始缩小。我冲过去，给人们磕头（如埋表叔那次，他们抬棺到半路就要放下，棺不能沾土的，我跪下磕头），说："饶了他吧，饶了他吧，再不缝合，这东西就完了！"人们一下子静下来，才意识到他们干了一件极可怕的事情：一个男人即便是最大的仇人，可割掉了尘根儿是比掘了祖坟，甚至比杀掉了他更残忍啊！几个老年人就推来架子车，摘下表哥的帽子盖住了表哥的下身，往公路上拉，要拦汽车送医院。表哥已经昏过去了，昏了如死去一般。

等来的是一辆小车，一停下就跳出了警察，他们询问表哥住址，得知后立即拿照片查对表哥的脸面。我看见警察拭擦了表哥额上的血，表哥的脸很俊，警察说：像港台的明星×××。我没有看过×××的影视作品，佛关的人也都不知道×××是什么明星，所以没有反应。警察于是抬了表哥上车，拿手铐铐了他的双手，回头说：谢谢。

我愣愣地看着警车开走了，佛关的人都愣愣地看着警车开走了。我后悔的是我竟忘记了我手里还拿着表哥的尘根儿。佛关人安慰我：魁，别难过，大家都别难过，咱就是不怎么他，他那命在公安局里还会有吗？要他小子命的可不是佛关的人啊！

十一

表哥这一去，并没有死，这就是说他没了尘根儿，性命还在。可到底罪行够不够死，或是判多少年刑，这已经是后话了。

我后来在佛关，唯一值得留恋，唯一可以亲近的，只有兑子和兑子的孩子了。我以未举行仪式但实质已是我的表嫂的理由，还有一个徒弟对师傅的关系，我常常去看望兑子。兑子却不愿与我多话。她几乎很少画佛了，还愿的人无论怎么求她，她都推说眼睛不好，让我去画。而她就独自钻进自己的窑洞里画自己的东西。

佛关毕竟是商州与关中大平原的交接口，出山去闯世事的人越来越多，还愿的一批走掉了，又来一批，他们对兑子依然感兴趣。我替兑子回绝他们，说兑子的事情你们也知闻了，佛是圣洁而庄严的，兑子不愿画佛，是她自感了那个。来人却说："放下屠刀，立地都能成佛的，何况兑子？再说，你表哥还能再回来吗？兑子还会再与他什么吗？"

没想到，有一日，兑子却来找我，说她答应画佛了，她要画一组十八罗汉佛。

她果真就画起来，钻在一个暗洞里整整画了两个月。没有画成，不许任何人进去看，也不让我进去。两个月后，她走出洞来，她在大声地笑，阳光下笑得十分灿烂，笑着笑着不笑了，捂了双眼就蹲下去，她说她眼睛疼，有麦芒在里头。我去帮她吹取麦芒，眼睛里什么也没有，但眼珠发瘆发红，她失明了。

启洞庆典的那天，鞭炮齐鸣，人如潮水一样来洞窟磕头焚香，观赏朝拜。兑子对我说："魁，有一件事我要说给你，你能保密吗？"

我说："表嫂……"

她说："谁是你表嫂？我是兑子！"

我说："兑子，你信得过我就说，你信不过我就不说。"

她说："我明日要走了。"

我说："这一天终于来了。"

她说："好了，你明日来送送我吧。"

兑子就这样地走出了佛关。

十二

我依旧留在佛关。我没有走，是我要抚养表哥和兑子的丑孩。孩子太小，只有三岁，我决定等孩子长到七岁，可以放心地把她留在佛关，我再另谋生路。

孩子先是哭着要娘，但没有了娘，孩子就喊起我为爹来。我当的什么爹呢？在麦地里那么一次，代价就是四年的抚养丑孩子。但我屎一把尿一把将孩子一天天养大起来，我为了让孩子知道她的身世，就抱了她到兑子最后的画佛洞去教孩子认佛。我已经不止十次地抱了孩子去，却在一次点了灯细细讲着这些罗汉佛就是你娘画的时，我发现了十八个罗汉里，十七个都是男性，而最后的一个竟是女性，那眉眼，那神态分明是兑子！我大叫起来，兑子最后的画佛是把她也做了佛了！这样的事情为什么我一直没有发现呢？开洞庆典那日，多少人进洞窟来，以后又有多少人来烧香，为什么都没有发现呢？是没有发现还是发现了并未提出异议？！

我久久地呆在那里，孩子也一点不叫不动地呆在那里，直到手中的小油灯油尽了，捻子跳了一下全然漆黑，我才发觉我已经是跪在了壁画面前。我伸手去拉孩子，孩子也跪在那里。

于是我们又跪了很久。

我在黑暗中说："孩子，这是你娘！"

孩子在黑暗中说："娘！"

221

出洞来，我情绪非常低，回头远望着洞窟口两边石刻的对联，默默地念诵，竟不觉念出声"冷眼看世上几多忙人"。孩子问我说什么，我说是洞窟的下联。孩子问什么是下联，下联是谁的冷眼看什么忙人？我说是你娘吧，或者不是你娘，我不知道。

佛关正逢了集市，人乱如蚁，群丑云集，土墙上新张贴了许多广告，一张最红的纸上字迹难看地写有"修脚，打耳孔，纹眉，割双眼皮，去乌痣，为你美容"的内容，我拉紧了孩子的手，说："孩子，你记住，你娘是个美人哩！佛关镇再没有你娘那么美的人了！"

孩子说："我不如我娘吗？"

我说："你丑。"

孩子说："我丑，你更丑的。"

我知道我已经丑了，我原来就不美，在丑镇这么七年，我是彻底成丑人了。

孩子说过了，注意力却转移到一个秃了头的人身上，她悄声对我说，那人头上趴着虱，是两个哩，两个一摞哩。这秃头上是有虱子的，是两个一摞的。我示意她不要说。孩子却还在瞧那秃头，说虱子在动哩，在干什么了！秃头依然在那里与人论价，两个虱子是在动着，这孩子看出虱子在干什么吗？孩子还小，是不应该让她知道虱子在干什么，我打了她指点的手，吓道："你管什么？！"孩子生气了，说："不管就不管，哪怕虱子把秃头×烂哩！"

孩子竟能说出这样的字眼，这么小的年纪，是谁教唆的？还是表哥和兑子的遗传？我一巴掌扇在她的脸上，孩子哇哇哭起来了。她哭得凶，我劝她劝不住，哄她哄不乖，我骂她是丑孩子才哭的。她不哭了，却骂我是丑大人，丑丑的大人。我承认我是丑大人，比她还丑的丑丑大人，她却破涕而笑，同我回家去。

"咱们都丑，"我把她架在脖子上，我也笑了，"可丑能辟邪的，孩子！"

一九九二年

观　我

一

　　王小二，男，一九六五年生人，市府办公厅后勤处一般干部。夏天里陪娘去观音庙烧香，娘又是为自己求长寿，又是为儿子求婚姻，三磕六拜的；王小二无所事事，去读一块儿石碑，蓦地读到"菩萨观世观音观色观形观我"，心有所悟：世人只知道观音一词，并不多知观我二字，这观我二字取作人名多好！人的名字是自己的，但别人叫得最多，名字取得好了，必然能带来好运，名字取得不好，带来的哪有好的信息？原来自己一直不发达，都是因了王小二三字太庸俗低贱呢。于是，决定改王小二为王观我。

二

　　观我改名在下午，是第二天中午发生的日全食。日全食的时候，后勤处的人都跑到楼顶上去看，观我也跑去看，没有看上贝利珠，却看到了日冕：团状的光雾包裹了太阳，又两边扯动，太阳就像一只硕大的眼。人眼在看着太阳眼，太阳眼在看着人眼，对视对视——人是经不住被看的——人们差不多有些害羞了，觉得要出什么灾难。观我却认为吉祥，硕大的眼睛在天上看他，与自己改名肯定有关。

"小二呀！"朱贵在叫他，叫得懒懒的。

住宅楼区巷道的电线杆下，鞋匠朱贵没活儿要做，枕着一颗青皮西瓜开始打盹。看日全食的时候，朱贵没有用蜡烟熏黑的玻璃片，眼睛受了伤，眯着睁不开；瞧见观我往前走，喊："小二，小二。"观我只是不理会，短短的胳膊摇摆着，像海滩上的一只企鹅。"你耳朵塞了驴毛吗？"朱贵骂着，有些愤愤不平，就一眼一眼盯着观我的脚。脚上已经不是那双磨了半边后跟的鞋，是新的牛皮鞋——咯噔咯噔，走到巷口站住了。

"天这么好……去上班吗？"

"上班的，黄主任！"

"哎哟，是婚姻动了吗？数日不见，人整个儿换了似的！"

"是吗？黄主任！"

"一定是婚姻动了，这我瞧得出来，脑门上放光，脸也长了嘛！"

"脸也长了？黄主任！"

"冉总你瞧瞧，人脸一长就觉得有威严了吧？噢，介绍介绍，这是海云服装公司的冉总经理，你应该穿穿他们海云牌西服呀，那可是名牌！冉总，这就是我对你提说过的……"

"姓王，市府的……这是我的名片。"

"哦，王观我，王先生！幸会，幸会！"

"幸会！"

朱贵在这里修了五年鞋，知道住宅楼上住着王小二，王小二来修过鞋，王小二的娘也来修过鞋，讨价还价的与他熟，现在王小二不叫王小二了，王小二是王观我。

"黄主任，来客人啦，买这么多肉！……那是王小二吗？小二混大啦？"朱贵说。

"全球变暖了么，"黄主任说，"日全食一发生，不知天气又要热出什么火来，听说海南那里一只蚊子一盘菜，三个老鼠都一麻袋哩！"

黄主任把名片给朱贵看。朱贵看见名片上写着××市政府王观我。下边是办公室电话，住宅电话，手机号，传呼号，传真号，还有车号。朱贵惊愕不已，盯着西瓜：枕了瓜，脑袋也成瓜了吗？

从此的朱贵总怀疑自己的脑袋就是一个西瓜。

观我在巷口外站住，对面高楼顶上的阳光斜照过来，一半光明，一半阴暗，他就站在白与黑的分界线上，要进那家理发店里理个头呀。理发工阿秀难得闲着，倚在门口一面嗑瓜子，一面向他微笑。阿秀的一只长腿跷起来蹬在门框上，长得像一根椽子。

"给你理个平头吧。"阿秀说。

阿秀见他，总笑他的腰长腿短，嚷道矮胖子应理个平头的。观我才不理平头呢，观我想理个大背头。却想，世上的事真是难全，有钱能买起时装的却没有好身材，有好身材的又是没钱买得起时装。

"你看见黄主任领着那个女老板吗？手里戴着三个金戒指的，脖子上是金项链，手腕上也是金镯子，脚脖子上也……"阿秀说。

"我告诉你，"观我附过去说，"好女不戴金。"

"什么？"阿秀没有听清楚。

"好女不戴金。"观我说，"这秘密不要给别人说啊！"

观我还要教导阿秀，腰间的传呼就响了。掏出来看看，上面是处长的留言，让他速去火车站订购三张去上海的卧铺票。观我小步往公共车站跑去。

火车站的站长已经是八年的老关系，说："小二呀，总是给你弄票，也不见你一分好处，我这个站长是给你当马仔子！"观我说："我叫观我了，站长！"站长说："观我？这名字邪邪的。可你就是叫个陆浩元，你还不是个跑票的？"陆浩元是这个市的市长。观我说："这不一样的……"站长说："哪儿不一样了？让我瞧瞧，脸好像是长了！"

观我回到办公室，拿镜子照面，发觉自己的脸确实是长了。脸怎么就突然长了呢？原先脸平而圆得如柿饼，五官也紧凑在一处，现在是眼睛越发变小，而且向上移位，与嘴遥遥相望了。观我笑了笑：人脸上真是有风水的，而名字改动，风水就随着变了。三年前处长还是科长的时候，瘦得麻秆儿似的，后来人人叫"处长，处长"，处长的肚子就像面包一样发起来。

观我在镜子里发现自己的脸是一张马脸。

观我请站长吃了一顿饭。选了几家饭馆，店名却不中意，后来到了"鲤鱼门"吃海鲜，站长说，鲤鱼跳龙门，鲤鱼跳到人口里了。吃毕，将剩菜打了包，还有半瓶白酒，提回后勤处给了门卫秦师。秦师经常接受观我打包的剩菜，见人就嚷道观我为了单位的事又私自请客了，秦师一么说，马连科就骂秦师是观我的"雷锋日记"。秦师就说马连科：观我就是比你好，我在门房已经十年了，谁见过你半根烟吗？观我听见，没有言语，回坐到办公室用牙签剔牙，处长就进来了。

"真讨厌，牛肉钻牙缝，海鲜也钻牙缝?！"观我说。

"观我同志，"处长说，"你真是请了客了?"

"处长怎么知道的?"

"……他站长是阎王不嫌小鬼瘦么，他还要你请客?！"

"咱们处少不得与一些业务部门有联系，请请客也好办事的……这有什么呢？何况做好了对自己身体好呀，先前咱处里就数我和老马病病恹恹的，现在我一年了没个头痛脑热……"

"是这样吧，观我同志，你把吃饭的发票整理一下，处里研究研究，给你报销。"

"这使不得的，处长！处里给谁都没有配备传呼机，我却有了，已经够照顾的了……请客是小事……这秦师多嘴！"

传呼机嘀嘀响起来，美妙如蛐蛐叫，观我急复电话，原来是楼一层的办公室老穆约观我下班后帮他去买洗衣机的。电话刚毕，传呼机又响，汉字显出：速到院门口卸煤气罐车。

"单位去油田拉回煤气了吗？"观我说。

"给大家办办福利嘛。"处长说，"是让你去卸车吗？观我同志成了单位忙人喽！"

"领导忙。"观我说。

处长笑了笑说："吃饭的发票你不报销就不报销了，观我同志，传呼机的费用，处里一定是要给你报销的！"

观我在大院门口卸煤气罐，累得满头大汗，把衫子也脱了，同科的马连科说："观我，听说你要和老沈搭班子？"观我说："哪个老沈？"马连科说："办公厅的沈主任。"观我气得没有说话。马连科就乐了："这话我听刘苍水说的。你看到他写的小说没有，里边也全是以你为模特的？"观我卸完了煤气罐，去厕所的水池洗手，水池的下水口被残茶叶堵住，掏了一会儿掏通了，便去门房找了粉笔在厕所墙上写：勿将残茶倒在池里。一抬头，见到刘苍水在小便池边撒尿。刘苍水是办公室的秘书，但能写小说，全单位也就他留着小胡子。

"你尿呢？"

"亲自尿么。"

刘苍水说话幽默，观我也幽默了："噢，还摇哩！"刘苍水就走过来，拿粉笔在"勿将残茶倒在池里"下写了："王观我题。"观我就想起马连科的话。

"你得给我付稿酬的，苍水！"他说。

"付什么稿费？！"

"听说你把我写进小说了，我可没让你写的，写了你就得付我稿酬呀！"

"我写你？"刘苍水鄙夷地看着观我，突然一指厕所门，吼了一声，"滚！"

观我遭到了侮辱，但观我没还口。正在下不了台，传呼机又响了。观我看了看机子，说："真讨厌，厅里开会，请电视台来摄像是处长的事，也得让我去呀？！"说着往楼下走。

"观我！"刘苍水却叫住了他。

"你知道不知道？"刘苍水说，"在国外传呼机是挂在牧羊狗脖子上的，主人一打传呼，狗听见叫声就该撵羊回圈了！"

观我当然也有空闲的时候，空闲下来干啥？空闲下来喝茶。

观我的茶叶并不一定是好，但茶具却特别讲究的，出门在外办事皮包里装着一个不锈钢的保温茶杯，家里放的是盖碗，办公室的桌子上三天五天也就换着放一个，或者瓷的，或者玻璃的，还有一个景泰蓝的。现在是白花花的太阳从百叶窗缝透进来，他读完了一张报，而且用红铅笔在那篇域外新闻上画了很多红杠。域外的新闻是说某国一个什么宗教团体，在看到了那次日全食后，感到人类的末日到来，集体自杀，灵魂上升到极乐的天堂中去。观我觉得自杀者真是可笑，就一边喝茶一边拿镜子用小镊子拔下巴的胡子，马

227

脸便照在镜子里：一对眼睛已经明显地高出耳朵尖了。新中国自从毛泽东不留胡须后，是不兴美髯的——观我这么想——刘苍水留小胡子，他永远是不会被提升的。

勤杂工小何的脑袋从门缝探进来。

"要添水不？"

"要的！"观我说，鼻子哼了一下，不拔胡须了，"大热天人身子像是有筛子眼儿，喝多少漏多少！"

小何提着特大的一只水壶，挨个儿给各办公室送开水："这单位的人是水牛。一上午我送了三回水了……这么多人喝茶哩，我看就你的茶杯好！"

"会不会喝茶这你就不知道了！"观我有些得意，"你瞧这只杯子，钢化玻璃的，摔也摔不破的！你摔摔，摔破了我送你一个青花瓷的，胜过他们那些玻璃罐头瓶子！"

小何却说："我不喝茶的。"

"不喝茶？"

"我是旱虫。"

"旱虫？"

"一个勤杂工，连个办公室都没有，哪有坐下来喝茶的习惯？"

"哦。"

观我突然想到了娘。娘身体一直不好，近来又添了便秘病，他告诉娘要多喝茶，喝绿茶，娘却说口里不要，心里也不要。他一直不明白娘为什么不喜欢喝茶呢，现在明白了，娘是一辈子家庭妇女，从来没有上班工作过。

楼道里一阵脚步声，是隔壁办公室的人端着各种罐头瓶的茶杯要来聊天了。他们都是读过了报纸的，知道了域外那个宗教团体的集体自杀，谈论起日全食的发生到底是人类的好事呢还是坏事。他们来聊天，罐头瓶的茶杯里却全是空的，观我说："要说坏事，坏到该我的茶叶要倒霉了！"只好把茶叶盒拿出来分散，拍着盒子说："没了，没了，没了的好，财宜散不宜聚哇！"处长端着个大茶杯也来了，他告诉观我：下午有一批邮件要去邮局挂号发走，回来的路上，去轻工业产品市场买十个痰盂，给每一个科室放一个。观我回答：行的。把任务用笔写在手掌上，看见处长端的是一个大得出奇的青花瓷茶缸，杯盖厚墩墩的，盖顶儿像马奶子一样大的椭圆。

"处长，好，这茶缸好！是定做的吗？"

"买的，观音庙买的。世上现在端这么大的茶缸的，只有司机和我了，都是下等人用的。"

"……处长是批评我这茶杯太讲究了？"

"观我同志是讲究人。"

观我立即觉得他也得用这么个大茶缸了，当然比处长的茶缸再大再笨一点最好。

围绕着观音庙，呈放射状的一个大圆圈内是十三条小巷，巷巷摊点，家家店铺，全售卖小百货。观我在那里转来转去，并没有见到卖大瓷茶缸的，仰头看看太阳，天色还早，就势朝观音庙里走去。

那个石碑依然还在。碑后是一片竹子，竹子中有条砖铺的小径，三三两两的人都往林子深处走，观我也跟了往里走，一间雕花的木亭子上，有一个老尼姑在作画哩。这老尼姑的画在城里很有些名气，唐坊街的字画店里常有人将得到的画挂着出售。观我就目睹了老尼姑画梅花：一枝枯干上只一朵梅花。观我叫了一声：好！

老尼姑抬起头，笑了说："好在哪里？"

观我原本是习惯了这样的：在单位，领导讲话，话一毕就得鼓掌；去看戏，演员一亮相就得叫彩。这是要产生出一种气氛的——老尼姑却不懂这些——突然被问"好在哪里"，观我愣了一下。

"这……瞧这花瓣的湿润鲜活哟！"

"你是能看出门道的。"

老尼姑这么说，观我脸就红了，有些不好意思，媚媚的，邪邪的，似乎让人觉得可怜。

星期六的下午，单位要大扫除的，观我和刘苍水负责拖楼道，一人一头，观我拖得认真，处长表扬了一句，观我就是这种表情的。刘苍水一边拖着一边和马连科说星期天去城河里钓鱼的事，刘苍水每个星期天都去钓鱼的，但每次只钓一条鱼，够一星期有一顿鱼吃就罢了。他说："老马呀，喝酒要防着脸容易红的人，戴眼镜的人，尤其是女同志——越是看着不能喝的人

229

越是能喝！你说说，咱们处里谁是老实人？"

马连科说："观我。"

"他老实？老实得挑粪不偷吃！咱们这号人，心里怎么想的就全在脸上了，你瞧瞧他，处长一表扬，竟一脸可怜相，不知所措了！他真的是不知所措了？！"

"他是丹岐人，志书上说丹岐县人多刚多蠢。"

"面蠢心不蠢哩！你瞧着吧，处里若要提拔人，不会是我刘苍水，也不会是你马连科，他是天才，天生吃官场饭的人！"

观我在楼道这边听到了，观我恨刘苍水，观我也怕刘苍水，哼，刘苍水，你为什么不这样表情呢？人太刻薄，想做也做不出来的。但观我也自此明白了有这样的表情是能进一步维护领导的尊严，也能使领导对自己好感。

这当儿，下班的铃声响了，刘苍水立即放下拖把。观我看着他要回家去，脸上又是那种不好意思的表情，媚媚的，邪邪的，让人觉得可怜。

"你瞧瞧他那张脸么！"刘苍水下楼梯的时候还对马连科说。

观我没有理他，他拖完了自己的区域，又过去把刘苍水未拖的楼道一头拖了一遍。

"我就是这表情……"观我自己给自己说。

这表情却也使老尼姑好感起观我了，她拍拍观我的肩，把画好的单枝梅送给了他。

观我此后隔三岔五去观音庙，与老尼姑就熟起来，竟也跟着学画，单位的人都知道观我是老尼姑的徒弟了，是一个画家了。观我满意大家称他画家。刘苍水在门房撞着他，拿怪怪的目光盯他。

"眼睛是越来越上，要长到脑门上了！"

"是吗？刘秘书，是不是越发丑了？"

"是丑点……听说你学画了？"

"画得不好。"

"厕所隔板上的那些画就是你画的？！"

秦师赶紧拉开观我，拉到一边骂小胡子是孽种：出生时逆生，剖腹产出来的——没走过人道。观我没有生气，脸色木讷，也平静如水，他觉得刘苍

230

水能这样攻击他，是刘苍水已经注意到他的威胁了。

观我购置了笔墨纸砚，出门在外，那个小黑皮包里就装上一个小竹帘儿，里边裹着三四支毛笔，还有一个印泥盒和几枚让人制成的印。其中一枚是闲章，上边刻着"风竹堂"，风竹堂是他的画室名。观我作了画开始给单位人送。他觉得这是应该的。

八月十五的中秋节到了，处长又找着观我去采买微波炉——每到古老的节日来临，处里是要给上级领导，以及有关部门如财政局呀、人事局呀、组织部送礼的——先前是送烟酒人参水果之类的，现在得送家用电器了。采买历来是观我采买的，采买了又和处长分头去送，要避着别人，又要担心人家不肯接受，他们曾经是敲错了三次领导干部的家门，那种尴尬处长知道，观我也知道。能不能送些字画呢？观我给处长献计，送字画又有经济价值又高雅，而且易于接受。处长顿开茅塞，表扬了观我的主意是"高家庄"的高，却绝口不提拿观我的画作做礼品，这使观我多少有些丧气。

一日，观我上班，在大门外买了一个软蛋柿吃，大门口站了好多人，马连科在叫他。

"观我，你会画蝴蝶了？"

"能画吧。"

"真的能画？"

"师傅教的么。"

"听说你师傅是在屁股上蘸上墨，往宣纸上一坐，就印出个蝴蝶来的，可你学着样儿也在屁股上蘸上墨，在宣纸上那么一坐，印出来的却是个蜻蜓！"

众人哈哈大笑。

观我将手中的柿子摔在了马连科的脸上。马连科没料到观我能打他，叫道："你打我？你敢打我？！"拉过了观我的脖子，把一口痰呸地吐在观我的脸上。

在单位里吵架斗殴，自然都受到了处分，处长责令两人写检讨。马连科的检讨一次就过了，观我写了一份，处长认为不深刻，又写了一份，处长仍认为不深刻，连写了三次不能通过，马连科也同情了他，要来帮他写。

"你研究过报纸上的社论吗？社论里讲形势，总是去年比前年的好，今年比去年的好，一年比一年好，不是小好是大好。写检讨和写社论是一样的，一次比一次大地给自己戴帽子，自己给自己戴大帽子能损着什么呢？"

观我似乎听说过马连科原是教育局的干部，因男女关系问题调到这个单位，办公室老穆见过他的档案，里边有十份检讨。

观我说："不知该不该问，你以前老爱……"

"我爱女人。"马连科说。

"……"

"检讨是检讨，爱还要爱的，一爱，我就写了检讨去给局长：局长，我犯错误了。再一爱，就又写检讨，说：局长，我又犯错误了。我是总犯错误，我知道怎么写检讨。"

"……"

"反正写检讨不难的，可你不写是不行的……你为什么要那样看我呢？我是总犯错误的，或许我思想不好吧。"

"你真的思想不好，老马。"

"要不，我怎么就写检讨？可话说回来，那与思想有屁干系，那是身体的需要，说到底不就是尿大个事吗？！"

观我觉得马连科很脏，但他再写检讨便从国家安定团结的形势上，党的方针路线执行上，给自己无限上纲，结果真的通过了。观我又是个好同志，但观我对单位人诋毁他的画技到底不服。

观我回家来，又主动坐到鞋匠朱贵的摊位前，和颜悦色地询问生意。朱贵有些受宠若惊，但观我的新皮鞋用不着补，只好上油擦了一遍，又擦了一遍。

"观我……你怎么叫这么拗口的一个名字？"

"你学过古文吗？"

"我学过小学。"

"你不懂！"

"修鞋的只求挣了钱能认得就是了……"

"挣钱，你能挣几个钱？我告诉你，凡能挣钱的都不出力，出瞎力的就挣不了钱！"

"……我是瓜脑袋。"

"你也真是瓜脑袋！"

星期天，观我自制了一个帖子，帖子十分漂亮，上写了"谨请何有福先生来府品茶"，交给朱贵去送单位上的小何。小何闲得无事，在单位大院门口看人下象棋，他又不是君子，观棋爱说话，正被下棋的一方骂为"马槽里怎么伸出个驴嘴"，接了帖子当下来到观我家，进门去卧室里给观我娘问了安，将路上买的一小捆韭菜放下，说给老姨包饺子吃吧。观我说：你拿什么礼呀！你能挣几个钱？我稀罕着你的这份礼吗?！今日下帖子给你，全单位就只请了你一人，因为你在单位劳苦功高，我要代表单位的领导和群众特意请你来品茶的。

何有福大受感动，但何有福只能实诚地说：

"我不喝茶的。"

"不是喝，是品。"观我说，"茶有喝品之分，喝是口渴的需要，品是精神的享受。"

"喝和品还不一样都是茶水吗？"

"那怎么会一样？和尚用茶就是禅，道士用茶就是智，你没见政府常开这样那样的茶话会吗？政府用茶是一种清廉……"

"原来我以前都白喝了！"

观我恭恭敬敬烧了一炷香，净手，然后用竹勺从茶罐里舀出茶叶在一个宜兴壶里，用开水烫了，将头遍茶水摇了摇，噗地泼在地上。再二次注水，先注那么一点，来回晃壶，再注满了水，再拿出两只极小的茶杯，又用开水浇过，方双手捧壶慢慢倒出清绿的茶汁。何有福伸手去端时，"慢！"观我叫了一下，身弯过去，用指头将洒在茶几上的一点水滴压住，慢慢地往茶几沿儿推，推过的地方干干净净。

"这茶是西湖龙井，水是隔壁院子打出的地下矿泉水，壶是宜兴的，杯是景德镇的，今日天气多好……你品品。"

"好！"

"是好吧？你说说，怎么个好？"

"是茶味。"

233

"……你不要急，一小口一小口地就体会到品了……对，怎么样？"

"我体会到了，品是不饥不渴了还要喝茶就是品。"

观我叹了一口气，觉得小何到底是勤杂工，朽木不可雕，恐怕这勤杂工得干一辈子了。他不再陪着品茶，提出要为小何作一幅画的。

"这我喜欢！"何有福说，"我一定把你的画贴在墙上，给你扬名！"

"是要挂出来的。你知道怎么个挂吗？"

"就是用糨糊贴在我宿舍的正墙上。"

"胡闹！你以为这是年画吗？我告诉你，现在的水泥房间已不宜挂装裱了的字画，兴装镜框，买一个镜框装起来。"

观我的卧室里是支了张大画案的，案头上放着几十支笔，砚台，笔洗，颜料碟，镇尺，印章。他铺开了纸，调墨就画起来，一边画一边把笔在口里蘸，很快嘴角五颜六色的。何有福嘿嘿在笑，说："我在乡下听人说过四脏：女人×，画匠嘴，小娃尻子连疮腿。我以前没见过画匠，果然嘴脏！"观我也噗地笑了："是画家！"何有福说："画家嘴脏！"观我说："你以为画画容易吗？我今日给你画个老虎！"宣纸上果然慢慢有了一只虎的模样。他画着画着，说："小何，今日不画虎了，我给你画个狗。你老家养过狗吗？"何有福说："是个细狗，冬天里在河滩上撵兔的。"看了看，说还真像狗，但细狗腰身没有这般粗。观我就加工，说："今年是猪年，我给你画个猪吧。"这猪极肥大，然后画猪后的木栅栏圈，画得满满一纸，一边画一边讲解绘画要讲究干湿浓淡，墨分五色。画到最后，却说："干脆，小何，今日咱画山！"何有福就看见满纸一片黑乎乎没个白亮处，问："你画的是夜里的山吗？"观我看了看，说："你不喜欢么？咱歇一会儿，喝茶吧。"停下笔在壶里注水，一口气喝下三杯，也不悠悠地品了。"小何哎，"他说，"你喜欢不喜欢白牡丹？我给你画个白牡丹来，我最拿手画白牡丹了！"便调起白颜料在墨纸上画起来。

三

　　每到一年的第四季度，后勤处的事务就繁忙开来，年内的工作要总结，来年的规划要上报，而同时，一茬一茬的学习任务又特别重，几乎又都是要考试的。对于工作总结和上报规划，忙的是秘书科的人，刘苍水便几天不上班，买上几条烟整日整夜到一家宾馆包房写材料，但关于国家经济体制改革，社会主义道德教育，建立健全法律观念，机关廉政建设等等专题考试，观我得参加。后勤处的全体职工是不怕考试的，因为任何考试都是开卷答题，一个人有个标准答案了，大家照抄便是，历来没有人的成绩是不优良。麻烦的是这一月突然下发了一份计划生育的最新文件，而且集体学习后要选出本单位的执行计划生育的模范。先是推选马连科，马连科有个女儿，女儿又患痴呆症，原本能生二胎的，马连科却没要二胎指标。但有人反对，说马连科名义上是一个女儿，他是走到哪儿就把种子撒在哪儿，谁能说清他有几个私生子呢？也有人推选刘苍水，刘苍水拒不接受，说他前妻生过一个孩子，新妻还准备要生一个的。末了，大家说，算来算去，模范只有给观我了：观我三十二岁了，甭说没孩子，连老婆也没有，还不算计划生育模范？

　　观我就得了一张模范奖状。

　　观我把奖状拿回家，娘却生气了："你羞你爹哩！芝麻大个官儿你当不上，你当这个模范哩，王家的香火在你手里就断了！"

　　观我说："什么断不断的，我爷的爷长个什么样儿，叫个什么名儿，我不知道他，他也不知道我，那续香火又有啥意义？"

　　"呸呸呸！"娘赶紧往空中吐唾沫，唾沫落下来又到脸上，"你再说邪话，我撕了你的嘴！断了香火，谁给你爹献饭呀？"

　　"我献的。"

　　"你要死了，你爹就当饿死鬼去！"

　　观我不敢多说，娘要去厨房淘米，他也跟去洗菜，母子无话。饭熟了，观我将一碗饭夹上菜献在爹的遗像前——爹死去二十一年了，每顿饭都要这么贡献的——献上一会儿，娘说：

"你爹吃过了？"

"吃过了，娘。"

观我就从遗像前取过献饭自己来吃。

饭后，娘照例在客厅看电视，观我也陪着看一会儿，屋子里的蚊子嗡嗡地响，不停地在人头上和腿上叮。娘嘟哝现在的人奸巧了，买的辣面里加了柿皮，买的肉里注了水，这蒲扇也不耐用，才一个月就破了。唠叨了一会儿，眼睛就闭上了。娘是天一黑就要打开电视机的，打开电视机了却又歪了头在沙发上打盹。观我也觉得电视没意思，不停地掀了衣服看腰间的传呼机：今晚是怪了，传呼机没有响？就到娘的卧室去念咒。母子俩是从不买蚊帐的，观我从一本书上读到古人驱蚊咒，每晚就念咒驱蚊。去娘的卧室咒过了，来客厅关了电视。但电视叭地一关，娘却就醒了。

"娘，你去床上歇下吧。"

"咒念了？"

"念了。"

娘用手在身上抓痒，身上是一片片被蚊子叮咬的小红疙瘩："要是不念咒，这蚊子怕要把咱吃了的。"娘去了卧室，观我就把奖状装在小玻璃框里往墙上挂。

"咱家里不要那奖状！"娘说。

"娘，这是荣誉哩！"

"屁哩！给你这张纸，是让你永世不娶媳妇哩！"

"这哪里话？"

"那你为啥不就生个心考虑你的婚事？"

"我这是要一个心儿孝敬娘哩么。"

娘却在卧室里哽咽着哭了起来。观我赶紧丢下玻璃框，过去坐在娘的床头，说："娘你糊涂，你不见现在哪一家的儿媳和婆婆合得来？你就我一个儿，若娶了媳妇过来，三天两头和你别扭，我向了你，她和我过不去，我向了她，又怎么对得住娘？"

"没个媳妇哪里又像个完整的家？"娘说，"你的意思我不死你不成家，那你是让我早早死了！"

观我一把将娘抱住，说他要解决呀，一定要解决的。

观我真害怕娘有个三长两短，就去找黄主任，求黄主任能时常去陪娘说说话。黄主任夸观我是个大孝子，说街道办事处要让居委会评选四户五好家庭，评出了三户，正愁还空一个指标，怎么就忘了评你家呢？

但也就在评上了五好家庭的一个月，观我去上班了，娘在家里洗衣服，突然停了水，偏这时楼下来了卖酱油醋的小贩，一声一声叫喊，她下楼买了醋，与那卖醋人拉起了家常，停了的水又来了，水从水池里流到客厅，再从门下流到楼道，忙蹑脚跑回来，开门见凉鞋在客厅的水面上打旋儿，自己一脚踩滑，跌了一跤，当下就骨折了。

老年人骨折难愈合，一月后仍不能行走，观我下班回来，就背了娘在院子里，或背到街上看热闹。人人都说观我好。黄主任一方面把观我的事迹写成材料报告给街道办事处，一方面也为观我操心，恰好巷口外的理发店里，那个长腿细腿的阿秀辞了活儿，黄主任就撮合着让她到观我家当保姆。观我很受感动，赶忙买了红纸，写了感谢信公开贴在住宅区的报栏上。自此，黄主任也就成了王家的常客，有吃有喝的。

阿秀长着个大洋马的身架儿，却是个粗心大叶人，先前笑过观我是个胖矮子，如今当了保姆，还是嘻嘻哈哈，动不动就往观我身边一站，比画着观我只高到她的下巴。说："你请我当保姆，能省理发费哩！"还用手在他头上动动，嫌理这个大背头不好看，理个小平头则显得年轻。观我说："男人头，女人脚，只能看，不能摸的！"他给了阿秀一百五十元，不算作工钱的，只让去买一双平跟皮鞋穿。阿秀念叨观我心好，却说："你是阳谷县的吗？"

"阳谷县？"观我说，"我是丹岐县人。"

"噢。丹岐县，丹岐县也见不得高个儿么！"

观我想了想，蓦地明白她是骂他武大郎了，但观我没有怒，倒觉得阿秀脑子好。

娘却不喜欢阿秀的，嫌阿秀爱说爱笑。她还有个心病，以后一是要花一笔钱做保姆费的，二是有了保姆就证明自己是无用了，再也干不了活了。阿秀才来了半月，娘就病倒了。

第一顿饭，阿秀问在卧室说话的观我母子：中午吃什么饭呀？观我说：今日星期几了？阿秀说我没上班，我不知道。观我说：星期四吧，你看厨房墙上的饭表。阿秀看了饭表，黄纸上打着格儿，写了：星期一早牛奶煎荷包蛋。午三菜一汤米饭。晚锅贴土豆丝鱿鱼汤。依次类推，七天二十一顿，顿顿饭菜不重样。阿秀头轰地大起来。看到星期四的午餐是羊肉韭菜馅饺子，翻寻了冰箱、屉柜，就是没有羊肉，便问：是去买羊肉还是羊肉放在哪儿？观我说：羊肉没有了吗？算了，阿秀，你随便吧。阿秀说：随便？随便是什么饭？观我娘说：随便你不知道？！阿秀不敢多说，她做了她最拿手的饭：萝卜臊子捞面。

吃饭时，阿秀忧心忡忡，怕观我母子发火，但一切都安然，只是观我叮咛：无论什么时候吃饭，一家人，包括你阿秀都要上桌子。桌子上事先摆好四个碟一个盘，四碟为一碟盐，一碟辣酱，一碟糖蒜，一碟葱段，算四样小菜。一个盘，青花老瓷，放一只鸡，木头刻的鸡，鸡冠染得红红的。观我对萝卜臊子捞面大加赞赏，吃得满头汗，唯一批评了阿秀吃饭咂嘴唇，声响过大，不雅观。

阿秀已经熟悉习惯了这家人了，她始终是早上做稀饭，或大米稀饭或小米稀饭，有泡菜、咸菜和豆腐丁，中午除了大烩菜就是面条，晚上又是稀饭和馍，馍或烙或蒸，偶尔蒸成油卷和包子。观我和观我娘没有异议，而那张饭表依然张贴着。

观我娘似乎冬天里过不去了，已经卧床半月，不食五谷。去医院住了一些日子，不见好转，娘坚决要回去，回去老在家里。观我当然还得上班，叮咛阿秀守在床边，一有事就给他打传呼，并在墙上挂了小黑板，写：十点左翻身。十点半右翻身，喂药。十一点换尿布，搓脚。十一点半吃药，左翻身——每半小时一项任务，黑板上排得满满的。下班回来，娘还昏睡着，他没有问阿秀是不是按安排办了，阿秀也没有汇报。

处长从来没有来过观我家的，得知观我娘到了最后阶段，来观我家关怀关怀。奇怪的是老娘那日睁了眼，说了一句：我该走了。果然响了一个屁，头歪在枕头上咽了气。

娘一倒头，观我叫了声："娘呀！"哭了起来，遂按照风俗置办了各种冥器，遵循繁复的规矩办事：放大遗像，安灵牌，贴挽联，设灵堂，有金山银山、金童玉女，点长明灯，烧倒头纸、上路纸。又写了头七到七七的具体日期表，准备了吊唁来的人士登记册，送挽幛和财物的人名、财物数目单。甚至亲自去拜会了一些市里的书画名家，求他们为自己母亲写一副对联，画一幅画，将这些字画悬挂在屋里。尸体是倒头后即送往火葬场的冰藏库里，但观我迟迟不去火化，黄主任前来送了一卷白丝绸，对观我说：以前土葬，讲究入土为安，现在火化为安，几时火化呢？观我哭着说："我娘辛苦了一辈子，这是最后一次了，我怎能不为她老人家办办丧事？！"

这天下午，观我把朱贵叫到一边，掏出三百元，让他去火葬场租赁三十个花圈，并把一卷字条交给阿秀："都贴在花圈上，别让外人瞧见了。"阿秀打开字条，上面分别写着这个单位那个单位的名称，心下领会，却说："给市长也写个名字。"观我说："你懂个屁！"朱贵一路去了火葬场，但到底不明白为什么就不写市长名字。

观我然后把阿秀叫到卧室，关了门，又哭了。

"阿秀，你到我家时间也不短了，你觉得我娘待你怎样？"

"比理发店的老板好。"

"我呢，阿秀？"

"也好。"

"树活皮，人活名，我谢谢你，阿秀！如今我娘下世了，你下来怎么办呀？"

"……你是辞退我吗？"

"我给你二百元钱……"

"工钱已经付了，我不拿你一分钱的。"

"阿秀……你就是要走，等办了丧事后你再走，我给你二百元，要求你帮我一宗事的。我娘就我一个儿，在城里我也没三亲六故，老家的亲戚又远，娘一死，冷冷清清对不起娘，也招外人笑话，我请你为娘哭丧，哭三天，你愿意不？"

"你娘死了，我也难过，流了许多泪，但要哭三天，我怕没那么多眼泪流了。"

"你是乡里人，乡里哭丧乜着调儿哭，人不累的，再说头上包块白布，吊下来掩住面，流不流眼泪都行。"

阿秀果真哭了三天，先还有言有辞的，后来就只含糊着声腔。居民楼上的人三天也没有睡好觉，但全没怨言，感慨观我是孝子：唉，咱要死了，能这样就好了！

办完了丧事，阿秀收拾行李要走，阿秀向左邻右舍告别，也向黄主任告别。黄主任突发奇想：观我这么个好人，他娘在时不找媳妇，现在娘死了，也该动婚姻了吧？阿秀也这般懂事，何不成就他们一对？当下拦住阿秀问意见，阿秀笑着说："真个是阳谷县的女人都是高个儿？！"黄主任没听明白，说："宁嫁毛胡胡，不嫁小猴猴……你是嫌他个儿小吗？"阿秀说："有啥的不吃啥，我才恨我长荒了的！"黄主任就把观我叫来征求意见，观我愣了一下，觉得突然，脸就红了，脸红先红眼，肿泡泡的眼皮儿红得像两颗枣。他问黄主任：娘才死了，提说婚姻妥不妥？黄主任说你娘为你的婚事熬煎才得下病死的，如果婚事能成，老人家九泉含笑哩。观我又担心阿秀原是保姆，现在提婚姻，感觉上总是那个的……

"你们住一套屋，吃一锅饭，这么久日子了，也没那个意思？"黄主任说。

"主任，我们绝没干什么，这可以检查的！"

"好了，好了，我也不是那意思的。"

"是不是别人也这么看我们？"

"没有。是这样吧——听我的——让阿秀不要走。你家里她现在住着不方便，让她晚上先到我家来，噢。"

主任看着观我笑了笑。

观我觉得主任真是好主任，这样的主任怎么不多一点呢？也打心里同意阿秀。可主任那么个笑，观我心里犯了嘀咕：主任一定是以为我和阿秀有那个意思了，或者已干出什么事情了。他觉得这是至关重要的事，即使将来婚姻成不成，他都不要别人有非议。观我决定要有个医院检查。

240

他让阿秀先去检查，并且一定要主任陪着去检查。

晚上，主任悄悄把观我叫到他家，阴了脸说："观我同志，这事不成了，你让阿秀走吧。"

"她不是处女？"观我吃了一惊，"她是不是来我家前就不是了处女？！我是党员，我拿党籍做保证，我观我是童男子！"

"你们都是好的，但阿秀是个石女。"

"石女？"

"以前听说过有石女的话，没想到世上还真有石女！我说呢，她高高大大的人怎么一口就同意了你，原来……观我同志，世上的好女人千千万万的，我负责给你再找一个，你让阿秀走吧。可这事你知我知，再不敢对外人透一口风的，你记住了，观我同志！"

观我头垂下去，却没有悲伤，再仰起脸来，主任听见他在说："这也好！"

主任简直不敢相信自己耳朵，说："你说什么？你再说一遍！"

观我说："石就石吧，我只要人心好哩，结了婚我给她治病，就是治不好，不能生育，那也没啥。我现在既然知道了她是石女，若不同意，这对阿秀是多大的打击？再说世上没有不透风的墙，将来传出去，阿秀就别想活人了。"

主任心里呼呼跳，握了观我手，连连说观我你是好同志，我从来没见过这么好的同志。待观我一走，主任却觉得对不住了观我的娘，好像做了什么亏心事。

观我和阿秀很快进行了结婚登记，他给阿秀已经改名了，叫温雪，这是在看一本书时，看到这个字眼，觉得雅。观我就领着温雪到单位去，单位立即轰动了，嚷道观我本事大，不但找了个老婆，还找了个高个儿老婆，以后王家的人种要改变了，个头儿再不会是短矬矬了。观我很荣耀，脸红堂堂，觉得有盆子大。他向处长提出旅行结婚：原本大操办一场，把单位的领导和同志们都请到家去，但娘才过世，太热闹不宜。可为什么这么快就结婚，又都是为完成娘的遗愿。处长是近六十的人，近日正为儿子儿媳与老伴不和的事烦恼着，听了大发浩叹："不结婚为了母亲，结婚也是为了母亲，好，好，观我同志，我就爱和孝顺的人打交道——不爱自己父母的人还指望他去爱别人、爱单位、祖国？！"处长批准了他们的婚假。

但是，观我并没有去旅行结婚，他们一直住在自己家里，不接任何电话，也不向外打电话，直度过了十五天。晚上，他们同床共枕，温雪知道了自己是石女，穿着内裤不脱，后来脱了，蜷着身子开始嘤嘤哭，说她骗了观我。观我说："我知道。"温雪抱住了观我，说："你能答应还要我吗？你能答应不给外人讲吗？以后你要再去外边找别的女人，我不会怪你的，你能答应不当着我的面领回来吗？"观我说："……我也是骗了你的。"温雪就一把掀开被子，看见了观我的东西像截肠子头，大是大的，却怎么摩搓，都是死的。温雪就张狂了，两人躺在那里比腿，温雪的腿比观我的腿长出一截。

"几时挣下钱了，给你做个手术的。"观我说。

"我做手术了，又有什么用？"温雪说。

"但我毕竟还是有的……"

"……你只活个形式！"

两人你摸摸我，我捏捏你，抱着睡着。

早晨起来，却在楼下院子的两棵树中间拉了一道绳，被子被单全晾出去，温雪故意在展开单子时发现单子上的一片红——那是他们弄出的鼻血——叫喊让观我拿湿毛巾来擦。左邻右舍的人看到了，捂了嘴哈哈笑。朱贵当然也听说了，在巷中见到温雪，说："嫂子嫂子，几时有人叫我叔叔呀？"温雪说："你倒想得美！我和观我得清静几年哩，才不那么早就受累的！你知道吗？我家观我是计划生育模范哩！"

这期间，观我给处长去了一次电话，报告他们现在苏州，在苏州度蜜月中参观了几家先进单位，人家的工作做得很好，有许多值得借鉴学习的地方：单位都有自己单位的歌，每天都升国旗，大门口用斗大的字写着他们的精神标语，都有自己的小报，是将原有的工作简报变成了小报的。"处长，"他说，"我当然是小人物，不该我考虑这么多的，可我给你建议，咱得改改咱的工作做法，咱是出了十分力，效果只让人觉得是五分。人家出五分力，产生的影响却有十分，咱是把实事办成了虚的，人家是把虚事也办成了实的。"最后，还在电话中说温雪问候处长呢，让处长多多保重身体。

处长在电话里动了感情，表扬观我觉悟高，让观我把在外学习的经验写个书面材料，回来后向单位同志们介绍介绍。

观我四天后上班，果然将一份材料交给了处长，处长又呈报给办公厅主任，主任指示把材料复印了若干份发到各处室，并在大会上提倡大家应该向观我同志学习。不久，单位第二批下乡扶贫，就派他去了。

四

扶贫点在郊县的集贤庄。第一批下去的是两人，带了一批旧衣旧裤，还有几箱子书，是单位图书室清理的过时货，锵锵咚，锵锵咚，单位敲锣打鼓地送了去。但热脸碰上个冷屁股，集贤庄的农民并不热情，两人弄到最后饭也派不下去的境地。处里就派观我和马连科去。马连科很高兴，带了一杆猎枪和钓鱼竿。观我没有再穿西服，一身中山装，带了一个小宜兴壶，宜兴壶不透明，在里边放什么好茶叶外人是看不来的。但他拿了毛笔，他知道联系群众最好的办法是看病或写对联——观我看不了病，观我是书画家。

观我和马连科一进村，村人首先问他们：带没带来一批什么资金？能不能向市上要拨款将村前的河面上架一座桥？观我得知邻近的那个村是财政局的扶贫点，下乡干部并不亲自劳动，却要了拨款打了一口水井，给家家安装了自来水，就显得自己十分尴尬。但观我是会讲话的，召集村民大会，进行解放思想，促进改革的动员教育。他把处长在单位的讲话变了一下名称，以当年的记录，又讲给了村民：有利的国际大环境，国家的改革政策，沿海地区发展的形势，集贤庄要抓住机遇的重要性。观我的自我感觉十分好，他拿眼睛乜视马连科，马连科坐在桌子边一会儿双手支着脑袋，一会儿又趴在桌面，然后搓搓脸，不停地抽烟。再后来，马连科端来一杯水，俯耳说："歇一会儿吧，村民也该上上厕所了。"

观我看了一下会场，会场上已经空出许多位子，他估计有人已憋不住，去厕所了，就说："现在讲了第一个问题，下来我还得讲讲我们这次扶贫工作的意义。为了抓紧时间，我看就不休息了吧，谁要上厕所可以去，去时和回来尽量不要弄出声……那么，我们为什么扶贫呢？"

会场上站起了十几个人，拍着屁股上的土。

马连科也上了一次厕所，回来重新坐在桌前抽烟，卸下帽子。马连科是秃顶，头油又重，冬夏戴着的帽子里垫着报纸——取出来开始默读，把每一个字都读过了。观我叫老马，去厕所看看，都尿长江吗，这么长时间不回来？马连科看会场上多半位子空了，去厕所，厕所并没有人。赶回来，观我还在讲着，听众只有两个人了。

观我终于不讲了，问："人呢？"

"人？"马连科说，"都回家去了。"

"我讲得不好？"

"咱处长也没这口才！"

观我并不为老马的赞扬而高兴，他向会场坐着的两个人，一个老头，一个老太太，说："咱们集贤庄之所以贫，贫在哪里？贫在头脑里！我们从城里辛辛苦苦来，为了大家啊，可怎么连会都开不起来，不贫往哪儿去？你们说是不是？"

"是。"老头老太太说。

"只有这两位老人好！都像两位老人一样，工作就好开展了！老人家，你们说说，你们说说，你们怎么就能坚持听下去？"

"那张桌子是我家的，"老头说，"你坐的凳子是刘二娘的。"

晚上，观我和马连科要去批评村长，他们拟定了批评方案，由马连科唱红脸，严厉斥责村长失职，不能组织村民开会，自己开会竟也溜了！由观我唱白脸，劝说村长得配合他们。甚至也想好了，如果村长拒不接受批评，或者骂人打人，马连科就把他抱住，观我去给乡政府打电话，但马连科得保证，抱住村长，不得扭人家胳膊。两人见了村长，村长正窝在火塘边烤火哩，从火炭里拨出两个烤熟的土豆让他们吃，说："我知道你们要来的，你们批评吧，我这个村长没当好。"村长态度又这么地好，观我和马连科倒没了脾气，询问村民溜会的原因，才知道村中有个叫吴顺山的人，儿子正念初中哩，害了白血病——集贤庄害什么病的人都有，却从来没害过白血病的——住了一段医院，医院说要治，得再交十万元，顺山到哪儿弄十万元去，就把儿子从医院拉回来，大家都知道这孩子保不住了，得了口信就都去顺山家的。观我和马连科也怨不得村长了，回到住处，闷着喝酒，观我抿了一口便罢了，马连科喝得嘴脸赤红，说："咱扶贫能扶出个什么样儿？就凑着混天数吧，反正咱单位是完成了市里的任务。愁什么呀？不愁！明日去河里钓鱼！"观我说："顺山儿子的病，村人都资助的，咱也得捐些吧？"马连科说："你能捐多少？我可只能掏二十元，我不是大款。"观我冷不丁想起一个大款来，说："别的事干不成，帮孩子找个有钱的款儿，这也是扶贫吧？"

观我回到城，找到黄主任，让引见一下海云公司的冉总经理。见到冉总，冉总在歌舞厅包间和一个小白脸跳舞哩，立即掏二百元钱给小白脸，还拍了一下屁股，打发着去了，问观我有什么事，能寻到这儿来。观我也直截了当说了集贤庄的情况，希望冉总能资助一下顺山，冉总笑了说："你这是政府搭桥呀？！"同意拿五万元。五万元是少了点，但观我见冉总如此痛快，也是大出意料，激动得来握手感谢。冉总说：王先生个头儿不高，这手却生得修长修长！你不邀我跳一曲吗？观我遂站起来和她跳舞，观我以前学的是国标，端着女人的胖胳膊，一进一退地跳起来。

"王先生你是丈量土地嘛！"冉总说，胳膊就放下来，双手绞起搂着了观我的腰。

观我在那一刻有些紧张，但冉总却在对他说，资助五万元是可以的，我冉荷花一向都是实行人道主义的，何况这又是支持你们扶贫工作呀！观我的手也就绞在了女人的腰后。但观我的胳膊短，一搂紧身子斜起来，越发个头儿短了，热烘烘的气息使他脸上立即出了汗，想，胖女人是个大锅炉哩。但冉总却要求到时候把病人接到县城，开个新闻发布会，县上、市上领导参加，报纸电视台得有个报道的。观我说：这不是资助，是做广告么！冉总说：什么事总得有一种形式呀！观我想，也是的。

这天晚上，舞是跳到半夜，观我回到家里，给温雪说了跳舞的事，温雪说：你真行，别人陪舞挣二百元，你挣五万哩！观我说：我要不说明日要返回集贤庄，她恐怕要跳到天亮的，差一点我就牺牲了！温雪帮他脱衣，衣服口袋里却撒出一些小米来。

"咦，哪儿有这些小米？"温雪说。

"可能是马连科装的，他拿小米引逗雀儿然后拿枪瞄着打，这家伙几时弄过我衣服了？"观我说。

"不是吧？"温雪说，"是那个冉总给的！"

"人家给我这个做啥？"

"是不是嫌你的鸡鸡太小，让你往大着喂哩？！"

一切遵照几方协议顺利进行，新闻发布会开得庄严又热闹，集贤庄的村长和顺山一家万分感激着冉总经理和扶贫工作组。会后，村长和顺山一家回集贤庄，冉总经理同市上领导驱车返城，县上领导却留下了观我和马连科，让他们在县城休息两天，仍还住在县宾馆。

县城不大，娱乐业却十分活跃，观我和马连科晚饭后在街上逛了一圈，那条主要街道上，从东往西数，竟有二十五家卡拉舞厅。观我不解：这个县如此贫困，娱乐的这么多？马连科说：这鬼地方还能有什么可赚钱的？！观我问舞厅里有没有那个？马连科说：哪个？观我不说，马连科却自己说了：你是问狗身上有没有跳蚤？嘻嘻哈哈回到宾馆去睡。

睡又睡不着，观我给温雪挂电话，叽叽咕咕问家里事。马连科说：

"想老婆啦？"

"问候问候。"

"你怎么给老婆起那么个名字？雪能温热吗？一温热就该化了。"

"我老婆脸黑是黑，身上白。"

"有'春发生'发廊的那个妞儿白？"

"哪个'春发生'？"

"你装糊涂！那女的我一看就是个鸡，她给我个飞眼，我也给她个飞眼……"

"你真会吹。"

"你要不信，咱去那发廊，保证叫你有好事。"

观我说："别扯淡了，睡吧睡吧。"拉被子睡下去。

246　马连科坐着又说了一阵这里女的比城里女的有水色，就嚷道口寡，问观我去不去酒馆喝二两。观我不去，他便下楼去了。观我一觉醒来，马连科还没回来，担心是不是在外喝醉了，急爬起看表，已是后夜四点，却见马连科身子飘飘地回来了。第二天晚上，马连科又说要喝酒，观我还是不去，马连科又是出去，天明返回，却坐在床上清点身上的钱，勃然大怒骂婊子，说给他找的钱是假的，五十元的一张假票。

二十天后，观我和马连科从集贤庄被轮换下来。一日中午，他刚上班，单位的人就三五一堆喊喊啾啾说什么，他一走近，人家全不说了，而刘苍水则上来捏捏他的鼻子，说道："还没烂！"观我觉得奇怪。处长遂把他叫去一块儿到医院做检查，检查毕了处长说："观我是贞洁的！"观我问处长怎么回事，才知道马连科回来后，他老婆发现马连科有了性病，夫妇打闹了一顿，寻到处长，使得全单位的人都知道了。

于是，马连科的检讨贴在了单位会议室的墙上。他又一次犯了错误，这一次错误非同小可，因为一个国家干部在扶贫时嫖娼宿妓，就必须从严处理。马连科被取消了全年的奖金。而观我受到了表彰。

何有福好奇嫖妓的事，问过观我：

"你怎么没犯错误呢？妓没看中你吗？"

"你想想，秃瓢子中看，还是一头浓发中看？"

"那……你有没有想过……"

"废话！但犯不犯错误，就看谁是特殊材料制的喽！"

"噢，你是党员，老马他不是。"

观我的威信骤然提高，他被提拔了，任命为单位的经济开发公司副经理。副经理仅仅是科级，但经理却由处长兼着的。

五

观我到公司来，额外要了两个人，一个是何有福，年轻，可以使唤着跑小脚路，再一个就是马连科。温雪反对用马连科，观我讲一个人被别人救过命又救过别人，现在要让救过他命的人和他救过的人死去一个，这个人希望谁死？温雪问：是谁？观我说：当然让他救过的那一个不死！马连科犯错误，已经在单位声名狼藉，把他拨来，马连科是会感恩的。

公司是在临街的一座二层旧楼上，装修一番后，每个房子的门口都挂了牌子：经理室，副经理室，会议室，办公室，业务部，财务部，宣传部，外联部，还有一个党支部办公室。何有福说："什么部都可以，敢挂党支部牌子吗？咱这里就你一个党员。"观我说："这些年生意场上，你哄我我哄你，把人弄得谁也不信任谁了，咱挂这个牌子，能增加外人的信任感么！"何有福说："我在单位也是和处长一个桌子上吃过饭的，可我还是个勤杂工，现在你给我印个业务外联主管的名片，能改变了我支桌子打鸡撵狗关后门的活儿？！"观我指头敲着何有福的脑门说："我瞧不起你的就是没个志气！记着，你跟着我，干三年五年了，你就知道是什么样儿了！"说得何有福直点头，当天去理了个头，将一头硬发烫了个栗子包似的。

公司原定的业务是经营复印，打字，办微机培训班，观我欲将出入城市所有汽车安装、更换消声器、坐垫以及酗酒检测器等业务揽过来，成为专卖店，去了几次公安交警支队，但观我的能力不够，处长的能力也不够，就鼓动办公厅主任交涉，最后达成了利润同交警支队四六开的协约。人人都认为公司是大有前途了。观我却随之面临了难题：厅里的副主任，处里的人事科长，财务科长，办公室的穆调研员，前前后后介绍了他们七八个亲戚的子女要来公司上班，而单位职工的子女待业的很多，差不多也找过观我，连马连科也被找过。观我愁得在家里饭都吃不香，温雪说："呀，人家国家主席不知是怎么当的？！"观我说："国家主席能领导一个国，倒不一定就能当这个副经理！"温雪说："我可有个办法献你！"观我说："哪个办法？"温雪说："凡是比你个头儿低的收！"气得观我说："有言在先，单位的事你别掺和！"观我终于想出个办法：向社会招聘，考核面前人人平等。

聘请了有关方面的专家，成立了考核组，公司门前张贴了布告，电视上也发了消息，几天内，一切都按繁复的程序进行着，何有福累得头晕脑涨——观我的传呼机已经佩戴在他的腰上——吃饭睡觉也不安生。经过初审、复审，到了终审，结果是绝对保密的，除了观我和四个考核员，公司任何人都不知道。五天后，考核录用了七名，名单公布，都是领导介绍的那几个。

"到底是领导的水平高，"何有福说，"瞧，人家推荐来的考分都高！"

"单位职工有什么反映？"观我问。

"有什么反映？！只是咱还没开展业务哩，先花了一笔不小的钱！"

248

"我看你就只能当马仔！"观我说。

公司正式开业后，分别宴请了与公司以后有关系的社会各部门负责人。观我是不能喝酒的，一日两场的宴席上，陪着客人喝，喝得老胃病也犯了，捂着肚子在家睡了几天。马连科就到家里来汇报工作，提议是不是再招待一下单位的人。温雪就躁了：

"我家观我不能喝了！再喝胃就烂成筛子底了！"

马连科说："他是公司头呀！"

温雪说："没个好胃，当的什么头？！"

观我说："去去，女人家不要参政！老马，我现在是知道什么是公仆了，真的是公仆——你说说，出了什么事？"

马连科告诉他：单位有人开始怀疑招聘是老老实实地走了个形式，为什么最后考核录用的尽是领导的亲戚子女，其中三个是农村户口，五个初中毕业生，而且个个歪瓜裂枣地难看。观我听了，头窝在枕头上，足足有一分钟，说：

"那就招待吧。"

银行的一笔贷款一到账，观我又亲自制作了具有艺术性的帖子，发给单位百十多人，写明着：感谢大家对公司的全力支持，在公司第一笔生意获得成功后，敬请光临出席酒会。酒会约定了时间、酒楼的地点。恰这时，温雪的爹从南方老家来看望女儿，带来了一条河豚。观我只听说过这种河豚，没有吃过也没有见过。岳父就夸耀河豚是多么珍贵，在当地也是轻易吃不到的。"吃过了河豚，什么鱼都没味道了！"岳父说，"知道不？河豚是剧毒呀，必须要会做，稍不小心，食者就中毒，十五分钟毒性封喉，不离饭桌就要死人哩！"观我盼着岳父来，满以为能补赔一笔嫁妆钱的，没想带来的只是一条鱼。一条鱼就一条鱼吧，偏把鱼说得唐僧肉似的！温雪说：不管怎么说，活鱼要比你家木头鱼强，你讲究形式哩，我爹也就投其所好么！观我倒想出一个主意来了，遂又下帖子，让何有福一一送到各办公室，请同志们吃河豚：一、这是王副经理把岳父送来的珍品让大家品尝。二、河豚不是有钱多少就能吃到的。三、河豚有剧毒，来时必须自带筷子。

酒会那日，观我宣布：河豚，是勇敢者的食品，这就是我们公司之所以请大家吃河豚的意义！都带了筷子吧？这有个讲究，河豚有剧毒，历来要求食者自带筷子，万一中毒，责任自负。这么一讲，许多人便害怕了。

"是害怕了吗？"观我说，"大家也不要惊慌，这就像我们几个人来办公司一样，风险是有的。这个公司，办好了，给单位增加福利，大家集体走向富裕，办砸了，我们几个人吃不了兜着走，这一点我们心里清楚，可我们之所以敢于来办，自信于有单位领导的指导和同志们的支持，自信于我们是党员的责任感。河豚是有毒的，我让我岳父亲自操作，他是老共产党员，一个三十二年党龄的村党支部书记！"

"政治可靠不一定就能做得安全啊，王副经理！"有人说。

"我可以先吃！"观我说，"如果我中毒了，大家就不要吃，这就像咱们单位办公司，我当副经理做个试验。"

马连科说："你先吃可不要全吃了，要是没毒，成了让大家看着你在享受了！"

处长倒真害怕了，拉过观我说："观我，河豚不要吃了，万一中毒，不管是谁，那都会出乱子的。"

"处长，你到过甘肃酒泉吗？"

"没有。"

"你听说过'酒泉'的来历吗？"

"没有。"

"汉朝的时候西征，一个将军领兵到了那里，战争十分艰苦，环境又十分恶劣，皇帝就赐给将军一罐酒。将军为了鼓动士气，将酒倒在一个水泉，让所有士兵来喝，顿时山呼万岁，群情振奋，一路西去，所向披靡！处长，你明白我的意思吗？"

"……万——……"

"万无一失的，处长，我岳父最拿手的就是做河豚！"

做好的河豚端了上来，众目睽睽，观我第一个吃。观我知道绝对是没问题的，但他偏要大肆渲染河豚的危险性，现在自己倒被自己也吓住了，很快，他觉得头晕，舌头也发麻了。何有福一迭声地喊温雪的爹，温雪爹从厨房出来，觉得奇怪，他是曾经干过多年的厨师，从未发生过中毒事件，何况刚才剖杀河豚时，将各个部位清点了五遍，他也是先尝过了汤呀！马连科也急了，赶紧把他带来的哈巴狗拉近来让狗吃，狗竟然推也推不到肉碗跟前。

"都太紧张了，使狗都紧张了。"温雪爹说，"观我，没事的，已经十五分钟了，十五分钟内没事就没事了！"

观我的头立时不晕，站起来，突然说："成功了！"

百十双筷子就都举起来。

公司正雄心勃勃地开展业务，政府有了文件下来：机关单位不得办经济实体，机关干部不得从事第二职业。处长找到观我，要求解散公司，或是谁停薪留职，将公司估价卖给个人。消息传开，公司和单位的人心都乱了，马连科甚至清点了公司的办公家具，提出到时候能减价将一张桌子、两个柜子处理给他。观我把文件要了来，一个晚上都在细细地研究，第二天对处长说：其实这也是个形式问题，政府不让办经济实体咱坚决照办，但并没有说不让成立劳动就业服务公司啊！处长马上醒悟过来，汇报到厅里，遂撤销了原有的公司，成立了单位劳动就业服务公司。换了一个牌子，人马依旧，唯一是处长再不能兼经理，经理成了观我的。但观我聘请了处长做顾问。

观我的传呼机彻底交给了何有福，而他出出进进，手里拿了手机。他签发给各科室的都是劳司第几号文件，文件右上角一律要标有"机密"字样。这一日，他和温雪从家出来，矮男人高女人，坐在电线杆下的朱贵叫："观我——！"

"他现在是经理了！"温雪说。

"瞧我这瓜脑子！"朱贵说，"王经理，和太太下馆子去呀？"

"散步去。"观我说。

"散步，"朱贵说，"噢，消食哩！"

"你这朱贵！你就知道食化不过了要转一转是吧？"

"……"

"生意怎么样呀？朱贵！"

"我这谈得上是生意吗？现在的人越来越不穿旧鞋了，一天招不来几个主儿的。我直想给你说呢，我是要一辈子修鞋吗？"

"修鞋也是为人民服务么！"

"是为人民服务。可我觉得，一身的本事使不出……俗话说神归其位，

251

这电线杆下不该是我蹲的地方。"

"啊，朱贵有志气！那你应该到哪里去？"

"这我就得你提携了！"

温雪说："观我呀，你给北京打个电话，问那儿要不要人？！"

朱贵也笑了。

"嘿嘿……王经理，你们公司能不能让我去发展发展？"

"啊，朱贵打我的主意了？"观我说，"我们公司缺人是缺人，可公司有纪律，任何人不得擅自决定公司的事，尤其是人事和财务。"

"这你就哄我了，你是头头，还不是你一句话吗？"

"这得研究研究。"

三天后，朱贵提着礼品到观我家，又问他的工作事，观我不收礼品，朱贵很尴尬，就说那我收藏你一幅画吧。观我倒痛快地为他作了画，让朱贵到公司来，月薪三百，负责保安工作。朱贵听说"负责"二字，以为是保安队长什么的小官儿，心里高兴，口里却说：

"怎么让我负责保安？"

"你在电线杆下修鞋，像公安局派的哨儿一样，出出进进巷子的人你都知道，适应于做保安。"

"倒是这个理儿。可我是看鞋不看人的，这眼睛在日全食时伤是伤了些，但不是吹的，我修过的鞋我全认得！"

朱贵到位后，才知道公司的大门口一左一右有两个大石狮子，而保安就他一人。

处长陪着办公厅主任来公司检查过一次工作，主任感慨天象发生了变化，人世上的事也不能以老眼光看了，比如日全食后，气温就明显增高，去冬今春没下一场雨；城里又流行起已经绝根了数十年的痨病；史书上记载过有龙凤胎，谁见过？可现在有三个孕妇分别产下一胎两男两女的；咱办公厅的王小二，以前就是一般干部么，如今能改那么怪的名字，又能办公司，还办得这么好，真是什么都不敢小觑了，癞猪也可能是麒麟哩！主任最感兴趣的是公司各科室有政治学习安排表，有上班登记表，业务指标考核表，甚至还有一揽子职工流动红旗竞赛表，如卫生竞赛，文明礼貌竞赛，计划生育竞赛，学雷锋做好事竞赛。主任欣赏了观我，并在协商推荐市政协委员时推荐了观我，观我就成了一名政协委员。

政协的会上，观我碰见了冉总经理。两人都是新委员，特意合了一张影。观我留神了一下冉总胸前的委员证，证上的照片十分年轻，又清秀，猜想这是以前的照片，这女人怎么现在胖得不成体统了呢？冉总邀请观我到她的房间去聊，观我害怕去，打岔问起集贤庄顺山儿子的病情，但冉总资助之后，再也没见过那孩子的。

"这么说，孩子怕已经死了。"观我说。

"白血病是没法治的，甭说一个农村孩子，就是再大的领导，有金山银海，也维持不了多久的，话说回来，人总是要死，活十岁活百岁都是人生，人生就是一个过程。"

观我是第一次听到"人生是一个过程"，觉得说得好，他说："你说什么？"

"是一个过程。"观我自己又解释了，"回想我这一生，到这一步，好像也是早安排好了的。但弯弯道道的你得走，你才能走到现在。听说办公厅主任这次会上要当选政协副主席呢，你知道吗？"

"他应该升一格了。"冉总说，"他政德好哩，发现了许多人才，我就是他推荐的。"

"我也是。"观我说。

"咱就得给他投一票哩。"

"投。"

观我说完，突然觉得自己来当委员就是来为主任投票的，心里不禁有些那个……就说："咱不说这个了，你生意怎么样？你比我强呀，你是给自己干，我却是给公家干的，几十号人，一上班，千头万绪什么都要你点头，忙得一泡尿也尿不净！"

"这你得改改，"冉总说，"你不能把公司又办成了机关单位，你若是把情人当老婆一样用，那有什么意思？你瞧我，大事我管，小事让秘书去干，就有时间去歌舞厅呀，茶楼呀，打保龄球呀……"

"那下边的人不颠覆了你？！"

253

"我给你个秘诀。"

冉总给观我说了一遍，观我从此上班，绝对要穿一套西服的，而且从家到公司一路不吱声，到了公司，端直往办公桌后的经理皮转椅上坐稳了，先用目光巡视四周，然后发话。特别是，任何人来公司，包括上级或朋友，都不能让外人坐自己的椅子，尤其本公司的职员。

马连科那日来让观我签一份文件，端了茶杯嚷道经理的茶叶好，就自己去开观我的抽屉，沏了茶又坐在皮转椅上同办公室人闲聊。观我进来，大声吼道："谁让你坐在那儿的？"马连科说："怎么啦？"观我又不能将天机泄露，说："以后不能坐这椅子！"马连科生气了："你是嫌我有性病？这么多人，你给我难堪？我就是有性病，我就是嫖过妓，没有我嫖妓也就没你的今天！"马连科竟这么说话，观我更恼火了："我有今天是因为你嫖妓呀？你鼻子没烂，嘴倒先烂了！"马连科说："你以为我不知道呢，我得性病是我还能干那事，你想得性病还没那个能耐！"

这话刺到了观我最痛处，脸色骤然大变，觉得立即威风扫地，无处自容。他不明白马连科是怎样得知了自己的短处，转念一想，这事绝对没人知道的，马连科是在吓唬人。遂去找处长，要求处长同意解聘马连科。处长就把马连科叫去批评，马连科竟翻起当初处分他的一案，说他犯错误是真，可观我也不是觉悟高，思想好，单位表彰观我，如同是给宦官树贞节碑嘛！处长问到底是怎么回事，马连科才说了是黄主任告诉他的，因为温雪是个石女，黄主任关心她，让她去上海做手术，温雪说其实观我是个死死鸡，黄主任才明白观我事先是知道温雪的毛病却还同意结婚的原因，感叹世上无奇不有的。

"这简直胡说！"处长在给观我挑明事因后，观我说："我性无能？让我和她老婆试试，看是不是个死死鸡？！"

"观我同志，你怎么能这样说话！"处长说。

"处长，我也是气极了。"观我说，"反正马连科我不能要了，他必须调离公司！"

马连科是调回了单位。但观我性无能的事却全公司的人都知道了。观我解聘了其中一个爱喊喊啾啾的人，偏又招聘了一个女秘书，他要让人看出他的好色来，出出进进带着那女的，并且给朱贵叮咛：看好门户，如果马连科来公司，一定要拒之门外。

观我却栽在了朱贵的手里。

公司的保安条例是有的，整整十条用红漆书写在门房墙上，朱贵穿了那身保安制服，每天在门口站那么一会儿，就靠着石狮子痴眼儿看门前过往人的脚。晚上值班，更闲得无事，旧瘾复发，便把鞋摊又摆在大门口的路灯下。这一晚来了三男两女，女的要修高跟鞋，两个男的就嚷道去买啤酒喝，哼哼唱唱地走了。女的修了高跟鞋，留下的那个男的也要修脚上的鞋，朱贵心里高兴，今晚生意还不错，一边拉话一边把鞋修得特别精心。足足过了一个小时，马路对面有了口哨声，这边一男二女："啤酒买了，让过去喝哩，师傅你也去喝喝？"朱贵说：谢谢，我不能擅离岗位的。一男二女一走，他收拾鞋摊进公司，却发现公司右边的一扇窗子开着的，生了疑惑，忙到里边看，屋中的柜子被撬开了。忙又到楼上，财务室，经理室，业务室的门全洞开，保险柜已被打开，而且所有抽屉柜子全都撬坏。朱贵忙给观我打电话，来清点后，保险柜中的一万五千元没有了，又丢失了三条香烟。失的财物不多，损坏的家具不少，而且观我放在办公室的书画笔墨一塌糊涂，粉白的墙上写着：没想到这么穷的公司！

报了案，朱贵写了检讨，观我也写了检讨，一并交给处长。处长大骂了一顿，拍着桌子说检讨不深刻！观我回到家里，想拿些东西去送派出所，希望人家能尽快破案，追回钱财，翻了几瓶酒和烟茶，温雪说送这些东西济什么事，要送就送些现金去。观我说：哪儿有钱？钱让贼都偷了！就动笔作画，又把自己以前的藏书拿出来，要送一幅画和一套中国古典名著的。但名著只有《三国演义》《红楼梦》《西游记》，就给何有福打传呼，让他立即上街买《水浒传》送来。何有福速度极快，买着一把水壶来了，气得观我瘫在沙发上嘴脸都乌青了。

"不急不急，"温雪冲了一杯糖水，"你喝喝水。"

观我叹了一口气说："派出所我也不去了，看来我只有写辞职报告了。"

何有福知道自己办事不得力，捶胸顿足地说："经理，你真的要引咎辞

255

职？你要辞职，那我先给你辞职。"

观我却受了感动，说："谢谢你！"

何有福说："你不要谢我，你要真关心大家，你为什么要辞职？"观我说："这你又不懂了，出了事咱要有高姿态。我提出辞职，也给领导有个台阶，要辞职反倒辞不了，要不说辞职还真可能得辞职哩。"

辞职报告送到了处长手里，处长呈交给了厅主任。原来的主任已经当选政协副主席了，现任的主任召开会议研究，一些人认为观我还可以再干，一些人则认为观我的性无能虽是小事，但在公司已影响了他的威信，又发生了失盗案，不宜再干下去。最后让主任做决定。主任说：这个公司说得这样好那样好的，可公司怎么只有一万元？而且还被人盗了！人可能是好人，但我们再不能继续那一套把实事当虚事干，把虚事当实事干的工作作风了，他这种人搞机关工作可以，搞经济不行吧？我看还是同意他的辞职请求。

于是，观我真的辞了职。

辞掉的那天晚上，冉总经理闻讯来安慰观我，为了冲淡观我的伤感，提出观我你干脆来我的公司干吧，我给你个总经理助理怎么样？温雪便想起衣服里有小米的事，问总经理助理秘书，冉总要让观我当男秘吗？冉总说：观我还不愿意吗？温雪说：他还小，得更多的小米喂哩！冉总不明白，问什么小米呀？温雪就嘎嘎笑，观我也笑了，冉总说：噢，是太太吃醋了啊！温雪说：我才不吃醋哩，只怕观我没那个本事！观我哎，冉总这么一片好心，你就是没本事去，一句好话三冬暖，你也得谢谢冉总，为冉总画一幅画吧！观我立即来了精神头儿，收拾起了画案。

"咱又不是老干部，除了当官就只会当官，害怕离休！咱还有艺术哩么，我给冉总画一幅！"观我说。

"你要画，你给我一个朋友画一幅。"冉总说，"这是个信贷员，人能得很，和一个副市长熟得狗皮袜子没了反正。人家早知道你的画名，一心想收藏的。"

冉总递过一张名片，是那个信贷员的，观我蓦地记起以前听说有个乡党，也是这个名字，就问是原籍哪里人。一说，果然是丹岐县的。观我画了一幅兰草，当场又给乡党附了一信，求他给副市长说说，让副市长过问一下他们主任，看是否能不让他辞职。信写足了一页，半页是乡党在名片上的职务称呼。

<h1 style="text-align:center">六</h1>

"观我，快到火车站接北京来的客人！"

"观我，钥匙锁在办公室了，你帮我翻翻窗子吧！"

"观我……观我……"

乡党尽了自己的责任，但观我依然被辞掉了职，回到原来的科室，腰里又别起了传呼机，坐在办公室喝茶。观我又是单位最忙的。连老穆也说：观我是咱们单位的雷锋，为什么偏要叫他去办公司，那雷锋就不是雷锋了！

观我不爱听这种话，回家路过巷中，朱贵又重操旧业了，朱贵说：

"观我，我对不住你。"

"塞翁失马，焉知非福。你愿不愿加入我们丹岐籍？"

"我是南田县人。"

"你要愿意，去巷口提一捆啤酒来，今日一伙乡党来的。"

朱贵提了啤酒到观我家，家里坐满了人。观我一一给介绍了，都是在这城市里各行各业的乡党。那个信贷员是社会活动家，结识了观我后，将所认识的乡党（同乡）全介绍了来。他们集中在观我家，忙着交换名片。

"观我，你有小车？"一个乡党看着观我的名片，很羡慕。

"车嘛……"观我说。

朱贵已经知道那名片上的车号是自行车号码，但朱贵现在只是责备自己，心里酸酸的，坐在一边看着这些人热闹，自己插不上话，就把门口一大堆换下来的皮鞋选了几双拿去修补了。

观我和信贷员的主意是早商量好的，召集乡党们来，有心要成立个同乡会的。观我给大家敬了酒，就说："真没想到，本市竟会有这么多乡党，而且乡党们都是有头有脸的角色！同在一个城里，这就是缘分，咱们以后多联系，互相关照啊！"信贷员立即附和："观我这话对哩！往后咱多活动着，但

257

都是忙人，得有个联系人呢！"观我说："我是爱朋友的人，家里没老没少也方便。今日认识了我家，以后欢迎大家常来！"信贷员说："那咱不如成立个乡党会！"众人说："好主意！"观我说："既然大家都有这个愿望，今日不妨议议这事。"信贷员说："还议什么？今日就成立，选出个会长就是了。观我，你是热心人，你把会长当上！"观我说："这不行，来的有科长、处长的，还有教授呀工程师的，我哪能当会长？咱要成立乡党会，这可是正儿八经的事，今日有这么个意向，下去要再联络联络更多的乡党，到时候我可以去咱们县驻市办事处联系一下，再定日子严肃选出个会长。"在民政局当处长的姓刘的乡党说："这事是得慎重，要选会长，得选个德高望重的人！"观我愣了一下，立即说："是这样的。"众人说："那就你们几个去张罗吧，到时候通知我们就是了。"

观我就喊："朱贵，朱贵！"

朱贵在外修补好了鞋，提着进来。"朱贵，"观我说，"你记录一下，今日酝酿成立乡党会的事，参加会议的一个不漏都记下来。"

朱贵高声应着，但朱贵文墨浅，并没有记。

晚上，温雪做了小米稀饭，烙了柿子饼，留下朱贵一块儿吃饭。吃着叫着，观我推开桌上的四碟小菜和装着木鱼的汤盘，说：

"我突然有个想法。"

温雪和朱贵不知道他在想什么。

"如果咱现在什么都没有，没有这稀饭也没有这柿子饼，咱们去流浪，会是什么样儿？"观我说。

"那咱们去要饭，要一顿吃一顿，那也乐哉哩。"朱贵说，"嫂子愿意不？"

温雪说："不愿意又怎么着？嫁鸡随鸡嫁狗随狗嘛。"

"咱流浪才不会要饭哩。"观我说，"我是画家，我卖画还养不活你两个？到时候我画画，朱贵当保镖，温雪守窝，换下好吃好喝的来先尽你……我是要画虾的，一天只画一只虾够吃就是了，多余的一笔也不画的。"

"那你是我和朱贵的掌柜的。"温雪说。

"当然是掌柜的！"观我说，"每天我画画回来，温雪你就把饭做好了，朱贵端那么大个碗，哼，不出力倒吃得那么多！"

朱贵就叫起来："呀呀呀，嫌我吃多了？！"

温雪用筷子笃笃笃地敲着汤盘里的木鱼，说道：

"得啦得啦，别再流浪啦，要流浪我也不会去了，说来说去我只说你把那权呀势呀看淡了，说到底你还想当个头儿的！"

观我笑了一下，低下头去喝稀饭。

星期日，观我骑了自行车去丹岐县驻市办事处，见到了办事处吴主任，讲明了成立乡党会的意义：一是组织起乡党为家乡建设献计献策。二是显示咱们丹岐县人在市里的力量。三是以后家乡来市里办事相互间能有照应。吴主任很支持，说办事处可以提供开会场所，并免费招待一顿午餐。观我喜出望外，立即和信贷员商议会怎么个开法。

"你不要推托，就把会长当上。"

"要当，得名正言顺地当，不名正言顺没威望。"

"怎么个名正言顺？"

"选举就按选举程序走，我是政协委员，我知道选举那一套程序……你觉得我能被选上吗？"

"这又不是选市长。"

"民政局的刘处长那日说话你听见了吗？他恐怕是想当的？"

"乡党会要能热心的人当合适，他没必要来争这个吧？"

"这就看出你在行政部门没干过！刘处长那日说了那样的，我心也有些凉了，如果事情要顺利，是不是乡党会里就不吸收他？"

"如果不吸收他怕给别人难交代。"

"那就通知他也到会。可这种人得安抚住，还有那陆教授，农业局的李科长，公安处的王科长，这些都是有身份的，能量大哩，是不是考虑设顾问？哦，办事处的吴主任应该是当然顾问……"

"我不懂，具体事你和主任看着办吧。"

又一个星期日，所有的乡党都赶到了办事处，观我是星期六晚上就来的，他和吴主任布置了会场：以候选人多少而摆了主席台上的桌椅，又再一次核实了候选人的职务和级别——以免把座位的次序搞错了出问题。会议开始，信贷员是主持人，拿着观我列出的程序单，先提出候选人让大家发表意见。发选票，信贷员又宣布选举注意事项，提出让朱贵当监票人，众人同意，集体鼓掌通过。观我就清点人数，众人同意，集体鼓掌通过。选票发完后，剩余选票当场撕毁，众人又鼓掌。选票填好后，要当众检查票箱，发生了意外，因为观我昨夜里用一只空香烟箱改做的票箱放在会议室屏风后的，现在取时却没有了。吴主任忙问办事处的人，票箱哪儿去了？一个服务员说，清早夜宿的一个司机说要去农贸市场买鸡的，看见从会议室拿走了一个香烟箱子。吴主任大发雷霆，但已没办法，只好从厨房提来一个大瓷坛子，用粉笔在坛子上写了"票箱"二字。朱贵把坛子举起来，让大家看着是空坛子，大家说："没错，没错，是空坛！"站起来依座位顺序投票。主席台上的候选人多，桌子又摆不下，候选人差不多是侧了身坐的，一齐站起来去投票，就把一张桌子撞倒，桌上的热水瓶跌在地上，呼的一声巨响。观我赶紧说："好，好，这是礼炮哩！"投完了票，当众取票，朱贵胳膊粗，挨不着坛底，选票掏不净。观我前去用锤子敲了坛子，说："让大家看清票箱里是否取完了！"信贷员就让朱贵去办公室点票。观我制止了，说："还得清点一下，看投票数与发出的票数一样不一样。"信贷员看了看程序单，说："怪我怪我，看漏了一行。"清点之后，票数等同，宣布选举有效。

约莫过了一个小时，信贷员拍着掌让大家安静，开始念唱票结果，观我坐在主席台上，他没有喝茶，嘴里嚼一撮茶叶，一个字一个字逮着听："据监票人报告，到会一百零三人，发出票一百零三张，收回票一百零三张，因两张票填写两人为会长，被认定为废票，实际有效票一百零一张。经民主选举，八十一票选举王观我，三十四票选举刘长山，二十二票选举马得草，五票选举李文海，五票选举王西石。以得票多少计，王观我同志当选为会长！大家鼓掌！"众人哗哗鼓掌，喊：吃饭，吃饭！信贷员说："不急，程序还没完——现在，请会长讲话！"观我在听到他的名字后，嘴不嚼动茶叶了，脸上却不好意思起来，媚媚的，也邪邪的，坐着不动。信贷员说："观我，你当选了还可怜兮兮的？你来讲几句吧！"观我走向麦克风，说："我王观我压根儿没想到我能当会长，我感谢大家信任！当选后，我会尽力去做乡党会的工作的，但乡党会是桩大事，我又担心我能力不够，所以，我以会长的名义，想提议德高望重的杨信贷员、吴主任、刘处长、李科长、王科长、陆教授、李工程师任乡党会的顾问。大家有没有意见？"会场一时安静，有人叫道："会长风格高，没意见！"观我说："若没有意见，鼓掌通过！"又是一片掌声。会议终于结束，进行丰盛宴会。

观我的名片上，从此多了一条衔：市丹岐籍乡党会长。

观我在乡党会里确实做了许多工作，他通过信贷员认识了市长的秘书，又通过秘书认识了市长。当他带着自己的画作去送市长，市长在交谈中得知丹岐县山区学校困难，转告了团市委，将一批希望工程款拨给了丹岐县一所中学。观我又通过图书馆的乡党小惠，认识了馆长，得知馆长的一个外甥在丹岐县边远的乡上工作，希望能调到县城，观我就给县长去信，把调动办妥，馆长也同意组织一批图书支持丹岐县图书馆。尤其丹岐县长每次来省府汇报工作到市上，观我就以乡党会名义去拜会，并建议县上领导汇报工作时当然要汇报县上的大好形势，而来要财政款时，则不必汇报形势如何好，把所有灾情录成资料片，把贫困调查表写具体。县长当然懂得这些，每次要款时，就把乡党会的人叫上，观我就呈上一份乡党会部分人员回原籍考察材料。一次省上开各地市县领导干部会议，市长和丹岐县长正好分在一组，县长大讲了乡党会的重要性，市长又在市干部会上对办公厅主任说：你们单位的王观我是个人才啊！主任回来找着了处长。

"你知道不知道观我业余干什么？"主任问。

"……是他自己经营生意吗？"

"他组织了个乡党会，做了好多事哩！"

"听说是个会长。"

"没想到是个人才……咱们是不是对他处理得过分了？"

"你是说让他再回公司吗？主任！"

"那样的话，群众就对咱们有看法了。他在公司里是有错误的，但人有长处有短处，还是有能力的么，咱可以提拔一下，让他到财务科当个科长吧。"

财务科长再有几个月就退休了，处长就找观我谈了话：等老科长一退休，观我就当科长。

261

观我还未正式上任，却病了。观我患的是肝病。得知要当科长的观我在家喝了一次酒，喝醉，一觉醒来，发觉自己裤裆里有什么硬硬地鼓起来，忙喊："温雪！温雪！"温雪在厨房里和面，听得观我火急火燎地喊，攥着一双面手过来，瞧见赤条条的观我仰躺在床上，吓了一跳，但随之那根东西就软倒下去。

"叫你快些快些，你偏慢腾腾的，它又死了！"

温雪一把拉过被子把观我身子盖了，说："活么，咋不见活呢？"

观我说："它真的活过来一会儿的。它要真能活过来，我得领你去上海做手术呀！"

但观我的东西活过那么一分钟再没有活过来。到了月末，市里组织财务大检查，观我也被抽调到检查组里，没黑没明地跑了二十多天。那日，去一家化工厂查账，观我走到半路，突然觉得肚子疼，吃了些止痛片，反倒越发疼，最后就昏倒在车上。

观我突然发病，而且诊断为急重型肝炎，已经有了腹水。市长得知后，指示：这么好的一个同志，病重成这样，竟还一直在检查组工作，直到昏倒在工作岗位上，一定要组织全市最好的医疗技术人员为他治好病。有了市长的指示，温雪就去找处长，处长着了急，因为当时紧急住在一家区医院，得转移到市医院，可单位的公费医疗点医院并不是市医院，将来谁报医疗费？处长去找卫生局长，卫生局长通知市医院接收，市医院竟安排住进了高级干部病房。

观我享受了如此待遇，新闻在单位传开。处长也疑惑：是不是市长要抓出一个模范先进典型来的？心下所动，就让刘苍水先整理出一份观我的先进事迹材料备用。刘苍水写材料，当然得了解一些知情人，去采访了居委会黄主任，采访了公司职工，采访了冉总经理，采访了乡党会的人。刘苍水没有采访马连科，他是把马连科要处理成观我的对立面的，在采访何有福时，何有福是哭了，拿出那幅白牡丹的画让他看。

在区医院时诊断为急重型肝炎，转到市医院高干病房，为了慎重，又重新检查了几天，得出的结论同区医院相同。面对这样一个病人，院方成立了会诊小组，几位名大夫制定医疗方案。一位老大夫主张先服中药消腹水，另一位女大夫认为用器械抽腹水为宜。意见不能统一，争执激烈，但让老大夫和女大夫做出如果采用某一位的方案可以肯定在短时间内消下腹水，老大夫和女大夫谁也不能保证。耽误了一星期，观我的肚子越来越大，大小便也不通了，疼痛依然继续，动不动就又昏迷。乡党们得知，赶来探望，见人失了形，把温雪叫到病房外训斥。

"怎么能病成这样？人有病怎么还去参加财务大检查？！"

"发病前他只说身子困，可谁能知道他已害了病？大检查每天回来半夜，一上床就嚷累死了累死了，给我个冷脊背，我还以为他……"温雪不愿意再说下去，"他总是积极，说他要当科长呀，他得有个好形象。"

"老科长还没到时间吗？"

"听说正办退休手续哩。"温雪说，"都是科长位儿把他烧的，命里浮不起那个位儿，要不也得不了这种病！"

乡党们立即制止温雪，说话可不能这么讲。就建议：郊县马家堡有个医生，治肝炎有秘方，据说是把南瓜把儿熬成汤喝下，即可吐出黄水，吐出若有半脸盆，病就好了。温雪就让朱贵去了马家堡，请了那个医生来。没想会诊小组的人得知，生了气，赶走了乡下医生，对温雪说：出了问题谁负责？难道我们这些专家抵不住一个乡下野大夫？遂做出决定：鉴于病人病情，不让任何人来探视，连温雪也只能一日探望一次，医院派护士日夜护理。

消腹水的方案最后定下用器械抽排。腹水是排下来了，观我也开始能喝水和略进稀食。可第三天，腹水又产生，观我疼得大喊大叫，医生只好一边用器械排，一边熬中药喝，好不容易止住了腹水，然后就没完没了地挂点滴。温雪每日来探望一次，用温水浸了毛巾，抚观我已经满是针眼的胳膊，眼泪汪汪的。观我说："不哭，哭了影响不好。"温雪说："我不哭。"护士来，就离开病房，一路哽咽回去。

观我用了许多进口药，有胸腺肽，有干扰素，肝灵，人造蛋白，但都没明显效果，后来用不用胎肝液，会诊组的意见又不统一了，一部分人认为市医院采用以小产出的四个月前的弃儿肝制成的液体给许多病人都有疗效，不妨试试，一部分人认为此液体还在试验阶段，而且质量不过关，容易出事故，反对采用。这样，继续注射肝灵。

观我的病开始恶化了，几天不再吃喝。乡党信贷员来看了一次，说："这病房设备还不错。"

观我说："这是市长生病来住过的房间。"

"……"

"不要紧的，市上组织了专家会诊组的，他们会治好我的病……市长为我的病专门批了字，下过指示。"

"……"

信贷员把温雪叫到一边，说："到了这一步，我看还是自己拿主意，在这里治恐怕不行，还是请民间中医。"何有福、马连科还有刘苍水也来探望了，他们不得进病房去，只在门外听温雪传达病情，马连科说："我实在想看看观我，我们再有天大的仇，现在也该化解了……这病生得怪，咱得想个方法啊，我家邻居是共产党员，前年家里人一个接一个地病，别人请了渭东县的一个神汉来看了，说是闹鬼，他先是不信，可让禳治了一下，什么却都好了，这党员见人就说他信了，不信不行嘛！——是不是让我去请那个神汉？"温雪拿不定主意，进去和观我商量，观我已经有气无力，说一句歇半天，说："这得和会诊组商量吧。"温雪又去找那组长，组长说："病急也不能乱投医呀！观我同志的生命不仅是观我同志的，也不是你们家的，他是属于革命，属于大家的，我们不敢有一些懈怠，这一点你放心。"温雪也就不再说什么。

观我在医院维持了一月零三天，中午，突然吐血，吐了小半脸盆，昏迷中再没有醒来。

观我死后，并没有被追认为先进典型，但追悼会是很隆重的。温雪除了自己哭外，从劳务市场又请了三个哭妇，还租赁了四十二个花圈。单位的处长致悼词，把观我生前的各种职务统统列出来，列了十一项。温雪说："观我除了是风竹堂的堂主外，他还为自己起过'品茗屋'的斋号，应加上'品茗屋主'的衔。"处长同意了。

乡党会的乡党们虽然都参加了追悼会，他们在办事处召开推选第二任会长的会上，仍对观我的死耿耿于怀。

在饭桌上，新任的会长刘长山因为吃素，要了一碗面条吃了，大家笑他富身子穷肚子，放着龙虾海蟹不吃只吃面条，刘会长说：

"你们以为见什么吃什么就是美食家吗？喜欢吃什么，肯定身体缺什么。——我现在的经验是，吃饭要为自己吃，生病要为自己生。观我一辈子讲形式，什么都成形式了，自己最后生的也不是自己的病，最复杂的事处理成最简单的事，最简单的事又处理成最复杂的事，他也只有去死了！"

草于一九九七年三月

古　堡

第一章

一

　　商州东南多峰，××村便在天峰、地峰、人峰之间。三峰鼎立，夹一条白花花的庄河蛇行，庄河转弯抹角，万般作弄，硬使一峰归陕，一峰归豫，一峰归鄂。在归陕的河的这边，恰三峰正中处又有了第四峰，人称烛台。说是朝朝暮暮风起，三峰草木仰俯，烛台峰上则安静如室，掌烛光明，烛心活活似鸡心颤动。

　　村人姓杂，野，多住石板房，朗日光照，满屋四射，逢雨却不漏，听雨声如炒爆豆，时天地弥漫，群峰便被云雾虚去，有鹰、狼、兔、狐哭嚎，声声凄厉犹从空降，村人便崇尚神明，每月忌日颇多：初一男不远行，十五身不动土，十七、二十一妇道人家不捏针线。犯之据说目生白障，行夜路被小鬼迷糊。村人唯孩子最金贵，说是童尿喝之可疗治百病，便常于盛夏中午，将孩子们轰往河湾潭里玩水，难免不边玩边撒尿。玩够了，一个个就精光光摆放在石板上晒太阳，然后再抱起脚来验证种源祖籍。说也奇怪，伸出的脚，小脚指甲多半为不囫囵，分一大一小两瓣。这个说："我是商州土著！"那个说："我也是商州土著！"小半为指甲完全的，便顿生羞耻，指着峰上的古堡，强词夺理说道："我不是商州土著，那峰上为什么有我们姓氏的古堡?！"众口不一，争嚷不休。

古堡高筑在峰顶，皆二抬、四抬、八抬偌大石条，沿巉巉的崖角直垒而上。有的岌岌可危，临风则数人推之不动，又呈一种油腻，日里发黝黑漆光，已是百年物事了。石条缝里生出鸡骨头杂木，枯枝秃杆，鹰鹞便在那上面扑翻厮打，抢夺窝巢，落下胶粘过似的硬羽，被村人拾去，插在自家中堂上"天地神尊位"龛的两边。

那是过去的年月，山高皇帝远，乱世的土匪会集在这鄂豫陕交界之地，骚扰村民，村中便有财主大户逃往峰顶，开石修堡，囤粮安身；如今孩子无知，却全然天真，借古昔的罪孽遗物以夸耀姓氏的英武，申辩祖籍，便不免争执不下，大打出手。各自家长就出面袒护，伤了和气，或指着天上红彤彤的太阳说天地良心，或吵吵闹闹去烛台峰九仙树下咬破中指发誓发咒。

九仙树是千年古木，内中早已空朽，一边用石头帮砌，一边以木桩斜撑：上分九枝，枝枝却质类不同，人以为奇，便列为该村风脉神树。奇峰生有奇木，必然招有道教，但从峰下往上看，道观并不见，齐棱棱看着是一周最完整的石墙。墙有双层，极宽，外置女墙，设有瞭望孔，有枪眼。爬"之"字形石径上峰，低头进了堡子门洞，方是一合庭院，云绕亭柱，苔上台阶，甚是清净，观里有一老道，囚首垢面，却眼若星辰，气态高古。此道人"文革"中曾经还俗，娶一独眼老婆，前四年弃妻再度入观，又开始在青灯下吟诵《丹经》《道德经》。老道手下还有三个小道士，皆蠢相，除习经外，便种菜、砍柴、挑水，扫除观院。他们背地里骂老道还过俗，身不洁净，无奈老道栖止观内先后三十余年，披览道教典籍，精通经义，亦懂得《易经》玄妙卦术，熟知地史艺文，三个小道士，也只好尊他为长。

这道长每每见村里有来九仙树下起誓发咒的，便研墨洗笔，抄录《史记·商君列传》中的一则，感叹这一群商君后人！或者便不忍看那其中的老妪少妇、黄花闺女，木木的表情念一段"𡹛𡺥𣨛𤜼㿴㼮，𤜱𤟰𤢞𣨛𤙏𤜱"。此是道观门前一副石刻楹联，村人多不识字，识字的则视若天书，望之愕然。见老道只是吟念，便生恐慌，分散下山，恩怨不提。而孩子们禁不住好奇，早归于和好，怯怯地凑过去听老道说古今。

这年夏天，孩子们却很少去河里玩水，也很少有机会去烛台峰道观，因

267

为大人们都在传说，此地新来了麝，一只大得出奇的白麝。山里曾经是有过这野物，但有好多年已不再见，且从未有过白的。白麝的出现，人心惊慌，不时传闻这麝成精，能后腿直立，幻变成妇人，于荒草野径中摇手招人。或是某某媳妇夜多惊醒，言梦中有人破门而入强与交媾，问其姓名，自称姓"麝"。风声很紧，孩子们就大惑不解，常静观山峰古堡和草木间，觅寻那怪物出现，稍有动静，锐声叫："麝！"大人围上山去，一无收获，便不许随便出门。一时称麝为凶兆。孩子们偏不能安分，又不可亲自探险，询问自己父亲，回答却是极不耐烦。

"爹，真有一只白麝吗？"

"你当心着！"

"你是看见过吗？"

"看见了你就没爹了！"

"那，真是凶兆了？"

"背你的矿！"

孩子们就背矿了。做父亲的马虾一样弓腰在洞里边，挖出一块儿石头了，从胯下丢过来，孩子就捡在一个口袋里。捡得半袋，连拉带扯地出来，一出洞，人和袋一起倒在地上。一脸的汗泥，眼睛却盯着高高的山峰：那里会不会忽地出现白麝呢？

孩子们是恨死这矿洞的。矿洞消耗了他们的欢乐，不能随便上山去听老道的古今，也不能去察访白麝的下落。心里说：矿洞再塌一次最好。

先是一九五八年"大跃进"，到处要大炼钢铁，村里任何破锅烂锁都上交了，眼睛就盯着烛台峰九仙树上悬挂的古钟。古钟被砸，鄂豫陕三省边界再不闻音律，道士呆若木鸡，朝暮立古堡上望万山之间鹰鹞来去，听满山草木似潮水悲嘶，扫叶焚香，向天呼号。后又有公家人来探矿，说此处有锑，掘坑挖洞，掏取一种乌黑的石头。石头掏出来了，突然宣布储藏量不大，国家不予投资，收兵回营。挖开的洞穴就被荒草埋了，里边住了狼，住了狐，秋天里便有一堆一堆的兽粪。一年，有小儿失踪，又在洞里寻得一堆啮过的血骨，和一只小儿的项圈，从此再也无人敢进。这二年，土地由私人分包，农民可以种粮，亦可务商从工，张家的老大就又在废洞里掏取锑矿。掏取有一麻袋两麻袋了，搭便车交售给县矿产公司，竟落得一大把钞票。张家老大一带头，跟随的便有许多家，这矿洞就越发掘得如鸡窝一般，动不动就垮了。结果各人皆重新凿洞采挖，能掏多少掏多少，做父亲的就让孩子当小工。

爹又在洞里唤儿，声闷闷的。

孩子便再一次爬进去，洞里潮湿湿的，壁上石块犬牙交错，那头就被碰了，起一个很大的包。爹催："快些！快些！"孩子却在问："爹，那白麝是成了精吗？"

啪！爹照例是一个巴掌打过来。孩子眼前有一团金光，知道脸上留下一个汗泥的五指印。爹还要骂："成精了吃了你！"

孩子没有言传，背矿出来，小声骂一句："吃了爹！"

二

山上确实有一只怀了孕的白麝，是从湖北山麓逃过来的。它的丈夫在一次猎人焚山围猎时烧死了。于是，这白麝跋山涉水赶到了此地。

白麝很快就分娩了。它在天峰古堡里打滚，嗥叫，拿头撞那石条，后来下身就涌出血来，染红了石头，也染红了石头缝中的茅拉子草。小麝终于生出来了，居然还是一对双胞胎：一雄一雌。

这对小麝长得风快。有着它们父母的野性，体格发达，从不生病。它们喜欢天上的太阳，喜欢黑夜的星星，喜欢野草、清风、露水。在白麝带领下，它们跳石坎，上树丫，捕食那影子一般疾驰的灰毛兔子。

一天，它们到山下觅食，突然，草丛里一道黄浪闪动，冲出了一只肥大的狗，迅雷不及掩耳地将雄麝扑倒。雄麝在地上发蔫不起，白麝和雌麝惊呆了，狗也惊呆了。四兽互相凝眸了半晌，同时扑去厮咬，雄麝滚落到两丈外的坪子上。白麝吼叫了一声，凌空过去压在了狗的身上，两者登时交作一团，黄白闪动，皆不出声，喘着粗气，各自听见了各自咬拔绒毛的嘶嘶声。猛地，白麝咬住了狗的脊梁，狗一声惨叫，被甩出去丈把远，翻起来没命地跑下山去了。

三

这狗叫阿黄，是张家老二的养物。××村家家有狗，都剪了尾巴，便于在山林草丛疾奔，唯老二的狗留着尾，神采英武。它凶狠如狼，却也殷勤驯服，听得懂老二的话，能看着老二的眼色行事。它跟着老二，撵过野兔，也扑过鹁鸽，没有一次不成功：这天意外地发现了麝，只说满可以叼着一只猎物突然出现在主人面前买好时，它却失败了，它脊梁上流着血跑下天峰，一直到烛台峰这边一片长满野苜蓿的地上，"汪汪汪"地把睡在那里的老二弄醒了。

老二正睡得香甜，忽然被狗掀翻了遮在他脸上的草帽，就骂道："狗东西，你吵什么呀？"再一睁眼，看见阿黄背上在淌血，一个鱼打挺就坐了起来。

阿黄狂吠不已，头朝着天峰山上。

老二疑惑地站起来，阿黄却就往前边跑去；跑出一段，回头来望，老二知道狗发现什么目标了，便随狗一直往天峰山上走去。黄麦菅草丛里，老二看见了被压倒的痕迹，低下身去，草丛里挂有麝毛。他立即眼放光彩，抱住了阿黄叫道："麝！麝出现了！阿黄，麝在哪儿？在哪儿？"阿黄却茫然汪汪。老二就方圆左右察看起来，眼睛如鹰一样尖锐。但是，一无所获！他掉头便往峰下跑，跑得气喘吁吁，直经过自己睡觉的野苜蓿地，到了那边一个矿洞口，大声喊："哥，哥，阿黄咬住麝了！"

矿洞里一阵嗡嗡声，一个人爬了出来，浑身泥土，眉目不清，强烈的日光刺激着，眼眯得如一细缝，却在问道："老二，你说什么？"

老二说："你瞧，这是麝的毛，阿黄发现的，它们咬过一场。这麝果然在咱这一带哩！"

张老大却并没过分的激动，嘴里"嗷嗷"的，朝草地那边的一泓泉走去。泉并不大，围绕着一圈猪耳朵草，太阳照得水面发温，草根下不时"噗噗"地散发出泡儿来。一只青蛙在里边养育了无数的蝌蚪，他拨拨水面，嘴凑近去一阵没死没活地狂饮。

老二在嘴里嚼着篦篦芽草，嚼得稀烂了，敷在阿黄脊背的伤口上，眼睛就直溜溜看着哥哥。

爹娘死得早，哥十二岁接的力，就是他和妹妹的父亲、母亲。兄妹三人，相依为命，家破是没破，日子却紧紧巴巴。冬天，单衣装上套子是棉；夏天，棉衣抽了套子是单。等到他们各自长大，有了力气，逢着土地承包，一身的苦力，舍得出。土地没有亏他们，家里的三个八斗瓮满得盖不了石板盖，特制了五格子板柜来装粮食。人穷了心思多，有粮了口气壮，哥哥便对他们说："山里就是这么多地，咱把力出尽了，地把力也出尽了，粮食再高出一百二百，那是很难指望的。而钱却只有出的，没个入的，咱要寻门路抠钱哩！"哥哥就到那废洞里挖矿。废洞里有磷火，天一黑蓝荧荧地闪，村人没有一个不在唬他。等到矿挖出来，背篓背到公路上，又从河里摸鳖、石头底下捉螃蟹，送给过往汽车的司机，然后搭人家的车去县上矿产公司卖，一个月里卖得一百元，于是就有人联名给八十里外的县政府告状，说这是私开国家矿产。县政府英明，派人了解后，同意私人开采，结果村里人都去挖，那矿洞不长时间就被挖得坍的坍，塌的塌，一疙瘩矿也刨不出来了。刨不出来，就谁也不去刨。偏他们的矿洞尚好，又眼瞧着他们家拆了人经几辈的石板房，盖起了青堂瓦舍，村里人就又肚子鼓鼓地不平。后来便有风声，说是来了白麝，有凶兆，村子里将要有灾有难了。

唉，哥不语，老二心里就莫名其妙，甚至有点气愤！哥哥真的是窝窝囊囊，只知闷头挖矿，还是他不明白村里这麝的风声的缘由？就说："哥，你怎的不说话？既然有了麝，咱就想法子把它打死，现在人人都在说这麝，那用意全是冲着咱家啊！"

老大说："这事我比你清楚！说到底，还是咱这地方穷嘛，穷极了就见不得谁碗里米汤稠；别人的稠了，不是想法子和人家一样稠，倒要一个心眼让别人和自己一样稀。瞎就瞎在这里。"

老二说："哥这话说得对的！反正咱家瓦房盖起来了，不挖矿也就不挖了，到时候，云云嫂子娶回来，一家子洋洋火火过活，也不会比别人差多少。要再挖矿，那咱这人缘就越发倒了！"

老大没有言语，他的头似乎很沉。眼睛看着水池，墨点样的蝌蚪又浮在水面，一只青蛙"呱呱"叫起来，七只八只青蛙全叫起来，无聊而单调。老二不耐烦，一只石子丢过去，蛙声顿噤，但立即又是一片，再要捡一块儿大的石块去砸，老大站起来挥挥手，说："好了，好了，不挖了，回家去！"自个儿就走了。

老二就背了阿黄跟哥哥走，阿黄拿舌头舔他的脖子，他还在说着山上白麝的事，牙齿咬得咯嘣响，一嘴白沫："哥，后晌我就拿炸药把矿洞炸塌去，明日一早，咱找光大，借他的那杆猎枪，我不信打不死那麝的！"

老大却狠狠地说："胡成精！后晌你去祖坟里，将那十几棵松树伐了，扛到这里来！"老二说："扛到这里来？干啥用场？"老大说："所有的洞都垮了，只有咱这个洞子还好，把这洞子扩大，支上支架，全村人都可来挖了。"老二惊得噎了半天，说道："你是疯了？那些人恨你恨得牙床出血，你倒要加固这洞让别人来挖？"老大说："别人都穷着，你当着个财主，心里就安生吗？别人也能安生让你做财主吗？天峰顶的那个堡子是李家地主的，家里有万贯，可后来呢？"老二叫道："我不当财主嘛，我是说把矿洞炸了去，要穷都穷，看谁还说咱个不字？"老大说："这何苦？拿着个金盆银碗去讨饭？"老二说不过哥哥。弟弟是一匹野马，哥哥就是嘴上的嚼子，弟弟是老虎，哥哥就又是武松，这个家老大是掌柜的。老二一下子把阿黄从背上摔下去，说："哼，你思想好，怎不见孙家把云云嫂子白嫁给你？"

一句末了老二就吐了一下舌头，缄口不语。老大说："说呀，怎么不说了？"老二嘟囔道："她来了！"拿嘴努努河畔，河畔里漫上来一群羊，羊群里站着云云。云云穿了件浅花的确良衬衫，奶子耸着，笑吟吟朝这边瞭望；两腿夹着一只弯角羊，羊愈是要挣脱，那腿愈是夹得紧。老二赶忙扭过了身，又往山上走。云云在下边喊："老二，老二，我给你采的津钢钢！"老二不吱声，装着耳聋，倒在远远的坡坎上，和阿黄纠缠在一起打滚。

老大迟疑了一会儿，还是走了下去，一直走到羊群边，羊便把他们围在了中间。老大说："什么津钢钢，让我吃吃！"云云说："就你馋，腥猫儿似的，把嘴拿到石头上磨磨去！"手里却亮出一个两头尖的绿果子，塞在老大嘴里。云云说："老二鬼头，他倒不来！"老大说："他二十出头的人了，啥事不知道！吃饭的时辰了，你还赶羊到山上去？"云云说："我来找你的！"老大说："我不是给你说过吗，大白天的，咱谁也不要找谁，村里人眼睛是钩子呢！"云云却噘了嘴，说道："是我爹让来找你的！"老大就慌了："你爹，你爹知道？你给说了？"云云说："爹问这的确良衫子哪里来的？"老大就埋怨道："你也是烧包，衫子才买回来你就穿上了！"云云说："买了就是穿的嘛，留下生儿子不成？"说毕，脸却红了。老大回头又看了一下远处的老二，老二在草里不见了，便说："知道了也好，老人同意不？"

云云说："我爹没意见。问谁的媒人？我说没媒人。爹打了我一个耳光。"

老大的脸面就失了血色，叫道："他是生气了，你奶呢，你没给你奶说?！"

云云说："是生气了，顺门走出去，饭没有吃，一整天不见回来。我奶急得在炕上哭，又跪在那里烧香磕头。天黑爹回来了，就又骂我，又怨说奶，说是把我宠坏的，末了却说：'我把媒人找下了，让吉琳娘做媒人吧！'他是去找媒人的，吃了人家一哨子烟，给人家放了十元钱，说是封口钱，让她做媒，却不能胡说。你今黑也该提四色礼去求求吉琳娘吧，让她在村里放风，我爹我奶脸上就光大哩！"

老大脸上活泛开来，眼睛直溜溜地瞧着云云放光，一双手试试探探地过去了，像是蛇，咬住云云的手。云云说："不，不！"忙往远处坡坎上看，手却软软地让老大捏住。后来两人就突然不见了。羊群炸开，一片咩咩声。

坡坎上的老二，和阿黄滚得满头草屑，后来躺在那里不动，一只眼瞅着狗，一只眼盯着那群羊。他忽地把狗搂住，搂得阿黄受不了，"嗷嗷"地叫。

山腰上，牛磨子的小儿子赶着一群羊也下来，鼻涕邋遢的，叫老二："老二哥，你瞧这是啥？"手里亮着三个崖鸡蛋。老二说："哪儿掏的？咱生火烧着吃了吧，我能用石片子当锅的！"小子说："我不，夜里再吃，夜里家里来人呀！"老二问："鬼到你家去！"小子却说："牛家的都去的，我爹给续宗谱啊，爹说我这一辈是'抗'字号，我有大名呀，要叫'抗张'！"老二骂道："'抗张'，和我们张家抗呀？抗你娘的脚去！"小子说："你骂人呀？"老二说："我还想打哩！"龇牙咧嘴的凶相，吓得小子忙赶了羊往下走，老二却拦住不让下，小子就质问为什么不让他走，老二话说不出口，竟一拳将他打趴地上。那羊群却不听老二的，望见下边的羊群，两队的羊就冲了过去，相互仇恨，良久，同时后退数丈，猛地低头撞去，"砰"地巨响，如双木破裂，弯角折断在地。

那一丛红眼猫灌木丛中，树叶无风而抖着，那旁边孤孤地插着一根羊鞭。老二想：那该是哥哥、嫂嫂的卫兵吧？

第二章

一

三间石板屋里，光线越来越暗，云云在灶火口烧蒿柴火，火老笑，嗤嗤嗤的，云云就痴了。用手摸腮帮子，还有些痒，便骂了一声："狠东西！"奶在炕上听见了，问："云云嘴是刀子，骂谁呢？"云云忙说："没骂谁，奶又听岔了！"那火也就灭了，墙壁上没了红红的光，黄烟罩了屋子，奶呛得又咳嗽。云云说："奶，外边没风，我背你到门口坐坐吧。"说着就背出来，让奶在躺椅上侧卧着，给她捶腰捶背。

奶是七十四岁的人。"七十三、八十四，阎王叫去商量事。"过去的一年，家里人心都攥在手里。但她却刚刚强强过来了，而且饭量极好，笑说云云娘命短，六十没过就死了，也说云云多吃饭不如她。云云曾说："人老了就凭一碗饭哩，奶能活到一百岁！"她爱听这奉承话，也格外自强，在家里指教云云纺线织布、剪纸扎花，没事了，就按住云云听她说话。云云最怕她说话，一会儿是天上，一会儿是地下，正说着活人的事，突然又是死人的事，她分不清阳间和阴间了，也搅混了现实和梦境，听得云云莫名其妙，又毛骨悚然。当下在躺椅上静卧，就说："饭好了？"云云说："面在案上切了，水也开了，等我爹和哥回来就下锅。"奶便说："今日把饭多做些，你娘要回来的。昨儿夜里，她回来了，就坐在灶火口，和我说起你的婚事。唉，人都说给儿娶媳妇难，嫁女更难啊！谁知道那男家是福窖还是火坑？日头落了，你爹是该回来了，你去熬茶吧。"云云听得心里紧张，进屋去点燃了油灯，却并不去熬茶，倒拿了篦梳替奶刮头上的虱子。奶说："唉，活得走不到人前去了，头也是洗着，却就是生虱！你去捏些药粉在头上，虱就毒死了。"云云说："人老了，是不是头皮发甜？用药粉还不蜇得奶头疼！"奶就笑了，夺了箆梳说："要刮我来刮，你快去熬茶吧，你爹回来又该骂你！"

场院的千枝柏丛后传来一句："我是老虎了？！"云云一吐舌头说："爹真个回来了！"忙起拿茶锅，爹就走进门前。爹是剃头匠，赶七里镇的集会去的，一条长长的扁担，一头为脸盆架，上装破了沿的铜脸盆，一头是泥垒的火炉，烧有木炭，那逼刀用的顺子就吊在扁担头上。一放下扁担，挨老母坐下，从怀里掏出一个蓖麻叶卷，绽出一个油糕递上，说道："我在镇上买的，软软的，娘快吃下。我一走，你奶孙俩就外派我了！为媒人的事我打骂过一次，你让云云说，我哪一点过余了？"

云云将茶锅在灶火口熬着，回话说："爹要是好，应该到老大的矿洞里去挖矿哩！"

剃头匠说："这又是老大给你请的主意？"

云云说："老大在加固他挖的那个洞子，让大家都不要胡挖，一是破坏矿产，二是又不安全。他已经伐了坟里的树做支架，爹何不也入一股帮帮他呢？"

剃头匠不言语了，在磨刀石上磨他的刮脸刀，磨了一会儿，用指头去试，随手拔一根头发在刃上一吹，头发就断了。云云将茶锅端出来，在碗里倒一种黄糊糊的汁水，双手递给爹，说："爹又舍不得钱了！"剃头匠并不看女儿，一口饮了茶，对着老母说："我哪儿有钱？女儿养活大了，分文还没拿到手，倒要拿钱去帮人家？"云云说："这是让爹去挣大钱哩，又不是让爹把钱往河里撂！"

爹说："人生在世，谁不爱惦个钱？可钱不该有的，不必强求。张老大聪灵是聪灵，他爹娘过世早，我是看着他长大的，也正是没爹没娘，他们兄弟少管教，心放得太野了！你也能看见，他挖矿挣了钱，人缘又怎样啦？"

云云说："没钱了你就叫穷，遇着个金疙瘩，你却要当瓦碴！"

爹发了狠声："你说啥？你再说一遍！"云云还要说，躺椅上的奶，嘴里嚅嚅地嚼着油糕，就拿眼睛瞪她。云云便将爹的汗衫子压在水盆里搓起来，搓得哗哗响，水泼洒一地，爹就说："不愿意洗就不要洗，衣服招得住你那么搓！"奶终于咽完了口中的油糕，说："云云，不等你哥和老三了，下面去吧。你娘早来了，等着吃饭的，你寻着让你娘也骂你吗？"云云说一句"奶又阴差阳错了！"就进屋去烧火，不小心撞跌了一只碗。爹说了一声："哼！"云云回话道："是猫撞翻的！"一脚把猫从屋里踢了出来，猫委屈得跳过篱笆不见了。

云云盛了一碗干面供在娘的灵牌前，再一碗端给爹，说："吃饭！"爹嫌她言语冲，没接碗，云云就将饭碗放在爹面前的磨刀石上。这时哥哥光大回来了。光大方头大腮的，挎着一杆猎枪，枪头上吊着四只野兔。一坐下，脚上那双黄胶鞋就蹬脱了，问爹："给我买回枪药了？"爹说："没买成！"光大说："咋没买成？"爹说："枪药涨价了。我剃一晌午头，还不够给你买一筒药，他娘的，公家那东西都涨价，剃一个头还是两毛钱！你也别一天疯张了，养什么貂，甭说将来能赚多少；见天得几只兔子？打一只兔你得放多少枪？一枪得多少药？"光大一脸不高兴，说："你不买就不要说给我捎买的话。貂养成养不成，你不要管。就是不养貂，这枪我还是要放的！"爹说："你耍阔，你有钱嘛！"光大说："没钱我也没花过你的剃头钱！"爹"吭"地把饭碗往地上一蹾，说道："好呀，不花我的钱，只要你用你的钱把媳妇娶回来，我趴下给你磕头！"

奶生了气，说道："火气都那么大，一个要吃一个吗？你瞧那颗星星，那星星是你爷呢。你爷在天上列了仙班，他为啥不回来，他就是拿眼睛看咱这个家哩！要么咱日子不如那张家老大。咱整天都是吵，吵架能饱了肚子，你们到天峰顶上吵去！"

云云赶忙把面递给奶，让占了口；又从浆水菜瓮里捞出一笊篱菜来烩在面锅里，连面带菜给哥盛一碗，另一碗放在锅顶处给弟弟留着。一家人就大声地吸溜起面条来，光大咬嚼酸菜帮时还发出吱吱脆响声。

饭毕，月亮也出来了，老三还没回来。奶问："光小到哪儿去了？"云云说："中午我在洼里放羊，看见他往湖北那边去了。"爹说："又去耍钱了！咱坟里风水败了，后辈里尽出些歪货，说不定哪一天他会坏事在这上边！"奶就说："他不回来了，也不等了，都不要说话，我有事给你们说，一家人坐着商量商量。"光大却不坐，用刀子剥剖野兔。兔头剥了，用绳子系着脖子吊在门闩上往下拉皮，拉了皮的兔子光精精的，让人害怕。奶不让他剥，他说："说你的，我听着哩！"

奶说："这事光大还不知道的。今日一早，吉琳的娘过来对我和你爹说，她是来给云云找个家的，男大当婚，女大当嫁，云云也是到时候了。我到咱家来是十六岁，你娘过门是十八岁，早结婚早生子，娃娃接力就接得早……"

光大把刀子从口里取下来，双手血淋淋的，问道："找的家在哪儿？"

爹说："是张家老大。"

光大说："爹和奶同意了？"

奶说："我这一层子人，全都过世了，是我给每一个人擦的身子、穿的寿衣送走的。村里这些娃娃，哪一个又不是我铰的脐带接来的？老二生时，他妈羊水破了半天，却生不下来，还是我用手扯下来的。老二是个双旋，旋与旋之间宽二指，'二指宽，抱金砖'，打早我就说这娃将来是成事的，昨日夜里，他爹他娘就来了，满口满应的答允这门亲事，咱还有不同意的？光大，我给你和光小说的意思，就是让你们知道知道。媒人说，选个黄道吉日，张家老大摆了酒席，请三姑八舅的吃吃，一场婚事就要正经订下来的。"

光大却不言语了，又拉过一只死野兔剥皮。月光下门闩上吊了一排，叫人不忍卒看。委屈而逃的猫却没脸面，闻见肉香又跑回来一声一声地叫。

奶说："光大，你咋不说话，舌头没了？"光大喉咙里黏糊，喃喃不清地说："张家那边给掏了多少钱？"云云一直坐在奶身旁，静静地听，偷看各人脸色。出现了沉默，她浑身就觉得有虮子咬。听罢哥哥的话，气再憋不住，说道："你看你妹子能卖多少钱？"言语极不好听。奶就训道："云云，你插什么言？咱又没向人家张口，人家给三百四百，还是分文不掏，那是他张家的事。"光大就说："奶在这儿，爹在这儿，我说一句话，云云嫁不嫁我不管，咱做事不能让外人耻笑。"爹一听倒火了，说："耻笑什么？"光大说："云云比我小五岁，别人会怎么看我哩？"

云云站了起来说："噢，你是想你的事哩！车走车路，马走马路，谁碍了谁了？"光大说："咱这地方，我还没听说过谁这么便宜娶媳妇的，你要大方，谁给咱家要大方？"云云说："你找不下人，想让我给你挣钱呀？你越是

277

这样想，那钱我越是一分也不要！"光大脸就全撕了，跳起来说："他不掏钱，这事就不得成！爹娘生了咱兄妹三个，不是只生了你一个！"云云说："生了我，我分家产了吗？这些年，有眼窝的看得见我为这个家出的力！到我该走了，还要这么勒掯?！"说着就哭起来。

奶气得浑身发抖，骂道："云云，你哭丧吗？"一口痰涌上，咳不出，人在躺椅上缩成一团，云云见状跑过去喊："奶！奶！"奶只是翻白眼。云云就冲过去抓光大的脸皮，光大还了云云一巴掌。奶一伸腿，眼瞪直了。爹疯了一般吼道："打哟！打哟！你奶气死了！"兄妹就又跑过来，光大连声叫奶，便对着奶的口猛吸起来，将一口痰吸出来了。奶又缓缓地透过气来，光大却披了衫子走出门去，脸上像布了一团黑云。

云云给奶摩挲心口，灌开水，后倒在奶怀里，叫一声"奶！"哭一声娘。剃头匠却再没声响，木呆呆地坐着不动。夜已深沉，村子里死了一样地静，谁家的父母在喊睡了一觉的孩子起床来撒尿，十声八声喊不应，就骂起来，用巴掌啪啪啪抽打那叫不醒的儿子屁股。奶有气无力地又把活着的人和死了的人混着说，一会儿叫着云云的娘，一会儿叫着云云的爹，云云看着油已将尽的灯芯跳动，心里阴森森地惊恐。后来，灯就灭了，爹还坐着不动，烟锅头一明一灭，像是一个什么野物在眨眼。

二

天明，云云红肿着眼睛下炕，才要坐到台阶上去梳头，爹却早坐在那里，接着是夜半回来的光大和光小也坐过来，再是奶。一家人皆黏眉糊眼，似醒非醒，分坐在台阶的青光石头上，你看看我，我看看你，后来谁也不看，都望着四峰上的古堡，表情木木。这是典型的村人起床图。半个时辰过去了，一只狗在河湾处大声叫，接着是一群狗的追逐，山洼里才渐渐清醒过来。光大先站起来，背上猎枪走了。接着是光小，接着是剃头匠。谁也不知谁要到哪里去，谁也不打问谁，长长的台阶上木鸡般地留坐着奶和云云，院子里显得空大。

剃头匠在河里洗脸，手掬着水啪啪地拍着额颅。在这个家庭里，每一次矛盾纠纷都是他所引起，而每一次结局，均是他长久地沉默不语。夜里，他恨死了光大的不近情理，但他同时又可怜光大。这个年纪而没有成家的儿子，打骂云云，实际是在打骂他这做爹的啊！剃头匠深深感到了自己为父的可耻。他一夜未能睡好，在思谋着一个出路，老母问他，他没有告诉，该他承担的事情，他绝不拖累上了年纪的老人。

洗罢脸，他去了吉琳家，毫不避讳，对吉琳娘说了夜里的家事，甚至还有些夸大其词。

吉琳娘一边往手心唾唾沫，一边抹到乱发上，用梳子梳，问道："你这是什么意思啊，剃头匠！"剃头匠却沉默了。吉琳娘说："你剃头也这么不干脆吗？"剃头匠唬道："我那刀子能割了人头哩！"吉琳娘就叫道："我知道了，是不是要钱？明说了吧，要多少钱？要什么嫁妆？刘六顺的女儿长个冲天猩猩鼻，出嫁时讲的是男方给他一个寿棺的。"剃头匠说："我这么想，云云是有这个哥，老大也是有一个妹子的，四个人都是光眉顺眼的，如果愿意，这会省多少钱的。"吉琳娘一梳子梳下个虱来，在手指上看看，扬风丢去，惊道："换亲？"剃头匠说："这又不犯国法，山里多的是。"吉琳娘不言语了，闷了半日，就扳了左手指头运算李淳风六壬时课，大安、留连、速喜、赤口、小吉、空亡，翻来倒去若干遍一抬头说："好事倒是好事，只是老大的妹子嫩，看得上你家光大吗？"

剃头匠最担心的也正在此，脸上顿时不是颜色，接着就苦苦地笑，说："你是媒人嘛！"右胳膊就伸过来，使劲儿抻长了袖子，吉琳娘的手过来，两只手在袖筒里捏码儿，两双眼睛死死地盯视对方，一丝不苟。如此经济谈判之后，吉琳娘干瘪的脸皱纹绽开，剃头匠便起身走了，身后，吉琳娘却大声嚷道："他伯呀，怎么不坐了，我给咱熬一壶'满山跑'喝呀！"

当吉琳娘跌跌撞撞跑到矿洞，叫出了浑身泥水的老大，老大一出洞来就软坐在土坎上，大口大口地呼吸。吉琳娘就笑他过的什么日子，人不人鬼不鬼的。老大给她笑笑，说这算什么呀，听有人讲铜官那儿的煤矿，一个班一个对时，麻绳拴筐子吊下去，黑咕隆咚的，一下就是四十米、五十米，人在洞里四脚兽似的爬着走。出了洞，除了眼球仁能活动，谁认得是人是鬼？家人站在洞口，见面先呜呜哭不清，好像轮回从阴间转世而来。吉琳娘就说：

"真是只见贼娃子吃，不知道贼娃子挨打哩！老大，我寻你是有事哩！"媒人来寻，老大就知道她的用意，从怀里掏出一元钱，说："你老拿去喝酒吧，我正在忙着支洞架，身上也没多带钱，你不要嫌少啊！"吉琳娘将钱收了，却说出："剃头匠改了口，他不应允亲事了。要娶他的云云，他的光大就得娶小梅！"老大登时骇绝，张口无言，凶相吓人。吉琳娘忙改口骂起剃头匠，说他心瞎了，眼也瞎了，光大是什么货色，倒敢娶小梅，蛮牛啃白菜心呀！老大又慢慢靠着土坎坐下去，坎上的浮土唰唰流了一脖子，嘴脸乌青，待到吉琳娘骂得话不入耳了，说："姊姊，你不要骂了，让我好好想想。你先回去吧，我会给你去回话的。"

老大重新回到矿洞，矿洞斜着往下走一段，就直直地平道而进，里边有一根蜡，芯光如豆，昏光弥漫里扑棱棱飞着几只蝙蝠。他站定了半日，才看清了脚下横七竖八的木头。扛一根往前走，却总是磕碰洞壁，竟一个趔趄，木头摔出去将蜡烛打灭了。响声传到洞底，又反弹出来，嗡嗡嗡闷响。老大倒在地上，他并没有立即爬起来，忍受着肉体上的疼痛，心里乱得如一团麻。他不知道媒人的话怎么对妹妹提说，妹妹年纪尚小，性情温顺，如何会看中光大？妹妹是不会同意的。就是妹妹同意，他这个当大哥的也不乐意啊！可是，剃头匠是个心里有劲的人，他说出话来就要按他的话办，妹妹不嫁给光大，那云云能嫁给他吗？事情不早出，不迟出，偏偏在他正动员村人来这里挖矿时发生了，他第一次骂了剃头匠"老东西"！

张老大跟跟跄跄回来，一进家门，就从柜里取出酒喝。小梅才洗罢衣服，一个人抱着猫逗弄。十八岁的女子，出脱得十分俊美。夜里常常做梦，梦都是五颜六色的，醒来要把梦说给人听，两个哥哥却鼾声如雷，她就暗自伤心，感到了无爹无娘的悲苦。当下抱猫在怀，猫是温柔而又不安分的，双爪在怀里抓，偶尔抓到胸部了，就感到一种说不出的痛痒。后来，她便将一个指头从衣服里戳起来，一伸一缩，猫就不断地抓那神秘的东西。大哥一进屋，她粉脸羞红，说声："大哥回来了！"老大并不言语，取酒只是喝。她知道哥是喜欢喝酒的，每天挖矿回来，疲倦不堪了喝几盅解乏，就起身说道："我炒几个鸡蛋去！"

炒鸡蛋端上来，小梅却惊慌了，老大已经把半瓶白酒喝了下去，还举着瓶子往嘴里灌。她问道："大哥，你怎么啦？"老大不说话。小梅把瓶子夺了，在浆水瓮里舀一碗浆水逼大哥喝，小心翼翼地问："是和我云云姐斗嘴了？"老大眼直直地，摇头。小梅又说，"那是生村人气了？这些人不落好，就罢了。世上的人多啦，你顾得过来吗？"老大还是摇头。小梅就立在那里无所适从，眼泪扑簌簌下来了："大哥，到底是怎么回事吗？在咱家里，你还不说吗？"

老大看着妹妹，牙把下嘴唇咬住了，咬得好狠，说道："小梅，你不要问，你忙去吧！我要睡睡，你让我好好睡睡。"起身进了自己的屋，将门掩了。

小梅什么事也捉不到手，越发心慌意乱，就走出门，要问问村里人，到底发生了什么事？村里一些小伙儿，一见小梅，就没盐没醋地和她搭讪，她烦死了这些人，白着眼过去，不搭理。走到河边，瞧见吉琳娘和老二在那里说话，她才要叫一声，吉琳娘却扭身走了，二哥痴呆呆还站在那里，叫他几声也不吭。小梅就过去吼道："二哥，你丢魂了！"老二一惊，急问："小梅，你怎么在这儿？见到哥了吗？"小梅说："哥在家里喝闷酒，喝得半醉不醒的。"老二就骂了一句："云云姐怎么托生在那个家里！"小梅说："二哥，你说什么，孙家是不是要退婚？"老二知道说失口，忙分辩说："没啥，没啥。"小梅就看出蹊跷了，说："一定出了什么事，大哥不说给我，你也不说给我？好，你不说，你和光小去赌钱的事，我就给大哥说去！"老二才说："小梅，这事说是说的，最后还没定数，你觉得可以就罢，觉得不行，咱和哥再商量。"小梅变脸失色问："什么事？"老二便把刚才吉琳娘说的话一一复述，小梅当下瘫在地上。老二手足无措，刚要拉她时，小梅却跳起来，捂了脸呜呜地哭着跑回去了。

三

小梅一哭，老二越发气恼，拔腿要往孙家去说理，到烛台峰下，偏巧碰着光小。光小一见老二，连忙叫道："老二，去不去？"说着，手心亮出两颗骰子。老二却揪了光小的领口，一拳打趴在地。光小说："老二，我哪一点不义气了？欠了你的钱，还是背着你做了手脚？"老二骂道："你们孙家就不是好人！"光小说："你骂孙家，等于骂张家！我们不是人，云云却是你嫂子哩！"老二说："她是屁，她是我嫂子？"光小说："好呀，有本事当你哥的面骂！"老二说："你家云云是坑了我哥哩！"光小就爬起来喝问："老二，你骂我可以，要骂我姐我可不依！云云怎么坑了你哥？你红口白牙得说个明白！"老二就问起换亲的事，光小说他也听爹提过，就说："这是好事呀，咱两家不是亲上更加亲了吗？"老二说："放屁！你家光大多大，小梅多大？"光小噎了口，无言可对。

老二丢下光小便走，光小问："老二，你还到哪去？"老二说："寻你爹去，天底下嫁女倒成了做买卖，卖出一个好的，还要搭一个赖的！"光小说："你寻我爹，我爹有什么办法？我哥找不下媳妇，你让他打一辈子光棍去？年纪差几岁，那有啥，谁要给你找个十五六的，你嫌小吗？给你找个二十八九的，你嫌大吗？"

老二立在那里不动了，气喘得吁吁的。

光小又说："你去打我爹吧！将心比心，你爹在世，你妹子一嫁的是别人了，你哥找不下，你爹也会换亲的！怪谁呢，怪托生在这个穷地方了，怪咱命瞎！"

老二回过头来，看着光小，突然挥着拳头说："小梅一听这事，她就哭了。我们没爹没娘的，妹子这么哭，怎么办呀！"

光小就势说道："我看这事多给小梅说说，能成全的就成全。咱两个为小，找不下媳妇就找不下罢了，可咱两家总不能都要绝门绝户啊！年纪相差大，只要合大相就成的，我哥属虎，小梅属啥？"老二说："属鸡。"光小说："咱问问道长去，让他推推，看大相合不合？"

两人就往烛台峰去，沿着梯田边的小路七拐八绕到了峰底，那里住着牛磨子。牛磨子家原本三间石板房，后在前左厢房新补搭了一个厨房，右厢房后又续了一间做了卧屋，整个建筑形成一个拐把状。门前屋后种满栲树，青枫木树，阴森森的，而篱笆往后去的一条小路，直通到一片坟地，那里埋着牛家人经八辈的先人。牛磨子早先是队长，门前的弯脖子栲树上挂着一截铁管，一天三晌由他在这里敲响开工。如今土地承包，队划为村，村长不是他，那铁管就再未被敲响过。那一年两料由他任高任低过量粮食的大秤，也

282

分给了张家。牛磨子再不能反抄着手随意到别家去吃请了，而地里的庄稼每每比别人成色差一半，因此便郁郁不乐，患了肝病，脸无血色，像黄表纸糊过。老二和光小才转过栲树林，牛家的走狗就忽地蹿出来狂咬，老二说："这贼狗，主人都倒了，还这么凶！"一石头砸得狗腿瘸跛着回去了。

这一日，牛磨子请了族里人在家续宗谱。香案摆过，给先人三叩六拜，祭祀了水酒，然后拿出深藏在瓷罐里的一块儿黄土布来，将各家未上谱的男夫女妇，长子次子一一续上，再由牛磨子执笔，为下辈人制定字号。牛磨子正在说："亲不亲，族里人，咱牛家在村里人虽不多，可几代里都出过英武人！瞧瞧，咱上三辈里有个举人，上两辈里有个县巡捕，我也是当了几年队长；张家现在倒成气候了，哼，那几年算什么角色，穷得光腿打得炕沿响！现在倒瓦房盖上要压村里人，他是钻国家空暴发的，你们看出来没，他张家现在要买好村人了，可天能容他吗？山上就出来白麝了！"

狗一咬，牛磨子骂道："谁在打狗？也不看看是谁的狗！"凶狠狠出来，一见门前站着老二和光小，牛磨子脸上立刻就活泛了，说道："是二位呀！怎么没挖矿？要上山去吗？是去问道长有没有麝的事吧？好多人都去山上求那九仙树了。说这白麝是个灾星！真是怪事，刘家的二媳妇前几天硬要去挖矿，歇息时突然看见一个穿白衣的女人，心里就疑惑：这女人怎么不认识？一转身再看时，却不见了。后来再挖矿，洞就塌了，一条胳膊就压折了。真是怪事，莫非这穿白的女人是麝变的？多少年里都没有出过这怪物了呀？"

老二心下犯嘀咕，想起他见到的麝毛，可话到口边没说，却撂了一句凉话："这麝或许是灾星哩，它一来，你就当不上队长了！"

说罢，头也不回，拉了光小上山。山上的路隐在栲树林里，一台一台石阶，像链条一样垂下，五颜六色的草蛇不时就摸路窜行。光小捡了石头撵着去砸，结果把一条砸死在石头上，老二说："听说南方有人在镇上贴了布告收这蛇哩！"光小说："那能挣几个钱？世上的钱是出力的不挣，挣的不出力。大前天夜里叫你到湖北那边去，你不去，我又得了这些。"伸了两个指头在眼前晃。老二说："我怕我哥知道，他让我帮他砍树搭支架哩！"光小说："你哥那人，胆大时就他胆大，胆小时就他胆小，他脱皮掉肉地干十多天，顶得过咱一个晚上？"老二说："我手气不好。"光小说："你太老实！"附在老二耳边低声说了一阵，老二直骂道："太作孽了，上天会罚你打一辈子光棍哩！"光小就说："你好，你怎么也是光棍？"

说话间到了山头，山头像刀切一般，过去不远就是主峰台，路却突然随主峰台下落入半坡，再一台一台拾阶而上。两人在古堡门洞口遇见从后山挑水的小道士了。光小当下叫道："小师父，挑水去了！"小道士傻乎乎地笑。老二再说："又遇见哪家姑娘了？"小道士说："别胡说，出家人不讲这个！"光小就又说："要是半夜里有个女子到你房里，你也这么正经？"小道士却不禁惨然，自言自语说道："哪儿有这好事，除非是白麝精变的！"老二听着，心下便噗噗乱跳，思忖道：道人也认为那白麝是成了精了？当下正色问："道长在不？"小道士回答："在。"两人就进了堡门洞。

道观院中，甚是洁净，石条铺就的场地，条与条的缝隙间生出一种小草，极绿，院子似乎就有了匀称的图案。九仙树挺立着，树干已被香客的手抚摸得油光滑亮，幽幽如有漆光，有几片红布吊挂在枝头，上书"有求必应"字样。道长正坐在那里，给一群孩子说古今，见老二、光小进来，几个孩子就慌了，怯怯地叫："二叔，你别给我爹说我来山上玩呀！"老二笑笑，给道长点点头，道长还在继续说他的，说的是孩子们询问的关于麝的事，言道：新来的麝是兽是仙，是鬼是神，他没见过，但凡世上之事，眼见为实，耳听为虚。既然山下人们都在说麝，他认为，就是有，若感觉是吉兆就是吉兆，若感觉是凶兆也便是凶兆：天地自然是金木水火土五行混合体，既然可生人，生蛇，生老鼠，也便可生麝。五行相克相生，八卦幻变无常，一切皆让其存在和发展吧。这话孩子们听不懂，老二和光小也听不明白。孩子们就不大有兴趣了，又拿出脚来，要道长证实谁是商州土著人。

道长说："你们都想做商州土著人，知道这地面为什么叫商州而不叫别的名吗？"孩子们说："不知道。"道长便说："不知道了，我给讲讲。这商州，很早的时候是荒蛮之地，一个人也没有，只是树，全是这九仙树，树林有狼虫虎豹，当然也有麝，公的母的，满山跑。后来，就有一个人把我们的祖先带了来，这个人便叫鞅。当时天下分了好多国家，鞅是卫国人，姓公孙。此人身长八尺，聪敏过人，小小时候，喜欢学习法律，干什么事皆十分认真，说一便一，说二就二，从不含糊。卫国被魏国灭后，鞅投在魏相门下，魏相

很是器重他。后魏相病了，魏王前去探视，君臣高谈国事时，魏相说：'我
这病一日不济一日，恐怕在世不会长久，为了咱魏国社稷，我推荐我门下一
人，叫鞅的，年纪虽小，却有奇才，企望您能重用。'魏王没有作答。临走
时，魏相让左右人退下，密言说：'王既不用鞅，就得杀掉此人，万万不可让
他到别国去！'王答应了。魏王一走，魏相就把鞅叫来说：'今天国王问将
来谁可以做国相，我说用你，他未应允。我身为魏相，当然先尽君上，后及
臣下，所以说既不用你，就要杀你，王同意我的意见。如今你就赶快出走了
吧。'鞅听罢，却极平静，说：'国王既然不听你的话用我，哪里又会听你的
话来杀我？'就是不逃。果然魏王回去后，对左右人说：'魏相病得很沉重，
实在让我悲痛，但他却让我用鞅，他也是病得糊涂了！'"

　　道长讲着，目光并不注视孩子们，仰头远眺，凝视高天流云。天上的太
阳在云里穿行，入云，万山阴阴，云边金光激射；出云，宇宙朗朗，山青草
新。如此出入不已，山色更换不绝。突然远处一声枪响，孩子们就骚乱了，
全站起来叫道："哪儿打枪？"道长就中止了古今，和孩子们一起扭头张望。
终于发现在高高的天峰顶的古堡上，站着光大。他身子衬在天幕上，抬足动
手都看得分明，又听他在锐声叫喊："我把白麝打死了！我打死白麝了！"这
边顿时面面相觑，谁也说不出一句话来。老二突然仰面大笑，跌了一跤，又
爬起来拍手叫道："好了！好了！"上到堡墙上扬了衫子呼问："光大——是那
只怪麝吗？——"

　　光大在那边喊："就是，就是，我一枪打死了，打——死——了！"

　　喊声惊动了山下，人如小甲虫似的从每一个石板房里出来，一齐伸了脖
子向天峰古堡上看。孩子们轰地跑出道观，纷纷下山去了，光小也往外跑，
老二扯住："麝打死了，有看的时间哩，咱还没办正事呀！"就过去拉了道
长，说明来意。道长说："麝打死了，都要去看看，哪有心思计算呀？"老二
忙说："求求你了，这可是宗大事啊！"道长便只好坐下，拿了一节树枝在地
上写了一行字，让老二报出光大的生辰日期，又报了小梅的生辰日期，然后
默不作声，眼皮眨动，末了口里念念有词，就抬头看老二和光小的脸。老二
紧张得出气不匀，脸呈青色，不停地追问："大相合不合？"道长一捋胡须便
念出一段诗文来："羊鼠相逢一旦休，从来白马怕青牛。玉兔见龙云伴去，金

285

鸡遇犬泪双流。蛇见猛虎如刀刺，猪和猿猴两相斗。黄道姻缘无定准，只为相冲不到头。"

老二说："此话怎讲？"道长说："姻缘大事是不会相冲的，光大是火命，小梅是金命；真金不怕火炼啊！"光小说："那金虽不怕火炼，可火不是总在烧金吗？"道长说："宇宙间的万事万物，无不处在运动之中，阴阳相克，矛盾互制，质中有量，量中有质，其变化万端而又无穷无尽。这便是道。《道德经》讲：天下皆知美之为美，斯恶矣；皆知善之为善，斯不善矣。故有无之相生，难易之相成，长短之相形，高下之相倾，音声之相和，前后之相随。夫妻生活，便也是一个哭的，搭一个笑的，一个俏的，配一个拙的。相反相成方能相依为命，这火若遇水，水必灭火，火若遇木，木遭火焚，所以火与金是最好不过的了。"一度话说得老二昏昏沉沉，末了问："你说能成？"道长说："能成！"老二弯腰就给道长鞠一个躬，和光小眉开心舒地下山去看死麝了。

四

白麝是被光大打死了。

当雄麝突然遭受到阿黄的袭击，使白麝大吃一惊，当时领了一双小麝躲在古堡南边的一个石洞里，惶惶不安。果然，不久就闻到人的气息，是老二和阿黄又来了，它们谁也不敢吭声，全把嘴巴埋在土里，露出鼻孔和一对眼睛。幸好，老二和阿黄并未发现它们。

这天，白麝和一对小麝都饥饿了，白麝必须出去觅食，就叼来许多树枝掩在洞口。叮咛一对小麝千万不要出洞。

它走出去，终于找着了吃的，赶紧往回跑。可是，就在它刚刚上到古堡，一抬头，却发现远远的一块儿石头后，趴着一个人，一眼闭，一眼睁，用一杆枪在瞄准。它急忙一缩头，那枪没有响，才明白那人并没发现自己。那么，这人在瞄准着什么呢？它慌了，怀疑是不是无知的儿女跑出来被人在捕猎？再一抬头，突然看见前边的草丛里腾起一个黄色影子，立即就不见了。白麝方明白那人在瞄准着野兔，但它刚才的一抬头，却被那人看见了，听见一声锐叫："白麝！"此时，它意识到了它的错误，拼命地逃跑，那人不顾一切地追赶。它头脑极清醒，在南边峭崖上，它只要再蹿过那个石角，猎人是爬不到峭崖上的，那枪也是打不中它的，但它发现那人正趴在了儿女们隐藏的洞的左前方，它不能让猎人发现了儿女，就又踅过身来往一块儿平地上跑。枪响了，它终于倒下了。

石洞里，雄麝和雌麝看见了逃跑着的母亲，接着就听见枪响。雄麝再也控制不住，要扑出去，雌麝却咬住它将它死死按住。它们看着猎人提了冒着青烟的枪过去，把母亲拉走了，狂呼着下山了，兄妹俩抱头大哭，然后雄麝就怨恨雌麝，踢它，咬它。雌麝也踢也咬雄麝，兄妹在发泄着对人的仇恨，却伤害了自己的同胞，末了就又各自拿头撞石洞壁，撞得满头满身的血，一个倒在了另一个身上喘气。

第三章

一

小梅哭着回到家，却并没有推门进去，呆呆地立了一会儿，转身就往屋后的洼地去了。洼地里有张家的坟地，树稀稀落落，十几个盆粗的新桩，年轮看得分明，一圈一圈，往外沁着汁水。那两个长满了迎春花蔓的坟堆，父母就睡在里边。小梅还未走近，腿就软了，沉得挪不动，叫一声"娘！"趴在那里抽搐一团。一群老鸦在空中一会儿聚起，一会儿散开，后来风似的一阵呼呼声，铺天盖地压过村子，瞬息间又飞向树林子里去，夜也被驮了下来。老二兴冲冲一进院就嚷："怎么不点灯？"屋里跑出猫来哀声叫唤，当下心生疑惑，推门进去，冰锅冷灶，不觉又吃了一惊，忙踢开哥哥的屋门，见张老大狗一样窝在炕上，双目紧闭，什么时候呕吐了，炕沿边、枕头上脚底下满是污秽，恶气熏人，便推摇着哥哥惊叫道："哥，小梅呢？"老大迷迷糊糊，抓耳挠腮，口齿不清。老二就喊道："小梅跑啦，她是哭着跑走的，一后晌也没回来？"

287

老大立时清醒过来，忙问小梅怎么哭着跑的？老二说了后晌的事。兄弟俩脸色大变，忙出门去找。他们到了河湾，察看了每一个水潭，又询问了几个从山上下来的人，打听是否在山上见到？却毫无踪影。村里也有人为张家着急，问原因，老大不讲，老二也不肯讲。牛磨子就端着一碗茶过来说："老大，妹子不见了？"老大说："你在哪儿见到吗？"牛磨子却说："这可不得了了！女人家就喜欢寻短见，崖上、河里、绳子，什么法儿都有。你们怎么这样待妹子！钱挣得那么多了，是舍不得给妹子买衣服吗？"老大气得没作答，牛磨子便又说："唉，这世上的事，老天安排得匀匀的，财旺人不旺，人旺财不旺。"老二气得嘴脸扭曲："你怎么那么多话？肝瞎了还要嘴上再长个痔疮吗？"牛磨子说："瞎狗不识好歹，别人安慰你，你倒骂人！好吧，祸不单行，你家犯煞在后头哩！"老二勃然大怒，扑将过去要打，老大拉住了，往后坡去寻找。

老二说："哥，这事全让别人耻笑了。小梅会不会出事？"

老大说："不会的，她一定是躲出去哭了。咱就这一个妹子，说啥也不能委屈了她。老二，我想和你商量一件事。"

老二说："什么事？我听你的。"

老大说："既然孙家这么勒掯咱，我看咱也就算了。"

老二说："你要退婚？云云嫂子可没亏待你呀！剃头匠提出换亲，说到底还是为了能给光大成个家，咱就给云云嫂子多出一笔订婚钱，一般是六百，咱出七百八百，让他重给光大找媳妇去，孙家还能不把女儿嫁你？"

老大好作难，许久才说："云云也不会同意这样做的……再说，七百八百，咱哪有这么多，盖房后余下的钱，我打算用在矿洞上，再买些木料、扒钉、铁丝，那花销大着哩。"

老二说："那何苦呀，咱挣钱还不是为了把日子过好？现在自己连个老婆都娶不回来还想到让别人怎样挖矿？"

老大说："咱为啥娶不上老婆？不就是因为缺钱！孙家勒掯着要换亲，原因还不是没钱花！这笔钱做了订婚钱，成家后日子怎么过？你的婚事怎么解决？全村人不富起来，一家也难富起来，就是富起来，好日子也过不长久！"

老二没法再说出反驳哥哥的理由，只是说："无论如何，你和云云嫂子的事不能吹！吹了，你就是造孽！小梅不畅快，主要是她和光大年纪不配，这我已经问过道长了，道长说大相投合。光大野是野，犟是犟，可也不是阴阳怪气的人。你劝劝小梅，她年纪小，就给孙家讲明，订婚可以订婚，结婚的日期要往后推。三年四年的，也可以再看光大的变化，人也是会变的嘛！"

兄弟俩到了后洼，在爹娘的坟前，却发现草被压倒的痕迹，而且那草皆被人掐去叶茎。老大说："小梅是来过这儿的。"就双腿跪倒，流着泪水说，"爹，娘，我对不起你们，对不起小梅啊！"老二也背过身去擦眼泪，一抬头，却看见对面坡根自家的屋窗亮了，屋顶的大烟囱直往外飞溅火星，就叫道："哥，你看，小梅回去了！"

小梅在娘坟上哭了一场，沉沉地竟睡了过去，等醒来，天已麻黑。想起大哥为什么回来没命地喝酒，就又可怜起大哥来。她明白，换亲的事，完全是孙家的主意，自己要不同意嫁光大，大哥能娶到云云姐吗？她后悔自己出走，万一让哥哥们发觉了，他们心里又会是怎么难受呢？于是便起身回了家。还好，哥哥们都没在屋，她就赶紧做饭，要让哥哥们看不出自己曾经发生的事。至于和光大的事，她想，慢慢再说吧。

老大和老二回来后，小梅忙让他们歇下，将热腾腾的饭端上来。饭是糊涂面，锅里比往日少下了菜，又多放了猪油，她问道："哥，饭油不油？"大哥说："油。"二哥说："小梅，你没事吧？"大哥就伸腿踢了二哥一下。小梅全看见了，心里一酸，眼泪就又出来，借口去取辣子罐，终忍不住哽咽了一下。

屋里立即沉寂起来，老大把饭碗放下，说他吃好了。

小梅重新给大哥盛了饭，双手端过说："大哥，你们也不要瞒我，事情我全知道了。你们刚才是寻我去的吧！妹子不好，让你们心里难过了。"老大眼泪唰地流下来，说："小梅，都是哥不好。你要不愿意光大，咱好好再想办法，做哥的给你保证，你两个哥不是狼虎人，决不让妹子受委屈的！"老二就说："小梅，光大是比你大些，他脾性又不好，这事让大哥好为难。我是到道观让道长算过了，嫁给他命里是不克的，你愿意，我们就给孙家讲清，等过了三四年再说结婚的事，咱也可看光大的情况来定。就是以后真成了，他敢欺负你，我们兄弟两个也是不会饶了他的。"

289

泪水扑簌的小梅，看着两个哥哥，点了头，一把将地上的猫揽在怀里。

二

两家婚姻初定，剃头匠最为高兴。请亲朋好友吃过酒席，就用滑竿抬了老母到烛台峰上去烧高香，第一次耍大方，将五元钱的票子塞进了道观的化缘箱里。自此，老母坐在炕上，听门环一响，就知道是张家老大来了，还是老二来了。老二三脚野猫的，来了就和光小说笑，大声地吐痰，爬低上高地寻着东西吃。老大进门就叫"奶"，盘脚搭手坐在炕边拉一阵话，云云就从卧房里出来了，竟当着奶的面，指责老大衣服太脏，头发太长，一见着脚杆子乌黑，就说三道四地让他去洗。奶就说："去吧，去吧，烦死人了，到云云卧屋里去嚷吧！"俩人一进卧屋，云云就没声没息，只是哧哧地笑。奶装着什么也听不见。

接连几日，老大没有来，老二也没有来，光小天不明就走了，天黑定了进门，衣服破成布条条，一倒在奶的炕上就呼呼噜噜睡着了。奶问云云："老大怎的不来？你和他拌嘴了？"云云说："人家忙着呢！"奶说："忙什么呢？忙得连我云云都不要了。"云云就说："奶，你不懂，矿洞在支顶，洞道原先只能过两个人，现在忙着往宽里开哩！"奶就自言自语："我还以为他是馍蒸到锅里就放心了哩！他那么忙，你怎么也不去矿洞帮帮忙呢？"云云就说："这可是奶让我去的呀！"说着顺门就跑了，一边跑一边在手里拿了镜子照。

半路上，云云碰着小梅。小梅提了一瓦罐绿豆汤，站住问："云姐，哪哒去？"云云说："矿洞去，我奶骂着让我去呢！"小梅就将瓦罐给了她："这就好了，你给他们送这汤去，天气热，这汤败火哩。去呀，我大哥热得嘴角都烂了！"说罢，那么一笑，自个反身先回去了。

矿洞是在坡根的高地上，一片蓝色的云雾罩在那里，看得见人从矿洞口里推出一车一车的烂石废土倒在前边的沟畔下，车极快地推出来，猛地一丢车，车子立栽而起，车拉带却握在推车人手里，一片土气就从沟畔生起，再扑上去将推车人迷住，立即就有人大声咳嗽，夜猫子一样狂笑。云云提了瓦罐才走到沟畔下，那洞口的人就锐声叫："云云，先不要来！先不要来！"云云看时那些人全是光头光身光脚，只有一块儿麻袋片，或者破褂子系在小腹下遮着，有的甚至一丝不挂。云云忙转了身，叽咕道："怎么这样挖矿！"等上边喊："好了，云云你可以来了！"云云上去，那些人都穿了裤子，脸土得如泥塑一般，抢了她的瓦罐喝绿豆汤。云云就说："慢点，慢点，人人都让喝点！"她一边说，一边用眼睛寻着老大，老大不在，一个喝过了汤的人就从旁边取了酒瓶，一边往嘴里倒，一边说："给人家老大留些吧，别没个眼色！"云云便夺了瓦罐，钻进洞里去了。

洞子里很黑，沿途的壁窝里插着蜡烛，云云还是看不清前边，小心地站了一会儿，眼睛亮起来，才高一脚低一脚往里走，在一个拐洞里，看见老大正弯着腰在拧着一根支柱上的铁丝。她悄悄近去，用嘴送一股气到那后脖子，老大就用手去摸，手才挪前去，气又过来，手又到后脖摸，云云就爆发出一阵笑声。老大惊得转过身来，叫道："云云！"就把她拉住了，云云的笑声还在响，但笑得不脆不亮，像是一口泉眼被什么按住了。

云云推开了老大，低声骂道："扎死人了！"老大说："你怎么来啦？"云云说："我是来给你送绿豆汤的！"她将瓦罐递给他。老大抱起来喝了一气，喝得满心口都成湿的，问道："你给我们做的？"云云说："小梅做的，她真怪，偏要我送来。"老大说："小梅越长越有心眼了，你知道她为什么要你来送？"云云明知故问："为什么？"老大说："她怕咱们的事不牢靠，让咱多来往哩。"云云就说："我有这个小姑子也算有了福了！"老大说："小梅年纪不大，却懂事哩。你哥脾性不好，你要多劝说他改改。要有空，也到我家去坐坐，和小梅拉拉话，帮她干干活，将来要做嫂子了，也要像个嫂子的样子呀！"云云却噘了嘴："我还没过门，去得多了，外人说闲话的！"老大说："干啥事人不说？！"云云又说："这我知道，可我还怕哩！"老大说："还怕啥？"云云悄声说："怕你那胡子！"一句话说得老大心血涌动，放了瓦罐，就把云云揽在怀里，四脚乱蹬，瓦罐就被蹬破了。

出洞来，云云手里提了个瓦罐系儿，有人就叫道："呀，云云，做什么了，瓦罐都打碎了？！"就指着云云嘴唇上、鼻子上、腮帮上的一块儿一块儿黑戏谑、取笑。云云面红耳赤，追着那人撵打。

以后，云云果然常到张家来，和小梅好得亲姐妹一般。两人得空到矿洞去送吃送喝，帮着干些零碎活儿。在村里也四处排说矿洞的安全，挖矿的收益。又帮着老大将矿洞中挖出的锑矿背到公路边去搭便车进县城，买得几身很鲜亮的衣服，村里的女子们瞧见了，眼都热，催着爹也去矿洞劳动。来矿洞的人又日益增多，不久，各家就在主道洞里挖出许多拐洞，已经分别见到锑了。

一日，久雨初晴，村道里一片泥泞，老大正和小梅在家拉话，门一推，云云进来了，两只泥脚在门上蹭，脸色苍白。小梅站起身拉云云在炕沿坐了，说："嫂子，病了？气色这么不好？"云云笑道："我还没过门，哪里就成了嫂子！我有什么病，怕是没睡好吧！"小梅就取了一只鞋底说："云姐，这是给我哥做的，你看针脚哪儿不好？"云云说："你的针线我还敢弹嫌？"小梅就说："我的意思让你替他去纳哩。难道还让我再纳下去吗？"云云说："我偏不纳，能者多劳嘛！"小梅就把鞋底丢给云云："好呀，那让他打赤脚去，看咱俩谁心疼？"就笑着去提了小篮子，"你今日来了正好，我到后坡捡些地软去，中午咱包扁食吃！"一出门，竟把门拉闭了。

老大等小梅一走，问云云："你脸色真是难看，是有病了？"云云说："我是专来找你的，事情坏了！"老大问："出了什么事？"云云未说，脸却绯红，怒嗔道："你还不知道？"老大说："什么事？我哪里知道？"云云就低头说："我说不敢不敢，你说没事，现在好了，绳怕细处断，果然就断了！"老大立时明白，吓出一头冷汗，问："什么时候感觉不舒服的？"云云说："六七天了，我还真以为有了病，就到镇上王先生那儿号脉，他当着人面说：'女子，向你道喜！'吓得我失了魂。可当着那么多人，我不能不要脸面，倒臭骂了他一顿，周围的人也都怨王先生胡说哩。回来后我心就慌透了，几夜几夜合不上眼，奶看出来了，问我，我给她说了，她骂我'丢人没深浅'。"老大坐不住了，在屋里踱来踱去，怨怪云云不该给奶说，云云说："我怎么能瞒我奶！我奶能坏事吗？你快出个主意，我该怎么办呀？"老大一屁股坐在椅子上，六神无主。云云就生了气："啊，你这阵倒没主意了！听说喝苦楝子籽能打下来……"老大说："那使不得。事情到了这一步，咱都不要害怕，依我看，干脆把他生下来。你我虽没结婚，可村里人都是知道订了婚了……有什么事，我顶着就是了！"云云哭丧了脸，难受地说："这叫我怎么见人呀？村里人早先就对你不三不四，一有这事，那还不知怎样给你泼恶水了！"老大说："你头高高仰着走，看别人能说什么？矿洞已经开始出矿了，你常来，和我在一起，百无禁忌的！"云云看着老大，最后点了点头。

半晌，小梅回来了，篮子里捡了许多很大的地软，她脸色却黄得透亮，一进门就说："哥，山上又有麝了！"

云云慌忙叫道："我哥不是把麝打死了吗？"

小梅说："还有，还有，我亲眼看见的。我在山坡上捡地软，正要下一个涧，一抬头，看见高高的崖上，就坐着一只麝。我看着它，它也看着我，眼睛凶得怕人，我撒脚就跑！"

云云看着老大，惊得脸色更白了："这真是怪事！莫非灾难还没有过去，要来为死去的麝报仇吗？"她下意识地，一双手就按在了肚子上。

老大说："有麝就有麝嘛，胡拉扯到灾不灾的，别自己造个鬼来吓自己！"

三

小梅见到的麝，是雄麝。白麝死后，一对小麝昼伏夜出，去咬住人家鸡圈里的鸡，咬死了并不吃，却撕成三块、五块放在人家的门口，又去咬死猪，咬死羊。几次深夜突袭成功，胆子越发大了，一次竟寻到光大家的貂窝，咬死了九只貂。

麝的重新出现，骚扰了孙家，也骚扰了村里所有人家，人心浮动，越发怀疑这是天意，是村里什么人触怒了神鬼。想来想去，就又说到了张家老大，认定是张家老大挖矿的原因。一些进了矿洞的人就又退出来。老大就寻着光大，说这麝一定要捕杀，既然有些人以麝来作怪，把这麝彻底消灭，看反对的人还能说些什么。光大对谁的话都不肯听，唯对未婚妻的哥却言听计从，百般讨好，于是就背了枪四处寻察。

野物终归是野物。一日天上下雨，两只麝在洞里玩了一阵，雌麝疲倦就睡下了，雄麝独坐，忽然身子有了一种异样的欲望。

它斜眼看雌麝睡得好甜，四蹄朝上，露出腿下的部位，就慢慢前去，不

293

知怎么，就和雌麝交结在一起。此后，那种交结的举动每日忍不住发生。很快，雌麝有了身孕，雄麝就担负起保护雌麝和雌麝肚腹中后代的义务。它不让雌麝轻易出洞，不让受饿，常常是单独外出觅食。有时，它发了疯一般在庄稼地里践踏；有时又跑到矿洞口，用后脚猛刨地土堵塞洞口，刨得腿毛脱落，双脚出血，发泄它的兽性。

四

矿洞口出现堵塞的地土和麝毛后，外姓外户的人几乎全不来了，甚至喊喊喳喳议论云云，说有人看见她突然间喜欢吐唾沫，一坐下来就一口接一口；爱吃酸东西，到了青葡萄树下就走不动了。于是，长嘴妇、长嘴男就说起老大的不是：没结婚就要有娃了！近朱者红，近墨者黑。如此一个不正经的人，跟下他哪有好果子吃？别瞧他瓦房住上，腰里有钱，麝一次一次出现，是天意在警告他小子了！当老大挨家挨户让人去矿洞挖锑，言善的说句："算了，钱能挣得够吗？能将就过去就得了嘛！"意恶的则说："我没儿女，我还怕绝后哩！"气得老大回来喝闷酒，喝得昏昏沉沉就蒙被子睡觉。老二和光小就说："不来了好！洞反正挖好了，几海碗合一小碗，咱挖咱的！"两家人就挖了几天，老大用麻袋装了，赶毛驴驮到镇上，搭便车上县交售去。

老大一走，老二和光小挖着挖着，懒劲上来，又双双跑出去赌博，一夜里分别赚了上百元。钱赚得顺手，后来竟将那些赌徒招引到矿洞来摆摊子。云云和小梅见天来送饭，每每在洞口吆喝一声，老二和光小出来吃饭，两个做姐妹的都心疼，劝他们做做歇歇，别劳累过度。回家来，云云就让光大杀一只羊，补挖矿人的身子，光大就在门前树上绑了横杆，握着头角拉过一头，那羊咩咩叫，后腿跪下直流眼泪。云云扭过头不忍看，光大笑一声，猛地将羊后腿一提，扳倒在地，立即双腿压上去，磕了一下羊的前蹄，羊蹄一收，刀就捅进脖下一个软坑里，血噗噗地往外溅。光大一看羊腿乱蹬断了气，就把四蹄皮毛捅开，以口吹气，后划开肚皮，以拳在皮肉这间嘭嘭打剥。立时，皮是一张，肉是一条，上杆分割，那肥嘟嘟的满是油疙瘩的尾巴就丢在了笼里。云云武火文火炖好了羊肉，就来喊小梅一块儿到矿洞去。这次去却发现洞里有好几个人。问时，说是湖北那边的人，来参观这矿洞的。老二和光小神色慌张，接了羊肉罐就催她们快回去。

回家的路上，云云疑惑地问："小梅，他们在洞里干什么呀？"

小梅说："饭吃得那么多，挖出的矿却那么一点儿，这两个是懒身子，大哥不在，没人领了，怕是在里边睡觉吧！"

这疑惑一日一日加重，就盼等老大回来，老大一去三天，却无音信。这天夜里，云云给奶洗了脚，扶着上炕去睡，就对爹说起矿洞的事，让爹去看看。奶坐在炕上，就又唠叨起来，说中午她在炕上坐着，听得有人叫"奶"。回头一看，进来一人，头是老大的头，身子却是麝身，登时倒吓了她一跳，问时，他竟出门走了。接着是老大的爹娘来了。盘腿搭手坐在炕沿，可怜见的，衣服还是当年穿的对襟子袄。云云就说："奶，你一定白日又做了什么梦吧？老大在县城还没回来，他怎么会变了麝的？！"奶还要说什么，门被"砰砰砰"敲响，云云将门打开，三道手电筒的白光就齐刷刷照过来，云云闭了眼。剃头匠在屋里说："谁这么没礼节的，在人脸上照什么？"来人走进屋，凶狠狠地问："你是光小的爹？"爹说："是的，他把我叫爹。"来人说："你儿子被抓走了，最少得三四天，明日给他送饭去吧。"云云惊道："送饭？"来人说："对，送到河那边南沟洼乡政府去！"云云急了："我弟犯了什么事，抓到你们湖北界上去？"回答是："赌博！他和张老二勾结那边的赌徒耍钱，我们抓了几次没抓住，你们开了矿洞，原来是做赌场呀！"一阵手电光乱晃，来人骂骂咧咧走了。剃头匠在屋里骂了一声："这不争气的东西！"一胳膊擂在桌子上，桌上的油灯跳起来，灭了，剃头匠的胳膊却被桌面反弹着，身子扑通倒在了地上。云云叫道："爹，爹！"忙点灯扶爹，爹的一条胳膊都淤了血，乌青乌青的了。

翌日，消息传开，村人跑到矿洞口来看热闹，老二的走狗失去了主人，在矿洞里钻出跑进，谁要进洞去，就扑上来撕咬狂叫，一个人的裤子被咬破了一个洞。就有人喊："打死这恶狗啊！"便石头、瓦片雨一般过去，阿黄跛了一条腿。村人进矿洞去，思想这矿洞好过了张老大，却给一村人招来了白麝，如今又在这里抓了赌徒，就叫道："捣了这阴死洞，丢尽咱村的脸面了！"于是七手八脚，用石头就砸起来，许多支架倒了，镢头和钢钎被远远地抛到沟畔里去。

小梅在屋里哭，云云也在屋里哭，哭得如家里出了丧。后来擦了眼，提了饭罐还要过河到湖北那边去送吃送喝。走到河湾，云云说："全是这两个不争气的，把事情弄坏了！"小梅说："大哥回来，不知要气成什么样子！他也不知道在城里干什么，这些日子了还不回来？"云云气上来，就把自家的饭罐摔了，说："不送了，把他俩饿死才活该！"

牛磨子的肝病又犯重了，中医先生的药方里有当归、丹参、茵陈、神曲、秦艽、白芍、板蓝根，那儿子去抓药，缺了三样，也懒得再去找，气得牛磨子在家里骂，忽见河边坐着云云、小梅摔了饭罐，就走出来高声问："二位女子，这是往哪里去呀，还提着饭罐？"云云说："你快操心你的病，小心那肝儿烧黑了！"牛磨子落个没趣，就冷冷地笑了，说："我当队长那么多年，公安局、派出所还从未到这里来过哩！现在成什么世事了！谁要在山上挖窟窿谁就挖窟窿，那山神是干啥的？麝是干啥的？钱哪能归了窝了？我早就说了，共产党的天下，哪能让谁由着性儿来，保不定还有人要蹲班房挨枪子儿哩！"

云云骂道："你娘才挨枪子儿哩！"小梅就把倒在石头上的饭捡起来，饭是扁食，一半沾了泥沙，一半还干净，放到另一个饭罐里。俩人去了南沟洼镇。

镇子不大，乡政府在镇中街，姑嫂俩提了饭罐走到院门口，看见老二和光小在院中的台阶上坐着，蔫得像霜杀过一般。老远见送饭来，走到门口，刚叫声："姐！"云云把饭罐往地上一放，扭头就走了。

从南沟洼回来，小梅要回到自家屋去，云云说："你大哥没回来，老二又不在，你一个人待在家，听到外边说三道四的，你哪能受得？到我家去吧。"小梅以前常到这家去的，自提出换亲的事后，就再不走动，当下推辞了一会儿，还是被云云强拉胳膊去了。剃头匠没在，躺在炕上的奶见小梅来，忙要下炕，小梅叫声"奶！"按住不让下，奶便拍打拍打炕席，拉小梅坐到自己身边，拿手巾替她擦泪。小梅一句话也说不出，泪水越擦越多。

奶说："小梅，也别太难过。你大哥还没回来吗？"小梅说："没有。二哥他们帮不了大哥多少忙，倒尽往他脖子下支砖头！"奶说："不知这事要闹到什么地步！刚才屋里来了好多人，七毛、顺成、社姑，还有你娘，都说是不是开了这矿洞，犯了什么禁了！"小梅便问："我娘？"云云就说："奶是糊涂了，阴阳混着说哩！"奶就说："你才是胡说哩！世事我经得多，这几天我也思谋，这事也够怪的，怎么你哥这一半年日子才顺了，灾事就一个接一个来？你也该到烛台峰去，给九仙树烧烧香哩。"云云说："奶，你是让老大回来训小梅吗？"奶说："老大啥都不信，可世上这是人住的，却也住神呀鬼呀，连麝都住着的！你想想，为什么打死一只麝，便又有一只麝？还有你，怎么一次就……"云云赶忙扯了奶的衣襟，怕说出什么事来。奶就不说了，长一声短一声叹气。小梅就说："奶的话也该信的，我不妨下午去峰上一趟。我伯呢？"奶说："矿洞一架了支顶，他就把剃头担子架到楼上了，也英武着要去挖矿。一出事，心却灰了，收拾了剃头担子又到镇子集市去了。"云云就偏问奶："我大哥呢？"奶说："他能在屋里坐着？又去打兔子了。那貂肚子大哩，一天没三四只兔子就不行啊！云云，你去找你哥去！"

小梅听云云和奶说起光大，脸就红了，忙挡了云云。自勉强认了这门亲，那光大趁没人时，也去过她家几次，她却每次远远瞧见了，就关了门，不敢见他。这阵又说起光大，她知道云云的意思，当下就起身，说是去家里取香到峰上去，便给奶道了几句体贴话，出门走了。

一进道观院内，小梅就直奔九仙树下烧香。九仙树一身疙疙瘩瘩，中间全部空腐，露出一个连一个的黑窟窿，香烟端端往上升，后来就绕着树飘，从窟窿里吸进去，又吐出来。道观的台阶上，坐着道长吟书，书是厚厚一本，纸张发黄，独看独吟。目无旁人，小梅侧耳听听，吟的是：

公叔既死，公孙鞅闻秦孝公下令国中求贤者，将修缪公之业，东复侵地，延遂西入秦，因孝公宠臣景监以求见孝公。孝公既见卫鞅，语事良久，孝公时时睡，弗听。罢而孝公怒景监曰："子之客妄人耳，安足用邪！"景监以让卫鞅。卫鞅曰："吾说公以帝道，其志不开悟矣。"后五日，复求见鞅。鞅复见孝公，益愈，然而未中旨。罢而孝公复让景监，景监亦让鞅。鞅曰："吾说公以王道而未入也，请复见鞅。"鞅复孝公，孝公善之而未用也。罢而去。孝公谓景监曰："汝客善，可与语矣。"鞅曰："吾说公以霸道，其意欲用之矣。诚复见我。我知之矣。卫鞅复见孝公，公与语，不自知膝之前于席也。语数日不厌。"景监曰："子何以中吾君？吾君之欢甚也。"鞅曰："吾说君以帝王之道比三代，而君曰：久远，吾不能待，且贤君者，各及其身显名天下，安能邑邑待数十百年以成帝王乎？故吾以疆国之术说君，君大悦之耳。然亦难以德于殷、周矣。"

　　小梅听不懂道长吟的是什么，倒觉得古怪好笑，看着香烟过半，作揖跪拜后下山。从正面下山，山根处要经过牛磨子家，小梅不愿见那一副阴阳怪气的嘴脸，就绕道从后峰背下来。峰后的路难走，半坡处有一片竹林，林里有一口泉，小梅走得浑身是汗，便蹲在泉边洗手脸。一扭头，却见远处一片黄麦菅平地上，挖有一个地窝子洞，洞口又有一个简易的庵子，庵子门口吊着一只麝。小梅冷不丁吃了一惊，定睛看时，那麝却是皮囊，塞了一肚子禾草。心下就生疑了：这儿怎么有麝皮？突然庵子里哈哈几声笑，一个人旋风似的冲下来，把小梅拦腰抱住了。小梅吓得乱喊乱叫，看时，原来是光大。那一张乱糟糟的胡子嘴就凑过来，她立即感到如针在脸上扎，就拼命叫道："放开我！放开我！"光大喘着气，咽着唾沫，说："你不要叫，一叫，人就会来的。你让我亲亲，反正咱们要做夫妻了！"那一只手就到了小梅的肚子上。小梅急了，一口咬在光大的肩头，立即血流下来，光大把她放下了。小梅说："猪狗，猪狗！你要再上来，我就撕烂你的猪狗脸！"光大热劲消散了，也清醒了，像一只斗败了的公鸡坐在地上，说："小梅，我，我……我老想你，都想得要疯了！我到你家去，你总不理我。你瞧，那麝皮，我已经晾干了。好多人来买，我不卖，我是要送给你的。我放在家里怕不保险。走到哪儿，带到哪儿。我守在这里打野兔，几时想起你了，就抱着麝皮叫你。这是真的，谁哄你谁挨枪子儿！你要信我，我娶了你，我能养活了你，不打你，让你吃好的，穿好的。你不信？我用刀子扎我手腕给你看！"说着，就从腰里取出刀子，果然在手腕扎了一下，鲜红的血就顺着手腕滴在地上，小梅泪流满面，惊呼一声扑过去，将那刀子夺过扔到荒草里去了，然后站起身，冷冷地从山路上走去，光大还跪在那里，粗着声叫："小梅，小梅！"

第四章

一

　　张老大回来了，坐着一辆车；车是远在天边的省城电影厂的。在县城里，老大忙活着他的营生。山里人，在村里咋看咋顺眼，到城里则呆头愣脑，那一身衣服也似乎太皱巴、肮脏。他正蹲在一家旅社的门口观街景，有人却也在对门的店铺里观他，观他的时间很长，他后来发现了，显得不好意思，又立即警觉起来，心里说："莫非是贼？山里的贼下作，城里的贼光堂！"就下意识地按按腰间。腰间按过了，老大想，糟了，不是让贼看出我有钱了！便又把手塞进腰间，掏出一条黑乎乎的手巾来，使劲儿地抖，表示腰间没有钱，鼓鼓的原来是手巾。转身回到旅舍，将钱装在裤裆里，那里有一个小口袋，用别针别了。但那人却跟了来，问他叫什么名字，家住何处。他好疑惑，冷眼不语。那人就掏出工作证，自称是电影厂的导演，导演的任务是选演员演电影，极希望他能充个角色。张老大从未接触过这种人，看那工作证，别的什么都没看清，只认准照片上的人和面前的人一个模样。于是，他们谈起来，他说他演不了电影，电影哪里是他能演的？导演便叫来几个人，让他站起来，转，走动，脱了衣服，他一切照办。可脚步总是走得僵硬，脖脸酱红，大汗淋淋。导演就不再说起演角色的事，只是问起他老家的情况。张老大说这些就很自然，一口一个家乡好。先夸说锑矿，说他这次出来就是卖矿的，卖完了矿他没回去，因为想着一件事：能不能自己有车，直接从村里把矿石运县城呢？如今用毛驴驮到镇街，拿了鸡蛋送过路的司机，乞求人家捎顺脚，这要误多少劳力、时间，往后天长日久，又要行多少贿赂？他在县城打问了，车难买得很，价也高得吓人；而手扶拖拉机却容易，二千多元就行。他心便动了。为了先掌握手扶拖拉机的驾驶技术，他找到了一个楼房建工队，给人家拉运沙石的手扶拖拉机当小工，讲明只管饭，不挣钱。整整四天，他竟学会了驾驶。

张老大说得痛快，衣服就脱了，十指在脊梁上抓痒抓出一道一道白，说："这么大个县，就咱那儿有锑矿！挖出来就是钱，这不是在挖金子银子吗？"导演说："你们那儿还有什么？"老大说："什么都有。你问的是啥？"导演说："山怎么样？"老大说："没啥名山，可山长得怪，大的一共四座，天峰、地峰、人峰、烛台峰，峰峰顶上有古堡。"导演眼里立即生光，说："古堡？有古堡？"老大说："有呀，那是过去闹土匪，村人躲藏的地方。实说吧，咱那儿荒僻，三省的土匪都跑到那儿，后来土匪和土匪又闹起来，杀人像割韭菜。听云云爹说，四八年闹匪，一股将一股打散了，头儿的头割下来往县上送，雇的是云云的爹。云云爹胆小，不能不给人家挑，又不敢看死人头。他一副担子，前筐里放了石头，后筐里放一颗血淋淋的头，眼睛睁着，似乎还在笑。送到县城，他就发了半年的摆子！"

见导演听得入迷，老大就更得意了，手在桌上蘸了茶水画起山势流水形势图来。第二天，导演就决定要跟他回村，说他们正要拍一部写土匪的影片，苦于寻不到一个有古堡的山寨。于是，老大就做了向导，和导演、摄影师、服装师、道具师，以及四个主要演员乘一辆小面包车进了村。

奇奇怪怪的面包车，村人没有见过，都想来看热闹，却又站得很远，城里人越是招呼那些孩子，那些孩子越是后退，一个个脸色木木的。城里人觉得山民有趣，山民又觉得城里人新鲜，不明白那每一个人为什么都戴眼镜，且镜能变颜色。只有阿黄和牛磨子家的没尾巴狗，领了一帮大小同类，扑过来使劲儿啃车。车上的人先是不敢下，下来了就拿衣服打狗，用帽子打狗，狗便人不犯我，我不犯人，你进我退，你退我进，吓得女演员尖声锐叫，挪步不得。老大就吼一声："滚开，真是瞎狗乱咬。"狗才轰的一声散去。

导演抬头看四周山势，喜欢得手舞足蹈，连声叫道："就是这里！就是这里！天下再也找不到这么绝的场景了！"老大忙着去找村长，村长是个肉囊人，长脖驼背。毕竟时常到乡里开会，老大介绍了电影厂的同志，他便一连声地说："啊，拍电影是件大事，我们村全力支持！各位领导不远万里到我们这里，我们表示满腔热情地欢迎，向你们学习，向你们致敬，你们到我们这鄙僻的山里……"老大见不得这份酸劲，就说："村长，是偏僻，不是鄙僻！"村长却瞪了老大一眼，还在说："各位领导，我是粗人，不会说话，一句话我说不庸俗你们一说就会庸俗的。"老大就又纠正："是通俗！"那四个演员就再忍不住，哈哈大笑不已。

采景组被安排在原队部公房住下，老大帮他们支好床铺，说："你们先歇下吧，晚上到我家来喝酒呀！"并指点了住家方向，自己急急往家里去。小梅在院子里捶洗浆过的衣服，一块儿大青石板上，棒槌起落，有气无力，几次捶空了，捶在地上，发出木木的空音。老大叫："小梅！"小梅回过身来，叫声"哥！"棒槌从空中落下，哇地哭了。老大忙问怎么啦，小梅越发委屈，脸面抽搐，一字吐不出来。末了断断续续说了这几天发生的事。

老大的一双手死死地抠着身后的墙皮，土簌簌地往下掉，问道："矿洞现在怎么样？"小梅说："全让捣乱了，支架歪了许多。那麕在里面刨土，拉屎，人都说那里有鬼，谁也不敢去了。"老大再没言语，进厨房拿了几个黑馍，说声"我去看看！"边吃边走了。

矿洞里确实乱极了，一进入二十余米便黑得不见五指，脚下的乱木绊了一下，他重重地倒在洞里，黑暗里双手抓着沙石，泪水哗地流下来。后来就发疯似的吼道："老二，光小，我打死你们，打死你们！"他坐起来，咬紧牙关，捏紧拳头，却使劲儿地擂打着自己的头颅。

大哥一走，小梅就去叫了云云，两个人提心吊胆赶到矿洞，老大已经从洞里一步一步走出来。在矿洞口，黑暗与光明的交界处，两方都站住了，互相望着，没有埋怨，亦没有安慰，后来老大一个惨惨的笑，云云就呜地哭起来了。老大说："甭哭，回家吧。云云，你帮小梅去做饭吧，把熏肉多炒些，取一坛窑里的苞谷陈酒，晚上电影厂的人要来咱家的。去吧，让我静静地在这坐一会儿。"云云和小梅无声地走了，老大又叫住叮咛道："到那泉里把脸洗洗，见了谁也不要哭，碗筷一定要洗净呀，城里人讲究这些哩！"

二

301

家里来了些人，都是给老大说矿洞的事，说老二、光小的事，说牛磨子幸灾乐祸的事，老大就不让说，寻着别的事岔话题。等电影厂的人来吃罢晚饭，他替小梅收拾锅盆碗盏，让小梅清点一下家中的存款。小梅搭梯到了楼上，从屋梁上取下一个红包，老大就笑说："你好鬼，钱放在那儿！"小梅说："你既然让我管钱，我就得操心点儿。二哥赌钱，让他知道了，偷着拿去，家里有个事了，到哪儿去抓钱？"老大心里一阵热，念叨妹妹贤惠，不禁想起这么好的人将来却要嫁给光大，就不忍心正面看她。小梅见大哥不言语，就说："一共是六百元，你怎么用呀？昨日湖北那边来了口信，说扣留二哥他们几天，还要罚款，你是不是带了钱领着他们回来吧？"老大脑袋沉沉的，说："是要领他们的。不知要罚多少款，六百元再一扣，也就剩不下多少了。"小梅说："这些钱可不敢再花了，将来你和云姐……"老大却说出了自己在县城里就拿定的主意，小梅不说话，拿眼睛看哥。

这当儿，门扇被什么抓着，嚓啦嚓啦响。小梅去开门，进来的却是阿黄。阿黄浑身湿着，舌头伸出来老长，似乎是跋涉了很长的历程，扑向老大，耳朵一耸一耸地讨着喜欢。老大看着阿黄，就想起老二，不知他在湖北那边如何受罪，心烦起来，就把狗推下怀去。狗却又一次扑上来。拿头在他身上抵，他就觉得蹊跷，细看时，狗的脖子上系了一条细绳，细绳下吊着一个字条。老大取下凑近灯看了，不觉神色突变，小梅忙问："谁的字条？"老大说："阿黄刚才是到老二那里去了，老二捎的信，说那里罚款二百元，明日款再不到，就把他们一块儿赶到一个林场去植树半个月！"小梅听了，眼里流出泪来，求大哥快拿了钱去湖北，老大便出门到剃头匠家来，商量怎么个去法。

简直没有想到，剃头匠的家里，却坐着导演他们一伙人。一见面，导演就说："老大，你说云云爹云云爹的，原来是你的泰山呀！我们从你家出来，心想夜长，就寻着孙伯来问问当年闹匪的事哩。"老大就笑笑，坐下来陪着听他们说话。剃头匠嘴里叼着旱烟袋，耳朵上却夹了导演递给的香烟，说起当年担人头的事，有声有色。云云只在一旁烧熬茶水，一壶一壶往每人的碗里续。老大耳朵听着说话，心里却急得火烧火燎，见剃头匠稍有停顿，就拿眼暗示。

剃头匠说："你有啥事？"老大就笑笑说："你先说，伯。"剃头匠偏说："有啥事就说，导演要在咱这儿待多半年哩，人又和善，不是什么外人了，你说吧。"于是老大才说："老二和光小捎过话……"一句末了，剃头匠脸色发暗，站起来给导演他们苦笑笑，拉老大进了卧屋去说。

　　堂屋里气氛低落下来，人人面面相觑。导演问云云，云云掩藏不过，如实说了老二、光小的事，导演问："矿洞里？就是老大说的锑矿洞吗？"云云也就把怎么挖矿，以及山上有了白麂的事都叙道了一遍，导演几个人嘀咕了一阵，就起身也进了卧屋。

　　卧屋里，剃头匠坐在炕上，鞋脱了，伸了一双黑脚在那里，手不停地在上边搓，搓得垢甲滚蛋儿，见导演进来，一脸难堪。导演说："事情我全知道了，这么大的事，领人当紧呀！"剃头匠说："都是我们孩子不争气，让你们见笑了。"导演说："赌钱是坏事，可到了这地步，先把人领回来是主意，要不事情越闹越大，别人又要趁机对挖矿说三道四了。"剃头匠说："实不瞒你，我手里只有百十元，老大有五六百元，他心大，要重新修复矿洞，还要购买手扶拖拉机，这二百元一掏，啥事也就干不成了！"导演说："钱紧是紧，老大的主意好哩，只要把矿洞修复，有了拖拉机，挣钱还在以后哩。你们拿钱连夜就去领人吧。买拖拉机的事，我们也可帮你老大的。"老大说："哪能要你们的钱：你们是公家人，就是你们给，我也不敢花公家的钱！"导演说："这不碍事，拍一个片子国家投资五六十万元，我们决定在这儿拍，就要搭景，搭景就什么都需要。比如搭一院房子，这木料的事，我就可以让你去买，我们再从你们那儿买嘛。还有一些道具，在你们看来也许不值什么钱的，但卖给我们，说不定就掏大价钱哩。"剃头匠叫道："一个电影要花那么多钱？天神，国家的事真大哩！"老大无限感激导演，当下说："我也不知说什么话谢你们，你们看得起我，信得过我，我也就够了，往后需要我办的事，你们只管说吧！"仨人又走到堂屋，云云就递给老大一个灯笼。老大才要出门，一只狗就窜了进来。

　　云云一见是阿黄，就说声："是小梅来了！"连声叫"小梅，小梅！"老大说："是阿黄自己来的吧。"云云说："阿黄从来没来过的。"自己先出了门，果然拉了小梅进来，小梅羞羞答答的，问候了屋里的人，对老大说："大哥，你要去湖北那边，就把阿黄带上：村里都说那麂是成了精了，让阿黄护着你！"导演见阿黄形象威武，就拿了一点馍馍逗它，阿黄万般作态，一会儿跳起，一会儿卧下去，后来后腿就直立了，学着人走动。老大提了马灯，说:"阿黄,走!"阿黄就跑过去,让老大将马灯放在嘴上叼了,稳稳地跑出门。门外同时却有了几声凄厉的猫头鹰叫,剃头匠和云云、小梅都愣住了。一直躺在后檐卧屋炕上的奶就喊叫:"老大,老大!——"老大进去,说:"奶还没睡着呀?"奶说:"我听着你们说话哩!这么大的事你们也不跟我说说。听见了吗,猫头鹰叫得多怕人!"说着,就颤颤巍巍下了炕,在中堂的"天地神尊位"前的香炉里抓了一把灰,用纸包了,让老大拿上,说:"你现在是孙家的女婿,云云爷他新做了地峰寨主,你带上他的香灰,走夜路觉得肃杀了,唾一口唾沫摸摸头发,将这灰撒去,就平安无事了!云云爷是寨主,神神鬼鬼不看佛面还看僧面,旧社会咱这儿土匪多,处处设卡子,有土匪头儿的字条就谁都不敢挡的。"老大就笑笑,说:"好,我拿着了!"导演几个人听了却都莫名其妙。

三

老二、光小回来,脸上自然不光彩,咒骂这事坏在牛磨子身上,说是牛磨子偷偷报告了湖北那边抓赌的,发誓要教训这瞎了肝的人。老大火气上来,每人扇了一个耳光,警告他们别惹是生非,老老实实到矿洞去修复洞道。老二、光小天不怕地不怕,就怕老大,再也不敢违抗,心里却暗暗记着牛磨子的仇。

采景组住下后,每天四处跑着察看地形,背了照相机走到哪儿,拍到哪儿,最后一一选好了场景。一到晚上,导演就又和那些演员走东家,串西家,了解当年闹匪的事,进一步充实他们的剧本。老大接受了购买搭景材料的任务,便先砍伐了坟地仅有的树,又将屋前屋后的那些柏树、杨树也砍了许多,统统卖给采景组,后再到各家去收买木料、绽板、白灰、砖瓦,一一集中到要搭房子的地点。他工作得十分卖力,采景组就高价收购,几天工夫他便从中赚得六七百元。

第一次来了城里人,又是弄电影的,村人见导演和演员走到哪里,就围到哪里,见老大常常和这些人厮混,免不得眼红和嫉恨。剃头匠见人则说:"导演到过我家,和我喝过茶,吃过烟哩!"说着,从怀里掏出那支烟来,又夹在耳上，然后就神秘起来，说拍一个电影，国家要给五六十万元哩，说得人人瞠目结舌。后得知老大帮着筹备搭景材料，从中获得了六七百元，就又愤愤不平，骂："有钱的越有钱了！"等老大再到他们家去买材料，就一口拒绝，而私自去和导演交涉。导演就笑着对老大说："你人缘不怎么好哩！"

老大也很难过，说："我也不知道，我是哪儿得罪了他们？怕还是为挖矿的事。我之所以这么一心要把矿洞弄好，就是为了大家富起来，可总不落好，事事不尽意。"

导演说："中国人就是这样，要不，为啥咱们国家干什么都艰难哩！我们这部电影，有一个很重要的内容，就是要反映这方面的问题。可也怪，村里人对我们倒热情、和气。"

老大说："你们是城里人嘛。村里人认为你们能到这里来，是一种吉兆呢！"

说完这些话，老大似乎想起了什么，诚恳地说："导演，我有一句话要对你说，这搭景的材料，我就不一定全部来筹办了。但我绝对支持你们，需要我个人办的，我说啥也办，也希望你们多支持我。大伙都信你们，你们只要支持我了，我那挖矿的事也就顺利了。能不能在矿洞重新开挖的那天，你们到那里去助助兴？"

导演说："哈，你是要借东风啊！我第一次见你，你憨憨愣愣的，谁知你还这么鬼精灵啊！"说得老大极不好意思。导演就拍着他的肩头说，"没问题，到时候你随叫随到，一切由你安排！"

矿洞很快修复好了，买拖拉机的事，老大又亲自去县城一趟，订了货，苦恼的是还缺五百元钱。兄妹俩在家计算来，计算去，想不出个好主意，小梅就私自去采景组那儿，要求给人家做饭。导演很喜欢小梅的脾性，满口应允，月薪可付四十元。小梅从此就勤勤恳恳为采景组服务，人越发收拾得干净体面。每顿饭熟后，她一碗一碗端给大家，然后又回去给两个哥哥做饭，洗衣，收拾屋子。导演要留她一块儿吃，她总是抿嘴笑笑，说她吃惯了粗茶淡饭，油水大的倒觉得饱肚。在这期间，老二也常常来，来了就带了阿黄。阿黄最贱，喜欢和那些演员一起戏弄，让干什么就干什么，少不得陪演员去河边钓鱼，掀石头捉螃蟹，自己用嘴叼了鱼罐儿回来。生杀这些河中游物，小梅不忍心，按导演的说法，将螃蟹在笼里蒸了，将鳖囫囵丢在滚水锅里，

305

锅盖上压了石头，她就远远背过身，不敢听那锅里的动静。进餐了，城里人吃肉，阿黄嚼骨头，小梅还是不忍看，导演就说："小梅是大善人了！"小梅说："你们城里人什么都吃呀！"导演瞧她神情有趣，就说："小梅，将来电影开拍了，你也演上一个角色吧！"小梅忙摇手说："导演作践人了，我能拍了电影？那丑死了！"说着，害羞地跑到河边去，却心想："咱这一辈子活得也太可怜。瞧人家那些女演员，吃得好，穿得鲜，人样儿也嫩皮细肉，又上电影，那才不算白活一场啊！"这个时候，她就想起了光大那粗糙的长满胡楂儿的大脸，心里阴下来，拿石子直砸水面。

小梅将预先领回的月薪交给大哥。老大他们又挖了许多矿，矿却无法运出去，为筹最后一笔拖拉机钱急得上了火，她就说："能不能去给导演说说，我一次领四五个月的工资？"老大说："那怎么开口？人家已经对咱够意思了，再不要使人家为难。再说，那也不够呀！"小梅苦得没了主意可想。

这天，做好了饭，左右看着没人，她偷偷从烛台峰后坡上去。到了那片竹林里。一看着远处那庵房，心里就阵阵发紧，犹豫了好一阵，最后还是在泉水里洗了脸，理了理头发，心里说："甭慌，甭慌。"向庵房走去。走一步，左右看一下，脚下就高一步低一步的别扭。立在庵房前二丈远了，假装咳嗽，但庵房里寂无反应。一进去，见光大没在，小梅的心倒一下子放松了。庵里乱极了，被子、衣服胡乱堆着，枕头是一块儿光溜溜的石头，一双草鞋泥巴糊着塞在床铺下，满庵的烟味、酒气。那块麝皮，还挂在那里，而那枕头上、被褥上，却落了许多麝毛。小梅唰地头大起来，第一次在这里见到光大的情景浮在眼前，浑身不自在地抖了一下。突然，庵里的光线暗了，她一抬头，光大站在门口，一只手提着枪，一只手直直垂着，木呆呆地站在那里。

小梅本能地站起来，收缩着身子，说："你回来了。"脸烧得发烫。

光大也连忙笑着说："是小梅来了！"

俩人就再无话，难堪地对视着。

小梅吃惊的是光大竟这么老实了，完全不像第一次那么粗野蛮横。她说："你坐呀！"光大说："我不累。"她就忍不住扑哧笑了，说："你现在学得不像以前了！"光大就坐下来，眼睛直直地看着她，手脚却不敢动，感激地说："小梅，你还到我这里来……"小梅说："我哪儿不该去？都什么时候了，你还常住在这里，你这是过野人生活呀！”光大说："这儿打兔子方便，你去我家见到那些貂子了吗？貂都长大了。云云说，你在电影厂那儿做饭，我去了几次，不敢进去叫你。"小梅说："你怕啥哩？"小梅心头一跳，倒被这话感动了，没想到这粗人还有这般细心处，自己就肚子肠子都软了，嘴上却说："你还讲究打狼打麝哩？！"

光大见小梅好语待他，便又狂起来，搓起手，脸上显出一种欲望极强的神色，说："小梅，你是让我去找你吗？我不会对你怎么样，我能扛住，我知道心急吃不了热豆腐的，馍不吃会在笼里放着的。"小梅倒生了气："屁话！我今日来找你，要给你说一件事的！"光大忙说："你说，你说。"小梅说："你要真心学得让别人看得起你，你也该像我大哥那样，去挖矿嘛！现在二哥和光小也在挖矿，挖矿不比你长年蹲在这儿强？"光大说："你大哥能看上我？再说，我还要养貂呀！"小梅说："我大哥他们想买拖拉机运矿，手里紧张，这拖拉机买不来，矿不能及时运出去，就赚不了大钱。村里人也不来挖，别人就更给咱两家生是非。你要真心待我好，就顾顾咱们的大事，你那貂卖了，钱先借大哥，你愿意不愿意？"

光大的脑袋一下子沉了，思想了半天，说："要是卖了貂，那我还干什么呀？"小梅说："我不是叫你去挖矿吗？"光大就说："行，小梅，我听你的。但你也要听我的。你把这麝皮拿着吧，人家订婚都送银镯子，我没有，我送你这麝皮，你不会嫌弃吧？"

小梅把麝皮接在了手里。

四

拖拉机买了回来，张老大就在村里公开讲明：谁要挖下矿，由他负责往县上去卖。好多人家心又动起来，却疑惑地说："现在不会再出什么事了吧，山上那麝还在呀，我家的一只羊昨晚又被咬死了！"老大说："还能出什么事？麝就算是灾星吧，可电影厂的人来了，电影厂是拍电影的，神鬼敢撞吗？"

这天，没风没雾的，天空朗朗光明，张、孙两家人像过节一样，头明搭早起来就到矿洞去。老大提了十板响炮，又将河南那边的一个自乐班请来，

307

在村里大造声势，说是要在矿洞"红场子"哩。

"红场子"是这里的风俗，即轰赶阴鬼霉气。谁家要住进新屋，或是觉旧屋不安生，就要请人来敲锣打鼓，放鞭鸣炮，闹闹哄哄一场。村人听说要给矿洞"红场子"，就都赶来看热闹，采景组的人也全来了。老大在矿洞口摆了三张桌子，桌桌烧了香火，放了核桃、葡萄、水梨，再是三坛苞谷陈酒。导演和演员们全被请坐了上席，然后第一个进洞子的人就脱了外衣，用锅煤黑、桃红色研成水，在背上、肚皮上画了青龙、玄虎、朱雀，额头上又画了太阳、月亮，再用红布包了头，紧了腰带，列队进去。立即，洞内一人呐喊，十人呐喊，喊的字句不清，其实也没有字句，一尽声嘶力竭。待到喊到高潮时，锣鼓大作，唢呐齐鸣，那鞭炮就噼噼啪啪如炒豆一般。这时就见硝烟从洞口喷出来，声浪从洞口涌出来，小伙娃娃们就往洞里一窝蜂地钻，媳妇女子们却全捂了耳朵往后退，退不及，跌倒了，就有一只红鞋被人拾起，"嗖"的一声从人头上飞过，落到场圈外去了。如此闹了半个时辰，鞭炮停止，"红场子"的人又列队出洞，每个人如打过一场大仗似的，满头炮屑，一脸的烟灰，那汗水从脊梁上、肚皮上流下来，龙、虎、朱雀的图案就模糊不清了。而那些看热闹的人此时却都拥上去，抢夺"红场子"人头上、身上的红布，你撕我夺，人人手里便都获得了一小块。这红布被看作吉祥之物，说是做了腰带系上，可避灾消难，永保安康的。云云也就在混乱中抢了一截，当下撕成丝絮，用手合了劲，搓成极细的一条裤带，悄悄塞给老大。老大笑笑，又塞过来，低声说："你系上吧，系上了咱仨人都有了安康！"羞得云云一指头戳在老大额上，自己却不自觉地拉了拉衣襟。老大就跳过去，在更紧的锣鼓唢呐声中，捧了酒碗，一腿跪着，一腿屈着，将酒洒在洞口。然后立起来，再倒满酒，先敬导演，再敬演员，再是人人喝一口，余下的自己就一仰脖子咕噜噜喝尽。最后，把酒碗摔在地上，裂为八片。

这锣鼓鞭炮，震响了四峰，山上的兔子就惊慌失措，满山跑动。雄麝正在天峰古堡里晒太阳，猛然听到了，着实吓了一跳。趴在古堡枪眼处往下看，见矿洞聚了黑压压一片人，不明白那里在干什么，怀疑人是否要来搜山？立即想起石洞里的雌麝，忙就往回跑。

多少天来，雌麝总是不思饮食，浑身发软，它认定这是病了。雄麝天天出来采药，却不知道采什么药好，记得母亲在世的时候，说是有一种草，叫崩崩芽的，味清苦，专长在阴崖的石缝里的，它找了几天，均未找见，这阵，昏昏沉沉待在石洞里的雌麝也听到了山下的动静，又惊又怕，不时探出头来看望未归的雄麝，后就一阵晕眩迷糊过去。

雄麝回来了，将雌麝摇醒，说了自己的怀疑，两只麝做好了应战准备。但人终没有上来，它们再也坚持不住，就靠在那里睡着了。天亮的时候，雌麝突然觉得肚子饿得厉害，它叫醒了雄麝，雄麝就一下子跳将起来，再也不肯听从雌麝的劝告，执意跑出洞去，为雌麝，也为自己的后代寻找食物去了。

这只雄麝，兴许是想到自己将要有一个后代，太兴奋了，胆子也大了十分。它跑到了天峰古堡，又跑到了峰下的沟畔，趴在栲树林里往远远的矿洞方向窥探。矿洞里出出进进好多人，进去的皆扛了小镢、钢钎，出来的又都背了筐子和口袋，腰弯弯的，将一筐一袋的矿石倒在洞口，那里已是一堆一堆的了。后来，就有人吵了起来，是一个老头儿和两个小伙儿。小伙儿在骂："你来干什么？你不怕麝咬死你吗？你不怕灾星降在你头上吗？"老头儿说："山是国家的，矿是国家的，人人有份！"小伙儿就说："那你到别处去挖吧！"接着喊了一声："阿黄，上！"一只狗就扑过去，老头儿退不及，倒在地上。一个老太婆大叫道："要打出人命了！老二，光小，我男人告了你们赌钱，你们就这么欺负他呀！"

洞里立即跑出一个人来，大声训斥小伙儿，小伙儿说："大哥，什么人都可以来挖矿，就是不能让他家挖！"那人说："他不是人？不是村里人？我请了他来的！导演已经和他说好，还让他演电影哩。人家城里人能叫他，咱就不容人了？！"麝自然听不懂人话的，雄麝听了一阵觉得没意思，就又跑到别处寻食去了。

五

鄂豫陕三省交界处的四座山峰，采景组上去三个人，一一拍摄了古堡的不同角度，独独未上烛台峰。导演的安排是：最后上烛台峰，然后留下四个演员继续深入生活外，其余的人都撤回城市，做好摄制组来开拍的准备。前三天，导演托付老大如何安排演员，还请老大把新搭的半坡上的一院房子，最后抹上墙泥。又和老大商量，要以二十元钱买走他的阿黄，因为所拍的电影里，是有一条狗的，必须从现在起，由演员来饲养，培养与狗的感情。老二似乎有些不舍，导演又要加价，老大说："一条狗能值多少钱！让阿黄上电影，也是它的福分，还掏什么钱呀？"老二也就说："我一分钱也不要，只是电影拍完，把阿黄还给我就是了。"从此，狗的脖子上就系了一条绳，拴在了演员宿舍里，出出进进，跟着演员身前马后。

阿黄跟了演员，它也是一名"演员"了。白日演员吃什么，它就吃什么；夜里演员睡在床上，它就卧其床下。这走狗也知趣，百般随从演员人意，扑翻滚趴，有时样子凶煞，猛地咬演员的手，手在嘴里了，却像含了一块儿糖。到后来，伙食竟比演员水平高，演员一天八角钱，他则一元二，顿顿有肉啃。只是野性毕竟未能改尽，正啃着骨头，一听到谁家媳妇叫唤："吆吆吆——吆！——"就四蹄提对儿跑去，伸了长长的舌头舔吃孩子屙下的屎。更甚的是傍晚，那些母狗们在远处的河湾一叫，它就蹿去，于乱石后交接一起，棒打也不分散。

这天，采景组全体上了烛台峰，阿黄也厮跟了去。一路上孩子们见了，就叫："阿黄，阿黄！"阿黄仗人势，张牙舞爪，孩子们不敢打，只有跑，躲到了峰下牛磨子的院里。牛家的没尾巴的狗就扑出来，两犬相见，分外眼红，狗嘴里就咬了狗毛。演员喊着制止，狗战却不停息，牛家的狗就咬翻了阿黄。导演瞧见牛磨子坐在中堂往外看，却是不理，就叫了他几声。牛磨子出来了，似乎很生气地吆喝了自家的狗，说："是导演呀，真是瞎狗咬了吕洞宾！导演，你们大人大量，不会生我的气吧？我这狗以为阿黄还是老大家的，它哪里知道阿黄也攀了高枝呢！"

导演已经极讨厌这人，又极喜欢这人，因为他的影片中有一个角色正类此，而苦于寻不下演员，所以脸面上并不伤其和气，当下说："今日你没去挖矿呀？"牛磨子说："我比不得那些人，都是狼一样的在里边挖！唉，现在这人心呀，谁能发财谁就发财，咱这困难户也没人管了！"那没尾巴的狗就卧在他两腿之间，还不停地朝一边吼，牛磨子又看着阿黄说："这狗是老二卖给你们了？"导演说："现在是要做演员的。"牛磨子就问："听说是二十元的价？电影厂有钱，可一条狗也值得向你们开这么大的口啊！"导演解释道："哪里，是他们借给使用的。"原队长噎了半日才说："啊，那好，狗体面了，狗主人也体面了！导演，要是演凶狗的，我这狗也可以借你们的！"导演笑而谢绝，看着天色不早，停止了搭话，一路往峰上去了。

峰上来人很少，已经深秋，到处的树叶都红了，在一丛丛红叶之间，突兀兀就冒出一杈枯枝。那些叫不上名的紫叶藤条从石崖上爬去，纵横在古堡的墙上，密如铁丝大网。秃头的老鹰就缩头呆脑于古堡墙上，偶尔一声怪叫。一行人款款到古堡门洞，导演大发感慨："好去处！第三场戏就应该在这里拍了！"恰洞口正站了一妇女，痴呆呆不解导演言辞，所带的一只小母狗聪慧可人，偎在妇女身下，阿黄立即近去，在小母狗屁股处连闻带舔，丑态百出。演员骂道："阿黄，你又要犯错误吗？"阿黄不理，和小母狗竟往道观后院跑去。演员就说："这阿黄要是人，牢房里都蹲了好几回了！"

一行人进了道观院，端详了各处风景，未见一个香客，亦未见一个道人，导演拍照了九仙树，转入观后，是一庭幽静小院，但见后厢房木格花高窗撑，里面坐了三个小道，长发披肩，面目肮脏；对面则坐一老翁，青衣长袍，发束顶上，正讲授着什么。导演便生雅兴，挪脚过去，隐身在一棵紫丁香树之后细听。那老翁说道："当年秦孝公起用了鞅后，准备变法，又害怕天下议论，鞅便说：'没有坚定的行为，就搞不出什么名堂，没有明确的措施，就建不成什么功业，行事过人的人，本来是被世俗所非难，思虑独到的人，必被一般人所讥毁的，蠢笨之人对已成之局尚不能了了，聪明之人却在事端尚不发露便能觉察到了。天下的人不能与其商量新事物的创造，只能安享现成的事物，所以，讲究大道理，大原则的，不能迎合习俗啊！'孝公就同意了他的看法，但朝廷大臣们却有持反对意见的，说不能变更民俗而另施教化，不能悉改成法而更求致治之方，而只能顺民之俗而利导，以现成的成法来处理事务，这样，官吏们也习惯，百姓也安妥。鞅便说：'这种见解，真好像陷在了深渊之中，局限了自己的见闻，以此循规蹈矩之言，哪里配得上谈论常法之外的制法原则？试想，夏朝、商朝、周朝三代兴盛，沿袭的是前世的礼法吗？齐桓、晋文、宋襄、秦穆、楚庄五个君主，各人使用的策略是一

311

样的吗？贤智之人制作礼法，而愚蠢之人只能奉行遵守，如果拘牵旧制，使新事就不能推行。'如此争论不休，最后秦孝公支持了鞅，封他当作左庶长，颁布了变更旧法的新令。"导演听此翁讲出这番古今，知道是《史记·商君列传》上的事，想这一定是观中道长。难得一个道人懂得这么多知识、又亲自讲给小徒！就站起来，靠近些要继续听下去。

　　那道长却不讲了，仰起头，迎着走了出来，双目尖锐，宛若仙人，拱手问道："你们……"导演忙说："我们是电影厂的，要在这一带拍摄电影，来看看的。"道长便说："哦，是电影厂的，早听说了，你是和导演吧，山人失迎了！"导演说："我姓和，名谷。常听村人讲起您，果然清目仙骨！听道长刚才在讲授《史记·商君列传》，道长怎么也授这部书呀！"道长说："不瞒导演，山人平日除习道家经文外，也喜欢读些别的书，身在商州地面，不知道商州先人之事，也是说不过去的啊！"导演说："道长真是学问高深，这类书现在城里也极少有人读得懂。历史是很奇怪的，常常有惊人的相似，懂得历史，可以洞明当今好多世事，可惜知道这一层的人是太少了。"道长说："导演也算是无所不知的哪，商君此人可谓英武，他入秦游说，与廷臣争辩，行变法之事，件件令后人高山仰止，山人时时吟读，愈读愈有感慨，启迪多少胆、识、才、学！"双方相互恭维，相互谦虚，之后就在一石条上坐定，道长唤小道士挑山泉煮茗。那茶是山中自采，却万般清心，一杯下肚，胁下津津生了凉气。道长又续了二遍水，有演员便出去唤阿黄，明明见阿黄在远处与小母狗调戏，却千唤万唤不肯来。演员便对导演说："阿黄德行不改，既然这般爱恋小母狗，咱就买了那小母狗，也好管制阿黄，免得村里那些狗来干扰它。"导演说："你们看着办吧。"演员就过去同那妇女交涉，妇女问肯出多少钱？回说：五元。妇女不肯，说："我知道你们是电影厂的人，有的是公家钱，五元钱能拿出手吗？"演员说："十元。涨了一倍，还不行吗？"妇女就笑了说："十元是可以。但我这小母狗是我小儿的宠物，他爱得上了命，起名叫'爱爱'，卖了它，小儿是不依，我得好好劝他呀，你们就掏十二元吧，整数都掏了，还在乎零头吗？"演员当下就掏了十二元。妇女一声"爱爱！"小母狗跑过来，她抱了交给演员，就突然闪过身急急下山而去，道长看了，那头就微微摇动，欲言却又止，低头吹起杯中的茶来。

312

日过午后，导演一行与道长辞别下峰，阿黄还是叫不来，演员就抱了小母狗走去。小母狗一叫，阿黄如风如电追了下来。惹得导演说："导了十多部片子，演员里边还没有像阿黄这么高待遇的，它要拍戏，就得给它找一个老婆！"说得众人很笑了一阵。

第五章

一

收罢秋，山瘦，河肥，村子在涨起来，巷道却窄下去。家家门前的树上、院墙上、屋檐下全挂满了苞谷棒子；辣子很长，用麻线儿串了，顺檐下的椽头往下吊；烟叶则人字形地用草编住，于山墙"吉"字眼下一道一道横挂；黄豆、黑豆、云豆、小豆在场院里、巷道里曝晒，天不亮人就起来占地方，寸土必争，互不相让。人人吃了几顿嫩苞谷做成的浆粑馍，吃了几顿菜豆腐米粥，秋收的疲累便消退了。女人们就将一盆一盆的黑豆用温水浸了，盛进木桶，提放到河湾流动的水里，去生芽菜。芽菜长得极快，小半桶豆子长到桶梁高，女人们便去捡，隔河拉着话，那边说："昨日夜里，老大没到你们家去收买鸡蛋吗？"这边说："收买鸡蛋？他日子真是过红了，精壮小伙倒要吃鸡蛋？"那边说："你真傻！他是给云云吃的，你没见云云那腰身，多笨！"这边说："你是说……"那边就挤眉弄眼，手一摆一摆的："丑死啦，丑死啦，种起回茬庄稼啦！"这边的就好大兴趣，说："我说哩，前几日见老大从镇上买了几刀软纸，以为人家是糊窗子的，到云云家却见丢在茅坑里！身子不干不净的养个野种，倒不用棉花套子，用那么好的纸！"隔河两厢就尽吐唾沫，乜斜了眼往远远的云云家门前瞅。云云正坐门前树下，身子是笨拙了许多，用柿饼旋刀架子旋夹黄柿子，一手摇着架子把，一手按了刀子，那柿皮就抽卷尺一般出来，然后晾在树上的竹竿上。她没有听见河边的议论，抬头见收豆芽菜的女人过来了，热乎乎地问："忙清了，没去挖矿吗？"女人说："没有。"眼睛却盯着她的肚子，又看见场院角落倒的鸡蛋皮，说道，"云

313

云，这忙天你倒没瘦，发福了哩！"云云甚惊，就不敢站起来。那女人却又叫道："哎呀，云云，你脸上怎的有了蝴蝶斑了？"云云窘极，就说："是没睡好吧。"女人就说："还没睡好？"又笑了那么一声，摇摇摆摆地走了。

女人的一声怪笑，使云云满面羞愧，回到屋里说给奶，奶说："丢人倒是丢人，可反正是这样，让人家有嘴就说去！大男大女的，干柴见不得火的，娃娃是坐在腿面上的，一挨就有了。"云云说："奶，我可受不了这唾沫星子啊！"奶就说："那韩家的女人还有脸说你？她家的婆婆偷汉子，偷得好凶。那年月她公公当脚夫去了河南南阳担水烟，去了一年，回来他媳妇肚子大了，生下娃娃还不知道是姓王姓李哩！你现在是张家的人了，怀的是张家的身子，你怕谁说的？我给你问问老大的爹娘，他们是不能没个主意的！"云云见奶的话又说得阴差阳错，就不言语，坐到屋后的阳沟畔去哭。

过了几日，奶夜里让云云和她睡，已经睡下了，却说："云云，这几夜老大爹娘就在我这儿坐着，我说你的事，他们好不喜欢呢，说你要生的是个男娃，万万让你不要害了。我就说：云云脸皮薄，总不能把娃娃生在娘家里。你婆婆就说了：那让老大和云云趁早结婚吧。你婆婆这主意对呀！"云云赶忙穿了衣服，要到她的卧屋去睡。奶问："这为啥？"云云说："老大的爹娘死了多少年了，你总是说他们，我怕哩！"回到自己炕上，心里怨奶老糊涂了，自己不该把事说给她。迷迷糊糊睡到半夜，却又醒来，琢磨奶的话也有几分理，就拿了主意，什么时候我找老大商量，真的提前把婚结了也好。

老大却总是忙得在家落不住脚，矿洞的主道两边，支洞挖了一个又一个，家家都有，谁开的支洞谁采矿。一家挖得多了，家家都憋着劲比试，矿就在洞外堆了许多。老大买了许多书读，懂得了一些挖矿的知识，就一天三晌到各支洞去察看，指点哪儿有矿，哪儿的矿如何挖，而绝对要求挖进一段就架设支架，没有他同意，不能随便乱挖。又买了一批安全帽，转卖给大家，但凡进洞就要戴上。每隔两三天，自己就开着手扶拖拉机去县城交货。先头，他去交矿，并不要报酬的，只收取柴油费。各家则以麻袋装矿，袋上写上各自名姓，回来一一清账。锑矿运交了几次，乡上税务所的人来了，后来县矿山管理局的也来了，公路管理站的也来了，他们漫天收钱，言辞蛮横。挖矿的人同他们争吵，吵不过，又不敢打，寻着老大叫苦不迭。老大交涉过几次，也便聪明起来，这些收税的人一来，就请到家中，笑脸相赔，敬好烟好酒，再是请吃，七碟八碗，呹三喝四，吃得酒醉后，这些人什么话也可说得，什么事也可做得，税款便如如实实来收，且说："政策嘛，政策就是个红薯，人情就是火，火大了红薯就是软的，火小了红薯就是硬的！"如此吃过一次，就有两次三次，每每吃客走罢，老二就说："大哥，这又是何苦？人家都在挖矿。咱管运输交矿，你不说要报酬，怎么没一个人说亏了你，要给你报酬？这些收税的人又是没底坑，咱请吃请喝的，这么下去，咱倒谁家的日子也不如了！"

老大说："这我知道。开头嘛，让村里人都得些实利，时间一长，他们难道还能老让咱白跑路白花销吗？人都是有良心的，现在不是没几个人说咱的不是吗？"

云云明白老大的苦心，也便没有提起早早结婚之事。再制衣服，就放大尺寸做得又宽又大，若要出门，自己给自己壮胆："怕啥？怕啥？"遇着那些碎嘴女人了，偏走来走去，面不改色心不跳。

老大一如既往地检查安全，运交矿产，接待收税干部，村人却没有一个提出补他的损失，似乎觉得这倒是应该的。甚至在交完矿石回来清账时，有人还怀疑起他的矿石斤数符不符，说："这才怪了，老大没有从中得利的话，他能这么傻？"这一来，老大着实生了气。从此变了主意，在村口设了一个收矿点，凡是挖矿的，挖了皆一律背来过秤：县矿产公司一斤三毛五，他收价一斤三毛，当场清账，他分文不欠。

挖矿的现场得现钱，人就挖得红了眼。那些光棍男人每每进洞就要喊："走，挖媳妇去！"果然不长时间，有人就拿了一沓沓钱去找吉琳娘，好说歹说求她去南北二山找适合的女子；有的开始买砖买瓦，准备石板房换青堂瓦舍。人有了钱，便口大气粗，几家夫妻和好，婆媳亲密，几家则打打闹闹，日娘骂老子；许多男人的地位大为提高，回家来仰面躺在炕上，呼妻唤女，端饭递茶，开口闭口："老子养活了你们这些瞎猪！"老大坐镇收矿后，云云就来帮着过秤，付款，笨手笨脚地也不敢出猛力。剃头匠就又一次将剃头担子丢在了楼上，来帮女婿，一家人账上却分明，钱一律放在一个匣里，谁也不动一分。晚上，一个用算盘，一个用苞谷，一个掰指，三宗账目投合。云云把自己的一份用麻绳扎了藏在箱底，却常常抽出一张两张给奶。奶攒了钱，没有去买衣裳，却硬要剃头匠去镇上买了烧纸，化在中堂脚底，说是云云爷爷来了，要给他些钱；说是云云的娘，老大的娘也来了，也要给她们些钱，强调"不能有了钱，就忘记先人的阴德呀！"

牛磨子挖了几日矿，病就犯了，脸色蜡黄，脚手发烧，让中医先生看了，说是要足够地休息，"人卧血归于肝"，肝血得养，万不得生气，"气盛伤肝"。牛磨子就赶了老婆、儿子、儿媳去挖。儿子小，娶的媳妇比自己大五岁，人称"媳妇姐"。媳妇姐是东山老林人，极丑，亦无比窝囊。挖了一段时间，正处月经期，血水下流，以布缝的带子里装了干草灰用，加上洞里潮湿，便害了一场病，日益沉重，竟睡倒了。牛磨子就疑心撞了怪处，请阴阳师来禳治，果然说是阴鬼作祟。牛磨子就问："是洞里的阴鬼，还是山上有野鬼？"阴阳师倒问："这洞里出过事，听说'红场子'了；那山上有过什么？"牛磨子说："山上有过麝，是怪麝，明明打死了，却偏偏又有了一个。"阴阳师也就肯定道："那这必是野鬼了！"设了法坛，跳神捉鬼一番，说是一年之内，需万分小心，十天后他再来看，若是病情不减，就只好另请高明了。十日后，阴阳师再来，察看房宅前后左右，突然指一棵槐树说："好了，病转了！"众人见那槐树身上有一个大疙瘩，皆不能解，阴阳师说道："这本是要病人肚子里生个瘤子的，禳治后，这瘤子才转移到了这棵树上。"说得牛磨子面如土色，心服口服。

牛磨子牢记着阴阳师的话，不敢让家人再去挖矿。而每每见别人得了钱财，又忘却中医先生的嘱咐，气得肚子鼓鼓发胀，就四处游说阴阳师的灵验，说儿媳妇的病就是挖矿所致。但人们却不信了，说："麝要是凶兆，拍电影的怎么能来呢？洞一重开，不是都发了财吗？"牛磨子说："都发财了？你能发多少钱？怎么不去照镜子看看，人都成了黑龙王了不是？"人问此话怎讲，他便发挥起来："知道吗，老大力不出，汗不流，光在那里收矿，硬要赚多大的利？挖矿发财，他那么能的人，为啥不挖？这不明明是在想法子剥削村人嘛！"这话毒大，好多人犯了心病，又说起老大的奸能了。

老大先并不理会这话，他确实赚了好多钱，家里置了一些家具，又给小梅买了三身新衣，也给云云从头到脚换了装。姑嫂俩原本俊俏，马鞴备了新鞍，越发出众，那四个演员也说："小梅和云云差不多是城里人了！"女孩儿讲穿不讲吃，有了新衣，走得到人前去，人就活跃了许多。云云竟哪儿都敢去，去洞里给光大、光小送饭，鞋袜上沾了土，使劲儿拍打；去收矿处过秤，用花手帕擦汗；后来跟老大的拖拉机去了几趟县城，脚上竟穿了皮鞋。村人就说："瞧，钱把人家装扮成洋娃娃了！怎么这样有钱呀？"云云听见了，说："咱是赚一个花一个，你们钱放在家里要生儿子嘛！"旁人就说："我们哪有你们钱多，你们伸个小拇指头，比过我们的腰了！"云云说："还不都是一样挣来的？我们又不是偷的抢的！"回答就是："你们是矿山主嘛，是大老板嘛！"气得云云回来发狠，老大说："人家说着取乐哩！"并不在意。

二

阴历十月初，摄制组全体人马到来。

摄制组带有发电机，突突突发动了，就有了电，那亮光，村里人都听说这玩意儿，见过的却少，连奶也让人挟了去看。为了感谢在选景和搭景中村里人的支持，更为了以后摄制工作的顺利进行，摄制组专接一条线给村里。导演对老大说："本想让村人家家拉上电灯使用，可电力不足，你是否去买一台电磨机，大家就不用抱磨棍去推石磨，多出劳力来挖矿了。一台电磨机三四百元，若一下拿不出，我们可以先借你一笔，磨子一转，钱很快就回来了的。"老大说："现在不比以前了，三四百元是能拿得出的。"就在送矿时，顺便买回了电磨机。电磨机一开，家家都来磨粮，无一人不说摄制组的好。

老大便对光大说："摄制组对咱们这么好，人家四十多人住在这儿，咱也得有个表示呀！我思谋了，给人家吃什么好的，咱也没有，城里人好东好西吃惯了，稀罕野味，你这几日就不要挖矿了，出去打打野物，咱招待人家一顿野味宴！"光大比老大大两岁，自订了小梅婚事，就一直口甜着叫老大为哥，当下喜不自禁，说："哥，这没问题，好长时间没打猎了，手都发痒了！"光大就背了枪上山寻找目标。果然第一天就获得三只兔子。小梅在摄制组做饭，将光大打猎的事告知了演员，皆大欢喜，小梅也就时时支着耳朵听山里的动静。枪声不太响的时候，她就说这一定是野兔，或是一只山鸡；

317

枪声大响的才可能是山羊什么的。因为遇见大野物，那药就装得多，又要在药里下了铁条。她盼着光大能打个大野物，可显显他的本事；可是她又担心遇见大野物了，一个人能否对付得了；光大是笨人，可比大哥有力气，有蛮劲，却少了大哥的灵性！小梅正忐忑不安，就听到天峰古堡方向，传来沉重的一声枪响。矿洞里的人听见了，也跑出来观看；摄制组的人也听见了，跑出来观看。小梅站在最前边，心里又喜又急，不知道到底打着什么，打死了没打死。

蓦地，古堡上传来光大歇斯底里的喊声："打中了，又打中了！我把麝打死了！是个雄麝，雄麝！麝全让我打死了！"

山下听说又打死了麝，先是惊疑，几乎人人都反应不过来。山洼里死一般的寂静。几分钟后，腾起一片欢呼。导演说："是雄麝？雄麝不是有麝香吗？"立即有十多个男女演员往天峰山跑去。小梅跑得最快，结果被石头绊倒了，滚在草窝里，再也没了一丝力气，笑着，无声，笑纹却满脸纵横。

山上的光大，狂呼之后，也被自己的胜利所惊倒，他站在死麝的面前，呆呆地看了一会儿，突然双腿就跪下去，挥了双手打着麝，叫道："你怎么死了？你厉害嘛！你再来嘛！你怎么就死了？！"倒在麝的旁边，沾了一身的血，热泪长流。早晨，到了古堡，接连打中了一只野兔和一只山鸡。山鸡的尾巴二尺余长，五种颜色，他拔下了，一一别在自己的后领上，说："这是我小梅的，谁也不给，导演要也不给！"正要下山，突然脚下一块儿小石头踏滑了，咕咚咚滚下来，滚在一个土畔上。他骂了几声，刚刚爬起来，却发现一只麝从那边草窝一露头，立即就不见了。他愣了一下，不由"啊"地叫了一声，便顾不及野兔和山鸡，提了枪猫腰过来，躲在草中装好了药，所有的药全装进去，又下了一根铁条。

这便是雄麝。

雌麝的肚子一天天大起来，雄麝就更没黑没明地寻食物。山下的人忙着在矿洞挖矿，它高兴没有人上山来干扰它。但是，它太大意了。今早从石洞出来，本不准备到沟里去的，却贪恋了沟里那一潭清水，去喝了一顿。喝了清水立即回来也不要紧，偏喝了水又想着洞里的雌麝，就又找了一节竹管盛了水叼上来。叼了一竹管水赶紧回来也罢，它却嫌这水太少，想起后山一所独屋的窗台上，有一个盛水的葫芦，便又跑到那里偷偷叼去，装了水往石洞走。偏偏就在草窝，碰见了光大，仇敌相见，分外眼红。光大认得它就是第二个出现的凶兆怪麝，它也认为这就是杀了母亲的那个凶手。但如果此时雄麝丢了水葫芦从那边峭崖上爬过，光大无论如何不能过来，又不易发现它，但是它舍不得丢下水葫芦，没有走那峭崖，却沿了一片梢树林子跑，结果光大开枪了……

　　光大背着死麝走下山来，演员们就围住了。他脸上放着亮光，得意地叙说打麝的经过。末了用手搓鼻子，红血就涂了一脸，说道："麝全叫我打死了！人都说麝是灾物，给这里带来了祸害，现在嘛，全叫我孙光大打死了！"他嘿嘿笑一阵，说一阵，身后就有一个演员趁他不注意，用小刀割去了麝的生殖器，朝别的演员一挤眼，几个人跑过山脚，先回到摄制组驻地去了。这演员就找着导演说："导演，麝香是珍贵药材，不好弄的，我们把这宝贝割回来，你不是有关节炎吗，听说麝香和当归泡酒喝可以治的！"导演黑了脸唬道："胡来！光大是烈性人，你们惹他动了火，小心他揍你们！"

　　这光大背了麝进村，村人皆视为英雄，团团围了看他将麝的后腿拴了，倒吊在树上剥皮开膛。小梅就站在那里，手里握着光大给她的山鸡尾巴，几分羞怯，几分喜悦。待到光大磨好刀，脱了上衣，去抓那麝头，骂一声"狗日的眼睛还瞪着！"一刀将眼珠挑下来用脚踩了，小梅"呀"地叫着，双手就捂了脸不敢看。这时导演来了，手里拿那只麝的生殖器，说："光大，实在对不起，几个演员偷偷割了麝香，我批评了他们。现在，我把这东西送回来，希望你能原谅！"光大吃惊不小，忙看麝的身下，才发现麝果真没了生殖器，就嘎嘎嘎大笑，笑得导演丈二和尚摸不着头脑。光大说："你们城里人弄错了！人都说麝香是麝的那下贱东西，其实是在麝的肚脐眼里！"导演听了，恍然大悟，也笑了前仰后合，就大声喊："阿黄，阿黄！"阿黄从人群外挤进来，导演将手中的恶心臭肉扔给狗，阿黄叼了，幸福地在空中腾一个跃子，一溜烟飞跑去找他的小"爱爱"了。

三

野味宴是在第二天早上办的，城里人吃得嘴脸油光，浑身来劲。饭后，第一个镜头就在山洼里正式开拍。村人倾巢而出，沿拍摄点的北面土坡上，层层而坐。从上往下看，颗颗人头，光头的便知是男人，女人头上则有油的抹油，无油的淋水，梳得紧紧溜溜光光洁洁。从下往上看，一满人脚，各式鞋样，唯一的三寸金莲，是云云的奶。导演和摄影师不厌其烦地试看镜头，化装师忙着给演员现场化装。因为大多数演员要扮演土匪，有的头剃得青光，有的发乱如毡片。化装师就用一种黄土筛制的泥膏，在每一个肉脸上搭抹。然后，各条电线在地上拉动，照明的，录音的一阵忙乱，导演就高声对群众说："我们是同期录音，当我喊'预备开始'时，请都不要说话，咳嗽也不能咳嗽！"云云就对奶说："你要咳嗽了，就用手帕捂住嘴！"奶好紧张，却说："奶知道！"导演突然就喊了"预备开始"。那三四个土匪便从一边走过来，于草窝里横七竖八地坐了，拿酒来喝，拿鸡来啃。这时有孩子叫起来："喝的不是酒，是水！"孩子说的是对的。因为他刚才看见演员用这罐子接了山泉水来的。但导演喊了一声："停！"周围的人就一起拿凶光看那孩子。孩子爹便扇了孩子一耳光，骂道："你不说，别人把你当哑巴了？那罐里要真是酒，一气喝那么多，那不喝死人吗？"这句话又惹得大家哄然大笑。剃头匠就对老母说："原来电影里的都是假的呀！"导演重新叫道："再来一遍！预备——开始！"土匪们走来，横七竖八坐下，取了酒罐喝酒，啃煮熟的鸡。导演又说："停！酒要从嘴边流出来，喝罢眼睛要发直！"后再是"预备——开始！"土匪走来，横七竖八，取了酒罐喝酒……但导演又是"停！"过去指正吃鸡人的位置。如此反复七次八次，云云奶就受不了了，导演一喊"停！"就连声咳嗽，一喊"开始"，就拿手巾堵嘴，脖脸憋得乌青。导演还是"再来一遍！"云云奶就对儿说："拍电影怎么不好看呀，你背我回去吧。"剃头匠背娘归去，围观的人又坚持了半个小时，都有些不耐烦，就谈论起那演员们戴的礼帽，还有那些西服，那黑镜，那紧绷了屁股蛋的牛仔裤。后来又议论到那作废的胶卷，说到城里照相，二寸一张六七角，这一中午花去的有几十元、上百元吧。于是就听得有人大声说:"唉,咱辛辛苦苦挖十多天矿,挣的钱不顶人家一袋烟工夫的废胶卷钱!"老大听罢,就说:"少说话,甭影响了人家!"站在旁边的不言语了。远处正飞奔而来的人却一边跑一边喊:"快呀,看拍电影哟!"导演只好皱眉头,喊"停",等那喊声停止,老大就过去,打老远做手势制止,竟来回跑得满头大汗。刚蹲在一边了,小路上就过来了村长,也蹲在老大身边,将自己嘴里叼着的旱烟袋连口水拔出递过,说:"老大,今日不挖矿了?"

老大说:"第一次拍电影,谁不来看看?"

村长问:"这几天矿挖得多少?"

老大说:"一天比一天多。"

村长就压低了声音说:"老大,我没到矿上去,我不了解情况,挖矿是上边批准了的,这也是好事。可我听说你现在专在收矿,你一收一交,从中赚五六分钱?"老大点点头。

村长说:"不知道这符合不符合政策?有人反映说你这是从中牟利,要做资本家了!"

老大开口骂道:"这是谁他娘的说的?"村长说:"你想想,我能给你说出名字吗?人家就说害怕打击报复哩!依我看,收矿这事你要慎重。我本来不管这事,可活该你我一个祖宗,要是万一犯了什么错误,就……"

老大说:"我这样做对着哩,我要不收矿,白白以自己的拖拉机去给别人运矿,天底下是不会有第二个的。如果让每一个挖矿人都把矿驮到县上去交,我想那卖矿的收入还不够来回吃、住、路费钱!这事出了问题我负责!"

村长说:"那好,这话可是你说的!"站起来就要走。老大却拉住说:"还有一件事我正要找你的。"村长说:"啥事?只要你看得起我,我好赖是村长,哪里能不帮你?"老大说:"现在村里差不多人家都去挖矿,我想,这种各自为政,毕竟也不是长法,咱能不能以村的名义给乡上打个报告,把全村人组织起来,统一安排生产。"村长叫道:"你想搞集体企业?"老大说:"这样好处多,一是有计划开采,二是能充分利用矿藏,三是也少了是是非非。乡里能派人来管理更好,若没人来咱可以牵这个头。国家看不上这矿藏,作为村企业,咱这村就可以是专业村了!"

村长却抓着脑袋为难了，说："老大呀，这拿不准，这得请示乡里。我可以先汇报汇报，上边有这么个意思了，咱再打个正式报告。谁是矿长，谁是指导员，收多少人，开支多少，上缴多少利润，这事是十分复杂哩！"

老大只好不再说话，他走到人群中蹲下，默默看电影终于拍完土匪喝酒吃鸡的镜头，就帮摄制组背回器材。导演叫他到宿舍拉话，他也所答非所问。导演说："你今日是怎么啦，蔫不沓沓的，别是和云云又闹什么气了？"老大说："不是。"导演说："那为了啥？"老大就将刚才和村长的谈话又叙述了一番，末了说："导演，你是城里人，走南走北见得世面广，你说，这人怎么这么难做？我老大把心掏出来，别人还说不红呀！"导演说："你得记住，仅仅用钱，是不能维持好人情的！至于统一组织管理挖矿，这路子对哩，这样不光是能多赚了钱，人的素质慢慢就起了变化，人变，什么事都好办。若人老不变，即便是钱挣得金山银山，保不定倒会出别的乱子！村长他拿了事，吞吞吐吐的样子，怕也不会热心去干这事的，你何不亲自去跑跑？"老大说："这你不知道，乡上那两个正副乡长，是尿不到一个壶里去的。副的不服正的，正的要压副的。正乡长家在西边大青山住，那是上山碰鼻子、下山蹾尻子的穷地方，去年他想把家搬到这里来，给村长说好了，可群众会上一哇声反对，事情就吹了。我找他，他能不给我穿小鞋吗？让村长去，他能说上话的。"导演说："那就去找副乡长嘛！"老大说："他两个争权夺利闹得那么僵，正乡长不给办，副的也怕是多一事不如少一事，能为咱惹正乡长的嫌吗？"导演一拍掌却叫道："这正好！"老大莫名其妙，问："怎么个好？"导演说："据我所知，现在无论到哪儿，几乎没有一个单位的领导是合心的。许多人争着当官是为了谋私利，但是，也有许多人，想办好事，可没有权也办不了。你不妨就利用一下正副乡长的矛盾，走夹缝路办你们该办的正经事吧。"老大说："你往明白说！"导演便说："副乡长对正乡长不满，正乡长又肯定不给你们办，你便寻副乡长，说明原委，那副的一定会支持你们。他或许不是真心，可他却会一个心眼想借你们的事来找正乡长不支持你们搞企业的岔子，趁机攻击正乡长。说不定这事倒真能成！"老大说："这样做是不是有些那个……"导演就笑了："现在你要办成事，也只有这么干了。若正正经经来，你去试吧，屁也干不成！"老大也觉此话有理，心里不得不佩服导演人情练达，世事洞明，就说："好，就这么办了！"

四

不出所料，村长三天后去乡上找正乡长，事情没有办成，倒在乡上喝醉了，沉睡一天，从床上跌下来划破了面皮。回村见到老大后，伤口粘了鸡毛，推说走夜路栽了，告诉说："乡长的意思是当今的政策变化极快，万事不要扑得太急，弄得不好容易犯错误，还是安稳为好，以不变应万变嘛！"老大就去找副乡长，副乡长正打麻将，虽不为赌博，却输者头上顶臭鞋。副乡长达观异常，口称麻将面前人人平等，竟头上顶了对面而坐的一女人的方口带儿鞋。老大在旁说起自己的打算，他眼盯着牌，口里说："就你们村子事多！"甚是不快。老大就依计说出正乡长如何不同意，他们村人走投无路，才让他来寻找副乡长的。这一招果然奏效，副乡长推了麻将，假装弯腰在桌下拾取掉下的香烟，捏了那女人的光脚丫子，起身拉老大到旁边的房子细细问起情况。后说："好吧，上上下下都在改革，他姓马的居然敢这样压制群众创造性?！"就极快给县委写了一封反映信。几乎使老大没料到，也使副乡长没有料到，反映信竟很快批复下来，认为老大他们的想法是对的，乡里应大力支持，帮助他们把这个村的劳力组织起来，办好集体的企业。于是，副乡长来锑矿洞看过几次，召开了村民大会，指派村长为指导员，老大为矿长，每家出劳力两个，统一经营，按劳取酬。而他则当然为该矿的顾问。村长就当场讲话："我们不要辜负副乡长的教导和希望！"老大就又小声纠正："是期望吧？"村长说："希望和期望都是望，就是让我们好好干！我们要鼓足干劲力争上游保卫国家。社会主义好啊！"老大早就知道村长一到正式场合就要讲话，一讲话就乱用名词又不带逗号的毛病，但此时他还是忍不住一阵反胃。旁边坐的光小也气得直咬牙齿，突然觉得脖子上发痒，用手一摸，是个虱子，说句："我还以为是虱子哩！"丢在地上，然后又恶作剧地弯腰在地上四处寻看，嘴里嘀咕道，"咦，究竟是不是个虱子哩?！"惹得全场哄笑。

有了统一组织，又制定了一套新的方案：一是进一步扩大矿洞；二是借县上、乡上支持，申请讨要支架的木头，铁镐铁锹，甚至一台卷扬机；三是争取把炸药、水泥纳入县分配计划中；四是建立考勤制度。一个月过去，矿貌大变，纯收入达到三千元，除下一千元作为扩大再生产的资金外，两千元按劳分红，平均每家得到八十二元三角四分。八十余元，对于村民来说，数字是不算小的，尤其那些缺乏强壮劳力的家户，更是念了佛的喜欢。但是，老二和光小却没劲了，他们的收入大大少于以前，就在老大面前发牢骚。老大讲道理，他们听不进，老大就以身份压人，训斥他们少给他惹是生非，影响全局计划。两个光棍就在完成了自己打炮眼爆破任务之余，常偷偷跑去看摄制组拍电影。

摄制组的女演员，使他们大开了眼界，当拍完某一镜头后，男女演员说说笑笑，打打闹闹，他们就目不够用，心不够用。那城里的人一笑一颦，抬脚动手，都要勾走他们的魂魄。两个便背地里大发感慨，自恨自己一生的可怜。

一日，两人又去看拍电影，正是下过一场雨，庄河水涨，女演员需要过那河面的浮桥时，桥面摇摆得厉害，脚抬起来，桥也随脚上来，脚落下去，桥也随脚下去，眼睛一看着河水，又觉得桥在随波下移，便叽里哇啦失声锐叫，蹲下再也不敢动了。老二和光小几乎没商量，同时站起来，同时跑了过去，在浮桥中间将女演员拉住了。他们闻到了极浓的香水气味，闻到了只有城市女子才散发的热腾腾的一种气息，那黑黑的手握住了嫩白的小手，像是握住了一块儿发糕，一块儿棉花，自己便觉飘飘欲仙，神志不可清醒。说："慢走，慢走，眼不要看河面，瞧我的脑勺！"女演员竟紧紧跟着他们，身子也极力靠住他们，几乎是让他们背过来的。

这一次桥上拉人，使老二和光小有想不尽说不完的回忆，常于施工中温习，走了神，使打钎的大锤多次闪失，把腰都拧了。两个人就又要停下来，往洞外走，一个说："啥时还到河里拍电影呢？"一个说："这些洋女人，平日能让咱接近吗？可那一阵她竟想要咱们背了她！拉过桥，我将她的手心都抓破了，她一口一个谢谢哩！"两人就大笑一通。一个又说："这么好的女人，只要跟我睡一回，枪崩我，我也不后悔！"说罢目光发呆，如坠云里雾里。一个却长长叹一口气，说："唉，那都是城里男人享受的。到底有城乡差别嘛！"

　　他们说得多了，身体的某一部分就不能控制，一起跑上烛台峰。上烛台峰是一种心理上的摆脱。因为他们清醒过来，就明白自己对于那些城里女人是一种绝缘，犹如面对着墙上的一幅好画，镜中的一轮明月。于是就要说："这些城里女人那么好，都是狐狸精变的，是仙，是神，是鬼，反正不是人。"他们要到道观去看那些比他们更可怜的道人。在道人面前，他们是最有福的人了。

　　小道士又在那山泉挑水了。这是一个满脸长了粉刺的出家人，一边舀水一边拿眼看远处草坡上牧羊的女子。老二便笑说："又在看啥哩？"小道士吓了一跳，手中的水瓢掉在泉里，见是老二和光小，便说："看见那边有一个狼。"光小说："是狼，你不怕狼吃了你？"小道士顺嘴溜了一句："我爱狼哩！"说出口就觉失言，拿水泼光小。老二拉小道士在林间坐了，说："这儿没人，道长不在，你给我们说说，你怎么就当了道人，你能受得住吗？"小道士说："你们尽说瞎话！道长知道了我就没命了！"光小说："我们要是给道长说，我们就是地上爬的！每天来观里烧香的有那么多女人，你们见了心就不动？"小道士说："我静坐面壁哩。"老二说："你能坐住？你别哄我们了！"小道士就说："静坐面壁就是克制自己哩，道家讲究炼丹，人本身就是个丹炉，炼就是守精，精守住了丹就炼成。也就是得了道了。"老二说："我知道了，你们一直是在和性欲做斗争的。盘脚静坐，就是强制压住那个东西不起来，是吗？"小道士点头。光小就说："你们道人可怜！你能守得住吗？夜里不跑马吗？"小道士说："跑的。"老二就同情起这小道士，替他挑了水往观里去。突然道长在远处喊小道士，小道士忙自己挑了水，一步一步急去。

　　老二和光小皆没有说话，看着小道士走了，坐了一会儿，也到了观里。却见道长正指着晾在院中的被褥质问是不是那小道士的，小道士应声说是，道长就指着被褥上的点点圈圈问这是什么，问得小道士面无颜色，不敢回答一句，道长就让去静坐诵经，不背过《道德经》就不得吃晚饭。正训斥完，抬头见老二和光小，过来说："上山来了？"老二说："道长没下山去看拍电影吗？"道长说："导演来过一次，我还夸奖了他的名字好哩！"

　　老二说："导演姓和名谷，有什么好处？"道长说："这你不懂，《道德经》上讲：'知其雄，守其雌，为天下溪。为天下溪，常德不离，复归于婴儿。知其白，守其黑，为天下式。为天下式，常德不忒，复归于无极。知其荣，守其辱，为天下谷。为天下谷，常德及足，复归于朴。'我送了他八个字：谷神不死，是谓玄牝。他要我解释，我说：'谷形容虚空，神形容不测的变化，不死喻变化的不停竭，玄牝即微妙的母性。总起来说，意思是：道的虚空的变化是永不停竭的，这就是微妙的母性，母性就是生殖力。因道，也就是谷神生殖天地万物，其过程没有一丝形迹可寻，故以'玄'形容。"道长的经论对于老二、光小自然是对牛弹琴，老二就说："道长这么关心城里人，却不肯到我们矿洞去一次。"道长说："我虽未去，但那里情况却是知晓，你大哥此人是能人，精明敢干，只是学问太差，他应致虚极，守静笃，知晓万物负阴而抱阳，冲气以为和才是，我建议他去读一本书哩。"老二说："读什么书？能使我们发财吗？"道长说："你尽是发财，哪知无为而知无不为呢？既然他要一心办矿业，他就要读读历史，知道知道商鞅的事情。"光小说："老听人说你讲商鞅，商鞅那是古人，读写他的书，能顶了我们挖矿？"道长说："道可生一，一可生二，二可生三，三可生万物，万物则又归一。商鞅当时辅秦，定变法之令，编制居民或为十保，或为五保，什、伍之中，一家有罪，其余诸家当联名举发，若不纠举，九家或四家连坐。匿藏罪犯者杀，告发者赏。民间有丁男二人以上而不分居另外干活的，一人须出两份赋税。勇于公战的，均依照规格高下升爵受赏，私斗的以情节处以大小不同的刑罚。努力耕织的，免其本身徭役或豁除本身的赋税，因懒惰不事事而至贫的，将没其妻、子为宫中的奴役。国君的亲属没有年功的不许载入谱牒，有功勋的其占田宅、侍从、服役等等，须各随其家爵的班次。有功者就显荣，无功者就是再富也没地方可显示他的尊荣。"

道士越说越口若悬河，老二和光小你看看我，我看看你，再不耐烦。说："道长，你说得都好，只是我们全是不懂，改日让我大哥来向你讨那书去看吧。"道长才猛地住口，满脸清高之气，叹一声说："既如此，让你大哥也不要来了！"拂袖而去。老二和光小却不知哪里得罪了他。

第六章

一

一日，摄制组休假，有演员去七里镇赶集，已经走得很远了，阿黄却蹚了河水湿淋淋地追来。开拍以来，阿黄上了许多镜头，效果使导演颇感满意，但这孽种除了演戏逞能外，总是牵挂小母狗"爱爱"，有人没人，就将一条后腿跷起，露出那丑恶东西撒尿。导演曾对老二说："你培养出的狗，怎么是这种德行？"老二又得意又脸红，解释说这原是一条游狗，半路里收养的。演员们不明白游狗的意思，问了才明白是外村走失来的野狗，便奚落老二："狗和你有缘哩！"这日它撵了演员来，又是极不安分，见了路上的女孩子就汪汪地咬，气得演员们喝个不休，骂个不休，它竟离开新主人径自向镇街跑去。

镇街很小，却极有特点。窄窄的街巷皆石板铺地，两边门面，结构奇妙。山墙突出屋脊之上，全饰砖雕。面墙木板装就，门扇窄而长，外又设了出檐拦架，犹如楼上有楼。入街如入峡谷，折南，行五百米，又折东。东边的门面房顶头的一家倾斜，整整二百米远的距离内，家家倾斜；大有稍一推动这条街房就要全倒的形势。但小商小贩却视而不见，依旧在下设铺摆摊，大到铁器竹编，小到针头线脑，无奇不有。演员们一侧身那里，立即色彩鲜艳，令人注目，先是谁也不敢招理，不是鄙夷，而是敬畏。后一卖凉粉的说声："来吃凉粉呀！"演员吃了，便七家八家小贩过来围住叫卖。他们都知道这是城里来拍电影的人，拍电影的是有大钱，那一个个鼓鼓的屁股口袋里，全塞有票子。演员们感觉到了自己做人的伟大，在那些小吃点上指指点点了，等小贩递碗过来，却责备一通碗没有洗净，洗碗水那么稠，抹布那么黑，摆摆手就走了。只有阿黄摇头晃脑，遇什么都看，看什么都吃。立即有人低声议论，说交界处的××村人是发了财，就是这一条狗，也身价二三十元的。就吆喝阿黄，将一块儿骨头，或是半块弄脏的油饼投过去，大表热羡。

一个人便从店铺出来，突然给阿黄丢过一个猪蹄，招呼道："过来，过来！"阿黄叨了猪蹄，那人就说："哟，哟，你认不得我吗？这狗东西，怎么不认我?！"演员就笑问："你认识这狗？它叫阿黄。"那人说："是叫阿黄，我怎么不认识它阿黄呢？这是我家的狗呀！它走失了好长时间，原来在你们这儿?！阿黄，快跟我回去！"说着就要牵那狗。演员吃惊了，说："这是我们买来拍电影的，怎么能是你家的？"那人睁了眼说："我家的狗怎么不是我家的？你们是拍电影的，是在××村那儿拍电影的？真能用上这狗，我当然支持公家的事，可公家也不能亏了我们百姓呀，那你们给我多少钱呢？"演员们知道此事的目的了，就吵嚷起来。这时，偏又有一妇人提了猪头过来，见了狗又说是她家的，走失好几个月了，正到处寻找不见。演员们就和这一男一女争辩，这一男一女也争吵不休，窄窄的街巷拥了许多人，演员们就说："你们不能这么钻了钱眼！你们说狗是你们的，有什么根据？"那男人就又从口袋里掏出一块儿饼逗引狗，狗跟了过去；女人也就用猪头逗引狗，狗又跑了过去。一个演员急了，飞脚赶回村找导演商量：电影正拍到紧要处，怎么能随便没了这条狗？于是，导演又叫上几个女演员牵了小母狗"爱爱"，一起赶到镇街说："拍电影有的是钱，但国家的钱也不是随便往外撒的，这样吧，你们两家都叫狗，我们也来叫，狗若跟了谁走，就是谁的。"于是，那男的又以饼招逗，女人又以猪头引诱，女演员们就牵了小"爱爱"走，阿黄就汪汪叫着，紧追"爱爱"不舍。人们哄地大笑，那男人便灰溜溜退走，钻进店铺里再不出来。店铺的花格子窗下，一个人影闪动，有个演员瞧见了就悄声对同伴说："牛磨子在店里，是那老东西出的馊主意吧！"阿黄便对那店门汪汪狂吠，店门也便哗啦关了。

赶集回来，导演和演员们将认阿黄的事说给老大听，老大说："牛磨子的老表就在镇街上，他也太不像话了！以后少理这种人得了。"但是，在拍摄第六十四场戏时，地点无论如何要在牛磨子的庄宅那儿。第一天，导演让牛磨子充当一个群众角色，演毕，他竟提出要钱，每一个群众演员二元钱，他却坚持自己要三元，因为他不仅是群众，而且说了三句话。老大看不惯了，就说："你家也是去挖了矿，钱总算不紧手吧，为一元钱，说得出口吗？"牛磨子说："这是公家钱，又不是导演掏私包，阿黄都是高价买的，我不如一条狗了？"老大说："胡搅蛮缠！不怕丢了自己人，可这个村的脸面还丢不起哩！"牛磨子便说："我丢什么人了？我当了八年队长，我没给自己赚钱，我没勾引良家妇女！"出言不逊，老大就火了，问道："你说话说明白，谁赚了谁的钱？谁勾引谁家妇女？"牛磨子说："孙家女子的肚子大了，莫非是长了癌性瘤子？！"一句话说得老大血冲脸脖，叫道："我和云云光明正大，结婚证都领了，谁一个屁都放不得！"他逼近牛磨子质问，牛磨子以为要打架了，当下就猫腰扑下，抱住了老大，又双手来捏老大的命根儿，先下手为强，且哭叫道："你打呀，你小伙儿现在是不得了嘛，你当了矿长嘛！"导演忙拉开他去，从自己口袋里掏出一元钱给他，估计不能继续拍摄，就让司机装了器材返回。却不巧，车在拐弯时，竟轧死了牛磨子的没尾巴狗，牛磨子正没个出气的机会，当下就睡在了车轮下，口口声声说是摄制组故意轧死了他家的狗。叫骂要砸车，要烧车，又骂出他的儿子和那"媳妇姐"，让他们拉住司机不放。司机就火了，将拖了他腿的牛磨子用力一甩，牛磨子滚倒一个坎上，鼻血流了下来，偏不擦，抹一脸红，大叫："打人了！打死人了！"哭闹不止。

吵闹声惊动了全村，许多人跑来看，有说东的，有说西的。村长就赶来问了情况，也训斥司机无论怎样不能打人。老大便说："这事我在场，不能怪司机。"牛磨子就说："张老大，你这个汉奸卖国贼！摄制组给了你好处，你就处处向着人家，你这电影厂的狗啊！"导演两方劝止，最后说："就算我们打了你，我们领你去镇医疗所看病吧，轧死了狗，我们赔你的！"牛磨子说："怎么个赔法？"导演问："你这狗值多少钱？"牛磨子说："一百！"有人就叫道："牛磨子你疯了，你那是什么天狗？！"牛磨子说："你说不值，我也不要钱了，我要我原来的狗！"老大就对村长说："你瞧瞧，咱的人像不像话？"村长却说："老大，不是我说你呢，你挖矿不是也为着钱吗？牛磨子开的口是大，但咱本地人要向着本地人的。"老大说："我开矿也确实为了挣钱，可我不是混钱！我要像他那么挣钱法儿，我一头碰死在石头上了！"村长就过去调解，达成协议：电影还是要拍，这是公家的事；但电影厂一定要注意群众关系，打了人就看病，以后类似事件绝不要发生；狗价二一添作五，五十

329

元。这项协议气得老大满嘴冒白沫。

事件之后，摄制组一片埋怨，说这地方少文明，不开化，刁民太多，往后再也不肯多和本地人往来。除了张、孙两家常来驻地院落，别的人来了，演员们就冷言冷语相讥。时间一长，村人就又慢慢论起老大的不是。到了腊月二十三日，村子里逢着会日，挖矿队也放了假，人们有去走亲串友的，有去七里镇采买年货的，有去九仙树下烧香敬神的。演员们下午拍摄几个镜头后，闲着无事，就在驻地院子里跳舞取乐，一对一对在那里翩翩旋转。村里就传出一股风：摄制组的人在一男一女抱着磨肚子了！闻者赶来瞧热闹，一个演员就关了院门。村人不得进去，隔门缝往里瞧，噢噢地哄，丢石砸门，那门终是不开。

二

老二远远地坐在山坡上，那里完全可以看得清摄制组的大院：他第一次看见城里人跳舞，心迷，眼迷，抑制不住的嫉妒和一种万般滋味的冲动。后来看到村人砸了一阵那紧关的大门，陆续骂骂咧咧散去，也感到了本地人的可怜和羞辱，就跑下山来，在矿洞那儿的土地上仰面躺下喘息。但那大院里一阵一阵飘过来的音乐声，使他又不能静静地躺着，就如同狼一样地跳起来，拉了枯草枯树枝，在洞口燃起火，自个儿乱跳乱吼，发泄自己的冲动。这喊叫声，蹦跳声，使那些逗起了冲动却无法排泄的村中光棍汉，都跑了来，和老二一起乱跳。后来，他们就跳起往日过会时祭神驱邪的巫舞。已经是寒冷的暮晚，他们全脱了身上的棉衣，甩掉了帽子和包头巾，将那些废纸撕了条子，一条一条贴在脸上，举着钎子、镢头绕篝火堆跑。皆横眉竖眼，皆龇牙咧嘴，似神鬼附身，如痴如疯。旁边的人就使劲儿敲打铁器，发出"嗨！嗨！"吼声。后来就你从火这边跳过去，我又从火那边跳过来，用火灰抹脸，汗水流着，冲开灰土，脸恶得如煞神一般。这是性的冲动，原始的力的再现，竟将摄制组那边的音乐渐渐压下去，后来就无声无息。

已经是吃晚饭的时辰，家里的男劳力都没有回家，做好了饭的女人们听见了吼叫声，也跑来看热闹。一站在发了狂的男人面前，都吓得失了魂似的，但不久就陷入痴醉之中，于一旁为他们拍掌叫号。云云也来了，她的肚子明显地凸大，虽然穿着宽大的衣服，但还是看得出来。她叫喊了一阵，就觉得气堵，有几次那男人们跳过来，险些撞倒了她，赶忙蹲下去，双手紧紧地护住了肚子。也就在这时候，她看见了老大。老大是什么时候来的，她竟未发觉，这阵见他也加入了男人群中，大声地吼，拼命地跳。云云从来未见老大这么狂过，好像是变了另外一个人，似乎比老二，比自己的弟弟光小还要野！后来就见老大突然用镢把将篝火堆一挑，火花飞溅，红焰蹿出老高，跳动的人都吃一惊，停下脚步。老大就叫道："跳呀，都跳呀！"自己便跳了起来，却一下子摔倒了。云云大叫："老大！老大！"老大并不理，从地上又跳起来，那膝盖处就印出一块儿红来。云云不顾一切地冲过来，把老大拉住了，拉出了人群，训道："你是怎么啦？你是疯了？！"

老大说："你让我跳吧，我跳一跳，喊一喊，心里就受活了！"

云云立即明白了老大也来又叫又跳的原因。多少日子来，他为着挖矿，为着这个村子，辛辛苦苦地干，忍气吞声地干，却总是磕磕绊绊被人误解，被人辱骂，她安慰过他，他总是又笑着劝她。那原来都是一种假象吗？那都是自己控制了自己，暗暗吞食了最大的痛苦，这一夜才是真真实实暴露了他的真人真性吗？云云看着老大，强忍着要掉下来的眼泪，说："老大，你要觉得那样心里好受，我不挡你，你跳去吧。"

老大却突然把头埋下去，双手紧紧地抱着，像是抱着一个球，要拧下来，要抛出去，大声地翕动鼻子哽咽起来了。

夜越来越黑，篝火慢慢地没了光焰，火炭发着红光，后来就覆盖上一层灰白。乱跳乱叫的村人筋疲力尽地倒在地上，望着满天的星星，像是卸了套的牛，下了竿的猴，没了一丝力气。清醒过来，又都恢复了往常的寡言少语的秉性，默默地站起来，站起来，蔫沓沓地走散，消失于深沉的巨大无比的黑暗中。

死寂的篝火残灰上，却出现了两点绿光，一个奇异的黑影慢慢大起来，雌麝做了寡妇之后，无依无靠，很是孤单，它决心离开这个可怕的地方了。当它走下山，经过村子里，家家的门都关了，人在屋里发出鼾声。在经过矿洞时，它突然恶从胆生，用四蹄猛地把篝火残灰扬起，灰里的点点残火烧着了它的脚，燎焦了脚上的毛，但它还是把灰全扬了，将点点残火在它的一泡臭尿中浇灭去。也就在这么一阵疯狂之后，它感觉到了肚子痛，痛得剧烈，终于，将腹中的生灵落在灰土中。

"儿子！"雌麝暗叫了一声，脑子嗡嗡，昏了过去。等它醒来，残月已到了西边山峰顶上。看着身边滚得满体血和灰的儿子，它没有气力再带儿子往别的地方去了。它望着远处的天峰和天峰的那座古堡，挣扎着起来，用嘴叼了儿子，一步步回到石洞去。

三

翌日，人们去矿洞施工，发现在狼藉一片的残灰里有一摊污血，血已经凝固了，和灰搅在一起，而那些小石头上，血红刺眼，上边沾满了麝毛。现象证明，这是在昨夜，又来过麝，是一只大麝，而且生了一只小麝！村人老少惊骇：麝已被打死了两只，竟然还有麝在生新的一代。又不在山上生，不在河畔生，偏要到矿洞来生，这不能不是一桩怪事！

一时，逝去的往日的那种对麝的恐惧，又重袭××村，人人议论：难道电影厂的到来，并未抵消这凶灾吗？故谈麝色变，谁也不敢担保这村子会不会又要发生什么可怕的事了。剃头匠自矿队建立后，一直负责拖拉机交运矿时的过秤、装卸，听到这可怕的流言，心里也阵阵发紧。他已经不止一次听见有人在非议自己的女儿，他也看出女儿的身子是比以前笨拙了许多，但他不敢问云云，也不敢问老母。他害怕如果老母什么也不知道时，突然说知，她会经受不住而气昏身亡。入冬来，她添了咳嗽病，几乎连炕也不敢下。现在，他立即将灾难联系到了老大身上，由老大又联系到了云云身上，就慌慌张张赶回来，坐在老母的炕头。老母说："这么早就回来了，脸色这么难看的！"

剃头匠说："没什么。云云呢？"老母说："到老大那儿去了。"剃头匠说："又去了！你要管管她，别让她疯疯张张的。"老母倒说："箍盆子箍桶，能箍了人吗？"剃头匠说："云云没给你说什么？"老母就奇怪了，问道："什么事？"剃头匠难了半日，还是去将门掩了，偷声缓气地说："娘，我说一句话，你可千万不要生气。我咋看云云身子不对了？这女子也大了，她和老大也是干柴见火……"没想老母说："这我知道。外边有闲话了？"

剃头匠说："娘知道？怎么不给我说说？现在是有人说闲话了，你看这咋办呀，矿洞口又出现了……"他说了矿洞发现麝的事，脸上的皱纹皱得形如核桃。

娘说："这事云云给我说过，我骂了她一顿。可既然这样了，你能把她杀了、剐了？反正结婚证是领了，云云也说有那一张纸，什么法上就保证了。可毕竟是丢人事！我一个人躺在炕上，日夜也操心，你要今日不说，夜里我也准备同你说的。你说，这事咋料治？"

剃头匠溜下炕，脸紫得像茄子，骂过"丢人，丢人呀！"就又一屁股蹲在门槛上一言不发。娘说："你还算个外边人，我叫你出主意，不是让你骂一通的！"剃头匠说："你让我有啥主意？就让外人拿指头戳咱脊梁吧！"娘倒生了气，一阵咳嗽后说："谁戳咱脊梁，你就折了他手指头！我云云不是和张三李四王麻子乱来了，她是和老大！咱要把这事做得圆泛。依我看，咱就催督他们快快备了酒席结婚。要不再拖下去，娃娃生出来再拜堂，那就越发脸上没光彩了！"剃头匠同意了。娘又说："可这结婚，就来不及给云云办嫁妆了。我心里总不是个味儿，就这一个女子，空手嫁出去？"剃头匠说："罢了，罢了，要置办嫁妆，一是来不及，二是咱也没多少钱，后边光大还有光小的。常言说，好儿不论家当，好女不论嫁妆。张老大能行，不会让咱云云受罪的。这麝一而再，再而三地出来，要不尽早办他们的事，我真担心要出什么事呀！"

两人就叫来了云云，说明了主意，云云不能说出个什么，觉得自己也为老人丢了脸面，不光彩，只字未提嫁妆的事。可是，将老大叫来，讲明了一切，老大却放沉了脑袋不语，面带难色。剃头匠说："老大，你怎么不说话呀？"老大说："伯，奶，结婚是应该结婚了，钱我也能拿出一笔来，肯定办得不丢云云和二位老人的脸面。只是时间太紧，眼看到了年底，矿队挖出了那么多矿石，一个手扶拖拉机运交不及，年底人都等着分红得钱哩，咱得想些办法把矿石交了。我听说乡里针织厂有一辆卡车要出售，想去乡里把那车给矿队买回来，尽快把这批矿运交了，全村就家家能过个快活年了！"剃头匠说："你说天话！一辆车值多少钱？虽说是旧车，也是上万元吧，你就把它买回运交了所有矿石，也不够车钱的，给大家分什么钱过年呀？"老大说："这我思谋了，我去找副乡长，他是主管针织厂的。既然有车闲着，咱定个合同，把车开回来，车费暂时欠着，开春后不出半年就可以赚钱还账了。所以，我想结婚的事，是不是能再推一推？"剃头匠说："推到啥时，把孩子生在娘家吗？"老大为难了，说："那好，我明日就到乡里去，这事要顺利，一半天就谈好了，回来我就张罗，限明年正月十五前，就结婚！"

这一夜，老大和云云又单独在河畔坐了半宿，老大说了许多让云云体谅他的话，云云说："我不怪你，要不是这孽种，再推十年八年我也愿意！"说着，就恨起自己肚里的东西，拿拳头在石头上砸。老大说："你别说傻话。孩子是咱们的骨肉，咱应为咱们的孩子高兴哩。你要好好注意些，万不敢损伤了他。要说有错的话，那都是我的不好，是我一时冲动，害得你这样。我原想等矿队办得世事大了，我领你一块儿出去结婚。听导演说，城里人结婚就兴旅行结婚的。婚后咱好好过过清净日子。没想这孩子追咱追得这么紧！"云云说："咱是什么人，和人家城里人比！"老大说："城里人不和咱一样吗？要说模样，城里人有好衣服穿，会打扮，猛地一下怪中眼的，可不耐看。你是越看越上眼哩！"云云就拿指头戳老大胳肢窝，老大嘿嘿地笑，颤着声说："云云，你现在爱吃酸还是爱吃甜？"云云说："是酸，问这话啥意思？"老大说："人常说，酸男甜女，那你会给我生个儿子的！"云云高兴起来，双手搂住了老大的脖子，老大紧紧抱住了热乎乎的云云，俩人同时感到了就在他们中间，那未来的儿子在蠕动。

黑夜里，河水在哗哗地流着，老大和云云相依相偎坐在那里，身子都发软，像糖在慢慢融化。不知过了多少时间，露水就潮上来，打湿了他们的裤子，老大说："回吧。"俩人才要站起来，河的那边，有人提着灯笼走过来，俩人立即噤了声。

灯笼近了河边，那人分明是要过河了。河水浅，露出那一排列石，灯笼摇摇晃晃了一会儿，又退回去，灯笼就放在一边，身子坐下是在脱鞋。云云小声说："是摄制组的人吧，这么晚了，过河干啥呀？"话未说完，河那边又有一个跑来，坐在地上的人立即站起问："谁？""我。"是一个粗闷的男人声。老大立即听出坐着的是妹妹小梅，男的则是光大。只听小梅说："你来干啥？

334

你离我远些！"光大说："小梅，我听说又有麝了，我是去山上查看去了，回来见你往河边走，我就跑来了。你这么晚还回去，怎么不睡在摄制组那儿？列石不好过，水凉得很，让我背你过去吧。这儿没人，我不会给人说的。"小梅说："胡说哩，我怎么能叫你背？你走吧。"就鞋也没脱，提了灯笼急急从列石上过去。光大也上了列石，却在河中一下子抱起了小梅，小梅叫了一下，灯笼灭了，再没有言语，两个黑影变成一个黑影。过了列石，小梅说："这事不要给人说！"光大说："我不说！"小梅又点亮了灯笼，又说道："你先不要走，也不要跟我，我到我家门口了，你再回去！"说罢匆匆走了，光大还待在那里。老大和云云一句话也不敢出声，直等着光大后来慢慢走了，俩人才站起来，默默地回村去。

四

老大兴冲冲到了乡公所，乡长不在，副乡长正好在房里的火盆上炖狗肉，肉还未熟透，筷子一时插不进去。一见老大进来，就嚷了："你真是福大，早不来迟不来，狗肉炖熟了，你来了！"老大笑着掏烟递上一根，双手擦了火柴弯腰过去给副乡长点了，自己就坐在一边："你口福不浅，哪儿买的狗肉？"副乡长说："你当矿长了，也该知道这是买的还是送的！针织厂和县城关个体户定了合同，个体户心里过不去，杀了一条狗，我拿了两只后腿。这冬天里，吃狗肉喝烧酒，里外发热哩！你是忙人，怎么今日来了，办年货吗？今年过年少不了我去喝你一场子呀！"老大说："办年货早哩，可你啥时来，啥时会请你喝的！"副乡长就哈哈大笑道："我想你也不可能拒绝我的，办矿队的事，我真是冒着风险支持你哩！"老大说："这我知道，办矿的人都知道。"副乡长说："最近生产怎么样？你得好好干呀，干上去了，是你们的光荣，也是我们这些干部的光荣啊！"老大说："矿挖得很多，我就是为这事来找你的。听说针织厂要出售一辆旧卡车，有这事吗？"副乡长说："嗬，胃口大了，要买车了！那可要一万九千元的。"老大说："你们定多少，咱掏多少，我想年终这些天，用车好好把积压的矿运交出去。只是一下子拿出一万九千元我们有困难，因为年终，大家要分红，不能把钱全买了车，农民见不到现成利，就要骂娘了。如果可以的话，我们把车钱先欠上，等明春三个月后，一并交付，我们也可以交欠款期的利息。"副乡长笑着说："针织厂由我管哩，车又闲在那儿，事情好办！吃狗肉吧，你用什么杯子喝酒？来大杯吧！"老大心上高兴，就吃喝起来，俩人不大工夫就全身冒汗，头有些晕晕的了。

副乡长说："来，再喝一杯，我有个事还要对你说的。"老大问："你说吧，能办的尽力办。"副乡长脸色通红，将杯中物喝尽了，说："好，好，那我就明说了，我有个姨在七里镇，三个娃娃，都在家无事。你们矿队苦是苦但赚头大哩，你就让三个孩子到队上干活吧。"老大正端起酒杯，手在半空停了。副乡长说："你是矿长，在那个矿上，就像我在这个乡里。让三个孩子过年就去吧。那卡车嘛，你几时来取货？司机一时没有，可以让针织厂原先开那车的司机一块儿支援你们，给司机多发些工资就是了。就这吧。"

老大将酒喝了，呛咳了几声，说："这事本是没问题的，咱那儿又不是国家企业单位。可目下的事情也难办，当时办矿队时，大家就提议一家只出两个劳力，为这，村里还吵了几次架。如果现在让外村人进去三两个，怕村里人有意见啊！这样吧，我回去做做大家的工作，一有结果就来给你汇报好了。"副乡长脸色就不那么好看，站起来说："那我等你的消息。"边说边送老大出了门。

老大晕晕乎乎往回走，一路直打趔趄，在心里骂道："副乡长呀，副乡长，你的口气也太大了，你将三个亲戚塞给我，我怎么对村人说？你是领导，怎么能这样办事？一有利就想方设法伸进腿来！"越思越想，心里越发呕，嘴一张，哇地吐出一摊污秽，再吐，又吐不出来，手在喉咙眼里抠，哇哇地把吃的狗肉全吐净了，脑袋也清醒了许多。

回到村里，将这事说给剃头匠，剃头匠说："这事村人肯定不允的，必会骂你以大家的利益讨好领导。可话说回来，人家是管咱的，咱不给他办，这行吗？你多找些人说说，能让那三个人来，就来吧。"老大点头，出来却谁也未找，第二天也没去乡政府，却在镇子给副乡长挂了电话，说村人不同意。副乡长在电话上声都变了，骂道："他娘的，这点面子也不给！"老大握着听话筒为难了半天，才问起卡车的事，回答则是："车？什么车？卡车呀，人家针织厂不卖了，说是谁要买，二万七，一手交钱，一手取车。老大呀，你给大家说，要赚钱过好年，就让村人用背笼往县城背矿嘛。要发动群众。只要有了人，就可以克服一切困难，人定胜天嘛！"老大气得把听筒"咔"地放下了。

副乡长的反悔和报复，老大在他不准备接受那三个人时就估计到了，但万没想到副乡长这么戏谑他！他铁青着脸回来，老二正和小梅将东边的房子里乱七八糟的东西搬出来，扫灰，刷墙，一见面就喊："大哥，你来看，墙刷得白不白？"老大懒得去看，又从柜里取了酒喝，喝得眼睛红红的，到矿洞去了。

也就在这天晚上，老大留下了全体矿队人员，开了个会，讲了自己如何碰了壁，以及下步的设想，末了说："事情既是这样，我想还得靠我们自己，大伙商量商量，咱能不能今年的红少分些，把矿上全部资金留下来，再就是各家筹款，然后我到县上去活动，买一辆新车去。买了车虽说眼下大伙手头紧几个月，全部本钱就能赚回来，从此就落下一辆车，不愁咱村不富起来！"大伙听了，都没立即发表意见，足足憋了半晌，互相问着：这事行吗？把家底全交出来，真的能再大发吗？一时犹豫不定。老大就让大家回去想想，拿定主意了就干，若实在不同意，那也就算了。

这一夜里，老大走东家，走西家，一一做思想工作，自己就先拿了全部积蓄的九百元。大伙勉强同意了，各家拿了钱给老大，说："老大，无论如何，这全家的命就交给你了！"老大收齐了一万元，再让会计清点了矿队的积累，算出二万元，就一块儿红布包了，带回家来，准备到县城去。小梅说："大哥，这三万元可不得了，全村人的命都在你手里了！我真担心，事情真的能成吗？"老大说："这我知道，我这一次也是豁出去了！"

老大临走的前一天，小梅心里总不踏实，把这事告诉了导演，导演也捏了一把汗，最后却说："你大哥也真是了不得的人物，要是在城市里，他会成个大企业家哩！"小梅总是心慌，一坐下来就胡思乱想，心里明明盼着哥哥不要失败，却尽想到是失败的事，又想起矿洞口麝血的事，就吃睡不宁，于是偷偷避开任何人，去了烛台峰九仙树下烧香祈祷。

道观院子里，又坐了一群孩子，缠着道长说古今，道长又说的是商鞅，

337

正说到商鞅硬行法令，不徇私情，连皇太子犯了法，也将太子的老师公孙贾的脸上刺了印，使国民没有不守法的。如此十年，路不拾遗，山无盗贼，民争着为国出力，而不敢私自斗殴。再后，秦国强盛，扩张疆土，使魏国降服。又三年，大兴土木，建宫于咸阳，定国都，划以全国的基层行政单位，修筑道路，开垦荒田。又四年，太子的师傅公子虔又犯了法，就割掉了鼻子。又五年，秦国富裕强大，又降服了四周的几个国家，秦孝公成天下王中之王了。那个当年不肯任用商鞅的魏惠王，被鞅带兵攻破，活捉了魏公子卬，魏国就割让河西之地献给秦国，而只好迁都河南开封。那惠王仰天长叹："我多么后悔当时没听公叔痤的话，杀掉鞅啊！"鞅得胜回朝，秦孝公念他功高，封于商地，号为商君。小梅无心听道长夸夸其谈，烧过香后，心里还是有几分不安，就又急急下山来找大哥，让他慎重考虑。但是，老大却走了，不仅他去了县城，还带走了云云，云云这些天感觉肚子老不舒服，悄悄让奶看了，奶怀疑是不是胎位不正，要给她摆治，又手上没了力气。云云就吓得要死，老大趁机会带她到县城大医院去看看。小梅就怨怪大哥走得太急，没能等她给做一顿出门吉利的扁食吃。

第七章

一

反反复复，孩子们差不多要把商鞅的故事背熟了。有了矿队，父母不再责骂着他们去捡矿、拉矿；且年关将近，好吃好喝好热闹的事情诱惑着童心，他们就一刻也不安静，四处乱跑，使强逞能，去古堡石条缝里掏鹁鸽；去摄制组模仿演员的动作学说普通话；寻捡鸡骨头、羊下水逗阿黄和"爱爱"。或者，躺卧于麦地里、草窝里说商鞅的故事。说者完全是道长的神气，大声清理着喉咙，一板一眼，抑扬顿挫。

这日就讲道：后来呀，秦孝公死了，他的儿子上台继位，当年受到商鞅判刑的公子虔，一看时机成熟，告发他想造反。新国王当然听公子虔的，就下令逮捕商鞅。商鞅得到消息，逃跑了。到边境一客店投宿，店主人不知道商鞅，说：商鞅有法令，你没有身份证，我们不敢留你，万一是坏人，我们就会同罪的。商鞅仰天叫苦。后又去魏国，魏国不收留他，再想到别的国家去，有人劝道：你帮秦国的时候，降服了好多国家，现你去了哪里，哪里也怕得罪秦国，认为你是逃犯，少不得要把你扭送回去的。商鞅无法，就又返回到了咱们这儿，领商州人真的举旗造反，结果秦国发兵围攻，商鞅兵败，被活活捉拿。秦惠王便将他双手双脚和头各缚一绳，系在五匹马拉的车上，然后鞭打五马，四方奔走。可怜商鞅就被撕裂成五块，葬入狗腹，从此世上再无此人，连他一个坟堆也没有。

　　孩子们虽然不下十次地听过这个故事，但每一次说商鞅被五马分尸之时，不免人人惊恐。偏巧这次导演过来，听了问道："你们在说商鞅，知道商鞅是谁吗？"孩子们说："当然知道，是我们的老祖先嘛！"导演又问："那么，商鞅是好人呢，还是坏人？"孩子们说："我们的祖先当然是好人！"导演说："那为什么秦惠王要对他五马分尸？"孩子们却答不上来了，说："导演，你姓秦吗？"导演不解，说是"姓和"。孩子们又问："那你怎么向着秦惠王说话？！"便站起来，大有不满之意，掉头走了。

　　导演觉得这些孩子有意思，更觉得商州这块土地上的人皆有意思，便思谋着这部电影既然在商州地面拍摄，如何进一步挖掘原剧本的内涵，将商州人的民性、本质的成分渗透进去。影片要描写的是当年一批人为生活所迫，在这里举旗造反，当局认为是土匪，当地百姓也认为是土匪，连他们自己也自认为是土匪，闹出一系列惊心动魄的事来，后兵败身亡于古堡上。故事有极大的传奇性，但他自开拍以来，却绝不想把这部片子拍成一部纯猎奇片。他要力争拍出当时山地的农民豪杰，刻画出为什么这块土地上能产生这种豪杰，而豪杰产生了又为什么最后归于失败？他思索着古代的神话《夸父逐日》，夸父的目标是要到大海去，但他却渴死在去大海的路上，夸父是失败者，但却是一个悲壮的英雄。他随身带着的有鲁迅的《阿Q正传》，常常想：辛亥革命是一场多么伟大的革命，阿Q都起来革命了，但是革命到最后，阿Q却被革命杀了头，那么，为什么不准阿Q革命呢？导演如此深思熟虑，心里充满了无限激情，意识到正拍摄的这部影片，有好多情节需要改动，拍过的好多镜头得重新拍摄，他自信这部影片完成后，会产生一定的影响。

当导演从拍摄点回到驻地，使他不安的是院子里又来了好多村民，团团围住小梅，询问老大的行踪：有没有消息回来？汽车买得怎么样了？小梅无法奉告。因为大哥走后，一直没有消息回来，她比村人更焦急，更担心。询问的人就议论纷纷，什么脸面都有，什么话都说，直拉着小梅的手说："小梅，这回就看你哥的啦，我那一点钱，是我留下买棺板的钱呀！"小梅说："这我知道，我哥本来也是要结婚的，家里什么都收拾好了，可他为了大家，又数九寒天地出去，我也急啊！你们想想，买的是汽车，又不是一辆架子车。他这些日子没回来，必定正在县城四处托人联系买哩，你们都把心好好装在肚里，一有什么消息，我就来告诉你们啊！"

村人散去，小梅就苦愁了脸对导演说："导演，我大哥他不会出事吧？"导演说："现在的汽车是难买，但你大哥精灵，这些日子没回来，说不定已经买好了！明日我们派车去县城买菜，我让人去找找他。"

摄制组的面包车到了县城，当天晚上回来，消息是见到了老大和云云，老大已经联系上了一个人，拿了钱，说是可以买到车，且不久就能到手。云云却因为去县城一路颠簸，没想到到县城的第三天就早产个儿子。胎位是不正，在产房里整整待了两天两夜。现在母子平安，住在医院，所以老大一时还不能回来。村人听后，心就稳妥了，安安宁宁各自去过年了。初一的早晨，村里这儿敲锣打鼓，那儿鸣放鞭炮，有许多人就到张家来，到孙家去，向他们贺年，感激老大为村人能买了汽车。两家人也十分荣耀，招呼来人坐了，吃烟吃茶吃酒吃肉。小梅将屋前屋后打扫得干干净净，将两朵自制的绸子花别在哥哥新房的门上，也在门闩上挂了一撮白线，按风俗不让外人进那新房去。有人就说："小梅，月子婆娘不在家，门上挂白线也说得过去，为什么要别花呢？"小梅说："这是给我哥嫂挂的。"那人说："那花是新郎新娘别在胸口的呀！"小梅听得出来这话中之话，就恼了，递过一支烟说："抽支烟吧，别让嘴闲着！"

家里没有母亲，小梅就要经管屋里一切。大哥添了儿子，她是满心喜欢，听到村人的奚落，她也不免怨了大哥几句，怨了云云嫂子几句，怨完了，想哥嫂都在县城，他们吃什么，住哪儿，心里也发急。去找二哥，老二一早被三朋四友叫去喝酒。她就到了剃头匠家来商量，说："奶，是不是咱们到县城去看看，等孩子过了十天，咱用被子把那母子遮严了拉回来，到底在家里伺候方便呀！"奶说："你娘也是这个意思！是该去人的。你哥一个外头人，这些事他不大懂，我还真不放心他。我要能下炕，我是要去的……"小梅就说："那让我和我伯去吧。"奶说："正在过年，你这一走，你二哥又不会做饭，能行吗？"小梅说："我二哥野惯了，我在家他一天到黑也不落屋的。我能走得开。"奶就拉过小梅，唠唠叨叨说小梅懂事，便叮咛去了不要让云云十天里下炕，不要见冷水，给娃娃吃奶不要坐得时间太长，免得以后腰疼，手疼，添下病儿；到了县城，多买些青菜和猪蹄给云云吃，好给娃娃下奶；不要让老大在云云和娃娃面前喝酒，喝酒逼奶，不要吃烟，烟呛得娃娃咳嗽；给老大和云云讲，月子期间都要忍言，不要吵嘴、流眼泪，否则将来心口疼，见风落泪……小梅一一应允，就去给导演说话，让摄制组的车送她和剃头匠去了县城。

小梅第一次去县城，哪里也顾不及游看，日夜伺候嫂嫂。娃娃虽不够月份，但还不是太瘦小，只是阴差阳错，白日睡觉，夜里哭闹，她就和云云夜夜轮流抱哄娃娃，几天工夫就瘦了许多。

老大抽身去联系买车人，说好在八天后见话。第八天，老大去找那人，那人却没了踪影，急得他坐卧不安，四处打听，也是毫无结果。回来发闷，要喝酒，小梅夺了酒瓶说："你是不让娃娃有奶吃吗？"老大说："我心里闷得……"小梅说："是车没买下？"老大先是不说，后就道了实情，小梅、云云和剃头匠都目瞪口呆。小梅说："那是不是个骗子？"老大说："他不敢的。我交给他二万八千元，那么一大笔钱，他是不要命了吗？"剃头匠就慌了，说："不怕一万，就怕万一，你快去公安局报案吧，让快查查那人是到哪儿了？"

公安局受理了这案子。接待的人问："你怎么相信他？知道他的根底吗？"老大一听，心就发麻，那人又说，"这人为人不本分，常干这些见财弃义的缺德事，平日赖了好多人的账，可都是百儿八十，这次竟拿了你这么一笔巨款？！"老大哭丧了脸说："我来买车，跑了好多地方，没联系上，他来找我，说他一个哥哥在省上什么大单位，有办法搞车，我也就信了他，把钱交了，谁知……"说着浑身发抖，苦脸哭腔，央求公安局帮他一定找到此人。公安局满口答应。

回到医院，正巧摄制组的汽车来接云云他们回去，说是云云奶整日在家着急，三番五次让导演派车来接的。老大就办了出院手续，对云云他们说："公安局正寻查那个骗子，案没有结，我不能回去。你们告诉村里人不要担心，只要有我在，出不了事的，一有消息我就捎话回去的。"云云看着老大，倒不觉掉下泪来，夫妻俩互相说了些安慰话，老大将云云背上车，铺好被子，让她和娃睡好，盖好，挥挥手，一直看着车出了县城南门，拐过了山弯。

<h2 style="text-align:center">二</h2>

过了正月十二，老大还没有从县城回来，人心就浮动了，天天有人到老大家和小梅打问。张、孙二家急得如热锅上蚂蚁一般，来了人就笑脸相迎，让座让茶，百般劝慰。但越是这么小心讨好，村人越觉买车一事必是无望。买车无望，却不能将钱糟蹋了，就又开始有人来张、孙两家索要筹款，气得小梅动了火，说："人心不都是肉长的吗？你们筹了款，我家筹的款没谁家多！我大哥在外这么长日子，连媳妇娃娃也照顾不上，年也没过好，吃呀住呀花销又是自己的，我们找谁去？遇了事大家都在想办法嘛，你们来张家，张家还不是为给大家办事，莫非要把我们咬了吃了不成？！"小梅是出了名的腼腆女子，在谁面前也不粗声说话，如今变脸，好多人就退散了去。人一散，小梅就呜呜大哭，她一哭，云云抱了娃娃也哭，老二气得直吼："家里死了人了？哭！"气冲脑壳儿，就打鸡踢猫。小梅又看不惯，和二哥吵，老二越发使性，竟一拳将柜盖上的面罐打碎了。小梅就叫道："好呀，你打嘛，你有本事把这个家的瓮也砸了，锅也砸了，房也一把火烧了！"老二自知无理，夺门就跑，一跑三天没敢回来。

家里一闹事，云云哭了一夜，天明时就闭了奶。娃娃嗛着空奶头哇哇地哭，云云就打娃娃的屁股，小梅夺过娃去劝嫂嫂，云云越哭越凶，拿手揪自己头发，一声接一声骂骗子祖宗八代，再骂村人，后就骂老大自找苦吃。四邻八舍都听在耳里。

剃头匠就背了老母过来，和云云住在一起，夜夜劝说，却尽说的是死去人的事，使云云心里也时时发惊。小梅在外寻买了猪蹄，又到河里捞小鱼，熬汤给云云喝，盼着云云奶水下来。山里人没有吃鱼的习惯，自然捞鱼就是外行，忙了半天，手脚冻得红萝卜一样，一条鱼也捉不到。演员们就制作了钓鱼竿，在河湾处钓，总算钓得十几条五寸小鱼。正在水边剖杀，牛磨子来了，问道："小梅，你哥还没回来吗？"小梅说："没有。"

牛磨子说："那买车的事情黄了？黄了人也该回来，把钱退还给大家呀！他人不回来，莫非私人带了那笔款出去干别的生意了？等生意赚了，再把钱退回大家？那样做就太缺德了。兔子都不吃窝边草，要发横财也不是这样个发法儿呀！"

小梅说："你怎么这样说话？我大哥拿了大家的钱去做自己生意，你的证据是啥？你不能血口喷人嘛！"

演员们见牛磨子说出这般伤人言辞，就也质问证据，教训他说话办事要凭天良。牛磨子就说："这是我们村的事，外地人没权干涉！"两方就有了口角，引来好多人，牛磨子就指着那些人说："小梅你瞧瞧，王家筹的那些钱是要给儿子娶媳妇的，前院李家的那钱，是准备着翻修厦房的，现在勒紧裤带把钱给了你哥，你哥说十天八天就见车，现在多少天了？你说你哥不是拿了这钱去做生意，那你哥为啥不回来？"

小梅说："不怕造孽，你就胡说！我哥把钱交给一个人去买车，我嫂子在县医院坐了月子，这你不是不知道，你说我哥能到哪里去？"

牛磨子噎了半晌，眼珠子一转又说道："那好，你哥没去做生意，那就是他要结婚，没钱了要拿大家的钱为自己办事哩。没想，在县上娃娃就生下来了。我明白了，老大和孙家的女子斯弄鬼混，肚子大了，没脸在村里结婚，要出外结婚生娃，就想着法子骗村人的钱用。想想，他早不说买车，迟不说买车，偏偏云云肚子大得要生了，才提出筹款买车呀？！"

这么一说，倒理由充足，村人信了，心想自己一分一文的钱攒得不容易，让老大这么骗去，火气就上来，众口皆骂老大不是人。小梅气得浑身哆嗦，呜呜地哭起来。牛磨子却说："你哭啥哩，你有理你就说嘛！"小梅就手指了牛磨子说道："谁好谁坏，天知道哩，你不要太欺负人！"就提了那些小鱼，哭哭啼啼跑回家去。

小梅刚到家一个时辰，牛磨子又领了他们牛家上了宗谱的人来到张家，门前又是一片骂声。竟有一老婆子过来抱了小梅，扑通跪下去，说："小梅，你们不敢做伤天害理的事啊，我那些钱，是我儿给的棺材钱呀！钱要没了，你让我卷草席去呀？我老老的人了，你把钱还给我吧，还给我吧！"小梅不忍心这么大年纪的哭闹，她知道这老婆子的三个儿子都是逆子，为了给老人筹备后事，兄弟三人打闹了几场，还是邻居看不过眼，才逼着一个买老衣，一个买棺材，一个打墓，而买棺材的就把钱给了老娘，让老娘自个儿去买。老婆子把钱筹给老大，这阵听说钱没指望，她能不急得发疯吗？小梅双手把老人扶起，感谢老人信得过大哥，筹了这笔款，也请老人不要听别人胡说。但老婆子却立马三刻地要那钱，哭音拉长地说："那是一百五十元呀，我到哪儿去得这笔钱呀！你们今日不给我，我就吊死在你们家里！"

小梅又气又同情，就从箱子取当时自己为大哥办婚事买零碎积攒的一百五十元给了老婆子，老婆子颤巍巍哭着走了。但门外骂老大的人一见老婆子得了钱，也就都跑进来要钱，小梅说没钱，他们就不走。有人喊了声："不给钱，咱拿他家东西顶着！"立即就有人把水壶提走了，把铜洗脸盆拿走了，那张八仙桌子也被两个人抬去，屋里翻得一片狼藉，乒乒乓乓响成一片。小梅披头散发地喊："拿吧，把这个家抄了！抄了你们就发财了！发财了！"云云在炕上听见，也跪下来，抱住一个正扛她家豆腐磨子的人的腰，骂道："土匪，土匪！抢人啊！"那人一把将她推开，云云倒在地上口吐白沫，昏了过去。人一昏倒，来闹事的人就散了去。

消息很快传到孙家，光大听说了，提了一根扁担飞马赶来，小梅家没了闹事的人，小梅正抱着醒来的云云大哭，炕上的娃娃惊得四肢乱蹬乱哭，光大站在张家门口吼道："谁抢了东西？是谁日他娘的！不把东西送回来，我不卸他八大块，我就不是孙光大了！"吼声震得家家都听见了，家家把门关紧。云云就和小梅抱住光大，拉进屋去，小梅说："你别耍你火脾性，让他们拿吧，现在不是旧社会，要拿了就拿了？你要出去打伤了人，你是帮了倒忙，家里闹成这样大的事，你还想闹得家破人亡吗？"光大才收了火气，却直拿拳头打自己，怨怪自己来得迟。

光大的武力，村人皆知，他平日寡言少语，不与人多往来，但愤怒了，则六亲不认，泰山石敢碰的。他的吼叫，使那些拿了张家东西的人害怕了，后悔了，当天晚上就将东西又悄悄送到了张家的院门口。但也就在这夜里，云云娃娃受惊后，啼哭不止，加上又没奶，天到五更，哭声渐小，脸色发青。云云看着害怕，叫了小梅。小梅摸摸娃娃浑身发烫，且双手紧握，嘴角抽动，慌忙叫道："抽风了！"忙出门过河来敲导演的宿舍门。导演听罢也慌了，唤起司机，忙将小梅、云云和娃娃往镇上医疗所送。但车还未到镇上，紧搂着娃娃的云云，发觉怀中渐凉，再叫时，娃娃竟毫无反应，姑嫂俩呼天抢地就哭开了。

张家的娃娃一死，张、孙两家人睡倒了三天。三天里，老二回来了，他是到湖北那边的相好家去的，本想小梅气消了，回来好好支撑这个家。一进门，云云和小梅都睡在炕上，眼睛像烂桃一样，当下就蔫了。小梅见二哥回来，一肚子火又上来，却话未出唇，泪水长流。老二就一语不吭，足足在那里蹲了半个时辰，直等到剃头匠和光小来将云云接过娘家去住后，他站起来对小梅说："小梅，这场事是谁牵的头？"小梅说："还不是那牛磨子！"老二顺门就走了，小梅如何叫也不回头。

三

老二直奔牛磨子家，牛磨子吃罢饭，正蹲在屋后的尿窖上拉屎。老二立在门前叫了两声："人呢？！"牛磨子在尿窖上不知来者是谁，回声道："来了！"撕一片土墙上的干苞谷叶擦屁股，还未站起，老二横眉竖眼站在自己面前，手指头指着骂道："你教唆人抢了我们家，吓死了我侄儿，你安安然然在这里吃哩拉哩？！"牛磨子冷不丁吓呆了，一股稀粪喷在裤子上，说："老二，你要干啥？你要打我吗？我是去讨还我自己的钱，你们骗了我的钱，还要来打我吗？"老二一巴掌打过去，牛磨子干瘪的脸上半边赤红，再全是煞白，空留一个五指肿印。牛磨子就公鸡嗓子一样叫道："救命呀，老二要杀人了！"老二一脚踢去，牛磨子就掉进了尿窖里，说："我让你叫，老子就把你打了，你叫吧！"牛磨子站在齐腰深的尿窖里，满头满脸屎尿，却一句话也不言语。老二拂袖而去。

走到河畔，迎面来了光小。光小一见老二，说："二哥，跟我走，打那牛磨子老东西去！"老二说："我已经打过了。"掉头又走。光小说声："打过了？"就追上老二，问到哪儿去，老二只是不语，再问时，竟不耐烦了，说道："不知道！你干你的事去吧！"光小就说："我也不知道我该干啥呀？"俩人只是顺了那条路走，不觉走到了矿洞前。矿洞里空荡荡的，挖矿人闹过事后，摊子也就散了。老二两眼盯着矿洞，突然冲进去，用腿蹬倒一根支柱，抄起一把木棒在洞里发疯似的乱打。光小也冲进来帮着打，一边骂道："都是这矿洞！都是这矿洞害了大哥，害了咱两家！"叮叮咣咣，噼噼啪啪，两人手中的木棒都打折了，虎口震裂，血流下来，同时像泄了气的皮球一样软倒在地上。

老二说："完了，完了，挖什么屌矿？别人饿不死，咱也饿不死的！"光小说："这下大哥该清醒了！当时还真不如去赌博，什么财都发了。大哥叫挖矿，挖矿，挖了个什么？挖出了一村的仇人！"老二说："光小，我估计大哥不回来，那笔钱八成出了事。现在人心都瞎了。村里人都这样，县城那些人心还能好吗？万一大哥钱上出了事，不给村里人赔能过去吗？咱们不如再去干那赚钱的事去，说不定会发的，将来也好帮大哥一下。"光小说："我也这么想。说走就走，回去了家里人又不会让咱走的，先把钱拿回来再说吧。"

俩人在湖北境内，寻找到以前的赌友，钻在一家红薯地窖里赌了三天两夜。老二和光小手气尚好，连赢到一千元，拔脚要走，赌友们却变了脸，说道："那不行，赢了就走，天下有这等好事？"俩人又坐下赌，不想过了子时，手气发霉，连连输了两桩，丢掉了五百元。老二知道干这营生赢时就连着赢，输时就连着输，当下给光小一眼色，光小装了俩人赢来的钱在身，掏出二十元又下了注后，说是小解，退出窖来，便再不回去。那输者就一把扭了老二，问道："光小呢？那小子没种，溜了？"老二说："他哪儿溜，他下了注，还能溜了？"可光小却终不见回来，输者就红了眼，掏出刀子扎在桌子上，说："从现在起，谁也别想走，赌场上亲娘老子是不认的！"老二就说："我老二如果走不是娘养的，看着你放我的血！"结果，老二又赢了一庄。

光小跑出赌场，在村外等了半天，见老二不出来，知道他不能走脱，就心生一计，拿了十元钱去找窑洞的住家主人，说是家里有事，让老二出来，只需喊几声"抓赌的来了！"就行。主人平白得了场地钱，又得了这十元，依计去做，窑内一片惊慌，各自逃散而去。老二在村口见了光小，俩人得意地笑过一阵，清点了赢得的数目。天亮时就返回了陕西这边。

这天，老二和光小又来到了地峰背后的一家独屋。这地面属于河南境地，屋里住着一个老汉和一个老婆。老汉在旧社会抽过大烟，嫖过女人，是个五毒俱全的人物。如今年高，别的不行了，却又暗暗和一些年轻人耍赌。老二和光小去了，给老汉个耳语，老汉就对老婆说："我到坡上放一会儿羊，把饭给我们做上。"于是仨人赶了羊来到古堡里。羊，任其分散啃草，仨人就在古堡里掷骰子。这老二毕竟脑子清楚，手腕处又暗戴了吸铁石，又不时和光小交换眼色，暗递情报，只让老汉连赢过三局后，接着就输了六局，硬是将老汉身上的八十元钱赢了过来。看着时间不早，老二说："光小，你和老汉到他家去，看饭熟了没有？先给人家掏十元饭钱，落个屋里人喜欢。饭好了，喊我一声，让我好好在这歇一会儿。"

老汉和光小走后，老二仰面朝天躺下，赢了钱，一时就将家里的事抛在脑后，让暖洋洋的太阳照着。原本想好好在太阳下睡一觉，消退几天来的疲乏，不想太阳一照，两腿之间忽地发热，这热直到周身，有了难以克制的欲望。

恰巧这日摄制组休假。一早起来，有些人去镇上赶集，一些人拿了渔竿在河边垂钓，剩下的就在宿舍跳舞。小梅因平日喜欢到山坡上挖那野葱蒜做调料，城里人极口馋，半晌午，一个女演员就嚷嚷小梅带她一块儿去挖，小梅就领她上山。她是爱那小母狗的，也带了去，不想阿黄竟也跟来。俩人挖了半天，小梅下山去做饭了，剩下女演员自己又挖了一阵。待要下山时，却看见阿黄和小母狗往山顶上古堡里跑，叫也叫不下来，她便也跟着来到了古堡。

老二正在难熬，猛地看见那女演员上来，脑子里忽地一片空白，恍惚之际，像狼一样扑了过去，一下子抱住女演员，大声喘气，大口咽唾沫。女演员吓呆了，稍一清醒，定睛看时，见是老二，就骂道："老二，你这流氓！你！你……"老二只是不语，一手紧搂住女演员的身体，另一只手去捂女演员的嘴。突然,女演员咬住了老二捂她嘴的手,疼得老二只好松开,于是女演员叫喊起来。这一喊,老二似清醒了,慌乱中向古堡那边跑去。女演员自己也像疯了一般地哭叫着跑下山去了。

老二跑过古堡那边,脑子里彻底清醒了,后悔万分。自觉再不能回村见人,倒在地上痛苦地直愣愣地看着天上太阳,然后,泪流满面地说:"大哥,小梅,我给你们丢人了!我不是人,我是狼,是猪狗!这个时候,我不能给你们分担家事,却干了这臭事,我这是鬼迷心窍啊!我知道这事没有好结果,我也没脸面活下去了,你们就让我死吧,死吧!"说罢颤巍巍地站起来,将自己的裤带解下,挽了圈儿挂在古堡中的一棵苦楝树丫上,用石头在下面垒了台儿。上台儿的时候,他停下来,从口袋里掏出赌博挣来的六百二十三元钱,用小石头压了。然后扑通跪下去,向东方、南方、北方、西方,磕了四个响头,就站上了石头台儿,将自己的那一颗长着黑发和愚昧的脑袋伸进了自己的裤带套里。

四

老二的自杀,使摄制组的人原本一肚子的愤怒自然消散,甚至还多少产生了同情怜悯之心。那个女演员虽然受到了污辱和惊吓,但听到老二已经自杀,也就不再说什么了,反过来倒来安慰小梅。

小梅万万没有想到二哥是这样的人!她没有哭,连二哥的尸体也不愿去看。一家人正受着莫大的悲苦时,作为她的哥哥,不是怎么想办法支撑这个家,反倒干出这等下贱事!小梅对劝她的女演员说:"他死得活该,他应该去死!他污辱了你,你倒还这样安慰我,你让我怎么感激你呢?"小梅双腿就跪下去。女演员将她扶起,让她赶快回去料理老二的后事。小梅先是不回去,等到剃头匠家帮着把老二入殓了,来叫小梅,小梅回去竟一下子扑在二哥的棺材上昏倒了。

村人吃惊老二竟想强奸城里人,便指天咒地痛骂张家没有好人,胆大可以包天,什么事都能做出。村长就立马三刻去了乡里,要乡长来处理这一连串的事件,更害怕摄制组的人不会善罢甘休,闹将起来,村人是招架不住的。牛磨子就逢人便讲："天不容坏人呀，为咱村除了一害了！"就书写了状子控告张家兄弟，又拿了状子让摄制组的人签名。摄制组拒绝了。等那副乡长赶来，征求导演和那个女演员的意见时，导演和女演员说既然强奸未遂，企图强奸者又自杀身亡，事情过去了，也就过去了。副乡长就抛开了这些城里人，在村里了解老大买车一事，住在村长和牛磨子家，听他们颠三倒四地浪说，听罢，副乡长就冷笑道："张老大不是很能干吗？怎么弄到了这一塌糊涂的地步！他是脑子太热了，异想天开了！如今他自作自受，也坏了我亲自抓建矿队的心思！"于是做出决定：派人去县城寻找老大，强令返回，若果真以大家的筹款做私人生意，这就要负经济刑事责任；若是将筹款私自快活花销了，就得赔偿一切款额。副乡长走后，村人更以为有了靠山，辱骂张、孙两家，两家人只有忍气吞声，日日在泪水里过活。剃头匠一下子衰老了许多，夜夜睡不着：万一老大没了那笔钱，公家要判他的刑，村人要索款，这笔钱从哪儿来？就是两家卖房卖物赔得起，往后的光景又怎么过？剃头匠就后悔当初为什么同意了女儿和老大的这门亲事？奶说："你尽胡思乱想些什么呀，就说老大不是咱的女婿，人在难中，这话也不能说。"剃头匠说："现在咋办，咋办呀！"两天出去，头发就灰白了。后来，就又从楼上取下那剃头担子，三六九日再往镇上剃头去，一分一文把钱抠得细致。

小梅辞退了给摄制组做饭的差事，不管摄制组的人如何宽容、同情他们一家，但她觉得没脸再见这些城里人，整日守在空空的家里，人痴痴呆呆。

一日，太阳光已经下了台阶，村里人都在吃饭了，小梅还坐在门槛上一动不动。一个黑影长长地伸过来，后来就静静地停在她的面前，叫一声："小梅！"小梅抬起头来，见是光大。光大双手端着一海碗搅团，瓮声瓮气地说："小梅，这是我奶让端给你的！"小梅说："我不饥，你要吃你吃。"光大不会劝人，就又说："你吃，你吃。"小梅仍不吃，光大放下碗一步一步退走了。一连几天，光大都来送饭，送了饭就无声息地走去。这次又要走，小梅说："光大哥，你不要送了。"光大说："那为啥？"小梅说："都是我们不好，也害得你们家鸡犬不宁的，你要再这般待我，我哪里受用得起？"光大说："小梅，这你不要管，咱两家就是一家。甭说咱俩已经算是定了亲的，即便不是那样，我也不能不管。不论咋样，日子还是要过的。你不吃不喝不出

349

门，那些人更看你家笑话哩，你活得刚刚正正，谁也就不敢欺负你了！"小梅说："这日子可怎么过呀？大哥把家里钱大部分拿走了，剩下的给了牛家老婆子一百五，埋葬二哥又花了三四百，他赌博挣来的那五六百元，是他临死留下来的，我一分也没有动。二哥是有罪的，可他死得太惨，还能记得把钱放好，他死得心里也难过。我要把这钱留下，交给大哥，让大哥知道知道……"小梅说着，泪水又下来，哽咽得说不出话来。光大说："我原先对家里啥事也不管，现在我好像也懂得了许多事。如今大哥不在，二兄弟也殁了，我爹和我奶都上了年纪，云云和你又是这样，我就要好好来支撑这两个家呀！我思谋过了，眼下矿挖不成了，我再去打猎。我想一切都会好的。小梅，你要刚强起来呀，你给我点点头，我就放心了，也就不顿顿给你端饭了。"

小梅泪眼看着光大，突然间心里掀起一股热浪，就给他点点头，站起来把光大肩上的草屑捏去，说："光大哥，你真的要去打猎？"光大说："嗯。"小梅说："咱两家正霉气，你去打猎我倒真不放心。"光大说："没事的，小梅，只要我碰上野物，还没逃脱得过的。我干别的不行，打猎却行哩，真的行哩！"小梅就送他出去了。但光大又直身回来，说："小梅，我想你说的话，那都是为了我好的。为了出猎保险些，我想要你一点儿东西，你如果给我，我就啥也不怕了。"小梅说："啥东西？"光大却喃喃起来，说："这东西听说管用的，真的，这是我听河南那边的猎手说的。"小梅说："到底是啥东西嘛？"光大越发嘴笨了，半天才突然说："河南那猎手说，出猎时，如果要辟邪，可带上些红，就是那带红的纸，就是你们用的那纸……"小梅明白了，脸也唰地红了，却告诉他现在没有那东西，想了想说："我给你扎些血吧！"就拿针在自己中指上扎了一下，用块纸沾了，交给光大。揣着小梅的血纸，光大胆子壮了许多，几天里果然打得好多野鸡、山羊和狐狸。冬春里皮毛还很好，回来就剥了卖到镇上，落得了一些钱，兴头也更大了。一日，光大提了枪刚刚上到河湾后的半山坡上，就突然发现了一只麝，他大叫了声："好呀，麝！你又碰上我了！打死一只，还有一只，你害得我们好苦。我今日再打死你，看你还敢成精作怪害我们不？"当下就一枪放过去。

这一枪没有打中，麝扭头就跑，光大穷追不舍。山坡上一前一后地奔跑，山下就有人看见，大叫："山上麝出现了！光大在撵麝了！"牛磨子便说："麝是天物，他光大打死一只，又来一只，越打咱这村越要出灾落难的啊！"村人便思想这一两年里，日子过得不安宁，恐怕真是这麝在作祟。那么，麝是天虫，代表天意，是能打得完吗？还是赶麝走了算了。就一齐拿了脸盆、铁桶，敲打喊叫。喊叫声传到山上，麝着实发慌，回头看时，那光大并没有停止脚步，离它越来越近了。一直追到了天峰顶上的古堡，这麝想赶快回到石洞去领儿子逃跑，眼见得山下吼叫，光大追来，就改变了主意，从古堡里又跑出来，往后山跑。光大想，麝要往后山跑，那是下山路，人是跑不过麝的，就忙将药装了，立在那里端枪瞄准。叭的一声，麝跳了一下，一下子未收住脚，从崖上扑下去了。光大也同时仰面倒在地上，血流了一身。

山下的人见麝从高高的崖上扑下来，像在做一种弓形跳跃。一下子碰在石嘴上，弹起一个弓形，再落在一个石嘴上，再弹起一个弓形，一连串"B"状的画面。麝落在山下成了半块麝了，那一条腿，一颗头，全然没有，充其量只有三四十斤了。山上的光大并没有欢呼狂叫，连他的身影也没有。光小就跑上峰去，见哥哥血淋淋地躺在地上，忙问："怎么啦！"光大说："不知怎么，枪管炸裂了，炸断了我一个指头。那子弹并没打出，麝却吓得从崖上跌下去了。"光小把哥哥背回家中，小梅丢魂落魄地来看时，光大的半截指头已包好了，苦笑着说："小梅，多亏你那红哩，要不，今儿会没了我哩！"

第八章

一

张老大确确实实上了当。公安局终于在商州城里把那骗子抓回来了。这人拐引了一个女人住在商州城的一家旅馆里，穿的是黑呢大衣，吃的是银耳罐头。公安人员敲门进去时，他正和那女人睡觉哩。被窝里拉出来，明晃晃的铐子就卡上了。法庭过审，量罪判刑，最后判那罪犯蹲七年班房。但那二万八千元钱，却已被他花去八千元。老大捧着二万元，身如筛糠一般，他不知道怎么个回去？见了村人怎么个说话？逢人打听，就找到县委的马书

351

记，企望这一县之主的父母官能为他撑腰打气，出谋决策。

马书记接待了他。问到他的名字后，手指就在脑门上敲，叫道："这事我知道，你们的副乡长打了个报告，还怀疑你是拿了钱去做自己的生意了。"老大说："副乡长怎么能这样怀疑？我这么长时间没回去，家里不知出了什么事的？"马书记就说那个报告很详细，云云的孩子如何得病而死，张老二又如何自杀身亡。老大听了这些，竟忘了自己是在什么地方，哇地老牛般大哭起来。哭过一阵，擦干了眼泪说："书记，这都怪我，怪我没经验，受了坏人欺骗，对不起村里人！如今我丢了八千元，车又没有买到，这回去如何见人啊？！"马书记又详详细细询问了矿队的事，很是一番同情，当下写了证明，证明老大确实是上当受骗，让村人不必怀疑；同时也告诉老大，以后不要找私人联系买车，待县上有了汽车的指标，第一个就照顾矿队，随时通知他。末了说："这个矿队，我是应该去看看的，既然生产情况不错，就要坚持办下去！"老大走出县委，思谋天下还是有好的领导，心里不免骂了几声副乡长，自个儿踅进一家饭店，花了二元钱要了酒肉，放开肚皮吃喝了，然后搭一辆车回村。

车在村前的慢坡处，他就跳了下来。一时立脚不稳，从缓坡往下滚，树杈划破了裤子。他将那破处挽了个疙瘩，摸摸捆在腰间的那一沓钱，一瘸一跛进了村。村里有人发现他了，嘴张得老大发不出话来，他向人家招呼，人家还是愣着，接着就飞奔而去。大喊："老大回来了！老大回来了！"霎时，村中鸡飞狗咬。他心慌了，浑身骚痒疼痛难忍，明白迎接他的将是一场更可怕的难堪，不觉一阵悲伤、怨恨、委屈，泪水哗哗哗地流下来。他走过河边，掬起刺骨的水洗脸，想克制自己，稳定情绪，却一眼看见了那河滩里，有一堆烧过的灵铺草，和摔碎的瓦盆，明白这是为老二送葬时的遗留物，悲声叫着："老二，老二！"河对岸的阿黄就旋风一样过去，湿淋淋地在他面前汪汪大叫。老大抱住，问道："老二埋在哪里？阿黄，老二埋在哪里？"阿黄掉头就往坡上跑，老大随后紧跟，来到一个新堆的坟前，他就扑倒在地上了。

云云和奶正在家里纺线，剃头匠跑进门说："老大回来了！"云云的线嘣地断了，急问："人在哪儿？"爹说："我听人说他回来了，快去他家看看吧！"父女二人小跑到老大家，家里没有老大的人影。小梅在给猪剁草，一刀重，一刀轻，人瘦得失了形。听说大哥回来了，小梅说道："必是到二哥坟上去了！"仨人就来到老二坟上。老大悲恸至极，双手捶打着黄土在哭，在号，一会儿哭老二，说父母死后，就留下他们兄弟两个，如今他这当哥的不好，害了这个家，也害了老二。原想使村子富起来，媳妇好找了，他一定给老二成家的，可老二却干出这种事来，早早地就死了。一会儿他又哭起自己的儿子，怨恨既然这么快死去，为什么就要托生在他名下呢？末了又哭自己，他诉自己的苦难，诉自己的冤枉，骂自己不是好哥，不是好丈夫，不是好父亲，可他是为了这个村啊！假如心能掏出来的话，他就会掏出来让每一个人看的呀！哭声悲天恸地，云云、小梅也皆泪水扑簌。剃头匠本准备好好教训老大一顿的，听了他的一番痛苦，明白了女婿在外受到的苦楚，也怨气消去，悲哀上心，身上阵阵发冷。小梅说："大哥，不要哭了，回吧，这么冷的天，伤坏了身子怎么办呀？"云云就过来拉老大，剃头匠说："让他哭吧，把肚子里的冤枉都吐出来对他好哩，真要窝着，才能伤了身子。"那老大就又哭了一阵，站起来，面对着岳丈"扑通"一声跪下说："伯，是我连累了云云，也连累了你老人家！"剃头匠不禁泪水涟涟，低头先慢慢回家去了。

云云、小梅拉着老大回到家来，门前却聚了许多人。他们不是来看望、安慰老大的，是来讨要钱款、质问罪行的。当这家空空无人时，他们大声吵闹；这会儿，老大回来了，他们却都噤口不语，且闪开一条路让他过来。

老大招呼大家坐下，拿出烟来让抽，牛磨子就说："老大，你别装模作样！车呢，买的车呢？你逛了这么长时间，到外边大世界快活够了，可我们的钱呢？我们要钱，乡亲们的钱是血汗换来的啊！你回来了，好，你红口白牙给大家说呀！"云云立即回答说："你还让不让人活？他才到家，一口水还没喝。你们是想再抢这个家吗？！"小梅也说："你们都来干啥？来打我哥吗？你们要是有良心，也该明白这矿洞是谁先开的，怎么开的，是谁先让大家都去开，是谁把大家组织起来？大家筹了钱，这钱又是靠什么得来的？我大哥为了这个村子，什么亏都吃了，什么罪都受了。出去买汽车还不是为咱村的矿运交得快，利润回收得大？他去县城受了人家的骗，辛辛苦苦总算把事情结束了，才一到家，你们就来围着，你们忍心吗？你们都回去！回去!!"

　　人们却并不走。后来有三个人低头走到院门外，牛磨子说："这么一说，咱们的钱就没啦！"老大就站起来说："都不要走。你们来了，正好，就是不来，我还要叫大家来的。我是要把这次出外的情况汇报给大家。我知道买车的钱是一家一户分分文文攒起来的，咱们村还穷，谁要把这份钱私吞了，糟蹋了，天地是不会容的！我告诉大家，车暂时没有买到，但县委马书记已经答应，车由县上给咱们拨指标，指标一下来他就通知我们！"

　　人群里议论开了，牛磨子却说："别听他花言巧语！马书记是什么人，一县之主，我们的父母官！马书记能认得你张老大是谁？你别打肿脸充胖子，糊弄人了！那我问你，车你买不来，钱呢，钱呢？"人群也应着声儿要钱。

　　老大就背过身去，解开了腰带，从腰带里取出一个口袋，高高举着，说："钱在这儿！我张老大有罪的是没有经验，上了坏人的当。那人说能买到车，把钱拿了到处流窜。后来公安局逮捕了他。追回了这笔款！有人说我拿了钱去做私人生意，这里有马书记的证明。如果大家一定要这笔钱，现在就可以退还给大家。咱有账本，小梅，你去叫会计吧。"

　　小梅把会计叫来，一宗一宗把所筹集的车款退还了。村人拿了钱，再没有说话，就退散回去。最后只剩下牛磨子一人了，老大让他在账本上签了字，说："拿了你的钱，走吧！"牛磨子一张一张，手蘸唾沫点了票子，说："这么一退就完了？我这钱要是存在银行，也不至于就这些吧！"老大说："你是说利息吧？你自个儿算算，看一共有多少利息钱，我可以给你。可我告诉你，这矿要再开下去，矿队的人就要严格审查，你是挖不了的，你那傻儿子怕也不合格的。"牛磨子冷笑着说："你还想办矿队呀？"老大回答："说得对！你算算吧，多少利息呢？"又回头叫道，"云云，给沏一壶茶，让喝了慢慢计算！"云云从屋里出来，没有端什么茶壶，却将一盆污水哗地泼在院子里。牛磨子站起来说："罢了罢了，让你老大占个便宜！"

　　牛磨子一走，老大一下子软下来，痴痴地坐在那里不能起来。姑嫂两个扶他到炕上睡下，小梅说："哥，这么说，那钱没损失一点？"老大说："损失了八千。我是把咱两家的钱，还有矿队的那一笔积累垫在里边了。我想，矿队的钱咱不动，咱那辆拖拉机在矿队运矿，用一次付一次车费，以后就折价归矿队吧，剩下欠的钱，我再想办法，很快给集体还清。"云云和小梅听了，眼泪就止不住地掉了下来，老大说："只要矿再挖起来，钱又会回来了嘛，不要哭，不要哭。"说着自己却也哭了起来。

二

老大决心要把受到的损失补回来。但当他准备领着矿队重新开工的时候，百分之八十的人都不干了，无论如何动员，回答是："算了，咱是穷命，享不得锑矿的福哩！"

老大愁得嘴噘脸吊，夜里提了一瓶酒去和导演喝，将一肚子冤枉苦楚倒给导演听，导演说："我也在琢磨村里这事哩。你为全村的事情操了多少心，费了多少神，终了还是失败一场。我这部影片正要在这方面提供出个思考的问题。"老大说："依你说，这矿队就让完蛋算了？"导演说："怎么能算了？我的意思是矿还要挖，但往后就要多注意怎样使村人自己认识自己，自己坚强自己。当然，这不是你一个人能力所及的，也不是一天两天就可达到的。你们这个地方太偏僻，太落后，就说穷吧，穷了还不知道为什么穷的。靠什么来富？这样，就是真的富了，那也会导致为富不仁啊！"老大直点头，深感导演想得深，看得远，比自己高明，就讨问往后怎么办。导演详细问了他在县城发生的事，就说："这里的人说老实也老实，说野蛮也野蛮，说灵灵得如狐子一样，说蠢也确实掂不出轻重。正因为这样，他们迷信，迷信神鬼，也迷信上边的大官。现在要把他们组织起来，一方面慢慢改变这些秉性，一方面还得利用这些毛病，因势利导。既然县委马书记支持矿队，你何不给他写一信，汇报这里的情况，让他来一趟，说不定事情会好起来。"老大突然眼里放光，叫道："这话使得！只有马书记来了，村人会听他的，就是乡长、副乡长他们也不敢怎样。等把汽车买下来，我要搞专业采矿队，像外地厂矿一样，培训技术人员，建立规章制度。这矿虽然国家看不上开采，可我们一个村开采，也足够开他几十年，上百年的！"导演说："好，这设想好，到时候我再来拍电影，就专拍你们这矿队！"俩人话说得投机，一瓶酒就喝个精光。老大还要回家去取，导演说明日还要工作，不敢再喝了。老大问电影拍摄了多少了。导演说："河畔再拍三场戏，古堡再拍两场，最后到烛台峰道观拍一场，我们就该收兵回营了！拍最后一场戏，你协助我一下，让村人都当群众演员，一定给你上个镜头哩！"老大笑了笑说："行哟，拍好了片子，得一定先在我们这儿放映第一场呀！"说完就东倒西歪朝黑夜里去了。

五天后，一辆北京吉普开到了村前河畔，车上下来了正乡长和副乡长，两个乡长之间是一个矮矮胖胖的人。老大立即认出这是县委马书记，迎上去握手。

书记的到来，轰动了整个村子。村子里自古以来，还没有任何乡以上的领导来过，人全围着看。书记的眼光一瞅到谁，谁就木木地笑。书记才一转身，喊喊喳喳就评头论足，说书记头大，口大，前额饱满，是天生的官相。书记于河滩召开了村人大会，要求把矿继续挖下去，矿队依旧由村长和老大负责。并说关于运输车辆一事，县上新到了几辆车，决定拨给这里一辆，车钱一时拿不出，由县上出面担保到银行贷款。书记的话毕竟是有权威的，原矿队的人就又上马了。老大连夜派人点灯清理矿洞，检查修复支架，天一明，他就和两名助手装了矿石往县上去了。

老大一走，牛磨子就在村里放风说："矿山是国家的矿山。开矿是马书记让咱开的，咱听书记的，好好为马书记干吧！"又去鼓励村长，让村长领头上山去好好热闹一下，说，"如今书记让你来领头，这村子吉兆要来了！虽出过麝，出过老二那角色，可咱这地方毕竟是好，多亏烛台峰上有个道观，有棵九仙树，咱何不请了鬼子班吹吹打打，给山上诸神送送'纸火'呢？"村长便听了牛磨子的话。当天早上就组织做"纸火"，又去湖北那边请了鬼子班。

每年四月二十日，道观上过庙会，这"纸火"是要送的。如今突然送"纸火"，仅局限这个村子，就以各色纸糊成丈八、二丈高的纸吊，高高用竹竿挑了，敲锣打鼓送上山去，献给道观的各个神位，后烧化在九仙树下。牛磨子的主意很符合村人心境，灾灾难难好长时间了，如今否极泰来，是应该祭祀山上神仙啊！村人虽平日吝啬，为了一分一文吵架斗殴，但对于祭神拜仙，却显得大方异常。当时，集体买纸回来，各家便去交钱，会做纸人的洗净了双手，烧过了高香，就施展各自手艺。这一家做一个"八仙过海"的纸牌楼，那两家做一个"福禄寿"旋转塔。飞禽走兽，鱼虫花草，神仙鬼怪，君臣百姓，全用金箔银箔做就，构思浪漫，造型生动。剃头匠也买了二十张纸拿回家来，热心制作，云云说："爹，别人干这，你也干，你好没头脑！"剃头匠说："为啥？"云云问："他们这么热闹，还不是全冲着老大来的！人都势利，眼窝长在额颅上。老大为这个村落得家破人亡，倒没人说他好；马书记什么苦也不吃，坐了车来说一两句话，就看做为村里降了福了！你送那'纸火'干啥？省了钱不如买几斤盐吃吃！"奶就说："这是给神献的，怎么不该？早就这样，老大也不会受那些个罪！"剃头匠也说："再说，真能以后样样事情顺了，咱们也盼不得的！"剃头匠却没有高超的手艺，他不会做那一套古戏古传说中的人物，就做了偌大的两个塔山形状，上面贴了剪成三角形的锡纸，说是送给神的金山银山。

时辰到了正午，鬼子班在河畔咚咚咚放了三个大纸炮，锣鼓、唢呐就吹打起来，立时从村里走出一群一群人，每一群一领头的挑着"纸火"，"纸火"集中在一起了，拢共十二个，以黄为主，红绿白相衬，十分耀眼。村中人如蜂拥，竞相围观，评论"纸火"高低优劣。导演就让摄影师架好机器拍摄，直道："有意思，有意思，这地方还兴这一套，拍下来，咱片子里完全可以用的！"

打"纸火"的人见导演和摄影师的在拍照，越发得意。鬼子班的人一边拿眼睛瞅着镜头，一边吹得脖子腮帮一般粗，急得导演直喊："不要向这边瞅！"在一旁的小梅也看热了，于人群里拉过了光大，说："你也去那边，让摄影师照照你！"光大扭捏作态："我这模样，丢人哩！"小梅说："我昨日才给你换洗的衣服，今日又脏成这样？快回去换了去！"导演耳朵里传来了小梅的声音，忙说："光大，不要换，那衣服正好哩。你去拿枪在那里朝空放几下，我让拍你！"光大说："放枪不好，我家有三眼铳哩，过年才放的。"导演说："那你快回去取来！"光大飞脚回去，取了三眼铳，装了火药，站在打"纸火"的人中，用力一踩，三眼铳下的尖刀叉子扎在地上，略略拉斜了，用火绳去点，叭！叭！叭！三声巨响，震耳欲聋。

队伍上山，先是打"纸火"的人，再是鬼子班，再是锣鼓，再是长者、小伙、娃娃。妇女是不能送"纸火"的，可以随队伍到山上立于古堡洞之外。阿黄、爱爱也率领了村中所有的同类，从各个岔道往上跑，大声吠叫。道观

357

的道长得知山下要送"纸火",也领了小道士,新衣鲜袍,分站在古堡门洞前迎接,那"纸火"就在上香之后,分放在九仙树下。按照规定,"纸火"要在九仙树下供五天,方可烧化。锣鼓唢呐又一阵闹天闹地之后,村人下山回家中去吃一种送"纸火"时要吃的八宝麻食饭。

<h1 style="text-align:center">三</h1>

老大运交矿石回来,听说村人送"纸火"的事,也无多少反对之词,倒暗暗庆幸这样一来,兴许会促进采矿的顺利进行。他就找着村长,让他多经管矿洞的施工,自己则每隔两天去一趟县城,运交以前积压的矿石。给他做助手的俩人,天不明起身,夜半回来,四天之后,便累得叫苦不迭,请求歇息。老大看着这俩人支持不住,就放了他们假,又重换了俩人帮他装车卸车。这日鸡叫三遍,他叫醒云云,让去做饭,云云说:"你也该歇下了,连跑这么多天,是铁打的也耐不住了!今儿不会免一天吗?"

老大说:"尽说傻话!原先的矿没运完,新的已经挖出来,这能歇吗?几时汽车回来,雇了司机,我就好好睡呀,睡他个十天半月不苏醒!"说完,就去喊那两个助手一块儿去装车。

云云爬起来做饭,饭熟了去叫老大来吃。那柜上的煤油灯却忽地灭了。云云问:"外边起风了?"老大说:"没的。"云云脸色陡变,说:"那你上炕去睡吧,今日不出车了。"老大说:"饭都吃了,不出车?"云云说:"这灯好好的,怎么就灭了?出门怕不吉利。"老大笑了一下,披了衣服就要出门,说:"你这个迷信媳妇!"边说边笑着走了。老大一走,云云也为自己的迷信笑了一下,但心里总不踏实,从笼里取了两个馍馍,用手巾包了,赶到装车点,那助手就打趣:"哟,云云在家还没亲热够呀!"云云唾一口,就把馍吊在拖拉机坐椅背上说:"路上开慢点呀!"老大说:"没事,死不了的!"助手就说:"云云,你要真心对老大好,你就快给他养个娃娃出来!"云云骂道:"贫嘴!"自己倒忍不住红了脸。老大发动了拖拉机,两个助手坐上去,"嘟嘟嘟"就开走了。

刚到河湾,牛磨子的"媳妇姐"抱了个大包袱要搭车,说是捎她到龙王沟口，回娘家去，可以省出五十里路的。老大说："不行的呀，矿石装这么多，又坐了两个人，再捎人就不安全了。""媳妇姐"就说："你们坐了就安全？是不是我爹和你怄气，你不捎我呀？"老大说："我气量这么小？再说你爹是你爹，你是你！你硬要坐，你就坐吧。"拖拉机走了四十里，开始爬一面大坡，吭吭吭半天爬上顶，又是七拐八拐下坡，老大手脚并用，一刻不敢放松。那助手就坐在后边矿石上不停地点烟，塞在老大的嘴上，好不容易下坡，快要到龙王沟口了，那里是一条砭道。砭道上的崖角垮下了一堆石头，老大倒拧转了机头，绕着乱石往过开，但是拖拉机的外轮太靠边了，石旁的基堰经受不起压力，哗的一声垮了，拖拉机忽地翘起来，倏忽之间就翻了下去。

事故发生得如此突然，一阵晕天晕地之后，深深的峡谷里死一般寂静。不知过了多长时间，老大觉得浑身疼痛，睁开眼来，自己是睡在沙窝里。他的身边，是一堆废铁疙瘩似的手扶拖拉机，而机箱则断裂成几块窝在另一边。他猛地想起是拖拉机翻了。赶紧爬起来，觉得脸上湿漉漉的，一抹一手血。又连声呼叫两个助手和"媳妇姐"，无人反应，再过去看时，"媳妇姐"在砭道垮下的乱石堆里，头颅已开裂。那爱说笑的助手头是好好的，胸部以下却压在拖拉机下，口鼻流着血，血已经凝固了。只有另一个助手，木呆呆地坐在外边沙滩下，他一点伤也没有，却吓痴了。老大叫他，他拔脚就跑，停也不停。老大知道他是惊疯了，自己又一次昏倒在沙滩上。

事故震惊了村人，也惊动了乡上、县上。两个乡长又来到了××村，陪同的却是公安局的人，查看现场，处理后事。牛磨子哭哭啼啼，睡在老大的家里不起，要求赔偿人命，后来就蹦出蹦进，要在张家门杠吊肉帘子。小梅、云云忙去夺他手里的绳，老大说："让他上吊吧，我今世还没看见过人上吊哩！把凳子拿来，咱看着他上吊！"牛磨子却哇地哭叫着又去给两个乡长和公安局的人磕头作揖，请求他们严惩凶手，为民做主，以老大的一条命抵死去的两条命。

老大被逮捕了。

经过调查，法院审理，最后没有以命还命，却判刑三年。

很快，县人民法院的宣判布告贴到全县各地。这乡派出所的人多拿了一

大卷布告到 ×× 村，村长就在村里四处张贴，石壁上，矿洞口，摄制组的院墙上，甚至烛台峰道观里，古堡门洞上，都贴上了，每一张布告的下边，是赫然的手写体的法院院长的大名，大名上方，是一枚鲜红的县人民法院的印章。村人全拥去观看，有人大声朗读。

云云奶的病加重了，坐在门口，一看见那里有两三个人在一起，就疑心在指说他们，说："那又在外派咱了！谁要敢把我老大怎么样了，我不会饶他，我去阎王爷那儿告状，阎王爷我是能认得的。"云云就把她扶进屋，不让说三道四。剃头匠从门外灰不沓沓走进来，坐在灶口处吃烟，吃过了半天，说："布告贴出来了。"小梅说："上面怎么写的？"剃头匠说："判了三年。"

小梅起身就往外走。剃头匠拉住说："小梅，不要出去，村里人都在那里看布告，你……"小梅还是挣脱出去，才到村口，就看见一张布告下，许多人在争抢着什么，竟将布告撕烂了。随即就见一孩子急急跑来，手里扬着什么大叫："我得到了，我得到了！"

小梅甚觉奇怪，挡住问："那儿抢什么？"

孩子说："抢那红戳戳辟邪哩！"手一扬，手心里果然有一片从布告上挖下的红印章纸。

小梅说："挖那干啥？"

孩子说："人都说这红戳戳辟邪哩，挖来带在身上，神鬼不撞，无灾无难。布告上全挖得有洞，你也快去挖一个吧！"

小梅叫了一声"大哥！"就靠在了一棵小树上，树在哗哗地抖，叶子就落雨一般地掉下来。

四

摄制组完成了最后一个镜头，他们收拾着行李，要离开村子了，导演十分满意自己的这部片子，他自信这部影片放映之后，必会引起社会的反响，他从内心深处要感谢这块地方，但也从内心深处痛恨这个地方。这三省交界的 ×× 村，提供了这部影片的景物，更使他的人生观得到了进一步深化甚至改变。现在，他要走了，或许以后他还会再来，或许今生今世就永远从这块地方走掉了。他在心里说："我会记着这个地方的，永远记着这个地方！"他就把摄影师叫来，想在影片完成之后，再一次单独将这个地方的自然景象拍摄下来，作为一种纪录，一种往后帮助记忆的资料。摄影师满口应允，他也早存此念。于是两个人带了摄影机拍摄了这里的四座大山，山上的古堡；拍摄了零乱分散的村庄；也拍摄了村庄里一些人物的嘴脸，甚至那些狗、鸡、猪、羊。又到了锑矿洞里，拍下了挖矿的人，挖出的矿，以及那贴在矿洞口已经被人挖去了红印章的布告。镜头久久地落在布告上打了红道的"张老大"三个字上，给了一个特写。最后，就上到对面坡上，将摄影机对准了烛台峰，可以清清楚楚看得见了那完整无缺的古堡，那古堡里的道观，那道观里的九仙树，那树旁走动如豆粒的老道、小道士。

但是，就在这个时候，天变了。先是西边天空烧起一片红云，云红得如血，霎时消去，从湖北、河南境界的上空席卷而来一片乌云。那乌云奇形怪状，变幻莫测，极快地覆盖在四座山峰的顶上，就凝固了一般一动不动。满天的苍鹰、乌鸦，纸片似的乱飞，后来就没踪没影。导演甚觉惊奇，听山谷里一片死寂，就说："不好，怕要有大风暴了！"就收拾了摄影机，和摄影师下了山坡钻进山根下一个早先挖过矿的废洞里。果然风从天峰、地峰、人峰之间冲起，呼呼如有潮起，一切草木伏地，但烛台峰安静如故。风刮过半个小时，天越来越暗，突然树根状的东西出现在天空，接着一个红红的如太阳一样的火球滚下来，直落在烛台峰的古堡角上，轰然一声，古堡坍下一个角，乱石腾空；又是一个如太阳一样的火球从云中滚下，砸在天峰古堡上，轰然一声，草木就燃了起来。清清楚楚地看见一个小道士从后山挑了水，才进了道观院中，一个火球追逐而去。小道士扔掉了水担，逃往殿去。火球就从大殿门里钻进去，立即烟火腾飞，那火又漫卷出古堡，将山峰的树木引燃。山上一哇声地哭喊，山下也一哇声地哭喊，老道和两个小道士疯了一般往山上跑，山下有人开始往山上跑，但山路已吞没在火海之中。于是一切梢林很快烟火弥漫，烛台峰失去了存在。火沿着沟道又往天峰山上燃去，天峰山上的火又燃下来，两峰火会合一起，只听见一片轰隆声，噼啪声。那些树木先是通身起焰，焰在空中飞飘，像是一面面旗子，接着树枝坠下，发出巨大的咔嚓声，随着整个木桩倒下，飞弹出无数的火球火花。导演和摄影师被这突如其来的天雷轰击惊得目瞪口呆，以前只听说过太白山发生这种现象，没料到这儿也会有！天雷结束后，并没有暴雨下降，风也停息了，空中又乌云顿消。导演和摄影师跑下坡来，见村人全拿了锹镢、水盆、木桶站在峰下，但火势太大了，谁也不能上山；而山上的热浪又把他们一直推赶到了河边。

导演和摄影师又架起了摄影机，拍摄了这满山的大火。

直到天黑了，火还没有烧完，村人皆没有去睡，一直眼巴巴看着那火。也就在半夜，当烛台峰的火势慢慢熄下去，那古堡里，火势则大旺。火光中，突然有数声嘶叫，便见一个什么走兽在那古堡墙头上跑动。山下人立即看见了，叫道："是麝！又是一只麝！"

这只麝在火光中叫着，跑动着，后来就不见了。火还在红红地烧。

三天后，天下起了一场大雨，烛台峰和天峰瘦了许多，一片焦炭似的。那古堡除了坍了一个角外，却依然存在，越发显得黝黑，几只鹰鹞飞落在顶上，一点也辨不出颜色了。

矿洞里，采矿的人一边挖矿，一边谈论着这场火灾。中午时分，河畔的路上开来了一辆崭新的卡车，一个尖锐声音传来："车来了！县上拨给咱们的汽车来了！"矿洞的人都拥下河湾去，矿洞口呆呆站立着四个人：一个光大，一个光小，一个云云，一个小梅。他们没有下去看车，却还望着烧得黑秃秃的烛台峰和天峰。光大已经说过好几十遍了，还在说："那火真大。"

小梅说："大火。"

光小说："那只麝是活着还是死了？"

光大说："是死了。或者是活着。"

云云并不听他们的，眼看着河湾里村人在围着新汽车欢叫，说："新车真的来了？！"

小梅说："这就好，村子要富了。"

光小就说："要把这消息给大哥说一声呢，明日我就到县劳改场去。"

光大说："不要去。他知道了会伤心的！"

光小说："不会吧，大哥不是一心想着有这辆新汽车吗？"

云云就叹了一口气，说："唉，他真可怜，这阵儿车有了，村人却把什么都忘了。"

小梅却咬着牙说："忘不了的，到时候是会记得的。"

云云问："能记得吗？"

小梅说："能的。"说过了，又说了一遍，"能的。"

一九八五年